La casa veneciana

MARY NICKSON

LA CASA VENECIANA

Traducción de
Bettina Blanch Tyroller

DEBOLSILLO

Título original: *The Venetian House*
Diseño de la portada: Departamento de diseño de Random House Mondadori/Marta Borrell
Ilustración de la portada: © Stone/Getty-Images

Primera edición en este formato: octubre, 2007

Printed in Spain – Impreso en España

ISBN: 978-84-8346-502-8
Depósito legal: B. 40.043-2007

Fotocomposición: Revertext, S. L.

Impreso en Liberdúplex, S. L. U.
Sant Llorenç d'Hortons (Barcelona)

P 865028

Especialmente para Susannah, siempre con amor

A [illegible]
[illegible]
[illegible]
carpado [illegible]
zadas [illegible]
avanzaba con cuidado sobre [illegible]
por culpa de [illegible]
Muchos [illegible]
con la [illegible]
modo, aquella [illegible]
como [illegible]
día [illegible]
ral de [illegible]
Se acto [illegible]
niñas que le [illegible]
ces amplios [illegible]
Natsu [illegible]
dad [illegible]
zarme [illegible]
mientras [illegible]
ría [illegible]
tan [illegible]
do y [illegible]
tampoco [illegible]
en ella [illegible]
[illegible]

Prólogo

Al principio, el camino que iba desde la casa hasta el mar serpenteaba entre los olivos, un paseo agradable y fácil que cualquiera podía dar, pero de repente se tornaba escarpado, pedregoso y estrecho, nada adecuado para damas entradas en años, pensó Evanthi Doukas con sequedad mientras avanzaba con cuidado sobre las piedras sueltas y los esquistos por culpa de los cuales era tan peligrosamente fácil perder pie. Muchos años atrás descendía por aquel sendero dando saltos con la ligereza que ahora exhibía su nieta Victoria, pero de algún modo, aquella grácil muchacha de cabello negro y paso seguro como las cabras que habitaban el monte de Pantokrator se había convertido al llegar a la mediana edad en una mujer escultural de tobillos algo hinchados y cierta tendencia a resoplar.

Se detuvo para recobrar el aliento y escuchar las risas de los niños que le llegaban desde la playa entre chapoteos y gritos, voces amplificadas por la pared de roca que delimitaba la bahía. Nafsica estaba con ellos, supuestamente para vigilarlos, pero sin duda dormitando sobre una roca al sol de la tarde, como una lagartija en estado de animación suspendida. Resultaba imposible imaginar de qué serviría su presencia si alguno de los niños sufría algún problema, pero lo cierto era que los tres se hallaban tan a gusto en el agua como jóvenes delfines. Pese a haber nacido y crecido en la isla, Nafsica nunca había aprendido a nadar ni tampoco mostrado el menor deseo de zambullirse en el agua, y en ella se aunaban el saludable respeto por el poder del mar y la indiferencia prosaica hacia él de quien ha vivido a su orilla toda la vida y puede permitirse el lujo de dar por hechos sus cambios de humor.

Ambas estamos al borde de la vejez, se dijo Evanthi, asombrada. La vejez se ha apoderado de nosotras de la forma más insidiosa. Qué pesadez que ninguna de las dos pueda hacer absolutamente nada para detener el avance inexorable e inaceptable del tiempo. Pero Nafsica afrontará la vejez mejor que yo cuando llegue el momento, porque no forma parte de su naturaleza cuestionar ni lamentar las cosas. Se limitará a tomar el sol junto a la puerta abierta, sentada en una vieja silla de madera, ataviada con su vestido y pañuelo negros, satisfecha con ver pasar el mundo y convertirse en parte tan integrante del paisaje como los espigados cipreses, los geranios rojos y los gatos callejeros.

En cambio yo no me conformaré con eso, pensó Evanthi.

Juntas, las dos mujeres habían preparado las maletas para los numerosos viajes que Evanthi había realizado en su agitada vida en pos de su esposo, abogado especializado en derecho internacional. La criada no había acompañado a su señora en muchas ocasiones, pero un día, incluso la hogareña Nafsica se vería obligada a viajar, se dijo Evanthi. A ninguna de las dos le quedará otro remedio; ambas deberemos emprender un viaje que no requerirá baúles perfectamente organizados, ropa ni objetos de menaje. Se obligó a apartar de sí aquel pensamiento. Desde luego, ella no tenía intención de hacer ese viaje en particular hasta al cabo de mucho tiempo; aún tenía demasiadas cosas que hacer. Muchas personas la necesitaban, y sobre todo una, por supuesto. Suceda lo que suceda, debo cerciorarme de que la vida de Victoria queda encarrilada, resolvió Evanthi. Tal vez sea capaz de impedir que cometa los mismos errores que he cometido yo. Pero a decir verdad, lo dudaba. Lo único que uno podía hacer era contemplar impotente el transcurso de la vida de los demás, y en aquel momento pensó con tristeza en su hijo, Constantine, el padre de Victoria, que no vería crecer a su hija. Dios mío, rogó Evanthi, concédeme aún muchos años de vida.

Quizá era más una orden que un ruego, pues Evanthi Doukas podía ser una mujer imperiosa, y toda su vida había estado acostumbrada a dar órdenes a cuantas personas trataba, eso sí, con infinito encanto. No veía razón alguna para hacer una excepción con el Todopoderoso.

Al llegar a la pequeña ensenada a la que solo podía accederse por el rocoso sendero que acababa de recorrer o bien en barca, lo cual convertía aquella cala en una playa casi privada para los Doukas, Evanthi vio que los dos muchachos seguían nadando, pero que Nafsica estaba secando a Victoria con una toalla, revoloteando a su alrededor como una gallina clueca mientras mascullaba algo en griego. De hecho, Nafsica hablaba muy bien el inglés y empleaba dicha lengua con frecuencia, pero se negaba a usarla con Victoria. Desaprobaba que la hija de Constantine se trasladara a Inglaterra para quedar a cargo de la hija de Evanthi, Spiridoula... o Toula, como la llamaba su familia, que había tenido el mal gusto de casarse con un inglés, circunstancia acerca de la que Nafsica albergaba opiniones más que contundentes.

—Bueno, pequeña, ¿lo has pasado bien en el agua? —preguntó Evanthi.

—Mmmm... —masculló Victoria mientras se apoyaba contra su abuela.

Siempre había sido una niña madura y más bien reservada, pero desde la muerte de sus padres el año anterior a consecuencia de un accidente de avión, había desarrollado una poco característica necesidad de contacto físico. Su abuela le acarició el cabello oscuro y mojado mientras pensaba en el angustioso parecido que guardaba con su padre.

—Los chicos me han enseñado a zambullirme tapándome la nariz. Y he buceado kilómetros y kilómetros sin parar, *nonna*. Pero ahora se han puesto a luchar y dicen que no puedo jugar.

A sus siete años, Victoria parecía un pajarillo, toda ojos enormes, huesos frágiles y, al decir de los chicos, la boca siempre abierta, hambrienta de atención. Tenía las piernas tan flacas que producían la sensación de estar a punto de quebrarse. Le gustaba seguir a los muchachos a todas partes, a su primo Guy, el hijo de Toula, y al amigo de este, Richard. Era su seguidora incondicional y en ocasiones también su tormento, aunque por lo general se mostraban tolerantes. Eran dos dictadores benévolos, o mejor dicho uno solo, pues Richard casi siempre obedecía las propuestas de Guy, como solían hacer todos los niños. Ambos la trataban con condescendencia, aunque también la protegían y a veces incluso les resultaba útil, sobre todo en las funciones teatrales que no cesaban de montar. Por supuesto, Guy ejercía de director y por lo general representaba el papel protagonista, aunque Richard, por sorprendente que pareciera, era mejor actor, y Victoria hacía las veces de regidora, tramoyista y, en contadas ocasiones, actriz secundaria.

—Bueno, cariño, no importa —la tranquilizó Evanthi—. A los chicos les enloquece luchar y además he venido a buscaros. Es la hora del té, y el *papas* va a venir de visita y le gustaría veros a todos.

Los muchachos adoptaron expresiones sombrías al escuchar aquella noticia. Consideraban que el sacerdote del pueblo, siempre vestido de negro, era un vejestorio pelmazo y no entendían qué veía Evanthi en él.

—Y encima apesta —masculló Guy, frunciendo la nariz con desdén, aunque procurando que el comentario no llegara a oídos de su abuela.

Tras llegar a la cima del escarpado barranco, un paseo de veinte minutos aun para el más veloz, merendaron en el penumbroso comedor, que apenas había cambiado desde la infancia de Evanthi. Las contraventanas estaban entornadas para proteger la estancia del calor abrasador; esta permanecía sumida en una suerte de quietud mortecina, y en el exterior, el canto estridente y monótono de las cigarras llenaba el aire. Nafsica trajo la pesada y ornamentada bandeja de plata con el juego de tetera, lechera y azucarero, que colocó con cuidado sobre el mantel bordado. Había platos de galletas dulces y pastelillos, así como una tacita de café espeso y dulce para el viejo sacerdote, que no había abrazado el cosmopolita hábito de los Doukas de beber té. Los niños se sentaban erguidos, haciendo gala de sus mejores modales, pues su abuela otorgaba gran importancia a las formas y jamás habría tolerado lo que consideraba la dejadez de los típicos niños ingleses de los años setenta.

A punto de cumplir los trece años, los dos muchachos se hallaban incómodamente instalados en el umbral que separa la infancia de la adolescencia. Tal vez el año siguiente ya no les haría tanta gracia pasar tres semanas de las vacaciones estivales con tan escasa vida social ni conseguirían ser del todo felices en un entorno tan limitado. Dos mujeres de mediana edad y una niña pequeña no bastarían para entretenerlos. Estaba convencida de que sobre todo Guy, el inquieto, inteligente y visceral Guy, pronto necesitaría nuevas experiencias y mayores desafíos. En el caso de Richard ya no estaba tan segura, ya que el amigo de su nieto constituía un enigma para ella, si bien toleraba su presencia porque resultaba mucho más fácil mantener ocupados a dos chicos que a uno solo.

—¿Y bien? —preguntó el padre Theodoros con un acento tan denso como el café que tomaba—. ¿Qué queréis ser de mayores?

Guy, que nunca se tomaba la molestia de mostrar humildad alguna, respondió de inmediato que sería un escritor de éxito.

—Viajaré a lugares lejanos y después escribiré sobre ellos y me haré increíblemente famoso.

Más cauteloso, Richard contestó que quizá sería granjero o tal vez trabajaría en la ciudad..., o ambas cosas, como su padre.

—Qué aburrimiento —espetó Guy con desdén.

—¿Y Victoria? —inquirió el padre Theodoros.

—Me casaré con Guy y tendré ocho hijos, todos chicos.

—No puedes hacer eso. Soy tu primo, casi tu hermano. Tendríamos hijos tarados, y además, no pienso pedirte que te cases conmigo.

—Pues entonces me casaré con Richard —replicó Victoria—. Es mucho más simpático que tú, y así podremos seguir haciéndolo todo juntos, o sea que no cambiará nada. Toma ya.

Todos se echaron a reír.

—Ay, Victoria —exclamó Evanthi—, desde luego lo tienes todo planeado al dedillo. Pero los amigos de la infancia no son siempre los más indicados para casarse. Tienes que vivir un gran, gran amor, esperar a que alguien te fulmine como un relámpago.

—¿A ti te fulminaron como un relámpago, *nonna*? —inquirió Victoria con los ojos abiertos como platos.

—Lo creas o no, querida, sí, una vez hace mucho tiempo.

Guy se quedó mirando a su abuela con expresión incrédula. Recordaba al altivo abuelo Doukas como una presencia gélida, tan impávida como la gran águila disecada de la biblioteca, que contemplaba el mundo con sus inexpresivos ojos de vidrio, y que de pequeño lo aterrorizaba. Desde luego, no alcanzaba a imaginar a su formidable abuelo en el papel de héroe romántico.

Pero Evanthi Doukas no tenía intención alguna de abundar en explicaciones y se volvió hacia el viejo sacerdote para conversar con él en griego.

1

La campana de la iglesia se oía desde varios kilómetros de distancia. Victoria sintió reverberar su tañido por todo el cuerpo y supo que formaría parte de sus recuerdos el resto de sus días, de modo que jamás podría volver a escuchar una campana sin rememorar aquel instante.

El sonido sobrevoló Holt Wood y ascendió hasta la cima de Lark Hill. Se filtró por las ventanas de las casas situadas en el extremo norte del pueblo y llegó a oírse en Manor Farm, residencia de los Cunningham, una finca limitada al sur por unos campos. En la calle principal del pueblo, el tañido insistente de la campana impulsaba a la gente a detenerse, difundiendo su noticia, transmitiendo su mensaje, al igual que había hecho en días de gozos y sombras a lo largo de muchos siglos.

La señora Banham, propietaria del colmado de Baybury, se puso el gorro de pieles sintéticas y se dispuso a cerrar la tienda..., tanto por afecto y respeto hacia la familia Cunningham como porque se consideraba en el deber de ofrecer a sus clientes un relato de primera mano de los acontecimientos. Sabía que los chismes locales constituían una de las pocas ventajas que la pequeña tienda conservaba sobre el supermercado y, en cualquier caso, recabar información era para ella tan importante y natural como para una abeja recolectar polen. Su presencia garantizaría que no se perdiera detalle alguno.

Media hora antes del inicio del oficio, la iglesia ya estaba atestada de gente. Solo los primeros bancos, reservados para la familia, seguían desocupados, y era evidente que los rezagados tendrían que permanecer de pie o tal vez incluso fuera del templo. Aquellos que habían llegado lo bastante temprano para encontrar asiento se agolpaban en los bancos, embutidos en sus gruesos abrigos de invierno, los brazos pegados al cuerpo en un intento de ocupar el menor espacio posible. El vicario jamás había visto semejante afluencia de público en St. Luke y no pudo evitar pensar cuánto lo alegraría contar con tantos feligreses todos los domingos. El estrecho sendero que conducía hasta la iglesia aparecía congestionado de coches, con los márgenes estropeados por los neumáticos al pasar y el césped convertido en un lodazal. Un campo adyacente, transformado ese día en aparcamiento adicional, también ofrecía aspecto de ciénaga y, si bien habían esparcido varias balas de heno para impedir que los vehículos quedaran atascados, era evidente que sacar los coches de allí sería una auténtica pesadilla. Quienes calzaban botas eran la envidia de todos los que habían sido lo bastante estúpidos para ponerse zapatos elegantes, y los visitantes de Londres ofrecían un marcado contraste con los lugareños mientras avanzaban con torpeza por el fango. La señora Banham se miró con expresión aprobadora las robustas piernas, a salvo en un par de botas Derri, mientras Peter Mason, presidente del bufete londinense Mason, Whitaker & Ziegler, contemplaba trastornado sus caros mocasines negros con borla, ya convertidos en bloques de barro. Por fortuna, la lluvia había cesado, pero el aire de febrero soplaba gélido e inhóspito. La única nota alegre eran las campanillas de invierno que daban fama a la iglesia.

Hacía poco que habían retirado los adornos navideños; las ramas de acebo ya marchitas habían desaparecido de los alféizares; las tiras de hiedra mustia que se enroscaban en torno a los antiguos pilares de piedra para enredarse en el árbol, ahora desprovisto de ornamentos centelleantes y soltando agujas por todas partes, se hallaban camino de la hoguera detrás de la iglesia. Richard y Victoria Cunningham, junto con su hijo de seis años, Jake, habían formado parte del equipo que se había ofrecido voluntario para eliminar los últimos vestigios de las fiestas, guardar los adornos, desmontar el belén y limpiar la iglesia. Al acabar el trabajo, todos habían ido a Manor Farm para tomarse el brebaje caliente y alarmantemente alcohólico que Richard y Victoria habían preparado, así como engullir los últimos pasteles de carne de la temporada.

Poco tiempo atrás, Richard había sido elegido candidato conservador por la circunscripción local, por lo que le habían llovido las felicitaciones. Si bien a Victoria, mujer de nulos intereses políticos, no le hacía demasiada gracia la nueva empresa, se mostró entusiasmada en aras de su esposo. En la cocina se respiraba una atmósfera pletórica de risas y calidez. Fortalecido por unos cuantos tragos clandestinos de vino especiado, Jake se pasó de vueltas y empezó a hacer el payaso.

Estaba de visita el primo de Victoria, Guy Winston, el fascinante y enigmático Guy, imán para personas de todas las edades y ambos sexos, garante de animación en cualquier velada si decidía hacer gala de su encanto. Victoria, que se había criado en parte a cargo de los padres de Guy y gustaba de explicar que consideraba a su primo como un hermano, a menudo le tomaba el pelo por el séquito de personajes glamourosos que solía acompañarlo. Los denominaba los «Groupies de Guy», aunque cuando iba de visita a Manor Farm por lo general se presentaba solo.

—Estás convencido de que somos demasiado aburridos para tus inteligentes amigos —se mofaba Victoria, aunque en realidad le encantaba que ella, Richard y Guy siguieran formando un trío tan feliz como cuando eran pequeños.

Aquella noche, el especial encanto de Guy brilló con tanta intensidad como las tiras de luces navideñas durante la misa del gallo, luces que poco antes habían verificado, enrollado y guardado en una caja de cartón hasta el año siguiente. Ya en la casa, Richard se cercioró de que todas las copas estuvieran llenas y de que nadie se sintiera excluido, de modo que una reunión que había empezado como una tarea algo tediosa se convirtió en una fiesta de lo más animada.

Cuando por fin todos se fueron, los integrantes del equipo de trabajo, compuesto en su mayor parte por miembros del partido conservador, parecían rebosantes de paz y buenos sentimientos mutuos..., lo cual no era siempre el caso, ni mucho menos.

Mientras despedían a sus invitados, Victoria se sintió embargada por una sensación de seguridad. Al poco entrelazó los brazos con los de su esposo y su primo.

—¡Lo hemos hecho muy bien! —exclamó—. Oye, Guy, ¿me puedes explicar qué le has dicho a la señora Banham para que babeara de esa forma? Y no me cuentes que es solo el vino especiado lo que la ha hecho sonrojarse de ese modo...

Guy se echó a reír.

—No en vano soy periodista. Siempre merece la pena estar a buenas con la proveedora oficial de noticias locales y, desde luego, la señora Banham ostenta ese título. Pero la verdad es que me alegro de que por fin se hayan ido todos. Recordadme que el año que viene no venga hasta que haya terminado el ritual..., aunque supongo que subir y bajar veinte veces la escalera del campanario es un buen entrenamiento para escalar montañas. Pero me moriría de aburrimiento si tuviera que hacer esto muy a menudo. ¿Nunca te hartas de esta vida tan monótona, primita?

—No seas tan arrogante —lo regañó Victoria—. La vida del pueblo es un hervidero de intrigas y culebrones..., y encima, estoy a punto de sentarme a cenar con mis tres hombres favoritos. ¿Qué podría ser más emocionante que eso?

Y mientras miraba a su primo, su esposo y su hijo, se dijo: Debo recordar este momento. No son los grandes acontecimientos los que necesariamente proporcionan más felicidad, sino las pequeñas cosas como esta, tan fáciles de olvidar. Conservaré esta velada en la memoria y la recordaré cuando necesite animarme.

Richard y Guy estaban a punto de emprender una expedición a Nepal. A menudo realizaban viajes deportivos o de aventura juntos, como siempre habían hecho, y a veces Victoria los acompañaba. Sin embargo, esta vez había decidido quedarse en casa con Jake y supervisar las labores de la granja en ausencia de Richard. Además, trabajaba a tiempo parcial en la sucursal local de Chalmer & Fenton, marchantes de arte, y estaban a punto de cerrar una venta para la que su jefe quería contar con ella.

De eso hacía casi un mes, y ahora la iglesia aparecía de nuevo decorada, en esta ocasión rebosante de flores frescas y follaje exuberante. A lo largo de aquel mes, la vida de Victoria se había desmoronado y jamás volvería a ser igual.

La fragancia de las flores habría resultado abrumadora en un edificio más pequeño, pero allí se fundía en armonía con el olor de los polvorientos cojines para arrodillarse, la cera de vela y la madera tratada que caracterizaba las iglesias antiguas. El día anterior habían llegado numerosos amigos de los Cunningham, armados con tijeras de podar, semilleros Oasis, más jarrones y un intenso deseo de ayudar. De sus jardines traían brazadas de plantas, cestas de campanillas de invierno y musgo, pero puesto que febrero es un mes tan nefasto para las flores cultivadas en casa, también habían comprado ramos de narcisos tempranos, ramas de árboles en flor y coronas de flores más exóticas, tales como lirios, claveles y fresias, en la floristería de la cercana Toddingham. Victoria insistió en preparar ella misma algunos de los arreglos pese a que parecía tan exhausta que todo el mundo le suplicó que no lo hiciera. Tenía la sensación de vivir en piloto automático y realizaba todos los movimientos físicos con un profundo desapego, como si su ser se hubiera ausentado de su cuerpo y ella lo viera desde un lugar recóndito, accionado por control remoto. ¿Me pasará algo?, se preguntaba. ¿No debería reaccionar de otro modo? Tras el primer grito salvaje que profiriera cuando Jeff, el capataz de los Cunningham, irrumpió en la casa para darle la noticia, no había sido capaz de derramar una sola lágrima. Aquel grito fue sobrecogedor, según le contó Jeff a su mujer, Violet, como el de un animal atrapado.

Al entrar en la iglesia para reunirse con el vicario, el padre de Richard miró en derredor con expresión perpleja.

—¿No te parece un poco exagerado todo esto? —preguntó—. Nunca hemos sido una familia dada a la ostentación. Me preocupa que la gente lo considere un poco... inapropiado, más adecuado para una boda que para un funeral.

Inapropiado era una de las palabras predilectas de Bill.

—¿Y qué podría resultar apropiado? Todo esto no debería estar pasando —replicó Victoria—. A Richard le encantaba esta iglesia, así que quiero que todo tenga un aspecto maravilloso, y la verdad es que me importa bien poco lo que piense la gente..., salvo tú, Bill, por supuesto —añadió al ver la expresión de su suegro—. Si a ti no te parece bien, eso ya es otra cosa. Si no lo apruebas, lo cambiamos todo.

Pero el padre de Richard sacudió la cabeza. Pensó que Victoria parecía destrozada, tan delgada y tensa que daba la impresión de estar a punto de romperse, y que Dios los amparara si eso llegaba a suceder.

—No, no —denegó tras una dolorosa pausa—. Supongo que tienes razón; es absurdo pensar en lo apropiado. Haz lo que quieras.

Acto seguido guardaron silencio, ambos enloquecedoramente conscientes del agujero negro que se había abierto en sus vidas con sobrecogedora brusquedad, pero incapaces de consolarse el uno al otro. Apenas si podían reunir fuerzas suficientes para existir minuto a minuto; incluso respirar representaba un esfuerzo sobrehumano.

Victoria hundió las manos en los bolsillos del forro polar y se arrebujó en la prenda mientras apretaba los dientes en un intento de detener su castañeteo. Pese a la calefacción, en la iglesia hacía fresco, aunque no frío. Sin embargo, Victoria llevaba una semana tiritando fuera cual fuese la temperatura.

Bill Cunningham, un hombre de setenta años por lo general muy bien llevados, parecía haber envejecido diez años de golpe.

El tañido de la campana cesó por fin mientras Victoria, Jake, el suegro de Victoria y las dos hermanas mayores de Richard avanzaban hacia el primer banco.

Jake, que había pasado casi toda la noche anterior aferrado a la mano de su madre mientras pugnaba por superar uno de sus ataques de asma, el peor que había sufrido en mucho tiempo, se negó a entrar en el templo cogido de la mano de Victoria y caminó junto a ella con expresión afligida pero independiente. Su abuelo había intentado impedir que Victoria le permitiera asistir al oficio, pues consideraba que el niño era demasiado pequeño para arrostrar semejante prueba y también temía la posibilidad de que se dejara llevar por las emociones, pero su nuera se había mostrado inflexible.

—A mí no me permitieron asistir al funeral de mis padres. Quiero que Jake recuerde este día y sepa que formó parte de él —sentenció.

Bill no discutió por temor a que aquella calma antinatural se quebrara.

Victoria había pasado una noche espantosa con Jake. A pesar del inhalador, había tosido tanto que era un milagro que no se hubiera roto una costilla.

—Papá no se despidió —había jadeado entre dos crisis.

—Lo sé, cariño —repuso ella, meciéndolo entre sus brazos—. De mí tampoco se despidió, pero es que no pudo. Le diremos adiós mañana en la iglesia..., si estás seguro de que quieres ir. No tienes por qué si no quieres.

—Sí que quiero —aseguró Jake—, pero no servirá de nada porque no me oirá.

—Sí te oirá —afirmó Victoria, deseando estar tan segura de ello como aparentaba.

—¿Cómo?

—No lo sé, cariño. Desde luego, no nos oirá como estamos acostumbrados a oír. Debemos intentar transmitirle pensamientos, como cuando rezas. Probablemente nos llevará algo de práctica, como cuando buscas una emisora en la radio del coche cuando el buscador automático se estropea, o cuando se te cuelga el ordenador. Ya sabes lo mal que se me da eso.

Qué absurdo decirle aquello, pensó, agotada, pero Jake, que a sus seis años ya regañaba cariñosamente a Victoria por su aversión a los manuales de instrucciones, pareció aceptar las explicaciones sin demasiadas reservas.

—Es horrible cuando la gente no te contesta —murmuró el pequeño justo antes de dormirse.

Y Victoria pensó apenada en todas las preguntas que le habría gustado formular a Richard, preguntas que ahora se acumulaban peligrosamente. Cuando Jake por fin concilió el sueño, le dio reparo retirar la mano por si lo despertaba, de modo que se tendió junto a él con el brazo izquierdo cada vez más entumecido a aguardar la mañana. Durante la espera la asaltaron dolorosos recuerdos de la pérdida que ella misma había sufrido de niña, y la perspectiva de que una sombra similar se cerniera sobre la seguridad soleada que había sido hasta entonces la vida de Jake le resultaba insoportable. Pese al tumulto de pensamientos que se agolpaban en su mente, en cierto modo se alegró de permanecer despierta, ya que la vigilia la libraba de la agonía de tener que recordar de nuevo los sucesos de la última semana después de que el olvido traicionero del sueño los borrara por una horas.

Victoria miró a Guy, uno de los portadores del féretro, que en aquel momento se sentaba en el banco junto a sus padres, Anthony y Spiridoula Winston. Observó que Toula ofrecía un aspecto tan espectacular como siempre, vestida de negro de los pies a la cabeza, con un sombrero en forma de chimenea que a Victoria le recordaba el viejo sacerdote del pueblo en la Grecia natal de su abuela. Resultaba curioso observar los detalles en los que una reparaba aun en momentos de máxima tensión. Guy le dirigió una larga mirada y un ademán secreto de amor y apoyo..., pero Victoria se sobresaltó al ver a Francine sentada con los Winston. Qué tonta soy, se dijo, cómo no iba a venir. A partir de ahora, Francine será una presencia constante, y debo acostumbrarme a ello. Guy no había indicado que la esperara, pero por otro lado, a Victoria no se le había ocurrido preguntárselo.

De todas las *groupies* rutilantes de Guy, Francine Magee, antigua modelo reconvertida en periodista independiente de moda, siempre le había parecido la más centelleante, con su espectacular melena castaña, las llamativas joyas de oro y la tez bronceada por los rayos uva. Situada entre las dos hermanas de Richard, Meriel y June, ofrecía un aspecto tan inesperado como un lirio atigrado plantado por error entre arbustos de margaritas. Guy, jardinero avezado, había descrito en cierta ocasión a Meriel y June como «hierbas útiles», algo que Francine no era en modo alguno.

Victoria, a quien la joven nunca le había caído demasiado bien, no se había percatado de la antipatía que Richard sentía hacia ella hasta que su marido regresó de Nepal con la asombrosa noticia de que ella y Guy habían decidido casarse..., que de hecho ya estarían casados por esas fechas, porque Guy había volado directamente de Nepal a Nueva York para asistir a su propia boda. ¿Realmente solo hacía diez días de eso? Richard llegó a casa en posesión de aquella sensacional noticia, que Guy le había dado al inicio del viaje, pero por increíble que pareciera, había tardado veinticuatro horas en contárselo a Victoria, cuando ya el anuncio del enlace había aparecido en los periódicos.

Pese a su rostro bronceado, Richard llegó del viaje con aspecto desmejorado. Estaba callado y huraño, tan alejado de su carácter siempre ecuánime que Victoria creyó que había contraído algún virus en el extranjero y ahora estaba incubando algo. Su esposo restó importancia al asunto e insistió en que se encontraba bien, tan solo un poco cansado.

—Déjame ya —espetó en un momento dado con una brusquedad impropia de él.

Cuando por fin le habló de la boda entre Guy y Francine, apenas tuvieron ocasión de comentar el tema, porque soltó la bomba justo antes de salir de casa después del desayuno. Victoria se quedó mirándolo con incredulidad.

—¿Que Guy se ha casado? No puede ser, eso es una tontería. Me lo habría dicho.

—Compruébalo tú misma si no me crees —repuso él, deslizando el periódico sobre la mesa hacia ella—. Sale en *The Times* de hoy; por eso no he podido callarlo por más tiempo.

Dicho aquello salió de casa para asistir con su padre a una reunión sobre la granja, una empresa de la que eran socios, dando un portazo que sacudió la casa.

Pese a que la noticia era sin duda extraordinaria, Victoria se sorprendió ante la vehemencia de Richard, un hombre de talante por lo general calmado. ¿Y por qué no le había dado la noticia nada más llegar del viaje?

Cogió el periódico y buscó la sección de «Nacimientos, enlaces y defunciones». Ahí estaba: «El señor G. S. Winston y la señora F. M. Magee». Desconocía que Francine hubiera estado casada con anterioridad y comprendió que, de hecho, sabía muy poco de ella. Hasta entonces no le había parecido importante. «Guy Stavros Winston, de Londres, y Francine Mary Magee, de Filadelfia, contrajeron matrimonio en Nueva York en la más estricta intimidad.»

Le dolía horrores que Guy no se lo hubiera contado personalmente, pero peor aún fue la reacción que experimentó ante la propia noticia. Con asombro y vergüenza comprendió que lo que más la hería no era que Guy se casara con alguien que no le caía demasiado bien, sino que se casara y punto. Lo perderé, pensó, una idea que se le antojaba insoportable.

De inmediato intentó localizarlo, pero no lo encontró ni en su casa de Londres ni en el móvil. Dejó lo que esperó fuera un mensaje engañosamente alegre en el contestador, diciéndole que lo llamaría más tarde y preguntándole qué se había creído al tomar una decisión tan importante sin consultárselo antes. Luego telefoneó a la madre de Guy.

—¿Toula? ¿Qué es esto de la boda de Guy y Francine? ¿Es verdad que se han casado? Richard acaba de contármelo, pero por lo visto lo sabe desde el principio del viaje. Parece trastornado, así que no creo que le parezca una buena noticia. ¿Qué está pasando? Guy no me insinuó nada antes de irse, y eso que estaba pasando unos días en casa, por el amor de Dios. Supongo que tú lo sabías...

—¡Oh, Victoria! —exclamó Toula con voz agitada—. Querida, esperaba tu llamada desde el día que regresó Richard. Me moría de ganas de hablar contigo. Guy es un monstruo. Nos soltó la noticia como quien no quiere la cosa justo antes de salir de viaje, por encima del hombro cuando ya estaba en la puerta, como quien dice, pero nos hizo jurar que guardaríamos el secreto. Dijo que quería ser él quien os lo contara a Richard y a ti. Nos quedamos de piedra. Estoy intentando hacerme a la idea, pero la verdad es que no sé qué pensar de Francine, aunque Anthony dice que será una buena esposa. Claro que lleva mucho tiempo formando parte del círculo de Guy, pero no me parece conocerla en absoluto. ¿Tú qué opinas?

—No sé qué opinar. ¿A qué vienen tantas prisas y tanto secreto? Creía que Francine estaba liada con ese artista estrafalario que expone el contenido de los cubos de basura de la gente en galerías de moda. Nunca se me había ocurrido que ninguno de los dos tuviera intención de casarse, y menos aún el uno con el otro. ¿Crees que está embarazada?

—Estoy segura de que Guy me lo habría contado. Siempre le han encantado los niños, pero no me lo imagino cediendo a semejante presión para casarse. Y para serte sincera, tampoco me la imagino a ella usando una estratagema así; los dos son demasiado refinados. Por supuesto, siempre he abrigado la esperanza de que algún día Guy se casara, pero Francine no es la nuera que había imaginado.

En su fuero interno, Victoria no creía a Spiridoula capaz de imaginar a nuera alguna, salvo quizá una futura máquina de fabricar bebés con ella misma a cargo de la guardería.

—Bueno, te aseguro que someteré a Richard al tercer grado en cuanto vuelva a casa. Sin duda sabe más de lo que dice, pero está muy raro desde que volvió..., distinto. De hecho, estoy bastante preocupada por él. Y también le diré cuatro cosas a mi primo cuando lo vea.

Toula instó a Victoria a visitarla lo antes posible tanto para intercambiar información como para poner la reputación de Francine en la placa de Petri y diseccionarla a conciencia. Victoria accedió a ir a almorzar al cabo de unos días.

Pero antes del día señalado acaeció un suceso mucho más devastador. Cuando Victoria por fin logró hablar con Guy, que acababa de regresar de Nueva York, no fue para interrogarlo acerca de su boda, sino para darle la terrible noticia del accidente de Richard.

Guy bajó de Londres sin perder un instante. Tenía un aspecto espantoso. Apenas hablaron de Francine, y cuando Victoria sacó a colación el asunto del matrimonio, Guy desechó su pregunta, alegando que podían hablar de ello en otro momento, y ella estaba demasiado trastornada para insistir. Quizá su reticencia resultara algo extraña pero, por otro lado, Victoria estaba acostumbrada a que Guy no exteriorizara sus sentimientos.

Su primo se había mostrado infinitamente solícito con las abrumadoras formalidades que entraña una muerte repentina, ocupándose de cuanto podía ahorrarle y acompañándola para darle apoyo moral cuando no podía. Pero discreparon en diversas opciones para las exequias, y les faltaba la presencia apaciguadora de Richard para disipar la tensión entre ellos, para intentar retirar el aguijón de los dardos verbales a veces envenenados de Guy y calmar los sentimientos confusos de Victoria. Era una tremenda paradoja que necesitaran a Richard para mediar entre ellos en lo tocante a su propio funeral, pero lo cierto era que Richard comprendía a la perfección la complicada relación existente entre su esposa y su amigo de siempre, una relación a caballo entre la adoración, el resentimiento y antiguas rivalidades de niñez. Aquella relación había formado parte de la infancia de los tres.

En circunstancias normales, Victoria habría aprobado las sugerencias musicales o literarias de Guy, pues tenía más gustos en común con él que con su esposo, pero precisamente allí residía parte del problema.

—No, no —objetó en un momento dado, agotada por las decisiones que se esperaban de ella, pero al mismo tiempo resentida por la presunción de Guy de que podía encargarse sin más de la organización—. Puede que te guste a ti, pero a él no le habría hecho ninguna gracia. Richard nunca leyó a Dylan Thomas ni a Philip Larkin, y con Wagner se moría de aburrimiento. Además, Bill se sentiría incómodo con casi todas tus propuestas.

—¿Qué te hace pensar que conocías a Richard tan bien? —replicó Guy—. El Richard con el que vivías era en gran parte producto de tu imaginación.

Victoria se quedó muda de asombro e indignación.

Guy se arrepintió al instante y se disculpó con vehemencia, alegando su propia aflicción como pretexto, pero aun cuando Victoria aceptó sus disculpas y por fin se pusieron de acuerdo en una selección musical y literaria que esperaban fuera del agrado de la familia Cunningham, aquel incidente le dejó un amargo sabor de boca. Estaba acostumbrada a que Guy la atormentara cuando se sumía en uno de sus tenebrosos estados de ánimo, pero que la atacara de forma deliberada en aquel momento de su vida le parecía exagerado. Y lo peor era que intuía cierta verdad inquietante en su acusación. Guy siempre había tenido la virtud de dar en el clavo con el más implacable de los martillos.

¿Cómo era su esposo en realidad? Le resultaba preocupantemente difícil recordarlo con claridad. Richard siempre había constituido una presencia tranquilizadora en su vida, pero ahora le costaba horrores definir su individualidad, dibujar un retrato de sus pasiones e inquietudes.

Cuando la congregación terminó de cantar «Inmortal, invisible, Dios único en su sabiduría», Guy subió al púlpito para leer el pasaje sobre la amistad de *El profeta*:

—«Tu amigo es la respuesta a tus necesidades —leyó con expresión neutra y voz tensa, mascando las palabras con firmeza, como si arrancara malas hierbas en el jardín—. Es el campo que siembras con amor y cosechas con gratitud.»

En fin, pensó Victoria, aferrándose al magro consuelo de aquellas palabras, eso es cierto; Richard era sin duda la respuesta a mis necesidades. Qué hermoso ser eso en la vida de otra persona. Pero entonces Guy continuó leyendo:

—«Cuando te despides de un amigo, no lo lloras, pues en su ausencia tal vez veas con mayor claridad lo que más amas en él, así como el escalador ve con mayor claridad las montañas desde el llano.»

No, no, sintió deseos de gritar Victoria. Eso no es así en absoluto. Richard se ha ido, y yo no lo veo. Oh, Richard, ¿dónde estás? ¿Por qué te has ido?

Sus pensamientos retrocedieron hasta el día en que Richard le había hablado de la boda de Guy. ¿Realmente tan solo había transcurrido poco más de una semana? Tenía la sensación de haber vivido tantas experiencias y emociones durante aquellos días que se le antojaba que había pasado una vida entera.

Pocos días después de regresar de Nepal, Richard, que seguía callado y ausente, llegó a casa una tarde ventosa de febrero y anunció su intención de volver a salir para cazar palomas.

—¿Por qué no te tomas una taza de té antes de que vaya a buscar a Jake? —sugirió Victoria.

Pero Richard alegó que la noche se le echaría encima si no se apresuraba y explicó que quería sorprender a los pájaros mientras volvían a sus nidos.

—Jeff dice que están acabando con la cosecha de colza invernal en el campo grande —dijo.

Victoria abrió la boca para responder que no podía ser tan urgente en aquella época del año, pero algo en la expresión de su esposo la hizo enmudecer. Tenía la absurda sensación de que Richard la evitaba. Al poco, su esposo llamó con un silbido a Teal, el viejo spaniel, y unos minutos más tarde, Victoria oyó el traqueteo del Land Rover sobre la reja de ganado y en el sendero trasero.

La casualidad quiso que Jeff Burrows lo hallara antes de que lo echaran de menos.

Jeff había ido a comprobar una valla que tenían que haber reparado, y le sorprendió encontrar a Teal corriendo suelto, gimiendo y a todas luces trastornado. Por lo general, Teal era un perro plácido y profesional, de carácter tan tranquilo que permanecía sentado junto a Richard, marcando el lugar donde caían los pájaros sin intentar siquiera correr en pos de ellos. Jeff siguió al viejo perro... y encontró a Richard tendido en medio de un charco de sangre, media cabeza destrozada por un disparo. Sin perder un instante, pidió una ambulancia por el móvil, aunque los dedos le temblaban de tal modo que apenas pudo marcar el número. Por increíble que pareciera, en aquel momento Richard aún tenía algo de pulso, pero murió sin recobrar el conocimiento poco después de que la ambulancia llegase al hospital. Ya era noche cerrada, y Victoria empezaba a preguntarse dónde demonios se habría metido Richard, cuando Jeff irrumpió en la casa para darle la noticia. Llamó a su mujer, Violet, para que se quedara con Jake, y luego llevó a Victoria a velocidad de vértigo al hospital, llamando por el camino al padre de Richard para que se reuniera con ellos allí.

Pero al igual que Victoria, Bill Cunningham no llegó a tiempo para ver a su hijo antes de que muriera.

El forense dictaminó muerte por accidente. La causa era un cartucho del calibre veinte atascado a medio camino de uno de los cañones de la escopeta del calibre doce de Richard, que debió de explotar cuando recargó y efectuó otro disparo por el mismo cañón. Se creía que al llegar al bosque deambuló durante un rato, porque hallaron cuatro o cinco palomas muertas en distintos lugares, lo cual demostraba que el accidente no se había producido de inmediato. Sin duda el cartucho equivocado había ido a parar a su bolsillo por error, aunque todo el mundo en la granja sabía con qué meticulosidad procuraba mantener separados los dos tipos de cartuchos, ya que cualquier persona con conocimiento de armas era consciente de los peligros que entrañaba mezclar cartuchos del calibre veinte con cartuchos del calibre doce. De hecho, Richard casi nunca usaba el arma más pequeña y solo la consideraba útil para abatir alimañas, tales como conejos y ardillas en el jardín, o bien ratas en el patio, y la conservaba para cuando Jake tuviera edad suficiente para aprender a disparar. Nadie supo responder a la pregunta sobre la última vez que recordaba habérsela visto utilizar, pero tanto Victoria como su suegro se mostraron desconcertados ante la idea de que Richard, el concienzudo Richard, hubiera podido cometer un error tan elemental y ser tan mortíferamente descuidado. No casaba en absoluto con su carácter. Durante la investigación, Victoria no pudo menos de reiterar su sospecha de que Richard estaba incubando algo y no se encontraba bien; era la única explicación que se le ocurría.

Después de que los asistentes cantaran «Alabado sea, alma mía, el Rey de los Cielos», Peter Mason, padrino de Richard además de abogado de la familia, pronunció unas palabras. Subrayó la trágica pérdida y miró en derredor como si desafiara a los presentes a contradecirlo. Contó a la congregación que había visto a Richard por primera vez cuando este contaba apenas una semana de vida, y que en los treinta años transcurridos desde entonces nunca había tenido motivos para sentirse otra cosa que orgulloso de su ahijado. Contó algunas anécdotas cotidianas de los tiempos escolares de Richard, mencionó su afición al deporte y comentó su destreza para el críquet, en el que se mostraba versátil y fiable. Richard había sido un miembro valioso y, podía añadir sin temor, valorado de la comunidad, un respetado hombre de negocios, un excelente granjero y, si las cosas hubieran ido de otro modo, tal vez un futuro diputado. Toda la comunidad perdía a un gran hombre. Asimismo, había sido un buen esposo y padre. Si existía una palabra que resumiera a Richard... Peter Mason hizo una pausa de efecto antes de sacar la palabra como quien saca un conejo de la chistera. Esa palabra era «sólido». Richard Cunningham había sido un hombre sólido.

La histeria amenazaba con adueñarse de Victoria, y por un terrible instante creyó que iba a gritar. Luego pensó que se desmayaría, de modo que se aferró a la mano de Jake, más para recibir apoyo que para prestarlo. Al concentrarse en su hijo, consiguió mantener la compostura mientras Peter Mason bajaba del púlpito. Había pronunciado un discurso impecable, pero blando; elogioso, pero insatisfactorio. En otras circunstancias, le habría gustado cambiar una mirada maliciosa con Guy, pues ambos consideraban al padrino de Richard un vejestorio pomposo al que su primo imitaba a la perfección, captando con maestría no solo su portentoso timbre de voz, sino también su discurso plagado de tópicos. En ocasiones, él y Victoria conversaban en lo que denominaban «masonés», rivalizando para ver quién conseguía poner los ejemplos más estrafalarios del modo en que Peter Mason habría descrito a tal persona o tal acontecimiento, sin emplear nunca una palabra donde podía utilizar seis. Con sus palabras, ninguna persona deseosa de saber más cosas sobre Richard habría aprendido nada nuevo, y Victoria deseó que hubiera sido Guy el encargado de pronunciar su elegía.

No era propio de Guy rechazar un desafío, pero en aquel asunto se había mostrado tajante.

—Por favor, deja de pedírmelo, Vicky —dijo con vehemencia—. Lo siento mucho, pero no puedo hacerlo —añadió con expresión tan atormentada que Victoria lo dejó correr.

Cuando Bill Cunningham, que de todos modos profesaba sentimientos ambiguos hacia Guy, propuso a Peter Mason, Victoria sintió que no tenía más remedio que acceder.

A continuación, el vicario pronunció unas breves palabras,

que por alguna razón resultaron mucho más conmovedoras que las pomposas sentencias de Peter. Llevaba poco tiempo en la parroquia, según comunicó a la congregación, agregando que lo entristecía no haber tenido tiempo de conocer mejor a Richard, pero que apreciaba en gran medida su discreta amabilidad y su inestimable ayuda como ayudante. Habló de las complejas preguntas que suscitaba una tragedia como aquella y de la imposibilidad de responderlas. Lo único que podemos hacer ahora por Richard, dijo con sencillez, es recordarlo con amor, rezar por su alma y prestar ayuda práctica y constante a Victoria y Jake. Antes de dar la bendición final, recitó una versión abreviada de la plegaria fúnebre del *Sueño de Geroncio*, de Newman:

Emprende el viaje, alma cristiana.
Ve en el nombre de Dios Padre Todopoderoso,
tu Creador;
ve en el nombre de Jesucristo Nuestro Señor,
Hijo del Dios viviente,
que murió por ti;
ve en el nombre del Espíritu Santo
que se derramó sobre ti;
ve en el nombre de ángeles y arcángeles,
en el nombre de todos los santos de Dios;
sigue tu rumbo,
y que encuentres tu lugar en paz,
Jesucristo Nuestro Señor mediante.

Qué palabras tan poderosas y, sin lugar a dudas, las palabras encierran un poder misterioso, pensó Victoria mientras recorría el pasillo con su hijo y su suegro para seguir el féretro de Richard hasta el cementerio. Si consigo dejar que Richard cabalgue sobre la marea de estas palabras, tal vez él alcance la paz, dondequiera que esté, pero ¿cómo aprenderemos nosotros a vivir sin él?

2

Tras el funeral, todo el mundo estaba invitado a tomar el té en la casa. La mesa del comedor aparecía repleta de platos de bocadillos, pasteles y galletas caseros, así como finas rebanadas de pan con mantequilla. La señora Banham y varias ayudantes del pueblo se habían adelantado al resto de los asistentes y en aquellos momentos estaban muy atareadas hirviendo agua, llenando teteras y retirando el plástico transparente que protegía los platos. Si bien todos apreciaban a la familia Cunningham y lamentaban sinceramente lo sucedido, sobre todo por Victoria, la ocasión también era tierra fértil no solo para plantar semillas de discordia, sino para que estas echaran raíces y crecieran imparables, ya que no todos los miembros de la comunidad veían con buenos ojos la tendencia de la señora Banham a hacerse con el control de cualquier acto al que asistiera.

—Será mejor que le dé un repaso a esta tetera —comentó a Violet, que se enorgullecía de mantener la plata de Richard y Victoria siempre reluciente—. No vaya a ser que esos londinenses crean que no se saca en todo el año.

Victoria, que no había participado en la preparación del banquete y, por fortuna, era del todo ajena a la agridulce relación entre las señoras de Baybury, pensó que jamás había visto tanta comida junta. Tenía la sensación de estar dando una fiesta totalmente distinta, tal vez una gala benéfica, y aun ahora, más de una semana después de los sobrecogedores acontecimientos que se habían grabado a hierro candente en su mente, todavía tenía la esperanza de que todo hubiera sido un error grotesco y que en cualquier momento Richard apareciera de repente por la puerta y empezara a ofrecer bebidas a los invitados.

Tras el entierro, Toula y Anthony Winston los habían llevado a ella y a Jake directamente a casa, dejando que Bill Cunningham y las hermanas de Richard se encargaran de estrechar la mano de todos los asistentes a la puerta de la iglesia. A Victoria le parecía que ella también debería haberse quedado, pero el resto de la familia había insistido en que era demasiado, en que nadie esperaba tanto de ella, y no se había sentido con fuerzas suficientes para discutir ni para explicarles que lo que hiciera o dejara de hacer no parecía importar en aquellos momentos, ya que vivía inmersa en una burbuja de irrealidad.

—Sube a cambiarte —instó Toula— y baja cuando te sientas preparada..., o no bajes si no te sientes capaz de enfrentarte a la gente. Nosotros defenderemos el fuerte.

Fue un alivio ponerse a cubierto del gélido aire de febrero. Permanecer de pie junto a la tumba la había congelado hasta los huesos tanto física como mentalmente, como si se le hubieran clavado astillas de hielo en el corazón, afiladas como las astillas del espejo roto en el cuento de Andersen «La reina de las nieves». Se preguntó si alguna vez llegaría a derretirse su corazón. Anthony le dio un abrazo que le sentó mejor que cualquier palabra de consuelo.

—Dame el abrigo —ordenó—. ¡Estás helada! ¿Quieres un trago de algo fuerte antes de echarte a los leones? Quizá un brandy te sentaría bien.

Anthony profesaba un profundo afecto a la sobrina de su esposa y la consideraba la hija que él y Spiridoula nunca habían tenido.

Victoria se permitió apoyarse un instante en su reconfortante corpulencia.

—No, gracias; a decir verdad, creo que el brandy acabaría conmigo. Será mejor que intente aguantar hasta que todo el mundo se haya ido.

—Pues entonces, arriba esa cabeza.

La apartó un poco de sí para escudriñar su rostro demacrado en busca de pistas acerca del mejor modo de ayudarla.

—Lo superarás, Victoria —aseguró—. Puede que ahora no lo creas, pero seguro que lo superarás. En parte porque no te queda otro remedio, pero también porque tú eres así, una superviviente.

—¿Cómo lo sabes? No me siento como una superviviente. Oh, tío Anthony, lo cierto es que no sé quién soy... Me siento muy extraña, como si estuviera a punto de ahogarme en mis propios pensamientos.

Se cubrió el rostro con las manos como si quisiera protegerse de una visión insoportable.

—Créeme. Ahora no te das cuenta de ello, pero sé que posees una fuerza interior tremenda. Ya lo pensaba cuando eras pequeña y viniste a vivir con nosotros tras la muerte de tus padres. Por aquel entonces tuviste que afrontar cosas terribles y saliste victoriosa, y ahora además tienes que pensar en tu hijo. Seguirás adelante por su bien.

—Gracias —susurró Victoria—. Eres una gran persona, tío Anthony. Y tienes razón. Será mejor que vaya a ver a Jake y luego baje a reunirme con vosotros.

Su tío asintió y regresó al comedor para ayudar a Spiridoula con las mujeres del pueblo y esperar a los invitados mientras Victoria iba en busca de Jake, que había desaparecido. Lo encontró en compañía de Teal, a quien habían encerrado en el trastero antes de ir a la iglesia. El niño y el anciano perro estaban acurrucados en la raída cesta de Teal.

—¿Qué quieres hacer, cariño? ¿Quieres bajar con los demás o prefieres quedarte aquí? —le preguntó, deseosa de unirse a ellos, pues ocuparse de Jake le parecía la única actividad cuerda en un mundo que de repente se había vuelto loco.

—¿Puedo mirar una película?

—Por supuesto. ¿Quieres que te la ponga yo? ¿Una de tus favoritas?

—Puedo hacerlo yo —repuso Jake, siempre tan competente—, pero... ¿podrías quedarte a verla conmigo?

—Ay, cariño, lo siento, pero me parece que no es posible con tanta gente invitada para tomar el té.

—¿Y cuándo se irán?

—No lo sé, pero no creo que se queden mucho rato. ¿Quieres que pregunte a Violet si puede hacerte compañía?

Violet Burrows ayudaba a Victoria en la casa desde antes del nacimiento de Jake, y el niño la adoraba, pero en aquel momento sacudió la cabeza.

—Solo quiero estar contigo —insistió.

Victoria se quedó mirando a su hijo, sintiéndose incapaz de tomar la decisión correcta. Jake era un niño muy independiente, lo que hacía más difícil resistirse a su súplica.

—Mira —dijo por fin con suavidad—, tengo que estar con todas las personas que han venido hoy, algunas de muy lejos, porque todos querían a papá. Creo que eso es lo que papá querría que hiciera, y debemos procurar no defraudarlo. Ponte cómodo en la sala de juegos con Teal, aunque quizá convendría que lo dejaras salir un momento, me sería de gran ayuda. Luego pediré a Violet que te traiga un poco de té, y te prometo que yo iré lo antes posible, ¿de acuerdo?

—Vale.

Mientras seguía con la mirada la orgullosa figura de su hijo dirigiéndose a la sala de juegos, sintió un nudo en la garganta. No debo jugar demasiado a menudo la carta de «hacer lo que Richard habría querido», se conminó; sería demasiado fácil convertirlo en un hábito, en una suerte de chantaje emocional.

En aquel momento oyó sonido de voces y supo que los invitados empezaban a llegar. Por favor, no llores ahora, se suplicó a sí misma con desesperación, porque si empiezas es posible que ya no puedas parar, y para llorar tienes que estar a solas. Permaneció un instante apoyada en la pared junto a la puerta que separaba el pasillo del vestíbulo, haciendo acopio de valor para entrar en el comedor. Un enorme estruendo la asaltó mientras esperaba junto a la puerta entreabierta. Esto es surrealista, pensó; se ha convertido en una fiesta. No se sentía preparada para afrontar el parloteo frívolo que constituye una reacción frecuente tras un momento cargado de emociones fuertes, un intento desesperado de cerrar las grietas de los sentimientos desbocados.

Para su consternación, la primera persona a la que vio fue

Francine. Victoria había esperado evitarla, pero no tenía escapatoria, pues la mujer de su primo estaba junto a la puerta. Francine, por lo general dechado de seguridad en sí misma, exhibía una expresión alarmada, como si solo deseara salir corriendo y no tuviera ni idea de cómo saludar a su anfitriona. ¿Por qué ha venido? Sin duda sabía que tendría que hablar conmigo si venía a la casa. Sin embargo, las convenciones sociales en que se había educado acudieron en su ayuda.

—Hola, Francine —saludó en tono cortés—. Has sido muy amable al venir.

Tras un instante de vacilación, la otra mujer no intentó abrazarla, aunque por lo general no dudaba en besar a personas a quienes apenas conocía.

—Victoria... No sé qué decir.

—Lo comprendo. Esto debe de ser muy difícil para todos. No digas nada.

—Debes de odiarme.

Victoria se quedó atónita. No era lo que esperaba oír de Francine y le parecía un momento muy inoportuno para enzarzarse en una conversación acerca de sus sentimientos respecto a la boda de Guy.

—¿Odiarte? ¿Quieres decir por lo de tu boda con Guy? Desde luego, la noticia me sorprendió mucho, aunque quizá no debería haber sido así, pero ¿por qué iba a odiarte?

—Me refería a Richard.

—¿A Richard? ¿A qué diantre te refieres? —exclamó Victoria, estupefacta.

—A su reacción ante nuestra boda. Ya había intentado impedírnoslo una vez y parecía tan trastornado... Pensaba que..., solo quería decir...

Francine parecía tremendamente incómoda, pues sin duda había dicho más de lo que quería decir y aun así estaba callando cosas que ahora pendían en el aire como nubarrones de tormenta.

¿Qué quería decir con eso de que «ya había intentado impedírnoslo una vez»?, se preguntó Victoria. De repente la asaltó la idea de que Francine poseía más información que ella y tuvo la sensación repentina de caminar sobre un campo de minas que en cualquier momento podían hacerla pedazos.

—Te ruego que no hablemos de Richard, de lo contrario no sé si seré capaz de afrontar esto —pidió, y en un intento de cambiar de tema, añadió en tono frío—: Todavía no te he felicitado. En circunstancias normales os habría escrito, por supuesto, pero ahora mismo nada es normal. No sabía que Guy y tú ya hubierais pensado antes en el matrimonio.

—¡Dios! —exclamó Francine, desesperada—. Bueno..., es que... por fin decidimos que era el momento adecuado, pero no queríamos celebrar una boda aquí. Creímos que nos ahorraríamos muchos problemas si lo presentábamos a todo el mundo como un hecho consumado. Y por supuesto, el... accidente de Richard fue una coincidencia..., una terrible coincidencia..., no tuvo nada que ver con...

Su voz se apagó.

El glamour que siempre la envolvía como un halo parecía haberla abandonado. En lugar de hermosa y pulcra, parecía casi vulgar, con la tez amarillenta en vez de dorada, y mayor de lo que Victoria había supuesto. Las dos mujeres permanecieron de pie, mirándose de hito en hito, rodeadas de gente, pero a pesar de ello aisladas en su propio mundo.

De repente, una conversación extraordinaria que había oído unas horas antes empezó a aletear en su mente como un pájaro que bate las alas enloquecido contra una ventana en un intento de salir. ¡No!, pensó. ¡Oh, no, no puedo afrontar esto!

—Francine —dijo—. Tengo que hablar contigo, pero no aquí ni ahora. Podría ir a verte a Londres. Si te hiciera unas preguntas delicadas, ¿me dirías la verdad? Hay algunas cosas que necesito saber.

—Oh, Victoria, qué desastre —suspiró Francine tras un largo silencio—. Tendría que haber mantenido la boca cerrada. Supongo que haría cuanto pudiera por responder a tus preguntas..., pero no me parece buena idea. Estoy segura de que Guy no lo aprobaría, y preferiría no hacerlo porque...

Francine se interrumpió de repente, y Victoria vio que Guy se había acercado a ella. No sabía cuánto rato llevaba allí ni qué parte de su conversación habría oído, si es que había oído algo. En su rostro se pintaba la expresión hermética que Victoria conocía tan bien, no tanto una expresión retraída como un rictus destinado a mantener alejados a los demás. Era una expresión que siempre la había aterrado de pequeña, cuando Guy, su héroe, su mentor, la persona a quien más deseaba complacer del mundo, se tornaba de repente inaccesible. A la sazón, ella era demasiado orgullosa para darle la satisfacción de ver cuánto la afectaban aquellos alejamientos inexplicables aunque, por supuesto, él lo sabía, y nunca intentaba quedarse con él para granjearse de nuevo su favor. Por el contrario, también ella aprendió a retraerse, a mantenerse ocupada por su cuenta mientras en su fuero interno aguardaba que el sol de su aprobación volviera a caldearla, como siempre acababa sucediendo. ¿Acaso era eso a lo que se refería Anthony al hablar de su fuerza interior? Pensó que solo su abuela griega la entendía de verdad cuando era pequeña y deseó con todas sus fuerzas tenerla consigo en aquel instante, pero Evanthi Doukas había contraído una de sus frecuentes neumonías en Navidad y no se encontraba lo bastante bien para viajar. En cuanto pueda escaparme iré a Vrahos a pasar unos días con *nonna*, se prometió a sí misma. Con ella puedo hablar de cosas que no puedo comentar con nadie más.

Observó que Francine parecía muy alterada para una mujer de su autodominio, y se le ocurrió que quizá era más vulnerable de lo que había imaginado. Quizá habría llegado a apreciarla de haberla conocido mejor y en otras circunstancias, pensó, sorprendida. Se volvió hacia Guy.

—Francie me estaba hablando de vuestra boda. Aún no puedo creer que no me lo contaras —dijo.

Guy le dirigió una mirada inescrutable.

—Tenías muchas otras cosas en la cabeza —replicó con sequedad—, y por supuesto habría acabado contándotelo. Pero ahora he venido para llevar a mi mujer de vuelta a Londres. No creo que pueda hacer nada más por ti de momento. Ojalá pudiera, pero ahora no puedo. Quizá más adelante.

En sus ojos se pintaba una profunda aflicción. De repente se inclinó hacia ella y la abrazó con fuerza.

—No te rindas, Vicky —murmuró—. Lo siento muchísimo, no sabes cuánto, y te prometo que estaré en contacto. Buenas noches.

Por un instante se aferraron el uno al otro, y luego Guy se irguió.

—Vayamos a despedirnos de mis padres —indicó a su mujer.

Vicky los siguió con la mirada, y ante sus ojos danzaban signos de interrogación como si pendieran de un móvil enloquecedor, preguntas demasiado vagas para hallar respuesta, pero lo bastante obstinadas para negarse a desaparecer. No puedo soportar más golpes ahora mismo, pensó, y de todas formas, lo más probable es que sean imaginaciones mías.

No pensaré en ello ahora, decidió, resuelta a desterrar de su mente cualquier incertidumbre.

3

En cuanto Guy y Francine se fueron, otros invitados empezaron también a desfilar. Victoria se situó cerca de la puerta para poder saludarlos y a la vez despedirse de ellos.

Meriel Hawkins, la hermana mayor de Richard, se abrió camino hasta Anthony y Toula.

—Tenemos que hablar —instó con voz que pretendía ser baja, aunque por desgracia su garganta no estaba hecha para emitir sonidos discretos—. ¿Qué vamos a hacer con Victoria?

—¿A qué te refieres exactamente? —replicó Toula.

No soportaba a Meriel, pero había prometido a Anthony que intentaría mantener a raya su aversión.

—Intenta ser amable con los Hawkins —le había pedido cuando salían de su casa para asistir al almuerzo familiar en Manor Farm antes de ir al funeral.

—Siempre soy amable —había protestado ella—. Simpática quizá no, pero amable sí. Pero Anthony, cariño, no puedes pretender que de repente Meriel me caiga bien solo porque Richard ha muerto.

—Pero podrías disimular un poco mejor tus sentimientos. Recuerda que todo esto también es espantoso para ella.

—Y lo siento mucho por ella, de verdad, pero disimular no es mi fuerte.

Dicho aquello, Toula puso los magníficos ojos en blanco y alzó los brazos. Se pasaba la vida gesticulando. Anthony siempre decía que era como vivir con un molino de viento y que era una lástima no poder conectar a su esposa a una central eléctrica.

—No pienso permitir que atosigue a Victoria y la convierta en una de sus horribles buenas causas —había advertido Toula—, pero si te tranquiliza, viejo pacifista, te prometo intentar evitarla en la medida de lo posible.

Sin embargo, aquello se tornó imposible en aquel momento. Meriel tenía la costumbre de invadir el espacio de su interlocutor, acercando el rostro al del otro e impidiendo toda escapatoria con su considerable corpulencia. A menudo, la gente escurría el bulto cuando la veían aproximarse, pero en ese momento consiguió acorralar a los Winston en un rincón con destreza inconmensurable.

—Tenemos que hablar del futuro de Victoria —insistió— y también del de Jake. Estoy muy preocupada por los dos. Sin duda coincidiréis en que no pueden quedarse en esta casa; es demasiado grande.

—¿No te parece un poco pronto para pensar en eso? Victoria necesita recobrarse del terrible golpe que ha sufrido... y tú también, por supuesto —añadió Anthony con diplomacia—. No te quepa duda de que haremos cuanto esté en nuestra mano por ella. Lo más probable es que necesite algún tiempo antes de tomar decisiones importantes. Y tú ya tienes bastante con ocuparte de tu padre. ¿Cuánto tiempo más os quedaréis con él?

—Solo esta noche. June se quedará una semana más. Por suerte no tiene tantos compromisos como yo. Por eso he pensado que deberíamos hablar ahora. Se me ha ocurrido una idea.

Anthony advirtió que las fosas nasales de Toula se agitaban peligrosamente. Parecía un caballo agresivo a punto de desbocarse.

—Bueno, seguro que volveréis pronto para visitar a tu padre —farfulló a toda prisa—; me consta que eres una hija abnegada. Tráelo a cenar a casa la próxima vez que vengas. Para entonces habremos tenido tiempo de reflexionar con más calma y asimilar los efectos de esta tragedia. Entretanto procuraremos no perderlo de vista. Le tenemos mucho cariño a Bill.

—Eres muy amable —agradeció Meriel, resuelta a no desviarse del tema—, pero quizá será mejor que os cuente mi idea para que podáis pensar en ella. También hablaré con Victoria, por supuesto, pero tal vez podríais ayudarme a hacérselo entender. Es muy poco práctica, y además me temo que le resultará muy difícil ocuparse de todo porque Richard siempre cuidó de ella.

Respiró hondo, lo cual hinchó su pecho de forma tan alarmante que Anthony se apretó aún más contra la pared.

—En fin —empezó Meriel—. He estado hablando con Peter Mason de los asuntos de Richard. Me parece que las cosas no serán fáciles para Victoria desde el punto de vista económico; este es uno de los problemas. Por otro lado, como decía, esta casa es demasiado grande. Ella y Jake se perderían aquí dentro. Tanto Stafford como yo creemos que le convendría cambiar de aires. Mi padre se va a sentir terriblemente solo porque él y Richard estaban muy unidos, y además ya no es joven que digamos, lo cual representa otra dificultad. Curiosamente, lo comenté con Richard la última vez que lo vimos y le dije que ya era hora de que alguien se instalara en casa de papá, por el bien de todos.

Dicho aquello se interrumpió.

—Así queee... —dijo Toula, arrastrando la segunda palabra como si de un gusano se tratara—, así queee, Meriel, se te ha ocurrido la idea de que Victoria y Jake se instalen en casa de tu padre...

Apartó una silla para desplazarse hacia un lado y lanzó a Anthony una mirada triunfante cuando consiguió apartarse de la pared.

—Hum, comprendo que sería muy práctico.

Meriel adoptó una expresión satisfecha. No había esperado obtener una reacción tan positiva de Spiridoula Winston ante una sugerencia suya. Era una mujer abrumadora en el mejor de los casos, y lo que era aún peor en opinión de Meriel, extravagante; aunque claro, había que recordar que era extranjera y mostrarse indulgente con su temperamento mediterráneo. Meriel no olvidaba nunca que pese a su educación inglesa, su cuñada también era extranjera. Jamás había entendido el afecto que Richard profesaba a la desconcertante abuela griega de Victoria, que tenía aspecto de tortuga vieja y huraña, aunque por lo visto, según el padre de Meriel, en sus tiempos había sido una gran belleza, algo que ahora costaba imaginar. ¡Y aquella espantosa y lúgubre casa familiar de Corfú que tanto le gustaba a Victoria! Desde luego, no encajaba en la idea que Meriel tenía de una casa de veraneo como Dios manda. Recordaba cuánto odiaba de pequeña que la enviasen a buscar a Richard después de una de sus frecuentes visitas a la isla, cuán marginada se sentía allí, como si fuera la única observadora externa de un círculo mágico y cerrado. Había intentado convencer a su padre de que no era bueno para Richard pasar tanto tiempo con Guy, Victoria y la anciana señora Doukas, pero a él le convenía tener a Richard ocupado. Era una lástima que Jake hubiera heredado los rasgos morenos de su madre, en lugar de los anglosajones de Richard, pero qué remedio. Los hijos de Meriel poseían una tez satisfactoriamente clara, que siempre la había obligado a aplicarles loción solar con un factor de protección altísimo.

—Sí —asintió en aquel momento, dedicando a Toula un gesto sorprendido—, lo mismo pienso yo. Mi padre siempre ha querido mucho a Victoria —aseguró, como si aquello fuera una gran proeza—, así que me alegro de que os parezca una buena solución.

—¿Y qué tienes en mente hacer con esta casa? —inquirió Toula.

Cualquier persona más sensible que Meriel Hawkins habría advertido en aquel instante que el suelo temblaba bajo sus pies, pero ella siguió adelante con la seguridad de que se estaba preocupando por el bienestar de todos.

—Bueno, pues quizá podríamos quedárnosla nosotros. Pertenece al fideicomiso de la familia, no a Richard. Con cuatro hijos y todos los amigos que tienen, sería del tamaño ideal para nosotros, así que he pensado que todo el mundo contento.

—¿Todos salvo Victoria, quizá? —sugirió Toula con dulzura almibarada.

—Pero si es Victoria la que me ha hecho llegar a esta conclusión... —exclamó Meriel, desconcertada—. Como te decía...

—Deja que te diga algo yo —la atajó Toula.

El destello de su mirada bastaba para alertar a cualquiera que la conociera bien, y en aquel momento su marido consideró conveniente procurar un elemento de distracción, de modo que volcó una mesilla que tenía cerca, derramando de paso su taza de té. En el revuelo que siguió, con la señora Banham y Violet acudiendo a toda prisa para ayudar e ir a buscar paños y recogedores para limpiar el desastre, y con las disculpas de Anthony por su torpeza, la tensión del momento se rompió..., junto con varias tazas de té prestadas por la parroquia. Dinero bien empleado, pensó Anthony mientras insistía a la señora Banham en pagar las tazas rotas.

Por fortuna, en aquel instante llegó Stafford Hawkins para recoger a su mujer y anunciar que June Cunningham consideraba que su padre debía irse a casa.

—Adiós, Meriel —se despidió Anthony—. Siento mucho mi torpeza. Espero que no te queden manchas en el vestido. Pensaremos en lo que has dicho, pero quizá sea mejor no mencionárselo a Victoria todavía. Dale un poco de tiempo.

Cuando los Hawkins se marcharon, tuvo la sensación de haber evitado una crisis..., al menos de momento.

Todavía junto a la puerta, Victoria apenas pudo soportar la mirada de desesperación que se pintaba en los ojos de Bill Cunningham. Al despedirse se miraron sin hablar. No existían palabras de consuelo posibles.

Cuando se despidió de Victoria, Peter Mason le apoyó las manos en los hombros y se los masajeó con los pulgares. La mujer de su ahijado siempre le había parecido una mujer muy atractiva, un poco flaca para su gusto, quizá, pero desde luego muy guapa, con cierto toque que no alcanzaba a definir.

—Bueno, jovencita —dijo—, tendremos que reunirnos pronto para hablar de negocios. Ven a verme a Londres y te invitaré a comer. Lo siento mucho..., es una gran tragedia, ni que decir tiene.

Victoria se prometió repetir la última parte de aquella frase a Guy, porque Peter Mason nunca dejaba correr un asunto sin decirlo todo y más. Se preguntó si podría seguir compartiendo bromas privadas con Guy sin que ello molestara a Francine. No alcanzaba a imaginar de qué modo su matrimonio afectaría a la relación que la unía con su primo, una relación que siempre había dado por hecha. Advirtió con asombro que ciertas cosas aún le parecían graciosas pese a que su mundo se había venido abajo. Qué extraño es todo esto, pensó.

Se zafó de las garras de Peter Mason y logró darle un beso cortés y apartarse en un solo movimiento elegante.

—Muchísimas gracias, Peter —dijo—. Desde luego, tendré que ir a verte para saber en qué situación estamos Jake y yo. Dame unos días para que me reponga y luego llamaré a tu secretaria para que me dé hora. Y gracias por las palabras que has pronunciado en el funeral. Y ahora será mejor que te vayas, porque el trayecto es largo y por lo visto habrá ventisca.

Desconocía por completo la previsión meteorológica, pero su afirmación surtió el efecto deseado. Al poco oyó la voz de Peter en el vestíbulo, advirtiendo a los demás invitados de la inminente tormenta, y su mirada se encontró con la de su tío. Anthony le guiñó el ojo con disimulo y le hizo la señal de victoria con el pulgar.

El vicario se había escabullido temprano tras prometer que estarían en contacto y decirle que su esposa había dejado un pastel de carne y una tarta de manzana en la cocina para que Victoria y Jake tuvieran resuelta la comida cuando se quedaran solos.

—Catherine me ha pedido que le diga que están recién hechos, así que también los puede congelar si quiere —explicó.

Victoria se conmovió ante su amabilidad práctica y discreta. Se despidió de la señora Banham y sus ayudantes, no sin agradecerles su inestimable trabajo. Tranquilizó a Violet respecto a la actitud de la señora Banham ante su forma de limpiar la plata, y dio las gracias a Jeff y los demás trabajadores de la granja por gestionar a la perfección el tema del aparcamiento.

Experimentó un profundo alivio cuando por fin no quedaron más que sus tíos.

—¿Te ha manoseado Peter Mason como de costumbre? —espetó Toula—. Es un viejo verdoso, sin lugar a dudas.

—Verde —corrigió Anthony.

Después de cuarenta años de matrimonio, el empleo idiosincrásico que su mujer hacía del inglés aún le hacía muchísima gracia.

—¡Oh, Anthony! —suspiró Toula—. Ojalá Peter no fuera el abogado de Richard. El pobre Bill tiene un aspecto horrible. No entiendo cómo él y Julia, que era tan guapa y tan divertida, tuvieron unas hijas tan espantosas.

—Vamos —repuso Victoria—, June es buena persona. No es la alegría de la huerta, pero es muy bondadosa y tiene buenas intenciones.

—Lo cual no se puede decir de Meriel —añadió Toula, huraña, mientras encendía uno de sus puritos Balkan Sobranie—. Meriel es una pesadilla, pero no puedo evitar admirar un atributo suyo: hace falta mucho talento para gastarse tanto dinero como ella en ropa y aun así conseguir parecer una pordiosera. Sé qué June se lo compra todo en esa tienda de segunda mano, pero aun así va más arreglada que Meriel.

—Ay, Toula, te quiero —exclamó Victoria, riendo.

—¿Qué tal una copa? —propuso Anthony—. ¿Qué os apetece?

—Lo que me apetece es un enorme tazón de té muy caliente, pero será mejor que primero vaya a ver a Jake.

—Sí, cariño —convino Toula al tiempo que se quitaba los zapatos y dejaba caer sus enormes pendientes de perlas en un jarrón Meissen, donde no recordaría haberlos puesto.

Anthony inclinó el jarrón con disimulo y se guardó los pendientes en el bolsillo. Toula exhaló una bocanada de humo como un dragón escupiendo fuego.

—Ve a ver cómo está, y nosotros prepararemos el té. Si quiere le leeré *Harry Potter*.

Pensó que Victoria parecía completamente destrozada.

Jake dormía a pierna suelta delante del televisor con el pulgar en la boca, hábito que había superado salvo cuando estaba enfermo o en situaciones de estrés. Victoria apagó el vídeo, pero el niño no se despertó.

Le acarició la mejilla y decidió dejarlo allí. Las ojeras se recortaban como cardenales contra su rostro pálido. Con toda probabilidad, dormir era lo que más necesitaba. Pobrecito, pensó. Cuando despiertes rememorarás otra vez lo que nos ha pasado. Y miró a su hijo con una sensación ominosa en la boca del estómago.

Las muertes violentas propagan en las familias ondas de choque que afectan a varias generaciones, pensó con tristeza. Jake nunca volvería a ser el mismo niño despreocupado de siempre, y se preguntó qué otras secuelas dejarían en él los últimos días.

Desde su cesta, Teal gimió y agitó la cola como si quisiera consolarla, pero no se movió. Victoria subió el termostato del radiador y recogió un papel del suelo. A todas luces, Jake había confeccionado una de sus listas antes de dormirse. La caja de colores se había abierto, y había lápices desparramados sobre la alfombra. Le apasionaba escribir y confeccionaba listas de forma compulsiva, de cosas que le gustaban o le desagradaban, de lugares y personas, de libros que había leído, de pájaros u otros animales que había visto, de ideas, que se le ocurrían en abundancia, de nuevas expresiones que había aprendido. A veces incluía ilustraciones, pero otras no. A menudo se trataba de meras columnas de palabras escritas en distintos colores. Victoria se preguntaba si de mayor sería periodista como Guy.

Echó un vistazo a aquella lista, toda escrita en grandes letras negras.

BANG, leyó. MUERTO BANG BANG ESCOPETA PALOMAS BOSKE CARTUCHOS BANG PAPI EGSPLOSION SANGE MUERTO MUERTO MUERTO.

En la parte inferior de la página había dibujado dos figuras y un perro, y debajo había escrito: «Mami, yo, Teal». La ausencia de la cuarta figura azotó a Victoria como un bofetón.

Regresó despacio al salón, donde Toula estaba sirviendo el té.

—Ah, ya estás aquí. He preparado un té tan fuerte que se puede cortar —anunció—, y el de Anthony lleva un poco de whisky. Por el amor de Dios, siéntate de una vez y descansa. Estás más pálida que un fantasma.

Victoria cogió el tazón humeante que le alargaba Toula y lo dejó con cuidado sobre la mesilla situada junto al sofá, pero en lugar de dejarse caer en él y acurrucarse cómodamente, como solía hacer, continuó de pie.

—¿Qué pasa, Victoria? ¿Jake está bien? —inquirió Anthony, escudriñándole el rostro.

—Se ha quedado dormido, pero no creo que esté bien.

Su voz, hasta entonces tan controlada, brotó en un susurro tembloroso que fue ascendiendo hasta convertirse en un grito desgarrado.

—¿Qué voy a hacer? —gimió—. ¿Qué voy a hacer ahora?

Les arrojó la hoja de papel, se dejó caer en el sofá como si las piernas se negaran a sostenerla y sepultó el rostro entre las manos.

Anthony y Toula leyeron la lista de Jake y luego miraron a Victoria. Llevaban diez días esperando aquel desmoronamiento y, de hecho, les preocupaba que no se hubiera producido antes, pero ahora que había llegado el momento, se sentían embargados por una profunda angustia.

—Oh, *agapi* —exclamó Toula, acuclillándose junto a ella y meciéndola entre sus brazos—. Vamos, desahógate. Llora, grita, golpea las paredes, no te lo guardes —murmuró antes de continuar en el lenguaje infantil que empleaba cuando Guy y Victoria eran pequeños—. Toula está aquí, *chrysso mou* —canturreó—. No pasa nada, Jake lo superará, te lo aseguro. Los niños son mucho más fuertes de lo que creemos.

Por encima de la melena morena de Victoria dirigió una mirada desesperada a su esposo, recordando cuánto había afectado a su sobrina la muerte de sus padres. Evanthi afirmaba que la decisión de Victoria de casarse con Richard Cunningham había sido una consecuencia directa de sus traumas infantiles, vástago de un anhelo de lo que percibía como seguridad... Pues menuda seguridad, pensó Toula, aunque lo cierto era que no podía culpar al pobre Richard por el trágico giro de los acontecimientos. Evanthi siempre se había mostrado contraria a aquel matrimonio, si bien casi todo el mundo lo encontraba maravilloso. El vecino, las dos familias tan bien avenidas... ¡Qué delicia! ¡Qué romántico casarse con el amor de la infancia! Pero a Evanthi no le parecía lo bastante romántico ni de lejos.

—Victoria es como la Bella Durmiente —decía—, y Richard no es el príncipe azul adecuado para despertarla.

Objetaba que pese a su amabilidad y su aparente solidez, no confiaba en él como marido para Victoria.

—La defraudará —vaticinaba, sombría.

Por aquel entonces, Toula, que había alentado la unión en todos los sentidos, encantada ante la perspectiva de que Victoria se quedara a vivir tan cerca, dentro de su esfera de influencia, pensó que su madre se mostraba muy injusta.

«Mi madre posee clarividencia», señalaba cada vez que Evanthi pronunciaba uno de aquellos augurios que en ocasiones resultaban inquietantemente exactos.

—Todo irá bien —susurró en aquel momento, repitiendo las palabras una y otra vez como una letanía.

Siguió meciendo a su sobrina, pero mientras hablaba era dolorosamente consciente de que ya no estaba ahuyentando una pesadilla infantil, disipando cualquier temor con un beso para que su sobrina ya no recordara nada por la mañana. Nada iría bien para Victoria y Jake hasta transcurrido mucho, mucho tiempo.

Victoria profirió un alarido de desesperación y por fin rompió a llorar en desgarradores sollozos. Todas las lágrimas acumuladas en su interior desde el día de la muerte de Richard brotaron como un torrente de dolor, desconcierto y miedo.

Fue la aparición de Jake, con los ojos hinchados de sueño, lo que puso fin a su llanto. Victoria alargó las brazos, y el niño corrió a refugiarse en ellos.

—No te preocupes, cariño —lo consoló—. Estoy llorando por papá y luego me sentiré mucho mejor. Toula lleva días diciéndome que llore, y como siempre tenía razón. Anda, sécame las lágrimas.

Anthony le dirigió un gesto de aprobación. Consideraba que acertaba en no intentar aislar al niño de su pena, lo cual habría transmitido a Jake un mensaje confuso acerca del modo en que debía afrontar sus sentimientos de pérdida y rabia.

Después de acostar a Jake y de que Toula le leyera un cuento, se sentaron en la cocina para cenar la sopa que había dejado

Violet y huevos revueltos. Tras el accidente, Toula y Anthony habían pedido a Victoria que se instalara con ellos en Durnford House, la casa donde Victoria había pasado gran parte de su infancia y que aún consideraba su hogar, pero ella se había negado por creer que, si lo hacía, la ausencia de Richard le resultaría todavía más difícil de soportar cuando volviera a la granja.

—Soy como un perro —había aducido—; necesito acostarme en mi propia cesta.

Sus tíos lo habían entendido y no la presionaron más. Violet dormía en la habitación de invitados, por lo que sabían que Victoria no estaba sola en la casa.

—Deberías irte a la cama. ¿A qué hora viene Violet? —preguntó Anthony, mirando el reloj.

—Cuando la llame —repuso Victoria.

No les dijo que había indicado a Violet que no fuera a menos que la llamara. Sentía la acuciante necesidad de estar sola, de afrontar ciertos rincones oscuros en lo más profundo de su ser y examinar ciertas preguntas que hasta entonces había logrado desterrar a los confines más alejados de su mente.

—¿Prefieres que nos quedemos nosotros en lugar de Violet? —sugirió Toula, observándola con atención.

—Muchísimas gracias, pero no. Sin embargo, me gustaría acostarme en cuanto llegue. Es encantadora, bondadosa hasta la médula, pero ya sabéis que cuando empieza a hablar no para. Además, quiero hacer un par de cosas antes de que venga. Solo son las nueve y media; os prometo que no me acostaré tarde.

Consiguió conducirlos hasta el vestíbulo, consciente de que si vacilaba, se negarían a marcharse.

Por fin cerró la puerta tras ellos con una profunda sensación de alivio, y al poco oyó el motor del coche de Anthony. Se quedó escuchando junto a la entrada hasta que el vehículo se alejó, y acto seguido se adentró en la casa para enfrentarse a sus demonios.

En Vrahos, Evanthi Doukas yacía apoyada sobre varios almohadas en su enorme cama de madera labrada, respirando con dificultad mientras escuchaba el golpeteo de la lluvia contra las ventanas.

Siempre le habían gustado las tormentas, aunque no para presenciarlas en la seguridad de la casa, y ansiaba poder ir a su punto de observación predilecto, en lo alto del acantilado, para ver las olas estrellarse contra las rocas y los olivos que rodeaban la casa convertirse en derviches que agitaban su melena plateada en una danza enloquecida. Incluso los majestuosos cipreses oscilarían a merced del viento, pensó Evanthi. Alzó la mirada hacia el techo forrado de paneles de madera pintada que tanto la fascinaban de pequeña, cuando subía para ver a su abuela desayunar en aquella misma cama, al igual que años más tarde Victoria visitaba a Evanthi y Jake aún lo hacía. Cada panel del techo exhibía un motivo de flores y frutas, y todos eran distintos, un auténtico regalo para la vista. De la viga central pendía una ornamentada lámpara de latón, en su origen un candelabro que después su abuela convirtió en araña al instalar la electricidad en los años treinta. Aún recordaba la temblorosa luz de las velas y las extrañas sombras que proyectaban. Se imaginó a sí misma caminando fuera, azotada por la galerna mientras recorría el sendero que bordeaba el acantilado. Pero nunca volveré a subir por ese sendero escarpado, pensó, para llegar a mi mirador y contemplar desde allí la isla y la calita donde nos bañábamos..., y donde nos despedimos con tanto ímpetu hace ya muchos años, aunque por entonces no sabíamos qué era una despedida. Recordó una figura alta, a punto de zambullirse, de pie en aquella roca que se cernía sobre el mar como un dragón agazapado. Y de nuevo estaba nadando junto a él en las aguas color martín pescador. Aquel veranillo de San Martín tan lejano cobró vida en su mente con colores tan brillantes como los de un libro de horas medieval, azul, turquesa, verde, escarlata, plata y oro.

Había muchas caletas a las que solo se podía acceder por mar a lo largo de aquel tramo de costa, pero aquella siempre había sido sagrada para ella y para él. Allí se habían dado el beso que sellaba su compromiso, y también el último. Habían encendido una hoguera con madera flotante y asado brochetas de pez espada ensartado en ramas de romero, que comieron con tomates maduros, queso feta y pan crujiente. Luego, como el búho y el gato, cuyo creador tanto amó Corfú muchos años atrás, habían bailado a la luz de la luna.

No habría soportado ir allí con su marido, de modo que siempre había procurado llevar tan solo a sus hijos o nietos. Sabía que creían haber descubierto la cala por sí mismos cuando fueron lo bastante mayores para salir solos en barca. Quizá también ellos albergaban recuerdos secretos relacionados con ese lugar.

Anhelaba sentir de nuevo el viento en el cabello y el sol en los huesos. En algún lugar de la casa, uno de los viejos postigos debía de haberse desprendido de los soportes metálicos que los sujetaban contra la pared y golpeaba intermitentemente la desconchada pintura rosa de la fachada. Bang, silencio, bang, bang, bang, bang. Contempló la posibilidad de llamar a Dora para que se ocupara de fijarlo, pero alargar la mano para tocar la campanilla le parecía un esfuerzo excesivo. Y si ni siquiera tengo fuerzas suficientes para hacer esto, pensó Evanthi con sorpresa, ¿cuántas otras cosas quedarán sin hacer? No quería pensar en el deterioro de su amada casa y abrió los ojos para desterrar las visiones interiores del pasado, mucho más vívidas que el presente. Desplazó la cabeza sobre la almidonada funda de almohada blanca para poder contemplar el agua que descendía en cascada por la ventana. Cada vez estamos más decrépitas la casa y yo, se dijo. No podía hacer nada para frenar su propio envejecimiento, pero era consciente de que sí podía hacer algo para conservar la casa en buen estado.

Había nacido en aquella cama y consideraba probable que algún día, en un futuro no muy lejano, moriría en ella..., a menos que el doctor Salvanos incumpliera su promesa y la trasladara al hospital, algo contra lo que se resistiría mientras le quedara aire suficiente en los cansados pulmones para protestar. En tiempos recientes pensaba mucho en la muerte y le parecía una terrible ironía seguir viva tras la última neumonía, cuando hacía apenas una semana Spiridoula la había llamado para comunicarle otra muerte, la pérdida sobrecogedora de una persona en la flor de la vida. La desaparición de los ancianos puede provocar auténtica tristeza, pero al mismo tiempo es natural, el cierre del ciclo inevitable de la naturaleza. En cambio, la muerte repentina de una persona joven está reñida con cada fibra de nuestro ser. La angustiaba pensar en la aflicción que seguiría al fallecimiento intempestivo de Richard.

Cuando Toula la había llamado para darle la noticia del terrible accidente, Evanthi solo pensó en Victoria y lamentó amargamente que su deteriorada salud le impidiera subir a un avión y volar a Inglaterra para estar con ella el día del funeral, si bien sabía que, en muchos sentidos, a Toula la aliviaría que no pudiera asistir. Era bien sabido en la familia que a Evanthi nunca le había gustado Richard Cunningham..., pero, se dijo, tampoco no le había disgustado. Ahí residía el problema, en que no se veía capaz de expresar su malestar a Victoria. Una de sus objeciones al matrimonio había sido que no tenía idea de los sentimientos de Richard hacia las cosas que a ella tanto la apasionaban. Resultaba imposible enzarzarlo en una discusión, pues detestaba todo enfrentamiento, y a Evanthi le parecía la conciliación personificada. Apuesto de una forma convencional, aunque no guapo; amable, agradable, con excelentes modales, competente y en apariencia con bastante éxito, pero... ¿cómo era en realidad? Evanthi lo conocía desde que era un colegial, primero como apéndice de Guy y más tarde de Victoria, pero no sabía gran cosa de él. En su opinión, Richard se limitaba a estar ahí. Y ahora, por supuesto, ya no estaba, y su violento final no parecía casar en absoluto con su personalidad.

Todavía no puedo morirme, decidió Evanthi; aún me quedan cosas que hacer por Victoria y por mí misma. Pero qué extraño disfraz es la vejez, pensó. Cuántos rostros distintos habitan este viejo cascarón que es mi cuerpo, lo único que la gente ve al mirarme ahora. No ven a la niña de ojos oscuros cogiendo amapolas bajo los olivos, vadeando en el mar con el vestido blanco embutido en las bragas y el largo cabello atado con un ancho lazo azul; no la ven montada en su amado asno, Lambrini, compañero de tantas expediciones infantiles, ascendiendo por los escarpados senderos de la isla, por entre las rocas y los arbustos de las colinas alfombradas de hierbas aromáticas, acompañada por Sócrates, el anciano jardinero; tampoco ven a la avispada colegiala que ansiaba poder ir a la universidad en tierra firme, paso que impidieron las anticuadas opiniones que su padre albergaba sobre la educación de las chicas; y desde luego, no ven a la apasionada joven que se enamoró de un alto muchacho y le juró amor eterno en una cala bañada por la luz de la luna a los pies de aquella casa, convencida de que nada podría separarlos jamás.

Pero todas esas partes de mí siguen existiendo, pensó. En lo más hondo de mi ser sigo siendo aquella niña, aquella joven, pero ¿dónde estás tú, amor mío? ¿Volveremos a encontrarnos en otra vida y conseguiremos hacer las cosas bien? ¿Te has adelantado? Creía que no, porque sin lugar a dudas lo habría notado. Envió un mensaje mental a su amado. Piensa en mí hoy si sigues vivo y contéstame antes de que sea demasiado tarde, le pidió. Necesito que me perdones.

Horas más tarde, la lluvia cesó, el viento amainó, y el sol asomó entre las nubes, transformándolo todo cual rey Midas.

Cuando Dora subió con la bandeja del té, Evanthi dormía. Dora recorrió la habitación en silencio, ordenando cosas aquí y allá, sacudiendo almohadas y alineando libros. Nunca había entendido cómo alguien podía necesitar tantos libros. En ocasiones los abría para cerciorarse de que no estaban llenos de polvo, pero nunca intentaba leerlos. No porque, a diferencia de su abuela Nafsica, no supiera leer, sino porque casi todos estaban escritos en lenguas extranjeras y alfabetos que le resultaban desconocidos. Acababa de pasar una media hora deprimente inspeccionando todos los cubos que ella y su marido, Yannis, habían repartido para recoger las numerosas goteras de la casa, pero al mirar a Evanthi se alegró de comprobar que la respiración de la anciana señora parecía haber mejorado.

Mientras se preguntaba si debía despertarla o llevarse la bandeja, Evanthi se movió y abrió los ojos.

—¿Nafsica? —murmuró antes de añadir—: Ah, no, qué tonta soy. Eres tú, Dora. Creo que me he quedado dormida. ¿Qué hora es?

—Las cuatro y media. Le he traído el té. ¿Quiere que la incorpore un poco?

La ayudó a sentarse en la cama y dispuso las almohadas con gran habilidad.

—Tiene mejor aspecto —afirmó, aliviada.

Si bien profesaba un cariño hondo y sincero a su autocrática ama, no podía evitar preocuparse también por el futuro de su propia familia cuando faltara, como sin duda sucedería algún día, la anciana Kyria Doukas. Según las habladurías, cuando la anciana señora muriese, la destartalada casa y la poco rentable granja tendrían que venderse. El auge del turismo había reportado una prosperidad sin precedentes a algunas familias de Corfú, pero también había traído consigo cambios en un modo de vida que había permanecido casi inalterable durante siglos. Incluso la cosecha de la oliva, antaño pilar de la economía de la isla, corría peligro.

—Gracias. Sí, me encuentro un poco mejor —repuso Evanthi al tiempo que lanzaba una de sus perspicaces miradas a Dora—. Parece que podrás quedarte en Vrahos algún tiempo más, Dora —añadió con sequedad no exenta de humor antes de palmear la mano de la joven—. Eres muy buena conmigo. No te preocupes por el futuro. Puede que las cosas cambien, pero intentaré que sigan adelante, que a ti, Yannis, Angelo y por supuesto Nafsica no os falte nada, te lo prometo. Y ahora creo que me encuentro lo bastante bien para que me peines, si no te importa.

Dora cogió uno de los cepillos de plata y carey del gran tocador de caoba, que estaba cubierto por un almidonado tapete blanco ribeteado de grueso encaje de algodón, una de las especialidades de la isla, y empezó a cepillarle con delicadeza la larga melena ahora cana, pero tan abundante como siempre.

—Creo que deberías ventilar la habitación de Victoria y el vestidor, y preparar las camas. Estoy segura de que pronto tendremos visitas —pidió Evanthi a Dora—. ¿Y podrías pedirle a tu abuela que venga a visitarme esta noche? Me encantaría verla.

De repente se le ocurrió que Nafsica era la única persona

aparte de ella misma que conocía la existencia de un hombre que en tiempos le había parecido más importante que la propia vida, pero nunca habían hablado de ello. Sentía la imperiosa necesidad de hablar de ello con alguien, pero cuando llegó Nafsica no sacó el tema a colación.

4

Patrick Hammond dobló el periódico por la mitad y lo deslizó sobre la mesa del desayuno hacia su esposa.

—Echa un vistazo.

—¿A qué?

—En la sección de necrológicas. Cunningham.

Rachel ojeó la página.

—No me suena —dijo—. ¿Debería?

—Quizá no..., pero te diré quién creo que es. De hecho, estoy bastante seguro. Creo que ese pobre hombre era el marido de la nieta de Evanthi Doukas. Ya sabes, querida, la propietaria de la Casa Veneciana, en Vrahos.

Rachel lo miró sin expresión, y Patrick pensó con tristeza que tres años atrás habría sabido exactamente de qué le hablaba.

—La casa que quiero fotografiar para el libro —insistió, paciente—. Tenía la esperanza de hacerle una visita cuando vaya a Corfú, echar un vistazo a la casa y hacerle una primera entrevista. Dicen que es una anciana impresionante con un pasado de lo más interesante, y también que la casa está llena de tesoros. Pero también he oído por ahí que no anda bien de salud, así que quiero verla lo antes posible por si pasa algo. Sin embargo, si ha habido una muerte en la familia no puede ser buen momento, y aunque la cosa podría retrasarse, he pensado en escribirle una carta para ver si sigue dispuesta a concederme una entrevista o prefiere aplazarla. ¿A ti qué te parece?

—Oh, no sé... Creo que deberías esperar un poco. Si quiere darte largas, lo hará.

Rachel estaba pensando en otras cosas y, como tantas veces en los últimos tiempos, reconocía con cierta culpabilidad que no le interesaba el asunto.

Patrick lanzó un suspiro y le lanzó una mirada interrogante.

—Este nuevo libro podría ser muy importante para nosotros —señaló.

—¿Y qué le ha pasado a ese tal Cunningham? —inquirió Rachel, resuelta a hacer un esfuerzo.

—Salió en el periódico el otro día. Un horrible accidente de caza. Creo que resbaló o algo así. En cualquier caso, se le disparó la escopeta. Solo tenía treinta y pocos años, mujer y un hijo. Muy triste. Me gustaría que me acompañaras a Grecia en el próximo viaje. Hay un par de sitios que me gustaría enseñarte para que me ayudaras a decidir qué incluir y qué no. Siempre has tenido buen ojo. Me servirías de inspiración —terminó con una sonrisa.

—¡Oh, Patrick! Ya sabes lo difícil que sería con Posy. No puedo.

—Nunca dudabas en acompañarme cuando los otros dos tenían su edad.

—Pero entonces tenía más ayuda.

—Ahora tienes a Yvonne, y podrías tenerla muchas más horas si quisieras. Te sentaría bien cambiar de aires... Nos sentaría bien a los dos —insistió con intención— hacer una escapada.

—Es un momento espantoso para llevar a Posy de viaje. En Grecia puede hacer tanto frío y llover tanto como aquí.

—No hablaba de llevarnos a Posy. Eso estropearía el propósito del viaje.

—¿Y qué pretendes que haga con ella?

—Yvonne estaría encantada con la idea de ganar un poco de dinero extra y quedarse a dormir unas noches. Es muy responsable, y ya sabes que no para de ofrecerse... Además, Sophie estaría aquí para hacerles compañía.

—¡Sophie! —bufó Rachel—. ¡Menuda compañía! Además, me avisas con demasiado poca antelación. Tengo muchos frentes abiertos ahora mismo, como la reunión de SOS Infancia la semana que viene y muchos otros compromisos —explicó en tono que hizo a Patrick sentirse como un niño inoportuno.

—La última vez que te pedí que hicieras algo conmigo me dijiste que no podías planificar con tanta antelación.

—Por favor, Patrick, no me machaques —espetó Rachel, adoptando la expresión hermética que su marido tanto había llegado a temer, como si bajara todas las persianas para no dejar entrar ni el más mínimo rayo de sol.

—Antes te gustaba viajar conmigo, ser parte integrante de todos mis proyectos, pasarlo bien conmigo.

Rodeó la mesa y le apoyó las manos en los hombros, sintiendo cómo sus músculos se tensaban al tacto.

—Vamos, Rachel —insistió, meciéndola con suavidad—. Solo una semana. ¿Acaso es un crimen querer tener a mi mujer para mí solo de vez en cuando? ¿Qué nos está pasando?

Rachel se libró de contestar gracias a un chillido estridente. Salió disparada de la estancia, y al poco Patrick la oyó tranquilizar con palabras suaves a su hija pequeña.

—No pasa nada, cariño..., mami ya está aquí. ¡Qué golpe te has dado! Pobrecita Posy. Mira, un besito para curarte.

En aquel momento oyó otra voz y a continuación los gritos del sempiterno altercado familiar.

—¡Dios, cuánto follón por nada!

Sophie Hammond, con el cabello engominado en todas direcciones como serpientes en pleno rigor mortis, irrumpió en la cocina y arrojó un montón de libros sobre la mesa, haciendo caer una cuchara al suelo y derramando café de la taza de su padre sobre el platillo.

—Y por cierto —continuó—, a la queridita Posy no le pasa absolutamente nada, por si te interesa, solo que ha vuelto a birlarme mi bolígrafo favorito y se lo he quitado. De hecho, he tenido que arrancárselo a la muy ladrona. Pero a juzgar por la movida que está armando mamá, cualquiera diría que se ha caído el tejado.

—Apuesto algo a que no has sido demasiado delicada con Posy —comentó su padre con amabilidad al tiempo que le dirigía una mirada divertida y volvía a echar el café derramado en la taza.

—¡Claro que no! —exclamó Sophie con una sonrisa de oreja a oreja—. Y cómo no, se ha caído. Encima de la alfombra, claro. Posy nunca se cae al suelo de piedra, y mamá va y me suelta «¿Y ahora qué le has hecho, Sophie?». Y ahora le está dando un chupito en medio del pasillo para consolarla... ¡Arggh, qué asco, por el amor de Dios! —Se estremeció de forma exagerada—. Las tetas de mamá corren peligro de volverse tan flácidas como las de esos viejos chimpancés hembra de los documentales. Sam dice que ya no le apetece traer a sus amigos a casa por miedo a encontrarse a Posy metiéndole mano a mamá para tomar una copita. ¡Que ya tiene dos años, porras! De verdad, papá, ¿no podrías hacer algo? Es vergonzoso.

Sophie se pasó la mano con gesto teatral por los rizos modelo medusa y se dejó caer en una silla.

Patrick observó a su hija mayor con expresión compasiva.

—Si te pido un favor, ¿aceptarías un soborno?

—¿Un soborno jugoso?

—Podría ser, depende.

—¿Y qué tendría que hacer?

—Hacer compañía a Yvonne si se instalara aquí una semana... y prometer no asesinar a tu hermana, eso también formaría parte del trato. Quiero que mamá me acompañe a Grecia. ¿Te interesa?

—Bueeenooo... —repuso Sophie con una mirada calculadora—. Quizá. Pero quiero algunas cosas, y luego está lo del fondo para el año sabático.

Sophie siempre andaba corta de dinero, y el fondo para el año sabático siempre tenía profundos agujeros negros.

—Pero ya te digo ahora —añadió, sombría— que no tienes nada que hacer, porque mamá no querrá ir.

—¿Qué crees que podría hacer para convencerla?

—Nada —aseguró Sophie, aplastante—. Nada de nada. Solo piensa en Posy..., en Posy y en esa Bronwen que parece vivir aquí, por no hablar de su espantosa hija.

Dicho aquello, Sophie se levantó y besó a su padre en la mejilla.

—Pobre papá —se compadeció—. Lo siento, pero creo que tienes todas las de perder. Bienvenido al club de los Hammond abandonados. Pero alegra esa cara, que Sam y yo te cuidaremos cuando seas viejo. Te ayudaremos a manejar el andador y te llevaremos a dar paseos en coche. ¡Coche! Eso me recuerda que tengo que largarme; la clase ha empezado hace diez minutos. El señor Swayne de la autoescuela sería genial si no fuera tan enano. Apenas puede mirar por encima del volante, y no te imaginas lo en serio que se lo toma todo. Estoy intentando mejorar su sentido del humor, pero cuesta. Bueno, adiós, deséame suerte. Pasa a buscarme al final de la calle, y hoy toca ir a la autopista.

Sophie salió como una exhalación, tarareando una melodía.

Patrick abrió la boca para pedirle que cerrara la puerta, pero concluyó que en eso también tenía todas las de perder, así que se levantó y la cerró él mismo. Esperaba no tener que darle a su hija clases de conducir aquel fin de semana; el profesor de la autoescuela sin duda se merecía una medalla.

En cuanto Sophie se fue, Patrick se sirvió otra taza de café y pensó en su familia. Deseaba ardientemente recuperar la relación que tenía con su esposa antes de que la llegada de la señorita Posy Hammond lo pusiera todo patas arriba.

Patrick y Rachel se habían conocido en la universidad. Patrick sostenía que en su caso había sentido amor a primera vista cuando en segundo le presentaron a Rachel, una estudiante de primero, en una fiesta. Desde luego, ambos experimentaron una inmediata atracción mutua, seguida de una amistad fruto de intereses compartidos y amigos comunes con los que hacían muchas cosas y lo pasaban en grande. Su relación nunca se había tambaleado, de modo que cuando terminaron los estudios en Oxford, para horror de la familia de Patrick, que a los veintidós años lo consideraba demasiado joven para comprometerse y además tenía ciertas reservas respecto a Rachel, se casaron. Muchos amigos suyos de la universidad cambiaban de pareja como quien cambia de camisa, tanto en la época de noviazgo como más tarde en la del matrimonio, pero Patrick y Rachel parecían haber dado con la fórmula mágica, y su matrimonio era la envidia de muchos. De haberles preguntado, ambos habrían insistido en que se esforzaban mucho para que su relación funcionara, pero ahora, ante el inquietante deterioro de su relación, Patrick se preguntaba si tenían la más remota idea del auténtico esfuerzo que requería un matrimonio cuando atravesaba una mala racha. Lo peor desde su punto de vista era que tenía la sensación de que solo él se esforzaba; Rachel se negaba a hablar del problema, lo cual no significaba que no fuera consciente de su existencia. Habría tenido que ser muy obtusa para no darse cuenta, y Rachel no tenía un pelo de tonta.

En los primeros tiempos de su relación, Patrick descubrió que bajo la capa de serena elegancia que Rachel mostraba al mundo, tan convincente para quienes no la conocían bien, se ocultaba una personalidad insegura que dependía de él mucho más de lo que imaginaban sus amigos. Ese hecho no hacía más que acrecentar su amor hacia ella; Rachel sacaba la parte más tierna y protectora de Patrick. Cuando llegaron los hijos, solo él comprendió cuán difícil le resultaba a Rachel, frágil producto de unos padres ultraconvencionales, el ajetreo de la vida familiar. Patrick, que había nacido en el seno de un clan numeroso y desinhibido, cuyos integrantes formaban un grupo risueño y amante de las discusiones que disfrutaba muchísimo en cualquier reunión bulliciosa, adoraba las fiestas familiares que su mujer hallaba tan amenazadoras. Cuando quedó embarazada, afrontó con el deleite más puro la perspectiva de ser padre.

En cambio, la reacción de Rachel fue menos entusiasta. Nunca había sido una de esas mujeres capaces de secuestrar bebés de sus cochecitos. La aterraba la posibilidad de que le ofrecieran coger en brazos a los hijos recién nacidos de sus amigos. Aquellos bultos agotadores envueltos en arrullos provocaban en ella una reacción de rechazo en lugar de la ternura casi universal entre las mujeres. Su actitud resultaba tan embarazosa que los demás solo podían tomársela a broma.

—Rachel finge que no le gustan los bebés —le tomaban el pelo las amistades.

Y ella podía permitirse responder con una exagerada mueca de asco y una carcajada.

—Cositas repugnantes. Hasta que caminan y hablan no hay

quien los aguante —espetaba con la certeza de que nadie iba a creerle.

Para colmo, se encontró fatal durante los nueve meses del primer embarazo. El parto le pareció una pesadilla indigna y repulsiva, unida al temor a perder el autodominio. Cuando todo terminó, Rachel contempló horrorizada a su berreante hijo. Todo el mundo aseguraba que era perfecto, un bebé precioso, pero a Rachel no solo la aterraba Sam, sino que en lo más hondo de su ser también le repugnaba. Era Patrick quien se resistía a soltar al pequeño mientras su mujer yacía en la cama, mirando por la ventana, profundamente desgraciada, intentando combatir el pánico y al tiempo eludir todo contacto físico con aquel amenazador desconocido que era su hijo.

En cuanto regresaron a casa del hospital, Rachel contrató a una niñera, la primera de muchas, para que la ayudara en la desagradable tarea de criar a su hijo. Dos años más tarde, tras el nacimiento de Sophie, Rachel consideró que había cumplido de sobra; de hecho, si no hubiera estado tan enamorada de Patrick, se habría negado en redondo a sufrir aquel horror por segunda vez. Si bien a su esposo le habría encantado vivir en medio del alegre caos que es una familia numerosa, admitió que ello podría poner en peligro la felicidad que compartía con Rachel, y no estaba dispuesto a eso, de modo que acordaron no tener más hijos. Patrick adoraba a sus dos hijos y se repetía una y otra vez que tenía cuanto un hombre podía desear: una esposa hermosa, dos hijos sanos y una carrera cada vez más brillante como escritor y fotógrafo.

En cuanto pasó el período de criar bebés, Rachel superó el desagrado que le inspiraban los niños, y a partir de entonces, cada éxito que cosechaban Sam y Sophie constituía para ella un motivo de satisfacción, si bien no se le daba igual de bien aceptar los fracasos. En su opinión, nadie podía acusarla de ser una madre negligente. Se interesaba por los asuntos de sus hijos, era ambiciosa respecto a sus resultados escolares y organizaba la vida familiar con la eficiencia que aplicaba a todas sus actividades. A los ojos del observador externo parecía una esposa y madre segura de sí misma, elegante y envidiablemente delgada, y solo sus uñas roídas hasta la carne y sus manos limpias hasta la obsesión delataban sus tribulaciones.

Todo fue sobre ruedas en el seno de la familia Hammond, al menos en apariencia, hasta hacía tres años, cuando Rachel descubrió que esperaba otro niño. Al principio creyó que se trataba de los primeros síntomas de la menopausia e intentó hacer caso omiso. Pero cuando por fin fue al médico reaccionó con horror ante la pregunta de si podía estar embarazada y con mucho más horror aún cuando resultó ser cierto. Por entonces ya estaba de más de cuatro meses. La primera reacción de Patrick fue de asombro y profunda alegría, seguidos de inquietud por el nerviosismo de su esposa. Comentaron la posibilidad del aborto, pero para alivio de Patrick, Rachel, asumiendo el papel de mártir, decidió seguir adelante con el embarazo.

Tras sobreponerse al asombro de que sus padres fueran capaces de semejante proeza pese a su avanzada edad, Sam y Sophie reaccionaron encantados. A partir de entonces, las actitudes de todos cambiaron de forma radical.

Rachel presuponía que las náuseas debilitantes que la habían atormentado durante los dos primeros embarazos volverían a atacarla esta vez, sobre todo teniendo en cuenta su edad, pero al poco empezó a tener un aspecto radiante y a encontrarse de maravilla.

Siguió protestando que no deseaba el bebé y al mismo tiempo consideraba a Patrick el único culpable del embarazo, cuando en realidad no le había avisado de que había dejado los anticonceptivos por temor a los efectos nocivos a largo plazo y por no considerarlos necesarios a aquellas alturas. Tras veinte años de matrimonio, Patrick empezó a tener la sensación de que vivía con una desconocida. Rachel, por lo general activa e inteligente, se convirtió en una mujer hostil y rencorosa que se pasaba la vida encerrada en casa. Todo irá bien en cuanto nazca el bebé, se decía Patrick. Debo ser paciente y tolerante, es por las hormonas. Ya tenía experiencia con el tumulto que podían ocasionar esos misteriosos mensajeros del cerebro; convivir con dos adolescentes era buena prueba de ello.

Cuando su tercera hija nació tras un parto singularmente fácil, Patrick experimentó un gran alivio al comprobar que su esposa había superado el trance tan bien y que esta vez, con ayuda de terapia, se enamoraba al instante del bebé. Patrick estaba preparado para que su vida familiar cambiara por completo y de hecho en muchos sentidos lo anhelaba, convencido de que a los cuarenta y dos años disfrutaría mucho con aquel regreso inesperado a los viejos tiempos. Le había encantado poder ejercer de padre con sus dos hijos mayores cuando la niñera de turno no estaba, pero lo que no esperaba era que la actitud antes hostil de Rachel hacia los bebés se trocara en una fijación obsesiva con su tercera hija, combinada con un profundo resentimiento hacia él. A Patrick lo desconcertaba cada vez más que su mujer pudiera estar tan encantada con el fruto de su amor y al mismo tiempo pudiera guardarle rencor a él por el papel que había desempeñado en su concepción, cuando en aquel momento, un momento que ahora se le antojaba muy lejano, había dado la impresión de gozar tanto como él.

Tampoco había esperado el cambio de actitud que se operó hacia Sam y Sophie. Si bien ellos bromeaban al respecto, poniendo los ojos en blanco y mofándose de su madre, Patrick sabía que la obsesión de Rachel con su hermana pequeña, por no mencionar su impaciencia respecto a los asuntos que los afectaba a ellos, les resultaba muy dolorosa.

Y luego estaba la amistad de Rachel con Bronwen Richards. Sophie, que la detestaba, insistía en que era lesbiana y que tenía las miras puestas en su madre.

—¡Eso es absurdo! —espetó Patrick con sequedad cuando Sophie expuso su provocadora teoría.

—Muestra todos los síntomas.

—¿Qué síntomas?

Sam, que en su fuero interno consideraba a Bronwen inquietantemente sexy, aunque habría preferido morir a reconocerlo, levantó la vista de los resultados deportivos.

—Sobacos peludos —repuso Sophie—. En serio, papá, parecen ositos de peluche. Y cuando lleva esas camisetas de tirantes le cuelgan un montón. ¡Qué asco! —exclamó con una mueca—.

Ellie dice que los sobacos peludos son un síntoma claro. La profesora de alemán de la escuela también los lleva así, y es una lesbiana reconocida. Creo que deberías poner a mamá sobre aviso. Ellie dice...

—Ellie es tonta y tú también —la atajó Patrick.

Acto seguido dejó el periódico sobre la mesa con una brusquedad impropia de él y salió de la habitación cerrando la puerta con un golpecito preciso y mucho más efectivo que un portazo. Lo cierto era que sus hijos no conseguían desconcertarlo a menudo.

—¡Vaya, vaya! —se sorprendió Sam—. Pobre papá, lo has dejado hecho polvo. Será mejor que lo dejes correr, Sophie.

—Ni lo sueñes. He encontrado un filón. Las situaciones desesperadas requieren medidas desesperadas, y tenemos que conseguir que papá pase a la acción. Es absolutamente imprescindible que nos libremos de la repugnante Bronwen, por el bien de todos, pero hablar con mamá no serviría de nada. Aparte de Posy y Bronwen solo piensa en dietas, detergentes y desinfectantes.

Tres años antes, Bronwen se había instalado en una capilla rehabilitada a las afueras del pueblo. Rachel, ya resignada a su embarazo no deseado, aunque tensa como un violín cuyas cuerdas tensaba cada vez más para sintonizar con su angustia, vio su anuncio en el escaparate de la tienda naturista del pueblo. «Clases de yoga y relajación. Asesoramiento emocional y espiritual. Especialidad en resolución de problemas. Tu oportunidad para emprender un viaje interior de exploración personal con asesoramiento seguro y comprensivo. ¡Prepárate para cambiar!» Impulsada por un capricho, Rachel llamó para pedir hora.

Bronwen tenía razón en una cosa, pensaba Patrick. Sin lugar a dudas, Rachel había cambiado.

5

Patrick llevó la taza vacía al fregadero. Rachel y Posy seguían sin reaparecer. Empezó a descargar el lavavajillas para después recoger los restos del desayuno. Tenía intención de dedicar el resto de la mañana a trabajar en el texto de su libro, pero entonces recordó que había medio prometido visitar a su tío antes del almuerzo. Echó un vistazo al reloj de pared, una voluminosa pieza con carcasa de caoba que él y Rachel habían rescatado de la extinta escuela del pueblo. Su inexorable tictac indicó a Patrick que más le valía ponerse en marcha. También le recordó la época en que ambos disfrutaban paseando por los rastros y curioseando en las tiendas de antigüedades en busca de gangas para la casa. Hacía muchísimo tiempo que no hacían algo así juntos, y Patrick ansiaba poder retroceder en el tiempo para recuperar la relación que los había unido en el pasado. El pesado péndulo negro recorría su trayecto una y otra vez, marcando indiferente el paso de los segundos. Tic, tac. Tic, tac.

Eran casi las diez de la mañana del sábado, y aunque su tío era muy poco exigente para ser un pariente anciano, Patrick sabía que esperaba impaciente su visita. Antes de salir se detuvo en el vestíbulo de losas de piedra, con su elegante escalera curva que pasaba ante la alargada ventana veneciana, que confería a la casa una agradable sensación de luz y espacio, y aguzó el oído. Rachel hablaba con Posy en la planta superior, y sin mucha convicción la llamó.

—Cariño, voy a ver al tío Hugh un momento. ¿Quieres venir? Le encantaría veros a ti y a Posy.

—No, gracias... —le llegó la respuesta que esperaba—. No puedo; he invitado a Bronwen a tomar el té. ¿Podrías ir a buscar a Sophie a casa de los Marshall cuando vuelvas? Irá a ver a Ellie después de la clase de conducir y así me ahorraría tener que ir yo. Bueno, adiós. Saluda de mi parte a Hugh y no vuelvas tarde.

Con exasperación contenida, Patrick salió a buscar el coche. No sabía qué hacer con Rachel.

Recorrió el paisaje de principios de febrero, reparando en los pequeños indicios de la primavera inminente que apenas se detectaban, pero que no por ello resultaban menos alentadores. Algunos amentos entre los arbustos, notas rojizas en los sauces, un aire algo neblinoso en los alerces del bosque, como si los atravesara una leve cortina de humo, y lo más reconfortante, según comprobó al doblar por el sendero de entrada de la casa de Hugh, varios ranúnculos valerosos que asomaban sus pequeñas antorchas entre las raíces de los oscuros tejos que flanqueaban el camino.

La puerta principal estaba abierta, algo que Patrick desaconsejaba una y otra vez a su tío, de modo que entró. Encontró a Hugh en la habitación alargada del fondo, más parecida a un rastro de postín que al salón de una casa de campo. En ella se agolpaba una mezcla ecléctica de objetos que Hugh había reunido en sus viajes por todo el mundo. Máscaras tribales africanas y hermosas acuarelas inglesas se disputaban las paredes junto a varios cuadros impactantes de animales creados por el propio Hugh. Un caballo de la dinastía Tang se erguía sobre el piano de cola junto a una pequeña figura reclinada de bronce obra de Henry Moore. Un huevo de avestruz era el incongruente vecino de un reloj estilo Luis XVI, y la valiosa colección de shabti egipcios de su tío lo impregnaba todo, junto con montañas y montañas de libros, la mayoría de ellos, eso sí, cubiertos por una fina película de polvo. Limpiar aquella estancia era una auténtica pesadilla, y Patrick siempre temía que la lucha desigual acabara por abrumar a la señora Parkes, la abnegada asistenta de Hugh. En cierto modo, pensó con tristeza, tal vez fuera una bendición que la mujer estuviera perdiendo la agudeza visual, ya que así sería menos consciente del creciente deterioro que la rodeaba, circunstancia que en otros tiempos habría desencadenado más de un grito enojado. Por fortuna, el encanto del morador de la casa era tan poderoso como el de la abarrotada sala, y aunque amenazaba una y otra vez con jubilarse, la señora Parkes seguía aguantando a la urraca de su jefe en un ambiente de afecto y exasperación mutuos. Llevaba años trabajando en casa de Hugh, y si bien su edad era un secreto muy bien guardado, Patrick sospechaba que pasaba de los setenta.

Durante el invierno, Hugh se había aficionado a trabajar en el salón en lugar del estudio que tenía en la parte baja del jardín. Patrick lo encontró ante el caballete, una buena señal. Con frecuencia, la artritis que sufría en las manos le impedía sostener el pincel, y un par de años antes se había caído en el jardín y se había roto la cadera de la pierna que había perdido en la guerra. La operación de cadera había sido un éxito, pero surgieron problemas a la hora de fijarle la pierna artificial, y si bien el anciano restaba importancia al asunto, Patrick sabía que tenía molestias constantes y a menudo dolores.

—Estás trabajando, qué bien. ¿Te interrumpo? —preguntó Patrick.

Hugh Marston giró en redondo, estuvo a punto de perder el equilibrio y dedicó una sonrisa radiante a su sobrino.

—¡Vaya, muchacho, qué sorpresa tan agradable! Has sido muy amable al venir. De hecho, esperaba que aparecieras. Quiero saber tu opinión sobre esto. La verdad es que a mí me gusta bastante.

Patrick se situó junto a él.

—No me extraña. Lo cierto es que no has perdido tu toque personal. ¿Son los del príncipe Haroun?

—Mmm, el semental de Haroun, las yeguas y los potrillos. Sobre todo la que está en primer plano, Moonlight Flit. ¿Recuerdas su espectacular victoria en Ascot hace algunos años? Me encargó el cuadro el verano pasado. El trayecto es demasiado largo para mí, así que me envió el coche y me invitó a comer. Siempre me ha caído bien ese hombrecillo, aunque supongo que debemos de hacer una pareja un tanto estrafalaria, algo así como el largo y el corto. Tomé algunas notas, hice algunos bocetos y muchas fotos, pero le dije que no sabía a ciencia cierta si podría arreglármelas con un lienzo tan grande. Pero es un hombre de lo más persuasivo, y además parece que últimamente soy más susceptible a los halagos. Debería recurrir a un pintor más joven pero, por otro lado, no me ha puesto fecha límite..., y mi nuevo matasanos me ha recetado unas pastillas geniales, así que puede que consiga acabarlo. Sin embargo, por esta mañana ya he trabajado bastante. No puedo pasarme demasiadas horas seguidas pintando. Es un engorro.

A los ochenta y cuatro años, Hugh Marston seguía ofreciendo un aspecto extremadamente distinguido con su cabellera plateada, la estatura imponente y su indumentaria poco convencional..., es decir, poco convencional para su generación, prendas que vestía con una elegancia que sin duda serían la envidia de muchos hombres más jóvenes.

Patrick adoraba al único hermano de su madre, que había sido como un padre para él desde que su propio progenitor murió siendo él un niño. Hugh siempre se había interesado mucho por Patrick y desde pequeño lo consideraba con diferencia el más agradable de sus sobrinos y sobrinas.

—No es demasiado temprano para tomar una copa, ¿verdad? —preguntó retóricamente Hugh al tiempo que se acomodaba en su butaca especial junto al fuego—. Sírveme lo de siempre, ¿quieres? Y lo que te apetezca para ti.

Atizó temerariamente un leño del hogar con el bastón, provocando una lluvia de chispas que se sumó a las pequeñas quemaduras negras que salpicaban la alfombra para desesperación de la señora Parkes.

—Conseguirá incinerarse mucho antes de morir —profetizaba a menudo con sombrío regocijo.

Patrick se dirigió a la bandeja de las bebidas, sirvió en una copa enorme una ración generosa del sequísimo jerez que constituía la copa preferida de su tío antes del almuerzo, acabó de llenar la copa con cubitos de hielo de la cubitera que la señora Parkes siempre mantenía llena, y luego fue a buscar una lager. Hugh poseía una cabeza a prueba de bomba, y en todos los años que había conocido y amado a su tío, Patrick no recordaba haberlo visto nunca ni tan siquiera achispado pese a que bebía cantidades prodigiosas de alcohol. Tanto la señora Parkes como su médico intentaban convencerlo una y otra vez de que redujera el consumo de alcohol y tabaco, pero todo era en vano; los cigarros que fumaba formaban parte tan integrante de su imagen como los coloridos pañuelos de seda que asomaban por el bolsillo de su bata manchada de pintura y los calcetines de seda roja o verde que siempre llevaba..., a veces uno de cada color como si pretendiera señalizar babor y estribor.

—¿Qué tal va el libro? —inquirió mientras cogía la copa con una mano algo temblorosa, detalle que Patrick advertía por vez primera.

—Aún estoy en la fase de planificación, pero me siento cada vez más satisfecho. He encontrado algunas familias muy interesantes sobre las que escribir y unas cuantas casas maravillosas que fotografiar. Tus contactos han resultado muy útiles; todos me han recibido con los brazos abiertos. Desde luego, es una gran ventaja tener un pariente tan famoso.

—Si este libro tiene tanto éxito como el anterior, acabarás siendo mucho más famoso que yo; además, yo ya soy historia, aunque eso no significa que esté dispuesto a dejar los pinceles todavía. ¿Cómo está Rachel?

—Muy ocupada. Cansada... Ya sabes lo perfeccionista que es, y Posy le da mucho trabajo. Necesita unas vacaciones, pero no quiere marcharse.

—Ya —masculló Hugh.

En su fuero interno, consideraba que Rachel era una auténtica lata, y siempre le había asombrado el modo en que Patrick la protegía y mimaba. Lanzó a su sobrino una mirada penetrante bajo las pobladas cejas blancas.

—Si quieres mi opinión, lo que Rachel necesita no son unas vacaciones, sino un susto.

—¿Y qué sugieres? —espetó Patrick en un tono tan gélido que Hugh supo que había tocado una fibra sensible.

—Bueno, no me atrevería a darte ningún consejo concreto, muchacho. A fin de cuentas, ¿qué puede saber de mujeres un viejo solterón como yo?

—¡Mucho más que la mayoría de nosotros! —exclamó Patrick con una sonrisa de oreja a oreja.

Agitó la mano en dirección a los intrincados marcos de plata que exhibían brumosos retratos en blanco y negro de famosas bellezas ataviadas con vestidos de noche de generosos escotes. Algunas de ellas habían posado para Hugh, y muchas, sospechaba Patrick, también se habían postrado para él. Desde que se había hecho famoso por sus cuadros de animales, sobre todo caballos, casi nunca aceptaba encargos para pintar a personas, de modo que sus retratos tempranos habían subido como la espuma y se habían convertido en piezas de coleccionista. Conservaba algunos de ellos, conocidos en la familia como «el harén de Hugh», y en su estudio tenía uno del que siempre se había negado a separarse. Pero aunque ya no pintaba retratos, su reputación como coleccionista de mujeres hermosas seguía intacta. Siempre había sido un narrador excelente, y a lo largo de los años Patrick había disfrutado de frecuentes e hilarantes relatos donjuanescos, en los que Hugh se libraba por los pelos de maridos iracundos o intentaba zafarse de las garras de damas en busca de un compromiso mayor del que él estaba dispuesto a contraer.

—¿Y nunca te sentiste tentado de casarte con ninguna de ellas? —le preguntó Patrick en aquel momento, sobre todo para desviar la atención de su tío de Rachel y regresar al tema más inocuo de su pintoresco pasado—. Aunque supongo que debo estar agradecido por el hecho de que nunca te casaras ni formaras una familia. Si hubieras tenido hijos propios, no habrías sido un tío tan maravilloso para todos nosotros.

Para su sorpresa, el anciano no respondió de inmediato con uno de sus alegres relatos, sino que siguió golpeteando los leños del fuego con la mirada clavada en las llamas. En un momento dado, Patrick se vio obligado a levantarse de un salto para extinguir con el pie una brasa particularmente grande que aterrizó sobre la alfombra, añadiendo el olor a lana chamuscada al más embriagador de las lilas y el humo de cigarro que por lo general impregnaba la estancia.

—Es curioso que me preguntes eso precisamente hoy —musitó por fin Hugh sin mirar a su sobrino.

—Te lo he preguntado muchas veces. ¿Qué tiene hoy de especial?

—Es que no me quito de la cabeza un episodio del pasado.

—¿Quieres contármelo? —inquirió Patrick, intentando no delatar la curiosidad que sentía.

—Tal vez. Debo de estar volviéndome senil. Es uno de los castigos de la vejez junto con la necesidad de beber más whisky y orinar más a menudo. Pero sí, una vez hubo alguien..., la razón por la que nunca me he casado. Por casualidad, esta mañana he dado con el boceto original de un retrato que le hice, que creía haber perdido cuando me trasladé aquí..., me refiero al boceto, no al retrato. Lo llevé conmigo durante toda la guerra, doblado en el bolsillo del uniforme, y me impidió perder el juicio cuando estuve en el campo de prisioneros. Siempre llevo en la cartera una fotografía del retrato terminado, pero llevaba siglos sin ver el boceto original, y de repente aparece en una caja que juraría haber revisado cientos de veces. Lo curioso es que estaba pensando en ella cuando lo he encontrado..., no al revés. Me he llevado un buen sobresalto.

—¿Qué salió mal?

—Oh, nada demasiado inusual. Nos enamoramos y..., digamos que la guerra se interpuso entre nosotros. Muchas personas de nuestra generación tuvieron el mismo problema.

—Pero tú sobreviviste... por los pelos. ¿Qué fue de ella? ¿O no lo sabes?

—También sobrevivió. Me enteré más tarde.

—¿Y no volvisteis a encontraros? ¿Llegasteis a comprometeros?

—Oh, sí, estábamos decididos a casarnos.

Titubeó un instante, y Patrick tuvo la sensación de que no le contaría toda la historia.

—Es difícil transmitir el ambiente de incertidumbre que se respiraba al principio de la guerra —prosiguió su tío—. En Europa sucedían cosas terribles, y ella era medio italiana, lo cual no facilitaba las cosas. Por aquel entonces, la separación fue inevitable, y supe que la esperaría..., para siempre, si hacía falta, pero ella solo tenía diecinueve años. Pasamos un verano idílico juntos, y luego volví a Inglaterra para alistarme y luchar contra Hitler, mientras que ella se quedó en Europa. Ya sabes lo que me ocurrió después.

Patrick asintió. Había crecido escuchando relatos del brillante expediente militar de su tío, que le granjeó una medalla al valor, la pérdida de una pierna y una estancia en Colditz al final de la guerra.

—Pero intentarías mantener el contacto con ella...

—La comunicación era dificultosa —explicó Hugh con vaguedad, y Patrick tuvo la certeza de que no le estaba revelando toda la verdad—. Todos esos correos electrónicos y teléfonos que los jóvenes utilizáis hoy en día... No me dirás que pueden sustituir a las cartas de amor. En cuanto terminó la guerra, lo primero que quise hacer fue intentar averiguar qué había sido de ella. Creía que quizá había muerto, pero en realidad se había casado con otro.

—Qué falta de lealtad —exclamó Patrick, experimentando un enojo creciente hacia aquella desconocida que a todas luces había roto el corazón de su tío—. Seguramente te habrá ido mejor sin ella.

Su tío le lanzó una mirada furiosa.

—Si la hubieras conocido no se te ocurriría decir semejante cosa —espetó con brusquedad—. Tenía buenas razones..., una guerra espantosa y mucha presión familiar. Muchos problemas.

—¿Y nunca volviste a verla?

—No. Habría sido terrible para ella tener que escoger entre otra persona y yo, y además por entonces ya tenía un hijo. Salí en su busca, pero luego di media vuelta, regresé a casa y no volví a verla. No he conocido a nadie capaz de competir con ella, y además le di mi palabra. Bueno, he dicho mucho más de lo que quería. No quiero seguir hablando del tema.

Patrick nunca había visto a su tío tan conmovido, tan a merced de una emoción tan poderosa. Ansiaba hacerle muchas más preguntas, pero a todas luces no era el momento más indicado.

—¿Me dejas ver el boceto?

—Está encima de la mesa —masculló Hugh al tiempo que atizaba el fuego con especial virulencia.

Patrick se levantó y se acercó a la mesa. Entre todos los bocetos de caballos realizados en carboncillo, de trazos osados y cubiertos de notas a lápiz y marcas de colores, encontró una vieja hoja arrancada, doblada en cuatro y bastante manchada que Patrick no había visto nunca. Sin embargo, comprendió de inmediato que debía de tratarse del esbozo de un cuadro que conocía muy bien. Alzó la vista hacia la pintura, colgada a la derecha de la chimenea. Recordaba haberla visto allí desde que tenía uso de razón, un óleo tan radiante que parecía recién pintado. Ante un fondo de cipreses oscuros y magnolias, una muchacha se sentaba sobre una roca de forma peculiar junto a un mar que reflejaba todos los colores del ala de un martín pescador. Llevaba un gran sombrero de paja e iba descalza. Era una figura tan vívida que, de pequeño, Patrick siempre había esperado que en cualquier momento empezara a mover los dedos de los pies. Ahora, al contemplarla, casi le pareció sentir el calor del sol y oler la fragancia de las hierbas silvestres mediterráneas. Siempre había pensado que el suyo era uno de los rostros más impactantes que había visto jamás, un semblante más allá de la belleza. Poseía una mirada directa y penetrante, un aire de intensidad y gozo que el pintor había plasmado a la perfección y que impulsaba a mirarla una y otra vez.

—Sí —musitó—, oh, sí, ya veo. ¿Vas a contarme más cosas de ella?

Hugh negó con la cabeza. De repente parecía exhausto.

—Ya he hablado bastante y creo que por hoy ya he pintado bastante también —masculló, huraño—. Me he alegrado de verte, Patrick, pero será mejor que te vayas. Dile a la sinvergüenza de Sophie que venga a visitarme pronto; siempre consigue hacerme reír y olvidar mis achaques. Puede que un día de estos la pinte; tiene unos pómulos estupendos. La verdad, no sé por qué no lo he hecho ya. Esa chica tiene futuro, aunque tiemblo solo de pensar cuál.

—Sophie es una buena chica —aseguró Patrick con una sonrisa—. A veces nos vuelve locos, pero tiene buen fondo. Por cierto, tengo que ir a buscarla. Ha tenido clase de conducir..., que Dios ayude a los conductores que se crucen en su camino.

¿Por qué no vienes a comer el domingo que viene? Sam vendrá a pasar el fin de semana en casa. A los dos les encantaría verte.

—Me encantaría, gracias. —Hugh le alargó la copa—. Sírveme otro antes de irte, ¿quieres? Necesito más combustible, últimamente cada vez más.

—Como siempre —rió Patrick.

Le sirvió otra copa de jerez, pero diluida en grandes cantidades de hielo. Antes de marcharse pasó por la cocina, de la que manaba un delicioso olor a vino y ajo. La señora Parkes estaba preparando un estofado.

—Buenos días, señora Parkes. Me parece que he cansado un poco a tío Hugh. Cuando he llegado estaba en plena forma, pero ahora no tiene muy buen aspecto, y tengo que ir a buscar a Sophie. Pero no le diga que le he comentado nada, ¿de acuerdo?

—Iré a verlo en cuanto usted se vaya. Le llevaré un café y me aseguraré de que se haya tomado las pastillas. No se preocupe, que aún tiene cuerda para rato. Además, le encantan sus visitas. Lo que pasa es que trabaja demasiado y últimamente se cansa de repente. Con un analgésico y una siesta estará como nuevo —afirmó la señora Parkes con una carcajada—. Seguro que se ha tomado una buena ración de ese disolvente que tanto le gusta, ¿eh? Menuda porquería.

—Gracias, señora Parkes. ¿Qué haríamos sin usted?

Mientras caminaba hacia el coche, Patrick pensó en la cantidad de detalles de la vida de su tío que desconocía. No podía desterrar de su mente el cuadro de la joven sentada sobre la roca.

Qué desperdicio, pensó, todo el amor y la lealtad que Hugh le había profesado durante tantos años. No podía decirse que su tío fuera un santo, porque había sacado mucho partido a la vida, pero aun así...

Patrick estaba profundamente conmovido... y muerto de curiosidad.

6

Tres semanas después del funeral, Victoria fue a Londres. Había concertado una cita con Peter Mason por la mañana, aunque consiguió eludir su invitación a comer. Luego llamó a casa de Guy. Su primo la había llamado varias veces desde el entierro, siempre por el móvil desde donde estuviera y siempre manteniéndola informada de su paradero por si necesitaba ponerse en contacto con él, pero sin telefonear nunca desde su casa. Se mostraba solícito y preocupado por ella, pero Victoria advertía cierta tensión entre ellos. Antes de llamar a su casa se cercioró de que Guy no estuviera. En efecto, fue Francine quien contestó.

—Ah..., hola, Victoria —la saludó Francine con cautela—. ¿Cómo estás?

—Bien, gracias —respondió Victoria sin pensar antes de puntualizar—: Bueno, bien no, pero tirando, creo.

—Dios mío, qué pregunta tan idiota. ¿Cómo vas a ir tirando siquiera? Lo siento. Supongo que quieres hablar con Guy, pero ahora mismo no está. ¿Le digo que te llame cuando llegue?

—A decir verdad, quería hablar contigo.

A Victoria casi le pareció oír el vuelco que dio el corazón de Francine.

—¿Puedo ir a verte? Estaré en Londres el viernes.

—Claro... —balbuceó Francine tras un silencio—, si quieres..., si crees que servirá de algo. Supongo que ya sabes que Guy no estará.

—Sí, me lo dijo. Tengo cita con Peter Mason a las once.

—¿Quieres que quedemos para comer en algún sitio?

—No sé cuánto rato estaré con él y, de todos modos, preferiría ir a tu casa si no te importa. Será más fácil hablar allí. Pero no te preocupes por el almuerzo; ahora mismo no como mucho.

—Prepararé unos bocadillos o algo así. Ven cuando acabes con Peter. Qué pesadez, ¿no? Siempre me ha parecido una auténtica lata ese hombre.

—Y a mí. No me apetece ir a verlo, pero necesito saber en qué situación económica quedamos Jake y yo... Y también necesito que tú me cuentes algunas cosas.

—Bueno, espero que tengas razón. Mira, Victoria, lo lamento muchísimo por ti. Sé cuánto te quiere Guy y, desde luego, no tengo ninguna intención de interponerme entre vosotros, pero no creo que hurgar en el pasado te ayude. ¿Y si empeora las cosas?

—No creo que puedan empeorar mucho, y los fantasmas me dan mucho más miedo cuando los armarios están cerrados. Por favor, Francine...

—Está bien —accedió Francine con un suspiro—. Hasta el viernes, entonces. Pero quizá no pueda ayudarte.

Sin embargo, Victoria estaba convencida de que sí podría.

Llevó a Jake a la escuela de camino a la estación.

—Me encuentro mal —se quejó Jake en cuanto llegaron ante la escuela de Toddingham a la que asistía.

Era lo que decía cada mañana. Victoria se había devanado los sesos intentando decidir cuándo debía volver su hijo al colegio y por fin llegó a la conclusión de que cuanto antes pudiera restablecer cierta normalidad, mejor. También sabía que cuanto más tiempo se quedara en casa, más difícil le resultaría volver, pero la primera mañana, Jake estaba tan afligido y se quejaba tanto de dolor de vientre que Victoria dio media vuelta ante la escuela y regresó a casa. Una vez allí, Jake olvidó del dolor, salió a los campos con Jeff Burrows y se encontró estupendamente durante el resto del día.

A la mañana siguiente lo recogió Romie Constable, una vecina y amiga con la que Victoria compartía la tarea de llevar a los niños a la escuela. Victoria hizo de tripas corazón y obligó a subir al coche a su hijo, que se agarraba el vientre entre quejidos de dolor. Los otros niños enmudecieron al verlo, incapaces de obedecer la orden de sus padres de mostrarse «especialmente amables» con Jake. Victoria se sintió fatal al ver su rostro pálido apretado contra la ventanilla, mirándola con resentimiento mientras Romie ponía el coche en marcha y se alejaba. Más tarde, su vecina la llamó y le aseguró que Jake se había animado enseguida, pero Victoria pasó el día preocupada por él. Le parecía espantoso tratarlo con tanta firmeza tan poco tiempo después de la muerte de su padre, pero todo el mundo le repetía una y otra vez que era lo mejor para él.

—Me duele muchísimo la barriga. Tú no entiendes lo mal que me encuentro —lloriqueó Jake.

No era propio de Jake comportarse de tal modo; siempre había sobrellevado el asma con gran entereza.

—Sí que lo entiendo, cariño —le aseguró—. Es una sensación horrible, pero se te pasará, y además sabes que tienes que ir al colegio.

—¿Cuándo volverás a casa?

—Antes de que te acuestes. Toula te recogerá de la escuela y te llevará a merendar a su casa. Ya sabes que te encanta ir allí. Te iré a buscar cuando vuelva de Londres. Y ahora vamos, cariño, sé valiente.

Jake le lanzó una mirada de mártir y se apeó del coche muy despacio antes de derramar adrede el contenido de la mochila sobre la acera. Victoria lo recogió todo y se encargó de llevar la mochila mientras Jake caminaba tras ella arrastrando los pies.

—Muy bien. Y ahora entra —dijo cuando llegaron a la puerta, al otro lado de la cual lo esperaba su amable tutora, la señora Atkinson—. Hasta luego, cariño, dame un abrazo —pidió.

Pero Jake pasó junto a ella en silencio y entró sin despedirse.

Victoria volvió a subir al coche y pasó unos instantes con la cabeza apoyada en el volante, pugnando por contener las lágrimas. Por fin se enjugó los ojos, puso el coche en marcha y condujo despacio hacia la estación. Cuando hubo aparcado y comprado el billete, se sentía destrozada, como si ya hubiera trabajado el día entero, y deseó haber aceptado el ofrecimiento de Anthony de llevarla a Londres, o bien haber hecho caso del consejo de Toula de que era demasiado pronto para emprender actividades mundanas. Pero en cuanto se acomodó en el tren se sintió aliviada por disponer de un rato para pensar a solas, lejos de las miradas preocupadas de amigos y familiares siguiendo cada uno de sus movimientos o cambios de expresión.

Rememoró la conversación que había escuchado justo antes del funeral. Después del almuerzo que Toula había organizado para parientes y amigos llegados de lejos, Victoria había huido a la planta superior para estar unos instantes a solas y prepararse para el oficio. Pese al frío invernal y sus constantes escalofríos, tener tanta gente en la casa y verse obligada a conversar con todos la sofocaba, por lo que abrió la ventana y se asomó. Dos viejos amigos de la universidad de Richard y Guy estaban en la terraza situada bajo su dormitorio, fumando un cigarrillo.

—Vaya desgracia —oyó mascullar a uno de ellos—. Es horrible decirlo, pero no puedo dejar de preguntarme si realmente fue un accidente. Es que resulta muy sospechoso que precisamente ahora... ¿Crees que pudo hacerlo adrede?

—¿Quieres decir por lo del compromiso entre Francine y Guy?

—Sí.

—¡Qué idea tan espantosa! Pero tengo que reconocer que yo también lo he pensado. Fue un alivio saber que el dictamen fue de muerte accidental..., pero aun así, el compromiso debió de ser un golpe terrible para el pobre Richard.

—¿Qué pensará Victoria?

—Acuérdate de Cambridge. Richard era un magnífico actor. Supongo que era capaz de engañar a cualquiera si se lo proponía.

En aquel momento, alguien avisó a los dos hombres de que había llegado el momento de ir a la iglesia, y Victoria no oyó nada más. Se quedó junto a la ventana, con la mirada clavada en el jardín, mientras un remolino de ideas nuevas y terribles le surcaba la mente. ¿Richard y Francine? Era absurdo. Pero si a Richard ni siquiera le caía bien Francine. Pero ¿y si tan solo fingía desagrado para no suscitar sospechas?

En el tren, Victoria se reclinó en el asiento y cerró los ojos. Tengo que averiguarlo. Por muy doloroso que resulte, tengo que enfrentarme a la verdad, sea cual sea, antes de empezar a llorar a Richard como Dios manda. Se prometió a sí misma no dejarse engatusar con evasivas y obligar a Francine a encajar las piezas sueltas de aquel rompecabezas infernal en que se habían convertido aquellas últimas semanas.

Llegó a las elegantes oficinas de Mason, Whitaker & Ziegler, situadas en Fetter Lane, a las once menos cuarto. Solo había estado una vez allí, en compañía de Richard, justo después de casarse, aunque había coincidido a menudo con Peter Mason en reuniones sociales.

—Buenos días, señora Cunningham, es un placer verla —la saludó la recepcionista, una pulcra joven de traje elegante, maquillaje perfecto y cabello cortado con precisión absoluta; era la primera vez en su vida que veía a Victoria, pero a todas luces había hecho los deberes—. El señor Mason la espera. ¿Me permite su abrigo? —dijo con una sonrisa que combinaba a la perfección un toque de amabilidad impersonal con otro de discreta compasión. Victoria casi esperaba que la joven le ofreciera también llevarse su corazón destrozado y colgarlo pulcramente en el armario antes de cerrar la puerta—. Por aquí, por favor —prosiguió la recepcionista—. El señor Mason no la hará esperar mucho —aseguró al tiempo que la hacía pasar a la sala de espera.

Era como entrar en una prestigiosa feria de antigüedades (Peter Mason no era hombre de imitaciones) o el salón de una mansión londinense, pero sin el punto de desorden reconfortante que distinguía una residencia particular. Había pequeños cuadros de maestros holandeses en los que se veían vacas, canales y embarcaciones; figurillas de mozas y pastores de Derby y Chelsea; una vitrina que exhibía libros encuadernados en piel que nadie había leído nunca. Victoria tenía la sensación de que las rutilantes revistas y los caros libros de arte que ocupaban la mesilla habían recibido instrucción militar para mantener una formación perfecta, e imaginó que se colocaban a toda prisa en su lugar cuando oían llegar a un cliente. Contuvo el impulso de desordenarlo todo un poco, quitarse los zapatos, apoyar los pies en el enorme sofá tapizado en un discreto chintz de Colefax y Fowler y echar una siesta. Sin embargo, lo que hizo fue sentarse en el borde de una silla con los tobillos cruzados y morderse las uñas. La estancia entera transmitía el mensaje clarísimo de que no era el lugar adecuado para ceder a un impulso salvaje, lanzarse a cantar ni ponerse a jugar en el suelo.

A las once y diez se abrió la puerta, y por ella apareció Peter Mason, una auténtica ballena de hombre con los pies peligrosamente pequeños.

—¡Victoria, qué alegría verte! He preferido venir a buscarte aquí. —Le tomó las manos y le lanzó una mirada admirativa—. Estás más hermosa que nunca —aseguró antes de besarla en ambas mejillas e impregnarla de olor a loción—. Vamos, acompáñame. Intentaré que esto sea lo menos doloroso posible.

Victoria se preguntó si esas eran las palabras que empleaba cuando seducía a una virgen.

Cuando entraron en el ascensor, Peter se sacó un artilugio del bolsillo y empezó a hablar por él.

—Me dirijo a la sala de juntas norte —anunció como si estuviera cruzando el Atlántico en solitario y tuviera que informar en todo momento de su posición.

La reluciente mesa de caoba de la sala tenía cabida para veinte personas, y ante cada silla había un bloc vacío y un lápiz bien afilado. Peter retiró una silla para Victoria y se sentó junto a ella.

—¿Café o té?

—Café, por favor.

Peter pulsó un botón, y casi al instante apareció una bandeja con café y galletas.

—Bueno —dijo por fin Peter tras contarle varias historias larguísimas sobre los ingeniosos acuerdos económicos a los que había llegado en nombre de otros clientes, casi todos ellos propietarios de castillos en Escocia, algo que sin duda pretendía ser un motivo de tranquilidad para ella—. Estoy seguro de que podríamos pasarnos la mañana entera charlando —comentó mientras le guiñaba el ojo por encima de las modernas gafitas de media luna—, pero... vayamos al grano.

Al poco, Victoria percibió que su mente se nublaba como le

sucedía a menudo cuando le daban indicaciones complicadas para llegar a algún lugar o cuando llamaba a información ferroviaria. A Richard, tan competente, siempre le había asombrado que su mujer fuera capaz de borrar la información útil y retener en cambio las banalidades más insignificantes. Empezó a dolerle la cabeza, y tras revolver el bolso en busca de un analgésico, se lo tomó disimuladamente con un trago de café ya frío. Qué curioso que algunos profesionales, se dijo, sean expertos en medicina, derecho, ciencia o ingeniería, sean capaces de explicar de forma sencilla, aunque por fuerza superficial, en qué consiste su campo, mientras que otros, como Peter Mason, se las arreglen para complicar tanto lo más simple que al final resulta del todo incomprensible.

—Mira, Peter —dijo por fin, abrumada por aquel torrente de jerga legal—, reconozco que ahora mismo estoy muy espesa, pero... ¿te importaría decirme, de la forma más resumida posible, si Jake y yo estamos en una buena situación económica?

Sin embargo, los resúmenes no eran el punto fuerte de Peter.

—Si hay algo que no entiendes, estaré encantado de repetírtelo —dijo—. Bueno, ¿por dónde íbamos?

Una hora y media más tarde, Victoria salió del edificio tambaleándose y con el mensaje de que, por un lado, no debía preocuparse por el dinero, y por otro, debía andarse con cuidado, porque la situación no era tan boyante a fin de cuentas. En lo tocante a la casa, por el momento podía quedarse tranquila, aunque a la larga, por supuesto, le convendría considerar otras posibilidades, ya que podía llegar a resultar demasiado grande y demasiado cara de mantener ahora que las circunstancias habían cambiado de forma tan desafortunada. No había que tomar decisiones importantes tan poco tiempo después de sufrir una pérdida tan trágica, pero por otro lado tampoco había que demorarlas en exceso. Por supuesto, Manor Farm era propiedad del fideicomiso familiar de los Cunningham y podían surgir otros interesados en la finca pero, a la vez, Peter Mason era el principal fideicomisario y, como era natural, velaría por los intereses de Victoria y Jake.

Por encima de todo, tanto él como Bill estarían a su disposición para ayudarla con Jake y aconsejarla en lo tocante a su educación. Resultaba tan difícil para una mujer criar sola a un hijo, y sobre todo para ella, implicaban sus palabras. Aunque no expresó en voz alta que su procedencia griega constituía un inconveniente, en su discurso se traslucía a las claras que entrañaba un peligro a pesar de su educación inglesa.

—Y permíteme subrayar —añadió con gran pomposidad— que si tienes cualquier duda, puedes acudir a mí en cualquier momento. Siempre te haré un hueco. Encargaremos una tasación de la casa, y te llamaré cuando necesite verte de nuevo. No, no..., por favor, no intentes darme las gracias. Forma parte de mi trabajo, y además ha sido un placer verte. La próxima vez iremos a almorzar y así podremos disfrutar de nuestra mutua compañía. Llamaré a recepción para avisar de que te vas y de que llamen un taxi.

Victoria había pensado ir en metro hasta Gloucester Road y luego tomar Old Brompton Road hasta la casa de Guy en The Boltons, pero lo cierto es que agradeció que el taxi la llevara de puerta a puerta por cortesía de Mason, Whitaker & Ziegler.

Toda la plazoleta ovalada aparecía flanqueada de forsitias, y ante la casa del vecino se alzaba un almendro en flor. Nuevos comienzos por todas partes, pensó Victoria, pero ¿seré capaz de afrontarlos? Subió la escalinata de piedra hasta la puerta principal, respiró hondo y llamó al timbre.

7

Le producía una sensación extraña ir a casa de Guy como invitada de su mujer después de haber actuado tantas veces de anfitriona. Casi esperaba encontrarlo todo cambiado, aunque por otro lado sabía que Francine apenas había tenido tiempo de introducir modificación alguna.

Cuando ya empezaba a preguntarse si debía volver a llamar, Francine acudió a abrir. Vestía unos pantalones exquisitamente cortados de ante color caramelo, combinados con un jersey de cachemira de color más claro. Llevaba la melena color ámbar oscuro recogida con dos peinetas de carey y el rostro maquillado con tal maestría que quien no la conociera creería que así era al natural. Era una imagen impecable, elegante y muy, muy cara. Se ha puesto la armadura, pensó Victoria. La última vez que se habían visto quizá había advertido alguna grieta en ella, pero desde luego, ahora no se apreciaba fisura alguna en su coraza.

—Hola, Victoria, entra.

En esta ocasión, Francine le dio el beso de rigor en la mejilla.

A diferencia de la recepcionista perfecta de Mason, Whitaker & Ziegler, Francine no se ofreció a cogerle el abrigo, y Victoria, que en circunstancias normales lo habría arrojado sobre una de las sillas del vestíbulo sin pensar, se reprimió. Era un abrigo largo y recto, de corte algo militar y pesada lana azul marino. Había sido una de sus mejores adquisiciones del año anterior y por lo general se sentía a gusto con él, pero en aquel momento, en comparación con la liviana elegancia de Francine, se le antojaba sofocante, rígido y del todo inapropiado.

—Ah, por cierto, ¿quieres quitarte el abrigo? —preguntó Francine mientras subían.

Sin embargo, Victoria decidió dejárselo puesto pese al calor reinante en la casa, a modo de blindaje. Había esperado bajar a la enorme cocina que Guy tenía instalada en el sótano, un lugar ideal para reuniones informales, pero Francine la condujo al salón de la primera planta.

—¿Qué te apetece tomar?

—Un poco de vino blanco, si tienes.

—Desde luego que tenemos.

Francine abrió el mueble bar instalado junto a la pared, sacó una botella de Sancerre del frigorífico, sirvió dos copas y alargó una a Victoria.

—¿Qué tal la bola de sebo de Peter Mason? —preguntó.

—Bueno, ya sabes cómo es..., estupendo si te gusta que te repasen de arriba abajo. Con él siempre me siento observada como un animal de feria.

—¿Y te ha concedido una medalla?

—Ni siquiera un accésit; soy una gran decepción para él. Siempre me hago el firme propósito de intentar que me caiga mejor, pero en menos de un minuto consigue ponerme los pelos de punta. Supongo que intenta ser amable a su manera patosa, pero a mí me parece horroroso, y no solo es el albacea de Richard, sino que además mi suegro cree que todo lo que dice va a misa, así que la cosa está un poco complicada.

—Me lo imagino.

—Y por supuesto, el viejo pesado de Clutterbuck no ha parado de entrar y salir en toda la reunión.

—¿Quién diantre es ese Clutterbuck?

—Ah, ¿Guy no te ha hablado de él? Bueno, lo más probable es que lo conozcas algún día; es el amigo especial de Peter. Cada vez que quiere ilustrar un punto importante a negados como yo, dice: «Fíjate en mi amigo Clutterbuck, por ejemplo». A Guy, a Richard y a mí siempre nos cuesta... —se interrumpió antes de corregirse con una mueca de dolor—: nos costaba horrores mantener la compostura cada vez que Clutterbuck hacía su aparición. Pero por supuesto —añadió, afligida—, hoy no tenía a nadie con quien reírme, así que me las he apañado. ¿Cómo está Guy, por cierto?

—Todavía destrozado, por supuesto. Está en Milán trabajando en un artículo sobre esa polémica producción de *Ballo in Maschera* que representan en La Scala..., aunque supongo que ya lo sabes.

—Sí.

Se hizo un incómodo silencio. Victoria se acercó a la ventana para contemplar el inmenso jardín. La jardinería, junto con la música y los viajes, era una de las pasiones de Guy, y escribía una columna mensual en *Capability*, la prestigiosa revista estadounidense para horticultores dinámicos. Oficialmente, sus artículos versaban sobre jardines ingleses, pero en realidad eran un vehículo para escribir sobre cualquier tema que se le antojara. Tenía muchísimos lectores, y muchos leían la columna con el único fin de disfrutar de la prosa provocativa y sucinta de Guy.

—Los bulbos están preciosos —comentó.

—¿Verdad que sí? Guy está encantado —aseguró Francine.

—Siempre me ha encantado esta época del año. Muchas promesas y pocas malas hierbas. Es impresionante que haya tanto espacio detrás de la casa, ¿verdad?

—Sí, es un barrio magnífico en general.

—¿Cuánto tiempo pensáis pasar aquí?

—Todavía no lo hemos decidido.

Oh, Dios, esta formalidad tan poco natural me resulta surrealista precisamente aquí. Desde luego, Francine no va a ponerme las cosas fáciles. No tenía ningunas ganas de verme. Se está mostrando cortés porque le doy lástima y porque tratar a una flamante viuda con hostilidad no está bien visto. Por muy dura que sea, no puede hacerle gracia la pregunta que estoy a punto de formularle.

—Bueno, será mejor que vaya al grano.

—Primero come algo. Te he preparado un poco de sopa y unos bocadillos.

Victoria vio una bandeja sobre la mesilla junto a una de las butacas que flanqueaba la chimenea. Contenía un pequeño termo, un plato cubierto con papel de aluminio y un servicio. Se sentó y se desabotonó el abrigo, pero sin quitárselo.

—¿Todo esto es para mí? —inquirió—. ¿Qué vas a comer tú?

—Casi nunca almuerzo y además ya he comido algo. No sabía a qué hora llegarías, así que... Por favor, sírvete.

Un rato antes, Victoria estaba hambrienta, pero había perdido el apetito por completo. Era como si la muerte de Richard hubiera estropeado algún sistema regulador en su interior, de modo que siempre se sentía enferma o muerta de hambre, helada o totalmente sofocada de calor. Percibió que las manos empezaban a temblarle, otro de los desagradables efectos de la tragedia, suponía, y presa del pánico pensó: Derramaré la sopa sobre la bandeja y se me caerán migas a la alfombra mientras Francine me observa enfundada en sus inmaculados pantalones de ante. Se obligó a desenroscar la tapa del termo y con infinito cuidado vertió un poco en el cuenco. Olía de maravilla; era consomé de pollo con un poco de arroz y pedacitos diminutos de zanahoria. Se preguntó si la habría preparado Francine, aunque le parecía improbable.

Francine la miró con aire divertido.

—No, no la he preparado yo. Nunca cocino —explicó.

Victoria se ruborizó. ¿Tan transparente soy?, pensó.

Tomó algunas cucharadas de sopa y mordisqueó uno de los bocadillos de salmón ahumado, pero apenas podía tragar. Por fin dejó la bandeja a un lado.

—Te lo agradezco mucho, pero no puedo, lo siento. Nunca puedo probar bocado antes de un enfrentamiento.

—¿Vamos a tener un enfrentamiento? —inquirió Francine, enarcando una ceja.

—Depende de lo que me cuentes. No quiero pelearme contigo, Francine, pero tenemos que aclarar las cosas.

Francine se sentó en la silla frente a ella, encendió un cigarrillo, miró a Victoria por encima de la llama del encendedor y por fin exhaló una bocanada de humo.

—Cuando éramos pequeños, mi padre siempre nos decía que no había que entrar en batalla con el estómago vacío, pero si realmente quieres seguir adelante, será mejor que dispares.

Se produjo otro silencio violento mientras Victoria ordenaba sus pensamientos.

—Hasta hace unas semanas —empezó por fin, alzando la mirada hacia Francine—, mi mundo parecía tan seguro que nunca se me ocurrió ponerlo en tela de juicio, pero ahora no solo ha desaparecido ese mundo, sino que tal vez nunca haya existido, y no sé cómo afrontarlo.

—¿De verdad tienes que afrontarlo? Estás pasando un auténtico infierno. A mí me parece que ya tienes bastante con la muerte de Richard como para encima tener que buscarte otros problemas.

—Empiezo a preguntarme si Richard era en verdad la persona a la que conocía tan bien.

—¿Acaso alguien es lo que parece? —replicó Francine—. La mayoría de nosotros significamos cosas distintas para personas distintas. Mira, Victoria —musitó con inusitada intensidad—, si el Richard al que amabas te hizo feliz, lo demás no importa. Si tu matrimonio te parecía bueno, entonces es que era bueno. Acéptalo. ¿Por qué machacarte más?

—Pero si intento descubrir por qué ha pasado todo esto..., y te aseguro que es la única forma de encontrar la paz, entonces debo saber qué significaba Richard para otras personas —insistió Victoria, más convencida que nunca de que Francine ocultaba algo—. ¿Qué significaba para ti, Francine? —barbotó a la desesperada.

—Ay, Victoria, ¿qué más da eso? Ni siquiera lo conocía bien.

Francine extendió con indiferencia aparente las elegantes manos, más delicadas aún por el efecto que surtían en ella los grandes anillos que llevaba, pero a Victoria le pareció que adoptaba una expresión cautelosa.

—Solo lo conocía lo bastante para saber que era un buen hombre y que estabais felizmente casados. ¿Qué más quieres que te diga, por el amor de Dios?

—Pero ¿te sorprendió la noticia?

—¿Que si me sorprendió? Por supuesto que sí. ¡Me quedé horrorizada!

—Pero tú..., él...

Victoria la miró con una mezcla de tristeza, rabia y desafío en la mirada hasta que Francine apartó la vista.

—Después del funeral me preguntaste si te odiaba por lo de Richard —prosiguió Victoria—. Me pareció una pregunta muy extraña, y aún me lo parece... ¿Estabas teniendo una aventura con él, Francine? —preguntó tras otra pausa—. Tienes que decírmelo.

Francine se quedó mirándola. En su rostro se pintaba un asombro indudable, seguido de algo que casi parecía alivio.

—Pero ¿qué dices? —exclamó—. Por supuesto que no... ¿Richard y yo? Por el amor de Dios, Victoria, ¿de dónde has sacado semejante idea? ¡Tiene que ser una broma!

Victoria se retorció las manos y clavó la mirada en el suelo.

—Antes del funeral oí una conversación entre Victor Stirling y Tony Thwait —masculló con voz tensa, a punto de estallar—. Estaban hablando en el jardín, justo debajo de mi ventana. No pude evitar oírlos, y te aseguro que me habría encantado no oír nada, porque no consigo quitarme de la cabeza lo que dijeron. Por lo visto, pensaban que vuestro compromiso había trastornado muchísimo a Richard y comentaron la posibilidad de que esa fuera la causa de..., de que no hubiera sido un accidente y Richard se hubiera pegado un tiro... —Apenas podía hablar, pero se obligó a continuar a toda prisa—. No puedo dejar de darle vueltas y me estoy volviendo loca. Fue un golpe escuchar aquello, y luego cuando me dijiste que Richard ya había intentado impedir que tú y Guy os casarais, no pude evitar preguntarme si alguna vez...

Francine apagó el cigarrillo, se levantó, se acercó a la ventana y miró por ella durante lo que a Victoria se le antojó una eternidad. Era como si intentara tomar alguna decisión. Cuando por fin se volvió y regresó junto a la chimenea, su expresión se había tornado inescrutable.

—Mira, Victoria —dijo—, no tuve una aventura con tu marido, es lo único que puedo decirte. No tengo ni idea de lo que le pasaba a Richard por la cabeza ese espantoso día, pero te aseguro que no era amor por mí. Lo siento muchísimo, sé que estás trastornada y me parece lo más natural del mundo, pero tienes que intentar olvidar esa estúpida conversación, porque de lo contrario enloquecerás de verdad. La gente especula sobre todo lo habido y por haber, y es evidente que Victor y Tony solo estaban diciendo sandeces.

—Pero ¿crees que Richard quería suicidarse? —insistió Victoria en un susurro y con los ojos abiertos como platos por el horror—. Porque lo terrible es que, de ser así, no creo que pueda perdonarlo, no solo por hacerme algo así a mí, sino sobre todo a Jake. Estoy tan furiosa que me doy miedo a mí misma.

—Nunca lo sabrás —sentenció Francine, sacudiendo la cabeza—. El forense no lo cree; debes aferrarte a eso. No sé nada de armas, pero puede que algo lo distrajera por un momento. Nos puede pasar a todos. Cuando conduces, por ejemplo... Un segundo de despiste y puedes sufrir el más espantoso de los accidentes. Es una tragedia espantosa, una pérdida insustituible, pero al menos no tienes nada que reprocharte.

Aquellas palabras deberían haber tranquilizado a Victoria, pero no era así.

—Seguro que se me pasa algo por alto —insistió, obstinada—. No tiene sentido. Es como pelearse con ese cubo de Rubik y no ser capaz ni de resolverlo ni de dejarlo.

Pese al doble vidrio de las ventanas, oyeron el rugido de un avión sobrevolando la ciudad. Cuando el ruido cesó, la casa pareció sumirse en un silencio antinatural. Al poco, el reloj del rellano dio las tres con gran parsimonia. Era la primera vez que era consciente de su tañido, aunque en realidad debía de haberlo oído mil veces. Tenía la sensación de que todo había cambiado, como si de repente viera en un espejo el reflejo distorsionado de una persona o de un lugar de sobra conocidos.

Se levantó, temerosa de que las piernas se negaran a sostenerla, pero aliviada al comprobar que por lo visto funcionaban con normalidad.

—Tengo que irme. He de ir a recoger a Jake en casa de Toula, y además ya te he robado bastante tiempo.

Francine también se puso en pie.

—No pasa nada... Salir de Londres el viernes por la tarde suele ser una pesadilla, así que no te entretendré. Saluda a Toula y a Anthony de mi parte..., si es que te parece conveniente. Me parece que a Toula le cuesta aceptarme como nuera —comentó con una mueca y un encogimiento de hombros—. Estoy segura de que Guy te llamará en cuanto vuelva. Siento no haberte sido de ayuda, pero espero que al menos te hayas quedado tranquila en un aspecto. Si alguien tenía una aventura con Richard, te aseguro que no era yo.

Pero Victoria salió de la casa convencida de que Francine le ocultaba algo. De repente reparó en lo poco que sabía de ella..., bueno, de ella y de sus amigos y familiares. Puede que ella no tuviera una aventura con Richard, pensó, pero creo que sabe quién sí.

8

Victoria llegó con el tiempo justo a Paddington, de modo que tras correr por el andén, subir al último vagón y recorrer el tren entero en busca de un asiento libre, estaba agotada. Cerró los ojos, pero de inmediato se sintió atrapada en tal maraña de inquietantes imágenes distorsionadas y contradictorias que temió por su cordura. Como tan a menudo en las pasadas semanas, repasó una y otra vez los últimos días de la vida de Richard, rememorando cada retazo de conversación, buscando alguna pista que le permitiera comprender su estado de ánimo, preguntándose una y otra vez por qué. Recordó cierta ocasión en que Jake, no solo creador compulsivo de listas sino también de relatos y poemas, contrajo una fiebre muy alta y se llevó las manos a la cabeza mientras suplicaba a su madre que hiciera «parar las voces de mi cabeza». Eso mismo deseaba ella ahora. La embargaba la sensación de que aquel tormento tenía por fuerza que haberle dejado alguna marca física y miró a sus compañeros de compartimiento para comprobar si la observaban con curiosidad; sin embargo, todos parecían indiferentes a su presencia y se dedicaban a leer el periódico o hablar por el móvil. De repente se sumió en un profundo sueño y despertó justo a tiempo para apearse en Toddingham. No recordaba ninguna de las paradas intermedias y por un instante se preguntó dónde estaba y cómo había llegado hasta allí. Recogió su bolso y a punto estuvo de caer al andén cuando el tren se puso de nuevo en movimiento.

Eran casi las seis cuando llegó a Durnford House. Encontró a Jake jugando al mah jong con Anthony y Toula en el saloncito atestado de libros situado junto al espacioso salón. Anthony, experto en arte oriental, había comprado el juego en Extremo Oriente años antes, durante una expedición en busca de antigüedades para su negocio, y Guy y Victoria a menudo jugaban con ellos de pequeños. Victoria recordaba la agradable sensación de las suaves piezas y la fascinación que le producían tanto los extraños símbolos como el misticismo del juego.

—Hola, mamá —la saludó Jake con una actitud muy distinta a la aflicción de aquella mañana—. Mira, tengo un cong de Dragones Rojos, mis favoritos, y voy ganando. Aún no nos vamos, ¿verdad? Tenemos que acabar la partida.

—Jake, mamá está cansada —le advirtió Toula—. ¿Recuerdas lo que me has prometido? Nada de protestas. Acabamos esta mano, sumamos los puntos y luego podrás guardar las piezas en la caja.

Jake miró a su tía abuela con expresión interrogante, pero si bien Toula podía mostrarse increíblemente indulgente cuando quería, no era una persona a la que pudiera tomarse a la ligera, de modo que una vez guardado el juego, el niño accedió a regañadientes a subir para bañarse a fin de estar lista para acostarse cuando Victoria lo llevara a casa.

—Mañana es sábado y no hay escuela, así que no hace falta que te vayas enseguida —comentó Toula al bajar.

Había dejado a Jake en la bañera llena de espuma, jugando con la vieja flota de barcos de Guy, poseedores de esa magia especial que solo tienen los juguetes con los que ya jugó otra generación.

—Gracias a los dos. Es cierto, no importa a qué hora se acueste esta noche. Tal vez incluso duerma mejor si se acuesta un poco más tarde. Últimamente tiene unas pesadillas espantosas. ¿Qué tal ha ido todo? —preguntó Victoria.

—Estupendo. La señora Atkinson dice que ha estado muy bien en la escuela.

—Gracias a Dios. Esta mañana me he sentido fatal al dejarlo. He estado a punto de no ir a Londres.

—Pero has ido..., y has hecho bien. Bueno, y ahora cuéntanos qué tal te ha ido a ti. Queremos todos los detalles.

Victoria titubeó un instante. No quería revelar a Toula y Anthony demasiado acerca del futuro incierto que le había descrito Peter Mason, pues sabía que se ofrecerían a ayudarla económicamente y consideraba que ya habían hecho suficiente por ella en ese aspecto. Y desde luego, no tenía intención de hablarles de la conversación que había oído el día del funeral y que había ocasionado su visita a Francine. En su opinión, Toula ya era lo bastante capaz de comportarse como una suegra difícil sin que ella echara más leña al fuego, y no quería en modo alguno que advirtiera las inquietantes dudas que albergaba acerca de Richard, pues temía que ello desencadenara una de sus investigaciones. Cuando Toula se metía entre ceja y ceja resolver un enigma, era como un sabueso incansable.

—Bueno —empezó con cautela—, Peter no me ha contado nada demasiado revelador, pero me alegro de haber superado esta primera fase. Ya sabéis lo bien que se le da envolverlo todo en jerga legal. Imagino que llevará un tiempo arreglar las cosas y saber exactamente en qué situación estamos Jake y yo. Por lo visto existen unos fideicomisos familiares complicadísimos con un montón de cláusulas y eso. Peter me ha sugerido que no me apresure a tomar grandes decisiones..., igual que tú, tío Anthony, pero lo cierto es que no me hace demasiada gracia tener que consultar a Peter o a mi suegro cada vez que quiera tomar una decisión por insignificante que sea, por no hablar de las importantes, y tengo la sensación de que ellos dos lo controlan todo. Aunque aprecio mucho a Bill, no quiero que me diga lo que tengo que hacer con Jake, a qué escuelas tengo que llevarlo... En fin, al salir del despacho de Peter me quedaba un rato, así que he pasado por casa de Francine... para hacerle una visita de cortesía, por así decirlo. —Anthony le lanzó una mirada penetrante, pero guardó silencio—. Reconozco que se me hace raro verla instalada en The Boltons. Tardaré todavía un tiempo en acostumbrarme.

—Ojalá me hubieras dicho que pensabas ir a verla, Victoria —exclamó Toula, exaltada—. Te habría acompañado y después podríamos haber comentado la jugada. Anthony podría haber ido a buscar a Jake al colegio. ¿Qué impresión te ha dado?

—De glamour absoluto, como siempre, y jugando a la perfecta anfitriona, pero en general bien..., muy amable.

—¿Y por qué no iba a ser amable? —espetó Toula, que no tenía intención de permitir que Francine olvidara la jerarquía imperante entre las mujeres Winston.

—Me ha dado saludos para vosotros, por cierto, aunque me ha parecido que sin muchas ganas —añadió Victoria con una carcajada.

—¿Saludos? Pocos saludos obtendrá de mí a menos que se los gane. Le diré a Guy que la traiga aquí en cuanto vuelva. Así podremos conocerla mejor. Y Jake y tú también tenéis que venir, *agapi mou*, pero no solo a pasar la tarde, sino también la noche. Te sentaría bien. Averiguaré qué planes tienen para Pascua, que este año cae pronto. Podemos pasar juntos un fin de semana largo.

—Bueno... —vaciló Victoria—, la verdad es que puede que Jake y yo no estemos aquí por Pascua. Necesito cambiar de aires para aclararme las ideas. Me parece que iremos a ver a la *nonna*. ¿Qué te parece?

Toula, que había visitado a su madre justo antes de la muerte de Richard, adoptó una expresión dubitativa.

—Ay, cariño, ¿crees que es buena idea? Estoy preocupada por la *nonna* y no sé si es el mejor momento para llevar a Jake a su casa. Está muy débil, y en estos momentos el ambiente de su casa no os conviene a ninguno de los dos. Y el hecho de que la casa se esté cayendo a trozos tampoco alegra la vista que digamos. ¿Por qué no esperas a ver si la *nonna* se recupera un poco?

No añadió que, al visitar a su abuela, Victoria se exponía a la posibilidad de vivir otra muerte en directo, pero su mirada habló por ella.

—No necesito que me alegren —replicó Victoria—. ¿Cómo voy a estar alegre ahora mismo? Solo necesito tiempo para pensar. Además, no la veo desde el verano pasado. —De repente, sus ojos se inundaron de lágrimas—. En esa ocasión, tanto Richard como Guy estuvieron allí conmigo —musitó con voz temblorosa—. Lo pasamos en grande, y la *nonna* estaba en plena forma. Tengo la sensación de que ha pasado un siglo desde entonces. ¿Te das cuenta de que las pasadas Navidades fueron las primeras que la *nonna* no ha pasado con nosotros? Si realmente estás preocupada por ella, razón de más para visitarla. No tengo una agenda muy apretada que digamos. Está llena de compromisos de Richard, cosas que ya no tienen sentido o bien cosas que no soportaría hacer sin él. Sé lo que piensas, pero si algo le sucede a la *nonna*, sería muy distinto de lo que le ha ocurrido a Richard, y en cualquier caso querría estar allí con ella. ¿Tú qué opinas, tío Anthony?

Toula le dirigió una mirada de advertencia y meneó la cabeza.

—Me parece una idea estupenda —afirmó Anthony sin hacerle caso—. Por descontado, a Evanthi le sentaría de maravilla verte; siempre habéis estado muy unidas. Quizá incluso puedas convencerla para que haga algunas reparaciones en la casa. Para empezar, tendría que vender el icono de Ritzos, eso sí que sería un paso acertado. Pero estoy de acuerdo con Toula en que no deberías llevarte a Jake. ¿Por qué no lo dejas con nosotros? Nos encantaría, ¿verdad, cariño? —preguntó, volviéndose hacia su esposa.

Victoria meneó la cabeza con aire dubitativo.

—Creo que Jake y yo debemos estar juntos en estos momentos; soy la única seguridad que tiene. Pero os prometo que lo pensaré. Llamaré a Vrahos y hablaré con Dora. Ella me dirá cómo se encuentra la *nonna*, y sobre esa base haré planes. Y ahora tendríamos que irnos. Subiré a buscar a Jake. Gracias a los dos... por todo.

Toula y Anthony intentaron persuadirla para que se quedara a pasar la noche, como había hecho tantas veces a lo largo de las pasadas semanas, pero Victoria insistió en que ella y Jake debían volver a Manor Farm. Temía que si permitía que todo el mundo la mimara y protegiera durante mucho más tiempo, nunca conseguiría arreglárselas con autonomía, lo cual le parecía de vital importancia.

—No os preocupéis; estaré bien —aseguró con una sonrisa radiante mientras instalaba a Jake, ya en pijama, en el coche.

Con cierta angustia, sus tíos la vieron alejarse.

—Es valiente, pero ojalá no fuera tan obstinada —comentó Toula con una inquietud que confirió a su voz un tono fiero—. Debería permitir que Violet se instalara con ella en la casa o venir aquí, y además no creo que le convenga viajar sola todavía, y menos a Vrahos.

—Creo que te equivocas. Lo que Victoria necesita es encontrar su propio camino, y cómo lo haga no importa demasiado. Tiene que experimentar, probar cosas. Hasta ahora ha dejado que Richard manejara su vida, ha existido como en una especie de sueño, y a menudo me he preguntado qué pasaría cuando adquiriera conciencia de sus propias capacidades. Tu madre es de la misma opinión. Lo mejor que podemos hacer es animarla a tomar sus propias decisiones y apoyarla en todo.

Toula no parecía convencida. Animar a los demás a que tomaran sus propias decisiones no formaba parte de su naturaleza, y siempre había existido cierta tensión entre ella y Evanthi por lo que respectaba a Victoria. No solo albergaban opiniones distintas acerca de su personalidad, sino que además Toula siempre había sentido ciertos celos de la influencia que Evanthi ejercía sobre su nieta.

—No me hace gracia que esté sola de noche en Manor Farm —insistió—, pero aún me hace menos gracia la idea de que deje la casa vacía, aunque solo sea por una semana, y le allane el camino a esa codiciosa de Meriel Hawkins para llegar y quedársela para ella y su prole. No me extrañaría nada que se instalaran allí en cuanto Victoria volviera la espalda. En cuanto al pomposo de su marido..., no me fío un pelo de él. A los políticos les das un dedo y se te llevan el brazo. No deberías haber animado a Victoria a irse, Anthony —añadió en tono acusador—. Ha sido una es...tu...pi...dez.

Toula arrastraba las palabras de un modo muy peculiar, y su acento griego, por lo general leve, se acentuaba cuando se alteraba o trastornaba.

—No creo que los Hawkins tengan intención de requisar la casa —opinó Anthony, como siempre divertido por las drásticas ideas de su esposa—. Eso iría en contra del sentido de la dignidad de Stafford. Imagínate los titulares: «Diputado convertido en okupa. Stafford "Zarpas de Barro" Hawkins va a saco. Viuda y huérfano de patitas en la calle», o incluso algo así como «Tía de la viuda apuñala al político».

—No seas tonto, Anthony —refunfuñó Toula—. No hace ninguna gracia y además no me refería a eso..., pero te aseguro que mantendré los ojos bien abiertos.

Anthony dirigió a su mujer una mirada afectuosa.

Pese a las valientes palabras que había pronunciado en casa de sus tíos, la casa se le antojó oscura e inhóspita cuando ella y Jake llegaron ante ella. La tranquilizó oír ladrar a Teal cuando abrió la puerta trasera y el perro los recibió con efusividad canina. Vio una de las gorras de Richard sobre la cajonera de roble del pasillo; siempre había sido una suerte de vertedero para correas de perro, podaderas y correspondencia sin abrir. Sus chaquetas seguían colgadas de los ganchos alineados a lo largo de la pared. Había una pila creciente de catálogos de agricultura y jardinería, así como de sombríos sobres marrones que contenían facturas dirigidas a él y que Victoria aún no había tenido ocasión de revisar. Las cartas de pésame dirigidas a ella, tan numerosas las primeras tres semanas, ya no llegaban con tanta frecuencia, aunque todavía recibía algunas de personas que no habían visto la necrológica y acababan de saber la noticia. Aquellas cartas constituían un consuelo, aunque también una tiranía, consideraba Victoria, y si bien muchas personas le suplicaban en sus misivas que no las contestara, se había impuesto la tarea de responder un puñado cada día. Sin embargo, en los últimos días lo había dejado correr, y ahora se sentía aliviada y al mismo tiempo extrañamente defraudada si no llegaban más cartas, emociones encontradas que formaban parte de su nuevo mapa meteorológico personal.

—Es como si papá aún estuviera, ¿verdad? —musitó Jake con voz temblorosa, reflejando a la perfección los pensamientos de Victoria mientras subían la escalera—. ¿Puedo volver a dormir en tu cama, mamá? Por favor...

—Solo esta noche —accedió Victoria.

Jake se había comportado de forma alegre y del todo normal en casa de los Winston, pero el semblante pálido y angustiado que ahora la miraba le partía el corazón, y no tuvo valor para negarle aquella súplica pese a los consejos de diversos amigos bienintencionados, que le advertían que podía resultar un hábito difícil de romper más adelante.

Se lo había consultado al doctor Kirk al llamarlo para comentarle las terribles pesadillas que sufría Jake, y el médico la tranquilizó.

—Haga caso de su intuición —le recomendó—. Yo respeto mucho la intuición de las madres. No es el momento de convertirlo en una gran batalla. Sin duda abandonará el hábito por sí mismo cuando esté preparado. Eso sí, si puede llevarlo a su propia cama cuando ya esté dormido, tanto mejor.

—¿Te gustaría pasar las vacaciones en Vrahos? —preguntó a Jake mientras lo arropaba en la gran cama—. He pensado que podríamos ir a visitar a la *nonna*.

—¿Tú y yo solos?

—Tú y yo solos.

—Genial —asintió Jake—. ¿Cuándo nos vamos?

Se quedó profundamente dormido antes de que Victoria saliera de la habitación.

Bajó la escalera y se detuvo en el vestíbulo, consciente de que tenía mil cosas que hacer, pero demasiado inquieta para acometerlas. La casa parecía resonar a su alrededor, como si respirara. Es curioso, pensó, que cuando uno está solo repara en sonidos que nunca oye cuando está con otra persona. El tictac del reloj, los crujidos de la madera al contraerse y dilatarse por los cambios de temperatura, el traqueteo de la calefacción, el zumbido intermitente del frigorífico y el congelador, y otros ruiditos que podrían deberse a casi cualquier cosa. La imaginación podía convertir todos aquellos sonidos normales y corrientes en material idóneo para una película de terror. En aquel momento oía un leve golpeteo rítmico que la desconcertó... hasta que comprendió que se trataba de los latidos de su corazón. ¡Basta!, se reconvino a sí misma. Haz algo, ¡lo que sea! En aquel momento sonó el teléfono, y con gran alivio, Victoria se dirigió al salón para contestar.

Era una llamada de Milán. Su primera reacción fue de alegría al oír la voz de Guy, pero por su tono advirtió que no se trataba de una mera llamada amistosa. Tuvo la sensación de que su primo se mostraba atípicamente vacilante.

—Tengo entendido que has ido a ver a Francine —empezó.

—Sí..., ha tenido la amabilidad de invitarme a comer —explicó Victoria, algo angustiada.

Francine debía de haber hablado con Guy en cuanto ella se fue. Quizá no debería extrañarle, pero no se le había ocurrido la posibilidad de que Guy y Francine hablaran con tanta frecuencia. Eso denotaba una intimidad entre ellos que Victoria no había esperado y que no quería afrontar. Estoy celosa de ella, pensó de repente, trastornada. He estado engañándome a mí misma. Ahora que solo debería pensar en Richard, resulta que estoy celosa de la relación entre Francine y Guy.

—¿Te ha contado nuestra conversación? —preguntó.

Se produjo un silencio al otro lado de la línea.

—Guy, ¿sigues ahí?

—Sí, sigo aquí. Y sí, Vicky, me ha contado por qué has ido a verla. Parece que tenías muchas preguntas que Francine no cree poder responder. Hay cosas que tendrás que saber y que esperaba no tener que revelarte nunca.

—¿Qué cosas? —inquirió Victoria con el corazón desbocado.

—Cosas de las que no quiero hablar por teléfono.

—Entonces, ¿vendrás a verme cuando vuelvas?

—Tampoco quiero hablar de ello en Manor Farm; está demasiado llena de recuerdos de Richard. Mira, Vicky, mamá acaba de decirme que quizá vayas a Vrahos. No le parece buena idea, pero yo creo que puede ser justo lo que necesitas, pero ¿por qué esperar hasta Pascua? No me costaría ir a Corfú a pasar un par de noches. Después tendría que volver a Milán, porque aún tengo que entrevistar a varias personas, pero tengo muchas ganas de ver a la *nonna* y hablarle en persona de Francine, y por otro lado, me parece el lugar ideal para que tú y yo hablemos. A fin de cuentas, es nuestro rincón especial. ¿Qué me dices?

—Oh, Guy, ¿de verdad lo harías? Me parece maravilloso. Tengo tantas ganas de ir...

¿Dónde si no a Vrahos podían ir para hablar de cosas importantes?, se dijo. La casa del acantilado, conocida en las inmediaciones como la Casa Veneciana, que tanto significaba para ambos. Era la solución perfecta, y en aquel momento pensó en lo unidos que seguían ella y Guy, que siempre había sido capaz de leerle el pensamiento.

—Estupendo —dijo su primo—. Ya me imaginaba que reaccionarías así.

—Dame un día para prepararlo todo y reservar el vuelo —pidió Victoria—. Iré con Jake y nos encontraremos allí la semana que viene. ¿Les digo a Toula y Anthony que tú también vas?

—No —negó él, de nuevo con cierta vacilación—. No, no les digas nada. A menudo aparezco en casa de la *nonna* sin avisar. Parece que le gusta, y Dora siempre tiene mi cama preparada. No hace falta inquietar a mamá y papá. Ya sabes que mamá siempre quiere meterse en todo, bendita sea. No conviene que monte dramas en estos momentos.

—¿Se lo dirás a Francine? —inquirió Victoria, odiándose por hacerle semejante pregunta.

—Ya se lo he dicho —repuso Guy—. Le parece una idea excelente, y de hecho en parte salió de ella.

Victoria hizo una mueca.

—Llámame al móvil mañana —indicó Guy—. Buenas noches, Vicky querida. Hasta pronto y que Dios te bendiga.

Victoria permaneció inmóvil en el salón durante varios minutos después de que Guy colgara. Por fin colgó el auricular y subió a acostarse. Quizá por fin conozca la verdad, pensó, aunque a renglón seguido se preguntó con inquietud si llegaría el día en que lamentaría haber empezado a hacer preguntas.

9

La clase de conducir de Sophie había empezado muy bien. La parada de emergencia, el ejercicio favorito de Sophie, resultó del todo satisfactorio, y efectuó un giro perfecto en un cruce de tres direcciones, demostrando así que había practicado en el patio del establo desde la última clase. Sin embargo, para su decepción, Brian Swayne, el profesor, no parecía demasiado impresionado por su destreza. Lo cierto es que tenía que animarse un poco aunque, por otro lado, tenía su ración de comentarios ingeniosos que hacía sin el menor cambio de expresión. Sam, que había vivido la experiencia Brian Swayne dos años antes, había apostado a Sophie cinco libras a que no conseguiría hacer gritar al profesor, y por asombroso que pareciera, no lo había logrado, y no porque no se hubiera empleado a fondo.

—Esta mañana nos quedaremos en nuestro carril y dejaremos el suicidio para otro día, ¿te parece bien? —observó el instructor.

Sophie acababa de tomar una curva muy abierta y a punto estuvo de chocar contra un tractor que iba en sentido contrario. Se dirigían a las aguas más tranquilas de la carretera de dos carriles, el destino de la aventura de aquella sesión.

—Esto es genial; mola tanto poder olvidarse del carril contrario... —se entusiasmó Sophie al tiempo que pisaba el acelerador a fondo rumbo a Knighton—. ¿Qué le parece mi dominio de la jerga automovilística, señor Swayne?

—Por favor, aminora la velocidad, Sophie —pidió el señor

Swayne sin inmutarse—. La velocidad máxima es de ochenta kilómetros por hora.

—Qué rollo. ¡Oh, fíjese en ese prado! ¡Ya hay corderitos! —exclamó, señalando por la ventanilla, lo que provocó que el coche empezara a dar bandazos.

—Por favor, mantén las dos manos en el volante y la vista fija en la carretera, Sophie, y... ¡VE MÁS DESPACIO!

Las cinco libras de Sam estaban a punto de cambiar de manos.

—Lo siento, lo siento. ¡Hola, bordillo! —saludó alegremente cuando el coche rebotó contra el margen de la carretera.

—Eso habría sido muy peligroso si te hubieras topado con un ciclista —observó el señor Swayne, preguntándose por qué no buscaba un empleo menos estresante.

—Pero no había ninguno, de lo contrario le juro que lo habría visto.

—Tampoco has visto el bordillo.

—Los ciclistas son más altos..., salvo en el caso de los enanos.

Pero al igual que a la reina Victoria, al señor Swayne no le hizo ninguna gracia el comentario.

—Nos acercamos a la rotonda; empieza a desacelerar y reduce, por favor —ordenó con infinita sequedad.

Sophie lanzó un suspiro. Intentar alegrar un poco la vida del señor Swayne era un trabajo de chinos.

Una hora más tarde, ambos experimentaron un gran alivio cuando llegaron ante la casa de la amiga de Sophie y esta logró enfilar el estrecho sendero de entrada sin arañar el coche ni chocar contra los postes de la verja.

—Muchas gracias por traerme hasta aquí; es usted un sol, señor Swayne. ¿Cuándo cree que podré presentarme al examen? —inquirió, esperanzada.

—Te queda un largo camino por recorrer.

—Ya veo que no tiene mucha fe en mí..., bueno, ni usted ni nadie. Mamá dice que no tengo remedio. Cree que nunca aprobaré y, de hecho, no quiere que apruebe.

Sophie adoptó una expresión tan afligida que Brian Swayne, que no era tan inmune a sus encantos como ella imaginaba, pese a la estrafalaria imagen que exhibía, se ablandó un poco.

—Todo iría mejor si te concentraras, Sophie —aseguró con seriedad—. He visto casos más difíciles. Podría contarte auténticas historias de terror. Podríamos hacer la siguiente clase con el coche de tus padres si prefieres presentarte al examen con él en lugar de con el mío.

—¿Sin control dual? ¡Uauu! ¿De verdad se arriesgaría a probar? ¿No se muere de preocupación por usted la señora Swayne?

—No parece que mi trabajo le quite el sueño —espetó el señor Swayne—. Pero será mejor que pidas permiso a tu madre.

—No me lo dará; le parecerá una idea horrible, ya se lo digo sin necesidad de preguntárselo. Ni siquiera practica conmigo porque dice que soy «completamente irresponsable, un peligro para mí misma y para todos los demás..., y no solo al volante».

Sophie imitaba a la perfección el timbre tenso con que hablaba su madre, pero a Brian Swayne lo sorprendió comprobar que los ojos de la joven se llenaban de lágrimas. Tal vez no era tan indiferente a las opiniones de su madre como quería dar a entender.

—Bueno, pues pregúntaselo a tu padre —sugirió.

En su fuero interno, consideraba que la madre de Sophie era una esnob insoportable; en aquella profesión se acababa aprendiendo a calibrar a la gente. La señora Hammond siempre le hacía sentir que su presencia la ofendía pero que con un esfuerzo sobrehumano lograba tolerarla. En cambio, el padre de Sophie parecía un tipo muy agradable.

—No es mala idea —accedió Sophie, de nuevo sonriente—. Lo intentaré. Gracias, señor Swayne, y hasta la semana que viene.

Resopló, lo saludó con la mano y desapareció tras la esquina de la casa de los Marshall.

Sophie y Ellie ya se habían enviado dos mensajes de texto aquella mañana, pero aún tenían muchas cosas que decirse porque no hablaban desde la noche anterior. Se imponía comentar la cuestión crucial de si el nuevo novio de Ellie le había enviado un correo electrónico o no.

El penetrante olor que percibió al entrar en la casa reveló a

Sophie que Ellie ya había empezado a preparar la sesión de depilación que tenían planeada mientras la señora Marshall hacía la compra. Por alguna razón incomprensible, a la señora Marshall no le gustaba que Ellie derritiera la cera en el microondas, si bien ella también lo hacía, y había protestado por las pegajosas gotas de cera velluda que se desparramaron por todo el suelo la última vez que Ellie y Sophie decidieron convertir la cocina en un salón de belleza. Pese a tan injusta actitud, Sophie consideraba que Maggie Marshall era una madre genial en comparación con Rachel, y envidiaba sobremanera la distendida relación existente entre madre e hija.

—Hola, Ellie, soy yo.

Ellie salió de la cocina, el cabello mojado envuelto en una toalla, la bata abierta y dejando al descubierto sus generosas curvas, contenidas apenas en un sujetador minúsculo y un tanga con aspecto de tortura medieval.

—Ah, hola, Sophie. ¡Madre mía! —exclamó, fingiendo escandalizarse—. Y yo aquí desnuda y lista para entrar en acción. ¡Menos mal que eres tú! He pensado que me atreveré con las ingles ya que nos ponemos. ¿Preparada para el tormento?

—Oh, sí, lo necesito. Fíjate en mis piernas; me siento como un gorila.

Sophie se desabrochó los ceñidos tejanos y pugnó por quitárselos. Constituían su extravagancia más reciente, una prenda que Rachel desaprobaba, lo cual deleitaba a Sophie. Por desgracia, los larguísimos flecos de las perneras acampanadas, que le conferían aspecto de sirena de doble cola, resultaban incomodísimos para conducir, y en un momento dado se le habían quedado trabados en el acelerador, aunque habría preferido morir a reconocerlo.

Entre risitas incontenibles, las dos muchachas procedieron a cubrirse las espinillas con cera caliente y, una vez tibia, arrancársela con chillidos dignos de la mejor película de terror.

—¿Qué tal la clase? —preguntó Ellie.

—Genial —repuso Sophie antes de añadir—: Bueno..., la verdad es que no; lo he hecho fatal. El señor Swayne no paraba de decir cosas como «desacelera» y algo así como «embraga».

—¿«Embraga»? Suena a enfermedad de transmisión sexual.

Sophie lanzó una carcajada.

—No para de repetir una especie de mantra que dice «Setenta..., máximo setenta..., máximo setenta..., máximo setenta..., ni uno más de setenta...». Es la pera.

Dicho aquello empezaron a dar vueltas alrededor de la mesa de la cocina, entonando el cántico del profesor y agitando los brazos como pistones en una suerte de danza india que habría sorprendido sobremanera al señor Swayne.

La danza quedó interrumpida por la llegada simultánea de la madre de Ellie, doblada por el peso de varias bolsas del supermercado, y la de Patrick, que acudía a recoger a Sophie.

—Pero ¿qué diantre estáis haciendo? —exclamó Maggie Marshall—. ¡Oh, no, otra vez la cera no! Ellie, eres un demonio. Te lo tengo terminantemente prohibido y además... ¡Cariño, abróchate la bata, por el amor de Dios!

—Uy, lo siento, Patrick —se disculpó Ellie mientras se anudaba el cinturón a toda prisa—. Acabamos de inventar una danza ritual para el profesor de autoescuela. ¿Os hacemos una demostración?

—Me parece que ya he visto bastante para hacerme una idea —rió Patrick—. Pero espero que no la representéis para el pobre señor Swayne, sobre todo vestidas..., o mejor dicho desvestidas así. Ya tiene suficientes motivos para vivir aterrorizado. ¿Te importaría ponerte la ropa, Sophie? Tenemos que irnos o llegaremos tarde a comer.

—Oh, no se la lleve aún, por favor. ¿No podría quedarse Sophie un poquito más? No hemos hablado ni de la mitad de las cosas que teníamos en la agenda.

—No deja de asombrarme el hecho de que nunca se os acaben los temas de conversación —comentó Patrick con expresión divertida—. Siempre espero que algún día se seque el río, pero creo que eso es imposible por mucho tiempo que pase.

—Nos encantaría que os quedarais a picar algo con nosotros —invitó Maggie—. No será un almuerzo en toda regla, al menos según los baremos de Rachel, pero tenemos sopa y muchos restos más bien sospechosos de queso que hay que acabar. Phil ha ido a jugar al golf, pero ha dicho que quizá volvería a tiempo para comer. Le encantaría veros.

—Por favor, papá —suplicó Sophie, y las adolescentes lo miraron con expresión esperanzada.

Patrick se sintió tentado de quedarse en el entorno relajado y agradable del feliz hogar de los Marshall, pero la perspectiva de la tensión que ello podía desencadenar en su propia casa le impidió sucumbir.

—No, lo siento. Te lo agradezco mucho, Maggie, pero tenemos que volver a casa. Tengo trabajo y además Rachel nos espera para almorzar.

—En fin, pues saluda a Rachel de mi parte. Últimamente apenas la veo —comentó Maggie—. Arreglamos las cosas de las chicas por teléfono, pero nunca consigo convencerla de que venga a comer o nos encontremos en Knighton como hacíamos antes. Y no creo haberla visto por el club de lectura desde antes del nacimiento de Posy. ¿Dónde se esconde? La echamos de menos.

—Yo también —corroboró Patrick, aunque enseguida deseó haberse callado.

Maggie le dirigió una mirada escrutadora. Consideraba que Rachel Hammond era una idiota por descuidar a su esposo. Muchas mujeres estarían encantadas de quitárselo de las manos si ella ya no lo quería, y corría el rumor de que le estaba haciendo la vida imposible.

—Pobre Sophie —observó Ellie cuando el coche de Patrick se alejó—. Está muy deprimida, y yo, muy preocupada por ella. En mi opinión, su madre se está portando fatal con ella, sobre todo teniendo en cuenta que los exámenes finales son este verano. Estudia muchísimo, y con la dislexia aún le cuesta más, pero no recibe ningún apoyo.

—¿Ni siquiera de Patrick?

—Bueno, sí, de él sí, es un encanto. Pero Sophie también está muy preocupada por él. Dice que siempre intenta defender a su madre y justificarla, pero es evidente que empieza a hartarse de la obsesión de Rachel con esa terapeuta estrafalaria a la que va y con el hecho de que no piense en nada más que esa mocosa mimada de Posy. Sophie dice que es un peñazo. Mamá..., ¿puedo preguntarte una cosa? —inquirió Ellie con tal seriedad que Maggie temió sus siguientes palabras.

—Bueno... —masculló, cautelosa—; puedes preguntarme lo que quieras..., pero no te garantizo una respuesta.

—¿Te cae bien la madre de Sophie? Quiero decir..., sé que Patrick es un viejo amigo de papá..., pero ¿cómo te cae Rachel?

—Antes me caía muy bien —explicó su madre con tristeza—, pero empiezo a preguntarme si en realidad la conozco. Cuando eras pequeña lo pasábamos en grande. Aparte de ser inteligente y guapa, Rachel es brillante; podría haber desarrollado una gran carrera en el mundo editorial, pero lo dejó todo al casarse. Siempre ha sido un poco nerviosa, y Patrick se ha dedicado a allanarle el camino y protegerla... A veces me daba cierta envidia. Hace años hablábamos de libros y otras muchas cosas, pero ahora no consigo acercarme a ella.

—Siempre me hace sentir como un estorbo cuando me quedo a comer en su casa —comentó Ellie—, como si una persona más representara un trabajo descomunal. No como tú, mamá —añadió, afectuosa—. Por eso a Sophie le gusta tanto venir a casa.

Maggie se sintió conmovida.

—Bueno, tengo que reconocer que Rachel no sería la primera persona a la que acudiría en caso de necesitar ayuda —admitió con sequedad—. La verdad es que no puedo contestar a tu pregunta, cariño, porque ni yo misma lo sé. Debe de ser difícil para Patrick.

—Sophie dice que las cosas se están poniendo imposibles en su casa —dijo Ellie—. No sabe qué hacer respecto a sus padres. ¿Alguna sugerencia? Estamos buscando formas útiles de arreglar sus problemas.

—No lo hagáis —espetó su madre con inusual vehemencia—. Es muy mala idea inmiscuirse en los matrimonios ajenos, aunque se trate de tus propios padres. Muchas parejas atraviesan malas rachas, pero tienen que resolver sus problemas por sí solas.

Ellie no parecía nada convencida.

Padre e hija disfrutaron sobremanera de su mutua compañía durante el trayecto de vuelta a casa. Sophie hizo reír a Patrick con el relato de los peligros arrostrados durante la clase de conducir, y él le habló del amor perdido de Hugh Marston.

—Uauu —suspiró Sophie—, qué romántico. ¿Crees que seguirá viva? ¿Crees que tío Hugh me hablaría de ello?

—Es posible; siempre ha tenido debilidad por ti. ¿Por qué no se lo preguntas? ¡Tantos años sin soltar prenda! Pero creo que de repente siente la necesidad de contárselo a alguien. Además, debe de ser uno de los mejores retratos que ha pintado en su vida. ¿Por qué no vas a verlo mañana? Será un buen ejercicio para ti y para Punch. Por cierto..., Hugh dice que algún día le gustaría pintarte. ¿Qué te parece?

Sophie se ruborizó de placer.

Al llegar a casa encontraron una nota apoyada contra el frutero sobre la mesa de la cocina.

«Posy y yo hemos ido a comer a casa de Bronwen», rezaba.

—¡Genial! —estalló Sophie—. Hablando de medir las cosas con doble rasero. Si ella hubiera preparado la comida y nosotros no hubiéramos aparecido, se habría armado una gorda. ¿Por qué todo lo que hacemos le parece espantoso y en cambio ella se cree con el derecho de hacer lo que le venga en gana? Podríamos habernos quedado en casa de los Marshall a fin de cuentas. Me parece que mamá es una...

Pero al ver la expresión en el semblante de Patrick dejó la frase sin terminar.

—Da igual, papá —murmuró con un nudo en la garganta—. ¿Qué te parece si nos preparamos una buena fritanga y ponemos nuestro colesterol por las nubes?

Tenía la firme intención de dejar la cocina hecha un asco. Disfrutaría una barbaridad con la disputa que ello provocaría con su madre y tendría la oportunidad de airear algunas de sus opiniones, relacionadas tan solo en parte con la limpieza en la cocina y los menús de calorías controladas. Sophie saboreó la certeza de que, casi con toda seguridad, esta vez iría demasiado lejos.

—Excelente idea —aprobó Patrick con una sonrisa—. Una suerte, porque es precisamente lo que más me apetece a mí también. Venga, vamos a pasarlo en grande.

De repente estaba furioso con Rachel, y una pequeña astilla de hierro helado se alojó en su alma con carácter de permanencia.

10

Dos años y medio atrás, cuando Rachel llegó por primera vez ante la puerta de Bronwen Richards, ya lo hizo lamentando el impulso que la había inducido a pedir hora. Llovía a cántaros, y de no haberse sentido tan desesperada a causa del embarazo, habría dado media vuelta y regresado corriendo a casa. Sin embargo, permaneció indecisa en el porche de Old Chapel House, intentando decidir si debía o no llamar con la enorme aldaba de hierro forjado que adornaba la puerta tachonada, carente de timbre. De repente, la puerta se abrió, arrebatándole toda posibilidad de tomar una decisión al respecto.

—Hola —la saludó una mujer alta—. Usted debe de ser Rachel Hammond. Pase —invitó al tiempo que se hacía a un lado—. No muerdo —añadió, mirándola con expresión algo burlona.

—Oh —balbuceó Rachel, desconcertada—. Bueno..., gracias.

Entró con cautela, sin saber qué esperar.

Su primera impresión fue de luz y espacio. Salvo por los rebordes de piedra que enmarcaban puertas y ventanas, las paredes estaban enyesadas y pintadas de blanco. Más o menos en el centro de la estancia de techos muy altos, una escalera curva de madera ascendía hasta una especie de galería. Probablemente el dormitorio, conjeturó Rachel. El suelo de madera aparecía barnizado de color claro, y en el centro, antaño quizá ocupado por los bancos de la capilla, había una alfombra blanca enrollada. Los márgenes de aquel espacio central estaban delimitados por colchonetas dispuestas en círculo. Rachel imaginó que antes de su llegada habría tenido lugar una clase de yoga.

Era uno de esos días de verano fríos y lluviosos en los que, pese a la desacostumbrada temperatura exterior, algunas personas se niegan a encender la calefacción pero, para alivio de Rachel, la casa estaba agradablemente caldeada. En el extremo más alejado de la sala, donde sin duda en tiempos se alzaba el altar, una estufa de leña chisporroteaba alegremente, los antiguos soportes del altar convertidos ahora en rejilla protectora. Los dos sofás cubiertos con gruesos fulares de algodón estampados en colores ocre, óxido y verde parecían muy mullidos. Había plantas de hoja perenne en macetas de terracota, y un jarrón de rosas mezcladas con brazadas de celindas llenaba el aire con una fragancia estival. También olía a incienso, lo cual, creyó Rachel, haría que los antiguos ministros metodistas de la parroquia se revolvieran inquietos en sus tumbas.

De las paredes colgaba una colección de llaves antiguas de todos los tamaños y formas, desde enormes piezas de hierro, capaces sin duda de abrir las puertas de un castillo medieval, hasta modernos artilugios para abrir cerraduras de seguridad. Estaban artísticamente dispuestas en círculos y abanicos, y constituían un elemento decorativo impresionante, aunque al mismo tiempo algo inquietante. Por sí sola, Rachel no era una decoradora atrevida, pero convivir durante veinte años con Patrick le había enseñado a apreciar lo interesante e inusual. Su casa reflejaba más el gusto de Patrick que el suyo y, hasta hacía poco, Rachel disfrutaba de los resultados de algunas de las ideas más innovadoras de su esposo, el cual, sin embargo, siempre la consultaba antes de tomar decisión alguna. No sabía si aquella casa le gustaba o no, pero su primer pensamiento fue que a Patrick le parecería interesante y tal vez querría fotografiarla. Además de sus libros cada vez más vendidos, en ocasiones escribía artículos para revistas de decoración y siempre andaba a la caza de nuevos proyectos.

—Debo de haber pasado por delante de esta casa cientos de veces —comentó mientras miraba en derredor—, pero no sabía que la habían transformado en una vivienda. Y también me parece haberla visto a usted en alguna parte.

—Sí, varias veces, de hecho, pero no parecía usted demasiado receptiva a las sonrisas de una desconocida —respondió Bronwen con aire divertido—. Sin duda habrá oído hablar de mí; por lo visto soy la comidilla del pueblo. Me costó horrores obtener el permiso de obras, no porque pretendiera hacer algo arquitectónicamente escandaloso, sino porque alguien se dedicó a hacer circular el rumor de que soy una bruja —comentó antes de lanzar una carcajada estentórea.

Tenía el largo cabello oscuro veteado de canas, si bien su rostro, libre de todo maquillaje, parecía bastante joven. Por su aspecto podía tener tanto treinta como cincuenta años. Llevaba un vestido de estampado llamativo que le llegaba a los tobillos, una chaqueta de punto larga con botones plateados en forma de bellotas y un gran número de cadenas y ajorcas de plata. Calzaba la clase de sandalias pesadas de cuero que los catálogos anunciaban como los zapatos ideales para ir de acampada. Poseía un rostro de facciones fuertes y algo aguileñas, subrayadas por un bronceado que no podía haber adquirido en Inglaterra con el tiempo que había hecho últimamente. De haber llevado una pluma sujeta al pañuelo amarillo limón que le envolvía la cabeza, habría recordado a Minnehaha. No parecía en absoluto el tipo de Rachel.

Había reparado por primera vez en ella cuando paseaba a los perros junto al río, pero hasta ahora no había establecido ninguna relación entre el anuncio en la tienda naturista y la impresionante mujer que tenía delante. De ser así, con toda seguridad no le habría pedido hora. Había imaginado a una profesional de aspecto eficiente, una especie de cruce entre esteticista y enfermera, ansiosa por convertirla en su clienta, tal vez incluso algo sumisa y desde luego, muy compasiva. Pero lo que había visto durante sus paseos era una mujer acompañada a veces por un hombre, otras por una niña y en una ocasión por una cabra.

También la había visto cierto domingo por la mañana saliendo de la iglesia cuando los Hammond y el resto de los feligreses se disponían a entrar. El episodio en sí no tenía nada de inusual, pues la iglesia de Kirkby-Wytherton, con su campanario medieval, sus sepulcros de cruzados famosos y su magnífico emplazamiento junto al río Wythie, era una atracción turística muy conocida y con frecuencia acudían veraneantes a visitarla. Lo inusual era más bien el aspecto extravagante de aquella mujer, con su melena indómita, las ropas de colores llamativos y corte excéntrico, el semblante fuerte y fiero. Rachel percibió que su vista la seguía como atraída por un imán, y se desconcertó cuando la desconocida cruzó una mirada con ella y la saludó con un ademán de cabeza. Poco dada a saludar a los desconocidos, Rachel le dedicó una levísima sonrisa y se volvió a toda prisa hacia el altar mientras abría el misal. Sin embargo, le costó sobremanera resistir la tentación de mirar atrás.

—Bueno —dijo Bronwen, clavándole una mirada incómodamente escrutadora—, cuénteme por qué ha venido a verme.

—Pues porque le pedí hora por teléfono la semana pasada —repuso Rachel.

—Así es, y la esperaba. Pero ¿por qué me pidió hora?

—Usted puso un anuncio en el escaparate de Sutcliffe, en Lower Knighton —explicó Rachel, sintiéndose algo amenazada y sabedora de que su voz sonaba hostil, como sucedía a menudo cuando se enfrentaba a situaciones desconocidas—. Decía que...

—Oh, ya sé lo que dice el anuncio. Lo que quiero saber es por qué cree necesitar mi ayuda. Por teléfono insistió en que no le interesa participar en ninguna de las clases semanales y que no quiere formar parte de ningún grupo. ¿Qué espera conseguir de mí individualmente?

Se produjo un silencio. Bronwen no parecía en absoluto incómoda y permitió que el silencio se alargara hasta convertirse en algo casi tangible, una suerte de burbuja de cristal.

Rachel percibió que la dominaba el pánico. ¿Por qué demonios había ido allí? Ella, que siempre procuraba no exteriorizar emoción alguna y siempre se incomodaba cuando alguien intentaba resquebrajar su reserva natural; ella, que se consideraba tan sofisticada y tan hábil en las charlas superficiales, que gustaba de sentir que tenía las situaciones sociales bajo control, se había quedado sin habla y miraba a aquella mujer tan segura de sí misma cual conejo paralizado por los faros de un coche.

—No lo sé —confesó por fin.

—¿Tal vez porque está desesperada por algo y sabe que necesita ayuda? —aventuró Bronwen—. ¿Cree que podría sentirse segura hablando con una desconocida?

Y para su enorme sorpresa, Rachel advirtió que las lágrimas empezaban a rodarle por las mejillas.

Así transcurrió la primera visita.

Bronwen utilizaba el salón para sesiones y clases en grupo. A un lado se hallaba la cocina y al otro, una pequeña consulta, quizá la antigua sacristía de la capilla, donde tenían lugar las sesiones individuales y diversos tratamientos. En aquella primera visita, la salita se le antojó a Rachel menos amenazadora que el gran salón, más acorde a lo que esperaba, con un sillón reclinable de cuero negro, un diván, paredes atestadas de libros y un equipo de música.

Bronwen se sentó a una mesa de aspecto profesional y le hizo un sinfín de preguntas sin dejar de tomar notas. ¿Qué comidas le gustaban? ¿La asustaban los truenos? Si iba a la playa, ¿se sentaba en el centro o en un extremo? ¿Cuál era su primer recuerdo? ¿Tenía miedo a las alturas? ¿Cómo reaccionaba ante las arañas? Al principio, Rachel dudó de la pertinencia de aquellas preguntas, pero al cabo de un rato empezó a convencerse de que, casi sin querer, estaba pintando un retrato muy preciso de sí misma. Más tarde, Bronwen le pidió que reclinara el sillón y cerrara los ojos para que pudieran hacer algunos ejercicios de relajación.

Puso una música surcada de rumor de olas rompiendo contra una playa, pájaros cantando en un bosque y tañido de campanas. Rachel se sintió soñolienta, completamente de acuerdo con la afirmación de Bronwen de que los párpados le pesaban. Le resultó fácil seguir las indicaciones de que caminaba por un camino estrecho y serpenteante en dirección a un lugar especial de su elección, un rincón bañado por el sol, un paraje hermoso y, sobre todo, seguro, en el que nadie podía entrar salvo por invitación expresa de Rachel.

Cuando tras lo que a Rachel se le antojaron unos breves instantes, la voz de Bronwen le indicó que respirara hondo, empezara a adquirir de nuevo conciencia de la sala y el mundo real y a la voz de cinco abriera los ojos. Rachel lamentó tener que abandonar el idílico jardín que había inventado. Sin embargo, cuando Bronwen contó hasta cinco, sus ojos se abrieron como accionados por un botón.

—Madre mía —musitó, parpadeando con sorpresa como si acabara de regresar de un largo viaje—. Por lo general nunca duermo durante el día, pero creo que he dado una cabezadita. Lo siento. ¿Qué hora es?

—Las tres y media. Lleva más de una hora aquí. Ahora le daré una cinta para que la escuche en casa, y me gustaría que practicara los ejercicios de relajación unos quince minutos al día hasta que volvamos a vernos dentro de dos semanas. Y por favor, no olvide beber al menos ocho vasos de agua al día. ¿Podrá hacerlo?

Rachel asintió.

Hacia la tercera visita, como consecuencia de las preguntas casuales de Bronwen, de repente se vio inmersa en la horrible época tras el nacimiento de Sam, cuando no podía dejar de llorar por el terror y la vergüenza de no poder querer a su hijo.

—Fue espantoso —constató.

—Sí, pero creo que estamos llegando a alguna parte —repuso Bronwen—. La próxima vez retrocederemos más.

Al principio, Patrick quedó impresionado por el efecto que la terapeuta surtía en su mujer. A menudo pensaba que la actitud protectora con que la había tratado los primeros años de su matrimonio había alimentado sus neurosis y le complacía que esta vez Rachel hubiera acudido a una persona que parecía efectiva. Consideraba que algunos de los gurús que había elegido en el pasado eran muy dudosos, por no decir inútiles. Sam se habría sorprendido de saber que no era el único que hallaba sexy a Bronwen; a su padre también le parecía perturbadora. La conoció un día cuando Rachel la invitó a cenar y le pareció una mujer enigmática. Bronwen había viajado tanto como él y sabía de temas muy peculiares. Sostuvieron una conversación interesante sobre religión y arte, ambos convencidos de que el otro era un adversario más que digno. A Patrick le gustó que Rachel, por regla general más convencional en sus amistades que él, hubiera adquirido la suficiente seguridad en sí misma para buscar más allá de su limitado círculo social.

—Tu nueva amiga me parece muy interesante, cariño —comentó a su mujer—. Es muy poco corriente.

Para su sorpresa, Rachel no reaccionó tan complacida como esperaba ante su aprobación.

Resultaba difícil averiguar gran cosa acerca de la recién llegada, porque se mostraba muy reservada y podía ser muy esquiva cuando se le formulaban preguntas directas. Intentar componer la historia de su vida era como intentar armar un rompecabezas y darse cuenta de que faltan muchas piezas.

Bronwen confirmó el rumor de que el hombre al que Rachel había visto con ella era su actual amante, aunque aparte de ese detalle no reveló información alguna. Nadie parecía saber mucho de él. Con los ojos abiertos de par en par, Yvonne comentó que, según había oído, estaba relacionado con el IRA. Lo que sí parecía cierto era que no constituía una figura permanente en la vida de Bronwen, y reaccionaba con asombro cuando alguien suponía que podía serlo.

—¿Casarme con Milo? —exclamó en respuesta a la pregunta de Rachel—. ¿Por qué demonios iba a hacer eso?

No era el padre de la hija de once años de Bronwen, Hetta, una niña de gran autodominio que en ocasiones pasaba unos días en Old Chapel House. En respuesta al cauteloso sondeo de Rachel, Bronwen explicó con vaguedad que, por lo general, Hetta vivía con su padre y con sus otros hermanos, tanto mayores como menores que ella, en España. Parecía más o menos complacida cuando la niña iba a visitarla... y totalmente inmutable cuando se marchaba.

—¿Qué hay de la escuela? —le preguntó un día Rachel, temida inquisidora de los profesores de sus hijos, que siempre quería saber con pelos y señales cómo progresaban Sam y Sophie en sus estudios.

—Oh, su padre se ocupa de eso —replicó Bronwen como si hablara de comer verdura—. Por lo visto, las escuelas españolas no están nada mal.

—Entonces, ¿el padre de Hetta es español?

—En parte, entre otras nacionalidades —dijo Bronwen, a todas luces reacia a seguir hablando del asunto.

La calma indiferente que marcaba su relación con Hetta también asombraba a Rachel.

—¿No sientes la necesidad de ir a ver la escuela de tu hija? Yo lo haría.

—Ya sé que lo harías —aseguró Bronwen con aire divertido—, pero no es necesario obsesionarse con todos los detalles del mundo para ser una buena madre.

Por el contrario, la cabra sí era una figura permanente en su vida. Vivía en un cobertizo del jardín, antaño el cementerio de la iglesia, situado en la parte trasera de la casa. Bronwen afirmaba que contribuía a mantener a raya las zarzas. A veces la acompañaba en sus paseos y en ocasiones, para horror de Rachel, se le permitía entrar en la casa. Bronwen vendía su leche a la tienda naturista Sutcliffe, regentada por un miembro de su grupo de meditación.

Con el tiempo, Patrick empezó a darse cuenta de dos cosas. En primer lugar, que pese a que Rachel estaba dejando atrás algunas de sus sempiternas fobias, por lo visto las había sustituido por un nuevo conjunto de obsesiones, y en segundo lugar algo que le resultaba mucho más perturbador, y era que Rachel ya no parecía quererlo ni necesitarlo.

Al principio reaccionó encantado ante el modo en que Rachel se volcaba con el bebé, algo que jamás habría osado esperar de ella, y atribuyó a Bronwen todo el mérito. Pero había dado por hecho que él seguiría desempeñando el papel de padre implicado, y se quedó perplejo cuando se hizo patente que Rachel no solo no necesitaba su ayuda con Posy, sino que no quería que se implicara en absoluto.

La primera vez que fue consciente de ello fue cuando Posy apenas contaba unas semanas de vida. Una noche, Patrick se levantó medio dormido para ir a verla, como había hecho tantas veces con Sam y Sophie. Acababa de coger en brazos a su berreante hija cuando de repente apareció Rachel como un ángel vengador y se la arrebató.

—No la toques —espetó—. Yo me ocuparé de ella.

Afirmar que Patrick se quedó asombrado sería quedarse corto, pero se dijo que aquella actitud tan exagerada pronto desaparecería y que, en cualquier caso, era mucho mejor que el horror que antes sentía Rachel ante la presencia de los recién nacidos. En esta ocasión incluso había decidido amamantar a la pequeña, algo sin precedentes. Sin embargo, a medida que transcurrían los meses, la posesividad de Rachel se acentuó en lugar de menguar. Seguía acudiendo a terapia cada quince días, y puesto que Bronwen parecía ser la responsable de los cambios que se habían operado en su actitud hacia el cuidado de los hijos, también parecía lógico pedirle consejo sobre el hecho de que el péndulo había oscilado hasta el otro extremo, ya que Rachel se negaba a hablar del tema con él.

Cuando Posy tenía unos nueve meses, Patrick eligió un día en que su mujer fue a visitar a sus ancianos padres y llamó a Bronwen. Experimentó un gran alivio cuando ella misma se puso al teléfono, pues no tenía ganas de dejarle un mensaje en el contestador.

—Hola, Patrick —saludó Bronwen con su seductora voz ronca y el deje musical que delataba su origen galés—. Qué sorpresa. ¿En qué puedo ayudarte?

—Quería saber si puedo ir a verte un día de estos.

—Vaya, por supuesto.

—¿Cuándo tienes un hueco?

—¿Qué te parece ahora mismo? No dejes para mañana lo que puedas hacer hoy.

—Es muy amable de tu parte —agradeció Patrick, diciéndose que la reacción de Bronwen era mucho más positiva de lo que había esperado—. Lo cierto es que me va de perlas. Rachel ha ido a ver a sus padres, pero no creía posible que pudieras recibirme con tan poca antelación.

—Ningún problema —aseguró Bronwen.

Patrick condujo los seis kilómetros que separaban su casa de la antigua capilla contento de poder contar con ayuda externa. Tal vez debería haber hablado con Bronwen hacía semanas. No le hacía demasiada gracia actuar a espaldas de Rachel, porque nunca había tenido secretos para ella pero, por otro lado, nunca había sido tan difícil comunicarse con ella. A buen seguro, Bronwen le aconsejaría qué hacer.

Aparcó delante de la casa y recorrió el sendero en un par de zancadas. Bronwen debía de esperarlo mirando por la ventana, porque acudió a abrir antes de que Patrick llegara a la puerta. Vestía una especie de túnica extraordinariamente voluminosa que recordó a Patrick las tiendas beduinas que salen en las viejas películas de Hollywood. No le habría sorprendido ver a Rodolfo Valentino aparecer por entre los pliegues y pensó que debía contárselo a Rachel, aunque reír juntos no formaba parte de su dieta en los últimos tiempos.

—Has sido muy amable al hacerme un hueco tan pronto... —empezó Patrick al tiempo que le tendía la mano y se disponía a ir al grano—. Tengo que hablar contigo de Rachel; estoy muy preocupado por ella.

Bronwen enarcó las cejas y no le estrechó la mano.

—Ah —exclamó—. Y yo que creía que venías a ver mi casa. Las casas son una de tus... pasiones, ¿no? O que tal vez podríamos reanudar una de nuestras interesantes conversaciones. ¿Debo entender que no se trata de una visita de cortesía?

—Bueno..., no... —farfulló Patrick, perplejo—. Es decir..., por supuesto que me gustaría ver tu casa. Sé que Rachel quedó impresionada la primera vez que vino..., pero quizá debería haberme explicado mejor por teléfono. He venido a verte como profesional, y por supuesto quiero que me cobres la visita, no faltaría más. Nunca se me ocurriría abusar de tu amistad... Espero que no pienses eso.

—Qué lástima —ronroneó Bronwen, mirándolo de arriba abajo.

—La cuestión es que necesito que me aconsejes acerca de Rachel —explicó Patrick, empezando a sentirse algo incómodo.

—Lo siento, pero no doy consejos —replicó la mujer con una sonrisa enigmática—. Doy muchas otras cosas —añadió—, pero consejos no.

—Pero a Rachel sí se los das —protestó Patrick—. Has hecho auténticas maravillas con ella. No para de mencionarte —aseguró.

—Lo lamento —repitió Bronwen, encogiéndose de hombros—, pero es no es asunto mío. Te aseguro que nunca le digo a Rachel lo que debe hacer, sino que intento capacitarla para que piense por sí misma.

—Pero ha cambiado de forma drástica. Se ha convertido en una persona distinta.

—¿Y no crees que necesitara convertirse en una persona distinta?

—Bueno, sí..., en muchos aspectos quizá sí, como todo el mundo. Estoy seguro de que yo también necesitaría cambiar algunas cosas.

Patrick se preguntó cómo se las habría arreglado para enfrentarse con Bronwen en tan pocos minutos. Tal vez creyera que había ido a verla para criticar el modo en que trataba a Rachel, pero nada más lejos de su intención.

—No creas que no te estoy agradecido —aseguró—. La has ayudado muchísimo con el bebé..., pero es que al mismo tiempo, nuestra relación ha cambiado..., hemos perdido algo muy valioso. Ya no disfruta con nada de lo que hacíamos antes.

En cuanto lo dijo se dio cuenta de que aquellas palabras podían interpretarse en un sentido que él no pretendía atribuirles.

Bronwen lo miraba de hito en hito. Era una mujer alta, pero Patrick lo era aún más. En un momento se hizo un poco a un lado y un rayo de sol la atravesó. Patrick comprendió que, en lugar de Rodolfo Valentino, lo que se ocultaba bajo sus ropajes era la más absoluta desnudez.

—Nosotros sí podríamos disfrutar juntos..., tú y yo —murmuró—. Creo que podríamos pasarlo muy bien.

Patrick se quedó petrificado. ¡Qué estúpido había sido!

—Lo siento, pero no doy esa clase de diversión —espetó con voz gélida para devolverle la pulla anterior—. Sobre todo no a las amigas de mi esposa —añadió con énfasis.

El inquietante conocimiento de que la insinuación lo excitaba lo enfureció aún más.

—Como quieras —dijo Bronwen en un tono entre indiferente, desafiante y burlón—. Pero... puede que te arrepientas.

Sostuvo la puerta abierta para que saliera, y en aquel momento Patrick supo que se había granjeado una enemiga.

La fastidió por completo al intentar explicar a Rachel su encuentro con Bronwen. Cuanto más intentaba justificarlo, más metía la pata. Rachel se puso pálida de rabia por lo que consideraba una violación de su intimidad.

A partir de entonces, Bronwen se tornó tan imprescindible para su mujer que apenas si transcurría un día sin que se vieran.

11

Jake se acurrucó contra Victoria y empezó a retorcerse un mechón de cabello en la coronilla hasta que quedó de punta como el de Tintín, indicio claro de que estaba exhausto.

—Tengo sed, mamá —dijo.

Victoria revolvió el contenido de la mochila en busca de un zumo. Maldita sea, renegó para sus adentros. Con toda probabilidad, Jake se quedaría dormido justo antes del embarque de su vuelo y entonces se las vería y se las desearía para despertarlo.

—Toma, bebe un poco, que te dará energía —lo animó—. Te estás portando como un campeón, cariño. Ya queda poco.

—Eso ya lo dijiste en Londres.

—Lo sé, y ha sido un día espantoso, pero solo te pido que aguantes un poco más; casi hemos llegado. Lo siento mucho, tesoro. Quizá no debería haberte traído.

El vuelo de Heathrow a Atenas había salido con varias horas de retraso, por lo que habían perdido la conexión a Corfú, adonde no había vuelos directos hasta el inicio de la temporada turística. Así pues, ahora estaban en el aeropuerto de Atenas, y Victoria sabía que no llegarían a Vrahos hasta pasada la medianoche. Esperaba que el marido de Dora, Yannis, hubiera llamado a Olympic Airways antes de ir a buscarlos en la vieja cafetera destartalada de Evanthi y no llevara horas aguardándolos en Corfú. Había intentado localizar a Dora para avisarle del retraso, pero sin conseguirlo; el sistema telefónico de Vrahos era bastante imprevisible.

—¿Quieres que te lea otro cuento? —propuso.

Jake negó con la cabeza y deslizó la mano en la de su madre.

—Estoy bien, mamá —aseguró—, y me alegro de que hayamos venido.

Victoria sintió que las lágrimas le escocían los ojos.

A nadie le pareció buena idea que decidiera viajar a Corfú de inmediato, sin esperar a las vacaciones de Pascua. De no ser tan reciente la tragedia y de no tener todo el mundo, incluida Toula, la sensación de que debían tratarla con guante de seda, sin duda alguna habría topado con mucha más oposición.

—Ay, Victoria, ¿de verdad le parece lo más acertado? —exclamó la bondadosa señora Atkinson—. Jake acaba de empezar a readaptarse a la escuela, y es una lástima sacarlo de la rutina a menos que sea estrictamente necesario. Tengo entendido que su abuela está enferma, pero la señora Winston me ha dicho que estaría encantada de quedarse con Jake..., y las vacaciones empiezan dentro de un par de semanas. No es que me preocupe por sus tareas escolares, porque va muy adelantado para su edad, pero le resultará mucho más difícil empezar el próximo trimestre si se separa de sus amigos ahora. La rutina es lo mejor para los niños que han sufrido un trauma.

Victoria asintió, sonrió y escuchó..., pero no dio su brazo a torcer. ¿Cómo podía explicar a Toula y a Anthony, que la habían acogido en su seno de forma incondicional y siempre la habían tratado como a una hija, que el recuerdo de su infancia que más la atormentaba era el hecho de haber tenido que separarse de su abuela tan poco tiempo después de la muerte de sus padres? Se le formaba un nudo en la boca del estómago al recordar el dolor que había sentido al despedirse de Evanthi cuando Toula acudió a buscarla. Evanthi quería acompañarla a Inglaterra y quedarse con ella los primeros meses, pero su hija había impuesto su voluntad. A buen seguro, a los Winston debió de resultarles difícil en extremo negarle aquel deseo en su momento, puesto que también Evanthi estaba destrozada por la aflicción de haber perdido a un hijo al que adorada, así como desesperada por aferrarse a su única nieta, pero en retrospectiva, Victoria comprendía la postura de sus tíos. Evanthi habría cuestionado cada decisión que pretendiera tomar Toula, y Victoria habría seguido recurriendo a su abuela en lugar de a su tía.

No obstante, los términos del testamento de Constantine Doukas no dejaban lugar a dudas: nombraba a su cuñado, Anthony Winston, único tutor legal de su hija, lo cual resultó ser una decisión acertada. Victoria consideraba que decía mucho en favor de Anthony el hecho de que hubiera sido capaz todos aquellos años de actuar como árbitro entre su esposa y su suegra, y ello sin perder el respeto y el amor de ninguna de las dos. Pero pese a ello y al recordar su propio desconcierto angustiado, Victoria no estaba dispuesta a someter a Jake a ninguna clase de separación en esos momentos, por breve que fuera.

—Me parece que estás siendo muy egoísta, cariño —la reconvino Toula, como siempre incapaz de andarse por las ramas, aunque Victoria agradecía su actitud directa, ya que aportaba cierta normalidad a su vida destrozada—. Ve sola, aunque no entiendo a qué viene tanta prisa. La *nonna* parece haber superado la crisis. Pero en cualquier caso, no arrastres a Jake contigo.

—Oh, Toula —suspiró Victoria—, primero no querías que fuera hasta que la *nonna* mejorara, y ahora que se encuentra mejor tampoco quieres que vaya.

Toula agitó el brazo con ademán impaciente.

—Es que no entiendo por qué de repente tienes tanta prisa por ir.

—Necesito ir y ya está; no sé cómo explicarlo.

Pero no mencionó la llamada de Guy.

Sus recuerdos se vieron interrumpidos por el anuncio del embarque de su vuelo.

—Vamos, Jake, un último esfuerzo. Recojamos nuestras cosas.

El nuevo aeropuerto de Atenas, mucho más elegante que el antiguo, estaba decorado en azul y plata, con extensiones inmensas de suelo resbaladizo que indujeron a Jake a olvidar todo cansancio, fingir que se hallaba en una pista de hielo y patinar hasta la escalera mecánica empujando el carro, a riesgo de lastimar a otros viajeros. Se dirigieron hasta las puertas de embarque, situadas en la planta inferior, y luego hacia el pequeño avión que los llevaría hasta Corfú.

Yannis los aguardaba delante de la terminal, casi desierta en comparación con el revuelo que se armaba durante el verano. Jake, que adoraba a Yannis, se arrojó como un misil a sus musculosos brazos, rodeándole el torso corpulento con las piernecillas huesudas, borracho de alegría.

Los melancólicos ojos negros de Yannis se llenaron de lágrimas mientras dejaba a Jake en el suelo, tomaba las manos de Victoria entre las suyas y mascullaba palabras incoherentes de pésame por Richard, las armas y los caminos inescrutables del Todopoderoso. *O The' Mou!* ¡Él y Dora jamás habían recibido semejante golpe! ¡Ni tampoco Kyria Doukas! Pero Victoria había hecho bien en venir a casa, porque hay que estar con los seres queridos en los momentos difíciles. Por supuesto Nafsica, la abuela de su mujer (Yannis puso los ojos en blanco y se encogió de hombros al mencionarla) ya había vaticinado aquella muerte al leer las cartas del tarot en Navidad; todo el mundo sabía que Nafsica poseía «la Visión». Pero ahora que estaba de vuelta en su hogar, estaba seguro de que Victoria se repondría. Por descontado, llevaría tiempo, pero ya vería que ella y Jake empezarían a encontrarse mucho mejor al cabo de poco tiempo. Dora tenía un buen *avoglimono* esperándolos en la cocina, y llegarían a casa en un santiamén, de eso se encargaba Yannis. Conocedora de su actitud aventurera tras el volante, Victoria estaba segura de ello y esperaba que Yannis no tuviera intención de batir récords en aquella carretera de curvas cerradas y acantilados escalofriantes que formaban parte integrante de la emoción de llegar a Vrahos.

—¿Cómo están Dora y Angelo?

—Bien, muy bien.

Dora estaba impaciente por ver a Victoria, y Angelo, por jugar con Jake. Cumplidos ya los seis años, Angelo había empezado a asistir a la escuela del pueblo, y le iba muy bien.

—Es listo. Un buen chico, ¡y muy guapo, como su padre! —afirmó Yannis con modestia.

—¿Y cómo está la *nonna*?

Yannis apartó un instante las manos del volante para indicar que su jefa estaba regular, pero que sin duda mejoraría al ver a Victoria. Sí, Nafsica también estaba bien..., mayor, por supuesto, y sufriendo por el reuma, pero con la lengua tan afilada como siempre, por desgracia. Como de costumbre, había demasiados perros, pero es que Kyria no dejaba de recoger chuchos callejeros. Uno de los gatos había muerto, pero habían salvado a una gata con su camada, y Jake podría escoger a uno de los pequeños. Al decir aquello, Yannis se volvió para guiñar el ojo al niño y apenas pudo dar un volantazo para esquivar un coche que iba en sentido contrario. Ambos conductores se abandonaron por unos instantes a una sarta de insultos acompañados de toques de claxon.

A las afueras de Corfú abandonaron la carretera principal y enfilaron una vía que ascendía de forma abrupta y serpenteante a lo largo de la costa. Las vallas de protección, escasas y destartaladas, apenas los separaban del acantilado que caía en picado a la derecha. Incluso Yannis se vio obligado a reducir la velocidad cuando cruzaban las aldeas, donde apenas si pasaba un coche, para sortear las casas antiquísimas que se inclinaban unas hacia otras como amantes ansiosos.

El cruce de Vrahos se encontraba en medio de una curva aterradora, tan disimulado que aun en pleno día era fácil pasar por alto los pilares de piedra cubiertos de enredaderas que marcaban la entrada y en los que se veía el escudo de armas de la familia materna de Evanthi, los Grammenos. Incluso armados con los detallados mapas que se les proporcionaba, los visitantes por lo general pasaban de largo y tenían que continuar varios kilómetros antes de encontrar un punto donde poder dar media vuelta sin peligro y volver sobre sus pasos, lo cual suponía tener que doblar peligrosamente a la izquierda al llegar de nuevo al cruce. Por supuesto, Yannis conocía el camino como la palma de su mano rugosa y morena. Victoria experimentó el acostumbrado cosquilleo de alegría cuando el coche franqueó la verja de hierro forjado, curtida por el tiempo pero todavía bella, como tantas otras cosas en Vrahos. El coche avanzó por el accidentado sendero de kilómetro y medio que conducía hasta la casa, aunque más que un sendero era una especie de pista forestal.

Llegadas, pensó Victoria, en eso me tengo que concentrar ahora. He sufrido una partida desconcertante y no tengo más remedio que aprender a vivir con ella, intentar desentrañar su misterio, desentrañar la maraña que la envuelve y volver a enrollar la madeja hasta urdir algo valioso para mí y para Jake.

De repente recordó los relatos de Evanthi sobre las penurias de la guerra tras la invasión alemana de Grecia. El temor diario, contrarrestado constantemente por pequeños actos de valor, que se convirtió en el destino cotidiano de un pueblo exhausto y perplejo; el hambre y las estrecheces, el frío de un crudo invierno, la ingente tarea de deshacer hasta la última de las prendas de lana que ya no podían llevarse, las serpientes de lana enrolladas en madejas, lavadas y secadas antes de ser transformadas en otra cosa, como calcetines y bufandas tejidos a partir de jerséis ya raídos. Chaquetas de niño creadas a partir de tramos sueltos de lana. En cierta ocasión, Evanthi enseñó a la pequeña Victoria, a quien Nafsica había proporcionado una bolsa de restos de lana, con los que intentaba tricotar un abrigo para su osito de peluche, a unir los extremos de dos lanas distintas, colocárselos sobre la palma de la mano, escupir encima de ellos y hacerlos girar una y otra vez entre los dedos hasta que la unión se tornaba invisible. Y de repente, tachán, uno tenía un maravilloso arco iris compuesto de quién sabía cuántos colores distintos, que le permitiría crear un abrigo multicolor precioso.

—En aquellos tiempos no podía desperdiciarse nada —explicaba Evanthi—, y eso nos convirtió en personas de recursos. Nos sorprendíamos a nosotros mismos, no solo por aprender cosas que jamás se nos habría ocurrido intentar siquiera, sino sobre todo por la destreza que adquirimos en toda clase de ocupaciones estrafalarias. Y a veces teníamos que ser muy astutos. A veces desmantelábamos cosas para reconstruirlas y sobrevivir.

Yo también sobreviviré, se juró Victoria mientras Yannis detenía el coche con una sacudida. Desmantelaré si es necesario, para proteger a Jake de la verdad hasta que sea mayor, pero sobre todo desharé, enrollaré y volveré a tejer una nueva vida para él y para mí. Tal vez sea una vida multicolor.

12

A la mañana siguiente, Victoria abrió los ojos y por un instante, al ver las franjas de luz y sombra que se proyectaban sobre la pared de enfrente, creadas por el sol que entraba por los postigos, no supo dónde se hallaba. Pero al poco lo recordó y se reclinó en la almohada, saboreando cada sensación de la habitación donde tan a menudo había dormido de pequeña.

Acarició el pesado edredón de algodón blanco y el tejido áspero, tan tranquilizador como cuando tenía la edad de Jake y lo frotaba entre el índice y el pulgar justo antes de conciliar el sueño. Sabía exactamente qué sonido emitiría la enorme y vieja cama si se giraba y extendía un brazo sobre la cabeza para palpar las esbeltas curvas del cabecero antiguo de hierro forjado. De niña se le antojaba la cama más maravillosa del mundo, un lecho de princesa de cuento, y aún ahora, los elegantes dibujos de flores y frutas doradas de las planchas lacadas que adornaban el cabecero y el pie del lecho le parecían hermosos al tiempo que originales. A diferencia del dormitorio de Evanthi, penumbroso y fascinante, abarrotado de trastos y tesoros, aquella habitación era muy blanca y austera. Incluso el techo de madera estaba pintado de blanco, y el efecto del conjunto actuaba de bálsamo para cualquier emoción desbocada, a modo de compresa fría sobre su espíritu magullado y roto.

He dormido la noche entera, se maravilló, sintiéndose descansada por primera vez en varias semanas.

Se levantó de la cama y abrió los postigos. Al pie del acantilado se extendía el mar, de un azul tan intenso que abrumaba tras el gris del invierno inglés, como abrir los ojos y ver las ventanas de Chartres en lugar del vidrio vulgar del kirk escocés que se veía antes de cerrarlos. Pese a que hacía una mañana muy quieta, Victoria divisó pequeñas crestas blancas en la extensión de mar que mediaba entre la isla y la costa inhóspita y agreste de Albania. Sin duda el viento había soplado con fuerza durante la noche para que aquellos galopantes caballos blancos fueran visibles desde aquella distancia, pensó, y en aquel momento advirtió que las montañas albanesas, recortadas contra el cielo prístino, seguían cubiertas de nieve, recordatorio de que pese al cálido sol, el invierno aún reinaba en las cotas más altas. Miró el reloj y sintió alivio al comprobar que aún no eran las ocho; no se había dormido. Descalza se dirigió al vestidor contiguo al dormitorio para ver a Jake, esperando encontrarlo dormido y con la intención de dejarlo descansar un rato más. Pero la cama estaba deshecha y el niño ya se había levantado. Sin duda había salido por la otra puerta, que daba al rellano.

Victoria sacó unos vaqueros, una camiseta limpia y un jersey de la maleta. La noche anterior había llegado demasiado agotada para pensar en deshacerla y lo único que había hecho era sacar los pijamas antes de caer rendida.

No había esperado ver a su abuela hasta la mañana siguiente, pero Dora, que revoloteaba en torno a Jake como una gallina clueca, se echó a reír mientras les servía la sopa en la cocina.

—¿Cree que me lo perdonaría si no la dejara verla esta misma noche? —preguntó a Victoria en griego, lengua que siempre empleaba con Victoria—. Debe de tener la oreja pegada a la puerta, y no me atrevería a enfrentarme a ella mañana por la mañana si no la dejo verla ahora misma. Yo acostaré a Jake; usted vaya a ver a Kyria.

Victoria subió y abrió la puerta del dormitorio con infinito cuidado. Al asomar la cabeza percibió la deliciosa fragancia que siempre asociaba a su abuela. Evanthi llevaba el mismo perfume desde que Victoria tenía uso de razón, una esencia creada expresamente para ella en Grasse y cuya composición era un secreto de Estado. Por alguna razón, nunca olía tan bien si lo llevaba cualquier otra persona y constituía una profunda decepción para las pocas privilegiadas, entre ellas Toula y Victoria, a quienes se les había permitido probarla. Evanthi estaba reclinada contra un montón de almohadas, del todo despierta, el hermoso cabello trenzado apoyado sobre un hombro del camisón de seda, la nariz puntiaguda de Tomasina, el sabueso italiano, que vivía cosida a Evanthi como la sombra de Peter Pan, apenas visible bajo las sábanas al pie de la cama.

—*Agapi!* —exclamó al tiempo que le alargaba los brazos—. *Chrysso mou!* ¡Por fin has llegado!

Victoria se arrodilló junto al alto lecho y sepultó la cabeza de melena oscura en el regazo de su abuela. Luego habló durante largo rato, liberando no solo los horrores sufridos, sino también expresando algunos de los temores que la atormentaban, como la espantosa sospecha de que la muerte de Richard podía no haber sido accidental, si bien no abundó en el tema ni mencionó su visita a Francine. Evanthi apenas habló, tan solo para hacer alguna que otra pregunta que la animara a continuar, y desde luego no exteriorizó ninguna opinión. Se limitó a conceder a su nieta la clase de atención compasiva y firme que quizá constituya el mejor regalo para los afligidos.

—Oh, *nonna*, me alegro tanto de verte... —suspiró Victoria por fin—. No tienes ni mucho menos tan mal aspecto como me temía. Además, a menudo olvido lo hermosa que sigues siendo. Pero ¡qué egoísta soy! Con lo enferma que has estado y yo aquí cansándote. ¡Son las dos de la madrugada!

—Pero ya no estoy enferma, tesoro, me encuentro mucho, muchísimo mejor —aseguró Evanthi al tiempo que dedicaba a Victoria aquella sonrisa radiante que había cautivado tantos corazones durante su juventud y que aún tenía la virtud de transformar su rostro hasta restar toda importancia a la edad—. He decidido que aún no estoy preparada para dejaros, pese a los augurios de todo el mundo. Además, qué importa la hora. Una de las pocas ventajas de la vejez es que ya no necesitas dormir muchas horas seguidas, y mañana podré echar todas las cabezadas que me plazca. ¿Cuándo llega Guy?

—Ah, menos mal, veo que te ha llamado. Es una lástima que

no pueda quedarse más tiempo, pero será maravilloso verlo. —Victoria titubeó un instante antes de continuar—: Dice que quiere hablar conmigo de Richard, lo cual me parece normal, y desde luego yo quiero hablar con él sobre su boda. ¿Te sorprendió tanto como a mí, *nonna*? Pero en cualquier caso, los dos teníamos muchas ganas de verte, así que cuando Guy sugirió que sería mejor hablar de temas difíciles aquí que en casa, no lo pensé dos veces. Sabíamos que a ti no te importaría.

—Ya sabéis que podéis venir cuando queráis; para eso está esta vieja casa..., un hogar para la familia. Si luego quieres contarme lo que Guy te diga de Richard..., bueno, ya sabes que aquí me tienes. Pero no te voy a acribillar a preguntas porque puede que no te sientas con ánimos de responder, y si es así no pasa nada —aseguró antes de lanzar una mirada inquieta a su nieta—. Y en cuanto lo de hablar con Guy..., no creo que te resulte... fácil, *agapi*.

—No, ya lo sé. No espero consuelo de esa conversación —musitó Victoria con tristeza—, pero él y Richard siempre estuvieron tan unidos que Guy probablemente lo conocía mejor que nadie a excepción de mí.

Contempló la posibilidad de confesar a su abuela la sospecha de la que no conseguía librarse, la sospecha de que en cualquier momento aparecería una amante desconocida como un gusano siniestro.

—De hecho, creo que Guy lo conocía mejor que yo —añadió con dificultad—. Tal vez pueda aclararme su estado de ánimo y un par de cosas más que me tienen desconcertada.

Evanthi tuvo la sensación de que su nieta quería añadir algo más, pero que en el último momento cambiaba de opinión. No le pareció el momento más adecuado para presionarla.

—Deberías ir a acostarte, *agapi* —indicó—. Pareces agotada.

—Estoy segura de que querré comentarlo todo contigo en cuanto Guy se marche —afirmó Victoria al tiempo que se incorporaba—. Siempre has sido mi astro guía, *nonna*.

Después de que Victoria le diera un beso de buenas noches, subiera al reconfortante dormitorio blanco y se durmiera casi de inmediato, Evanthi permaneció largo rato despierta, atormentada por viejas angustias, repasando antiguos prejuicios... y detestándolos todos. Quizá fuera una suerte que nadie pudiera ver en aquel momento la expresión inquieta que se pintaba en su rostro ni leerle el pensamiento.

Victoria bajó la escalera de piedra hasta la planta baja, donde se situaban las estancias principales de la casa, y siguió el aroma del café recién hecho hasta el comedor. Por el camino no pudo evitar reparar en la decrepitud de la casa, las manchas de humedad en las paredes y las cortinas raídas. Vio varios agujeros en las alfombras antaño valiosas, y se asustó al pensar en lo fácil que sería para Evanthi o para cualquier otra persona tropezar en alguno de ellos y sufrir una caída. Si bien se alegraba de ver que su abuela no tenía tan mal aspecto como había temido, no podía decir lo mismo de la casa. Solo hacía seis meses que no la veía, pero en ese tiempo parecía haberse deteriorado de forma considerable, o tal vez era que nunca había reparado como ahora en el estado de la casa, pensó.

Jake ya estaba sentado a la gran mesa de caoba, cubierta con uno de los enormes manteles blancos con las iniciales y el escudo de su abuela bordados en una esquina. El niño estaba comiendo un cuenco de yogur con miel, y Victoria tuvo la seguridad de que la superficie nívea del mantel no tardaría en mostrar manchas delatoras de miel o mermelada. Las superficies lavables de las cocinas modernas no constituían un buen campo de entrenamiento para aprender a comer sobre manteles inmaculados en suntuosos y anticuados comedores.

—Hola, mamá —la saludó Jake con una sonrisa de oreja a oreja y sin un ápice de la fatiga que se había adueñado de él el día anterior—. Dora me ha dicho que no te despertara, así que no lo he hecho. ¿Puedo ir a jugar con Angelo? Dora dice que puedo si tú me dejas. Hoy no ha ido al colegio porque es san no sé qué.

—Por supuesto que sí, cariño, en cuanto acabes el desayuno. Me alegro de verte comer con apetito para variar.

Ninguno de los dos había tenido ganas de comer durante semanas, y una de las cosas que más preocupaba a Victoria era el hecho de que Jake, un niño flaco en el mejor de los casos, hubiera perdido tanto peso desde la muerte de su padre. Dora se había llevado un buen susto al verlo.

—No me acordaba de lo bueno que está el pan aquí —comentó el niño mientras se servía una cucharada de la mermelada de albaricoque de Nafsica.

—El mejor del mundo —convino Victoria antes de sentarse junto a él, cortarse una rebanada de la hogaza alargada y crujiente, y servirse un café.

—¿Puedo irme ya? Angelo quiere enseñarme los gatitos, y también vamos a ver a los perros.

Subrepticiamente, Jake dio un bocado a Rocky, el chucho castaño que acechaba bajo la mesa y que era el que mandaba en la casa.

—Si has acabado sí. Pero llévate la chaqueta si sales, que todavía puede hacer frío. Y no olvides obedecer a Dora en todo. Si ves a Nafsica, salúdala educadamente y dale un beso.

Jake arrugó la nariz.

—No me gusta su bigote; rasca, como el de las brujas.

—¡Pues qué se le va a hacer! —exclamó Victoria con una carcajada—. Apunta a la mejilla y con un poco de suerte esquivarás el bigote. Y no la llames bruja delante de Angelo; recuerda que Nafsica es su *yiayia*, su bisabuela. A ti no te gustaría que nadie llamara bruja a la *nonna*.

—La *nonna* no tiene bigote.

—Da igual... Debes tener cuidado con los sentimientos de los demás. A Dora tampoco le gustaría.

—Oh, mamá, a Dora le parecería gracioso —bufó Jake, exasperado por la puntillosidad de las madres—. A ella todo le parece gracioso... ¿Por qué no llamas *yiayia* a la *nonna*?

—Porque además de griega es italiana, y así la llamábamos Guy y yo cuando éramos pequeños. Puedes subir a verla cuando Dora le haya llevado al desayuno, pero no te quedes mucho rato ni la canses. Voy a buscar a Guy al aeropuerto. Puede que no esté de vuelta a tiempo para la comida... ¿Te las arreglarás bien sin mí?

—Claro que sí —aseguró Jake antes de darle un abrazo y restregar la mejilla contra su brazo—. Me gusta estar aquí. No es un sitio tan... de papá como nuestra casa, ¿verdad?

—No —corroboró Victoria.

Y mientras lo veía salir a toda prisa del comedor para ir en busca de Angelo, sintió que había tomado al menos una decisión acertada.

Llegó al aeropuerto con retraso. Tardó más de lo que esperaba en parte porque se vio atrapada detrás de una cuba de agua y en parte porque había olvidado lo destartalada que estaba la vieja cafetera de Vrahos. Yannis debía de pisar el acelerador a fondo en todo momento para alcanzar las velocidades a las que solía conducir. Decidió alquilar un coche a la semana siguiente, algún vehículo más pequeño y en mucho mejor estado. Tenía mucho interés en poder moverse con autonomía.

Distinguió la figura inconfundible de Guy en cuanto llegó junto a la entrada de las llegadas. Estaba apoyado contra una pared, fumando uno de sus sempiternos cigarrillos americanos y leyendo el periódico. Vestía pantalones azul marino y una camisa con el cuello desabrochado, además de una americana de hilo echada sobre el hombro. Llevaba el sombrero de ala ancha inclinado sobre la nariz, y unas gafas de sol de aspecto muy italiano le ocultaban los ojos. Pero como siempre, a pesar de su atuendo, Victoria experimentó una punzada de orgullo y admiración ante su elegancia natural. Pese a las gafas oscuras, habría sido un agente secreto nefasto, porque se le veía dondequiera que estuviera e hiciera lo que hiciera.

—Vaya, vaya, me gustan tus gafas..., muy elegantes —alabó al detener el coche junto a él y abrir la portezuela—. ¿Vas de incógnito o qué?

—¡Vicky!

Victoria se apeó sin apagar el motor y levantó el rostro para que Guy la besara. Le parecía tan natural verlo allí y volver con él a la casa que ambos tanto amaban que casi tenía la sensación de que los terribles sucesos acaecidos el mes anterior eran una pesadilla de la que estaba a punto de despertar. Quizá era un error sentir tanta aprensión ante aquel encuentro con su querido primo. Quizá Guy fuera capaz de tocarla con su varita mágica.

En cuanto despertara de la pesadilla, Richard seguiría allí, formando parte de la vida de ambos, y Francine no.

13

Guy sostuvo a Victoria a cierta distancia y escudriñó su rostro, pero las gafas oscuras eran de aquellas tan desconcertantes que permiten ver a quien las lleva pero no a quien las tiene delante, de modo que lo único que vio al alzar la mirada hacia él fue el reflejo de su propio rostro atribulado. Guy le acarició la mejilla.

—Cuánto me alegro de que hayas venido a buscarme. Esperaba ver a Yannis, pero me encanta verte a ti en su lugar. Te has convertido en una mujer notable, primita, ¿lo sabías?

—En estos momentos no me siento nada notable.

—Pues lo eres, te lo aseguro. —Metió su bolsa de viaje en el coche—. ¿Adónde vamos? —preguntó—. ¿Quieres volver a Vrahos enseguida?

—No a menos que tú quieras. Dora está cuidando de Jake, y la *nonna* parece encontrarse mejor de lo que esperaba, así que no hay prisa. Aún no había aparecido cuando me he marchado, pero anoche me impresionó su buen aspecto. He pensado que podríamos ir a alguna parte como en los viejos tiempos. Dora nos ha preparado la comida.

—Genial —exclamó Guy—. ¿Alguna propuesta?

—¿Qué tal Angelokastro? Hace siglos que no voy porque llevaba mucho tiempo cerrado a causa de las obras de rehabilitación. Dora dice que han introducido medidas de seguridad para los turistas, pero por lo visto ahora se puede subir hasta arriba de todo. Ya sabes cómo se pone la carretera cuando empieza la temporada turística, pero supongo que en esta época apenas habrá gente. ¿Recuerdas los maravillosos picnics que hacíamos allí con la *nonna*? Hace un día tan claro que sin duda la vista será espectacular. ¿Qué te parece?

—Muy bien. ¿Quieres que conduzca yo?

—Yo conduzco a la ida y tú a la vuelta.

Su optimismo empezaba a disiparse, y de nuevo experimentaba aquella sensación de temor que se había tornado tan espantosamente habitual, como la palpitación de un diente cariado. Las repentinas oscilaciones de su estado de ánimo aún la cogían desprevenida. Al ver a Guy la había embargado la acostumbrada oleada de alegría, pero lo que le contaría su primo sin duda no sería agradable, y consideraba muy posible que no le apeteciera conducir en el trayecto de regreso.

Guy le lanzó una mirada escrutadora.

—De acuerdo, buena idea —se limitó a decir mientras se acomodaba en el asiento del acompañante y lo deslizaba hacia atrás para dar cabida a sus largas piernas.

Tras dejar atrás el aeropuerto y rodear la ciudad, condujeron por la carretera de la costa y torcieron hacia el interior a la altura de Tsavrós.

—No querrás ir hasta Paleokastrítsa, ¿verdad? —preguntó Victoria.

—No, es un tramo demasiado largo a pie y luego está el acantilado. No me parece que estés en forma para hacerlo, todavía pareces bastante frágil, aunque no me extraña, claro. Más vale que tomemos el desvío a Lákones y Krini, ¿te parece?

Por acuerdo tácito no hablaron de Richard ni de Francine, sino que se dedicaron a recordar los viejos tiempos en la isla y las excursiones que habían hecho juntos de pequeños, sacando a colación recuerdos que los hicieron reír. Qué extraño, pensó Victoria, no por primera vez, que las cosas nos puedan parecer divertidas pese a estar destrozados.

—¿Recuerdas cuando la *nonna* atravesó su fase botánica y se empeñó en aleccionarnos..., en «ampliar nuestros horizontes», creo que lo llamaba, y nos obligó a ir a buscar especies raras de orquídeas en Pantokrator, y el coche se averió y tuvimos que volver andando hasta la carretera principal?

—Claro que me acuerdo —repuso Guy con una mueca—. Aunque si no me equivoco, tú no tuviste que andar. Recorriste parte del camino montada en un asno..., privilegios de niña. En aquel momento me pareció de lo más injusto. Si nos pasara ahora, tendríamos los móviles o alguien pasaría en moto y podría ir a buscar ayuda. La *nonna* me arreó un buen bofetón cuando me quejé de que no merecía la pena tanto follón por una orquídea.

—¿Privilegios de niña? Siempre olvidas que tenía cinco años menos que tú. En cualquier caso, la búsqueda de orquídeas debió de plantar alguna semilla útil, porque mírate ahora. Te has convertido en un prestigioso escritor especializado en plantas, ni más ni menos. ¿Quién lo habría dicho? —Victoria hizo una pausa—. Le debemos mucho a la *nonna*. Nos ha enseñado tantas cosas...

—Desde luego —rió Guy—. ¿Recuerdas aquellas bromas de «aguzad la vista»? «Debéis aguzar la vista para verlo todo dondequiera que estéis, niños» —recitó, imitando la voz aterciopelada y el acento espeso de su abuela—. Aún le estoy agradecido por haberme inculcado ese hábito.

—Y siempre decíamos: «Oh, mira, aguza la vista, ahí están los lavabos públicos», o la parada del autobús o lo que fuera, y nos parecía de lo más ingenioso. ¡Mira que llegamos a tomarle el pelo!

—Sí, pero le encantaba. Lo que no soportaba eran las personas incapaces de plantarle cara. Siempre tuve la sensación de que...

Guy se interrumpió. Había estado a punto de decir que creía que una de las razones por las que a su abuela nunca le había gustado Richard residía en que siempre intentaba caerle en gracia, pero decidió callar. Ya tendrían tiempo para hablar de Richard.

—Ojo con esa curva a la derecha —advirtió antes de continuar—: No solo «aguzad la vista», sino también «aguzad el oído». Fue la *nonna* la que me enganchó a la ópera al obligarme a escuchar todos aquellos viejos discos de Rosa Ponselle.

—Será mejor que no hablemos de coches averiados —masculló Victoria mientras reducía a segunda entre chirridos para tomar una curva especialmente cerrada—, no sea que esta maldita cafetera nos deje tirados. ¿No podrías convencer a la *nonna* de que compre un coche nuevo? A ti te hace más caso que a nadie. Sé que la casa se cae a pedazos, pero está tan llena de tesoros que sin duda podría permitirse gastar un poco de dinero. Imaginármela conduciendo por estas curvas en este trasto, si es que conduce alguna vez, me horroriza.

—Sí, reliquias y más reliquias. Lo tiene todo en un estado deplorable. Me temo que pronto se abrirá la veda del icono, le guste o no, pero cada vez que papá y yo se lo insinuamos, nos manda a la porra y nos dice que no nos metamos en sus asuntos —rió Guy, aunque con cierta amargura—. Está tan obsesionada con la leyenda del icono que no quiere saber nada de deshacerse de él. Es absurdo.

—No creo que sea por la leyenda —puntualizó Victoria—. Creo que en parte lo utiliza como excusa para ocultar lo que significa para ella... religiosamente hablando. Lo utiliza para rezar desde que tengo uso de razón. Cuando lo sacó de la capilla, no fue por su valor, como aseguró a todo el mundo, sino porque quería tenerlo junto a la cama cuando empezó a costarle levantarse y bajar hasta la capilla. Creo que lo considera inexpugnable y que Dios fulminaría a cualquier ladrón que intentara robarlo.

—No creo que ninguna aseguradora se tragara semejante teoría —espetó Guy con sequedad—, pero me temo que no hay alternativa. Habrá que sacrificar algo, porque de lo contrario no quedará nada que salvar.

Todos daban por sentado que Victoria heredaría Vrahos en su momento. Todos los miembros de la familia, incluida Toula, coincidían en que era la solución correcta. Con su habitual sentido de la justicia, Anthony era quien más la defendía.

—Guy tendrá una herencia más que generosa algún día, a menos que yo la fastidie de repente, pero en cambio Victoria no tiene nada —señalaba—. Y Vrahos no es solo una roca, sino su roca.

No obstante, nadie sabía a ciencia cierta qué sería de la propiedad. De vez en cuando, Evanthi pedía opiniones, pero ello no garantizaba que siguiera los consejos que se le daban.

—No sé si es asunto mío o no..., o tuyo, o de mamá o de nadie, ya puestos, pero detestaría que se le cayera el tejado encima o que la parte griega de nuestra historia familiar se desmoronara y se hundiera en el mar. A veces sueño que la *nonna* queda enterrada viva entre fragmentos de hoja de oro. Vrahos es un lugar tan especial..., pero ¿te has fijado en la cantidad de cacerolas y cuencos que tiene que poner Dora en el pasillo largo cada vez que llueve?

—¡Sí! Anoche estuve a punto de tropezar con un cubo, un vestigio del chaparrón de la semana pasada, supongo —suspiró Victoria—. Esta mañana he reparado en muchas cosas que no había visto antes... Alfombras agujereadas, manchas de humedad, pintura desconchada... La casa pide una buena reforma a gritos y por tanto sospecho que una buena inyección de dinero. Pero por otro lado, no me gustaría que la *nonna* se sintiera presionada a vender el icono que tanto significa para ella. Mira, creo que ahí está el desvío.

Sintió un gran alivio al cambiar de tema, porque en aquellos momentos no se sentía con ánimo de comentar el futuro de Vrahos. Guy era imprevisible en lo tocante a la propiedad; podía mostrarse generoso en un momento dado, y egoísta y resentido al siguiente. Victoria ya tenía suficientes problemas para además adentrarse en las arenas movedizas de la herencia. Durante la agradable charla sobre sus recuerdos de infancia, ambos eran conscientes de la tensión reinante entre ellos.

Avanzaron a trompicones por la angosta carretera, sorteando olivares mientras comentaban los cambios operados en la isla, la economía basada en el turismo, que alteraba el ancestral estilo de vida de forma inexorable, para bien o para mal, y la aterradora expansión urbanística a lo largo de la costa.

—Cada vez que vengo han aparecido urbanizaciones nuevas como si fueran setas. Lo van a estropear todo si no tienen cuidado. La isla mágica de Próspero..., nuestra isla —musitó Victoria—. Hablando de matar a la gallina de los huevos de oro...

—Pero todavía queda mucha magia, solo que ahora hay que buscar un poco más. Por suerte, el interior aún sigue bastante virgen. ¡Mira eso!

Victoria detuvo el coche. Habían dejado atrás la aldea de Krini, donde terminaba la carretera, y enfilado la pista que descendía en una pendiente vertiginosa. Delante y por encima de ellos se alzaba la pared de roca a la que se aferraban las ruinas del fuerte bizantino, y más allá se extendía el mar. El aire olía a hierbas aromáticas.

—¿Crees que conviene seguir bajando con el coche? —inquirió Victoria—. No sé si abajo podemos dar la vuelta y aunque podamos, puede que el coche no consiga subir la cuesta. Dora dice que han construido un café allá abajo, pero no creo que abra antes de Pascua, si no más tarde, así que no habrá nadie que pueda echarnos una mano en caso necesario. Y en cualquier caso, no me haría ninguna gracia que tuviera que venir la grúa a sacar el coche. Sigamos a pie.

Guy se echó al hombro la vieja mochila que durante años había servido para transportar las comidas campestres y empezó a descender por el sendero entre continuos derrapes. Justo antes de llegar al pie del acantilado había un puente de madera, con cuerdas a guisa de barandilla, tendido hasta la pared opuesta a fin de ahorrar a los excursionistas el peor tramo del descenso y posterior ascenso. Al otro lado, el camino rehabilitado subía en zigzag entre rocas y vestigios de antiguas fortificaciones. De vez en cuando había pasarelas y asideros para las manos, lo cual facilitaba el avance en comparación con los viejos tiempos, pese a lo cual seguía siendo toda una escalada.

Al llegar a la cima contemplaron el panorama.

—¡Uauu! —exclamó Victoria, impresionada—. Había olvidado lo hermoso que es.

—El paraíso perdido —murmuró Guy en un tono entre triste y burlón que inquietó a Victoria, aunque al mirarlo no logró distinguir nada en su expresión.

—Hay tanto azul... —dijo—. El cielo, el mar, incluso la tierra. Mira todas esas anémonas. No creía que ya hubieran florecido. ¿De qué variedad son?

—*Anemona blanda*. Siempre florecen pronto.

Hallaron un lugar donde podían sentarse con la espalda apoyada contra una roca y contemplar el mar mientras comían. Dora les había puesto algunos de sus deliciosos *tiropitakia*, pastelillos de pasta filo rellenos de queso, huevos duros, pollo frío, tomates, olivas negras, *tzatziki* y una hogaza de pan tierno, así como una botella de vino, que gracias a la bolsa térmica aún estaba fría. El toque dulce sin el que Dora no consideraba completa una comida lo proporcionaba un trozo de delicia turca... o delicia griega, por aquello de la corrección política, según había informado a Victoria. Comieron en amistoso silencio. Los trágicos acontecimientos de las últimas semanas parecían irreales, y de no ser por la nube de angustia que la envolvía, Victoria habría considerado que aquella era la comida campestre ideal para añadirla al baúl de los recuerdos felices.

—¡Menudo festín! —exclamó mientras se lamía el azúcar pegado a los dedos.

Guardó los restos en la mochila y por fin se volvió hacia su primo. Ambos sabían que había llegado el momento y que no podían demorarlo más. Ambos eran dolorosamente conscientes del fantasma que se cernía sobre ellos.

—Bueno..., ¿podemos hablar de Richard? —preguntó, asombrada ante la normalidad de su voz.

Guy encendió un cigarrillo y arrojó la cerilla por el acantilado. La quietud era absoluta. No respondió de inmediato, sino que siguió fumando y contemplando el humo suspendido en el aire como un recuerdo. Los dos pensaban en Richard.

Guy y Richard se habían conocido en la escuela primaria, pero su amistad se había consolidado durante las vacaciones. Anthony y Toula acababan de comprar Durnford House, y unos amigos comunes les presentaron a los padres de Richard. La familia Cunningham llevaba generaciones establecida en aquella zona. Puesto que Guy era hijo único y Richard se llevaba muchos años con sus hermanas mayores, a los dos matrimonios les parecía estupendo que sus a veces agotadores hijos se llevaran tan bien y pudieran compartir juegos y aficiones. No tardaron en hacerse inseparables; Guy, inquieto y visceral, y Richard, mucho más sosegado, se complementaban a la perfección. A ambos se les daban bien los juegos y adoraban cualquier deporte. Guy era más atlético y proclive a episodios de absoluta brillantez deportiva, pero al mismo tiempo era más inconstante y temperamental. Richard podía parecer menos grácil, pero poseía una perseverancia que le granjeaba casi tantas victorias como a Guy en sus frecuentes competiciones. Divertido por sus actitudes tan distintas ante la vida, Anthony los había bautizado con el nombre de la Tortuga y la Liebre.

Los chicos crecieron y asistieron a distintas escuelas privadas, pero su amistad, lejos de disiparse, se fortaleció. Richard jugaba mejor al fútbol, mientras que Guy destacaba más en el tenis. Más adelante, Richard formó parte del equipo de remo de su escuela, y Guy, magnífico lanzador, capitaneó el primer equipo XI en el campus de Harrow. Navegaban y esquiaban juntos. Formaban un equipo de dobles imbatible en los torneos locales de tenis. Iban a las mismas fiestas, tenían muchos amigos en común y estaban muy solicitados socialmente. Y por supuesto, durante gran parte de aquel período, Victoria los seguía con devoción a todas partes. Al principio la consideraban algo así como un estorbo. La toleraban, le tomaban el pelo, pero al mismo tiempo la protegían. Y cuando se convirtió en una encantadora joven, siguieron tomándole el pelo, pero al mismo tiempo la adoraban y admiraban, orgullosos de contar con su compañía.

—Creo que te voy a echar a perder el día, Vicky —advirtió Guy de repente.

—Todos mis días están echados a perder —le recordó ella con tristeza al tiempo que se inclinaba hacia delante y se abrazaba las rodillas—. La muerte de Richard es muy difícil de sobrellevar, pero encima durante las últimas semanas no he parado de devanarme los sesos, preguntándome si se suicidó, a pesar del dictamen del forense. Al principio ni se me había pasado por la cabeza, porque supongo que estaba demasiado paralizada como para pensar, pero un día oí algo que desencadenó todas estas pesadillas, y ahora no consigo deshacerme de ellas. Les doy vueltas y más vueltas, y me están volviendo loca. ¿Te contó algo Francine?

—Sí, en efecto. También me dijo que sospechabas que había tenido una aventura con Richard. No sé cómo pudo ocurrírsete semejante cosa.

—La verdad es que ni yo misma me lo creía; Richard no era un mujeriego. De hecho, no creo que jamás mirara a otra mujer aparte de mí, pero su muerte ha acabado con cualquier certeza. Francine me aseguró, de hecho me juró que estaba equivocada, pero no supe si creerle. Estoy hecha un lío.

Guy la miraba con fijeza mientras ella se debatía con las palabras. En un momento dado desvió la vista y vio un montoncito de huesos sobre un saledizo cubierto de hierba en la pared del acantilado. Tal vez un pájaro al que un vendaval de invierno había arrojado contra la roca. Le pareció que el rostro de Victoria ofrecía un aspecto tan blanco y desolado como aquel pequeño esqueleto quebrado.

—Continúa —la instó.

—Francine parecía asombrada —reconoció Victoria—, pero me dio la sensación de que me ocultaba algo. No paro de preguntarme por qué a Richard lo trastornó tanto que tú y Francine os casarais. A mí sí podría haberme molestado. De hecho, me molestó..., aún me molesta. No entendía que te hubieras casado de repente sin decírmelo. Eso es una crueldad. —Guy guardó silencio—. Ahora vas a decirme que crees que Richard se suicidó, estoy segura. Pero lo que no sé es por qué.

Guy no movió ni un músculo.

—Lo tenía todo —barbotó Victoria con vehemencia—. Aun cuando en un momento de locura inconcebible contemplara la posibilidad de quitarse la vida, ¿cómo pudo hacernos algo así a Jake y a mí? ¿Cómo es posible? Jamás sufrió una depresión; me habría dado cuenta. Tiene que haber algo muy grave que he pasado por alto. ¿Le habían diagnosticado una enfermedad terrible y no se atrevió a contármelo? ¿Se estaba muriendo?

—No.

—Entonces, ¿qué pasó en Nepal? Tuvo que pasar algo. Cuando volvió creí que había contraído algún virus o algo, porque se comportaba de una forma muy rara. Estaba muy brusco conmigo... No le habría dado ninguna importancia de haber sido tú, porque todos estamos acostumbrados a tus cambios de humor..., pero Richard no tenía cambios de humor.

—¿Hasta qué punto crees que conocías a Richard, Vicky? —preguntó Guy—. Me refiero a lo que le hacía vibrar, a sus pasiones.

Victoria lo miró, atónita.

—¡Qué pregunta tan extraña! Conocía a Richard desde hacía casi tanto tiempo como tú..., desde antes de ir a vivir contigo, Toula y Anthony, casi toda la vida. Él fue mi primer novio y yo, su primera novia, ya lo sabes. Estuve casada con él casi ocho años. ¿Qué insinúas? Richard no era brillante, astuto ni imprevisible como tú. Era imposible pelear con él, porque se iba. De acuerdo, quizá no compartía su pasión por la política tanto como a él le habría gustado, pero no nos distanciamos por eso. —Hizo una mueca—. De todas formas, ya lo animaban bastante Bill, Peter Mason y los Hawkins; Stafford y Meriel no paraban de azuzarlo. Pero a decir verdad, nunca se me habría ocurrido calificar la política de pasión.

Escarbó en la tierra junto a ella, deslizando briznas de hierba entre los dedos antes de añadir a regañadientes, como si le costara admitirlo:

—Quizá a Richard le faltaba una pizca de pasión. Reconozco que a veces le tomaba el pelo por eso, pero era tan amable y afectuoso, tan..., tan normal, por expresarlo de alguna manera... ¡Era mi marido, por el amor de Dios! —gritó con repentina angustia.

Se produjo un largo silencio.

—A Richard se le daba muy bien ocultar sus sentimientos —dijo por fin Guy—. Pero tienes razón en una cosa: nunca miró a otra mujer, eso te lo puedo asegurar sin ningún género de duda. Pero había alguien más..., aunque no era una mujer. —Calló un instante, desvió la mirada y por fin volvió a clavarla en ella—. Vicky, querida Vicky..., ¿nunca se te ocurrió preguntarte siquiera si Richard era... homosexual?

Victoria lo miró con los ojos abiertos de par en par.

—¿Richard? ¡No, jamás! ¡Eso es una ridiculez! —exclamó, tapándose los oídos en un intento vano de ahogar aquellas palabras—. Nuestro matrimonio era feliz —gritó como si fuera él quien no podía oír—. Teníamos un hijo, una vida estupenda.

Éramos amigos. Pero ¿de qué estás hablando? ¿Insinúas que ni siquiera me quería? No te creo.

—Sí que te quería, y mucho, a su manera. Y también adoraba a Jake..., pero era profundamente desgraciado, y eso no era culpa tuya... ni suya. No podía evitarlo; había nacido así. Tienes que aceptarlo.

—¡No! ¡No pienso aceptarlo! ¿Por qué iba a aceptarlo? —exclamó ella con pasión.

Se puso en pie de un salto, pero de repente tuvo la sensación de que iba a desmayarse y se sentó de nuevo sobre una roca. Apoyó la cabeza entre las rodillas hasta que se le pasó el mareo y al cabo de un largo instante alzó la mirada hacia él.

—¡Lo estás inventando! —lo acusó con fiereza—. ¿Cómo puedes ser tan cruel? ¿Por qué me dices estas cosas tan... asquerosas?

—Porque si no te las digo yo te las dirá otro, y te aseguro que no quiero que pase eso.

—¡Por el amor de Dios! —estalló Victoria—. No me vengas con el viejo cuento de que «esto me duele más a mí que a ti». Es repugnante.

Su furia resultaba corrosiva. Guy deseó no haber abordado el tema y se sintió tentado de retractarse, pero era demasiado tarde, de modo que siguió hablando en voz baja, pero con claridad mortífera.

—Muchos amigos de siempre lo sabían, pero en Nepal tuvimos una conversación..., más bien una pelea, que oyó la persona equivocada y..., bueno, el asunto se ha propagado como un reguero de pólvora. Me parecía más prudente que te enteraras por mí.

—Está bien, continúa —dijo Victoria por fin—, pero por el amor de Dios, cuéntamelo todo. ¿A quién insinúas que amaba?

—Oh, Vicky, ¿es que no lo entiendes? A mí.

Victoria abrió la boca, pero de su garganta no brotó sonido alguno. Era como si una mano intentara estrangularla.

Tras lo que se le antojó una eternidad, Guy apoyó una mano sobre la suya, pero Victoria la apartó como si se le hubiera posado un escorpión.

—¡No me toques!

Los oídos le zumbaban con violencia y se sentía a punto de estallar. Tenía ganas de vomitar. Por fin volvió a levantarse de un salto y echó a andar dando tumbos por el estrecho sendero que bordeaba el acantilado. Cualquier cosa con tal de alejarse de Guy, su héroe de la infancia, el hombre que la había traicionado.

Profundamente trastornado, Guy la siguió con la mirada, sin saber si seguirla o dejarla en paz. Al cabo de un rato que se le hizo muy largo pero que, con toda probabilidad, no fueron más de diez minutos, no pudo soportarlo más y decidió ir en su busca. La encontró al borde del acantilado, en el extremo de la barandilla de cuerda que delimitaba el sendero, de cara al mar, contemplando el abismo de roca que se extendía ante ella. A Guy le pareció que estaba demasiado cerca del borde, y la posibilidad de sobresaltarla y de que la mata de hierba sobre la que estaba cediera lo aterró.

—Vicky —la llamó por fin—. Vuelve, por favor. Lo siento, lo siento muchísimo, pero tenemos que hablar de ello. Solo te pido que me escuches.

Al fin, Victoria se giró hacia él, y para su inmenso alivio echó a andar en su dirección. A medio camino alzó la mirada y meneó la cabeza con ademán perplejo, como si acabara de toparse con alguien que le resultaba vagamente familiar e intentara recordar quién era. Luego profirió un grito atormentado, mucho más perturbador que cualquier acusación, y regresó muy despacio al lugar donde habían comido. Las espectaculares vistas, la belleza del día..., todo era una burla cruel.

—Me robaste... a mi... marido —farfulló Victoria tras un largo silencio con una voz que le parecía llegar de muy lejos, como si perteneciera a otra persona y ella no fuera más que una oyente—. Precisamente tú, a quien siempre he considerado tan especial, más cercano que un hermano, mi alma gemela. Te exijo que me lo cuentes todo; no puedo seguir soportando la incertidumbre. Si más adelante descubro que no me has contado todo lo que sabes... o crees que sabes..., jamás te lo perdonaré. Jamás. ¿Cómo has podido hacerme esto? Eres una... mierda, Guy. Un traidor.

Percibió que las palabras golpeaban a su primo como un mazo, pero en su rostro volvía a pintarse aquella expresión inescrutable que conocía tan bien.

—Fue al revés —murmuró Guy—. Al casarte con Richard me lo quitaste tú a mí.

Fue como si la hubieran operado de cataratas y le hubieran implantado cristalinos que le permitieran verlo todo con claridad total. Lo que se veía obligada a examinar era sobrecogedor, y habría dado cualquier cosa por recuperar la vista borrosa de antes.

—¡Dios mío, qué imbécil he sido! —sentenció.

—Imbécil no. Inocente, quizá, probablemente ingenua, y desde luego poco dispuesta a ahondar en las cosas. Pero tú sabías que a mí me iba todo, ¿no? He estado tanto con hombres como con mujeres. Eso lo sabes.

—De ti quizá sí —reconoció ella—. Sí, supongo que sí... Siempre circulaban historias turbulentas... sobre ti. Pero Richard..., nunca. ¿Cuándo...? ¿Cuándo empezasteis a tener relaciones sexuales? —musitó.

—En Cambridge —repuso Guy—. Me pareció una consecuencia natural de habernos criado juntos. Experimentar, descubrir la sexualidad... Todo era tan sencillo y..., bueno, sucedió. Yo quería mucho a Richard, ya lo sabes, pero estaba convencido de que nunca sentiría lo mismo que él. Sin embargo, Richard no era bisexual como yo. Descubrió su orientación sexual muy pronto, pero no podía afrontar la perspectiva de confesarlo públicamente. Puede que sus ambiciones políticas desempeñaran un papel importante más tarde, pero además, ya sabes cómo son los Cunningham, un clan cargado de prejuicios inamovibles. ¿Te imaginas cómo habría reaccionado su padre? ¿O Meriel y June? Richard no era promiscuo; no creo que nunca se enamorara de nadie aparte de mí. La verdad es que da miedo pensarlo.

—Bueno, no esperes que te compadezca —espetó Victoria—. ¿Cómo pudo casarse conmigo en esas circunstancias? ¿Cómo pudiste permitir que me pasara esto a mí? —gimió, desesperada—. ¿Seguisteis liados después de que nos casáramos? Dime la verdad.

Guy parecía muy incómodo.

—No queríamos..., pero..., bueno..., a veces. En los últimos tiempos no.

—Me apuñalasteis por la espalda. Has convertido mi matrimonio en una farsa. Esto es insoportable.

Guy encendió otro cigarrillo con la colilla del anterior. Le temblaban las manos.

—Cuando éramos niños siempre decías que Richard era mucho más amable que yo —dijo—. Es cierto; yo siempre he sido un cabrón egoísta, tú misma me lo has dicho cientos de veces. Pero Richard siempre te adoró, te lo juro, Vicky. Eres la única mujer con la que podría haberse casado. Piensa en lo bien que os llevabais, mucho mejor que un montón de matrimonios a los que ambos conocemos. A Richard le encantaba la vida familiar, los niños... y saberse aceptado. Ya sabes la importancia que daba a las convenciones y a lo que la gente pensaba de él, a diferencia de mí. Nunca tendré otro amigo como él, pero no podía sentir por él lo que él sentía por mí. No podía darle lo que tanto ansiaba, no más que tú. No estaba preparado para la clase de relación que él quería, es decir, un compromiso absoluto, pero secreto.

—¿Me estás diciendo que se casó conmigo a modo de coartada? —espetó Victoria—. ¡Qué reconfortante! Es estupendo saber que he sido una tapadera tan práctica para vosotros. Seguro que lo pasabais en grande hablando de ello.

—Basta, Vicky, eso no es cierto —la interrumpió Guy, alzando por fin la voz antes de añadir en tono más mesurado—: Richard nunca habría hecho semejante cosa, ni yo tampoco, por el amor de Dios. Puede que sea el tipo más cabrón del universo, soy consciente de ello, pero no hasta ese punto. Pero deja que te haga una pregunta. ¿De quién partió la idea de casarse? ¿De ti o de Richard?

Victoria desvió la vista.

—¿Y bien?

—No lo sé —reconoció ella, repentinamente exhausta—. La verdad es que... no lo sé. Desde siempre estuvo claro que nos casaríamos. Supongo que todo empezó como una especie de broma. Lo decíamos para darnos apoyo mutuo cuando te ponías insoportable, y una cosa llevó a la otra. —Sepultó el rostro entre las manos—. Estuvimos casados ocho años —murmuró en un gemido desgarrado—. Yo deseaba tener otro hijo, pero después de aquel aborto no conseguí quedarme embarazada. Habría sido bueno para Jake... y a Richard también le habría gustado. Era un padre maravilloso. La ausencia de un segundo hijo nos entristecía, pero aparte de eso, creía que éramos felices. ¿Cómo podía estar tan equivocada? ¿Por qué te has casado con Francine? —preguntó de repente.

Guy le lanzó una de sus enigmáticas miradas.

—Por muchas razones. Para empezar, nos compenetramos a la perfección. Tenemos muchos amigos e intereses comunes; nunca nos aburrimos juntos; los dos queremos tener hijos. Francine tiene treinta y ocho años y también quiere un niño, y los dos queríamos estar casados para eso. —Reparó en la expresión de Victoria—. Vale, entiendo que no la consideras una persona maternal y que en tu opinión yo seré un padre nefasto... Pues bien, espero que te equivoques. —Y entonces la sorprendió al añadir—: Estás convencida de que Francine no es más que una pija superficial, pero es mucho más que eso. Creo que será una madre magnífica.

Victoria experimentó una punzada de celos. No debería sentir esto en estos momentos, se dijo, escandalizada.

—¿Y es cierto lo que Francine me dijo acerca de que Richard ya había intentado impedir que os casarais? —inquirió.

—Estuvimos a punto de comprometernos poco después de vuestra boda, ya que quieres saberlo, pero Richard me presionó muchísimo para que no me casara con ella.

—¿Cómo te presionó?

—Vamos, Vicky, déjalo correr ya. No hurgues más en la porquería. Richard ya no está; ambos lo hemos perdido, y nada podrá devolvérnoslo.

—¿Amenazó con suicidarse? —insistió Victoria, de repente segura de que había dado en el clavo.

Guy asintió.

—Pero en ningún momento creí que lo dijera en serio —reconoció con amargura—. Qué equivocado estaba.

—Te lo tomaste lo bastante en serio para no comprometerte con Francine —le recordó Victoria en tono cortante.

—Hubo otras razones... egoístas, como de costumbre. Le dije a Francine que todo era por causa de Richard, pero solo era cierto en parte. Siempre he rehuido los compromisos, y estos últimos años no he sido un santo precisamente.

—¿Y ahora? No me dirás que estás enamorado de Francine. Durante toda mi vida has sido mi héroe, pero ahora resulta que eres débil y destructivo. Ni siquiera sabes qué significa el amor —espetó con veneno.

Guy tardó largo rato en responder, y Victoria se limitó a observar a su primo, al hombre al que siempre había idolatrado. ¿Qué lo hacía tan atractivo para las mujeres? Qué extraño, qué horrible que resultara ser Richard, mucho menos carismático que Guy, el que guardara secretos oscuros en el armario.

—Puesto que afirmas que no sé qué significa el amor, no puedo contestarte —dijo por fin Guy, y Victoria supo que había metido el dedo en la llaga—. Siempre has creído que Francine era una persona dura, y en cierto modo lo es..., gracias a Dios. Es un gran alivio saber que no puedo hacerle daño fácilmente. No se hace ilusiones respecto a mí, es divertida, sexy y obstinada, y aunque esto pueda sorprenderte, también es algo que yo no soy...: bondadosa. Supongo que no siempre nos seremos fieles el uno al otro, pero tampoco nos aburriremos. Los dos creemos que puede funcionar —afirmó antes de agregar con dificultad—: Siento más cariño por Francine del que creía poder sentir por nadie.

—Qué conmovedor, qué idílico... —escupió Victoria—. ¿Y este es el cuadro romántico que le pintaste a Richard?

—Francine me puso como única condición para casarnos que cortara toda relación con Richard, pero...

Guy sopesó sus palabras con tanto cuidado como si manejara una sustancia extremadamente volátil y temiera que estallara en cualquier momento.

—Pero Richard no lo... aceptó.

—¿Volvió a amenazar con suicidarse?

—No con esas palabras.

—¿Qué dijisteis en la conversación que alguien oyó?

—Fue ese cabroncete de Toby Parsons —explicó Guy a regañadientes—. Richard insistió en invitarlo al viaje. Nunca he confiado en él, y eso no es bueno cuando vas de escalada. Tiene buena técnica, pero es un follonero y siempre le he gustado. Una noche le dije a Richard lo que él ya sabía, que esta vez Francine y yo íbamos en serio. Toby oyó decir a Richard que si yo accedía a dejar a Francine, él saldría del armario..., aun cuando ello significara acabar con vuestro matrimonio. No creí que lo dijera en serio, así que cometí un terrible error de cálculo. Pensé que si Francine y yo nos casábamos enseguida, Richard aceptaría lo inevitable, y sería lo mejor para todos. Estaba convencido de que nadie, y tú menos que nadie, tenía por qué enterarse nunca. Y entonces ocurrió el accidente..., si es que fue un accidente. Nunca lo sabremos a ciencia cierta, pero Toby ha intentado chantajearme y tiene intención de contártelo. Tendré que aprender a vivir con el papel que he desempeñado en esta historia, pero nunca me perdonaré por lo que ha supuesto para ti. Si te sirve de consuelo, Richard y yo llevábamos siglos sin acostarnos juntos..., desde que Francine volvió a entrar en mi vida.

—Oh, estupendo, genial... Renunciaste a Richard por Francine, pero no te importó estar liado con mi marido hasta entonces —exclamó Victoria—. Es evidente que no se te ocurrió renunciar a él por mí cuando nos casamos. ¿Cómo te atreves a hablarme de consuelo?

Por una vez, la aflicción que se pintaba en el rostro de Guy era inconfundible.

—No puedo decir nada excepto que lo siento..., lo siento muchísimo. Daría lo que fuera por poder retroceder en el tiempo y hacer las cosas de otra forma. Mira, Vicky, sé que debes de estar en estado de shock, pero...

No pudo terminar la frase. Victoria lo miró con profundo odio.

—¿Shock? Eso no sirve ni para empezar a describir lo que siento. No sé si podré perdonarte algún día, pero ahora mismo no puedo seguir hablando de esto. No lo aguanto más. Llévame a casa.

—Es una situación horripilante —musitó Guy—, pero Richard te quería, y al menos tú, Vicky, a diferencia de mí, no tienes nada que reprocharte.

—Solo mi ceguera —replicó Victoria con amargura.

Regresaron a casa sin hablar, cada uno de ellos inmerso en su mundo.

14

Jake había pasado un día maravilloso. Aunque sus nociones de griego eran rudimentarias, y Angelo no hablaba inglés, se comunicaban sin dificultad alguna.

Pese a su precario estado, tanto el interior como el exterior de Vrahos eran un auténtico paraíso para los pequeños. Los patios, las terrazas y la distribución en apariencia caótica de la finca la convertían en el lugar ideal para jugar emocionantes rondas de escondite. Las cavernosas bodegas de techos abovedados, en las que se guardaban el vino y el aceite de oliva, también hacían las veces de cobertizo de utensilios y herramientas de jardín, algunos de los cuales eran antiquísimos, porque en Vrahos nunca se tiraba nada. Oficialmente, las bodegas eran terreno prohibido para Jake y Angelo, lo cual las convertía en los rincones más codiciados, por supuesto. Tras visitar a los gatitos recién nacidos y después de largo rato de indecisión, Jake eligió por fin un gatito macho color jengibre. La finca siempre estaba llena de gatos; Evanthi, que no era la encargada de cuidarlos, no podía resistirse a acoger a todos los animalitos huérfanos que pululaban por la isla.

Dora lo llevó a dar los buenos días a Evanthi cuando subió con la bandeja del desayuno. El rostro de Jake se iluminó como una bombilla de cien vatios al verla, pero permaneció tímidamente alejado, sin saber cómo tratar a su abuela teniendo en cuenta todas las advertencias que le habían hecho de que no la fatigara. Sin embargo, respiró aliviado al comprobar que Evanthi ofrecía el mismo aspecto de siempre, y cuando su abuela alargó los brazos hacia él, se refugió con cuidado entre ellos. Y de repente cayeron todas las barreras, Jake se acurrucó junto a ella y empezó a contarle casi sin respirar todo lo relativo al largo viaje, la llegada en plena noche y, lo mejor de todo, el gatito que había escogido.

—Ven a sentarte en la cama, *agapi mou*, y háblame de él, pero procura no sentarte encima de Tomasina. Y ahora pensemos en nombres —dijo Evanthi—. Puedes dejar a Jake conmigo, Dora. Que Victoria venga a buscarlo cuando se levante.

—Mamá se ha levantado hace siglos —anunció Jake—. Ha ido a buscar a Guy al aeropuerto.

—¿Es cierto eso, Dora? —preguntó Evanthi con cierta sequedad—. Le pedí a Yannis que fuera.

—Lo sé, y por supuesto habría ido, Kyria —aseguró Dora con semblante inquieto—. Pero Victoria insistió en ir personalmente. Creo que quería tener ocasión de hablar con Guy sin... —Dora señaló a Jake con un movimiento de ojos—. Le dije que cuidaría de Jake hasta que volviera. Me parece que tenían intención de ir a alguna parte y no darse prisa en volver. Lo siento mucho, Kyria.

—¡Eso es precisamente lo que quería evitar!

Evanthi había estado a punto de pedirle a Dora que se cerciorara de enviarle a Guy en cuanto llegara. Quería comentar algunas cosas con él antes de que tuviera oportunidad de hablar con Victoria a solas.

—En fin, ya no hay nada que hacer —resopló con aire disgustado, aunque por fin su expresión se suavizó—. No pasa nada, Dora. Sé que no ha sido culpa tuya y estoy segura de que Yannis tampoco ha podido hacer nada. Pero avísame en cuanto lleguen. Dentro de un ratito te enviaré a Jake y luego quiero que me ayudes a vestirme. Llevo demasiado tiempo viviendo como una inválida.

Dora bajó para comunicarle a su marido que, sin lugar a dudas, Kyria se encontraba mejor, pues quería controlar de nuevo todas las actividades de la casa, pero que aún no estaba del todo recuperada, ya que de lo contrario la habría regañado con mucha más severidad por no interpretar correctamente sus deseos.

Tras una larga discusión, concluyeron que Sotiris, que significa «salvador», era el nombre apropiado para un gatito color jengibre que había sido rescatado de forma milagrosa. Jake pensó que era muy especial que su gatito tuviera nombre propio, ya que la mayoría de los gatos de Vrahos eran anónimos y por tanto recibían el nombre de *Psipsina*, es decir, minino. Sin dar la impresión de que lo interrogaba, Evanthi consiguió averiguar más acerca de la angustia de Jake por la muerte de su padre en unos minutos que todos los demás en varias semanas. Tuvo la sensación de que, pese a los esfuerzos de todos los adultos implicados, el niño había captado más sobre la incertidumbre que rodeaba el accidente de Richard de lo que la gente creía.

—¿Crees que papá quería morir? —inquirió Jake de repente sin que viniera a cuento, mientras se retorcía un mechón de pelo hasta que le quedó de punta como el cuerno de un unicornio—. ¿Es por eso que mamá parece tan enfadada con él todo el rato?

—Oh, no creo —repuso Evanthi en tono ligero, diciéndose que Victoria se horrorizaría de saber que su rabia era tan evidente para el niño—. Mamá está enfadada porque papá ya no puede estar con ella, y lo echa mucho de menos. Yo muchas veces me enfado si las personas a las que quiero no pueden estar conmigo, ¿a ti no te pasa?

—¿Aunque no sea culpa suya?

—No importa si es culpa suya o no. Quizá debería importar, pero la verdad es que no importa. Si echo mucho de menos a alguien, lo único que me pasa es que me enfado porque no está; por eso estoy tan contenta esta mañana, porque me alegro muchísimo de que estés conmigo.

—¿Y antes de que llegara estabas enfadada?

—Furiosa —aseguró Evanthi con una mueca feroz—. Como un tigre.

Jake se echó a reír.

—¿Y ahora ya no estás enfadada?

—No.

Jake bajó de la cama y paseó por la habitación, examinado los frascos de cristal tallado que se alineaban sobre su tocador, jugueteando con un sonajero plateado adornado con campanillas de coral, que yacía sobre una cómoda y que siempre le había encantado, abriendo y cerrando el ornamentado apagavelas que funcionaba como una tijera. Evanthi no dejaba de observarlo. Nunca le había prohibido tocar sus cosas; era un niño cuidadoso, y creía que tenía buen ojo para la belleza de los objetos.

—¿O sea que no pasa nada por enfadarse con las personas... aunque estén muertas? —preguntó el niño por fin.

—Claro que no —aseguró Evanthi con firmeza—. ¿Para qué iba Dios a darnos ceño si no es para fruncirlo? A menudo incluso me enfado con Dios cuando no hace lo que quiero, lo que pasa con demasiada frecuencia, la verdad.

—Creo que Dios ha hecho muy mal en llevarse a papá.

—¿Se lo has dicho?

—¡No sabía que se le pudiera decir una cosa así! —exclamó Jake con los ojos abiertos como platos ante semejante idea.

—Desde luego que se puede —afirmó Evanthi, firme defensora de transmitir certezas a los niños—. Yo le echaría una buena bronca la próxima vez que digas tus oraciones.

—¿Y servirá de algo?

—Bueno, no te devolverá a papá; las cosas no funcionan así. Pero te sentirás mucho mejor después de desahogarte.

—Sí, porque lo tengo dentro y me ahoga —explicó Jake, impresionado.

—Pues eso. —Y percibiendo que la conversación ya había llegado lo bastante lejos, añadió—: Y ahora vete, que tengo que desayunar. Seguro que Angelo te espera para jugar, y a lo mejor tienes que ir a echarle un vistazo a Sotiris. Pídele a Dora que suba dentro de una media hora. Vamos, *agapi*.

Jake echó a correr, los brazos extendidos cual alas de aeroplano, y Evanthi lo oyó emitir alegres rugidos de motor por todo el pasillo.

Para cuando Guy y Victoria llegaron a la casa, el aire de la tarde se había tornado fresco, y sobre Albania se cernían algunos nubarrones. Las montañas espolvoreadas de nieve, que horas antes parecían flotar radiantes en la distancia, se oscurecieron de repente, amenazadoras y cercanas, heraldos de un cambio de tiempo. Victoria se apeó del coche y entró en la casa sin volverse para mirar a Guy.

Guy encontró a su abuela sentada con una manta de cachemira blanca sobre las rodillas en el Gran Salón, que ocupaba gran parte de la planta baja. Llevaba el cabello recogido como para una ocasión especial e iba exquisitamente maquillada. Guy sabía que había decidido recibirlo allí, en lugar del saloncito más acogedor de la primera planta porque quería que el entorno transmitiera un mensaje y una advertencia: estaba disgustada con él.

—Ah, Guy, entra, *chrysso mou*. Puedes besarme —permitió, alargando la mano con ademán elegante.

—Gracias, *nonna* —musitó Guy con voz dócil, pero un brillo sardónico en los ojos.

Mientras se imaginaba la sorpresa y el desconcierto que habría experimentado su abuela si él hubiera mostrado aun el más leve atisbo de vacilación, Guy se llevó su mano a los labios, luego se inclinó y la besó en las mejillas apergaminadas, aspirando, al igual que Victoria, la delicada y exquisita fragancia que tanto le recordaba a la infancia. Pensó que ofrecía un aspecto frágil, y si bien se sentaba tan erguida como siempre, detectó un leve temblor en los largos dedos cuando los tocó con los suyos, como si no pudieran aguantar el peso de todos los anillos que llevaba y que, por cierto, también constituían una señal.

—Cada vez que te veo estás más hermosa —la halagó—. Veo que llevas pinturas de guerra, qué honor. Creía que aún guardabas cama.

Evanthi lo miró con el ceño fruncido, reacia a dejarse engatusar con halagos, aunque lo cierto era que nunca había sido del todo inmune a las artimañas de Guy. En aquellos momentos, Evanthi presentaba su imagen más patricia y altiva, pero aunque Guy respetaba a su abuela y la adoraba, nunca había sido de los que se dejaban intimidar por ella.

—¿Dónde está Victoria? —preguntó Evanthi—. ¿Qué has hecho con ella?

—No he hecho nada con ella. Creo que ha ido en busca de

Jake para relevar a Dora y ocuparse de la cena. He venido derecho a verte.

—¿Y qué le has hecho?

—Ah, esa pregunta ya es más acertada, me temo —dijo Guy con seriedad—. Me parece que he dado al traste con su tranquilidad de espíritu para mucho, mucho tiempo..., y la he hecho aún más desgraciada de lo que ya es ahora mismo. Le he dicho que estoy seguro de que Richard se suicidó.

—¿Cómo has podido ser tan estúpido, Guy?

A su nieto no se le escapó que Evanthi había empleado el insulto contra el que más probabilidades tenía de protestar. Guy podía admitir ser egoísta, a veces incluso cruel, pero nunca estúpido.

—¿Por qué has tenido que decirle cosas que nunca debería haber sabido? —prosiguió—. Si tienes motivos para creer que Richard se suicidó, ¿qué sentido tenía decírselo? Deberías haber hablado conmigo antes que con ella.

—No se trata solo del suicidio. He tenido que contarle a Vicky que Richard era homosexual porque de lo contrario se habría enterado de un modo muy desagradable. Tenía que anticiparme, porque alguien me estaba haciendo chantaje. No creerás que tenía que ceder a un chantaje, ¿verdad?

—Por supuesto que no; eso habría sido repugnante en extremo.

Evanthi, en su actitud más imperiosa, parecía hallar aquella posibilidad indigna de ella.

—El chantaje es tan propio de la clase media... —añadió con desprecio.

En circunstancias normales, Guy se habría muerto de ganas de compartir aquel evanthismo con Victoria, pero las circunstancias actuales distaban mucho de ser normales. Lanzó a su abuela una mirada curiosa.

—Nunca lo hemos hablado abiertamente, pero ¿cómo sabías lo de Richard, *nonna*?

—No lo sabía —reconoció la anciana tras un titubeo—. A veces me lo preguntaba. De hecho, hice lo posible por impedir que se casaran, pero no lo conseguí.

—¿Y no le dijiste nada a Victoria?

—No con todas las letras, no... ¿De qué habría servido? —Le lanzó una mirada feroz—. No tenía más que mi intuición; tu madre habría dicho que era uno de mis prejuicios injustificados. Victoria parecía tan feliz y decidida... Me limité a esperar que no fuera cierto, por su bien. Y supuse —añadió con una mirada penetrante— que tú se lo dirías si lo sospechabas, y también a tu padre.

Guy guardó silencio.

—Victoria es una persona tan leal que se habría negado a contemplar siquiera semejante posibilidad sobre la base de una simple intuición mía —continuó Evanthi—. La boda se habría celebrado a despecho de cualquier cosa que dijera yo, pero de haber hablado, la imagen que Victoria tenía de Richard se habría ido al garete. Es fácil confundir la dulzura de Victoria con docilidad, pero tú y yo sabemos lo obstinada que puede ser cuando quiere; habría seguido a su lado a menos que le hubiera presentado pruebas contundentes. Desde que me enteré de su muerte me ha atormentado la idea de que quizá debería haber insistido más en disuadirla. ¿Lo sabía ella?

—No tenía ni idea —aseguró Guy— y está destrozada. Creía que a lo mejor lo intuía y había decidido hacer caso omiso de ello, pero es evidente que la noticia le ha caído como una bomba.

—Quizá siempre habían estado demasiado cerca el uno del otro, como el dicho ese de los árboles y el bosque, y además Victoria era muy inocente cuando se casaron. Al menos parece que el matrimonio fue bien mientras duró..., a su manera —comentó Evanthi—. Una vez, antes de la boda, discutí con Richard. Le dije que no lo consideraba nada adecuado temperamental ni emocionalmente para Victoria..., pero no sirvió de nada —admitió—. Me dijo que la amaba y que cuidaría de ella, y no logré disuadirlo. La verdad es que me sorprendió, porque siempre se había mostrado intimidado por mí y creí que podría convencerlo sin problema. Debo reconocer que aquel día ganó varios puntos.

—¡Eres una persona extraordinaria, *nonna*!

Guy se sintió tentado de revelarle toda la historia, incluido el papel que él había representado en la tragedia, pero llegó a la conclusión de que confesarlo todo sería egoísta, buscar una absolución que no merecía y que ella no podía darle. Tendría que vivir con su conciencia, y si Victoria decidía contarle toda la verdad a su abuela, estaba en su derecho, y él no tendría más remedio que afrontar la ira de Evanthi si llegaba el caso. Sin embargo, no pudo por menos de preguntarse qué pensaba ella al respecto.

—Nunca me lo habías contado —dijo.

—¡Por supuesto que no! Soy perfectamente capaz de arreglármelas sola. Intentó convencerme de que podía hacer feliz a Victoria. De hecho, parece que tenía razón en un sentido negativo, porque debo reconocer que no creo que la hiciera infeliz, al menos hasta el último mes. Pero siempre detesté la idea de que viviera en un matrimonio tan aburrido. Merece más.

—¿Lo dices porque tu propio matrimonio fue tan insatisfactorio? —quiso saber Guy—. Recuerdo que cuando éramos pequeños nos contaste que una vez te había alcanzado el relámpago del amor, y siempre quise saber quién fue... El abuelo Doukas no, desde luego. ¿Quién fue tu gran amor, *nonna*?

Evanthi extendió las manos y las contempló como si reflexionara sobre algo. Por un instante, Guy creyó que estaba a punto de revelarle algo esencial, pero en el último momento pareció cambiar de idea.

—No intentes desviar la cuestión —advirtió—. Quiero saber qué le has contado a Victoria.

—Le he contado cómo era Richard —explicó Guy tras concluir que una media verdad era lo único que estaba dispuesto a ofrecer a su formidable abuela—. También le he dicho que creo que Richard tenía intención de suicidarse a causa de ello, y estoy bastante seguro de que es así, aunque nunca lo sabremos a ciencia cierta.

—Estoy muy disgustada contigo, Guy —espetó Evanthi con enojo—. Sabes muy bien el efecto que habrá surtido esta información en Victoria. Destruirá toda seguridad en sí misma como mujer. Es muy triste.

—No tenía nada que ver con su atractivo como mujer —objetó Guy—, ese es el quid de la cuestión. Richard no podía evitarlo. Es como nacer sordomudo.

—¡Exacto! —replicó Evanthi, enfurecida—. Imagínate que eres músico, compositor, por ejemplo, y de repente descubres que la persona con la que llevas años viviendo es sorda como una tapia. Se ha pasado todo este tiempo diciéndote que tu música es maravillosa, y tú lo creías, y de repente comprendes que nunca puede haber significado nada para ella porque no la oía bien. ¿Qué repercusión tendría eso en tu autoestima como músico?

—No me parece una analogía acertada —señaló Guy, que comprendía a la perfección a qué se refería Evanthi.

—¿No? Pues bien, te sugiero que pienses en ello.

Evanthi conocía demasiado bien a su nieto para enzarzarse en una discusión con él; en cualquier caso, el mensaje había quedado claro. Clavó una mirada escrutadora en Guy.

—¿Y qué le has dicho acerca de otros asuntos, como tu matrimonio, por ejemplo? Estaba muy dolida porque no le dijiste nada. ¿Cómo pudiste hacerle eso, Guy? Es imperdonable. ¿Tienes alguna otra sorpresa desagradable reservada para la pobrecita?

Guy se levantó y empezó a pasearse por la estancia. Por fin se detuvo frente a su abuela. Su habitual expresión de seguridad en sí mismo se había disipado por completo. Con sorpresa, Evanthi de repente lo vio... casi vulnerable.

—Sí —asintió—. Hay algo más. Hablamos de mi matrimonio y del hecho de que Francine y yo queremos formar una familia. Y por supuesto, tienes toda la razón; está muy dolida, y lo lamento en el alma.

Se detuvo unos instantes como si buscara las palabras adecuadas para seguir, algo impropio de él, pensó Evanthi.

—Pero hay una cosa que todavía no le he dicho, y me he pasado el trayecto de vuelta maldiciéndome por haber callado. Debería habérselo dicho, claro está, porque no tardará en enterarse y habría sido mejor soltarlo de una vez, por el bien de los dos, pero dejé escapar la oportunidad. Oh, *nonna*, estuve a punto..., pero la vi tan destrozada, tan fuera de sí, que lo dejé correr.

—Vaya, eso sí que es impropio de ti. ¿De qué se trata?

—Francine está embarazada —musitó Guy—. No te imaginas lo contentos que estamos. Emocionados, de hecho, aun en estos días tan tristes, o quizá precisamente por eso. Pero me pone enfermo pensar en la reacción de Victoria. Deseaba tanto tener otro hijo, y además siempre he sabido que...

No terminó la frase, y una idea real pero tácita quedó suspendida en el aire.

—A Francine le aterra la idea de que Vicky lo descubra. No es nada en comparación con todo lo que ha pasado últimamente, pero tengo mucho miedo de que este último detalle sea la gota que desborde el vaso. Se mostrará generosa..., pero tengo miedo de que por dentro la destroce.

—Sí —convino Evanthi—. Sí, me temo que es verdad, y ambos sabemos por qué. Richard nunca fue más que un sucedáneo de ti, una protección contra el dolor que había sufrido de pequeña, su forma de conformarse con lo posible en lugar de aspirar a lo deseado. Mala idea. La paradoja es que Richard le parecía un puerto seguro.

Le dirigió una mirada severa, aunque apenas si podía contener la alegría que le causaba la buena noticia.

—Sigo muy disgustado contigo, Guy —advirtió—. Creo que te has comportado de una forma estúpida muy impropia de ti y que no deberías haberle contado nada. —De repente alargó las manos hacia él—. Pero oh, *agapi*, querido muchacho, me alegro tanto por lo del bebé... Será duro para Victoria, sobre todo dadas las circunstancias, pero es lo mejor que te podía pasar. Y además sabes que puede ayudarla a seguir adelante con su vida. Tu matrimonio es algo bueno. Espero vivir lo suficiente para conocer a tu hijo.

—Eres más generosa de lo que merezco, *nonna* —agradeció Guy.

No se le escapó la insinuación implícita en sus palabras y la miró con aire divertido.

—Pero puede que sea niña; la verdad es que estaríamos igual de encantados.

—Por supuesto, pero será varón. Esas cosas las sé. Y se llamará Constantine como mi hijo, el padre de Victoria.

—Se lo diré a Francine —prometió Guy con una sonrisa—. ¿Quién necesita ecografías teniéndote a ti? Y si tienes razón..., y por lo general la tienes, se llamará Constantine Doukas Winston, y lo traeremos a Vrahos para que sea bautizado en la capilla.

Abuela y nieto se miraron durante un lugar instante. Por fin, Guy respiró hondo como si acabara de bucear un largo trecho y se hubiera quedado sin aire.

—Bendita seas, *nonna* —dijo con cierta brusquedad—. Luego volveré a verte. Ahora tengo que ir a saludar a Jake y ver cómo está Vicky. Y después, si todo está bajo control, me encantaría darme un baño.

Se dio la vuelta para marcharse. Victoria estaba de pie en el umbral.

Guy no sabía cuánto rato llevaba allí.

15

El día siguiente amaneció nublado, como si el tiempo no hubiera decidido de qué humor estar, y si bien el fulgor de la jornada anterior se había disipado, la tormenta no se había materializado aún.

Al bajar, Guy comprobó que Jake ya había desayunado.

—¿Podemos salir en barca esta mañana? —preguntó el niño antes de añadir a toda prisa—: Es que ayer me lo prometiste.

—No es verdad. Dije que podíamos salir si hacía buen tiempo..., y si hace buen tiempo, saldremos. Todo lo relacionado con la navegación depende de las condiciones meteorológicas, como sabes muy bien, a menos que hayas olvidado todo lo que tu padre y yo te enseñamos el verano pasado.

Jake le dirigió una mirada inquisitiva, consciente de la trampa que le tendía su tío y reacio a reconocer que había olvidado algo.

—¿Cuándo lo sabrás?

—Cuando termine de desayunar, pero si no dejas de darme la lata, nunca.

Guy eligió una naranja del frutero y se sirvió café con lentitud enloquecedora antes de abrir la edición del día anterior del *To Vima*, el periódico que leía Evanthi.

Jake repasó sus opciones. Por un lado había aprendido sabiamente a respetar la intolerancia de Guy a los numeritos infantiles y quería a toda cosa caerle en gracia. Por otro lado, no se le escapaba que la tragedia que había sufrido solía inhibir a los adultos a la hora de negarle cosas, lo cual brindaba oportunidades hasta entonces desconocidas de obtener ciertos privilegios.

—Sí, lo sé... —empezó en tono trágico y procurando adoptar una expresión muy compungida—, pero si no vamos estaré muy triste...

Guy lo miró divertido por encima del borde del periódico.

—¡A callar! A mí no me vengas con esas chorradas, Jake —espetó con una brusquedad que al niño le pareció de una insensibilidad pasmosa—, porque no cuela.

—¿Podemos salir en la barca de papá?

—No, eso sí que no. La *Aphrodite* está guardada hasta que acabe el invierno. Te llevaré a navegar en ella en verano. Tendremos que salir en la vieja *pilotina* de la *nonna*, si es que no la necesita Yannis.

Guy y Richard siempre habían compartido un velero, pero durante los meses de invierno la guardaban en Gouvia, el puerto franco fortificado original de la isla que tanta importancia revistiera para los venecianos y que seguía constituyendo una bahía maravillosamente resguardada. La vieja *pilotina* de Vrahos era una embarcación utilitaria de cabina diminuta, un viejo toldo desvaído para protegerse del sol, un anticuado motor fuera borda y ninguna pretensión de elegancia.

—¿Qué tal está tu madre esta mañana? —preguntó Guy con una ligereza que estaba muy lejos de sentir.

—No sé —replicó Jake—. Dora dice que a lo mejor le sube el desayuno y me ha pedido que no la despierte, así que no la he despertado —terminó en tono virtuoso.

—Buen chico. Dame veinte minutos y luego iremos a ver cómo está el tiempo. Mientras tanto, ve a buscar a Angelo. Ya te llamaré cuando esté listo.

Aún no sabía a ciencia cierta cuánto había oído Victoria la noche anterior, porque sin vacilación alguna, Evanthi había empezado a hablar.

—Ah, Victoria, llegas en el momento justo —exclamó—. Guy acaba de darme una noticia estupenda..., que de algún modo ha conseguido ocultarte todo el día porque quería que yo fuera la primera en saberlo. ¡Francine está embarazada! ¿No es maravilloso?

Guy se dijo que pese a los achaques físicos que la edad infligía a su abuela, desde luego su mente seguía tan perspicaz como siempre.

—Por lo visto Guy no tiene muchas ganas de tenerme al corriente de su vida últimamente —mascculló Victoria en voz baja al tiempo que fulminaba a su primo con la mirada—. Primero la boda, y ahora esto. Bueno, pues enhorabuena, Guy.

Dicho aquello giró sobre sus talones y salió del salón.

Guy quiso seguirla, pero Evanthi lo detuvo apoyándole una mano en el brazo.

—Déjala —instó—. Está demasiado alterada, dale tiempo. Y ahora, ¿te importaría ayudarme a subir? Necesito descansar un rato si luego quiero cenar con vosotros.

Volvieron a reunirse para saborear la cena sencilla que Dora les había dejado preparada. Fue una comida tensa, desprovista de las bromas e incluso las vehementes discusiones que por lo general tenían lugar en el comedor de Vrahos cuando la familia se reunía en torno a la mesa. Por regla general, todos hablaban a la vez, y el volumen de las voces ascendía entre carcajadas constantes. Aquella noche, la actitud gélida de Victoria y el silencio incómodo de Guy, tan impropios de ambos, sustituyó la naturalidad y el placer que ambos solían sentir en mutua compañía. Con aspecto repentinamente viejo y cansado, Evanthi intentó en varias ocasiones iniciar una conversación, pero por fin también ella guardó silencio. En cuanto acabaron de comer se retiró a su habitación, y Victoria se levantó para acompañarla.

—¿Puedo pasar a darte las buenas noches cuando suba, Vicky? —pidió Guy en la esperanza de romper la valla electrificada que Victoria había alzado a su alrededor.

Pero su prima se limitó a lanzarle una mirada de desprecio que lo dejó petrificado y replicó que no, gracias, que lo único que quería era estar sola y dormir. Guy se quedó sin otra cosa que hacer que llamar a su mujer y beber más whisky del que quería en la biblioteca de su abuelo, ante la mirada compungida del águila disecada que tanto lo asustaba de pequeño.

Pero arriba, en el dormitorio blanco de su infancia, más desesperada y confusa de lo que jamás habría creído posible, la mente en un remolino de pensamientos encontrados, Victoria no pegó ojo en toda la noche.

Un viento cada vez más fuerte azotaba los olivos cuando Guy salió a la terraza. Eso no lo habría arredrado de salir a navegar solo, pero sí bastaba para hacerle dudar de la conveniencia de llevar al mar a dos niños pequeños. A veces las tormentas se desencadenaban con una rapidez alarmante, y aparte del componente de peligro, no tenía ningunas ganas de vérselas con dos niños mareados. Su intención había sido seguir la costa más allá de Hagia Sophia hasta el pedrusco deshabitado que despuntaba a una milla de la playa, escenario de un sinfín de excursiones que él, Richard y Victoria habían hecho de pequeños, un lugar rebosante de recuerdos exclusivamente felices. Sentía un intenso deseo de ir allí para enfrentarse a algunos demonios, tomar algunas decisiones de cara al futuro e intentar desterrar algunos fantasmas del pasado, pero quizá el tiempo le estuviera haciendo un favor, porque sería mejor emprender aquel viaje a solas. La isla llevaba años deshabitada, y tan solo anidaban en ella las golondrinas que estaban de paso. Construían o rehabilitaban nidos en las ruinas de lo que antaño debió de ser una casa; un lugar de veraneo exclusivo y muy agradable tras el largo vuelo desde África. El verano anterior, él, Richard y Victoria habían llevado a Jake allí. Pasaron un día idílico nadando, tomando el sol y haciendo una hoguera con madera flotante para asar *souvlaki*. Dieron con los vestigios de la rudimentaria cabaña de madera que el marido de Nafsica, Sócrates, construyó para ellos años atrás, en una época en que les dio por ir de cámping. Emocionado, Jake lo pasó en grande construyéndose una guarida, y desde entonces ansiaba regresar. Guy se alegraba de que no lo hubiera mencionado la noche anterior.

—Hace demasiado viento para ir por la costa —anunció—. ¿Qué te parece si vamos al puerto de Kryovrisi a tomar un helado?

—Genial —exclamó Jake con una sonrisa de oreja a oreja, porque cualquier salida en barco era un regalo.

—Puedes pescar un rato en el embarcadero, así que coge un poco de pan para el cebo y ponte el chaleco salvavidas mientras voy a buscar las cañas y los anzuelos. Preguntaremos a Dora si necesita algo del pueblo.

Se le ocurrió que si el viento arreciaba mucho antes del trayecto de vuelta, podía llamar a Yannis y pedirle que fuera a recoger a los niños en coche mientras él navegaba solo hasta Vrahos.

Dora estaba en la cocina, a punto de subir la bandeja del desayuno para Victoria. Sentada a la mesa de madera casi blanca por el paso de los años, Nafsica tomaba un cuenco de pan mojado en leche sin dejar de mascullar. Poseía una estupenda dentadura postiza, obra del dentista de Corfú y pagada por Evanthi, pero la equiparaba a su mejor vestido, es decir, a algo que solo había que llevar en las ocasiones especiales. Lucía su habitual atuendo negro, y su rostro aparecía bronceado y arrugado como una nuez. De hecho, era un par de años más joven que Evanthi, pero el abrasador sol mediterráneo no es benévolo con el cutis de las mujeres a menos que se protejan constantemente de él. Nafsica aparentaba sesenta años a los cuarenta, mientras que Evanthi siempre había parecido más joven de lo que era hasta pasados los setenta. Nafsica saludó a Guy con profundo afecto y lo que Victoria consideraba el respeto enloquecedor que profesaba al género masculino. Victoria siempre afirmaba que Nafsica había malcriado a Guy cuando eran niños, porque alentaba sus actitudes más arrogantes. Evanthi ya había comunicado a Dora la noticia del embarazo de Francine cuando la joven le llevó la tisana matutina, de modo que Guy se vio obligado a demorar la excursión en barco porque Nafsica insistió no solo en servirle la imprescindible copa de metaxa, no precisamente la bebida que habría elegido a aquella hora de la mañana, sino también en abrumarle con historias de horror acerca de todo lo que podía salir mal en un parto.

Guy estaba tomando el último trago del incendiario brandy griego cuando Dora regresó con la bandeja del desayuno.

—Qué rapidez —comentó Guy, y al ver que la comida estaba intacta, añadió—: No ha comido nada. ¿Se encuentra bien?

—No está —repuso Dora—. No sé adónde ha ido. No está con Kyria porque ya he ido a comprobarlo.

—Seguro que ha salido a dar un paseo —dijo Guy sin darle importancia—. Lo más probable es que haya ido al mirador; ya sabes cuánto le gusta. Nos cruzaremos con ella de camino a la ensenada. Vamos, chicos.

—Los acompañaré con la lata de gasolina de reserva —anunció Yannis, entrando en la cocina—. Creo que el depósito está bastante vacío. Pondremos un poco para ir sobre seguro, y luego puede usted rellenar la lata en Kryovrisi.

No vieron ni rastro de Victoria de camino al barco. Los niños correteaban entre risas, empujándose y rodando por la pendiente como cachorrillos, pero Guy y Yannis caminaban en silencio y a buen paso, sin dejar de inspeccionar la zona por si la veían. Al llegar a la ensenada comprobaron que el mar estaba bastante picado. Sin lugar a dudas, el viento había arreciado... y no había ninguna embarcación en el amarre.

—Pero ¿qué demonios...? —empezó Guy—. ¡Oh, Dios mío!

Él y Yannis cambiaron una mirada.

—Victoria... No puede haber salido sola con este tiempo...

—Pues eso parece, maldita sea. ¿Dónde si no está el barco... o ella? ¿Cuánta gasolina había? —preguntó Guy.

—Suficiente para llegar a Kryovrisi, pero no mucho más.

La voz por lo general risueña de Yannis sonaba teñida de inquietud. Grandes nubarrones avanzaban por el cielo, y ya caían algunas gotas.

Si bien Victoria se las arreglaba bien en un barco, la navegación nunca había sido su pasión como en el caso de los chicos y tendía a ponerse nerviosa; disfrutaba si otra persona capitaneaba la embarcación y estaba dispuesta a ponerse al frente con buen tiempo para hacer la compra en Kryovrisi o para llevar a Jake a una cala cercana, pero desde luego no era proclive a navegar sola por pura diversión. No obstante, en circunstancias normales, Guy no se habría preocupado demasiado..., pero en aquellos momentos, las circunstancias distaban mucho de ser normales. La noche anterior había confesado a su abuela que temía precipitar a su prima a un abismo después de todo lo que había pasado. La recordó de pie al borde del acantilado de Angelókastro... y de repente no pudo soportarlo.

Hurgó en su bolsillo en busca del móvil.

—¿Cuál es el número de Petros? —preguntó antes de añadir—: ¡Mierda! ¡Mierda! Olvidaba que aquí no hay cobertura, maldita sea. Tendré que volver a subir para llamar desde la casa. ¿Hay alguien más que pueda prestarnos una barca si no localizo a Petros?

—Petros es la mejor opción —repuso Yannis tras reflexionar un instante.

Petros Kaloudis era el principal empresario de Kryovrisi. Hijo de un pescador local, Petros había empezado alquilando barcas durante la temporada turística, un negocio que no había tardado en crecer hasta convertirse en una próspera empresa. Él y su esposa británica eran dueños del popular bar Harbour Lights, y andaba metido en todas las salsas. Guy y Victoria lo conocían de toda la vida. De hecho, Guy había salido a navegar con él en muchas ocasiones.

—¿Qué ha pasado con la barca? ¿Dónde está mamá? —preguntó Jake con voz temblorosa.

Guy se agazapó y lo asió por los hombros. Jake era un niño de huesos delicados; era como sujetar un pajarillo entre los dedos.

—Por lo visto, mamá se nos ha adelantado y se ha llevado la barca. Cuando vuelva le echaremos una buena bronca. ¡Mira que estropearnos la excursión! Pero ahora mismo tengo que llevarle gasolina, así que necesito que te portes como un campeón. Tú y Angelo podéis quedaros con Yannis mientras yo salgo a buscarla.

—No le habrán disparado, ¿verdad? —inquirió Jake en un susurro.

—Por supuesto que no —aseguró Guy mientras se le formaba un nudo en la garganta—. Pero necesitará ayuda con el viento que hace, y lo mejor que puedes hacer tú para ayudar es quedarte con Angelo y dejar que yo vaya a buscarla, ¿vale? —Jake asintió—. Buen chico.

Guy cambió unas palabras en griego con Yannis, que accedió a quedarse en el embarcadero por si Victoria daba señales de vida mientras Guy subía a la casa para llamar a Petros y pedirle prestada una barca. También enviaría a Dora a recoger a los chicos.

Menos mal que estoy en forma, pensó mientras subía corriendo el escarpado sendero.

Petros acababa de entrar en el bar cuando Guy llamó.

—*O The' mou!* ¿Adónde ha ido?

—No tengo ni idea. Pero puede que se dirija hacia Hagia Sophia.

Guy intuía que Victoria podía haber sentido la necesidad de visitar la isla, al igual que él.

Petros prometió que saldría de inmediato hacia Vrahos con la lancha rápida para recoger a Guy.

—Llegaré más deprisa yo en barca que tú aquí en coche; si está entre Kryovrisi y Vrahos la veré por el camino. Enviaré a Spiro y Nikos en la otra dirección.

Durante la temporada estival, cada atardecer Petros patrullaba la costa en su lancha rápida para cerciorarse de que ninguno de sus clientes estaba en apuros y de que todas las embarcaciones alquiladas, acerca de las cuales algunos de los turistas no sabían nada de nada, habían regresado y estaban amarradas como Dios manda. Si hacía mal tiempo enviaba a sus hermanos a recoger las barcas y devolverlas al cobertizo situado en el puerto de Kryovrisi hasta que el viento amainaba.

—Te esperaré en el embarcadero —dijo Guy antes de colgar.

Petros apareció en su potente lancha al cabo de apenas diez minutos y, sin perder un instante, ambos pusieron rumbo al sur, escudriñando con inquietud el mar además de inspeccionar cada caleta incrustada en la costa. Pasaron delante de Spilia y su famosa cueva, así como el bello puerto de Hagia Sophia con sus dos tabernas rivales, lugar hasta poco antes solo accesible por barco, pero ahora unido a la carretera principal por un sendero muy escarpado. No se veía ni rastro de Victoria. Guy no sabía a qué hora había salido Victoria ni cuáles eran sus intenciones, pero mientras se dirigían hacia la isla, conocida por los lugareños con el nombre de Helidonia, la isla de las golondrinas, rezó por que la intuición no le hubiera fallado.

A las cinco de la madrugada, Victoria había desistido de intentar conciliar el sueño, o mejor dicho había decidido que no podía afrontar la posibilidad de caer rendida tras ocho horas de doloroso insomnio para despertar de nuevo al cabo de otras dos horas y tener que enfrentarse de nuevo a sus tribulaciones. Abrió los postigos y se asomó a la ventana; se sentía fatal. Los primeros atisbos del alba teñían el cielo, y reinaba una quietud extraordinaria, como si la isla entera contuviera el aliento, a la espera de que sucediera algo. Anhelaba desesperadamente poner orden en sus pensamientos antes de enfrentarse a los demás: Guy, Evanthi, incluso Jake, pero sobre todo Guy. No sabía qué hacer con las emociones encontradas que albergaba hacia él. El mar siempre había sido para ella fuente de ayuda y consuelo; saldría de la casa y caminaría hasta el mirador para contemplar la salida del sol sobre las montañas, perderse en la inmensidad del mar y pensar.

Entró de puntillas en la habitación de Jake. Había dejado la puerta del rellano entreabierta y una luz encendida toda la noche, por lo que vio que dormía a pierna suelta, con un brazo echado sobre la almohada y la otra mano aferrada al prehistórico conejo con que el que aún dormía. Se quedó mirándolo un instante, angustiada por su presente y aún más por su futuro.

Victoria se estremeció, cerró la puerta con suavidad y entró de nuevo en su habitación. Se vistió a toda prisa, cogió las zapatillas deportivas, recorrió en calcetines el pasillo y bajó la escalera. Al cruzar el salón, cuya tarima crujía traicionera, tuvo la seguridad de que había despertado a todo el mundo, pero la casa estaba sumida en el más absoluto silencio. Aspiró las conocidas fragancias de la estancia. El olor acre a leña de olivo quemada, mezclado con el aroma más embriagador de los lirios; el olor a viejos libros encuadernados en cuero fundiéndose con los vestigios más sutiles del olor inherente a Evanthi. Por regla general, todos aquellos aromas le habrían resultado tranquilizadores, pero aquella mañana, su mente trastornada los procesaba como recordatorios de un mundo que parecía desmoronarse a su alrededor.

Abrir la enorme puerta de entrada provocaba un gran estruendo, y tras conseguir levantar la pesada barra de hierro que aseguraba las dos hojas y hacer girar la inmensa llave en la cerradura, respiró aliviada al salir por fin a la terraza superior, donde se puso las zapatillas y pisó sigilosa el suelo enlosado hasta la escalera exterior. Los gallos empezaban a cantar, y un asno rebuznaba escandaloso desde el olivar. Aquellos sonidos le recordaban su infancia. En la actualidad, los asnos habían pasado de moda como bestias de carga y trabajo, y los que sus dueños habían abandonado campaban a sus anchas por la isla y se estaban convirtiendo en un auténtico problema. La idea de sacrificar asnos salvajes la horrorizaba.

Cuando llegó al mirador, una leve brisa peinaba los olivos, tiñéndolos alternativamente de verde y plata, colores que se recortaban contra el gris del nuevo día. Albania había desaparecido entre las nubes, y el mar ofrecía un aspecto plúmbeo que le restaba parte de su habitual belleza. Decidió acercarse más y bajar hasta la ensenada. Mientras descendía el escarpado sendero, entre matorrales y encinas, en su mente se agolpaban los recuerdos de excursiones que había hecho con Richard y Guy.

Al ver la barca no se detuvo a pensar, sino que, obedeciendo un impulso, tiró del cabo para acercarla y subió a bordo. Luego sumergió el motor fuera borda en el agua y lo puso en marcha a la primera.

Al principio no tenía en mente ningún destino, consciente tan solo de una sensación liberadora de huida mientras se adentraba en el mar, saboreando la sal en los labios y el viento en el cabello. No fue hasta que bordeó el cabo de Spilia que se le ocurrió la idea de llegar hasta la isla. De repente, la necesidad de ir allí se tornó imperiosa, como si en ella fuera a hallar la solución mágica a todos sus problemas, como si verla fuera a permitirle recuperar y rescribir el pasado. Una parte de su mente reparó en que el tiempo empeoraba por momentos, en que el mar estaba cada vez más picado, en que las olas azotaban la quilla con furia creciente, en que era la primera vez que salía a navegar en condiciones tan adversas. Pero el resto de su ser permanecía envuelto en un peculiar desapego, como si nada de aquello importara. Era como si estuviera protegida de la realidad, y cuando por fin divisó la isla experimentó una sensación de triunfo.

Las olas rompían más altas que las rocas con gran estruendo, y de pronto comprendió que le resultaría muy difícil atracar. Peor aún..., ¿y si lograba atracar pero no tenía fuerza suficiente para amarrar la barca? En aquel instante la recorrió una suerte de corriente eléctrica que le hizo dar un respingo... y recobró el juicio.

Pero con el juicio llegó el miedo. ¡Era una estúpida! Pero ¿en qué demonios estaba pensando? No tenía sentido intentar siquiera atracar en la isla; cuanto antes regresara a casa, mejor. Quizá pudiera volver antes de que alguien descubriera que en su estado había emprendido una travesía tan absurda y temeraria. Sabía que la vuelta sería mucho más lenta y difícil a causa del viento de proa, la lluvia y la mar cada vez más embravecida. Mientras pugnaba por virar contra las olas, se preguntó si Jake ya se habría despertado, si habría entrado en su habitación como hacía a menudo cuando se levantaba muy temprano a fin de acurrucarse junto a ella... para encontrarse la cama vacía. ¡Jake! ¿Acaso me he vuelto completamente loca?, pensó, horrorizada. ¿Cómo puedo haber hecho algo tan temerario? Un auténtico terror se apoderó de ella.

Se dio cuenta de que el motor parecía funcionar con dificultad, como a trompicones, pero no sabía a qué se debía ni qué hacer al respecto. ¡Por el amor de Dios, que no se averíe el motor, por favor!, rogó, desesperada. ¡Sálvame, Dios mío! Sálvame por Jake. Y se puso a negociar incoherente con la divinidad de cuya existencia había empezado a dudar. Pensó en el icono de Vrahos y comenzó a balbucear todas las oraciones infantiles que Evanthi le había enseñado muchos años antes, invocando a los dos santos plasmados en el icono, ambos famosos hacedores de milagros, repitiendo sus nombres una y otra vez. Por entonces ya estaba empapada y por tanto ajena a las lágrimas que le rodaban por las mejillas y se mezclaban con la lluvia y las salpicaduras de las olas.

Y de repente, el motor se detuvo.

16

En un instante terrible, Guy divisó la *pilotina* de Vrahos a la deriva, ladeada de un modo aterrador, la popa ya inundada. Estaba vacía.

—¿Llevaba chaleco salvavidas? —preguntó Petros.

—Eso espero.

Guy sabía que Yannis tenía uno guardado en la barca, pero ignoraba si Victoria lo sabía o si en su estado habría recordado ponérselo. Inspeccionó la playa con los prismáticos y luego se los alargó a Petros.

—Mira —señaló.

Había algo de color naranja en la única cala donde era posible atracar. Ambos hombres guardaron silencio. Al acercarse un poco más distinguieron una figura con chaleco salvavidas, pero desde aquella distancia resultaba imposible distinguir en qué estado se hallaba. Cuando Petros aproximó la lancha a la playa todo lo posible, Guy saltó por la borda. El agua estaba helada.

—¡Vicky! —gritó mientras corría por la playa—. ¡Vicky, ya estamos aquí, tranquila!

Victoria estaba tendida sobre una roca, inmóvil y con los ojos cerrados. Tenía la frente manchada de sangre seca y no movía ni un músculo. Si bien debía de haber estado consciente al menos lo suficiente para arrastrarse por la playa, por un instante sobrecogedor, Guy creyó que estaba muerta. Pero entonces le encontró un pulso muy débil. La abrazó con fuerza, le restregó las manos y le frotó la espalda mientras le hablaba sin cesar. No creía que la herida de la frente fuese profunda, pero su cuerpo se había convertido en un bloque de hielo.

—Vamos, Vicky, vamos, háblame —la instó—. Despierta. ¿Me oyes?

En aquel momento, Victoria emitió un gemido y entreabrió los ojos. Por fin los abrió del todo y lo miró.

—Jake —musitó—. ¿Jake?

—Jake está bien. ¿Estás herida?

—N... no lo creo..., no lo sé. N... no m... me acuerdo.

Parecía muy confusa. Cerró los ojos y pareció dormirse.

—¡Despierta! —insistió Guy—. Intenta contarme lo que ha pasado.

Victoria abrió de nuevo los ojos. Por un instante no se reflejó en su mirada expresión alguna, pero luego hizo un esfuerzo por concentrarse.

—Creo que me golpeé l... la cabeza intentando llegar a la orilla. No podía..., no podía atracar..., y luego falló el motor. La barca se llenó d... de agua y creí que m... me hundía.

No parecía el momento oportuno para recordarle la regla de oro de que hay que quedarse en la embarcación hasta que se hunde. De repente empezaron a castañetearle los dientes. Buena señal, se dijo Guy con un alivio abrumador. Entre él y Petros la subieron a la lancha, la envolvieron en una manta y la obligaron a beber un poco de brandy.

—Será mejor ir a Kryovrisi —indicó Guy—. No conseguiremos subirla por el camino si atracamos en Vrahos.

Petros asintió.

—Os llevaré a casa en coche; será más rápido.

De pronto, la angustia que había atenazado a Guy durante todo el episodio se trocó en furia contra Victoria.

—¿Se puede saber a qué narices juegas? —espetó, conteniendo a duras penas el deseo de zarandearla—. Eres una loca irresponsable. ¿Cómo has podido hacer semejante locura?

—Lo siento —musitó ella—. L... lo siento mucho. Debo de haber p... perdido el juicio. —Volvió a cerrar los ojos y se apoyó en él—. Me siento un poco aturdida —murmuró.

—No pasa nada —mascculló Guy mientras su ira se disipaba

al mirarla—. Luego hablaremos. Pero Vicky, no vuelvas a hacer algo así nunca más.

Más tarde, Guy fue a despedirse de Victoria antes de que Yannis lo llevara al aeropuerto, donde tomaría el vuelo nocturno a Atenas. Le pareció menuda y frágil en la enorme cama, el rostro tan blanco como las grandes almohadas cuadradas sobre las que se reclinaba, el cabello y los ojos casi negros en impactante contraste con la palidez de su piel.

El médico la había examinado y le había vendado la herida de la frente, que por fortuna no era profunda. No obstante, puesto que había perdido el conocimiento durante unos instantes, le recomendó que guardara cama antes de anunciar que volvería al día siguiente para echarle un vistazo. Dora la rodeó de botellas de agua caliente, y Victoria se había pasado casi toda la tarde durmiendo. En aquel momento, Jake estaba acurrucado contra ella como un cachorrillo.

—Debo decir que tenéis un aspecto muy acogedor —exclamó Guy en un intento de expresar una alegría que no sentía—. Jake, la *nonna* quiere que bajes a tomar el té con ella en el salón pequeño.

—¿No puedo quedarme aquí y tomarlo con mamá?

—Creo que la *nonna* se llevaría una desilusión; quiere jugar a spellicans contigo después de la merienda. Dice que la última vez que viniste le ganaste, y que ahora que ya se encuentra mucho mejor quiere la revancha. Luego puedes volver aquí con mamá. Iré a ver si vas ganando antes de irme. Vamos, en marcha. Buen chico.

—Juego muy, muy bien a spellicans, así que seguro que ganaré —afirmó Jake con modestia mientras bajaba de la cama. De repente se volvió y abrazó a Victoria con una fuerza que le provocó una mueca de dolor. Le dolía la cabeza y se encontraba fatal. Pese a ello le acarició la mejilla con ademán afectuoso.

—Vamos, cariño, ve con la *nonna* —dijo—, y sube a verme más tarde.

—No volverás a irte, ¿verdad? —inquirió el pequeño desde el umbral.

—Te lo prometo —aseguró ella, dolorosamente consciente de que el episodio había multiplicado la angustia de su hijo.

Guy cerró la puerta detrás de Jake y fue a sentarse en el borde de la cama. Durante un largo instante se miraron en silencio, sabedores de que quedaban muchas cosas por decir, pero cada uno reacio a ser el primero en hablar.

—Cuando el bote empezó a hundirse —murmuró por fin Victoria— deseé con todas mis fuerzas que vinieras a rescatarme... y viniste. ¿Cómo adivinaste adónde había ido?

—Porque yo también quería ir allí —repuso Guy— para buscar respuestas e intentar encontrarle sentido a las cosas. Llámalo un sexto sentido o un golpe de suerte; en cualquier caso, lo único que importa es que estás bien.

—Sí —susurró ella—. Debí de volverme loca, completamente loca. Lo que me dijiste ayer fue un golpe terrible. Me atormenta pensar en lo desesperado que debía de estar Richard para hacer algo tan terrible, pero al mismo tiempo sigo tan enfurecida con los dos... No sé cómo voy a gestionar todo esto.

—¿Te he perdido, Vicky? —preguntó Guy de repente—. ¿Podremos recuperar algún día lo que teníamos?

—No lo sé —confesó ella—. La verdad es que no lo sé, Guy. Te estoy muy agradecida por haberme salvado la vida, pero de momento no puedo darte nada más. No consigo hacerme a la idea de que Richard fuera una persona muy distinta del marido al que creía conocer tan bien; no me entra en la cabeza. Anoche repasé una y otra vez nuestro matrimonio, intentando encontrar algún indicio que debiera haber activado las alarmas, intentando hacer regresar a Richard, preguntándome cuándo se fue todo al garete y por qué no me di cuenta hace años. Pero lo único en que podía pensar era en que Richard no era real, en que nuestra relación, todos los años que pasamos juntos, fueron una farsa y en que tú lo sabías desde el principio. Pero también me odio a mí misma. Me resulta insoportable pensar que he corrido el riesgo de hacerle a Jake lo mismo que me sucedió a mí..., perder a ambos padres.

Se cubrió los ojos con las manos como si quisiera borrar una imagen insoportable, movió la cabeza e hizo una mueca de dolor.

—Aquí tumbada, he intentado recordar hasta el último detalle sobre mis padres, algo que casi nunca hago. Cuando tenía la edad de Jake, los conjuraba cada noche antes de dormirme a pesar de que el dolor era casi inaguantable. Me aterraba la posibilidad de que un día intentara sacarlos del cajón secreto de mi mente donde los guardaba y me encontrara con que se habían desvaído, como acuarelas expuestas al sol durante demasiado tiempo. Era una idea espeluznante que no podía compartir con nadie, ni siquiera con la *nonna*. Y ahora no consigo encontrar a Richard en mi mente, y aun cuando lo encontrara, ya no sabría qué es real y qué es fruto de mi imaginación. Es una auténtica pesadilla.

Guy le tomó la mano, pero Victoria no correspondió a su gesto. Guy no se atrevía a hablar.

—¿Recuerdas bien a mis padres? —preguntó Victoria.

—Oh, sí. No olvides que tenía casi doce años cuando ocurrió el accidente. No es que los viera muy a menudo, pero siempre me causaban una gran impresión cuando nos visitaban o cuando coincidíamos todos aquí. Tu madre era preciosa, y yo era muy susceptible a los encantos femeninos, como la mayoría de los niños a esa edad. Y el tío Constantine tenía mucho carisma y era divertidísimo. Yo quería ser como él, lo recuerdo como si fuera ayer.

—La verdad es que te pareces mucho a él —comentó Victoria—. Incluso sonríes y te mueves como él. Lo sé porque el año pasado, justo antes de Navidad, fuimos a comer un domingo en Durnford, y resulta que Toula había encontrado una caja de viejas películas caseras en el desván. Había un montón de cosas, como la boda de ella y tío Anthony, imágenes de cuando tú eras pequeño, y de repente ahí estaban papá y mamá conmigo de bebé. Jake estaba mirando las películas con nosotros, así que fingí que me encantaba ver todo aquello, pero cuando llegamos a casa empecé a llorar y ya no pude parar. Richard se trastornó, pero no podía parar. Por supuesto que había visto muchas fotografías de ellos, pero fue distinto verlos moverse, reír, saludar... y... abrazarme. Fue muy duro.

Guy comprendió que su prima estaba reviviendo el momento. La somnolencia debía de haberse disipado, porque ahora las palabras brotaban de sus labios como un torrente febril..., pero al menos volvía a dirigirle la palabra.

—¿Sabes lo que más me duele? —prosiguió Victoria, y Guy negó con la cabeza—. No haber podido despedirme de ellos. ¿No es extraño, después de tantos años? Y ahora Jake tampoco ha podido despedirse de Richard.

Miró a su primo con expresión atormentada.

—¿Cuándo tienes pensado volver a Inglaterra? —preguntó Guy por fin—. Supongo que primero tendrás que reponer fuerzas. ¿Pasarás aquí la Pascua?

Victoria arrugó la sábana entre los dedos.

—Puede que pase todo el verano aquí —dijo—. No solo por lo que ha pasado esta mañana, sino por muchas razones. Pensarás que estoy huyendo.

—Por supuesto que no. Al contrario, creo que te vendría muy bien, y la *nonna* estaría encantada. Mira, Vicky, no podrás escapar de lo sucedido estés donde estés, de modo que debes buscar el lugar que te permita afrontarlo mejor. Quédate a pasar el verano... y luego ya veremos.

—No pienso enviar a Jake de vuelta sin mí.

—De todos modos, es medio griego. ¿Qué tiene de malo que viva aquí durante un tiempo? De hecho, creo que sería bueno para él distanciarse del pasado, pero en un entorno conocido. ¿Por qué no lo llevas a la escuela de Kryovrisi con Angelo durante el verano? Aprenderá la lengua sin demasiado esfuerzo; los niños son auténticas esponjas, acuérdate de nosotros a esa edad. No tienes por qué tomar decisiones a largo plazo todavía.

—A los Cunningham no les hará ninguna gracia. ¿Te imaginas lo que dirán Meriel y June? Siempre han recelado de mi «sangre extranjera», ni que viniera de Marte. Nunca me consideraron la esposa adecuada para Richard, al menos Meriel, pero mientras estaba vivo no les quedaba más remedio que tolerarme.

La verdad es que me aterran las críticas que me lloverán a partir de ahora. ¿Y el pobre Bill?

—Las hermanas feas tendrán que cuidar de él. Pobre hombre, también tendrá que sobrellevar el dolor a su manera..., como todos. Por mucho que os lo propusierais, ahora mismo no os seríais de ninguna ayuda el uno al otro. Y no es que pretendas mantener a Jake alejado de él para siempre. Bill puede venir a visitaros, si quiere. —Miró el reloj—. Siento dejarte —suspiró—, pero tengo que irme. No puedo perder el vuelo, porque tengo esa entrevista a primera hora de mañana.

—Ya lo sé —murmuró Victoria—. Ya me lo dijiste.

Con profunda tristeza, Guy se preguntó si algún día se restablecería el vínculo precioso, casi telepático que siempre los había unido.

—¿Vendrás a mi casa... a nuestra casa cuando vayas a Londres? —preguntó.

—No lo sé —repuso ella antes de añadir con evidente dificultad—: Dale..., dale saludos a Francine de mi parte. Y Guy...

—Sí.

—Dile que me alegro por lo del bebé.

—De acuerdo, así lo haré. Eres muy generosa, Vicky. Puede que algún día Francine y tú os caigáis mejor de lo que ahora mismo os parece posible... Eres la única persona que conozco que la pone nerviosa —agregó con cierto humor—. Todo un logro.

Victoria lo miró con expresión inescrutable. Guy se levantó.

—Tengo que despedirme de la *nonna*. Perdóname si puedes, Vicky. —Se inclinó para darle un beso de despedida, pero ella permaneció inmóvil—. Tómate el tiempo que necesites para lamerte las heridas... y luego empieza a vivir de nuevo. Creo que las cosas cambiarán para ti.

Victoria lo siguió con la mirada. Una vez en el umbral, Guy se volvió con la esperanza de ver su habitual sonrisa, pero su prima había vuelto la cabeza. Lo oyó bajar la escalera corriendo, y a los pocos minutos escuchó cerrarse la portezuela de un coche. El viento había amainado con la misma brusquedad con que se había levantado por la mañana, y en la casa reinaba un silencio que contrastaba radicalmente con el estruendo de la tormenta.

Victoria se preguntó de qué dirección llegaría el siguiente viento y con qué ánimo acogería sus cambios.

Pensó que era típico de Guy irse dejando tantos asuntos pendientes. Con un esfuerzo logró oír el sonido del motor del coche que alejaba a Guy de ella. Y lo acercaba a su mujer.

17

Patrick releyó la carta que había sobre su mesa, tomó una decisión y descolgó el teléfono. Luego fue en busca de su mujer.

La encontró en el salón, escribiendo cartas, y se detuvo en el umbral a observarla unos instantes.

—Cariño...

—¿Mmm?

Rachel se volvió, el rostro contraído en el rictus de descontento que la presencia de su esposo parecía provocar en ella últimamente.

—Se me acaba de ocurrir un plan; espero que te parezca bien.

—¿Qué clase de plan? —replicó ella, a la defensiva.

—Unas vacaciones. No puedo seguir aplazando el viaje a Grecia, pero sobre todo creo que los cinco necesitamos tomarnos un respiro juntos, así que he pensado que podríamos combinar ambas cosas. ¿Qué tal si pasamos la Pascua en la casa de los Marshall en Corfú? Lo pasamos en grande cuando fuimos; fue una de nuestras mejores vacaciones con los niños.

—¡Oh, Patrick, es demasiado precipitado! Además, seguro que la tienen ocupada en Pascua —exclamó Rachel en tono sombrío.

—Pues no —repuso Patrick con firmeza—. Acabo de llamar a Maggie por si las moscas, y resulta que ellos no irán hasta junio y, que por un golpe de suerte, la familia a la que se la habían alquilado por Pascua ha cancelado la reserva.

—¿Has hablado con Maggie sin consultármelo?

—Te lo consulto ahora. Hace cinco semanas no quisiste acompañarme sola, así que podemos ir ahora todos juntos y convertirlo en unas vacaciones familiares. Más adelante puedo ir otra vez a Grecia y puede que también a Italia, pero primero me interesa ver esa Casa Veneciana de Corfú, y en Winterton acaban de decirme que tienen permiso para fotografiarla. Sin embargo, Saphira cree que debo ponerme las pilas e ir cuanto antes, porque Evanthi Doukas, la propietaria, es muy mayor y no está bien de salud. —Saphira Winterton era la agente de Patrick—. ¿Qué me dices? Saphira dice que la anciana ha accedido a concederme una entrevista siempre y cuando se encuentre lo bastante bien. Es una oportunidad de oro.

—Tendré que pensarlo; no sé si se ajusta a mis planes. Además, ¿qué te hace pensar que Sam y Sophie querrán ir? Lo pasaron muy bien porque eran más pequeños, pero lo más probable es que ahora prefieran ir a alguna parte con sus amigos. No podemos esperar que quieran seguir pasando las vacaciones con nosotros.

Viniendo de Rachel, que siempre interponía mil objeciones cada vez que uno de sus vástagos pretendía emprender alguna actividad que escapara al control de su madre, a Patrick le pareció un comentario algo fuerte.

—De hecho, a los dos les parece una idea genial —aseguró con cierta sequedad, pero para no agriar la conversación, añadió en tono más conciliador—: Sophie dice que necesita a toda costa unos días para «apalancarse», como lo expresa ella, y Sam se muere de ganas de volver a ver a todos los amigos borrachines a los que conoció cuando trabajó en ese bar de Corfú durante el verano pasado. Se considera a sí mismo una autoridad en temas de la isla.

Dedicó a su esposa una sonrisa que no obtuvo respuesta.

—¿Quieres decir que se lo has propuesto antes de hablar conmigo? No puedo creerlo —espetó Rachel, enojada—. ¿Acaso su opinión de repente es más importante que la mía?

Se hizo un silencio, tras el cual Patrick respondió en tono gélido:

—Nunca lo ha sido, como sabes muy bien, pero ahora sí,

Rachel. Creo que esta vez sí. Y no estás precisamente en posición de esperar que anteponga tus deseos a los de los demás. Estoy harto de tener una mujer que nunca quiere hacer nada conmigo, que siempre hace pasar a uno de nuestros hijos por delante de los demás. Estoy harto.

—¿Y eso qué significa?

—Sabes muy bien lo que significa. No podemos seguir así, viviendo como desconocidos, peor aún, de hecho, como desconocidos hostiles. No comentamos nada, no compartimos nada, ya no lo pasamos bien.

—¿Y si me niego a ir?

—Pues entonces iremos Sam, Sophie y yo —anunció Patrick con decisión—. Por mí, Posy también puede acompañarnos, pero sé que eso no te haría ninguna gracia. Piénsalo bien, Rachel. Sería mucho, mucho mejor que nos acompañaras, y lo deseo más que nada en el mundo, pero la decisión es tuya y no pienso seguir pidiéndotelo.

Rachel sacudió la cabeza.

—No puedo darte una respuesta así por las buenas. Tengo muchos otros factores que considerar.

—Pues me temo que tienes que decidirte ya —musitó Patrick con una furia a la que Rachel no estaba acostumbrada y que la desconcertó—. Tengo que decirle algo a Maggie, y Olympic Airways solo me guardará las reservas provisionales hasta mediodía. No hay problema con las fechas de regreso, pero los vuelos de ida van muy llenos antes de Semana Santa. ¿Vendréis Posy y tú?

A Rachel no le hacía ninguna gracia la idea de que los demás se fueran sin ella, pero algún demonio interior le impedía acceder a acompañarlos.

—Tu actitud me parece muy poco razonable, la verdad. No puedo ir de viaje de una forma tan precipitada —señaló—. Tenía medio pensado hacer algo con Bronwen por Pascua, porque Hetta vendrá a pasar una semana con ella, así que primero tendré que comentárselo.

Esperaba que Patrick protestara, pero se limitó a arquear una ceja.

—Comprendo, qué lástima —dijo antes de agregar con frialdad—: Muy bien, pues entonces organizaré el viaje para nosotros tres.

Dicho aquello giró sobre sus talones y se marchó seguido por la mirada de su mujer.

A la casa de los Marshall, situada en las colinas que rodeaban Kryovrisi, se accedía por una pista serpenteante que más parecía el lecho de un río que un camino.

—Ahora que me estoy sacando el carnet me fijo más en las carreteras —comentó Sophie—, pero, madre mía, me gustaría ver qué cara pondría el señor Swayne si viera esta. Da la impresión de que se tarda mil años en llegar a cualquier parte, aunque en realidad no puede estar tan lejos.

—Estamos en Grecia; aquí el tiempo y la distancia tienen otro significado —replicó Sam, altivo—. Tendrás que acostumbrarte.

Sophie le asestó un puñetazo en el brazo.

—Cuánta sabiduría, oh viajero —se mofó—. No hace tanto que vinimos con los Marshall. Mira, papá, ¿no es allí? Está igual que como lo recuerdo. Ay, me encanta volver a los sitios.

Patrick estacionó el coche de alquiler junto a la casa, donde una gran encina proporcionaba una agradable sombra en verano, y los tres se apearon. Sam y Sophie habían sido la compañía perfecta durante el viaje. Su actitud solícita lo conmovía y divertía a un tiempo; sospechaba que habían sellado el pacto secreto de compensarlo por la ausencia de Rachel, y aunque el comportamiento de sus hijos lo hacía sentir como un auténtico vejestorio, pensó con cierto sarcasmo, a decir verdad era como un bálsamo. Lo habían entretenido con su buen humor y sus discusiones exentas de malicia, que en el pasado habrían degenerado en agrias disputas, y lo asombraba que se hubieran convertido en tan buenos compañeros. Con una punzada de culpabilidad, reparó en que, en ausencia de su esposa, se sentía libre por primera vez en mucho tiempo. Decidió intentar olvidar toda preocupación acerca del estado de su matrimonio durante la siguiente semana y disfrutar de las vacaciones. A su regreso, Rachel y él tendrían que esforzarse mucho por arreglar las cosas.

—Estoy muerto de hambre —anunció Sam—. Deben de ser casi las tres, y todavía no hemos comido. ¿Qué hacemos al respecto, papá?

—Busquemos primero la llave y luego nos ocuparemos de la comida. Maggie me dijo que pediría a la vieja Lefka que comprara lo básico, pero supongo que tendremos que comprar más cosas antes de mañana, sobre todo teniendo en cuenta tu saque, Sam.

La llave estaba bajo un tiesto de barro que contenía una planta de albahaca de hoja pequeña.

—¡Genial, el primer lugar donde miraría un ladrón! En casa no lo podríamos hacer —observó Patrick mientras introducía la llave en la cerradura.

Villa Petradi se engastaba en un anillo plateado de olivos como la gema a la que debía su nombre. Phil y Maggie Marshall habían transformado el antiguo molino de aceite, procurando conservar su encanto original, utilizando la piedra y las tejas curvadas tan propias de las edificaciones autóctonas. Las paredes aparecían estucadas de color albaricoque claro, y los postigos estaban pintados de verde. Una amplia terraza parcialmente cubierta rodeaba tres lados de la casa, consistente en dos alas en la planta baja que flanqueaban el vestíbulo central. Una de las alas contenía dos pequeños dormitorios dobles y un baño, mientras que en la otra había un espacioso y cómodo salón comedor, la cocina y la despensa anexa. En la planta superior solo se hallaba el dormitorio de Phil y Maggie, al que se accedía por una escalera exterior en la fachada posterior de la casa.

Dejaron el radiante sol para adentrarse en la fresca penumbra de la casa. En los meses de verano, el interior de la casa con frecuencia proporcionaba un gran alivio, pero en aquellos momentos se les antojó bastante frío. Patrick sabía por Maggie que eran los primeros inquilinos de la temporada, y si bien Lefka, la asistenta, mantenía la casa ventilada y ya habría hecho las camas, Maggie había advertido a Patrick que a buen seguro tendrían que encender la chimenea en el salón y poner en marcha los radiadores eléctricos en los dormitorios. Pese al frío, la casa desprendía una atmósfera relajada y acogedora que se adueñaba al instante de sus ocupantes.

—¡Ah, los sombreros! Había olvidado los sombreros —exclamó Sophie.

En el vestíbulo había una vieja percha de madera para sombreros del que pendía una colección de raídos sombreros de paja, panamás, gorras de béisbol y gorras con visera de niño. Algunos eran de los Marshall y otros los habían dejado diversos inquilinos, pero quienes se alojaban en la casa siempre los tomaban prestados. Sophie cogió un sombrero español, se lo caló sobre la nariz e hizo una pose teatral.

—La elegante estudiante Sophie Hammond descansa en su residencia veraniega tras los rigores del curso —recitó—. Lea su fascinante historia en las mejores revistas del corazón.

—¿Elegante? Qué más quisieras, Sophie —resopló Sam con desdén—. Bueno, yo voy a buscar comida.

Patrick se alegró de comprobar que Petradi seguía tan encantadora como recordaba, lo bastante sencilla para no angustiar a las familias con niños pequeños y al mismo tiempo muy hogareña, con pertenencias familiares esparcidas por todas partes que daban fe de los distintos intereses y gustos de los propietarios. Había cuencos llenos de conchas y piedras coleccionadas a lo largo de los años, fotografías familiares y estanterías de libros para todos los gustos, un gran baúl de madera pintada en el vestíbulo, llena de juegos de mesa y barajas, raquetas de tenis y palos de golf en el paragüero, y en un extremo de la terraza, una mesa de ping-pong bastante destartalada. Mentalmente dio las gracias a Maggie Marshall, encantado de que su plan hubiera empezado con tan buen pie.

Todo el interior de la casa estaba pintado de blanco, pero las numerosas acuarelas de la isla y una colección de cerámica en los vivos tonos verdes y azules que tan bellos resultaban a la luz del Mediterráneo impedían que el conjunto fuera demasiado austero. En el salón había dos mullidos sofás ideales para que los adolescentes se despatarraran en ellos, varias butacas de aspecto muy cómodo y un par de puffs.

Sam fue derecho a la cocina y al abrir el frigorífico comprobó aliviado que contenía huevos, queso, mantequilla y pan. Otro frigorífico instalado en la terraza estaba lleno de cervezas, Coca-Colas, Fantas de naranja y agua mineral. Asimismo, los propietarios habían tenido el detalle de dejarles un par de botellas de vino local, una de las cuales Patrick abrió de inmediato. Si bien el aire era fresco, el sol calentaba lo suyo, de modo que se sentaron en la mesa de fuera a comer enormes platos de huevos revueltos antes de llenar los últimos huecos con fruta y queso. En un momento dado, Patrick brindó con sus hijos.

—Por unas buenas vacaciones —dijo—. Estoy encantado de teneros conmigo. Y también brindo por mamá y Posy. Me gustaría que estuvieran con nosotros.

Sam y Sophie cambiaron una mirada, y de repente Patrick se preguntó si en realidad lo decía en serio.

Mucho más tarde, tras descargar el equipaje del coche y después de que Patrick subiera su equipo fotográfico al espacioso dormitorio de Phil y Maggie, Sam y Sophie decidieron ir a Kryovrisi para tomar algo en el bar Harbour Lights, donde Sam había pillado varias borracheras el verano anterior. Ambos adolescentes se limitaron a arrojar sus respectivas mochilas sobre las camas. Al revolver la suya en busca de unos pantalones cortos, Sophie consiguió volcar casi todo el contenido, y al contemplar el caos, pensó con cierta satisfacción en lo mucho que se habría enfadado su pulcra madre.

—Vamos, Sophie, muévete. ¿Se puede saber qué haces? —gritó Sam desde la entrada.

—Ya voy.

Padre e hijo cambiaron una mirada de resignación.

—Chicas —refunfuñó Sam—. Seguro que ha decidido lavarse el pelo o enviarle un mensaje a Ellie Marshall o algo parecido.

Sophie siempre encontraba mil cosas imprescindibles que hacer justo cuando todos los demás ya estaban listos para salir.

—Por fin —exclamó Sam cuando su hermana apareció al cabo de diez minutos, tras cambiarse los tejanos por unas ber-

mudas y luego volverse a poner los tejanos—. Vámonos ya. Te llevaré a tomar algo después de comprar provisiones y te presentaré a Petros, el propietario. No sé si me recordará, pero es un tío genial, el que corta el bacalao por aquí. Ya verás cómo te cae bien, Sophie..., pero no te enamores porque está casado.
—Sophie le lanzó una mirada compasiva—. ¿Podemos llevarnos el coche, papá?

—Lo siento, pero no. En Corfú hay que tener veintiún años para conducir un coche de alquiler. Os acompañaré, haremos la compra juntos y luego volveré aquí. Podéis llamarme cuando queráis que baje a buscaros. Pero no esperéis encontrar Kryovrisi tan animado como en verano —les advirtió Patrick—. Maggie dice que muchos sitios no abren hasta mayo y que algunos solo abren el fin de semana de Pascua y luego vuelven a cerrar.

—Oh, seguro que Harbour Lights está abierto —afirmó Sam con seguridad—. Te invitaré a un Afrodisíaco Afrodita, Sophie, el cóctel especial de Petros. Vuelve locas a todas las chicas.

—Oye, Sam, no quiero que emborraches a Sophie —avisó Patrick a su hijo.

—Ya, ya, ya, no es más que una niña pequeña —se mofó Sam con una sonrisa maliciosa—. Tranquilo, papá, que ya lo sé. Pero no hace falta que vayas a buscarnos; podemos alquilar un ciclomotor en el pueblo.

Después de comprar todas las provisiones necesarias en el pequeño supermercado, Patrick los dejó en la plaza principal del bonito pueblo pesquero de Kryovrisi, llamado así por su manantial de agua muy fría y porque el agua dulce siempre había sido un tesoro muy preciado en la isla. Resistió la tentación de quedarse con ellos para luego llevarlos de vuelta a la casa, pero sabía que eso les estropearía la diversión. El verano anterior, Sam se había recorrido la isla entera en ciclomotor, pero la idea de que llevara a Sophie de paquete por las peligrosas curvas de Corfú lo inquietaba sobremanera. Sin embargo, no quería mitigar en modo alguno su entusiasmo, así que se contuvo.

—Aseguraos de que os dan cascos; ahora son obligatorios, por suerte. Y no olvides conducir por la derecha —advirtió.

Sophie se acercó a él y lo besó en la frente.

—Deja ya de preocuparte, papá. Somos muy responsables. La cuestión es si tú estarás bien. ¿Qué harás hasta que volvamos?

—Bueno, creo que me las arreglaré un ratito sin vosotros —repuso Patrick con una sonrisa—. Probablemente echaré una siesta. Muy aburrido, lo sé, muy propio de un tipo de mediana edad como yo. Y también tendría que trabajar en mis notas. Tomaos una copa a mi salud y pasadlo bien. Hasta luego.

Mientras oía sus sonoras carcajadas, se dijo que Rachel sin duda desaprobaría que no se quedara con ellos. ¡Rachel! Sabía que debería llamarla para decirle que habían llegado bien; en tiempos era lo primero en lo que pensaba cuando estaba de viaje, pero ahora no le apetecía demasiado llamarla. No obstante, cuando llegó a la casa cogió el móvil y marcó el número... pero le respondió su propia voz grabada anunciando que ni él ni Rachel podían ponerse en aquel momento.

—Cariño, soy yo. Solo quería decirte que hemos tenido un buen viaje y que todo va bien. Sam y Sophie han ido a dar una vuelta por Kryovrisi y están encantados. Dale a Posy un beso de mi parte. Espero que las dos estéis bien. Hasta luego.

No acabó la llamada con un «te quiero» como era su costumbre y esperaba que Rachel se diera cuenta, aunque ya no sabía qué sentiría si lo notaba. Llevado por un impulso, marcó el número de los Marshall y se alegró como un niño cuando Maggie contestó.

—Maggie, soy Patrick. Solo quería decirte que ya estamos instalados en Petradi y que todo está perfecto. No sé cómo darte las gracias por todo lo que has hecho. No, todavía no hemos visto a Lefka, pero ha estado aquí y nos ha dejado todo lo necesario.

Charlaron amigablemente durante algunos minutos, Maggie con su habitual actitud cálida y divertida, haciéndole mil preguntas sobre el viaje y ordenándole que la llamara de inmediato si tenía algún problema. Patrick experimentó una punzada de envidia hacia Philip Marshall. Se preguntó si Maggie vería a Rachel y le comentaría que la había llamado. Esperaba que sí.

Cuando Sam y Sophie regresaron tres horas más tarde, ya había anochecido, y Patrick empezaba a preguntarse si les habría sucedido algo cuando oyó el sonido del ciclomotor por el camino. Se estremeció al pensar en el sobreesfuerzo al que debía estar expuesto el motor, pero sintió un gran alivio al verlos aparecer de un humor excelente y cargados con bolsas, algunas de las cuales empezaban a rezumar de un modo ominoso.

—¡Madre mía! Hemos comprado helado, pero se está derritiendo. Me había olvidado por completo —gritó Sophie—. Tenía tan buen aspecto que he pensado que podríamos ponernos las botas y..., oh, Dios, también hemos visto unas gambas con una pinta buenísima, pero ahora parecen un poco blanduchas. ¿Nos moriremos de intoxicación o cómo se llame si nos las comemos, papá?

—Pronto lo averiguaremos. Mete el helado en el congelador para que se endurezca un poco. Si nos lo comemos hoy mismo, puede que los bichos no tengan tiempo de hacer su trabajo —aventuró Patrick sin demasiada convicción—. En cuanto al marisco, no creo que sea bueno volverlo a congelar, así que nos lo comeremos esta noche. Me parece un menú estupendo. ¿Cómo os las habéis arreglado para cargar todo esto en la moto? Habéis hecho un buen trabajo. En fin, ¿lo habéis pasado bien? ¿Qué tal el Harbour Lights?

—Genial. El trayecto de vuelta ha sido emocionante..., aunque no creo que lo hubieras disfrutado mucho, papá. Mi pobre hermano todavía no le ha cogido el tranquillo a las curvas de Corfú..., pero Petros ha fingido reconocerlo. ¿Y sabes qué? Nos va a alquilar una zodiac, uno de esos trastos hinchables con motor. Así tendremos plena autonomía para que tú puedas ir a la tuya.

A Patrick no le hizo ninguna gracia la perspectiva.

—Ah, por cierto, Sam se ha enamorado locamente de una mujer mayor —anunció Sophie—. Deberías haber visto cómo intentaba ligársela. Una auténtica vergüenza.

—Ah, ¿sí? Una señora de aquí, supongo.

—Inglesa, de hecho —explicó Sam al volver del coche cargado con una caja de cervezas que Patrick había dejado allí—. Está pero que muy bien, papá, incluso a ti te habría gustado. Pero demasiado joven para ti, así que no te hagas ilusiones.

—¿Joven? —replicó Sophie, exasperada—. Pero si era muy mayor; su hijo debe de tener al menos seis años.

—¿Y esa anciana Afrodita ha venido a pasar las vacaciones? —inquirió Patrick.

—No lo sé, pero creo que quizá vive aquí. En cualquier caso, parece conocer muy bien a Petros, porque estaba tomando una copa con él. —Sam dejó otra bolsa sobre la mesa—. Le he dicho que algún día podríamos llevarnos a su hijo a dar una vuelta en la barca —añadió como quien no quiere la cosa—. El niño estaba pescando en el embarcadero.

—¡Vaya forma de ligar! —espetó Sophie—. ¡Se te veía tanto el plumero! Pero, claro, todos sabemos que te van las mujeres mayores.

—La verdad es que a veces dices muchas idioteces, Sophie —masculló Sam, haciendo un amago de abalanzarse sobre su hermana, que lo esquivó con agilidad.

—¿Y qué me dices de la bruja de Bronwen? —lo provocó, procurando mantenerse al otro lado de la mesa.

—Esa pregunta ni siquiera merece respuesta. Vete a la porra —replicó Sam con una mirada que esperaba fuera fulminante, aunque lo cierto era que se había ruborizado un tanto.

—Bueno, parece que ha sido una excursión apasionante —intervino Patrick, desconcertado por la insinuación de Sophie y reacio a sacar a colación el tema de Bronwen Richards, sobre todo en relación con su hijo—. Supongo que no os habrá sobrado nada del dinero que os he dado...

—Pues no, papá, lo siento. Hemos comprado algunas cosas más y luego nos ha quedado solo lo justo para tomar algo —sonrió Sam.

Ya era noche cerrada. Durante la ausencia de sus hijos, Patrick había encontrado un montón de leña de olivo bastante mojada detrás de la casa y preparado un fuego en la chimenea del salón. Con ayuda de un paquete de pastillas para encender y del enorme fuelle, consiguió avivar las llamas y luego abrió una botella de vino para los tres. Entre discusiones y risas prepararon la cena. Sophie compuso una digna ensalada griega a base de tomate, pepino, olivas negras y queso feta para acompañar las gambas reblandecidas. Todos convinieron en que el helado estaba delicioso, aunque algo líquido, y Sam coronó el ágape con tres barras de cereales mojadas en leche. Después de lavar los platos, Sophie puso un CD de música griega de los Marshall y se instaló en el sofá con la novela romántica que había comprado en Gatwick. Sam registró el baúl de los juegos, encontró un backgammon y retó a su padre a una partida. Cuando por fin se acostaron, todos coincidieron en que el primer día había sido del todo satisfactorio.

—Buenas noches, papá, que duermas bien —bostezó Sophie antes de darle un gran abrazo—. ¿Seguro que estarás bien? —volvió a preguntarle.

—Por supuesto. Buenas noches, cariño. Buenas noches, Sam.

Patrick subió la escalera exterior hasta el dormitorio principal, pero cuando se tendió en la inmensa cama de matrimonio, no logró conciliar el sueño. Había viajado a menudo sin Rachel por trabajo, y si bien aquella escapada era tanto por trabajo como para descansar, le parecía extraño pasar unas vacaciones sin ella. Pensó en su matrimonio, en cómo había cambiado, sobre todo los últimos tres años. ¿Había cambiado tanto que ya no había vuelta atrás? Y si no era así, ¿qué debía hacer para solucionar las cosas? Desde luego, Rachel había cambiado mucho, pero Patrick empezaba a preguntarse si él no habría cambiado también.

Los pensamientos se arremolinaban en su cabeza como un tornado.

18

Saphira Winterton había concertado una cita provisional para que Patrick visitara Vrahos dos días después de su llegada a Corfú.

—Pero les dije que llamarías para confirmarla en cuanto llegaras —indicó—. Por lo visto, un matrimonio cuida de la señora Doukas, y la mujer hablaba bastante bien inglés. Sin duda podrán ayudarte en lo tocante a las fotografías, aunque no para la entrevista, claro. Si la anciana señora se encuentra lo bastante bien para recibirte... Tengo entendido que es fascinante, y su hija, Toula, me dijo cuando surgió la idea que tiene la cabeza en su sitio. Pero en cualquier caso, si no se encuentra bien por entonces, parece que pedirán a un vecino, que es historiador, que te hable de la casa y la historia familiar. Toula se sorprendió de que su madre se aviniese a contemplar la idea siquiera. Por lo visto no es la primera vez que la abordan para algo así, pero siempre se ha mostrado contraria a cualquier tipo de publicidad.

Patrick esperaba poder ver a la señora Doukas. Entrevistar a los propietarios revestía gran importancia para captar la esencia de un lugar tanto a la hora de escribir el texto como de plasmar lo que deseaba en sus fotografías, famosas precisamente por su maestría a la hora de reproducir ambientes. Así pues, se alegró cuando la propia Evanthi Doukas contestó al teléfono. A todas luces había olvidado la cita del día siguiente, pero no la correspondencia inicial.

—Ah, ya me acuerdo. Le ruego que me perdone; he tenido una enfermedad de lo más engorrosa y he estado unas cuantas semanas fuera de combate. Tengo entendido que es usted amigo de mi yerno, Anthony Winston, ¿no es así?

—No, a decir verdad, es mi agente, Saphira Winterton, quien conoce a su hija, pero conocí a su yerno cuando fotografié una gran exposición de arte oriental en la Real Academia. Su yerno había prestado algunas de las piezas expuestas. Me pareció una persona muy solícita e interesante. Más adelante se puso en contacto conmigo para preguntarme si podía ayudarle con las ilustraciones de un catálogo que quería encargar, pero estaba inmerso en mi último libro y tenía un plazo de entrega muy justo, de modo que no pude. Tengo entendido que tiene usted una casa preciosa.

—Ah, la casa ya es una anciana... como yo. Ninguna de las dos somos lo que éramos. Si no espera demasiado de nosotras, estaré encantada de mostrársela. ¿Dónde está ahora?

Patrick se lo explicó.

—Entonces está muy cerca... en línea recta, claro está, aunque los seres humanos no solemos recorrer Corfú en línea recta. Pero en cualquier caso, no tardará más de veinte minutos en coche. ¿Le gustaría quedarse a comer?

—No, no, gracias, no quiero que se moleste. Además, he venido con mis dos hijos, así que probablemente me reuniré con ellos en algún sitio para comer. Si pudiera ir a su casa mañana por la mañana para tener una primera conversación con usted sería fantástico, y le prometo que no me quedaré demasiado tiempo. Luego podemos quedar otro día para que haga las fotografías sin tener que volver a molestarla.

—No me parece mal, pero... quédese a comer con su familia. Yo no puedo salir mucho, pero me gustan mucho los jóvenes. Además, mi nieta está pasando unos días aquí y sería estupendo que se conocieran.

—Bueno, es muy amable por su parte.

Patrick no sabía cómo se tomarían Sam y Sophie la propuesta, pero no le pareció cortés declinar la invitación. Dio a la señora Doukas el teléfono de Petradi por si cambiaba de idea, y la anciana sugirió que se presentaran hacia las doce para que ella y Patrick pudieran charlar un poco antes del almuerzo.

—Tengo órdenes del médico de descansar un rato por las tardes.

Sam y Sophie lanzaron sendos gemidos cuando su padre les expuso la idea.

—Oh, papá, qué horror. ¡Nos echas a perder el día entero! —protestó Sophie con ademán trágico—. ¿No puedes volver a llamarla y decirle que Sam y yo tenemos otros planes? No puede tener más ganas de invitarnos que nosotros de ir.

—Pues dice que le apetece mucho. Sobre todo quiere que me acompañéis porque una nieta suya está pasando unos días en su casa y cree que sería agradable que conociera a otros jóvenes.

—¡Peor me lo pones! Ya me conozco el percal —resopló Sophie—. La señora Comosellame empezará «Y ahora nuestros queridos jóvenes pueden marcharse a hablar de sus cosas», y tú soltarás «Bueno, es muy amable por su parte» y te pondrás todo educado como siempre haces, y al final nosotros tendremos que pringar y pasarnos el día con la nieta desconocida, que sin duda será del todo patética y nos seguirá a todas partes. Y luego empezarán a surgir un montón de planes espantosos y todo se irá a la porra.

—¿Cuántos años tiene, por cierto? —inquirió Sam, igual de sombrío.

No creía poder mejorar su imagen ante la Mujer Mayor si tenía que cargar con una adolescente que la gente pudiera tomar por su novia. Tenía intención de interrogar a Petros acerca de la identidad de su diosa, a quien localizaría costara lo que costara.

—No me lo ha dicho —repuso Patrick—. Creo que la señora Doukas tiene una nieta adulta cuyo marido acaba de morir en un accidente, pero no creo que sea la misma. Lo siento, chicos, tendréis que convertiros en sacrificios humanos en aras de mi trabajo. Solo iremos a comer mañana, y luego os prometo que os protegeré de encuentros futuros. Si surge aunque sea el menor atisbo de plan, diré que tenéis una agenda social tan apretada que no cabe nada más. ¿Trato hecho?

Sophie lanzó un suspiro teatral.

—Bueeeno, vale, pero que conste que solo lo hacemos por ti y que te tomamos la palabra.

—Gracias. Siento haceros esto, pero nunca se sabe, puede que incluso lo paséis bien —aventuró Patrick y lanzó una carcajada al ver sus expresiones incrédulas—. Y creo que tal vez os interese la casa.

Para compensarlos por el muerto que les había echado, accedió a acompañarlos a Kryovrisi de inmediato para tomar posesión de la barca que Petros había prometido alquilarles.

Para decepción de Sam, no vieron rastro ni de Petros ni de la diosa cuando llegaron al puerto, y fue el hermano menor de Petros, Spiro, quien les entregó la embarcación de goma. Pese a todo, pasaron un día estupendo navegando a lo largo de la costa, deteniéndose en varias calas que recordaban del verano anterior. El calor del sol impulsó a Sophie a despojarse de las bermudas y la camiseta, y su tez clara cubierta tan solo por el biquini no tardó en teñirse de un peligroso matiz rojo langosta. Por fin anunció que iba a bañarse.

—Que te vaya bien. Afortunada tú que tienes una buena capa de grasa para aislarte del frío —dijo Sam.

—Que tú seas un alambre con patas no significa que...

Sophie sumergió una mano en el mar y salpicó con agua helada a su hermano, que le correspondió con creces.

—Yo en tu lugar no me bañaría, Sophie; solo estamos en abril —señaló Patrick mientras esquivaba la guerra de agua—. De momento ya te has quemado con el sol, pero encima bañarte en agua helada...

Hasta la fecha siempre había dejado las advertencias sobre loción protectora, ropa protectora, botas de agua o impermeables en manos de Rachel durante las vacaciones, y le costaba asumir el papel de aguafiestas que ella siempre había interpretado a la perfección. Sin embargo, tampoco quería exponerse a su regreso a un sinfín de reproches por su irresponsabilidad. No obstante, Sophie se metió en el agua helada hasta los muslos antes de decidir que incluso las pullas de su hermano eran preferibles a la muerte por hipotermia.

—No me siento las piernas —gimió—. ¿Puede uno morirse de gangrena si se le corta la circulación?

—La verdad es que se te han puesto moradas..., mala señal.

Pero creo que podemos evitar la muerte con una buena amputación si actuamos a tiempo —indicó Sam en tono alegre—. En tu caso no será una gran pérdida.

Las piernas de Sophie no eran su mejor rasgo.

Pararon a comer en Hagia Sophia, donde una de las tabernas ya había abierto sus puertas. Se sentaron a una mesa bajo una sombrilla inestable y comieron montañas de sardinitas fritas acompañadas de un delicioso pan y ensalada griega.

El día siguiente amaneció tan radiante como el anterior. La hierba verde y exuberante que se extendía al pie de los olivos aparecía salpicada de flores silvestres, y si bien faltaba el delicioso aroma a hierbas mediterráneas que evocaba barbacoas y parsimoniosas comidas en la terraza, todo olía a dulce y fresco. Patrick cargó en el coche su equipo fotográfico y luego se pusieron en marcha. Encontraron a la primera el desvío de la finca gracias a las indicaciones que Patrick había garabateado en un papel, pero una enorme cuba de agua que les pisaba los talones les impidió girar, por lo que tuvieron que continuar y dar la vuelta, como les sucedía a muchos visitantes la primera vez.

—Más tarde me gustaría hacer algunas fotos de estos preciosos pilares de entrada —comentó Patrick—. Quedaría fantástica, aunque será difícil encontrar una buena perspectiva desde la que tomar fotos sin correr el riesgo de que me atropelle un coche. Quizá podría trepar por esas rocas al otro lado de la carretera. ¿Os habéis fijado en esas extrañas piedras en lo alto del muro? Estoy bastante seguro de que son cabezas antiguas esculpidas procedentes de otro edificio mucho más antiguo, posiblemente de la Grecia clásica. Tendré que preguntar por ellos.

El sendero de entrada daba la impresión de no acabar nunca.

—¿Estás seguro de que estamos en el lugar correcto? —preguntó Sophie.

En aquel instante apareció ante sus ojos una casa imponente.

—Parece bastante hecha polvo —observó Sam mientras contemplaba el estucado desconchado de las paredes color frambuesa moteada.

En efecto, el conjunto desprendía un aire de deterioro.

—Da la impresión de estar habitada por una especie de señorita Havisham griega, abandonada por su amante años atrás y ahora ataviada tan solo con telarañas y los jirones de su vestido de novia. ¡Qué miedo! ¿Crees que la señora Doukas estará loca? ¿Esperabas un sitio así, papá?

—Más o menos —repuso Patrick, divertido ante la actitud dramática de su hija mientras detenía el coche—. Pero no creo que la señora Doukas esté loca; al menos por teléfono me pareció muy lúcida. Sin embargo, a decir verdad no sé si hemos venido a la casa correcta. Vayamos a explorar.

Costaba distinguir dónde se hallaba la entrada principal. Por lo visto no había puerta, tan solo una serie de pequeñas ventanas cuadradas protegidas por barrotes y situadas algo por encima del nivel de los ojos. Sophie empezó a ponerse nerviosa y a buscar mentalmente la mejor salida en caso de que los atacara una jauría de sabuesos salvajes, pero al doblar una esquina vieron por fin una arcada que conducía a través de un túnel de gruesos muros hasta un espacioso patio enlosado en el que tomaban el sol varios gatos. Por entre las grietas de las losas crecía la hierba, varias hiedras y buganvillas ancestrales se aferraban a duras penas al yeso desmigado de la casa, y por todas partes se veían plantas colgantes rebosando de enormes tiestos. A Patrick le impresionó la combinación de todo aquel verdor con el rosa apagado de la pared, la piedra gris y el cielo azul brillante, y no veía el momento de sacar la cámara.

En el extremo más alejado del patio, una escalinata de piedra poco empinada conducía hasta una imponente puerta tachonada de metal bajo un saliente de piedra, y al pie de la escalinata, una anciana vestida de negro dormitaba al sol sentada en una silla de madera de respaldo recto. Junto a ella yacía un perro igual de anciano entre cuyos variados antepasados parecía encontrarse algún perro lobo. En aquel instante irguió el hocico gris y bigotudo al tiempo que meneaba el rabo en un saludo letárgico. Para alivio de Sophie, no daba la sensación de estar a punto de atacarlos. A todas luces no era un perro ladrador, lo que significaba que debía de haber otros perros en la finca.

—*Kalimera*, buenos días —saludó Patrick con cortesía.

No obtuvo respuesta, de modo que carraspeó varias veces a volumen cada vez más fuerte.

—¿Por qué no toses un poquito más fuerte, papá? —sugirió Sam con una sonrisa maliciosa.

La anciana se movió un poco y de repente despertó con un sobresalto, abriendo los ojos como platos en medio de aquel rostro de cáscara de nuez.

—Estoy buscando a Kyria Doukas. ¿Es esta su casa? —inquirió Patrick en su precario griego mientras le dedicaba una sonrisa.

La anciana le clavó la mirada unos instantes con la boca abierta, dejando al descubierto las encías desdentadas, y por fin se llevó la mano a los labios y profirió un grito ahogado.

—*Panayia mou!* —jadeó al tiempo que se santiguaba.

Patrick no habría surtido en ella un efecto más espectacular si se hubiera presentado en platillo volante y ataviado con un traje espacial plateado. La anciana lo miró horrorizada antes de volver la cabeza hacia un lado y hacia el otro como si buscara a quien pudiera salvarla, y por fin se levantó sin añadir nada más y cruzó el patio con toda la rapidez que le permitían sus viejas piernas arqueadas, seguramente más deprisa de lo que había caminado en muchos años. Los tres visitantes casi esperaban verla desaparecer por un agujero como un cangrejo en una playa tropical.

—Vaya, qué simpática —murmuró Patrick—. ¿He dicho algo ofensivo?

—Me parece que no le has caído bien, papá —señaló Sam con otra sonrisa—. No es la clase de reacción a la que te tienen acostumbradas las señoras, ¿eh? ¿Qué pasa, que te has dejado tu famoso encanto en Inglaterra?

—No me gusta este sitio. Es imposible que nos estén esperando; debes de haberte equivocado de día —afirmó Sophie antes de añadir, esperanzada—: ¿Por qué no nos vamos?

—Ni hablar. Sigamos intentándolo..., y espero no aterrorizar a nadie más.

Patrick tiró del llamador de hierro forjado, y del interior les llegó un lejano tintineo. No obtuvieron respuesta. Tras lo que consideró una espera razonable, volvió a tirar y luego probó una de las aldabas en forma de cabeza de león. Estaban a punto de desistir cuando oyeron pasos al otro lado de la puerta y el sonido de unos pesados cerrojos al descorrerse.

—Ved, llega la señora Havisham. Alejaos de su caricia espectral —susurró Sam al oído de Sophie.

Sin embargo, cuando la puerta se abrió apareció en el umbral una joven de aspecto agradable ataviada con un vestido azul y un delantal blanco.

—¿Son ustedes los Hammond? ¿Vienen a ver a Kyria Doukas? —preguntó en un inglés pasable con una sonrisa.

—Sí, soy Patrick Hammond. Estos son mis hijos, Sam y Sophie.

—Pasen, por favor. Kyria los espera. Soy su asistenta, Dora.

La siguieron por un amplio vestíbulo de cuyas paredes pendían espadas de aspecto formidable y ornamentadas pistolas de cañón largo, y al poco cruzaron una puerta de doble hoja que conducía a una sala inmensa de techo artesonado y mobiliario de aspecto imponente, en su mayoría piezas francesas e italianas, concluyó Patrick.

—¡Uau, menuda habitación! —exclamó Sam, impresionado a su pesar.

Le gustaba burlarse de la pasión de Patrick por la arquitectura, pero en su fuero interno se enorgullecía enormemente de los conocimientos de su padre y, de hecho, él mismo había aprendido más de lo que aparentaba.

—Si los dos jóvenes tienen a bien quedarse aquí, lo acompañaré a usted arriba para ver a Kyria Doukas —anunció la asistenta a Patrick antes de sonreír a Sam y Sophie—. La nieta de Kyria vendrá dentro de unos instantes. Siéntense, por favor.

«No tardes mucho», pidió Sophie a su padre, moviendo los labios sin emitir sonido alguno.

Patrick y la asistenta subieron por una escalera y recorrieron un largo pasillo lleno de óleos en viejos marcos dorados, tan necesitados de una buena limpieza que a primera vista resultaba imposible saber qué representaban. Por fin, Dora llamó a una puerta situada al final del pasillo. A todas luces, aquella casa era un auténtico laberinto. Patrick esperaba tener ocasión de inspeccionarla a solas en algún momento. Llevaría tiempo descubrir todos los fascinantes tesoros que sin duda contenía. En la cabeza ya le bullían mil ideas acerca del modo de presentar la Casa Veneciana y el lugar que aquel capítulo ocuparía en su libro.

—Pase —indicó la voz de la persona con la que había hablado por teléfono el día anterior.

Patrick abrió la puerta. La propietaria de Vrahos se hallaba de pie ante una chimenea abierta, con un perrito de aspecto elegante junto a ella. Casi había esperado encontrarse con una inválida confinada en una silla de ruedas, pero si bien Evanthi Doukas se apoyaba sobre un bastón con empuñadura de marfil, permanecía muy erguida y era mucho más alta de lo que Patrick había imaginado. Llevaba la abundante melena plateada recogida en un moño y sujeta con un pañuelo de chifón color violeta, y vestía un sencillo traje gris que sin duda había sido carísimo en su momento. La primera impresión que ofrecía era de una gran distinción. Evanthi le alargó la mano, y al tomarla fue cuando Patrick reparó en su fragilidad, en los profundos círculos violáceos que enmarcaban sus enormes ojos oscuros, en la palidez extrema de su rostro surcado de finísimas arrugas.

Un rostro que ha conocido el amor y el sufrimiento, se dijo Patrick; un rostro que ha vivido mucho..., un rostro que sería maravilloso fotografiar.

De repente sucedió algo desconcertante. Por segunda vez en una mañana, una desconocida miró a Patrick con expresión anonadada.

—Señor Hammond..., perdóneme, pero tengo que sentarme.

Evanthi Doukas buscó a tientas la silla situada a su espalda y se sentó sin apartar los ojos de Patrick.

—¿Se encuentra bien? ¿Sucede algo? ¿Quiere que le traiga alguna cosa?

—No, no, gracias. Qué tonta soy, lo lamento muchísimo, es que me he mareado un poco. Deme un momento para que me recobre. ¿Por qué no se sirve una copa de vino? —propuso al tiempo que señalaba una bandeja colocada sobre una mesa junto a la ventana.

Desde luego, aquella mujer no era de las que sucumben a ataques de histeria pasara lo que pasase, concluyó Patrick. Se acercó a la mesa dándole la espalda a fin de concederle el tiempo necesario para recuperarse. Era como si de repente se hubiera convertido en un ser desfigurado, como si le hubiera crecido una segunda cabeza o tuviera aspecto de monstruo, pero cualquiera que fuese el problema, ni Sam ni Sophie habían reparado en él. Se sirvió una copa de vino blanco.

—Tiene un aspecto delicioso. ¿Quiere que le sirva una copa?

—Sí, por favor —pidió Evanthi.

Se tomó todo el tiempo que pudo antes de volverse y llevar las dos copas hacia la chimenea. Comprobó que Evanthi Doukas había recobrado la compostura y se preguntó si le daría alguna explicación, pero por lo visto la anciana señora había decidido no hacer referencia al asunto..., al menos de momento.

Charlaron cortésmente de banalidades durante algunos instantes, pero en todo momento Patrick se sintió observado con velada intensidad por la dueña de la casa. Lo desconcertaba su actitud..., una suerte de angustia mezclada con curiosidad extrema, como si Evanthi Doukas tuviera algo que ocultar y al mismo tiempo deseara con todas sus fuerzas descubrir algo. Al hablar con ella por teléfono no había detectado nada de aquello. ¿Qué podía haber en su aspecto que surtiera un efecto tan demoledor?, se preguntó, intrigado.

—Esta habitación es encantadora —comentó, esperando poder hacer justicia a su grandeza decadente cuando la plasmara en imágenes.

La casa y su dueña, tal para cual, pensó.

—¿Es la que más utiliza?

—Sí..., la llamamos el salón pequeño. Al subir ha pasado por el Gran Salón. Solo lo usamos para las ocasiones formales..., nada frecuentes en la actualidad. Vaya a mirar por la ventana —instó—. La vista es espectacular, y verá cómo la casa se cierne sobre el acantilado.

Patrick siguió su consejo. Las ventanas alargadas situadas en el centro de la estancia, arqueadas en la parte superior al estilo veneciano, daban a un pequeño balcón rodeado por una barandilla curvada de hierro forjado pintado, aunque no recientemente, del mismo tono verde azulado que los postigos. Patrick se inclinó sobre la barandilla ahora oxidada, y del hierro se desprendieron virutas de pintura reseca. Esperaba que no cediera, y lo acometió la sensación de estar aferrado al mástil de un gran buque, suspendido sobre el agua. Mucho más abajo, el mar Jónico brillaba tan oscuro que casi parecía negro y, a lo largo de la costa, los bosques formaban una masa reluciente de verdor puntuado por cipreses más oscuros. Al otro lado de la estrecha franja de mar que separaba Corfú de Albania, las montañas cubiertas de nieve ofrecían un contraste espectacular.

—¡Es sensacional! Pero qué lugar tan singular para construir una casa.

—Cierto —asintió ella—. Ahora comprenderá a qué debe su nombre. Vrahos significa Roca. La casa sobre la roca. Hace mucho tiempo había aquí una fortaleza; era un excelente punto de observación para defender la isla de cualquier invasión. También hubo un monasterio; de hecho, aún usamos la capilla. Si mira hacia la izquierda verá el campanario. Muy veneciano y muy corfiota al mismo tiempo.

Patrick oyó risas procedentes de una larga terraza a la que debía de dar el Gran Salón de la planta baja, y al poco reconoció las voces de sus hijos. Al volverse comprobó que Evanthi Doukas aún lo observaba. Entró de nuevo en la estancia y volvió a sentarse frente a ella.

—Parece que mis hijos están encantados —comentó con una sonrisa—. Es evidente que los están tratando muy bien.

—Estupendo —murmuró ella.

Poseía una voz profunda y atractiva, y hablaba el inglés casi a la perfección.

—Bueno... —dijo por fin—, hábleme de su libro. ¿Qué quiere hacer y por qué está tan interesado en Vrahos?

—Hace un par de años hice un libro para *The Eagle Press* sobre grandes residencias europeas, y la verdad es que tuvo una buena acogida —explicó Patrick—. Era la primera vez que me encargaba tanto del texto como de las fotografías, de modo que me alegré mucho cuando la editorial me ofreció un segundo encargo... sobre el tema que yo mismo eligiera.

—Su libro es muy interesante. Las fotografías son magníficas, pero también me gustaron los textos —alabó Evanthi al tiempo que señalaba una mesita colocada junto a su butaca—. Como ve, tengo un ejemplar.

Así que ha hecho los deberes, pensó Patrick, impresionado.

—No me lo compré adrede cuando supe que vendría —puntualizó Evanthi, leyéndole el pensamiento—. Ya lo tenía antes, señor Hammond. Mi yerno, Anthony, al que ya conoce, me lo regaló por Navidad hace dos años —explicó—. Si no me hubiera gustado tanto y no me interesara su forma de escribir, no habría accedido a recibirlo cuando su agente me llamó. Nunca hemos buscado publicidad para Vrahos, pero ahora, por desgracia, las cosas están cambiando —murmuró antes de agregar a regañadientes—: Es posible que me vea obligada a vender algunas cosas, y tengo que ser práctica. El libro podría incrementar su valor.

—Ya me lo imagino —observó Patrick—. Le agradezco su franqueza.

—Tenemos algunos objetos de valor, sobre todo uno, nuestra «joya de la corona». Se trata de un icono del siglo XV creado por el maestro cretense Andreos Ritzos, un tríptico, de hecho, y está firmado, lo cual incrementa su valor económico. No obstante, el valor que posee para mí no tiene nada que ver con el dinero, y detestaría separarme de él, de modo que si algunas de las otras piezas suscitan interés, sería un gran alivio. ¿Qué intención pretende darle al libro? Las casas de su anterior libro no estaban medio en ruinas como esta. Eran muy suntuosas, muy bien conservadas, residencias famosas que pertenecen a familias ricas de verdad.

Patrick reflexionó unos instantes.

—Me interesan dos cosas en particular —repuso por fin—. En primer lugar, el hecho de que esta casa no sea famosa, lo cual hace que sea mucho más apasionante escribir sobre ella, y en segundo lugar, el hecho de que siga en manos de su familia después de tantas generaciones. Ambos factores le otorgan una gran originalidad. Intentar captar el alma de un lugar en mis fotografías es lo que más me gusta.

—Mi familia lleva aquí más de cuatrocientos años, en las últimas generaciones por la rama materna. Esta casa no pertenecía a la familia Doukas, sino que llegó a mí de manos de mi madre griega, que era una Grammenos. La familia de mi esposo procedía del continente. Mi padre era un diplomático italiano, pero si bien viajábamos bastante, fue aquí donde pasé gran parte de mi infancia. Vrahos siempre ha sido mi hogar. Pasaba largas temporadas aquí con mis abuelos maternos, y después de la guerra me instalé en la casa definitivamente. Mis hijos y nietos también han pasado mucho tiempo en Vrahos, de modo que sí, es sin duda una casa familiar.

—¿Qué ocurrió aquí durante la guerra?

—Corfú lo pasó mal durante la guerra. La ciudad sufrió un intenso bombardeo, como sin duda sabrá. La casa estuvo bajo dominio de los alemanes durante un breve período.

—¿El hecho de ser medio italiana le complicó las cosas? ¿Estaba usted aquí?

—Sí, estaba aquí. Me condenaron a un breve arresto domiciliario pese a estar casada con un ciudadano griego. Me confinaron a unas cuantas habitaciones. —Evanthi clavó la mirada en las llamas e hizo girar uno de los anillos que lucía en las manos aún hermosas—. Sí, me... complicó las cosas —asintió—. Mis padres estaban en Italia, y ambos murieron en un bombardeo.

De repente pareció alejarse de él, y se produjo un largo silencio. Patrick tuvo la sensación de que no le gustaba hablar de la guerra. Decidió intentar abordar el tema en una visita posterior y desvió la conversación hacia terreno más seguro.

—Supongo que estos son usted y su esposo —comentó mientras contemplaba un óleo colgado sobre la chimenea, una obra muy formal y en su opinión no demasiado bien ejecutada en la que se veía a un hombre de aspecto huraño, delgada nariz aquilina y un impresionante mostacho oscuro de pie junto a una silla dorada, en la que se sentaba una joven ataviada con un vestido de noche. Se dijo que el cuadro le resultaba vagamente familiar y se preguntó si la habría visto con anterioridad, tal vez en alguna exposición.

—Sí —asintió ella—. En su momento todos lo consideraron un retrato excelente, pero a mí nunca me ha gustado. Es demasiado frío..., pero a mi marido le encantaba. Después de su muerte pensé en retirarlo, pero nunca llegué a hacerlo.

—Era usted hermosísima —la halagó Patrick sin añadir que, en su opinión, el cuadro le confería un aspecto exento de vida y aburrido..., muy distinto del que ofrecía ahora.

—Gracias —repuso ella, educada, antes de encogerse de hombros con ademán más bien desdeñoso—. Siga contándome por qué le interesa tanto Corfú.

—Siempre me han interesado los venecianos y la gran influencia que ejercieron en la arquitectura de la isla a lo largo de los cuatrocientos años de su dominio —explicó Patrick—. Es un motivo más para incluir Vrahos en el libro. Además, las viejas casas familiares poseen personalidad propia, como si una parte de todos sus ocupantes las impregnara y creara un ambiente especial..., y me doy cuenta de que esta casa no es una excepción. Me encantaría poder presentar un retrato de lo que usted considera su esencia.

Evanthi lo obsequió con una sonrisa repentina.

—En tal caso, haré cuanto esté en mi mano por ayudarlo a encontrarla, y creo que mi nieta, Victoria Cunningham, le será aún de más utilidad que yo. Pasó gran parte de su infancia aquí y ama esta casa tanto como yo. —En su rostro se dibujó una expresión afligida—. Además, tiene la mente mucho más despierta que yo y, por lo tanto, será mucho mejor guía. Como creo que ya le he dicho, está pasando unos días conmigo, razón por la que quería que trajera a sus hijos. En estos momentos no le apetece conocer a gente nueva... Debo reconocer que habría preferido que no vinieran, pero no conviene que dependa demasiado de la compañía de una vieja inválida como yo, y me gustaría mucho que se implicara en un proyecto que le interesara. —Evanthi vaciló un instante antes de proseguir—. Ha venido a pasar el verano para intentar superar una terrible tragedia. Su esposo murió hace poco en un accidente de caza. Tiene un hijo de seis años, y considero que para él también sería bueno conocer a su familia. Por fortuna, puede jugar con el hijo de Dora, mi asistenta, pero creo que sería bueno para él verse expuesto a la influencia de sus hijos, puesto que son algo mayores. Espero que Victoria y Jake se estén encargando como Dios manda de sus hijos.

Así pues, la nieta «desconocida» no era una adolescente a fin de cuentas, se dijo Patrick, y al recordar la descripción que Sophie había hecho de la Mujer Mayor a la que Sam había conocido en el Harbour Lights y su hijo pequeño... Ah, quizá ahora no serían tan reacios a compartir su tiempo con ellos, pensó, divertido. Por lo que a él respectaba, le resultaría muy útil tener un pretexto para futuras visitas y la oportunidad de investigar en profundidad la historia de la familia, pero por otro lado, no imaginaba que sus exuberantes hijos fueran la compañía más adecuada para una viuda reciente y hambrienta de soledad solo porque su edad se acercara más a la de ellos que a la de su abuela, y en cuanto a lo de que constituyeran una influencia beneficiosa... Patrick se estremeció ante semejante idea. Con cierto resentimiento, pensó que Rachel debería estar allí para echarle una mano, aunque no le quedaba más remedio que reconocer que disipar tensiones no era su fuerte, porque siempre andaba demasiado ensimismada en sus propias neurosis para derrochar compasión hacia los problemas de los demás.

—Lo siento muchísimo —dijo—. Me parece haber leído algo acerca del accidente en los periódicos. Debe de ser espantoso para todos ustedes.

Sin responder, Evanthi Doukas hizo sonar una campanilla situada junto a su silla.

—Vayamos a comer —dijo—. Mi querida Dora, a la que ya conoce, irá a buscar a Victoria, Jake y sus hijos. El comedor está en esta planta, de modo que no tendremos que caminar mucho, pero me temo que ahora mismo me muevo con mucha lentitud. Vamos.

Se levantó con cierta dificultad, pero Patrick resistió la tentación de ayudarla, consciente de que la anciana dama podía considerarlo una impertinencia. Evanthi le lanzó una mirada maliciosa.

—Me exaspera no ser autónoma —comentó—. Envejecer es muy duro, pero al menos no tienes elección. Sin embargo, elegir envejecer con dignidad es harina de otro costal..., algo realmente difícil.

—En mi opinión lo consigue usted al cien por cien —aseguró él con sinceridad—. ¿Me permite ofrecerle mi brazo?

—Gracias —respondió ella—. Sí, es usted muy amable. Puede llevarme usted al comedor.

Mientras se dirigían muy despacio hacia el comedor acompañados por el diminuto perro, Patrick no pudo por menos de preguntarse si su aparición surtiría el mismo efecto en Victoria Cunningham como en su abuela y la anciana con la que se habían topado delante de la casa.

19

Fueran o no sus hijos una buena influencia, lo que sí estaba claro era que Sam y Sophie, al contrario de lo que habían vaticinado tan lúgubremente, lo estaban pasando en grande.

Se encontraban en la terraza cuando Patrick y Evanthi llegaron al comedor. Sam luchaba en broma con un niño del todo pasado de vueltas, y Sophie estaba absorta en una conversación sobre el importantísimo tema de la ropa con una joven que aparentaba entre veinte y treinta años. A juzgar por su aspecto era sin lugar a dudas la diosa de Sam, concluyó Patrick con admiración. De inmediato comprendió por qué su hijo había quedado tan embelesado, pero saltaba a la vista que la joven se había ganado a los dos, porque Sophie también estaba pendiente de cada una de sus palabras.

—En la calle Theotoki, al lado del Liston, hay una tienda estupenda donde venden pantalones de ante preciosos —oyó explicar a la nieta de Evanthi—. Si quieres algún día te acompañaré, pero el problema es que, aun cuando la relación calidad-precio es buena, siguen siendo bastante caros.

Acostumbrado en su calidad de fotógrafo a reparar a primera vista en el atuendo de la gente, Patrick advirtió con cierto alivio que Victoria Cunningham vestía de un modo informal, con vaqueros oscuros, camiseta blanca y un pañuelo anudado al cuello. La malgastadora Sophie, que siempre andaba escasa de fondos, le lanzó una mirada intencionada cuando lo vio salir a la terraza.

Antes de emprender el viaje a Corfú, Patrick había puesto unos cuantos ultimátums desagradables a su hija acerca de la gestión de su semanada, pero aquella mañana ya habían discutido sobre lo que Sophie debía ponerse para acompañar a su padre a comer a casa de una anciana dama desconocida y con toda probabilidad muy elegante. Patrick había lanzado una mirada desaprobadora a sus tejanos deshilachados y a sus gastadas zapatillas deportivas antes de pedirle que se pusiera una falda. Sin embargo, ante la disyuntiva entre una especie de túnica transparente que llegaba hasta el suelo y, por tanto, tenía el dobladillo algo sucio, y una suerte de vendaje microscópico que apenas cubría nada y que Sam denominaba el «tapacoños de Sophie», Patrick admitió a regañadientes que los vaqueros eran la mejor opción.

—Pero seguro que tienes otros en mejor estado que estos —objetó.

A lo que Sophie repuso con aire trágico que estaba sin blanca y no podía permitirse el lujo de comprarse otro par. Patrick era consciente de que ahora se hallaba en una posición mucho más débil para vetar la compra de unos fantásticos pantalones de piel.

Si bien Sophie a menudo llevaba ropa inapropiada para ir en contra de los deseos de su elegante y siempre crítica madre (Rachel nunca había llegado a dominar el arte de no perder los estribos ante las provocaciones de sus hijos), en cierto modo Patrick comprendía a su hija, pues sabía que bajo su bravucona fachada se ocultaba una personalidad mucho más tímida de la que aparentaba. Sospechaba que, si bien su hija habría preferido morir a confesarlo, lo más probable era que la aterrara la posibilidad de no estar a la altura, de modo que le guiñó el ojo para tranquilizarla.

Todos se levantaron cuando Evanthi y Patrick llegaron al comedor y procedieron a las presentaciones. El perro cuyo lejano ladrido habían oído antes resultó ser un corpulento chucho castaño que parecía muy tranquilo y se limitaba a tomar el sol.

—*Nonna, nonna* —exclamó Jake—. Este es Sam; tócale los bíceps.

Todo el mundo se echó a reír, y para alivio de Patrick, Victoria Cunningham, a diferencia de su abuela y de la anciana del patio, no pareció trastornarse al verlo.

Por el contrario, esta vez fue Patrick quien sufrió un sobresalto.

Al estrechar la mano de Victoria lo embargó la intensa sensación de que ya la conocía, si bien estaba seguro de que no era así. Estaba acostumbrado a conocer a mujeres de gran glamour en su trabajo, pero la reacción que experimentó se debía a algo mucho más profundo que la admiración automática suscitada por una cara bonita y un cuerpo escultural. Sin lugar a dudas, poseía una elegancia natural que se debía más a su forma de moverse que a su atuendo, y se preguntó si habría sido bailarina. Sin embargo, el impacto que le causó guardaba tanta relación con su expresión como con cualquier rasgo físico, y de repente supo con certeza absoluta por qué le resultaba tan fascinante y familiar. Era como si acabara de encajar la última pieza de un rompecabezas.

Evanthi se sentó a la cabecera de la mesa y situó a Sam y Sophie a su izquierda y derecha respectivamente.

—Siéntate en el otro extremo, *agapi* —indicó a Victoria—. El señor Hammond se sentará a tu derecha, y tú, Jake, ponte al otro lado de mamá.

En su fuero interno, Sam había esperado sentarse junto a Victoria, cuyos encantos caerían en saco roto junto a su padre, pero decidió sacar el máximo partido de la situación y lanzar una ofensiva de encantos contra su abuela, con la esperanza de que el objeto de su admiración lo advirtiera.

—Lamento que no almorcemos fuera, lo cual sin duda os habría gustado más —comentó Evanthi al tiempo que dedicaba una sonrisa a sus dos invitados más jóvenes—. Probablemente hace suficiente calor, pero hemos pensado que quizá el viento fuera excesivo, y el médico me ha prohibido enfriarme. Además, puesto que tengo la suerte de vivir aquí todo el año, no siento la necesidad de pasar al aire libre cada minuto que brilla el sol, como les suele suceder a los visitantes. Disfrutar de la sombra es uno de los pocos lujos de la vejez, aunque no creo que lleguéis a apreciarlo hasta dentro de muchos años. En cualquier caso, espero que no os importe comer dentro.

—En absoluto; en realidad, es un placer poder ver su comedor —repuso Sophie, cortés—. Papá se volverá loco con su casa. Es tan vieja, tan romántica, tan decadente, tan destartalada... —Se interrumpió en seco, ruborizada hasta las orejas—. Oh, lo siento, no quería decir destartalada exactamente —balbuceó al tiempo que lanzaba a su padre una mirada en demanda de socorro.

Sin embargo, su padre se limitó a guiñarle de nuevo el ojo, y todos se echaron a reír.

—No te preocupes, sabemos muy bien lo que quieres decir, Sophie —aseguró Victoria—, y eres muy observadora al distinguir el encanto de la casa pese a su estado. Es lo que los anticuarios llaman «envejecido». Los falsificadores se pasan la vida intentando imitar ese aspecto, pero nosotros lo tenemos sin esfuerzo alguno.

—Sophie tiene razón en lo de que es justo el tipo de casa que le encanta a papá, y la verdad es que hace fotografías geniales de casas antiguas —comentó Sam.

—Cierto —convino Evanthi; le gustaban aquellos dos jóvenes, su lealtad familiar y sus buenos modales—. He visto algunas y espero que haga fotografías de Vrahos. Y ahora contadme qué os han enseñado Victoria y Jake mientras vuestro padre y yo charlábamos. Espero que hayáis visto la capilla. Estamos muy orgullosos de ella.

La mesa del comedor estaba puesta formalmente para seis comensales, con pesada cubertería de plata, copas de vino de cristal veneciano y tallo esbelto, así como una vajilla que había pertenecido a la abuela de Evanthi. Evanthi no era de las personas que consideraban que su listón debía descender para adaptarse a las costumbres cambiantes de las nuevas generaciones. Sobre los dos voluminosos aparadores de caoba situados en ambos extremos de la estancia, diversos antepasados de rostro alargado, facciones huesudas y expresión astuta los observaban con altivez desde las paredes pintadas de turquesa oscuro y manchadas de humedad en algunos puntos. En aquel momento Dora entró y fue de comensal en comensal con una enorme bandeja de moussaka que resultó ser deliciosa, muy distinta de la carne correosa con salsa insípida y pasta medio cruda que a veces servían en los restaurantes para turistas.

—Gracias por rescatar a Sophie —dijo Patrick a Victoria con una sonrisa—. Se ha mostrado muy comprensiva. Y gracias también por entretenerlos. Espero que su presencia no le estropeara los planes.

—Lo cierto es que he disfrutado de su compañía, y su hijo se ha convertido en el nuevo héroe de Jake; es la persona más divertida que ha conocido en mucho tiempo. Me ha encantado verlo reír así. ¿Cómo es que se les dan tan bien los niños?

—Tienen una hermana pequeña.

—Qué afortunada.

—Lo cierto es que por regla general la consideran una auténtica tortura —admitió Patrick—, pero son bastante tolerantes.

—Han sido encantadores con Jake. A decir verdad, nos conocimos la otra noche en Kryovrisi. Petros, el propietario del bar y de la empresa de alquiler de barcas, es parte integrante de la vida de todo el mundo en esta parte de la isla, y había ido a darle las gracias por algo que había hecho por mí.

—Lo sé —repuso Patrick con un destello divertido en la mirada—. Los chicos me lo contaron absolutamente todo sobre usted. ¡Deben de haberse llevado una sorpresa muy agradable al encontrarla aquí! —Y con una carcajada añadió—: Estaban convencidos de que sería usted una adolescente pesada que se les pegaría como una lapa y les estropearía la diversión, pero ahora me temo que será al revés. No permita que se pongan pesados.

—De acuerdo —prometió Victoria con una sonrisa, desconcertada ante la agradable sensación que le producían sus palabras—. Y ahora cuénteme qué tal le ha ido con mi abuela. Debe de haberle caído bien, porque de lo contrario no habría permitido que la acompañara del brazo hasta el comedor. ¡No se imagina el honor que supone eso! —exclamó, consciente de que ella misma no era más inmune que Evanthi al atractivo de Patrick.

No debería reaccionar así en estos momentos, pensó, horrorizada.

—Quiero saberlo todo acerca del libro que está preparando —prosiguió—. A todos nos sorprendió que mi abuela accediera a recibirlo. Siempre se ha cerrado en banda ante el menor atisbo de publicidad, cerrando puertas y ventanas a cal y canto, y subiendo el puente levadizo.

—Pero si no tenemos puente levadizo, mamá —terció Jake.

—¿Quizá uno invisible? —aventuró Patrick—. Todas las casas deberían tener uno para mantener alejado al enemigo.

—O aceite hirviendo echado por el acantilado.

—Desde luego, eso mantendría alejados a los fotógrafos no deseados —rió Patrick—. Ya veo que tendré que andarme con ojo. Podrías pensar en una contraseña para mi próxima visita.

Al ver que Jake se volvía hacia Sam para obsequiarlo con un resumen del último libro de Harry Potter, Patrick se concentró de nuevo en Victoria.

—Su abuela dice que quizá podría usted mostrarme todos los lugares a los que ella ya no puede ir. Pero no quiero causarle ninguna molestia; sé que ha sufrido una tragedia familiar y lo lamento muchísimo.

—Gracias —repuso ella con sencillez, apreciando su franqueza y pensando de nuevo en lo encantador que era—. Sí, es..., es un momento difícil —constató antes de agregar con expresión compungida—: Pero apuesto lo que sea a que mi abuela le ha dicho que me conviene tener un proyecto.

—Pues sí —corroboró Patrick al tiempo que la miraba entre compasivo y divertido—. Pero por favor, no se sienta obligada en modo alguno. Detestaría que se sintiera presionada a colaborar.

Victoria se encogió de hombros.

—Lo más probable es que tenga razón; por lo general la tiene. Además, adoro este lugar, lo llevo en la sangre... Y también adoro a mi abuela. Es una mujer muy especial a quien debo muchísimo, de modo que si eso es lo que quiere, entonces será un placer ayudarlo en todo lo que pueda.

—En ese caso, hábleme de la casa.

Charlaron sobre la historia de la casa y su contenido, que a todas luces Victoria conocía bien, así como sobre sus recuerdos de la infancia. Patrick se dio cuenta de que no solo disfrutaba de su belleza, sino también de su conversación y de su compañía, como hacía mucho tiempo que no disfrutaba con una mujer. Sin lugar a dudas, se parecía a su abuela. Tenían los mismos ojos, unos ojos inolvidables y, a buen seguro, la melena plateada de Evanthi había sido tan oscura como la de Victoria en tiempos. Evanthi era una mujer de constitución robusta y, a juzgar por el retrato colgado en el salón, probablemente nunca había sido tan delgada como su nieta, pero las similitudes eran patentes. Los pómulos altos, las cejas marcadas y bastante pobladas, la forma de mirar a su interlocutor como si sus palabras fueran las más interesantes del mundo, para de repente obsequiarlo con una sonrisa deslumbrante como un sol...

El creador del retrato de Evanthi Doukas no había sabido captar aquella intensidad, o tal vez la modelo ocultara adrede su personalidad al artista..., y Patrick recordó otro retrato en el que aquel no era ni mucho menos el caso.

A la moussaka siguió helado casero y queso. Cuando Dora entró para preguntar dónde debía servir el café, Evanthi sugirió que lo tomaran en la terraza.

—Pero creo que subiré a descansar un rato —anunció—. Dora me ayudará a subir. Adiós, señor Hammond, espero volver a verlo pronto. Victoria se ocupará de concertar un día para que venga a sacar fotografías y le mostrará cualquier cosa que desee ver.

Todos se levantaron para despedirse de la anciana señora, que acto seguido salió de la estancia apoyada levísimamente en el brazo de Dora.

—Nosotros también tenemos que irnos —anunció Patrick.

A decir verdad, no tenía ningunas ganas de marcharse, pero consideraba que ya se habían quedado suficiente rato y que lo mejor sería volver otro día. Además, le pareció que Victoria también parecía agotada. Se había mostrado tan vivaz durante la comida que el contraste resultaba aún más drástico, como si alguien acabara de apagar un interruptor. No pudo por menos de advertir que su rostro en reposo aparecía sumido en la tristeza.

—Aún no pueden irse —objetó Jake—. Sam podría quedarse y jugar al fútbol con Angelo y conmigo.

—El colmo de la gloria —suspiró Victoria con fingida exasperación—. ¿Quiere quedar ahora para otro día o prefiere llamarnos, señor Hammond? ¿Cuánto tiempo se quedarán?

—Por el amor de Dios, llámeme Patrick. Solo estaremos una semana, por desgracia. Puedo fotografiar los interiores en cualquier momento, pero me encantaría sacar los exteriores lo antes posible para captar esta maravillosa frescura y las flores primaverales, y luego volver a principios de otoño para la cosecha de la aceituna. Por otro lado, las tomas de interiores serán las más engorrosas, de modo que será mejor que decidan ustedes. Intentaré molestar lo menos posible. Ah, y también me gustaría mucho ver el icono del que me ha hablado su abuela.

—En ese caso, deje que hable con la *nonna* primero. ¿Puedo llamarlo?

—Por supuesto. —Patrick sacó una tarjeta de la cartera y anotó tanto la dirección como el número de teléfono de Villa Petradi—. Nos alojamos en una villa que pertenece a unos amigos nuestros. En la tarjeta también figura mi número de móvil, pero no siempre lo llevo encendido aquí; me gusta desconectar de vez en cuando. Pero si me envía un mensaje lo recibiré.

—Ya me he fijado en esa casa —comentó Victoria mientras leía la dirección—. Siempre me ha parecido preciosa, pero no sabía de quién era.

—Papá, ¿qué tal si Victoria y Jake vienen a comer a casa algún día? Así Victoria podría echar un vistazo a Petradi, y yo jugar al fútbol con Jake —sugirió el astuto Sam, que no tenía intención de permitir que su padre monopolizara a Victoria con largas sesiones fotográficas que no requerirían su presencia.

—¡Siiiiií! —gritó Jake, golpeando el aire con el puño—. ¿Podemos ir, mamá?

—Oh, cariño, no sé —dijo Victoria, vacilante—. Seguro que están muy ocupados.

—En absoluto —se apresuró a asegurar Sophie—. No tenemos nada que hacer, ¿verdad, papá?

—Es cierto, vengan cuando quieran —invitó Patrick; le hacía muchísima gracia el cambio de actitud de sus hijos y, sabedor de lo que esperaban de él, estaba encantado de satisfacer sus deseos—. Nos encantaría, de verdad.

—Bueno, en ese caso..., gracias —murmuró Victoria—. ¿Qué tal pasado mañana?

—Perfecto. ¿Juega al tenis, Victoria? Hemos pensado en ir a probar la pista de Krokalia Beach algún día. Los Marshall dicen que es buena, y sería mucho más divertido jugar un partido de dobles.

—Sí que juego... No estoy a la altura de las hermanas Williams precisamente, pero me encanta jugar.

—Fantástico —exclamó Sam, embelesado.

—Algunos hoteles de las afueras todavía están cerrados, pero el Krokalia suele abrir pronto. Su pista es muy buena, en efecto, pero tendrán que comprobar si ya han abierto.

—Sin duda es mejor jugar por la mañana, ¿verdad? —comentó Patrick—. Pasaremos por el hotel de camino a casa, a ver si podemos reservar la pista para el lunes por la mañana. Usted y Jake pueden reunirse allí con nosotros, y luego iremos a casa para un almuerzo sencillo. ¿No cree que Jake se aburrirá?

—Al contrario. Cerca de la pista de tenis, el hotel tiene un parque infantil lleno de toboganes y estructuras para trepar que a Jake le encantan.

—Estupendo —dijo Patrick—. La llamaremos para confirmar la hora. Vamos, chicos, es hora de irse; ya nos hemos quedado bastante rato. Muchísimas gracias, y por favor dele también las gracias a su abuela. Es una mujer extraordinaria, y ha sido un honor conocerla.

Victoria y Jake los saludaron con la mano desde lo alto de la escalinata mientras los Hammond cruzaban el patio.

En cuanto los invitados se fueron, Victoria fue en busca de Dora para preguntarle si Jake podía pasar el resto de la tarde con Angelo. Patrick estaba en lo cierto: estaba exhausta, abrumada por la fatiga repentina que forma parte integrante, aunque impredecible, del proceso de duelo, como si de repente toda la energía se derramara de su cuerpo para filtrarse en la tierra como agua volcada.

Al contrario de lo que esperaba, le había gustado conocer a

los Hammond, pero ahora ansiaba estar sola. Casi deseaba no haber aceptado su invitación, pero se dijo que eran tan amables y simpáticos que declinar habría sido una grosería. En su fuero interno la inquietaba constatar que deseaba volver a ver a Patrick Hammond. Era una sensación incómoda, una suerte de cosquilleo. Debo de estar emocionalmente desequilibrada en estos momentos, se dijo.

Dora estaba en la cocina, vaciando el lavavajillas, y Angelo, muerto de aburrimiento y furioso porque no le habían permitido comer con Jake, estaba tendido en el suelo, golpeando los talones de su madre con un tractor de juguete. Dora, por regla general poseedora de dosis en apariencia inagotables de paciencia, se volvió de repente y le propinó un merecido bofetón en la pierna, a lo que Angelo, poco acostumbrado, como casi todos los hijos varones griegos, a cualquier muestra de intolerancia por parte de sus madres, reaccionó con auténticos alaridos de rabia. No era una escena pacífica precisamente.

—Angelo, ve a buscar a Jake, sacad los coches a la terraza y deja tranquila a tu pobre madre —ordenó Victoria.

Angelo dejó de llorar de repente y salió disparado en busca de su amigo.

—La comida estaba deliciosa, Dora. No sé cómo te las arreglas para hacer tantas cosas en la casa y además cocinar así.

Dora lanzó un suspiro.

—Cada vez es más difícil —reconoció—. Mi abuela aún me ayuda un poco con la limpieza, pero no está para muchos trotes, y la casa necesita muchos más arreglos de los que Yannis y yo podemos asumir. Estamos preocupados.

—Lo sé, yo también. Quiero intentar hablar de ello con la *nonna*. Pero ¿sucede algo más? Pareces trastornada.

Dora se dejó caer en una de las sillas de madera.

—Es mi abuela. Le pasa algo malo.

—¿Quieres decir que está enferma? ¿Quieres que llame al médico?

Dora sacudió la cabeza.

—Dice que no está enferma y que no quiere ver al médico. Al que quiere ver es al *papas*. Quiere confesarse.

—¡Dios mío! —exclamó Victoria—. ¿A qué vendrá esto? No creía que Nafsica tuviera nunca sentimientos de culpabilidad. Siempre está convencidísima de que tiene razón.

Dora extendió los brazos con ademán de absoluto desconcierto.

—No tengo ni idea. Antes de comer ha entrado corriendo como si hubiera visto un fantasma y se ha quedado sentada en la cocina mientras yo hacía la comida, cubriéndose la cara con el delantal y gimiendo que sería juzgada y que la maldición caería sobre ella. No se entendía nada de lo que decía.

—¿Se lo has contado a la *nonna*?

—Le he preguntado a la *yiayia* si quería que fuera a buscar a Kyria, y eso la ha alterado aún más. Me ha suplicado que no le diga nada.

—¿Y dónde está ahora?

—Se ha acostado. Nunca lo hace, ya lo sabe, pero me he alegrado de librarme de ella.

—¿Quieres que vaya a hablar con ella?

Dora titubeó un instante, pero por fin volvió a sacudir la cabeza.

—No, todavía no. Me mataría si supiera que se lo he contado a alguien. Solo quiere ver al padre. Supongo que tendré que llamarlo y preguntarle si puede venir. —Lanzó otro suspiro—. ¡Lo que me faltaba! Ya sabe cómo es; se quedará horas y horas... Pero quizá consiga sonsacarla. Será mejor que suba a verla.

—Oh, Dora, lo siento mucho —exclamó Victoria antes de abrazarla—. Ya me contarás lo que dice el padre. No podemos tener a las dos abuelas enfermas al mismo tiempo. Yo me ocuparé de los niños, les prepararé la merienda y te llevaré a Angelo cuando sea la hora de acostarse.

Luego fue en busca de los niños y los encontró enfrascados en un juego que consistía en perseguirse alrededor de la casa mientras fingían dispararse. Por lo visto, la causa de la terrible muerte de su padre aún no había hecho mella en Jake. Se preguntó qué diantre podía haber ocurrido para trastornar a la anciana Nafsica y deseó poder comentar el asunto con Guy. Sin lugar a dudas, su primo, a ojos de Nafsica el varón más preciado, habría sido capaz de averiguar en un santiamén lo que atribulaba a la anciana. Victoria salió a la terraza con un libro, pero estaba demasiado desasosegada para leer, de modo que se dedicó a contemplar el mar, su mente un hervidero de preguntas y recuerdos. El color del agua fue cambiando del lapislázuli al peltre, y Victoria se dijo que aquella transformación reflejaba a la perfección sus imprevisibles estados de ánimo.

Pensó en Richard y en la infancia. Recordaba con toda nitidez la primera vez que Richard visitó Vrahos. Fue poco después de la muerte de sus padres, pero antes de que los padres de Guy le proporcionaran un hogar definitivo, y Victoria esperaba impaciente la llegada de Guy, el primo mayor al que tanto admiraba. Se quedó de una pieza cuando Evanthi le anunció que Guy iría acompañado de un amigo de la escuela.

—¿Para qué quiere un amigo si me tiene a mí? —se quejó mientras golpeaba la hierba con la puntera de la sandalia.

—Bueno, a veces los chicos necesitan a otros chicos con quienes jugar —explicó Evanthi, compadeciendo a su pobre nieta huérfana y hambrienta de héroes—. A veces los chicos quieren hacer las cosas que les gusta hacer con otros chicos, como navegar, jugar al críquet y cosas por el estilo, al igual que a ti a veces te apetece jugar a disfrazarte con otras niñas.

—A mí me gustan más los niños que las niñas, y sé navegar y jugar al críquet —insistió Victoria, que detestaba ambos deportes.

Navegar la asustaba, aunque habría preferido morir a confesarlo, y sabía de la existencia del críquet porque su padre la había llevado a ver un partido en el polvoriento campo de Spianáda, en Corfú. El críquet era una de las idiosincrasias que los isleños habían adoptado de los británicos, junto con el gusto por la cerveza de jengibre, y a Victoria le parecía un deporte alarmante y aburrido, opinión que no cambió cuando Guy el magnánimo le permitió asistirlo durante horas y horas en el campo.

Esperaba que Richard fuera una réplica exacta de Guy, pero al verlo se llevó una decepción, pues era un niño educado de cabello rubio que carecía del brillo y la imprevisibilidad de Guy. Su aprensión se vio confirmada de inmediato, porque los dos muchachos se tornaron inseparables, y aunque Victoria los seguía implacable a todas partes, bien podría haber sido invisible para el caso que le hacían. Un buen día, Nafsica la envió a avisarles de que la comida estaría lista al cabo de media hora, y Victoria encontró a Richard solo en la playa, arrojando guijarros al agua con ademán sombrío.

—¿Dónde está Guy?

—No sé —masculló Richard con un encogimiento de hombros—. Hace horas que no lo veo.

Y lanzó otro guijarro con gran fuerza.

—¿Quieres que te ayude a buscar piedras para tirar? —se ofreció Victoria—. Sé exactamente cómo tienen que ser.

Encontró dos piedras maravillosamente planas y delgadas, una de ellas redondeada, otra más alargada. Richard arrojó la primera al agua, y juntos contaron los saltos que daba en la superficie.

—Ocho, nueve, diez... ¡ONCE! —exclamó Victoria con admiración.

—Es por la piedra —señaló Richard con generosidad—. Es la mejor que he tirado en toda la mañana.

Se sentaron juntos sobre una roca baja y contemplaron el mar.

—A veces —empezó Victoria mientras enterraba con cuidado un pie en la suave alfombra de guijarros, disponiéndose a compartir toda la sabiduría acumulada a lo largo de sus siete años de vida—, a veces Guy es de las personas que se va sin ti. Cuando se pone así finjo que no me importa.

—A veces se pone imposible —masculló Richard.

—Pero si esperas lo suficiente, siempre acaba por volverse simpático otra vez —aseguró Victoria, que no soportaba que las personas a las que quería se llevaran mal.

En aquel momento forjaron un vínculo tácito; fue la primera de muchas ocasiones en que se apoyaron mutuamente cuando Guy se sumía en uno de sus episodios oscuros o desaparecía sin dar explicación alguna.

También recordó un baile de su adolescencia, al que la anfitriona solo la había invitado porque no sabía que tenía cinco años menos que su primo, pues Victoria siempre producía una falsa idea de sofisticación. Guy prometió a su madre que cuidaría de ella, pero en cuanto llegaron al baile, Guy se fue al pub y no volvió a aparecer hasta el final de la fiesta. Ninguno de los chicos la sacó a bailar, y ninguna de las chicas le dirigió la palabra. Por un lado se sentía invisible, aunque al mismo tiempo era dolorosamente consciente de su presencia entre la muchedumbre, como si llevara un rótulo luminoso en la frente que proclamara «Fracasada». Fue Richard quien la salvó de la ignominia de languidecer toda la velada como un patito feo. Más adelante, casi todas las amigas de Victoria se enamoraron de Guy, y algunas incluso se acostaron con él. Richard y Victoria lo veían preparar cada nueva conquista y de forma automática recurrían el uno al otro sin hablar de ello para hacerse compañía hasta que Guy se dignaba hacerles caso de nuevo. Guy parecía atraer por igual a ambos sexos, aunque en lo tocante a sus propias preferencias, Victoria sospechaba ahora que lo que siempre le había atraído no era tanto el sexo de la presa, sino el desafío de la caza, sobre todo si el asunto olía a tabú. Volar demasiado cerca del sol era lo que más entusiasmaba a Guy.

Contrastaban con aquellos recuerdos las innumerables ocasiones en que los tres juntos lo habían pasado en grande, tanto antes como después de su boda con Richard. O mejor dicho, era yo quien lo pasaba en grande, se corrigió Victoria con amargura. Contaba con la seguridad que me proporcionaba Richard y la emoción que me garantizaba Guy, pero... ¿había disfrutado Richard de algún aspecto de su matrimonio? ¿Fui siempre el estorbo que era de pequeña, la intrusa que le impedía estar a solas con Guy? ¿Acaso mi feminidad nunca significó nada para él?

Repasó una y otra vez su matrimonio, buscando indicios que deberían haberla puesto sobre aviso. Ya no puedo hacer nada al respecto, se dijo, pero no podía dejar de buscar señales que habría advertido de ser más observadora..., y cuanto más buscaba, más encontraba. Horas antes había notado a las claras que alguien reaccionaba a ella como mujer, y el contraste con la actitud de Richard resultaba chocante.

¿Casarse con Richard había sido un intento por su parte de aferrarse a la magia de la infancia que habían compartido, un modo de eludir ciertas cuestiones porque sabía que nunca podría casarse con Guy? No era un pensamiento tranquilizador precisamente. Victoria se estremeció y entró en la casa para coger un jersey.

Sin embargo, el frío parecía proceder de su corazón y se extendió por todo su ser a despecho de toda la ropa de abrigo que se pusiera.

20

Guy y Francine yacían sumidos en estado de éxtasis poscoito que podía o no trocarse en cualquier momento en deseo acuciante.

El vuelo de Guy desde Milán había llegado puntual. Francine fue a buscarlo a Heathrow, y juntos volvieron al número 40 de The Boltons en el BMW descapotable amarillo que Guy había regalado a su esposa por Navidad. Cenaron en el pequeño restaurante italiano de Fulham Road que tanto les gustaba, cuyo propietario poseía un agudo sentido del humor que sabía cuándo no emplear. No sonaba hilo musical alguno, y el ambiente era de lo más propicio para conversar relajadamente y disfrutar de la comida sencilla pero suculenta. Más tarde volvieron a pie por Gilston Road, ambos listos para hacer el amor.

Guy se incorporó y con ademán perezoso retorció un mechón del cabello ambarino de Francine entre los dedos mientras la contemplaba.

—Este es el aspecto de ser un hombre casado al que me estoy enganchando —comentó—. Esto de llegar a casa de un viaje y encontrarte aquí, sin miedo a que nos interrumpa ningún marido o amante furibundo.

—¡Madre mía, debes de estar haciéndote viejo! —se burló Francine—. Creía que era la emoción de las relaciones ilícitas y la competencia con rivales celosos lo que te excitaba.

—Antes sí, pero este idilio doméstico es tan novedoso que no necesito nada más. Empiezo a creer que debo de estar enamorado... Ya te avisaré cuando se me empiece a pasar.

—Humm, vale... —murmuró Francine al tiempo que cerraba los ojos y se desperezaba como un gato.

Guy le acarició el vientre, apenas curvado por el embarazo.

—¿Qué tal se ha portado esta personita durante mi ausencia?

—Esta personita se ha portado de maravilla. A cada momento tengo la sensación de que empieza a dar pataditas, pero me parece que solo es la digestión después de una buena cena. Mi abuela dice que cuando me pase por primera vez será inconfundible, como un pajarillo atrapado en una caja de cartón, según afirma. Claro que eso de ser una caja de cartón no es una sensación que me resulte demasiado familiar, así que cabe la posibilidad de que no me entere.

—¿Así que tu abuela se dedicaba a atrapar pajarillos en cajas de cartón? Qué siniestro.

—Que yo sepa no. Humm..., qué agradable. Sigue haciendo eso, ¿quieres? Es muy relajante.

—No se te ocurra dormirte, señora Winston —advirtió Guy al tiempo que retiraba la mano de su vientre y le hacía cosquillas en la nariz con otro mechón de cabello—. Tengo que hablar contigo. Se supone que las esposas se mueren por saber hasta el último detalle qué han hecho sus maridos durante su ausencia. ¿No te interesa averiguar cómo me fue con Victoria?

Francine abrió un ojo y le lanzó una mirada burlona.

—Bueno, puesto que a todas luces te mueres de ganas de contármelo, supongo que lo harás —espetó antes de volver a cerrar el ojo, sabedora de que su capacidad de no reaccionar como esperaba Guy constituía una de sus mejores armas para retenerlo.

Durante la ausencia de su marido, Francine había pensado mucho en Victoria. Sus sentimientos hacia la joven nunca habían sido claros, aunque con frecuencia había estado a punto de cobrarle afecto y en aquellos momentos lamentaba profundamente su situación. La horrorizaba lo sucedido, pero por otro lado, la tragedia no había hecho más que acentuar la inseguridad secreta que provocaba en ella el intenso vínculo existente entre ambos primos. Sabía que Guy adoraba a Victoria, con toda probabilidad más de lo que él mismo sabía, pensaba Francine con perspicacia. Francine no solo consideraba peligroso a Richard, tan dispuesto a adular a Guy, tan ansioso por satisfacer sus deseos... Sabía que a medida que Richard se tornaba más exigente con Guy, este se sentía cada vez más agobiado por la intensidad de sus sentimientos. Sin embargo, Victoria era harina de otro costal. ¿Y ahora qué? Las viudas pueden constituir una auténtica amenaza para las esposas, se dijo Francine, pues su vulnerabilidad era traicionera en extremo.

En el aeropuerto había visto a Guy cruzar la puerta de llegada con sentimientos encontrados de alegría y una punzada de ansiedad que se había convertido en parte de ella, y decidió que por ningún concepto debía permitir que su esposo supiera hasta qué punto su felicidad dependía de él. Si el padre del bebé que pugnaba por liberarse de la caja de cartón llegaba a sentirse atrapado, lo más probable era que escapara y desapareciera para siempre. Francine no tenía ninguna intención de permitirlo. Sabía que siempre había amado a Guy más que él a ella, pero albergaba la esperanza de que por fin empezara a corresponder a sus sentimientos.

Así pues, cuando Guy llegó junto a ella lo besó, se interesó por la salud de su abuela y de inmediato desvió la conversación hacia la entrevista de Guy con la diva incipiente de La Scala y su interpretación en la polémica producción de *Ballo*. El hecho de que a ella también le apasionara la ópera y supiera mucho del tema, uno de sus numerosos intereses comunes, facilitó las cosas, pero había representado un gran esfuerzo no mostrar curiosidad alguna por la reacción de Victoria ante las revelaciones de Guy. El hecho de que él adivinara que en realidad Francine se moría de curiosidad contribuyó a desconcertarlo. Pese a las oportunidades que se presentaron de camino a casa y durante la cena, Francine no sacó el tema a sabiendas que Guy lo esperaba. Era como jugar al póquer, se dijo Francine, solo que en este caso las apuestas eran muy altas.

No obstante, era evidente que Guy no podía esperar más para referirle su encuentro con Victoria, y Francine estaba más que dispuesta a escuchar.

—Muy bien..., dispara —concedió ella al tiempo que se reclinaba cómodamente sobre las almohadas.

Guy encendió dos cigarrillos y se inclinó para colocarle uno entre los labios, pero de repente lo apartó.

—Lo siento..., no puedes fumar, ¿verdad? ¿Quieres que yo también lo deje?

—¿Lo harías... si yo te lo pidiera? —se sorprendió Francine.

—Por supuesto.

—Este bebé es muy importante para ti, ¿verdad?

—Sí —asintió él antes de añadir con ligereza—: Pero me he dado cuenta de que su madre también es importante para mí. Te he echado de menos.

—Gracias, cariño —musitó Francine, conmovida.

Era la primera vez que Guy le decía algo así, y consideró que marcaba un hito significativo en su relación.

—Sigue fumando de momento... Ya te avisaré cuando necesite apoyo moral. Lo increíble es que ni siquiera me apetece fumar. Qué suerte, ¿verdad? Bueno, y ahora cuéntame. Espero que fueras delicado con Victoria.

Guy le habló de su visita a Vrahos, del deterioro cada vez más obvio de la antigua Casa Veneciana que tanto amaba y el hecho de encontrarla más estropeada de lo que habría imaginado. Habló de la mejoría de Evanthi y su reacción complacida ante la noticia del bebé, y luego de la comida en Angelokastro y el horror de Victoria ante sus revelaciones. Por fin le habló del enorme susto que se había llevado por el episodio de la barca.

—La fastidié del todo en mi forma de contárselo —reconoció sin ambages—. Me aterraba la perspectiva de hablar de ello, pero lo cierto es que fue mucho peor aún de lo que esperaba. Deseaba tanto tenerte allí para hablar contigo, y luego bebí mucho más de la cuenta. Por supuesto, sabía que sería un duro golpe para ella, pero por alguna razón no esperaba que reaccionara de forma tan violenta..., tan estupefacta. Qué idiota he sido. Richard quería a Victoria, pero a diferencia de mí, nunca le han interesado las mujeres desde el punto de vista sexual, así que no debía de ser un amante demasiado apasionado; Victoria lo insinuó. Lo conocía de toda la vida... ¿Cómo es posible que no se diera cuenta de que era homosexual después de tanto tiempo?

—Precisamente porque lo conocía de toda la vida. No hubo una primera impresión, un primer impacto. Cuando conoces a alguien de toda la vida y lo ves constantemente, dejas incluso de saber qué aspecto tiene esa persona. Siempre me ha parecido que Victoria vivía como atrapada en el tiempo, tan hermosa, en apariencia tan capaz de sentir pasión, pero al mismo tiempo... tan poco mundana, como si aún no se hubiera encontrado a sí misma.

—Mi padre, que sabe mucho de la naturaleza humana y que adora a Victoria, siempre la ha llamado la Bella Durmiente.

—¿A la espera de su príncipe azul? —preguntó Francine—. Bueno, a todas luces no era Richard. —Vaciló un instante antes de continuar—: ¿Te importaría que algún día apareciera ese príncipe azul, Guy?

Guy fumó una calada y exhaló tres anillos de humo perfectos.

—No lo sé —reconoció por fin, desconcertado ante la pregunta—. En teoría estaría encantado, pero supongo que si soy sincero, me resultaría difícil aceptarlo. —Se volvió hacia Francine—, aunque mucho menos que antes —añadió.

Francine dejó correr el asunto, aunque en su fuero interno estaba complacida. Pero no puedo dormirme en los laureles, se recordó.

—Lo que no me entra en la cabeza es que Richard creyera que podía hacer funcionar su matrimonio —comentó—, hacerla feliz a ella o encontrar la propia felicidad. Bueno, es evidente que no la encontró, el pobre. ¿Qué lo impulsó a casarse con Victoria?

—Supongo que yo —repuso Guy—. No era mi intención y ahora me siento muy culpable por ello. He estado pensando en ello durante el vuelo. En Vrahos pregunté a Victoria qué opinaba ella, y reconoció que acabaron casándose como un hecho consumado. De pequeños siempre bromeaban que acabarían casándose. Pero lo que acabó por convencer a Richard fue algo que dije. Fue cuando volvimos de Cambridge.

Volvió los ojos al techo, recordando como si fuera ayer la

creciente intensidad y exigencia de Richard, sus protestas ante los amoríos y demás experimentos vitales que acometía Guy, su deseo de que «las cosas vuelvan a ser como antes».

—Quería romper nuestra relación y seguir adelante —explicó Guy—, pero Richard quería que todo siguiera igual. Recuerdo que lo regañé por quedarse anclado en el pasado y que le dije: «Pues entonces cásate con Victoria y todos felices», pero no pretendía que lo tomara al pie de la letra. Sin embargo, de repente estaban prometidos.

—¿Se lo contaste a Victoria?

—Eso no, por supuesto que no.

—¿Qué crees que hará ahora? ¿Se quedará en Corfú?

—Creo que sí, al menos de momento. Allí se siente segura y le encanta estar con la *nonna*. Pero algún día tendrá que volver a lanzarse a la piscina.

—Puede que acabe aburriéndose —aventuró Francine— y necesite un poco de movimiento.

Guy negó con la cabeza.

—No es una urbanita como tú. Podría pasarse siglos soñando en la isla. ¿Qué tal si vamos a pasar una semana a Corfú y lo ves por ti misma? ¿Te gustaría? Por cierto, he prometido a la *nonna* que bautizaríamos al bebé en Vrahos. Tendría que habértelo consultado primero, pero espero que no te importe.

Francine nunca había estado en Vrahos. En todos los años de su relación intermitente, en los que se cruzó su breve e insatisfactorio matrimonio con un banquero estadounidense, decisión que había tomado en un intento de independizarse de Guy y que había surtido el efecto deseado, aunque al precio de varios años de infelicidad, Guy había invitado a muchos amigos a Corfú, pero nunca a ella. ¿Sería señal de que por fin la aceptaba en una esfera de su vida que hasta entonces siempre había reservado para sí? ¿O era Victoria quien acuciaba su deseo de volver? Francine experimentó cierta inquietud, pero también una punzada de esperanza.

—Me parece una idea estupenda —aseguró.

Sin embargo, consideraba necesario recordar a Guy lo que ahora esperaba de él, pese a que sabía que detestaba sentirse presionado o acorralado. Al incorporarse, la sábana cayó de su cuerpo, dejando al descubierto su desnudez.

—Mira, Guy —empezó—. Tengo que decirte algo... y no pienso repetírtelo, así que más te vale tomar nota.

—Te has puesto muy seria de repente.

A Guy le recordó una tigresa con su cabellera reluciente, sus peculiares ojos moteados, su aspecto peligroso, imprevisible... e infinitamente seductor.

—Pues sí, lo que tengo que decirte es muy serio. Sabía lo que quería cuando me casé contigo y también era consciente de que no tenías precisamente fama de futuro marido digno de confianza, pero corrí un riesgo calculado. Sin embargo, el embarazo cambia la perspectiva ante un montón de cosas, y me doy cuenta de que no solo he corrido un riesgo personal, sino también en nombre de este bebé. No me malinterpretes, estoy encantada con el bebé y te quiero. Sé que tú también estás encantado, pero si alguna vez defraudas a nuestro hijo... se acabó. Del todo. Así que nada de aventurillas, y no me refiero a mantenerte alejado solo de las mujeres, sino también de los chicos, Guy Winston, para siempre.

—¡Madre mía! ¿Acaso quieres que haga más votos solemnes o qué? —inquirió Guy con fingida ligereza para disimular el asombro que le causaba su repentina vehemencia.

Miró a su mujer con respeto, consciente del esfuerzo que debía de haber representado semejante discurso para ella.

—No, no quiero que me jures nada —replicó Francine—. De hecho, no quiero ni hablar de ello. Solo te digo, Guy, que si haces algo que perjudique a nuestro hijo, no te daré una segunda oportunidad.

Dicho aquello volvió a tenderse en la cama y se subió el edredón hasta la barbilla.

Por toda respuesta, Guy apagó el cigarrillo, se volvió hacia ella y deslizó la mano bajo el edredón.

21

Al día siguiente, cuando Sam y Sophie salieron de sus dormitorios restregándose los ojos, Patrick ya llevaba levantado varias horas, y como de costumbre le maravilló la capacidad de los jóvenes de dormir tanto rato a pierna suelta pese al radiante sol que entraba por las ventanas. Sobre todo Sophie parecía exhausta. La noche anterior, después de cenar, habían salido para disfrutar de la vida nocturna de Kryovrisi, alejándose en el ciclomotor en medio de una nube de humo y dejando a su padre con la sensación de ser una vieja gallina cuyos polluelos desaparecen de repente.

—Solo tienes diecisiete años, Sophie. Lo más probable es que no te dejen entrar en los bares de noche —advirtió, deseando en su fuero interno estar en lo cierto—, en cuyo caso Sam tendrá que traerte de vuelta.

Su hija le lanzó una mirada de conmiseración.

—Ya, ya, ya, papá. Te aseguro que no tendré problemas para entrar en ninguna parte, no te preocupes. Llevo el carnet falso —añadió en tono tranquilizador.

—¡Vaya, menos mal! —exclamó Patrick sin saber si dejarla marchar—. ¿Mamá te dejaría ir?

Sophie emitió un bufido.

—¿Estás de broma? Mamá nunca quiere que vaya a ningún sitio divertido..., aunque la verdad es que últimamente le importa bien poco lo que hago... Por favor, papá —gimió, suplicante—. No salgo sola y no voy a hacer ninguna tontería, te lo prometo.

Patrick vaciló un instante y por fin tomó una decisión.

—De acuerdo, Sophie. Sé que el trimestre pasado te esforzaste mucho, pero no me defraudes. Ya conoces mis reglas.

Pese a su actitud relajada, Patrick era muy capaz de montar en cólera si lo provocaban, y sus hijos no tomaban sus pocas reglas a la ligera.

Aliviada, Sophie le dedicó una sonrisa radiante.

—Querido papá, ¡eres genial! Confía en mí, te juro que no te arrepentirás.

—No pasará nada, papá —terció Sam para tranquilizarlo—. De todos modos, lo más probable es que solo vayamos al Harbour Lights; no creo que los bares nocturnos estén abiertos.

—¿Seguro que no te importa quedarte solo? —inquirió Sophie antes de darle un abrazo y mirarlo con una expresión maternal que lo hizo sentir como si tuviera al menos cien años.

—Claro que sí; marchaos y pasadlo bien..., y gracias a los dos por acompañarme a Vrahos. Me ha gustado mucho que vinierais conmigo.

Con cierta amargura, Patrick recordó las numerosas ocasiones en que había intentado en vano convencer a Rachel de la importancia de mostrar a Sam y Sophie que confiaban en ellos y concederles una libertad que de todos modos buscarían aunque se la negaran. Ahora que las decisiones recaían tan solo sobre él, le resultaba más difícil de lo que habría imaginado. Verificó que ambos llevaran el móvil, hizo prometer a Sam que conduciría con cuidado, se despidió de ellos con aparente buen humor... y luego se asustó al comprobar cuán preocupado estaba. Se puso a trabajar en el texto de su libro y tomó notas sobre sus primeras impresiones en la Casa Veneciana. Estaba convencido de que disfrutaría escribiendo acerca de ella y fotografiándola, y esperaba ser capaz de hacer justicia tanto a la casa como a su propietaria. Reparó en que no solo pensaba en Evanthi Doukas, sino también en su nieta, preguntándose cómo habría sido su esposo y qué sería de ella en el futuro. El partido de tenis sería bueno para Sam y Sophie, y Patrick, que también se defendía bien en la pista, concluyó que tenía muchas ganas de jugar.

Tras una ligera pugna con su conciencia llamó a Rachel... pero se arrepintió de inmediato. En cuanto oyó su voz supo que la llamada no iría bien. Es curioso que el teléfono pueda revelar con tanta claridad el estado de ánimo de la otra persona, aun antes de comenzar la conversación, pensó. Le preguntó cómo estaba y se interesó por Posy antes de intentar contarle lo mucho que estaba disfrutando de la compañía de sus hijos mayores y hablarle del almuerzo en Vrahos con la esperanza de suscitar su interés por el lugar y la gente. Sin embargo, aunque preguntó por Sam y Sophie, Rachel no quiso saber nada de los proyectos de Patrick. Su voz sonaba fría y quebradiza como una estalactita, y no paró de quejarse de la vida en casa, del martirio que representaba tener que «ocuparse de todo sola», como lo expresó, mientras ellos lo pasaban en grande.

—No me vengas con esas —se vio obligado a decir Patrick—. Sabes muy bien que podrías estar aquí con nosotros.

Se produjo un silencio al otro lado de la línea, y Patrick tardó unos instantes en comprender que Rachel había colgado. Sabía que su mujer esperaría que volviera a llamarla de inmediato para disculparse y asegurarle cuánto la echaba de menos, pero no lo hizo.

A medianoche resistió la tentación de salir en busca de sus retoños y se acostó. Los oyó regresar a altas horas de la madrugada, y las risas ahogadas procedentes de la cocina le indicaron que intentaban no despertarlo y que si se levantaba para preguntarles cómo lo habían pasado corría el riesgo de dar al traste con sus esfuerzos. De repente se sintió solo y celoso de su alegría juvenil, pero enseguida se reconvino por aquel comportamiento de cascarrabias entrado en años.

—¡Dios mío, mi cabeza! —gimió Sophie al tiempo que se agarraba el cabello alborotado y se dejaba caer en una silla—. Me encuentro fatal.

—Bueno, llegaste a casa totalmente borracha —constató Sam sin la menor compasión—. Tómate un par de aspirinas o algo... En cualquier caso, no es nada que no pueda resolver un buen desayuno. Madre mía, me muero por unos huevos con beicon. ¿Quieres?

—¿Desayuno? —exclamó Sophie con un estremecimiento teatral mientras su hermano rebuscaba en el frigorífico y rompía varios huevos en la sartén—. ¡No me hables de comida!

Pero después de un tazón de café solo y un par de enormes cuencos de yogur griego con miel y uvas, Sophie se recuperó como por arte de magia, e incapaz de resistirse al suculento aroma del beicon, tuvo fuerzas suficientes para robar unas tiras del plato de Sam y comérselas con las manos. Entre bocado y bocado contaron a Patrick que habían conocido a unos adolescentes ingleses, uno de los cuales había ido a la escuela con Sam. Resultó que sus padres, dueños de una villa en Hagia Sophia, eran amigos de los Marshall. Afirmaron que lo habían pasado en grande y que habían quedado para almorzar ese día en la taberna de Hagia Sophia.

—Les dijimos que iríamos en barca si hacía buen tiempo y que a lo mejor nos acompañabas. ¿Quieres venir, papá?

Aunque conmovido por la invitación, Patrick no tenía intención de entrometerse ni tampoco de hacer de carabina, así que la declinó.

—Id y pasadlo bien —dijo—. Ya nos veremos cuando volváis, pero llamadme si no venís a cenar. Yo me dedicaré a hacer fotos.

Cuando se fueron, Patrick decidió ir a Kryovrisi para comer, comprar algo para el almuerzo del día siguiente con los Cunningham y pasar el resto de la tarde haciendo fotos.

Se llevó una agradable sorpresa al poder aparcar con facilidad en primera línea del puerto. La primera vez que visitaron la isla era agosto, y el precioso pueblo pesquero era un hervidero de turistas rojos como gambas apiñados en coches de alquiler, todos ellos compitiendo por el mismo hueco. Ahora, la mitad de las tiendas permanecían cerradas, y la estrecha calle principal no solo aparecía desierta, sino también desnuda sin las hileras de camisetas llamativas que por lo general llenaban la vía.

A lo largo del muelle se veían redes de pesca extendidas sobre amarres a la espera de que las remendaran, y varios botes vueltos del revés aguardaban a que les dieran una mano de pintura antes del comienzo de la temporada. Como de costumbre, los hombres se sentaban ante el bar del puerto para tomar café, jugar a las cartas y discutir encarnizadamente sobre política local, pero el ambiente general era de actividad inminente más que de actividad en curso. Era como adentrarse en un vídeo promocional de una agencia de viajes... y alguien hubiera pulsado el botón de pausa.

Pese a la tranquilidad, la taberna con vistas al puerto estaba abierta, y Patrick eligió una mesa exterior protegida por un toldo. Pidió estofado de pescado al vino blanco con patatas hervidas, que estaba delicioso, y luego una de esas diminutas tazas de explosivo café griego que en su opinión siempre se terminaban demasiado pronto. Patrick no era de las personas que necesitaban estar siempre en compañía para pasarlo bien, y en circunstancias normales habría disfrutado de aquella agradable comida en un entorno tan agradable, así como del lujo de la temperatura perfecta. Sin embargo, se puso a pensar en Rachel y en la insatisfactoria llamada telefónica de la noche anterior..., y el día pareció perder toda su luz. No sabía qué hacer respecto a su matrimonio; de hecho, de no ser por los niños, ya ni siquiera estaría seguro de querer salvarlo.

Patrick se regañó a sí mismo. De nada servía quedarse ahí cavilando sobre su situación; lo mejor sería ir a tomar unas fotografías. Al menos eso se me da bien, pensó con cierto sarcasmo. En cuanto acabó el café y pagó la cuenta, decidió ir al pequeño pero bien surtido supermercado situado tras la taberna para zanjar el tema de la compra. Se detuvo ante la sección de congelados, preguntándose qué comprar para el almuerzo con los Cunningham e inspeccionando con cierta reserva un paquete de *kalamari*, que parecía una bolsa de tubos de goma grises esterilizados para algún procedimiento médico siniestro más que un producto susceptible de ser transformado en algo comestible.

—¿Haciendo la compra para mañana? —preguntó de repente una voz a su espalda.

Patrick se giró y vio a Victoria Cunningham, que lo miraba con expresión algo burlona, cesta de la compra en ristre. Experimentó una punzada de alegría al verla, como si pensar en ella hubiera invocado su presencia.

—Hola, me alegro de verla.

Victoria se dijo que, en efecto, parecía contento de verla.

—Qué sorpresa tan agradable —prosiguió él—. Y tiene toda

la razón, estaba intentando decidir qué comprar para la comida de mañana —admitió antes de señalar los tubos grises—. No sé si mis artes culinarias combinadas con las de Sophie están a la altura de estos animales.

—Ni las mías..., aunque Dora consigue preparar los calamares de un modo delicioso.

De repente se echó a reír, y su rostro entero se transformó.

—Tenía un aspecto tan indeciso aquí de pie delante del congelador que he estado a punto de cancelar la comida para que dejara de agobiarse. ¿Qué tal si prepara una ensalada y unos embutidos? Es lo que más le gusta a Jake, y si vamos a jugar al tenis no le apetecerá ponerse a cocinar algo complicado cuando volvamos. Por mi parte, yo podría sobrevivir a base de tomates aquí. Los de Inglaterra no saben a nada en comparación. Por favor, no se tome molestias innecesarias; nos conformamos solo con un poco de pan y queso. ¿Qué tal si nos limitamos a unas cuantas tapas?

—Qué alivio —exclamó Patrick con una carcajada—. La verdad es que la cocina no es lo mío. En fin, ¿por qué no me ayuda a elegir el menú?

Deambularon por la tienda, cogiendo los productos que les atraían. Un paquete de salami, taramasalata, el inevitable queso feta, un pollo asado aún caliente y muchos tomates deliciosos. La compra, que pocos minutos antes se le antojaba una tarea pesada, se convirtió en una agradable expedición. Victoria era una compañía excelente, y Patrick se dijo que llevaba siglos sin disfrutar de semejante camaradería con Rachel.

Cuando llegaron a la caja, Dinos, el propietario, saludó con entusiasmo a Victoria, que empezó a hablar en griego a velocidad de vértigo mientras él guardaba las provisiones en bolsas.

—Anoche Dinos conoció a Sam y Sophie —informó Victoria a Patrick—. Le contaron que se alojaban en Petradi. Por lo visto, Sam es muy popular entre las chicas, y Dino dice que podría contarle cosas sobre los jóvenes ingleses que vienen a la isla que le pondrían los pelos de punta. Todo el mundo en Kryovrisi lo sabe todo de todo el mundo; es algo a lo que uno se acostumbra si se vive aquí.

—En ese caso, será mejor que no traduzca nada, porque me parece que prefiero no saber demasiado acerca de las conquistas de Sam. Al menos él puede cuidarse solo; en cambio, estoy preocupado por Sophie. No puede imaginarse lo mucho que se inquietan los padres por sus hijas adolescentes. ¡Pero si hace cuatro días era una niña! Han salido en la barca que le alquilamos a Petros para reunirse con unos amigos a los que conocieron anoche en un bar. Sabe Dios en qué líos se meterán.

—Sophie me parece una chica muy cabal —observó Victoria—, mucho más que yo a su edad. En cualquier caso, Petros siempre controla dónde están sus embarcaciones y se asegura de que todo el mundo esté a salvo si el tiempo se pone feo —lo tranquilizó, reacia a hablar de la locura que ella misma había cometido días antes—. ¿Se va a casa?

—Había pensado subir al viejo fuerte y hacer algunas fotos... a menos que tenga una sugerencia mejor.

—Supongo que no le apetecerá ir a Vrahos y empezar a tomar fotografías para el libro... —dijo ella con timidez—. Como comentó que tenía ganas de inspeccionar la casa, he pensado que sería más fácil si yo también estoy..., por si necesita algo y no quiere molestar a la *nonna*. Ahora mismo estará descansando, y Jake ha ido a Corfú con Dora, Yannis y su hijo, así que tengo la tarde libre. Pero lo dejaría a su aire, claro.

—Sería estupendo —se entusiasmó Patrick—. De hecho, he estado a punto de pedírselo, pero no quería hacerme pesado. Me sería de gran ayuda tenerla a mano. Por suerte llevo conmigo una de las neveras portátiles de los Marshall, así que la comida aguantará un rato.

—En ese caso, sígame en su coche y doble a la derecha cuando lleguemos a la casa. No hace falta que deje el coche fuera del patio como ayer.

Victoria subió a un Ford viejísimo, que parecía sujeto tan solo con cinta aislante y que, cuando inició el ascenso por la estrecha calle, sonó como si llevara una ristra de latas atada en los bajos. A todas luces, la casa no era la única propiedad de Evanthi Doukas que necesitaba reformas, pensó Patrick. El día se había transformado por completo.

Tras abandonar la carretera principal y recorrer dando tumbos el largo sendero que conducía a la casa, Patrick la siguió hasta una entrada lateral.

—Voy a sacar la cámara del maletero —anunció Patrick.

Victoria se asomó a la ventanilla.

—¿Solo lleva esto? Creía que llevaría montones de equipos. ¿Cuántas cámaras utiliza?

—Por regla general, solo una; soy fiel a mi vieja Bronica Gsi. Detesto ir cargado con demasiados trastos, así que lo llevo todo en dos bolsas, una para las cámaras y otra para el equipo de iluminación mínimo y los flashes. También necesito un trípode.

—¿Por dónde quiere empezar?

—Me encantaría que me mostrara el exterior, y avíseme si hay algún lugar al que no quiere que vaya. Y luego, si le parece bien, me gustaría explorar la casa a solas.

—Estupendo. Venga por aquí. Le mostraré cómo salir a la terraza, donde seguramente estaré si le parece bien. No cerraremos la puerta con llave para que pueda entrar y salir con libertad. Y tal vez le interese echar un vistazo a la capilla.

Victoria lo condujo por un largo pasadizo de piedra hasta la terraza posterior de la casa, situada justo debajo del balcón desde el que había admirado la vista el día anterior.

—La capilla está ahí debajo —indicó Victoria, señalando un campanario doble cuya punta se hallaba al nivel de sus ojos—. Está suspendida al borde del acantilado, y cuando doblan las campanas se oyen desde muy lejos. El sonido resuena contra las rocas y se dispersa en el mar.

—Una fotografía magnífica —murmuró Patrick.

Ya lo visualizaba, el estucado veneciano rosa oscuro desconchado, el gris de la piedra que lo enmarcaba, las oscuras campanas colgadas en los arcos esbeltos que se recortaban contra el más azul de los cielos.

—¿Se sigue usando la capilla? —inquirió.

—Muy a menudo. Una vez al mes se celebra una misa por la que, según la tradición, el sacerdote del pueblo, el *papas*, recibe aceite de oliva gratis. Y luego están las ocasiones especiales, como festivales, bodas y demás. Jake fue bautizado aquí, y mi primo Guy y su esposa tienen intención de bautizar a su primer hijo en la capilla a finales de año. Yo quería casarme aquí, me parecía extremadamente romántico, pero la familia de Richard..., mi marido, se opuso —explicó con expresión afligida—. Desconfían de todo gesto romántico y de toda denominación religiosa ajena. Entre ellos, la religión ortodoxa griega recibe el nombre de «olores y campanas» peligrosos. Insistieron en celebrar una grandiosa boda campestre inglesa, con todos sus amigos del condado y una ceremonia ortodoxamente anglicana. En cuanto al propio Richard...

Por un instante, Patrick creyó que añadiría algo más, pero cambió de opinión y siguió hablando en tono más ligero.

—Debería hablar con mi primo Guy sobre la casa y sus tesoros; es un pozo de sabiduría. Tengo entendido que conoce a su padre, que está casado con mi tía Toula.

—Lo conocí en cierta ocasión y me pareció una excelente persona. Estuvimos a punto de realizar un proyecto juntos.

—Tío Anthony es un hombre muy especial. No debió de ser fácil acogerme en su casa cuando tenía siete años, después de que mis padres murieron en un accidente, pero Anthony siempre me ha tratado como a una hija.

—¿Cómo sobrelleva la pérdida de su esposo? —preguntó Patrick mientras se decía que Victoria había sufrido mucho a lo largo de su vida.

—Pues no lo sé. Probablemente no demasiado bien, pero no sé cómo se mide eso. Supongo que podría decirse que venir aquí es una especie de huida, una forma de poner mi vida en espera. Mi máxima prioridad es Jake, por supuesto.

—Estoy convencido de que poner su vida en espera es lo mejor que puede hacer en estos momentos —aseguró Patrick con delicadeza—. Si se pusiera a tomar decisiones precipitadas, a buen seguro cometería errores que más tarde lamentaría. Concédase tiempo. Jake es tan pequeño que sin duda da igual si falta un tiempo a la escuela. Nada la obliga a tomar decisiones importantes de inmediato, ¿verdad?

—N... no..., la verdad es que no —convino ella, aunque sin demasiada convicción—. Todo el mundo me trata con infinito cuidado, como si ya no fuera capaz de ocuparme de absolutamente nada. Me doy cuenta de que cada cual tiene distintas motivaciones y de que la familia de Richard y yo discrepamos en muchas cuestiones. Creo que por primera vez en mi vida me veo obligada a arreglármelas del todo sola, aunque suena ridículo a mi edad, como si me faltara un tornillo.

—Debe hacer lo que le parezca mejor para usted y para Jake, no para los demás.

Victoria se apoyó en el muro de piedra que delimitaba la terraza y contempló las dos grandes campanas del campanario con absoluta concentración, como si en su superficie ennegrecida estuviera a punto de aparecer la receta mágica que le proporcionaría todas las respuestas.

—No sé por qué le cuento todo esto —dijo al tiempo que desprendía liquen amarillento del muro con el dedo.

—Yo sí —aseguró Patrick—. Es mucho más fácil hablar con un desconocido, una persona que no desempeña ningún papel en la vida de uno y no tiene intereses invertidos en ella. A veces, oírnos decir algo nos aclara las ideas y no tenemos que preocuparnos de que parezca demasiado importante o el otro lo malinterprete.

Victoria alzó la mirada y lo obsequió con una de sus radiantes sonrisas.

—Sí —exclamó—, exacto. Gracias.

Qué perspicaz es, se dijo, más consciente aún que el día anterior de la conexión que había nacido entre ellos.

—A partir de ahora lo utilizaré como caja de resonancia —anunció en tono más alegre.

—Encantado, cuando quiera. No le cobraré nada. —Sintió deseos de saber más acerca de su vida, pero no quería presionarla—. Bueno, ¿qué tal si me acompaña hasta la capilla? Luego puede dejarme solo un rato, e iré a su encuentro en cuanto haya tomado algunas fotos de prueba y desarrollado un par de ideas. ¿Le parece bien?

—Perfecto —convino Victoria, agradecida por el hecho de que Patrick hubiera disipado la intensidad del momento con tanta facilidad—. Empecemos la visita guiada. Esas ruinas eran el torreón de la antigua fortaleza, pero no iremos porque no hay mucho que ver y además es muy peligroso..., una de las muchas cosas que requieren inversión. Tenga cuidado; la escalera es muy empinada y a veces resbaladiza.

La capilla estaba construida en la cara lateral de la roca. Victoria descolgó una inmensa llave de hierro de un clavo situado a un lado de la pesada puerta de madera y la introdujo en la cerradura.

—Siempre hay que darle un empujoncito —explicó al tiempo que apoyaba el hombro contra ella, a todas luces habituada a su resistencia; por fin la puerta se abrió con un chirrido de protesta—. Le mostraré el interior, y luego si quiere puede volver solo o no. Pero acuérdese de cerrar con llave cuando salga y cuelgue la llave en su sitio.

Patrick se preguntó por qué se molestaban en cerrar la capilla si guardaban la llave en un lugar tan visible.

La capilla olía a piedra fría, cera, incienso, santidad y silencio, pensó Patrick.

—Cuando era pequeña creía que la oración olía así —comentó Victoria, expresando en voz alta lo que Patrick acababa de pensar—. En cuanto percibía este olor me parecía que el aire se llenaba de ángeles que acudían a escucharme.

—Cuesta más imaginarse algo así cuando se es adulto —señaló Patrick con una sonrisa.

—Muy cierto —corroboró ella antes de añadir con tristeza—: Y ahora es cuando más lo necesito.

Patrick sintió que se le formaba un nudo en la garganta.

Los únicos asientos eran unos bancos de madera tallada alineados a lo largo de las paredes de la pequeña capilla, mientras que las losas de piedra del centro aparecían desnudas. El sol que entraba por una de las ventanas semicirculares proyectaba un haz de motas doradas en el espacio vacío, «polvo glorioso», pensó Patrick. Pinturas a tamaño natural de santos y obispos ataviados con sotanas de colores brillantes y situados ante telones de fondo dorados se alineaban contra una pared en el extremo oriental, prestando color y espectacularidad al edificio por lo demás desnudo. Victoria señaló un relicario de plata labrada expuesto en una hornacina.

—Contiene nuestras reliquias familiares —comentó a la ligera—. Siempre me recuerda a las brujas de Macbeth. Ya sabe, aquello de «ojo de tritón y dedo de rana», por no hablar del pulgar del pobre piloto náufrago, solo que en este caso se trata de uñas de santos y astillas de la tibia de un obispo.

—Muy útil —alabó Patrick.

Victoria cogió una candela y prendió una de las velas que había junto a la puerta. La llama osciló a causa del aire que entraba por la puerta abierta, pero no se extinguió. Conmovido, Patrick siguió su ejemplo y en silencio dedicó su vela al futuro de aquella joven viuda y su hijo, por los que se sentía cada vez más atraído. Se preguntó si ella habría encendido la suya por su difunto esposo. A continuación, por acuerdo tácito, ambos salieron de la capilla.

Convinieron en que Patrick iría en busca de Victoria después de pasar la tarde tomando notas, haciendo fotos y captando la esencia del lugar.

—Ah, por cierto —dijo Victoria—. Pregunté a la *nonna* por el icono, y me dijo que por descontado puede usted verlo. Antes estaba en la capilla, pero ahora lo tiene arriba. Se lo bajaré cuando vuelva.

Patrick se alegró como un niño de que Victoria hubiera recordado su petición pese a tener la mente ocupada en tantos otros asuntos.

Se reunió con ella en la terraza al cabo de más de dos horas. Victoria estaba escribiendo cartas.

—¿La molesto? —preguntó.

Victoria alzó la vista, visiblemente complacida.

—Ah, hola. No, no me molesta en absoluto; de hecho, es la excusa perfecta para dejarlo. Estoy intentando contestar algunas de las cartas de pésame que me han enviado. Todo el mundo ha sido amabilísimo, pero me abruma el montón cada vez más grande que está pendiente de respuesta. No obstante, esta tarde he adelantado bastante y he conseguido escribir una o dos de las más difíciles que llevaba tiempo aplazando.

—¿Ha encontrado alguna especie de fórmula estándar? Estoy seguro de que nadie espera una respuesta larga..., si es que esperan algo.

—He confeccionado una respuesta estándar, pero algunas personas me han escrito cartas tan extraordinarias que no me parece correcto limitarme a usarla.

—No tenga prisa; el tiempo no tiene importancia en estas cosas. ¿Quiere seguir ahora que está en racha o ya ha escrito bastante por hoy? —le preguntó, diciéndose que Victoria parecía exhausta—. Parece que ya ha contestado muchas.

—Por hoy tengo suficiente. Cuénteme cómo le ha ido.

—Muy bien. He pasado una tarde estupenda; le estoy muy agradecido por invitarme a venir y espero haber tomado algunas fotos espectaculares. Este lugar es fascinante, tan lleno de sorpresas arquitectónicas en los rincones más insospechados, como por ejemplo la fuente veneciana... Si no tengo algunas fotos buenas es que soy un pésimo profesional. Pronto anochecerá, así que he decidido dejarlo por hoy. Ya lo he cargado todo en el coche; solo he entrado a despedirme y darle de nuevo las gracias.

—Quédese a tomar una copa —propuso Victoria, de repente deseosa de demorar su marcha—. No sé a usted, pero a mí me vendría muy bien.

—¿Está segura? Por mí encantado, pero solo un ratito.

—Entremos, hace fresco. Ha hecho un día precioso, pero las noches cálidas aún están por llegar. —Lo condujo a través del Gran Salón—. Subiremos al saloncito donde la *nonna* lo recibió ayer —anunció.

Patrick la siguió, anotando mentalmente qué fotografías le gustaría hacer del interior de la casa. Cuando Victoria abrió la puerta al final del pasillo de la planta superior, lo impresionó de nuevo el acogedor encanto de la estancia y la sensación de retroceder en el tiempo.

—Venga a echar un vistazo —indicó Victoria—. He dejado el icono sobre la mesa para que lo vea.

Lo cogió y se lo alargó; Patrick lo sostuvo entre las manos con infinito cuidado.

—Es un gran honor —murmuró mientras contemplaba con

admiración los dos ángeles pintados en la cara anterior sobre fondo dorado y se preguntaba cuál sería la mejor forma de fotografiar la pieza—. Hábleme de él.

Victoria se situó a su lado.

—Probablemente sabe usted más de iconos que yo —conjeturó—, así que solo puedo contarle lo que sé de este en concreto. En los paneles exteriores tenemos a los arcángeles Gabriel y Miguel. ¿No le parecen extraordinarios? Miguel parece un auténtico guerrero, listo para librar la batalla contra el diablo, y las alas de Gabriel siempre me han parecido particularmente hermosas.

—¿Puedo abrirlo?

—Por supuesto. En el interior tenemos a dos obispos santos en sus ropajes a cuadros blancos y negros flanqueando a la Virgen y el Niño. Cada uno de ellos es famoso por ser lo que la *nonna* denomina un taumaturgo, un hacedor de milagros. Este es san Gregorio, y el de la izquierda es san Nicolás. —Victoria se echó a reír—. Pobre san Nicolás; cuando era pequeña siempre lo confundía con Papá Noel y con Orejas Grandes de Enid Blyton, porque la *nonna* nos enseñó que siempre reconoceríamos a san Nicolás por su barba rizada y sus enormes orejas. A mis ojos eso lo convertía en un ser muy entrañable y accesible, y no es de extrañar que fuera mi santo favorito.

—Es una pieza impresionante. Los colores realzados sobre el fondo dorado... Una auténtica belleza.

—Sí —asintió Victoria—. La *nonna* siempre nos decía que el oro representaba la luz encerrada en el icono.

—Su abuela me dijo que está firmado.

—Bueno..., si se fija mucho distinguirá a duras penas los caracteres griegos —señaló ella al tiempo que los reseguía con el dedo y traducía al mismo tiempo—: POR OBRA DEL SIERVO DE DIOS ANDREAS RITZOS.

—¿Y está fechado?

—Eso me han dicho siempre, pero nunca he conseguido averiguarlo. Por lo visto empleaban letras en representación de los números, y además la fecha se calculaba a partir de la Creación del Mundo, que según se creía, había tenido lugar 5508 años antes del nacimiento de Jesucristo, de modo que primero hay que descifrar las letras y luego restar ese número —explicó con una carcajada—. Complicadísimo, vaya, como esos enigmas de «resta el primer número que te haya venido a la cabeza». Ritzos nació en 1422 y tenía un taller en Creta, pero tío Anthony me dijo que sus obras eran muy apreciadas no solo en Grecia, sino también por toda Italia.

—Es un auténtico tesoro. Comprendo perfectamente por qué su abuela no quiere separarse de él —comentó Patrick con seriedad—, ni usted, para el caso, porque es evidente que le encanta. Sería una lástima tener que venderlo.

—Desde luego —convino Victoria con sentimiento y los ojos relucientes de lágrimas.

Patrick la miró, preocupado.

—Lo siento mucho; ha sido un comentario muy torpe.

—No, en absoluto, tan solo muy cierto —farfulló ella con voz ahogada—. Es que ahora soy consciente de lo deteriorado que está todo. Al mostrarle Vrahos me doy cuenta del aspecto que debe de ofrecer para una persona que no lo conoce ni lo ama como yo.

—No se preocupe por mí —pidió Patrick, deseoso de consolarla—. Lo único que veo es encanto, magia y un ambiente muy especial.

—Gracias —musitó ella antes de hacer un visible esfuerzo por recobrarse y dedicarle una leve sonrisa—. Voy a buscar una botella de vino; póngase cómodo.

—¿Le importa que curiosee un poco para ver cómo puedo fotografiar esta habitación? —pidió—. Hay tantos objetos fascinantes... Echa a perder la elección, como suele decirse en Yorshire, donde vivo.

—Mire lo que quiera; ahora mismo vuelvo.

Patrick la siguió con la mirada, y cuando salió se dijo que no le importaría nada seguir contemplándola.

Al regresar con la botella de vino, Victoria encontró a Patrick de pie junto a la chimenea, examinando con atención una cajita de plata que sostenía en la mano. Algo en su expresión la indujo a preguntarse si habría descubierto otro objeto de valor inusual.

—Esto es extraordinario —constató Patrick—. ¿Puede contarme la historia de esta caja?

—Pues la verdad es que no —repuso Victoria con aire sorprendido—. Lleva junto al sillón de la *nonna* desde que tengo uso de razón, pero no sabía que fuera especial y debo confesar que nunca me he fijado mucho en ella. Cuando uno es pequeño da tantas cosas por sentadas... Mi primo Guy está mucho más al corriente que yo; sabe mucho más acerca de los tesoros que contiene la casa. ¿Es una tabaquera?

Patrick se la alargó.

—Échele un vistazo. No, no es una tabaquera. Ábrala, lea la inscripción en la cara interior de la tapa y luego dígame a quién cree que pertenecen las iniciales.

—Bueno, *Pantotina* significa «para siempre» o «siempre», y las primeras iniciales, E. V. M. P. deben de corresponder a Evanthi Victoria Maria Palombini, el nombre de soltera de la *nonna*. Pero no me parece una caja antigua, porque la marca de la cara inferior es relativamente moderna, y la fecha inscrita arriba es octubre de 1938. No sé quién puede ser H. P. M. ¿Qué le hace pensar que es tan interesante? ¿Cree que es valiosa?

—No en términos económicos, aunque es una pieza preciosa. Debe de ser un encargo a juzgar por ese ribete tan singular de abejas y golondrinas en la parte superior, y los corazones entrelazados en torno a la palabra *Pantotina*. No, lo extraordinario es que conozco de toda la vida una réplica casi idéntica de esta caja, solo que las iniciales están al revés. La que conozco yo dice «para H. P. M. de E. V. M. P.». Por lo demás, las dos cajas son idénticas, y sé quién es H. P. M.

Mientras se miraban con expresión atónita, Evanthi Doukas abrió la puerta.

22

Buenas noches, señor Hammond..., *kalispera.*

De pie en el umbral, Evanthi Doukas paseó la mirada entre Patrick y Victoria, y al ver la caja de plata en manos de su nieta arqueó las cejas.

—Oh, *nonna*, qué alegría verte. ¿Has descansado? —preguntó Victoria a su abuela con expresión afectuosa—. Patrick ha pasado la tarde sacando fotografías para su libro, y estaba a punto de servirle una copa de vino. Te serviré una a ti también. Está interesado en esta cajita —añadió al tiempo que la sostenía en alto—, pero no conozco su historia. ¿Puedes hablarle de ella?

—Podría, claro está, pero ¿a qué se debe su interés, señor Hammond? —inquirió Evanthi con su actitud más altiva e inaccesible—. Esta habitación contiene objetos mucho más interesantes que este —espetó en tono gélido.

—Me interesa este en concreto —insistió Patrick sin dejarse intimidar.

Evanthi avanzó despacio, apoyada en el bastón pero con la espalda erguida hasta la rigidez. Se sentó con cuidado en su butaca y alargó la mano hacia la cajita. Victoria se la dio. La anciana la giró a un lado y a otro, la abrió y la examinó con detenimiento, como si temiera que hubiera sufrido alguna clase de contaminación. Por fin la cerró y la devolvió a su lugar, la mesa junto a su sillón.

—Y bien —dijo por fin—, ¿qué es lo que quiere saber?

Su rostro permanecía inescrutable, tan cerrado como la cajita de plata. Patrick dedujo que era una mujer de emociones intensas que largo tiempo atrás había aprendido a disimular cuando le convenía.

—Quiero saber cómo fue a parar a sus manos y también...

Se interrumpió, alzó la vista hacia el retrato de Evanthi colgado sobre la chimenea y luego miró a la anciana sentada frente a él.

—Ayer, al ver su retrato —prosiguió más despacio—, supe al instante que me recordaba algo..., algo que quizá explique la extraordinaria reacción que tuvo la anciana a la que vimos al llegar. Cuando conocí a Victoria, ya no me cupo la menor duda —aseguró—. Es usted la modelo de *Muchacha sobre la roca*, ¿verdad, señora Doukas?

—Y usted —replicó ella en voz muy queda y con expresión aún insondable, aunque al mismo tiempo sincera— debe de ser el hijo de Hugh Marston. Se parece tanto a él que me llevé un susto cuando lo vi entrar aquí ayer, como sin duda le debió de suceder a mi anciana criada, Nafsica. Pero... creía que se apellidaba Hammond.

—Así es —asintió Patrick—, y no soy hijo de Hugh, sino su sobrino. Es el hermano de mi madre, pero siempre ha sido como un padre para mí... Nunca llegó a casarse —agregó con suavidad—. Mi madre siempre nos decía que era porque había tenido un gran amor, pero las cosas no habían salido bien. Sin embargo, él no me habló de ello hasta la semana pasada.

—¿Queréis decirme de qué va todo esto? —terció Victoria, muerta de curiosidad—. ¿Qué muchacha sobre qué roca? ¿Quién es ese tal Hugh?

Pero Evanthi solo tenía ojos para Patrick.

—¿Aún... vive? —preguntó.

—Desde luego. No está tan ágil como antes por culpa de la artritis y algunos problemas arteriales causados por fumar y beber durante tantos años..., aunque por otro lado no lo he visto borracho en mi vida, pero en cualquier caso, moverse con la pierna ortopédica le resulta cada vez más difícil, pero por lo demás sigue igual... Valiente, divertido, impredecible y tan irresistible como siempre —explicó Patrick sin dejar de observarla—. ¿Sabía que había perdido una pierna en la guerra?

Evanthi negó con la cabeza. Eso significa que hace al menos sesenta años que no se ven, calculó Patrick, estupefacto, y pese a ello la mención de su nombre todavía la altera.

—¿Sigue pintando?

—Sí..., tan bien como siempre, aunque físicamente le cuesta más. Creo que moriría si tuviera que dejar de pintar. Últimamente se limita casi exclusivamente a pintar animales, sobre todo caballos, que lo han hecho famoso. Acaba de aceptar un encargo importante del príncipe Haroun, propietario del célebre semental Haroun, padre de muchos ganadores famosos. Mi madre cree que está loco por haberlo aceptado, pero en mi opinión es estupendo y lo mantendrá en forma. Los cuadros de Hugh se han revalorizado muchísimo; cada vez que salen al mercado se venden a precios astronómicos, pero no sucede a menudo, porque la gente suele quedárselos para la posteridad si puede. Ya no acepta encargos de retratos, aunque ha prometido pintar a Sophie este verano, y ella está emocionada. Todos mis hijos lo adoran.

Patrick escudriñó el rostro de Evanthi. El rígido control que la anciana ejercía sobre sus emociones empezaba a resquebrajarse, y una lágrima solitaria rodaba inexorable por su mejilla empolvada. Sospechaba que llorar en público era algo que Evanthi rara vez se permitía hacer.

—El tío Hugh me dijo el otro día que nunca había pintado un retrato mejor que *Muchacha sobre la roca*. Siempre se ha negado a venderlo o exponerlo, y nadie ha sabido nunca quién fue la modelo, pero el otro día sucedió algo extraño. Por casualidad dio con el boceto original del retrato, que por lo visto llevaba años en paradero desconocido, y me contó que justo antes de encontrarlo estaba pensando en la modelo.

—Le envié un mensaje cuando creía que estaba a punto de morir —repuso Evanthi con sencillez, como si aquello lo explicara todo.

—¿Quiere decir que ha estado en contacto con él?

—No del modo que usted imagina..., pero le envié un mensaje. Me alegro de que lo recibiera.

—Me dijo que llevó el boceto consigo durante toda la guerra —prosiguió Patrick, conmovido en lo más hondo por la expresión de la anciana—, y que lo ayudó a sobrevivir cuando resultó herido.

En aquel momento sonó el teléfono junto al sillón de Evanthi. Victoria contestó.

—Ah, hola —dijo—. Sí, está aquí mismo. No, no pasa nada, claro que no, aquí los móviles no tienen cobertura... Es Sophie, Patrick —anunció al tiempo que le alargaba el auricular.

—Disculpe... —suspiró Patrick—. Sí, Sophie, ¿pasa algo? Oh, por el amor de Dios, no tenéis remedio —espetó en tono exasperado—. No tardaré mucho. Bueno, pues tendréis que esperar hasta que llegue; no es para tanto y además os está bien empleado. Vale, hasta ahora. Adiós.

Colgó el teléfono y se volvió hacia sus anfitrionas. Victoria se había arrodillado junto al sillón de su abuela. Patrick se dijo que a Hugh le habría encantado el cuadro que ofrecían, y que si bien aún ansiaba saber muchas cosas, también creía que tal vez lo mejor sería marcharse y dejar a ambas mujeres a solas.

—Lo siento mucho; los incompetentes de mis hijos han olvidado llevarse la llave de repuesto de Petradi y no pueden entrar —explicó con una sonrisa—. Sophie se ha indignado. «¿Cómo íbamos a saber que no estarías cuando volviéramos?» Pero de todos modos debo irme; ya les he robado suficiente tiempo, por no hablar del susto que les he dado. Me encantaría conocer la historia entera algún día..., si está dispuesta a compartirla conmigo, y también hablar de su magnífico icono.

Tendió la mano a Evanthi, que la estrechó entre las suyas.

—El sobrino de Hugh —musitó—. Sí, le contaré parte de la historia... pero no hoy. Necesito pensar en un montón de cosas de hace mucho tiempo. Pero vuelva pronto. Victoria lo acompañará afuera, ¿verdad, *chrysso mou*?

—Por supuesto, *nonna*. Ahora mismo vuelvo.

Victoria se incorporó para acompañar a Patrick hasta la puerta y de nuevo por el largo pasillo.

—Vaya, vaya —comentó ella mientras bajaban la escalera—. ¡Qué episodio tan extraño! Estoy fascinadísima. Qué curiosa coincidencia..., si es que es una coincidencia. La *nonna* no lo creerá así, se lo aseguro. Es muy supersticiosa —señaló con expresión divertida—. Creerá que es usted un «enviado» —concluyó.

—¡Puede que lo sea! —exclamó él, devolviéndole la sonrisa—. Desde luego, cuando seguí el consejo de mi agente de ponerme en contacto con su abuela y venir a visitar Vrahos, no sabía que tropezaría con un misterio relacionado con mi familia. Mientras me mostraba la casa hace un rato, he estado a punto de hablarle del singular recibimiento que nos dispensó ayer la anciana del patio —dijo antes de referirle la escena que había tenido lugar en su primera visita a la casa—. La verdad es que yo también me llevé un sobresalto cuando la conocí a usted —le confesó.

—Nafsica tuvo que acostarse después de verlo —reconoció Victoria sin atreverse a mirarlo—. Por lo visto no para de hablar de usted como si tuviera cuernos y rabo, pero no quería contárselo. No para de pedir a Dora que haga venir al *papas*, el sacerdote del pueblo, para poder confesarse, porque está convencida de que ha hecho algo horrible. Creo que vendrá el domingo. Entretanto, Nafsica está volviendo loca a Dora afirmando que se va a morir y convencida de que las llamas del infierno ya rozan su alma pecadora, pero sin dar ninguna explicación. Creo que por eso Yannis se ha ofrecido a llevar a Dora y los niños a la ciudad, para alejarse de los alaridos de su abuela política.

—¿Se lo ha contado a su abuela?

—No, anoche estaba cansada y no quería molestarla más, pero creo que ahora sí debo decírselo.

Victoria acompañó a Patrick hasta el coche.

—Oh, vaya, al final no se ha tomado la copa que le prometí. Lo siento —se disculpó.

—En otra ocasión; teníamos cosas más importantes de que ocuparnos —la tranquilizó él—. ¿Se encuentra bien? —preguntó, reacio a separarse de ella—. Tengo la impresión de que ya tiene suficientes quebraderos de cabeza sin necesidad de otro drama familiar. No se sienta obligada a venir a comer mañana si no le apetece.

Aunque esperaba que fuera.

—Por supuesto que iré. Además, tendré que ponerle al corriente del próximo capítulo, ¿no? Puede que mañana ya sepa algo más. ¿Se lo contará a Sam y Sophie?

—¿Cree que su abuela se molestaría?

—No lo creo, teniendo en cuenta que por fin ha salido a la luz después de tantos años. Cuénteselo, así podremos hablar de ello mañana. Me muero de ganas.

—De acuerdo —accedió él—. Seguro que la historia les fascina tanto como a mí.

Patrick titubeó un instante junto al coche, como si no supiera si irse o quedarse, aunque hasta entonces a Victoria le había parecido un hombre resuelto.

—Bueno, adiós, Victoria —se despidió por fin—. Nos vemos mañana en el Krokalia Beach para jugar un partido de tenis casero —dijo antes de acomodar las largas piernas en el coche y alejarse a bastante velocidad por el sendero sembrado de baches.

Victoria regresó despacio al saloncito. Evanthi no se había movido; seguía sentada en su sillón a la media luz del atardecer, con la mirada perdida en el espacio, o más bien, pensó Victoria, en su interior, recordando a Hugh Marston en un viaje a través del tiempo. No reparó en la llegada de su nieta.

—*Nonna* —musitó Victoria—, ¿te encuentras bien?

Evanthi le tendió la mano.

—Sí, estoy bien, *agapi*. Pero tengo muchas cosas en que pensar y debo decidir qué hago ahora, si es que hago algo.

—¿Te sientes con ánimos de hablar de ello? Nunca has mencionado esta historia pese a que es evidente que en un momento dado de tu vida fue muy importante.

—Durante mucho tiempo fue demasiado doloroso y demasiado íntimo para hablar de ello, y cuando por fin concluí que ya solo me importaba a mí, supongo que ya me había habituado a guardar silencio. No estoy de acuerdo con la visión moderna y autocomplaciente de que hay que desvelar todos los secretos a completos desconocidos —espetó con vehemencia—. Creo que lo llaman terapia..., un concepto muy americano y, desde luego, no el mejor.

Lanzó un bufido desdeñoso, y Victoria pensó que solo un terapeuta extremadamente valiente se atrevería con Evanthi Doukas. Por su parte, Victoria sí se sentía atraída por la psicoterapia y en aquel momento recordó lo que Patrick le había dicho aquella tarde acerca de la facilidad de confiarse a un desconocido. En efecto, le había resultado muy fácil confiarse a él. Por las noches, cuando yacía despierta, atormentada por el tumulto de emociones que se arremolinaban en su mente, ansiaba poder hablar de su relación con Richard sin la carga de sentirse desleal hacia el marido que ya no podía defenderse ni explicarle cuáles habían sido sus auténticos sentimientos. ¿Cómo iba a explicar a su familia hasta qué punto la atormentaban las imágenes mentales de Guy y Richard haciendo el amor, imágenes que poblaban su mente de odio durante el día y que por la noche la despertaban entre temblores y sudores fríos? ¿Cómo iba a hacerles entender la espantosa sensación de traición que experimentaba hacia Richard y Guy?

—No podemos esperar que nadie nos libre del dolor que nos inflige la vida —prosiguió Evanthi con severidad, absorta en sus propios pensamientos antes de añadir con más suavidad—: Pero sí, te lo contaré, cariño, ¿y quién sabe? Quizá podamos ayudarnos la una a la otra. Sé que en ciertos aspectos me he convertido en una vieja arrogante e intolerante, pero debo decirte que no salgo demasiado bien parada de esta historia. Perdí la fe en el juramento solemne de otra persona, y como estaba dolida y furiosa, rompí mi promesa. Pero hoy he sabido que quizá esa otra persona no quebrantó su juramento a fin de cuentas.

—Cuando era pequeña —dijo Victoria con la mirada clavada en su alianza mientras la hacía girar una y otra vez entre los dedos—, una vez me dijiste que el amor debe alcanzarnos como un rayo. Nunca lo he olvidado. ¿El tío de Patrick fue tu rayo, *nonna*?

—Sí, oh, sí. Y por muy dolorosos que hayan sido todos estos años, jamás me he arrepentido de lo que vivimos juntos durante tan poco tiempo..., porque fue auténtico. Si pudiera repetir mi vida, no renunciaría a esa parte pese a toda la angustia que me ha causado. —Evanthi miró a su nieta con expresión compasiva—.

Pero a ti, *agapi mou*, a ti todavía no te ha alcanzado el rayo, y eso forma parte de la gran aflicción que sientes, ¿verdad? No solo lloras por lo que has perdido, sino también por lo que elegiste no tener. Ni dar, ni recibir.

—Oh, *nonna* —suspiró Victoria, preguntándose cuánto sabría Evanthi y qué le habría contado Guy, aunque esperaba que no fuera toda la verdad—. Estoy perdida en un mar de tristeza y rabia, en parte contra el pobre Richard, que sin duda debía de ser muy desgraciado para hacer lo que creo que hizo, pero también contra mi propia estupidez... y... mi cobardía ante la vida, que no ha sido más que un intento de ir sobre seguro porque no podía conseguir lo que de verdad quería. Por favor, cuéntame tu historia para que pueda olvidarme por un rato de mis problemas.

Cuando Dora entró para avisar de que ella, Yannis y los niños ya habían vuelto y de que había acostado a Jake, encontró a abuela y nieta sentadas en la oscuridad, completamente absortas en un mundo ya desaparecido.

23

Hugh y Evanthi se conocieron en una cena sofocantemente formal celebrada en casa de la tía de Hugh, la formidable lady Georgia Graham. Había invitado a su sobrino, o mejor dicho lo había obligado a asistir porque el embajador brasileño, invitado de honor, era coleccionista de arte contemporáneo, y lady Georgia, cuyo pasatiempo principal consistía en resolver vidas ajenas, consideraba que a un artista en ciernes le convenía conocerlo. Lady Georgia profesaba una suerte de interés indiscriminado por Las Artes y le encantaba representar el papel de hada madrina para los grandes nombres del futuro, pero albergaba opiniones contundentes y a veces desencaminadas que no siempre coincidían con las de sus protegidos.

A fin de equilibrar el número de invitados a la cena, lady Georgia había invitado también a la hija de unos viejos amigos extranjeros, que aquella semana se hallaba en Londres, si bien decidió no sentar juntos a ambos jóvenes. Reconocía el considerable talento de su sobrino y tenía intención de promover su carrera, aunque solo fuera para enojar a su cuñado, pero también era consciente del peligroso atractivo que Hugh ejercía sobre el sexo opuesto y no estaba dispuesta a promover coqueteo alguno con una joven de dieciocho años que, por si fuera poco, era extranjera. Sabía bien que su antigua compañera de colegio, la condesa Palombini, de nacionalidad griega pero casada con un italiano, tenía planes concretos para el futuro de su hija, planes que sin duda no incluían a un alocado joven inglés que no solo era un hijo menor sin buenas perspectivas económicas, sino que además insistía en dedicarse a una profesión que sus padres no aprobaban. Lady Georgia apreciaba al hijo de su hermana y admiraba el hecho de que se hubiera enfrentado a su despótico padre en lo tocante a su vocación artística, pero no se fiaba un pelo de él.

Evanthi no quería asistir a la cena, pero su madre insistió.

—Oh, mamá, no conozco a nadie y no irá nadie más de mi edad... Además, no veo a lady Georgia desde que era pequeña. Apenas la recuerdo.

—Razón de más para volver a verla. Ha sido muy amable de su parte invitarte, y sería una grosería no asistir. Deja ya de incordiar, Evanthi.

Madre e hija discutían con frecuencia; se parecían demasiado para coexistir en paz, pues ambas poseían el mismo temperamento explosivo y eran obstinadas en extremo, si bien Evanthi poseía el talento de reconciliarse después de una disputa, mientras que Maria Palombini podía guardarle rencor a alguien durante semanas como si de los efectos de una gripe se tratara. Sin embargo, en aquella ocasión, sabedora de que si declinaba la invitación de lady Georgia la esperaba una cena igual de formal en la casa donde se alojaban, Evanthi cedió con relativa facilidad.

Volvieron a discutir por el vestido que debía ponerse, pero Evanthi se limitó a hacer caso omiso del recatado vestido de encaje blanco que Maria había ordenado preparar a la doncella y optó en cambio por un ceñido traje rojo de seda y chifón que su padre le había regalado durante su estancia en París hacía algunas semanas. Su madre, que siempre se quejaba de que su esposo malcriaba a su única hija, se había puesto furiosa al descubrir que nadie le había pedido su opinión acerca del regalo. Su marido y Evanthi habían ido a Lachasse sin ella y elegido el vestido juntos. Evanthi llevaba todo ese tiempo esperando una ocasión para lucirlo, aunque sabía que no le convenía pedir permiso a su madre. Así pues, procuró no ir al dormitorio de su madre para despedirse hasta que ya era demasiado tarde para cambiarse, pues llegar tarde habría sido impensable. Sonrió satisfecha al pensar que su madre la consideraba vestida de un modo totalmente inapropiado para una joven de su edad. Apropiado o no, Evanthi sabía que estaba impresionante; era una lástima que el efecto de su atuendo fuera caer en el saco roto de aquella cena de vejestorios.

Hugh se encontró sentado entre la esposa del embajador brasileño, que apenas hablaba inglés y que además no parecía compartir el entusiasmo de su marido por la pintura, y una corpulenta dama de Leicestershire de senos caídos y hermosas perlas, que conocía a sus padres y cuya conversación se limitaba a los árboles genealógicos y los zorros. Desde el primer momento quedó cautivado por la preciosa joven sentada frente a él. Si bien a primera vista daba la impresión de escuchar con atención al hombre de tez rubicunda sentado a su derecha, que le estaba reproduciendo con pelos y señales el último discurso que había pronunciado en la Cámara de los Comunes, a Hugh le pareció que estaba ensimismada en sus pensamientos y, a buen seguro, tan aburrida como él. Decidió que necesitaban un poco de distracción. Con discreción hizo girar un pedacito de pan entre los dedos hasta convertirlo en una bolita, y luego, al amparo de la servilleta y gracias a muchos años de práctica con sus hermanas, la arrojó al otro lado de la mesa y la alcanzó en el cuello. La joven alzó la mirada con un sobresalto y, tal como pretendía Hugh, sus miradas se encontraron. Hugh le guiñó el ojo de un modo tan imperceptible que el gesto bien podría haber pasado por un tic nervioso. Embelesada, Evanthi también le guiñó el ojo. Ambos supieron al instante que tendrían que volver a verse.

El resto de la cena transcurrió en un abrir y cerrar de ojos gracias al delicioso coqueteo que inventaron mediante señales encubiertas sin suscitar las sospechas de los demás comensales.

Cuando las damas se retiraron al salón de la planta superior para que los caballeros pudieran dedicarse a su oporto y a sus cigarros, Evanthi se sentó junto a la señora de Leicestershire, creyendo con razón que podría desvelarle la identidad del increíblemente apuesto lanzador de bolitas de pan. Supo así que era sobrino de lady Georgia, que su madre pertenecía a una familia aristocrática pero sin recursos de extracción irlandesa..., lo cual explicaba su notorio atolondramiento, según la mujer de Leicestershire.

—La crianza siempre se nota —informó a Evanthi antes de

ponerse a comentar varios ejemplos de conducta hereditaria en perros de caza.

Por lo visto, su padre no solo poseía una finca en Yorkshire, sino que además era lord teniente y M. P. C. Z. Evanthi, que intuía que el de teniente era el rango de oficial más bajo y que, al desconocer la jerga inglesa de caza ignoraba qué era un Maestro de Perros Cazadores de Zorros, no quedó impresionada pese a que, a todas luces, ambos títulos constituían pasaportes garantizados para acceder a los escalafones más elevados de la sociedad. Por fin averiguó que se llamaba Hugh Marston, que lo habían expulsado de Cambridge por quebrantar las normas, que tenía intención de convertirse en artista pese a la encarnizada oposición de la familia y que en general se lo consideraba bastante bohemio.

—Aunque tengo entendido que en Bohemia viven algunas personas encantadoras —se apresuró a añadir la señora de Leicestershire.

No tenía ni la menor idea de dónde se encontraba Bohemia, pero reconocía a un extranjero en cuanto lo veía, y aquella jovencita de cabello oscurísimo y acento no exento de atractivo, aunque desde luego nada inglés, podía proceder de cualquier parte.

Cuando Evanthi empezaba a temer que el coche que enviarían a buscarla llegara antes de que reaparecieran los hombres, desde la escalera les llegó el sonido de unas risas y al poco entraron en el salón. Para entonces, Evanthi estaba de pie sola junto a la ventana, ya que lady Georgia se había llevado a la señora de Leicestershire a hablar con otra invitada.

Ni corto ni perezoso, Hugh se abrió paso hasta ella, se presentó y le besó la mano con mucha más destreza que la mayoría de los ingleses.

—Soy el sobrino de nuestra anfitriona —anunció—, así que aunque no nos han presentado formalmente, es mi obligación cuidar de usted.

—Qué oportuno para usted —replicó Evanthi—, pero resulta que ya sé quién es. La señora con cara de peonía me ha contado la historia de su vida.

—Habrá sido interesante.

—Oh, sí. Entre otras cosas me ha contado que es usted un tirador notable, pero eso ya lo sabía.

—¡Ajá! Fue un buen disparo, ¿verdad? —exclamó con expresión divertida mientras inclinaba la cabeza para observarla, pues era muy alto—. El color del vestido es ideal para usted... Vuélvase, por favor.

Evanthi enarcó las cejas, pero al poco obedeció, girando sobre las puntas de los zapatos de satén teñidos del matiz exacto del vestido.

—Bien, bien —constató Hugh—. Estupendo..., ¡qué alivio! Debería tener más fe.

El vestido, bastante cerrado en la parte delantera, dejaba al descubierto casi toda la espalda, como dictaba la última moda. Evanthi se echó reír.

—¿Siempre hace comentarios tan íntimos a personas que acaba de conocer? —preguntó.

—Solo a las personas muy especiales. Pero dejémonos de formalidades, porque tenemos que conocernos a toda prisa.

—¿Y eso por qué?

—Porque voy a pintarla —anunció él.

Al día siguiente, Hugh se presentó con un enorme ramo de flores para invitarla a comer. Por fortuna, la madre de Evanthi no estaba, y su anfitriona, la encantadora esposa del primer secretario de la embajada italiana, en cuya residencia se alojaban y que se había encariñado de inmediato con su joven invitada, se apresuró a hacer pasar al apuesto joven, aunque a Evanthi no le cabía la menor duda de que a su madre, firme defensora de valores antediluvianos, no le haría ninguna gracia cuando se enterara.

Dicen que los colores que se ven a la luz de las velas no son tan bellos como a la luz del día, pero Evanthi pensó que los colores de Hugh Marston resaltaban aún más por la mañana que por la noche.

La llevó a L'Apéritif, en Jermyn Street, y Evanthi era lo bastante poco mundana para impresionarse sobremanera al ver que el maître conocía a Hugh, lo trataba con suma deferencia y los acompañaba personalmente a su mesa. Tomaron Damas Blancas mientras leían la carta, y a Evanthi se le antojó la bebida más deliciosa que había probado en toda su vida. Tomaba vino en las comidas desde que era niña, pero en las casas de sus padres no se servían cócteles, ni en Grecia ni en Italia. Se sentía osada, temeraria y embargada por la deliciosa sensación de que estaba a punto de emprender una gran aventura.

Habló de sus distintos hogares, de la casa en el sur de la Toscana, cerca de Pienza, donde además de viñedos en terraza y olivares, el paisaje ofrecía hermosas panorámicas de cebada dorada y amapolas rojas ante el telón de fondo de las montañas, y donde los jabalíes campaban por sus respetos y los puercoespines salían de entre la maleza al anochecer... También habló del piso de Roma, con sus vistas a los antiquísimos tejados y el constante tañido de las campanas. Pero sobre todo le habló del lugar que más amaba, la antigua Casa Veneciana de Corfú, donde había pasado buena parte de su infancia mientras sus padres viajaban por el mundo entero, y que pertenecía a su abuela griega. Cuando su padre fue destinado a la embajada italiana en Atenas, empezaron a utilizarlo como refugio de fin de semana.

—Algún día será mía —explicó a Hugh—, porque soy hija única y el único hermano de mi madre murió en la Primera Guerra Mundial. Mamá y yo nos peleamos a menudo, pero las dos adoramos Vrahos, y el tiempo que pasamos allí es siempre el más feliz. Mi padre no ama la casa como nosotras porque no le pertenece y él está muy..., ¿cómo expresarlo? Ocupado con sus propiedades...

—¿Posesivo? —aventuró Hugh.

—Sí, gracias, es muy posesivo, y no le gusta que yo siempre me haya sentido más griega que italiana, pero es que nací allí y es el lugar donde querría morir. El Espíritu del Lugar es muy poderoso y siempre me acompaña.

—El Espíritu del Lugar —repitió Hugh—. Me gusta cómo suena... ¿Una especie de ángel de la guarda?

—Tal vez. ¿Dónde vive su espíritu del lugar..., su ángel de la guarda? ¿En Yorkshire?

—No —negó él, ahora más serio—. Me encanta Yorkshire, pero no creo que mi ángel viva allí. Creo que mi «espíritu del lugar» habita en los Alpes, donde se puede poner pieles de foca en la cara inferior de los esquís y escalar durante horas en silencio, con el sol a la espalda, rodeado de altos picos, y luego quitar las pieles, guardarlas en la mochila y bajar en una octava parte del tiempo que ha llevado subir, creando las propias pistas, con la nieve polvo revoloteando alrededor. Donde la nieve puede explotar a nuestros pies en cualquier momento y dispersarse en millones de partículas, donde los animales aparecen dando enormes saltos de entre los abetos, donde se pueden ver ciervos y rebecos...

Con la barbilla apoyada en la mano, Evanthi escuchaba fascinada mientras Hugh le hablaba de su pasión por las montañas y los animales, en especial los caballos. De repente, el joven lanzó una carcajada estentórea.

—Ha hecho que me ponga muy serio —señaló—. Me parece que voy a encargar muchos de esos ángeles suyos; sin duda me resultaría útil tenerlos a mano en las pistas de esquí, por ejemplo. O imagínese lo ventajoso que sería llevar uno en una *point-to-point* o cuando se va a ver al corredor.

—¿*Point-to-point*, corredor? ¿Qué es eso? —quiso saber ella.

Así pues, Hugh le habló también de las carreras de caballos, haciéndola reír con relatos de sus extraordinarias ganancias. Era un narrador nato.

Luego pasó a hablar de su pintura, y Evanthi vislumbró la dedicación que se ocultaba tras la frivolidad aparente.

—Casi toda mi familia considera que soy un irresponsable por elegir semejante carrera —explicó—. Les gustaría que conservara la pintura como afición, algo que hacer de vez en cuando por placer mientras me dedico a la vida real en los negocios, el ejército o la política. No tengo ninguna intención de alistarme en el ejército, a menos que..., Dios no lo quiera..., estalle una guerra, en cuyo caso me alistaría de inmediato. De momento he conseguido quitarme de encima a mi padre alistándome en el Ejército Territorial. En cuanto a la política... —masculló Hugh con una mueca de horror—. Jamás sería capaz de defender las líneas de un partido y lo más probable es que acabara como ese vejestorio junto al que la sentaron anoche. Mi familia no se da cuenta de que no tengo elección. Tengo que ser artista; para mí es como respirar —aseguró antes de echarse a reír de nuevo—. Creen que no me ganaré la vida, y mi padre me ha advertido que no me subvencionará si insisto en desafiarlo. Pero es que tengo intención de hacerme famoso —exclamó con ligereza—. Los dejaré a todos boquiabiertos, venderé mis cuadros por sumas astronómicas a banqueros millonarios que me suplicarán que inmortalice a sus esposas insulsas y emperifolladas.

—¿No resultará un poco aburrido pintar a esas esposas?

—Por supuesto, pero me harán lo bastante rico para poder pintar lo que de verdad quiero. Caballos, por supuesto, mi gran pasión, y... —añadió, mirándola de hito en hito— a unas cuantas mujeres hermosas de mi elección.

Evanthi sintió que se ruborizaba y que el pulso se le aceleraba de un modo desconcertante, pero sostuvo la mirada de Hugh con un destello desafiante en los ojos.

—Y ahora hábleme más de usted —pidió él.

Evanthi le confesó que deseaba con todas sus fuerzas ir a la universidad, pero que sus padres se negaban a contemplar la idea siquiera.

—Quieren que me convierta en la anfitriona perfecta, su creación perfecta para desempeñar un papel predeterminado con una persona en particular. Le pareceré muy arrogante, pero tengo cerebro y no quiero ser tan solo un adorno en la vida de otra persona. Y al mismo tiempo me siento como una ingrata, porque mis padres son maravillosos y sé que creen velar por mis intereses, pero yo quiero ser una persona por derecho propio.

—Ya lo es —aseguró Hugh—. No puede ser otra cosa; lo supe en cuanto la vi sentada al otro lado de la mesa.

—Así que me arrojó una bolita de pan para demostrarme cuán intelectual le parecía mi aspecto.

Ambos se echaron a reír, alternando entre la hilaridad y la seriedad, compartiendo esperanzas y ambiciones, hablando del amor que profesaban a sus respectivas familias y la determinación a no seguir los caminos ya trillados. Los dos tenían la sensación de que sus horizontes se ampliaban a pasos agigantados.

Después de comer tomaron St. James' Street hasta el parque del mismo nombre, donde se sentaron en un banco y perdieron la noción del tiempo. Se veían algunas campanillas de invierno, y pese a que solo estaban en febrero, también algunos azafranes tempranos a lo largo de la orilla del lago; los sauces deslizaban sus dedos en el agua, y los pájaros llenaban el aire con su canto. Los dos jóvenes no repararon en que el tiempo refrescaba a medida que anochecía.

Las cinco campanadas del Big Ben los sacaron de su ensimismamiento.

—¡Santa Bernadetta! —exclamó Evanthi al tiempo que se levantaba de un salto—. ¡Debo irme ahora mismo! La señora Mazotto ha invitado a unos amigos de mis padres a tomar el té. Mi madre se enfurecerá.

—¿Cuándo volveré a verla? —quiso saber Hugh.

—Mañana nos vamos a Italia; mi padre tiene que volver a Roma.

—Vaya, qué suerte —repuso él de inmediato—. Qué coincidencia tan extraordinaria. Yo también tengo que viajar a Roma dentro de poco..., por trabajo, ya sabe. De repente..., bueno, he recordado que tengo cosas que pintar allí.

—En tal caso, nos veremos allí —dijo ella con seriedad, aunque sus ojos centelleaban divertidos—. No dude en visitarme. Le daré nuestra dirección.

Hugh la acompañó a Eaton Place en taxi. Evanthi llegó tarde al té, y en cuanto la condesa Palombini conoció al apuesto joven que había invitado a su hija a almorzar y advirtió cómo se miraban ambos, supo que Evanthi se pondría muy difícil y que acababa de surgir un serio obstáculo a los planes que había trazado para el futuro.

24

La llegada de Dora rompió el hechizo. Al entrar en el salón encendió la luz, y Evanthi y Victoria parpadearon como si acabaran de salir del cine, desconcertadas al encontrarse en su entorno habitual.

Victoria se horrorizó al comprobar que era tardísimo, casi las nueve. La historia de Evanthi la había fascinado de tal modo que había perdido la noción del tiempo y ni una sola vez había pensado dónde estaría Jake.

—Siento que hayamos vuelto tan tarde —se disculpó Dora, sabedora de que una de las excentricidades de los ingleses, entre los que incluía a Victoria, era una opinión muy estricta acerca de la hora a la que debían acostarse los niños—, pero es que en el camino de vuelta pasamos a ver a los padres de Yannis. He bañado a los niños y he acostado a Jake; quiere que vaya a darle las buenas noches.

—Oh, Dora, eres un sol, muchísimas gracias. Ahora mismo voy —dijo antes de alargar la mano hacia su abuela—. *Nonna*, vendré a verte en cuanto haya arropado a Jake. ¿Estás bien?

—Sí, *agapi*, bendita seas, estoy bien, aunque agotada de tanto hablar y de tantos recuerdos. Dora me ayudará a acostarme. ¿Vendrás a darme las buenas noches?

Victoria pensó que Evanthi parecía exhausta y le dirigió una mirada inquieta antes de subir y encontrar a Jake acurrucado en su cama, escuchando a medias una de sus cintas de Harry Potter, retorciéndose el consabido mechón de Tintín y con los ojos medio cerrados. Sin embargo, al ver a su madre los abrió de par en par y se incorporó para darle un abrazo de oso antes de volver a tumbarse. Le contó que había pasado un día estupendo. Después de hacer la compra habían ido a Kalami, y el abuelo de Angelo había llevado a ambos niños a pescar en su barca. Lo habían ayudado a tender las redes y luego habían comido helado y luego... Jake dejó de hablar al tiempo que sus ojos se cerraban. Victoria permaneció sentada en el borde de la cama y le acarició el cabello hasta asegurarse de que dormía a pierna suelta, mareada por el torbellino de información que bullía en su mente. Se moría de impaciencia por escuchar el resto de la historia de Evanthi, pero cuando subió al dormitorio de su abuela, la encontró también medio dormida.

—¿No te apetece comer algo, *nonna*? Puedo subirte la cena en una bandeja.

—No, gracias, *agapi*. Dora me ha traído una tisana, y no me apetece nada más. Pero tú sí debes comer algo.

—No te preocupes por mí; en cuanto baje arrasaré la cocina —prometió Victoria—. ¡Oh, *nonna*, qué historia! ¿Me contarás el resto?

—Sí, pero no ahora. Y te advierto que no todo es un cuento de hadas. Ahora vete, *chrysso mou*. Tengo muchas cosas en que pensar.

Victoria la besó en la suave mejilla, que aparecía pálida y transparente como gasa, y salió cerrando la puerta tras de sí con mucho cuidado. Dios mío, no te la lleves aún, rezó. La conmovía la claridad con que su abuela recordaba aquel primer encuentro con su amor perdido, hacía ya tantos, tantos años... Se estremeció al pensar en el paso inexorable del tiempo. Yo también seré vieja algún día, se dijo, ¿y qué recuerdos tendré? ¿Qué contaré a los hijos de Jake acerca de su abuelo? ¿Y qué le contaré al propio Jake acerca de Richard?

Se preguntó cómo habría sido Hugh Marston. No imaginaba a Evanthi enamorándose inmediata y perdidamente de alguien a menos que se tratara de un hombre con un magnetismo arrollador, y pensó con cierta nostalgia que ella no había experimentado jamás nada ni remotamente similar. A todas luces, Hugh debía de parecerse mucho a su sobrino para que tanto Evanthi como Nafsica reconocieran al instante la semejanza, pero ¿se parecerían también en otros aspectos? Desde luego, Patrick también poseía mucho encanto, aunque Victoria suponía que era más reservado que su tío, lo cual le gustaba. Se sintió tentada de llamarlo para contarle lo que sabía acerca de la historia de su abuela, pero por fin decidió esperar hasta el día siguiente.

También se preguntó cómo sería la esposa de Patrick Hammond. Le extrañaba que apenas la hubiera mencionado, aunque era evidente que adoraba a sus hijos y parecía un hombre hecho para la vida familiar. ¿Habría llamado a su mujer para hablarle de las dos cajitas de plata y compartir con ella las vivencias del día? Victoria deseó tener a Richard al otro lado de la línea telefónica, interesándose por su vida, las aguas tranquilas de su relación libres del fango de duda y angustia que ahora las enturbiaba. Se dio cuenta de que por primera vez en varias semanas había dejado de pensar en las emociones que la atormentaban cada minuto que pasaba despierta... y a veces también cuando dormía. Contempló la posibilidad de llamar a Guy, como sin duda habría hecho tan solo unas semanas antes, pero al pensar en él se le volvió a formar aquel espantoso nudo en la garganta, y de nuevo se sintió embargada por el dolor y la rabia.

Aquella noche volvió tener el sueño. Empezaba en su infancia. Era un día soleado y sereno, y Guy, Richard y Victoria jugaban en la playa, como tantas veces habían hecho en realidad. De repente, Victoria reparaba en que los chicos habían desaparecido, dejándola sola. Estaba segura de que no andaban lejos, porque aún oía sus voces. De pronto, las voces se trocaban en carcajadas, horribles carcajadas burlonas, y ella sabía que se estaban escondiendo de ella. Intentaba llamarlos, suplicarles que volvieran, pero de su garganta no brotaba sonido alguno.

A continuación, el escenario cambiaba. Victoria se hallaba en un bosque cada vez más espeso y oscuro. Los árboles ejecutaban una extraña danza, bamboleándose a la altura de las raíces mientras las ramas se extendían como dedos en un intento de atraparla. Victoria corría a ciegas por entre la maleza, jadeando presa del pánico y sin dejar de intentar llamar a los chicos para que acudieran a rescatarla, pero de nuevo era incapaz de emitir sonido alguno. De vez en cuando los veía asomarse a los árboles y reírse de ella, y aunque sabía quiénes eran, sus rostros habían cambiado de un modo horripilante para convertirse en máscaras grotescas y amenazadoras. En aquel momento, Victoria apretaba el paso, pero no para alcanzarlos, sino para huir de ellos, porque se habían transformado en criaturas monstruosas y ahora la perseguían. Victoria percibía su aliento en la nuca y sabía que estaban a punto de alcanzarla cuando de repente tropezaba con un zarzal y caía. En ese preciso instante, todos los árboles salían despedidos hacia arriba, las raíces arrancadas de la tierra con un tremendo ruido de succión, y Victoria se precipitaba a una negrura total. Y por fin, el grito.

Despertó empapada en sudor, jadeante y temblorosa, y tardó largo rato en librarse de la pesadilla. Al alba se sumió en un profundo sueño, y al despertar tras lo que se le antojaron apenas unos minutos, encontró a Jake dando saltos sobre su cama.

Después de desayunar pusieron rumbo al hotel Krokalia Beach, un enorme bloque de hormigón que salía en todos los folletos turísticos, contaba con excelentes instalaciones y poseía tanto encanto como un aparcamiento.

Jake, que había emprendido el proyecto de escribir una novela en un cuaderno comprado en Corfú el día anterior, llevaba el plumier además de una bolsa con sus queridos coches de juguete. Cuando lo acometiera la inspiración se pasaría horas escribiendo, y Victoria sabía que podría jugar al tenis tranquilamente hasta que dicha inspiración se disipara. Antes del desayuno había escrito en la primera página el título en lápices de distintos colores y redactado un par de reseñas halagadoras de la saga nonata en la última. «*El señor Shropshire, historia de un dragón*, de Petros Aguadebeber», anunciaba la primera página en llamativas letras color rosa y lila. A Jake le encantaban los seudónimos, sobre todo los que contenían palabras compuestas, y casi nunca empleaba su verdadero nombre.

—«El señor Aguadebeber a escrito un livro majnifico», afirmaba el diario *The Sun* en la última página. «Una legtura apasionate», corroboraba *The Times*.

—Impresionante. ¿Ya tienes pensada la trama? —preguntó Victoria mientras ponía el cinturón de seguridad al autor en ciernes.

—Aún no —reconoció Jake—. Lo mejor es tener primero el título, pero el problema con este es que la historia que se me ha ocurrido no tiene mucho que ver con dragones.

—¿No sería mejor escribir primero la historia y luego pensar en un título?

—Así no funciona —la reconvino Jake—. Las historias no salen hasta que empiezas a escribirlas, pero siempre se me ocurren ideas guays cuando empiezo, así que no estoy preocupado.

—Ah, bueno —dijo Victoria, celosa de la certeza de su hijo—. En fin, estoy impaciente por leerla cuando la acabes.

En Manor Farm tenía un cajón lleno de joyas literarias de su hijo; desde luego prolífico sí que era.

Los Hammond ya estaban calentando cuando Victoria y Jake llegaron a la pista de tenis, pero dejaron de jugar en cuanto los vieron y los saludaron con un entusiasmo que la encandiló y le produjo la sensación de que se conocían desde hacía mucho tiempo. Encontraron para el escritor un rincón a la sombra que se veía desde la pista, y Sam fue a buscarle una Fanta para favorecer la inspiración. Luego decidieron que padre e hija se enfrentarían a Victoria y Sam. Resultó una competición excelente. Patrick y Sam eran buenos jugadores, y la técnica algo salvaje de Sophie, puntuada por golpes absolutamente brillantes, quedaba compensada por la astucia de Patrick. Pese a su aparente fragilidad, Victoria poseía un drive demoledor, aunque la red no se le daba nada bien, y a Sam le parecía estupendo encargarse de los golpes cortos.

Contemplaba a su compañera con franca admiración. Realmente tenía un tipo magnífico. Estaba algo mosqueado con su padre por haber pasado la tarde y la velada en Vrahos, y resuelto a obligarlo a correr en pos de cada pelota. No le concedería tregua alguna por razones de edad y decrepitud, decidió Sam, que poco antes había empezado a ganar alguna vez a su padre en individuales. Tras el primer set, la vena competitiva de padre e hijo se disparó, y ambos empezaron a jugar para ganar. En el tercer set, sus respectivas compañeras habían empezado a marchitarse al sol abrasador, y Sophie anunció que caería muerta si seguían jugando mucho rato.

—Vamos, Sophie, no seas blandengue —la espoleó Sam.

Pero Victoria alegó que estaba baja de forma y que también se sentía al borde del colapso.

—En ese caso, ¿muerte súbita o *tie break*? —preguntó Patrick.

—*Tie break* —decidió Sam con firmeza.

No le hizo ninguna gracia que su padre le devolviera su mejor servicio con una bola rasante que Victoria falló.

—¡Oh, Sam, lo siento! Te he fallado —se disculpó.

—Ya se sabe lo que dicen en geriatría —comentó Patrick, divertido por la expresión que se pintó en el rostro de su hijo y consciente de que Sam, ansioso por caer en gracia a su diosa, estaba furioso por haber perdido—. La vejez y la astucia pueden triunfar sobre la juventud y la destreza.

—La próxima vez, Victoria y yo nos vengaremos —advirtió Sam.

Fueron a buscar a Jake, que había dejado de escribir para dedicarse a lanzar sus coches de carreras por el tobogán que tan consideradamente el hotel había instalado cerca de la pista.

—Los he cronometrado todos. El coche rojo es el ganador de lejos, y el plateado es el peor —informó a Sam—. ¿Quieres probar, a ver quién gana? Puedes elegir el color que quieras —ofreció, generoso—, menos el rojo.

Así pues, Sam escogió un destartalado mini azul que, para disgusto de Jake, hizo una carrera espléndida con su nuevo conductor, y esta vez fue él quien se enfurruñó al perder. Se puso a remover la tierra con la puntera de la zapatilla y a cuestionar las reglas del juego que, por otra parte, acababa de inventar. Victoria le lanzó una mirada de advertencia, esperando que no estuviera a punto de montar una escena y avergonzarla en presencia de sus nuevos amigos.

—No olvides que más tarde jugaremos al fútbol —le recordó Sam con una diplomacia que le granjeó una sonrisa de la diosa—. Por cierto, será mejor que vaya contigo, Victoria —propuso cuando llegaron al aparcamiento—, así te indicaré el camino a Petradi —añadió y lanzó una mirada triunfante a su padre al subir al destartalado coche de Vrahos para demostrarle que también él sabía jugar a aquel juego.

Al llegar a la casa, Patrick se dirigió a la cocina.

—Muy bien, vosotros dos poneos en marcha, por favor —ordenó a sus hijos—. Sam, ve a buscar las bebidas, y tú, Sophie, ¿podrías sacar la comida del frigorífico para que podamos prepararlo todo?

—Un segundo —pidió Sophie, que llevaba unos instantes jugueteando con el móvil—. Tengo que contestar el mensaje de Ellie. Está agobiadísima, porque mañana va a una fiesta temática y no sabe de qué ir, y se me ha ocurrido una idea genial.

—¿Por qué no va de ninfa de Rubens? —sugirió Sam—. Sería idea con esos muslos tan rechonchos y rosados. Así no tendría ni que vestirse.

Sophie lo fulminó con la mirada.

—Tiene que ser algo relacionado con la horticultura —señaló.

—Pues que vaya de patata.

—Muy gracioso, sí señor. No, tiene que ir de Audrey Hepburn. ¿No os parece del todo genial?

—¿Ellie? —bufó Sam—. Estarás de guasa, Sophie. Además, ¿qué tiene que ver Audrey Hepburn con la horticultura?

—Mira que eres ignorante. Audrey Hepburn y la horticultura son sinónimos —sentenció Sophie con altivez—. Todo el mundo asocia la horticultura con ella..., ¿verdad, Victoria? ¿A que es la primera palabra que se te ocurre cuando piensas en ella?

—Bueno... —farfulló Victoria, reacia a herir los sentimientos de Sophie—. La verdad es que cuando oigo su nombre pienso en una actriz maravillosa y desde luego en la personificación de la elegancia, pero no tenía idea de que Audrey Hepburn estuviera relacionada con la jardinería.

—¡Exacto! —exclamó Sophie con aire triunfante—. La personificación de la elegancia, ¡por eso lo decía! ¿Qué tiene eso que ver con la jardinería?

Sam lanzó una carcajada, y Patrick rodeó los hombros de su hija con el brazo.

—Ay, Sophie, cariño, te quiero. La horticultura es el cultivo de jardines. ¿Por casualidad no te referirías a la *haute couture*?

Sophie releyó el mensaje de su amiga y emitió un gemido.

—¡Oh, no! ¿Por qué siempre lo leo todo al revés? Creía que era la pronunciación francesa...

Los demás se echaron a reír, y Victoria consideró que decía mucho a favor de Sophie que también ella fuera capaz de reírse.

—Me muero de hambre —anunció Jake—. ¿Comeremos pronto?

—Ahora mismo —prometió Patrick—. Vamos, chicos, poneos las pilas. ¿Comemos fuera? Me parece que hace suficiente calor.

Empezó a colocar cuchillos y tenedores sobre una bandeja mientras Sophie se acercaba al frigorífico.

—Papá, aquí dentro no hay gran cosa —señaló Sophie al poco—. ¿No decías que ayer compraste un montón de provisiones en Kryovrisi?

—Sí, y anoche, cuando volví a toda velocidad para abriros la puerta, por si lo has olvidado, te pedí que sacaras la comida del coche y la metieras enseguida en la nevera mientras Sam entraba las bebidas y yo abría la puerta. ¿Qué hiciste con las cosas?

—¡Oh, Dios mío, me olvidé!

Presa de sentimientos de culpabilidad, Sophie recordó que el teléfono de Petradi empezó a sonar cuando su padre llegó y que ella entró en la casa a toda prisa para contestar, creyendo que podía ser Ellie Marshall. Sin embargo, resultó ser una llamada mucho más increíble y maravillosa. Era el amigo de Sam, el divino Matthew Burnaby, con quien habían pasado el día y del que se habían separado hacía apenas una hora..., una señal muy positiva, en opinión de Sophie. Resultó que quería hablar con ella, no con su hermano, dato que Sophie se apresuró a poner en conocimiento de Ellie. Como es natural, tamaño acontecimiento había desterrado de su mente todo pensamiento acerca de la comida.

—¡Maldita sea, pero si te lo acababa de pedir! ¿Cómo pudiste olvidarlo? —se exasperó Patrick—. ¿Dónde está todo?

—Que no cunda el pánico, seguro que nadie ha robado la comida —repuso Sophie con gran seguridad en sí misma, pensando aún en la emocionante posibilidad de que Matthew volviera a llamarla—. Tranquilo, papá, está en el maletero.

—Pues eso me tranquiliza bien poco. A los alimentos no les sienta demasiado bien pasarse horas encerrados en el maletero de un coche aparcado a pleno sol..., ni siquiera las neveras portátiles pueden aguantarlo. ¿Quieres hacer el favor de ir a ver?

—No se enfade con ella —le pidió Victoria en cuanto Sophie desapareció por la esquina de la casa—. Podría haberle pasado a cualquiera.

—A cualquiera no, pero a Sophie sí, desde luego —sentenció Patrick con una sonrisa resignada—. Tendría que haberme dado cuenta, pero salimos a cenar y no se me ocurrió mirar en la nevera.

De la parte trasera de la casa les llegó un grito espeluznante seguido de un portazo.

—¿Y bien? —preguntó Patrick cuando Sophie irrumpió de nuevo en la casa con expresión trágica mientras se tapaba la nariz.

—¡Un desastre, un desastre! Oh, papá, lo siento mucho. Es lo más asqueroso que he olido en toda mi vida. —Sophie se retorció las manos con un estremecimiento—. La lechuga está caliente y mustia..., pero el pollo, la taramasalata y lo demás han cobrado vida propia.

—¿Puedo salir a olerlo? —pidió Jake, encantado ante tanto dramatismo.

Todos se dirigieron al coche, y Sophie abrió el maletero con precaución exagerada.

—¡Uf! —gritó Jake al tiempo que se apartaba de un salto—. ¿Tenemos que comernos eso?

—Por supuesto que no... El problema es que no tenemos gran cosa aparte de unos cuantos tomates.

—¿Hay huevos y beicon? —inquirió Victoria.

—Es muy posible, a menos que Sam haya acabado con las existencias, pero en cualquier caso, no habrá suficiente para todos.

—¿Y pasta?

—Creo que sí. Me suena haber visto un paquete de tagliatelli por alguna parte.

—Estoy segura de que Sophie y yo podremos improvisar algo —dijo Victoria—. No soy la mejor cocinera del mundo, pero Dora prepara una pasta a la carbonara deliciosa para la que se necesitan muy pocos huevos y muy poco beicon. Y los tomates serán el acompañamiento perfecto.

—Pero no podemos permitir que nuestra invitada prepare la comida —protestó Patrick.

—Pues a mí me parece divertidísimo. Las catástrofes domésticas ajenas siempre me reconfortan; sufro tantas...

—Menos mal que mamá no está aquí —comentó Sam—. A estas alturas ya se le habrían cruzado los cables. Las desgracias domésticas no le hacen ninguna gracia. Te habría hecho picadillo, Sophie.

—No le contarás a mamá lo que ha pasado, ¿verdad, papá? —se angustió Sophie.

—No, creo que lo mejor será que guardemos en secreto este pequeño episodio —repuso Patrick con sentimiento.

Sophie parecía tan aliviada que Victoria no pudo por menos de preguntarse de nuevo cómo sería Rachel Hammond.

—Vamos, Sophie —instó—. Veamos qué podemos inventar. Enséñame dónde están las cosas, y tú, Jake, ayuda a poner la mesa.

Sophie dedicó a Victoria una mirada de agradecimiento y mientras regresaban juntas a la cocina concluyó que le caía muy bien. Al escuchar las risas procedentes de la cocina, Patrick no pudo evitar hacer ciertas comparaciones... y de inmediato se sintió culpable por ello.

Después de un rato de golpes, tintineos y cacerolas chocando contra el suelo, las dos cocineras aparecieron triunfantes y cargadas con una fuente de pasta con aspecto bastante mojado y un cuenco lleno de un líquido amarillento en el flotaban algunos daditos de jamón.

—No quedaba beicon, pero hemos encontrado una loncha solitaria de jamón. Me parece recordar que hay que batir los huevos con crema de leche, así que los hemos mezclado con yogur —explicó Victoria mientras removía el líquido amarillento con un tenedor—. Tendría que estar igual de bueno —añadió, esperanzada.

—No se parece en nada a la salsa de Dora —señaló Jake, que no confiaba nada en las habilidades domésticas de su madre.

—Bueno, puede que estemos ante un descubrimiento culinario —aventuró Victoria en tono alegre—. Vamos, cariño, hay que vivir peligrosamente. —Sirvió un poco de pasta en un plato y la cubrió de salsa—. Anda, pruébala.

Jake se llevó el tenedor a la boca y de inmediato lo dejó caer sobre el plato.

—Está asqueroso, mamá, muy viscoso.

—Por curiosidad, ¿los huevos están cocidos? —terció Patrick, pasándolo en grande.

—Bueno..., no. La verdad es que lo hemos pensado, ¿eh, Sophie? Pero me parece que tienen que cuajar cuando se los mezcla con la pasta caliente.

—Pues tengo la impresión de que la pasta está bastante fría —señaló Sam, inspeccionando su plato—. No saca humo ni nada.

Sophie y Victoria cambiaron una mirada y se echaron a reír.

—¿Y si la metemos un momento en el microondas? —sugirió Sophie.

—¡Buena idea!

Ambas se fueron por donde habían venido con la comida. Al cabo de unos instantes se oyeron unas carcajadas ensordecedoras procedentes de la cocina. El mejunje se había convertido en una especie de bloque de hormigón.

—Lo siento, chicos, la carbonara ha muerto —anunció Victoria.

—Yupi, nos hemos librado de la salmonella —sonrió Sam.

La comida fue un éxito rotundo desde el punto de vista social, si no gastronómico. La ensalada de tomate, aderezada con hojas de albahaca fresca, estaba deliciosa, y además encontraron algo de queso en el fondo del frigorífico, que redondeó el ágape acompañado de pan crujiente. Como suele suceder en tales ocasiones, una vez eliminada de la ecuación la necesidad de causar buena impresión, todos se relajaron y disfrutaron de su mutua compañía.

Como era de esperar, salió a colación la historia del amor perdido de Evanthi, y Victoria los puso al corriente de lo que su abuela le había contado la noche anterior. A Sophie le pareció demasiado romántico para expresarlo en palabras.

—Te encantaría el tío Hugh —aseguró a Victoria—. Es fantástico y además pinta de maravilla. Es muy famoso.

—Eso he oído. ¿Cómo es? Me muero de curiosidad.

Sophie arrugó la nariz mientras reflexionaba.

—Bueno, es difícil de describir, porque es muy diferente. Sam y yo nos partimos de risa con él, pero algunas personas le tienen miedo. Mamá siempre se mosquea porque cree que se ríe de ella, pero en el fondo es una bellísima persona. Supongo que se parece bastante a papá, solo que tío Hugh aún es más alto, y es como... —Se interrumpió y sopesó a su padre con la mirada antes de seguir hablando—. Es como una versión más grande y más ruidosa de papá.

—Lo que quiere decir Sophie es que Hugh es mucho más original y tiene mucho más talento que yo..., pero también que bebe mucho más que yo —intervino Patrick con una carcajada mientras volvía a llenar las copas de vino blanco—. Además, yo soy un tipo corriente, y él no, desde luego. ¿Qué le voy a contar? ¿Cree que deberíamos preparar un encuentro entre ellos, o sería un desastre? Quizá prefieran conservar los recuerdos intactos y no contaminarlos con los crueles cambios que provoca la vejez.

—No puedes ocultárselo —protestó Sophie—. Ahora la abuela de Victoria sabe que está vivo, y no sería justo que él no se enterara de que ella también sigue viva. En mi opinión, los dos siguen estando guapísimos a pesar de ser tan mayores.

—Puede que tengas razón, Sophie —admitió Patrick—. ¿A usted qué le parece, Victoria?

—Pues que Sophie tiene razón, en efecto, y que sería fascinante conocer la versión de Hugh. ¿No podría pedirle que se lo cuente cuando vuelva a casa y luego decidir qué hacer en función de su relato? Aunque conociendo a la *nonna*, sospecho que tendrá su propia opinión, que sin lugar a dudas expresará con toda claridad. En cuanto a lo del encuentro... La verdad es que no sé si la *nonna* está en condiciones de viajar. Ahora mismo no, por descontado, pero se ha recuperado de una forma tan increíble que quizá sea capaz de cualquier cosa.

—Los médicos dicen que si un enfermo terminal se empeña en seguir con vida para vivir un acontecimiento en particular, a menudo lo consigue —observó Patrick—. Su abuela no se encuentra en una situación tan desesperada, y quizá esta ocasión constituya una nueva oportunidad para ambos. —Se levantó—. Voy a preparar café. ¿A quién le apetece? ¿Solo a usted, Victoria? Pues marchando.

Jake, que empezaba a aburrirse de la conversación, pidió permiso para levantarse de la mesa y empezó a dar intencionados puntapiés a un balón que encontró en la terraza. Puesto que Sam no estaba ni mucho menos tan interesado por los romances octogenarios como los otros tres y además necesitaba hacer ejercicio físico a intervalos regulares, accedió de inmediato a jugar el partido de fútbol que había prometido al pequeño.

—Eres un auténtico encanto, Sam —elogió Victoria, y el muchacho se adentró en el olivar más contento que unas pascuas.

Al cabo de unos minutos, Patrick salió de la casa diciendo que acababa de contestar al teléfono.

—Es para ti, Sophie, un tal Matthew no sé qué, el hijo de los amigos de los Marshall con el que pasasteis el día ayer. Quiere que tú y Sam volváis a salir con ellos.

Sophie entró en la casa como una exhalación.

Patrick alargó a Victoria una taza de café muy fuerte y se sentó junto a ella.

—Jake es un niño estupendo —constató—. Es evidente que se las arregla muy bien para cuidarlo usted sola, aunque debe de ser muy duro. ¿Cómo le ha afectado la tragedia? Seguro que también echa mucho de menos a su padre.

—Oh, sí, muchísimo. Lo paso muy mal por él. No habla mucho del tema, aunque intento animarlo a que lo haga. A veces se pone muy tenso y llora por naderías. Siempre ha sido muy nervioso, pero hay días en que se pone muy difícil, histérico y maleducado, lo cual no es nada propio de él. Richard adoraba a Jake y se portaba maravillosamente con él. No sé cómo le afectará su muerte a la larga, porque estar aquí es como estar de vacaciones, y todo el mundo le presta atención, sobre todo yo. Eso también me preocupa un poco; los niños son muy posesivos con sus madres, ¿no le parece? Cuesta mucho no malcriarlos.

Patrick no supo qué decir. Sam y Rachel parecían estar peleados desde el día del nacimiento del primero.

—Yo no me preocuparía en exceso —intentó tranquilizarla—. Estas cosas suelen resolverse solas. En mi caso es nuestra hija pequeña la que más se aferra a su madre. Ahora mismo está un poquitín pesada, pero seguro que todo sale bien.

—Me encantaría que Jake fuera como Sam y Sophie de mayor. ¿Cuántos días más os quedaréis?

—Solo dos; volvemos a casa el jueves. Planeamos el viaje entre las dos Pascuas.

Victoria sintió una punzada de desilusión.

—Es una lástima que no os quedéis a pasar la Pascua aquí —comentó—. A Sam y Sophie les encantarían los colores, la fiesta, las procesiones, san Spiridon, el santo patrón de la isla, recorriendo la ciudad en su ataúd de plata y obrando milagros a diestro y siniestro al son de la música de banda, por no hablar de la costumbre de romper platos en la calle. A Jake le entusiasma.

—Suena estupendo; me parece haber leído algo sobre ello. Qué forma tan ingeniosa de desembarazarse de todos esos platos desportillados que se acumulan en el fondo de las alacenas. ¿No simboliza la expulsión de Judas Iscariote?

—Sí, pero existen otras teorías al respecto, algunas de ellas cristianas, otras bastante paganas, pero todas relacionadas con ceremonias de bienvenida a la primavera y a los nuevos comienzos. Es la excusa perfecta para romper cosas. ¡No sabe lo liberador que es! Unos amigos de la *nonna* tienen un apartamento con vistas al Liston, y siempre veíamos el espectáculo desde allí.

El sábado por la noche solemos ir a misa de medianoche en la plaza Mayor, y es una ocasión muy alegre, con campanadas, los sacerdotes declamando *Kristos anesti* y montones de fuegos artificiales. Recuerdo que, cuando era pequeña, mi primera Pascua inglesa me pareció una auténtica lata.

—Ojalá pudiéramos quedarnos —suspiró Patrick, deseando poder alargar su estancia en Corfú, y no solo para presenciar la festividad pascual—. Pero por desgracia, puesto que este año nuestra Pascua ha caído tan pronto, las clases de Sophie empiezan la semana que viene, y Sam tiene que volver a Newcastle. Cuénteme más cosas acerca de las costumbres locales; me parecen fascinantes.

—Bueno, la Semana Santa es una auténtica orgía dedicada a blanquear las casas y preparar *koulouri*, las galletas especiales de Pascua. En los pueblos aún se ven mujeres llevando enormes bandejas sobre la cabeza para que las horneen en la panadería local. En Corfú hay unas galletas tradicionales de Pascua que se decoran con huevos y plumas. —Victoria hizo una mueca—. Pero no todo es tan bonito; también sacrifican a muchos corderos, lo cual no le gusta un pelo a Jake, y la abuela de Dora, Nafsica..., la que se asustó tanto al verlo, siempre se empeña en preparar un estrafalario plato tradicional llamado *mayeritsa*, que hay que comer después de la misa de medianoche. Es un estofado de entrañas de cordero en el que se mete de todo: pulmones, bazo y demás lindezas. No sé si le gustaría. Huele fatal, y aunque algunos de estos estofados que he probado en mi vida eran bastante repugnantes, Nafsica consigue que el suyo esté sorprendentemente bueno a base de limón, especias y cebolletas.

—Me parece que paso —dijo Patrick y se echó a reír al ver su expresión.

—No sé qué haremos este año —suspiró Victoria con tristeza—. Puede que deje a Jake con Yannis, Dora y Angelo. La *nonna* no estará lo bastante fuerte, y por mi parte, no sé si me siento capaz de afrontar tanta fiesta... Demasiados recuerdos. Lo más probable es que vaya a misa en Kryovrisi.

Patrick pensó que de nuevo parecía muy pálida y cansada, y su corazón se encogió de compasión por ella.

—Imagino que querrá hacer unas cuantas fotos más antes de irte —señaló Victoria tras un silencio.

—Sí, si es posible. Pero no se preocupe por mí. Puedo arreglármelas muy bien solo si a su abuela no le molesta que curiosee por la casa. No quiero ser un estorbo.

—Oh, usted nunca es un estorbo —se apresuró a asegurar ella.

Durante un breve instante, sus miradas se encontraron. Al poco, ambos desviaron la vista, y entre ellos se hizo el silencio. De repente, la camaradería entre ellos parecía haberse esfumado, y los dos percibieron una suerte de tensión, la realidad del vínculo que empezaban a forjar y que ninguno de los dos sabía si era apropiado.

—Tenemos que irnos —anunció por fin Victoria al tiempo que se levantaba—. Ya os hemos robado demasiado tiempo, y además debo volver a casa para ver cómo está la *nonna*. Lo hemos pasado en grande, muchísimas gracias.

—Estamos encantados de que hayáis venido —afirmó Patrick con una sonrisa—. La próxima vez nos esforzaremos más con el menú. Voy a buscar a Jake.

Victoria empezó a recoger sus cosas. Mientras comprobaba por última vez que Jake no había dejado ninguno de sus coches tirado en la terraza, Sophie salió de la casa con cara de extrema satisfacción.

—¿Una llamada interesante? —le preguntó Victoria, arqueando las cejas con una sonrisa.

—Mucho —suspiró Sophie.

Le habría encantado hablar del increíble Matthew Burnaby con Victoria, pero la reaparición de su hermano la frenó; Sophie habría preferido morir a cantar las alabanzas de Matthew en presencia de Sam. Tanto el muchacho como Jake llegaron muy colorados, y el cabello oscuro del niño aparecía empapado de sudor.

—Jake es el nuevo David Beckham —anunció Sam—. Prepárate para recibir una llamada de Sven-Göran Eriksson en cualquier momento. Estoy alucinado.

—Ha sido genial, mamá —exclamó Jake.

—Ya, pero estás acaloradísimo —señaló Victoria con una

carcajada—. Ya veo que lo has pasado muy bien, cariño. ¿Qué se le dice a Sam por haber jugado contigo, y al señor Hammond y a Sophie por invitarnos a comer?

—Muchas gracias —dijo Jake, obediente—. ¿Podremos venir otra vez?

—Por supuesto —asintió Patrick.

Pero mientras lo decía se preguntó si habría otra vez, y la posibilidad de que no fuera así le produjo una sensación nada agradable.

Mientras los Hammond acompañaban a sus invitados hasta el coche, Sophie no dejaba de pensar en Matthew, y tras despedirse de Victoria con un beso, regresó volando a la casa para enviar un SMS urgente a Ellie. En cambio, Patrick y Sam se quedaron para saludarla con la mano hasta que el coche desapareció sendero abajo.

25

Al llegar a Vrahos, Victoria y Jake oyeron gritos procedentes de la cocina. A todas luces muy alterados, Yannis y Dora estaban enzarzados en una acalorada discusión, y Angelo permanecía sentado bajo la mesa con los ojos abiertos de par en par y aspecto inusualmente dócil. Era evidente que Dora había llorado, y Yannis parecía enfurecido.

—Oh, Victoria, gracias a Dios que ha vuelto —chilló Dora—. Por favor, haga entrar en razón al idiota de mi marido. Quiere que haga algo que matará a Kyria. Le he dicho mil veces que no, que no se le pueden mostrar esas cosas por ningún concepto, que no está lo bastante fuerte. Se moriría del susto, y sería culpa mía. En cuanto a mi abuela... ¡no tengo palabras! —espetó Dora, aunque a todas luces era inexacto.

—Y yo digo que son propiedad suya y que no te corresponde a ti decidir si hay que dárselas o no..., ni a Victoria tampoco —replicó su marido.

Yannis, de talante por lo general alegre, recalcó sus palabras con un puñetazo tan violento sobre la mesa que las tazas de café saltaron sobre los platillos y una garrafa de vino se volcó, manchando el mantel de rojo oscuro. En Corfú, verter vino sobre la mesa suele considerarse señal de buena suerte, pero a Victoria le pareció más bien el augurio de un terrible derramamiento de sangre. En circunstancias normales, Dora habría corrido a limpiar el desastre y echar sal sobre la mancha, pero en aquel momento ni siquiera pareció darse cuenta de lo que había ocurrido.

—No entiendo absolutamente nada —dijo Victoria, aunque intuía de qué podía tratarse y que quizá estaba a punto de encajar otra pieza del rompecabezas—. Pero en cualquier caso, será mejor que no hablemos de ello delante de los niños —señaló antes de ordenar a Jake y Angelo que se fueran.

Llevó un rato desentrañar toda la historia porque Yannis y Dora no dejaban de interrumpirse el uno al otro, pero al final Victoria dilucidó que el sacerdote había visitado a Nafsica aquella mañana y pasado un rato con ella. Antes de irse recomendó a Dora que fuera a ver a su abuela de inmediato, porque debía ver algo importante.

Arriba, Dora encontró a Nafsica sentada en el borde de la cama, llorando como si se hallara en un velatorio y repitiendo sin cesar «Ella confiaba en mí» como si de una respuesta litúrgica se tratara.

—Kyria nunca me lo perdonará, nunca —gimió al ver a su nieta—. Las he guardado todos estos años, todas y cada una de ellas. Nunca se las mencioné ni se las enseñé a nadie, y ahora el *papas* dice que tengo que dárselas. ¿Qué pensará de mí? Todos estos años..., y siempre ha confiado en mí. Le dije al padre que no era culpa mía, que la *contessa* me obligó a hacerlo. —Durante unos instantes se limitó a llorar—. ¡Pero el pater dice que soy responsable de mis actos! —prosiguió, más alterada aún—. Él no lo entiende. La *contessa* me dijo que era por el bien de Kyria, que yo podía salvarla de una infelicidad segura. Luego me preguntó si quería seguir trabajando para ella y me recordó a quién pertenecía nuestra casa. ¿Qué podía hacer yo? El padre dice que las dos somos viejas y que debo decírselo antes de que sea demasiado tarde y una de nosotras tenga que enfrentarse al Creador. Dice que tal vez me perdone, pero que en cualquier caso debo confesárselo todo..., pero ella confiaba en mí. ¿Cómo reaccionará?

Tras muchos esfuerzos por parte de Dora para calmar a la anciana, Nafsica hincó con dificultad las rodillas destrozadas por el reuma en el suelo y sacó una abollada caja de metal de debajo de la cama. Se quitó la llave que llevaba colgada del cuello con una cadenita y la introdujo en la cerradura antes de levantar la tapa. El interior olía a moho y a polvo, y estaba lleno de sobres amarillentos por el paso del tiempo. Todos ellos llevaban sello y matasellos... y todos estaban cerrados. Dora miró a su abuela con expresión interrogante y se dijo que en los últimos días, Nafsica, ya de por sí menuda y frágil, se había encogido aún más, y que su tez mostraba el mismo matiz amarillento que los sobres de la caja.

—¿Qué es todo esto, *yiayia*? —preguntó, perpleja.

—Son las cartas que el caballero inglés escribió a Despinis Evanthi —repuso Nafsica, empleando un tratamiento que llevaba más de sesenta años sin utilizar—. El artista al que estaba prometida en secreto y al que tanto amaba. ¡*O Panagia mou*, nunca había visto un amor como el suyo! Se escribían cada día, y casi todas las cartas que hay en la caja son de él para ella, aunque también hay algunas de ella para él.

—¿Que Kyria tuvo un amante inglés? —se asombró Dora.

La idea de que la imponente Evanthi, una figura que ella había admirado y respetado durante toda su vida, hubiera vivido un romance con un apasionado Romeo desató su imaginación por lo general no demasiado vívida, poblándola de encuentros a la luz de la luna bajo los olivos y besos robados en rincones oscuros.

—Pero ¿por qué las tienes tú? —quiso saber.

—Porque las robé —susurró Nafsica—. Yo era su mensajera, los ayudaba a encubrir sus encuentros y a ocultar sus cartas a la *contessa,* que desaprobaba la relación. Pero los traicioné. Cuando la familia estaba aquí en Vrahos, una de mis tareas consistía en recoger el correo que llegaba y dejarlo sobre la mesa del Gran Salón, y también llevar la correspondencia de la familia al buzón que había al final del sendero para que el cartero se la llevara. Cogía las cartas dirigidas a Despinis Evanthi y se las daba sin que su madre llegara a verlas, y ella me daba a mí las suyas en lugar de dejarlas sobre la mesa, donde todo el mundo podía verlas. Cuando la *contessa* descubrió que seguían escribiéndose, me hizo prometer que me aseguraría de que Despinis Evanthi no recibía las cartas del joven..., y también empecé a guardarme las que ella le escribía a él.

—Pero si siempre has querido a Kyria —exclamó Dora, horrorizada ante tamaña deslealtad—. ¿Cómo pudiste hacerle algo así?

Sabía que su abuela era testaruda como una mula y no se la imaginaba cediendo de buen grado a ningún tipo de presión, aunque procediera de su señora.

—Sí, la quería, pero también estaba de acuerdo con la *contessa* —se defendió Nafsica—. ¡Era por su propio bien! Su madre ya había concertado su matrimonio con un joven de una excelente familia griega. La *contessa* y Calliope Doukas se habían criado juntas y planeado la unión de sus hijos cuando estos no eran más que unos bebés. ¿Por qué iba a permitir la *contessa* que su hija echara a perder su vida con un extranjero sin dinero, cuando ella era tan hermosa e inteligente? Habría sido un desastre. No debería haberlos ayudado nunca, pero siempre fue difícil negarle nada. Era tan... y todavía es tan... —farfulló Nafsica, antes de añadir, como era de esperar—: Pero confiaba en mí.

Victoria paseó la mirada entre Dora y Yannis.

—¿Dónde están las cartas ahora? —quiso saber.

Dora señaló una vieja caja de hojalata negra colocada sobre el aparador de la cocina, donde se exponía una colección de viejos platos de mayólica desde que Victoria tenía uso de razón. Quizá Patrick Hammond los considerara candidatos idóneos para la ceremonia de destrozo de platos, pensó Victoria al observar por primera vez que muchos de ellos estaban desconchados. La imagen de Patrick poblaba sus pensamientos aun en plena crisis doméstica. Contempló la caja con un nudo en el estómago y por fin respiró hondo.

—Lo siento, Dora, pero estoy de acuerdo con Yannis —le dijo—. Estas cartas pertenecen a la *nonna*, y no tenemos más derecho a ocultárselas que Nafsica en su momento. Sin embargo, también pienso que deberíamos prepararla un poco antes de dárselas. Tal como has dicho, Dora, podría llevarse un sobresalto tremendo, aunque quizá no tanto como imaginas. Nunca había oído hablar de su amor perdido, pero precisamente anoche empezó a contarme la historia. ¿Te ha dicho Nafsica por qué ha decidido hablar después de tantos años?

—Cree que tuvo una visión el día que el señor Hammond vino a comer. Pensó que el antiguo prometido de Kyria había muerto y regresado para atormentarla.

—Patrick Hammond es sobrino del amor inglés de la *nonna* y por lo visto se parecen mucho. Fue eso lo que indujo a la *nonna* a sacar el tema. La visita del señor Hammond fue del todo casual..., aunque por supuesto, la *nonna* no está de acuerdo, pero en cualquier caso, tanto tu abuela como la *nonna* reconocieron su rostro de inmediato. No me extraña que la pobre Nafsica crea haber visto un fantasma. Me dijiste que estaba muy rara, pero en ese momento no relacioné ambas cosas. Debió de llevarse un susto de muerte.

—¿Qué hacemos? —preguntó Dora—. La *yiayia* no quiere ir a ver a la *nonna*. Ya se lo he propuesto, pero está demasiado avergonzada.

—Le diré a la *nonna* lo de las cartas y le preguntaré qué quiere hacer. A la larga tendrá que hablar con Nafsica, tal vez cuando las dos hayan tenido ocasión de tranquilizarse un poco. La *nonna* posee una fuerza interior increíble. Estoy segura de que todo irá bien.

Dora y Yannis adoptaron una expresión aliviada.

—Estaba a punto de prepararle la bandeja del té —señaló Dora—. ¿Qué le parece si se la sube usted y yo me ocupo de la merienda de los niños?

—De acuerdo —convino Victoria—. Deja que me dé una ducha primero y guarde mis cosas. Luego vendré a buscar la bandeja.

Pese a la seguridad que había mostrado ante Dora y Yannis, al subir a su habitación sintió vértigo al pensar en el impacto que aquel giro de los acontecimientos podía causar en la frágil salud de su abuela. Qué curioso vínculo los unía a los Hammond. Resultaba difícil descartar la idea de que la llegada de Patrick en aquel momento de su vida tuviera un significado especial, pero con un esfuerzo, Victoria desterró aquel pensamiento de su mente, furiosa consigo misma por el hecho de que se le hubiera ocurrido siquiera.

Cuando entró en el saloncito con la vieja bandeja de plata, que tan bien recordaba de su infancia, Evanthi estaba sentada en su butaca habitual con una manta echada sobre las rodillas a pesar de que, en opinión de Victoria, hacía mucho calor. El rostro de la anciana se iluminó al ver a la joven.

—Oh, *agapi*, qué alegría verte. ¿Lo has pasado bien? Cuéntamelo todo.

—Lo he pasado muy bien, gracias. La verdad es que me caen muy bien los Hammond.

Titubeó un instante como si quisiera añadir algo pero hubiera cambiado de opinión.

Evanthi le lanzó una mirada escrutadora, pero no hizo comentario alguno.

—¿Qué tal el partido de tenis? —preguntó en cambio.

—Muy bien. Al principio me he asustado porque al llegar los he encontrado calentando y me han parecido muy buenos. Pero todos ellos son muy considerados y yo no lo he hecho del todo mal. Creo que Guy estaría orgulloso de mí.

Evanthi advirtió que no había dicho que Richard estaría orgulloso de ella. A Victoria siempre le había importado la aprobación de Guy... y por lo visto aún sentía lo mismo, pensó su abuela con cierta inquietud.

—No puedo parar de pensar en ti y en lo que me contaste anoche —dijo Victoria—. ¿Cómo has pasado tú el día, *nonna*?

—He estado pensando. Me gustaría volver a ver a Patrick Hammond antes de que vuelva a Inglaterra. ¿Quiere hacer más fotografías? ¿Cuándo se marchan?

—Sí, quiere hacer más fotografías y de hecho me ha pedido que te pregunte si te parece bien. Se marchan el jueves.

—En ese caso, ¿te importaría llamarlo y preguntarle si puede venir mañana o el miércoles? Quiero pedirle algo.

Victoria creyó que aquellas palabras eran el pie perfecto para la noticia que tenía que darle a su abuela, así que respiró hondo.

—*Nonna*, tengo algo que decirte... y algo que mostrarte que quizá te sobresalte. ¿Te sientes con fuerzas para enfrentarte a más cosas de tu pasado..., a algo que puede resultar duro?

—Se me da bastante bien afrontar las cosas —espetó Evanthi con sequedad—. Tengo mucha práctica. Anda, suéltalo.

—Se trata de Nafsica.

—¿Nafsica? —exclamó Evanthi con evidente preocupación—. ¿Se encuentra bien? Patrick Hammond me contó que se llevó un gran susto al verlo. Pobre Nafsica, siempre me ha sido tan leal... Debió de quedarse de piedra al ver a alguien tan parecido a Hugh. Nafsica fue nuestra mejor aliada durante todo un verano, ayudándonos a mantener nuestros encuentros en secreto. No me digas que está enferma.

—No exactamente, pero quizá tampoco fuera la aliada que crees, aunque por lo visto velaba por lo que consideraba que eran tus intereses. Todavía no está enferma, pero no me extrañaría que acabara enfermando. Está muy nerviosa y triste, y se siente profundamente culpable.

—¿Y de qué, si puede saberse?

Victoria vaciló mientras buscaba las palabras más adecuadas.

—Vamos, *agapi*, si tienes algo que decirme, haz el favor de soltarlo y deja de tratarme como si estuviera senil —ordenó Evanthi, adoptando la expresión imperiosa que Guy denominaba «mirada de emperatriz de la India».

—De acuerdo —suspiró Victoria, aliviada al observar la actitud altiva de Evanthi—. Nafsica mandó llamar al *papas* porque cree que corre peligro mortal de sufrir las represalias del Divino o bien las tuyas..., y no sé cuál de las dos cosas la asusta más. Por lo visto, el padre ha venido a verla hoy, y Dora dice que Nafsica le ha contado que tu madre la coaccionó para que saboteara tu relación con el tío de Patrick. Han aparecido muchas cartas sin abrir de Hugh, que Nafsica ha tenido escondidas durante todos estos años, y algunas que tú le escribiste a él y que ella no llegó a enviar. Dora dice que está destrozada.

Evanthi clavó los ojos en ella.

—¡Nuestras cartas! ¿Dónde están?

Victoria fue a buscar la caja, que había dejado delante de la puerta del saloncito, y la dejó sobre una banqueta junto al sillón de Evanthi.

—¿Quieres que te la abra?

—Sí, por favor.

Mientras Victoria la observaba con inquietud, Evanthi alargó la mano y cogió una de las cartas. En su rostro no se pintaba expresión alguna, pero Victoria advirtió que la mano le temblaba mientras daba la vuelta al sobre una y otra vez, deslizando los dedos sobre la caligrafía, a lo largo de los renglones, como si leyera en braille.

—*Panagia mou!* —musitó por fin—. Nunca pensé que volvería a ver su letra. Esto podría explicar tantas cosas...

—¿Vas a abrirlas? —inquirió Victoria, incapaz de aguantar el suspense.

—Sí. Sí, por supuesto, pero no ahora.

Evanthi sujetaba la carta como si no soportara la idea de separarse de ella.

—¡Lo siento, *nonna*! —se disculpó Victoria, ruborizada—. Qué insensible soy. Seguro que quieres leerlas a solas.

—Creo que sí. No porque puedan contener cosas que no quiero que sepas, *chrysso mou*, sino porque no sé cómo afrontaré lo que averigüe en ellas. Anda, sirve el té para las dos y luego déjame a solas para que pueda emprender el viaje hacia el pasado.

—¿Podrás perdonar a Nafsica, *nonna*?

Evanthi lanzó un suspiro.

—Creo que sí, *agapi*. Sí, estoy segura. También yo me acerco al juicio divino y necesitaré grandes dosis de perdón —recordó a su nieta con una sonrisa irónica—. No quiero inclinar la balanza en mi contra por culpa de nuevos rencores. Pobre Nafsica. No es con ella con quien estoy enfadada, sino conmigo misma, por mi soberbia y mi obstinación. Quizá creas que la culpo, pero no conociste a mi madre. Estoy segura de que presionó a Nafsica de un modo insoportable, y además —añadió con una sonrisa afligida— las dos acabaron consiguiendo lo que se proponían. Aun en la época en que nos ayudó, Nafsica no aprobaba mi relación con Hugh. Es extremadamente xenófoba. Se puso furiosa cuando Toula se casó con el bueno de Anthony, un hombre extranjero y por tanto, en su opinión, más que reprochable.

—¿Y cuando yo me casé con Richard? —quiso saber Victoria, haciendo una mueca al recordar la colérica reacción de Nafsica ante la noticia del compromiso.

—Ah, sí, también cuando tú te casaste con Richard.

—A ti tampoco te hizo demasiada gracia —señaló Victoria.

—No —reconoció Evanthi—, pero no porque fuera inglés —añadió sin poder contenerse.

—*Nonna*... —murmuró Victoria mientras trenzaba los flecos de la alfombra sobre la que estaba sentada con gran concentración, como tan a menudo había hecho de pequeña—, ¿puedo preguntarte una cosa?

—Por preguntar que no quede —replicó Evanthi en tono desalentador.

—¿Sabías que Richard era gay..., quiero decir homosexual?

—Sé muy bien lo que significa gay, gracias, Victoria —espetó Evanthi—. Seré vieja, pero el hecho de que mi generación no hable de cuestiones sexuales con tanta libertad como la tuya no significa que sea una ignorante. Además, la homosexualidad no es algo nuevo precisamente —agregó con sequedad—. Sin embargo, una hermosa palabra ha perdido su significado original y en mi opinión, eso empobrece la lengua. Me horroriza pensar en los hermosos poemas que aprendí en mi época y que tanto me gustaban de niña, pero que ahora los escolares leen con risitas de desprecio.*

—Pero ¿sabías lo de Richard? —insistió Victoria, acostumbrada a las maniobras de distracción a las que recurría su abuela cuando no quería seguir hablando de un tema, y resuelta a no permitir que se escabullera.

—No, no lo sabía. Es cierto que desde que era niño albergaba ciertas... sospechas, más bien una intuición, pero sin nada en que basarla. Cuando os prometisteis pensé que sin duda Guy sabría la verdad y en caso de ser cierto te lo habría dicho. —Victoria siguió concentrada en los flecos de la alfombra—. Lo que pasa es que Richard nunca me pareció el marido adecuado para ti, y estaba en lo cierto, aunque disteis la impresión de ser felices

*Aparte de homosexual, *gay* también significa «alegre» o «jovial» en inglés. (*N. de la T.*)

durante más tiempo del que había esperado. En cualquier caso, nunca habría imaginado un final tan trágico.

—¿Y qué opinas de la boda de Guy? —quiso saber Victoria.

—Guy no se parece en nada a Richard —constató Evanthi—. Le gusta darse todos los caprichos y experimentar. Y por supuesto, siempre ha sido un niño malcriado... por su madre, por Nafsica y también por mí, debo reconocerlo. Sin embargo, creo que su matrimonio tiene posibilidades. Tengo la impresión de que Francine no se dejará manipular por él fácilmente, y Guy me ha dicho que nunca se aburre con ella, lo cual es buena señal. —Evanthi miró a su nieta, tan afectuosa pero, a su manera, también tan obstinada—. Lo siento, *agapi*, no voy a decir lo que quieres oír sobre Guy. A la larga no te haría ningún bien. Entiendo más cosas de las que crees, pequeña, y lo siento mucho por ti. Reconocer los propios errores hace que uno se sienta muy solo..., lo sé muy bien porque en eso también tengo mucha práctica.

—¿Cómo lo afrontaste, *nonna*? —preguntó Victoria en un gemido desesperado.

—Tienes que transformar el error en algo de lo que puedas sacar partido. Yo aprendí una lección terrible sobre mi soberbia y mi impulsividad. Puede que mi matrimonio no fuera el colmo del romanticismo, al igual que el tuyo tampoco lo ha sido, aunque por razones distintas pero, a su modo, tu abuelo fue un buen esposo. Si no me hubiera casado con él, no habría tenido a tu padre, que era la luz de mi vida, ni a Toula, ni a ti, ni a Guy. Y si tú no te hubieses casado con Richard, *agapi mou*, no tendrías a Jake. Debes aferrarte a eso.

Victoria se levantó.

—Gracias, *nonna* —dijo—. Me llevo la bandeja y te dejo a solas con tus cartas. Por lo visto, a ninguna de las dos se le ha dado demasiado bien seguir consejos.

Al bajar la escalera se dijo que quizá se parecía a su abuela más de lo que había creído.

26

Sophie estaba extasiada. No solo ella y Sam habían recibido una invitación para pasar el miércoles, su último día en la isla, con los Burnaby, sino que además Matthew le había dicho que su familia regresaría en el mismo vuelo que los Hammond. Y por si fuera poco, el muchacho había expresado su esperanza de volver a verla en Inglaterra.

—Podrías venir a pasar algún fin de semana a mi casa —sugirió—. Podríamos invitar también a Sam y quizá a Ellie Marshall.

A Sophie le habían encantado los ecos de aquel verbo en primera persona del plural.

—Ah, vale, ¿por qué no? —repuso y de inmediato se preguntó si se habría mostrado demasiado ansiosa.

Una y otra vez repasó mentalmente la conversación, analizando cada matiz, cada inflexión de los dos en busca de significados ocultos. De repente la asaltó un pensamiento sombrío. ¿Pondría trabas su madre? La respuesta más probable era que sí. Por otro lado, si Ellie también iba y contaban con la ayuda de la madre de su amiga, sin duda Rachel reconocería que sería una estupidez negarse. Sophie sabía que a Ellie le gustaba Sam desde hacía años, y un fin de semana en casa de los Burnaby le brindaría la oportunidad de darse cuenta de que Ellie ya no era la amiga rolliza de su hermana pequeña, con aparatos en los dientes y una engorrosa tendencia al acné, sino una joven de silueta magnífica y cutis perfecto. Ya era hora de que Sam reparara en la metamorfosis de Ellie, pensó Sophie, muy satisfecha por la reacción de su hermano ante el interés que Matthew mostraba por ella.

—Haciéndote la adulta, ¿eh? —se burló al enterarse, pero Sophie supo de inmediato que estaba impresionado.

Por su parte, Sam albergaba sentimientos encontrados ante la perspectiva de pasar su último día en Corfú con los Burnaby. Había disfrutado de la primera excursión, porque los amigos que se alojaban en su casa eran divertidos, los padres de Matthew eran generosos y elegantes, y a todas luces estaban forrados, como diría el tío Hugh. El señor Burnaby era un poco plasta, aunque evidentemente se consideraba en la cresta de la ola, papel que, en opinión de Sam, no representaba con demasiada convicción, pero en cualquier caso, los dos eran hospitalarios, amables y conscientes de su lugar como padres, es decir proveedores de comida y bebida sin invadir el espacio de sus hijos.

No obstante, Sam sabía que si decidía acompañar a Sophie, tal vez perdiera la última ocasión de ver a Victoria Cunningham. Sam había fantaseado con rescatar a Victoria, o más efectivo aún, a Jake, de un espantoso peligro para así granjearse su eterna gratitud. En tan apasionante fantasía, su padre no desempeñaba más papel que el de envidiar a Sam por su rapidez de reflejos. También estaba el profundamente erótico instante posterior al rescate, en el que su padre tampoco intervenía para nada. Desde una perspectiva más realista, Sam sabía que le costaría encontrar un pretexto para proponer alguna actividad a Victoria sin contar con su padre, pero por otro lado le molestaría sobremanera que Patrick fuera a Vrahos durante su ausencia.

Pero Sophie se moría de ganas de ver a Matthew, y Sam no solo quería a su hermana, sino que consideraba que su vida social en Inglaterra era un asco. Además, se recordó a sí mismo, una de las chicas que se alojaba en casa de los Burnaby no estaba nada mal, y tal vez mereciera la pena seguir investigando su potencial. Así pues, decidió aceptar la invitación de los Burnaby; no podía descuidar a Sophie.

El martes por la mañana, Patrick decidió subir al Pantokrator, la cima más elevada de Corfú, para fotografiar las flores primaverales, que en aquella época del año transformaban el gris paisaje lunar en un auténtico estallido de color. Preguntó a sus hijos si querían acompañarlo con fingida indiferencia, pues no quería estropearles ningún plan más divertido con sus amigos, pero se alegró mucho cuando ambos aceptaron entusiasmados. Decidieron no molestarse en llevarse la comida y buscar alguna taberna en el camino de vuelta. Patrick cogió la cámara, un fotómetro, una botella de agua y una tableta de chocolate, y los tres se pusieron en marcha de muy buen humor. Patrick no pudo evitar pensar en lo relajante que resultaba poder organizar una salida tan espontánea, sin discusiones sobre lo que había que llevarse, sin preparativos complicados, sin montones de paquetitos de esto, tarritos de aquello y bocadillitos perfectos, y por encima de todo, sin el victimismo que da al traste con la despreocupación y el auténtico disfrute.

En cuanto dejaron la carretera principal para adentrarse en el corazón de la isla, comprobaron que el mapa guardaba escasa relación con la ruta que seguían, por lo que se equivocaron varias veces. Sin embargo, los tres lo tomaron como parte de la diversión, y lo que en Inglaterra habría causado enojo se convirtió en un encanto más de la isla. Ascendieron por la empinada cuesta en primera, y al poco decidieron que sería más divertido dejar el coche en el camino sin asfaltar y seguir a pie, aunque les costó encontrar un tramo donde aparcar sin peligro.

—Es como viajar al pasado —comentó Sophie—, como esas ilustraciones de aquel libro de relatos de la Biblia que nos leía la abuela cuando éramos pequeños. Incluso las ovejas parecen bíblicas. Oh, oigo campanas y... ¡Oh, qué asco! —exclamó de repente, tapándose la nariz—. ¿Qué es esa peste?

Un rebaño de cabras de pelo largo eligió aquel instante para cruzar el camino, dejando bien claro quién tenía preferencia de paso. El macho líder, un ejemplar blanco y gris magnífico de largos cuernos, les lanzó una mirada amenazadora antes de emprender el ascenso por la ladera casi vertical, saltando de roca en roca con infinita seguridad.

—¡Mirad a los pequeños! —se entusiasmó Sophie—. ¡Qué monos! Madre mía, no sabía que había cabras de tantos colores distintos. Las que me gustan más son esas de color chocolate.

—Genial —murmuró Patrick sin dejar de sacar fotografías hasta que el rebaño desapareció montaña arriba, camuflado a la perfección por el pelaje negro, pardo y gris de sus integrantes, el tintineo de los cencerros como único indicio de su presencia—. Serán las fotos turísticas perfectas. Vamos, chicos. Pararemos a beber un poco cuando lleguemos arriba.

Cuanto más subían, a los gladiolos silvestres, los lirios y los altramuces, que formaban burbujas de colores radiantes sobre el telón de fondo de la hierba y el hinojo amarillo, se unieron especies más pequeñas típicas de zonas más altas. Sophie llevaba consigo una bolsa de polietileno y una cinta elástica para guardar las flores que no conociera e identificarlas más tarde, una pasión que había compartido con Rachel en anteriores viajes al Mediterráneo. Aquella afición había permitido forjar un vínculo ocasional entre ellas, y Sophie esperaba reavivar el interés de su madre si encontraba alguna especie rara. Se entusiasmó al encontrar algo que a su padre le pareció una *orchis simia*.

—Pero no la arranques —le advirtió Patrick—. Es una especie muy poco frecuente, y si la observamos detenidamente podemos memorizar su aspecto.

—Me muero de ganas de contárselo a mamá —exclamó Sophie, satisfecha consigo misma—. Así podremos tacharla de la lista en su libro de *Flores silvestres del Mediterráneo.*

Patrick esperaba que Rachel se dignara al menos fingir interés por el hallazgo de Sophie, pero no se hacía demasiadas ilusiones y le dolía ver la vulnerabilidad de su hija.

Las águilas ratoneras describían perezosos círculos sobre sus cabezas, y Sam divisó un halcón peregrino. Al alcanzar la cima una hora más tarde, se llevaron una decepción porque el pequeño monasterio de la cumbre, ahora deshabitado, pero que el sacerdote del pueblo subía a abrir de vez en cuando, estaba cerrado. Sam y Sophie se tendieron al sol mientras Patrick se alejaba con su cámara.

—¡Dios mío, mira todas las flores! Y todo está tan verde... Es increíble. ¿Qué época del año te gusta más, ahora o julio? —preguntó Sophie mientras se daba la vuelta y apoyaba la barbilla en las manos.

—Ahora está todo más bonito, pero echo de menos poder bañarme. El mar tiene un aspecto tan tentador que cuesta creer que el agua esté helada. Aun así, lo he pasado genial y me alegro de haber venido. Hacía un montón que papá no estaba tan bien, ¿no te parece? —inquirió Sam mientras masticaba una brizna de hierba y se calaba la gorra de béisbol hasta los ojos—. Creo que el viaje le ha sentado de maravilla. Espero que el efecto le dure cuando estemos en casa.

—Seguro que no —masculló Sophie, sombría—. Me preocupan él y mamá, pero al menos papá ha podido alejarse unos días de la combinación mortífera del machaque y la indiferencia de mamá. Todo es culpa de esa Bronwen. Tiene a mamá totalmente abducida. Prácticamente se ha instalado en casa, y sé que papá la detesta a pesar de que siempre se porta bien con ella. No entiendo qué ve mamá en ella.

—La hace sentirse segura —explicó Sam con perspicacia—. Mamá necesita tener un gurú. ¿Te acuerdas del baboso del doctor Carstairs con sus dietas ridículas, sobre todo aquella de las fresas y el champán que tanto cabreó a papá? —bufó Sam con desprecio—. ¿O el repulsivo padre Stephan cuando a mamá le dio la vena religiosa? Es curioso que con lo fanática que se puede llegar a poner sea capaz de cambiar de camisa con tanta facilidad y tragar con las chorradas de los demás. Lo que pasa es que hasta que llegó Bronwen, papá también era su gurú..., y además ninguno de los otros se instaló en casa como quien dice. En fin, Sophie, alegra esa cara; ya se le pasará.

—Espero que tengas razón —murmuró Sophie sin convicción—. De todos modos, me alegro que lo del reportaje sobre Vrahos para el libro haya salido tan bien. Qué pasada lo de la señora Doukas y tío Hugh, ¿verdad? Me muero de ganas de que papá hable con él y se entere de su versión de la historia. —Lanzó una risita maliciosa—. No me imagino al vejestorio de tío Hugh presa de la pasión, ¿y tú? ¿Cómo crees que sería la señora Doukas de joven?

—Guapísima, supongo. Seguro que se parecía a Victoria.

—¡Vaya, vaya! Estás que te pirras por ella, ¿eh? —lo pinchó Sophie—. Puede que estés genéticamente condicionado a enamorarte de ella. Desde luego, ayer no parabas de mirarla con ojitos de cordero degollado.

—No era el único —replicó Sam, arrojándole un guijarro.

—Yo no la miraba con ojitos de cordero degollado —se indignó Sophie—. ¿Por qué iba a hacer una cosa así?

—Tú no, tonta..., me refiero a papá. No le puede quitar los ojos de encima. ¿No te has dado cuenta?

—No —sentenció Sophie—. Tú sí que eres tonto.

Sin embargo, en su mente se instaló una duda inquietante.

Cuando Patrick se reunió con ellos tras gastar numerosos carretes, se extrañó al percibir cierta tensión en el ambiente, como una nubecilla gris en un cielo por lo demás despejado. No bastó para estropear el día, pero tampoco desapareció.

Aquel atardecer, mientras tomaban algo en la terraza, contemplando el mar teñirse de azul tinta y el cielo cambiar casi imperceptiblemente de añil a verde claro tras las montañas nevadas de Albania, y escuchando el canto de las golondrinas que tenían su nido bajo los alerones de la casa, sonó el teléfono de la casa. En un alarde de autodominio y esperando que fuera Matthew, Sophie logró no levantarse de un salto para cogerlo; se limitó a bostezar y desperezarse con una indiferencia fingida que no engañaba a nadie.

—Ya voy —dijo Patrick antes de levantarse y coger su copa de vino—. Seguro que es mamá.

Rachel no los había llamado ni una sola vez durante toda la semana, y después de la desagradable conversación que había sostenido con ella, tampoco Patrick la había telefoneado. Sophie, que a menudo hallaba insoportables los incisivos interrogatorios de su madre, no entendía cómo era posible que su familia le interesara tan poco como para no llamar ni una sola vez. Si Posy los hubiera acompañado la situación habría sido muy distinta, pensó Sophie con resentimiento. Antes de descolgar el teléfono, Patrick concluyó que por el bien de todos debía hacer las paces con su mujer antes de volver a casa.

Tardó un buen rato en salir.

—¿Qué tal va todo en casa? —preguntó Sam cuando su padre reapareció por fin.

—Bueno, no era mamá, así que no lo sé —repuso Patrick—. Era Victoria Cunningham. Su abuela quiere verme mañana. Victoria cree que quiere darme algún mensaje para el tío Hugh, lo cual me parece muy interesante. Como vosotros estaréis con los Burnaby, le he dicho que iré a comer. Así podré acabar de hacer fotos y averiguar qué quiere la señora Doukas.

Sam y Sophie cambiaron una mirada que no pasó inadvertida a su padre.

—Ah, bueno, pues espero que lo pases bien —resopló Sam con altivez.

Patrick enarcó una ceja y le lanzó una mirada irónica.

—Yo también lo espero —replicó sin inmutarse.

—¿No vas a llamar a mamá? —preguntó Sophie.

—Hoy no. La llamaré mañana por la noche... si es que ella no llama antes —contestó Patrick—. De todos modos, ya sabe a qué hora llegamos.

Y aunque no era eso a lo que se refería Sophie, su expresión convenció a ambos adolescentes que lo mejor sería dejar correr el asunto.

27

Después de que Sam y Sophie se fueron a casa de los Burnaby, Patrick trabajó hasta última hora de la mañana y luego fue a Vrahos. Victoria no estaba, tal como le había advertido la noche anterior. Tenía cita con el director de la escuela local para comentar la posibilidad de matricular a Jake en la clase de Angelo durante el último trimestre del curso. De todos modos, Evanthi había expresado con claridad que su ausencia le brindaría la oportunidad perfecta para hablar con él a solas. Victoria también le había hablado de la traición de Nafsica y de las cartas ocultas durante tantos años. Patrick no sabía cómo reaccionaría su tío y esperaba que el golpe no fuera demasiado para él. Sin embargo, se consoló diciéndose que Hugh Marston siempre había sido un superviviente.

Dora le abrió la puerta.

—Pase, por favor. Kyria lo espera —anunció.

Lo miró algo insegura, pues no sabía si Patrick estaba al corriente de la traición de su abuela, pero sintió un gran alivio al comprobar que Patrick le dedicaba su habitual sonrisa amable y no hacía comentario alguno.

Evanthi estaba sentada en su butaca. Llevaba un largo caftán negro que, junto con el chal negro y morado que llevaba anudado a la cabeza a modo de turbante, le confería aspecto de potentada oriental y le sentaba maravillosamente bien. Patrick la contempló con admiración no exenta de cierta picardía. Pese a sus ochenta y dos años, aún podía vestirse para impresionar, pensó.

—Magnífica —murmuró—, lista para otro retrato... en esta ocasión fotográfico.

A juzgar por la expresión que se pintó en el rostro de Evanthi, Patrick dedujo que había interpretado correctamente los pensamientos de la anciana.

—Entre, Patrick, me alegro de verlo —lo saludó Evanthi al tiempo que le alargaba la mano; era la primera vez que lo llamaba por su nombre de pila—. Pase y siéntese. Sé que Victoria le ha hablado de las cartas de su tío.

—Sí —asintió él—. Es una historia extraordinaria. Ahora entiendo por qué la abuela de Dora se sobresaltó tanto al verme, aunque sin duda también habrá sido un duro golpe para usted.

—Sí, y no. Triste..., pero al mismo tiempo maravilloso —repuso Evanthi—. Ahora sé lo que he sospechado durante mucho tiempo: que Hugh no rompió su promesa. No puedo expresar cuánto significa para mí saberlo. Hace muchos años, cuando inexplicablemente dejó de escribirme y mi madre me contó todas aquellas mentiras venenosas sobre él, debería haber sabido que Hugh no me defraudaría. Era joven, apasionada y estaba locamente enamorada —explicó con una sonrisa nostálgica—, pero ya sabe lo que dicen de las mujeres despechadas. También era muy orgullosa y tenía muchísimo mal genio. Con los años me he vuelto un poco más sabia..., no mucho, pero un poco sí. Algún día le contaré la historia, pero ahora lo que quiero es pedirle un favor..., dos, de hecho.

—Lo que quiera —se apresuró a prometer Patrick, preguntándose de qué se trataría.

—Me gustaría que Hugh conociera a Victoria —anunció Evanthi.

—Sería fácil de organizar —repuso Patrick, más que encantado ante la perspectiva de volver a ver a Victoria—. ¿Lo sabe ella?

—No, primero quería hablar con usted, preguntarle si puede preparar a Hugh. Puede que no quiera saber nada de mí después de tantos años —observó con una mirada algo cáustica—. No podemos recuperar la juventud perdida, y lo tranquilizará saber que no me hago falsas ilusiones —espetó—, pero me gustaría reconciliarme con él, dejar resueltos ciertos asuntos antes de morir. Hay cosas que quiero llevarme conmigo en mi último viaje, y el perdón de Hugh es una de ellas. Soy la responsable de la ruptura, lo sé.

Alargó la mano, cogió la cajita de plata de la mesa y deslizó el pulgar sobre las abejas y las golondrinas que la ribeteaban.

—He estado pensando qué puedo hacer —prosiguió—, y de repente se me ha ocurrido que me gustaría que Victoria le llevara esto a Hugh, no como regalo, porque quiero recuperarla, pero sí para que él supiera que he conservado la caja durante todos estos años. Por lo que usted me ha contado, él también conserva la mía. No sabe lo feliz que me hace eso. Podría encomendarle a Victoria que le diga cosas que quiero que sepa. Escribir cartas largas me supone un esfuerzo, las conversaciones telefónicas íntimas no son mi fuerte, sobre todo teniendo en cuenta que ha pasado mucho tiempo, y ahora mismo no estoy lo bastante bien para viajar..., y puede que no vuelva a estarlo, tengo que afrontar esa posibilidad.

—¿Y el segundo favor?

—Bueno, en parte es una extensión del primero, pero tiene que ver con la propia Victoria. Estoy convencida de que este es el mejor lugar para ella de momento, pero es posible que no quiera quedarse aquí para siempre, por mucho que yo lo desee. Aún es demasiado pronto para que tome decisiones importantes, pero en algún momento tendrá que decidir si rehacer su vida aquí o en Inglaterra. Me he dado cuenta de que conocerlos a usted y a sus hijos le ha sentado de maravilla y le ha permitido olvidar momentáneamente sus problemas. Dentro de poco tiene que viajar a Inglaterra para ver a su abogado y comentar varios asuntos de familia con su suegro, y creo que sería estupendo que volviera a verlos a usted, Sam y Sophie. Ha disfrutado muchísimo de su compañía... y por supuesto —añadió como si acabara de ocurrírsele—, también sería agradable que conociera al resto de su familia —mintió, pues en su fuero interno consideraba una auténtica pena que Patrick estuviera casado—. Sé que tanto ustedes como Hugh viven en Yorkshire, así que si su tío accede a recibir a Victoria, ¿podría ella alojarse en su casa? —pidió

Evanthi con una de aquellas sonrisas que tanto acentuaban el parecido con su nieta.

—Por supuesto —repuso Patrick—. Me encantaría, y a mi esposa también le gustará conocer a Victoria.

Pero mientras hablaba se dio cuenta de que solo una de esas dos afirmaciones era veraz. Sabía que él sí estaría encantado de volver a ver a Victoria, pero no creía que su visita sentara bien a Rachel.

—¿Le ha hablado Victoria de Richard? —quiso saber Evanthi.

—No directamente, no —negó Patrick, diciéndose que, aun en tal caso, no lo comentaría con su abuela.

Le habría gustado saber qué se proponía Evanthi con su petición. ¿Realmente solo tenía que ver con ella y Hugh..., o quizá albergaba otros motivos? Lo asaltó la sospecha de que quizá pretendiera alentar una relación entre él y Victoria; sin embargo, sabía que estaba casado y no la imaginaba partidaria del adulterio.

—Cree que soy una vieja entrometida, ¿verdad? —constató Evanthi como si le hubiera leído el pensamiento.

—Bueno —sonrió Patrick—, imagino que puede llegar a serlo. Pero todos ansiamos intervenir en la vida de los hijos y los nietos a los que tanto queremos, ¿verdad? A mí me pasa a menudo. Y es evidente que adora usted a Victoria. En fin, estaré encantado de hablar con Hugh en su nombre.

—Tengo la sensación de que no quiere hablar de Victoria conmigo.

—No —convino Patrick con expresión divertida—, no quiero.

No pienso dejarme manipular por esta fascinante mujer, se prometió a sí mismo.

—Le enviaré pruebas de algunas fotografías y el texto del capítulo sobre Vrahos lo antes posible —prosiguió—. Victoria me sugirió que hablara con su nieto sobre la casa y la familia. ¿Le parece bien?

—Guy es un pozo de conocimientos —aseguró Evanthi con total urbanidad.

Pero no quiere que hable con él, pensó Patrick, preguntándose a qué se debería. A todas luces, el joven no estaba en desgracia; sabía por Victoria que Evanthi lo adoraba.

—¿Qué le parece si incluyo en el libro una fotografía del icono? —sugirió—. Ha sido muy amable al permitir que Victoria me lo mostrara. Ahora entiendo por qué lo llama «la joya de la corona de Vrahos». Es una pieza extraordinaria. ¿Me equivoco al suponer que pertenece a la tradición veneciana de pintura de iconos?

—Cierto. Muy apropiado para esta casa, ¿no le parece? Me gustaría que lo fotografiara. Llevaba cuatrocientos años en manos de mi familia y, según la leyenda, si alguna vez sale de Vrahos, la familia también tendrá que irse.

—¿Le importaría que incluyera eso en el libro? —pidió Patrick, intrigado—. Las historias familiares confieren vida a un lugar; a la gente le encantan las leyendas.

—Tendré que pensarlo.

—Mencionó que quizá tendría que venderlo para salvar la casa.

Evanthi se volvió hacia la ventana, pero sus ojos parecían desprovistos de expresión, y Patrick supuso que contemplaba algún paisaje interior al que él no tenía acceso.

—Sí —asintió la anciana tras un silencio—, es lo que todo el mundo me aconseja sin parar. El problema es que no poseo ningún otro objeto de valor comparable. Guy diría que no tiene sentido conservar el icono si puedo acabar viéndome obligada a vender la casa, pero yo me pregunto si tiene sentido deshacerme del icono para salvar la casa si al venderlo la familia tiene que irse.

—Entonces, ¿cree en la leyenda?

—Es posible —repuso ella, enigmática.

—¿En qué consiste?

—Oh, es una historia muy romántica, cómo no —exclamó ella con una sonrisa—, pero no garantizo su veracidad. Por lo visto, el hijo mayor de uno de mis antepasados se enamoró de la hija de una familia rival, una historia a lo Romeo y Julieta. Los respectivos padres eran enemigos encarnizados, y le aseguro que la enemistad entre familias griegas es algo pero que muy serio, así que los dos jóvenes se fugaron y se casaron en secreto. Los padres de ella la repudiaron y se negaron a darle dote alguna, lo cual representaba una vergüenza para la familia del joven esposo, pero ella consiguió llevarse un icono que veneraba. Cuando su padre descubrió que el icono había desaparecido, exigió su devolución, afirmando que su hija lo había robado. Sin embargo, mis antepasados se negaron y dijeron que se lo quedarían en lugar de la dote que deberían haber recibido. Al poco, la joven tuvo un hijo varón, pero murió en el parto. Ciego de rabia y dolor, su padre lanzó una maldición contra la familia del esposo. Ningún heredero varón nacido entre los muros de Vrahos recibiría su herencia mientras el icono siguiera en manos de la familia, pero si el icono abandonaba la casa, también la familia debería marcharse. Es lo que podría denominarse un callejón sin salida. En efecto, ningún heredero varón nacido en Vrahos ha heredado jamás. Durante muchas generaciones, mi familia ha procurado evitar que sus hijos nacieran aquí, incluida yo, pero a menudo el destino ha intervenido como sucedió en el caso de mi hijo Constantine, el padre de Victoria, que nació en la casa durante la guerra. Por aquel entonces yo estaba bajo arresto domiciliario —explicó con sequedad—, y contribuir a evitar una vieja maldición familiar no figuraba entre las prioridades de los alemanes. Como quizá sabrá, mi hijo murió en un accidente de avión, por lo que su nombre se añadió a la lista de las personas supuestamente afectadas por la maldición. Así pues, ya ve que no tengo motivos para dudar de la veracidad de la segunda parte de la profecía.

—Comprendo que no quiera separarse del icono —dijo Patrick.

Se preguntó si Evanthi y Hugh se habrían identificado con la desgraciada pareja de enamorados de la leyenda y, en tal caso, si ello habría añadido emoción a su romance.

—Mi nieto Guy cree que es una sarta de tonterías —señaló Evanthi—, pero independientemente de la leyenda, solo venderé el icono si no me queda otro remedio, porque es mi posesión más preciada, y no en el sentido económico, aunque creo que es bastante valioso, al menos eso dice mi yerno, Anthony. Pero cabe la posibilidad de que tenga que venderlo por el bien de Victoria.

Mientras charlaban, Patrick había sacado la cámara de su funda y comprobado con discreción el fotómetro.

—¿Qué tal si sigue contándome la historia de la casa mientras hago unas cuantas fotografías? —propuso, convencido de que era el momento idóneo para sacar una fotografía de Evanthi.

Cuando Victoria regresó a la hora de comer, la sesión fotográfica tocaba a su fin, pero Patrick y Evanthi seguían enfrascados en su conversación. Evanthi le contaba toda clase de historias familiares que Victoria desconocía. Advirtió que a su abuela le brillaban los ojos y que no tenía tan buen aspecto desde hacía mucho tiempo. Quizá el hallazgo de su amor perdido le alargue la vida a fin de cuentas, pensó. Había temido que Patrick se hubiera marchado ya y experimentó una absurda alegría al comprobar que no era así.

Les contó que Jake podría asistir a la escuela con Angelo. El director era un hombre encantador, según les dijo. Hablaba un poco de inglés, pero decidió no emplear con Jake otra cosa que el griego. La escuela ya contaba con otros dos alumnos extranjeros, un niño italiano y otro alemán, que se habían adaptado sin dificultad. Y a fin de cuentas, Jake ya tenía nociones de la lengua, lo cual constituía una ventaja. Así pues, no preveía problemas. Victoria sintió un gran alivio, pues estaba segura de que la escuela devolvería cierta normalidad a la vida de Jake. Mientras hablaba, Patrick la fotografió de pie ante la chimenea, bajo el retrato de sus abuelos y su padre.

—Es para acabar el carrete —se justificó con una sonrisa cuando Victoria protestó—. Si sale bien le enviaré una copia.

Pero sabía que ante todo había sacado aquella fotografía para sí mismo.

Después de comer tomaron el café en la terraza, y al cabo de un rato Evanthi anunció que debía subir a descansar un rato.

—La llamaré en cuanto haya hablado con Hugh —prometió Patrick al tiempo que se levantaba—. No veo el momento de contarle que la he encontrado... y que sigue usted siendo una mujer hermosa.

—Gracias; esperaré su llamada con impaciencia —aseguró Evanthi—. Dele..., dele saludos de mi parte. No me lo imagino como un anciano. —Permitió que Patrick le diera un beso de despedida y le dio una palmadita en el brazo—. Ha sido maravilloso conocerlo. Pese a las diferencias, en muchos aspectos me recuerda a su tío. Les deseo a todos un buen viaje de vuelta. Salude a Sam y Sophie de mi parte, y por favor no tenga prisa por marcharse solo porque yo me vaya a descansar. Estoy segura de que aún le quedan cosa por ver en la casa, y Victoria puede mostrárselas.

Pero pese a la sugerencia, tras el majestuoso mutis de Evanthi, Patrick dijo que tenía trabajo y resistió la tentación de quedarse a charlar con Victoria..., una tentación intensificada por la espontánea expresión de decepción que adoptó la joven al saber que ya se iba. Los dos eran conscientes de la fuerte corriente de atracción que fluía entre ellos.

—¿Se alojará en nuestra casa cuando vaya a Inglaterra? —preguntó a Victoria mientras esta lo acompañaba abajo—. Su abuela dice que le gustaría que conociera usted a mi tío. Me parece que la quiere convertir en una especie de embajadora.

—Ah, ¿sí? —rió Victoria—. ¡Esperemos a ver cómo reacciona su tío primero! Me encantaría conocerlo, pero no sé si me hace demasiada gracia el papel de intermediaria. También me gustaría mucho volver a ver a su familia, pero no quiero causarles molestias a usted y a su esposa.

—De ningún modo. Seguiré en contacto para tenerla al corriente de los acontecimientos —prometió Patrick—. Gracias por hacer que mi visita a Vrahos haya sido tan especial. —Le tomó la mano y la besó en la mejilla a modo de despedida—. Hasta pronto, Victoria.

—Hasta pronto.

Al mirar por el retrovisor mientras se alejaba dando tumbos por el sendero lleno de baches, Patrick la vio de pie bajo la arcada del patio de la destartalada casa. Sacó el brazo por la ventanilla y la saludó. Victoria le devolvió el saludo.

Se entristeció al verlo marchar, y al mismo tiempo era consciente de que no tenía derecho a albergar semejante sentimiento. Siguió el coche con la mirada hasta que se perdió de vista, y de inmediato la envolvió un manto de depresión.

Jake y Angelo jugaban con los gatitos, y aunque le habría sentado bien distraerse con la bulliciosa compañía de Jake, le parecía una lástima interrumpir su juego, de modo que se encaminó despacio hacia el mirador, atenazada por una soledad que más bien se le antojaba un bloque de hielo.

¿Dónde estás ahora? ¿Por qué lo hiciste? ¿Cómo pudiste abandonarnos?, preguntó a Richard por enésima vez. Pero como de costumbre, no obtuvo respuesta.

28

Los viajes proporcionan tiempo para reflexionar, y a diez mil metros de altitud, entre Grecia e Inglaterra, entre Vrahos y Kirkby Knighton, entre Victoria y Rachel, Patrick reflexionó.

Sabía muy bien que su matrimonio iba mal, que de hecho iba mal desde hacía más tiempo del que quería reconocer. Había sido fácil otorgar a la llegada de Posy el papel de catalizador del deterioro de su relación, y sin duda el nacimiento de su hija pequeña tenía algo que ver, pero Patrick sabía que no se trataba tan solo de eso. Se culpaba a sí mismo por no haberse mostrado más firme desde el principio, pero la amenaza de un colapso nervioso puede llegar a ser una poderosa arma de manipulación, y Rachel nunca había dudado en utilizarla. No debería haber permitido que las cosas llegaran a este extremo, se reprochó Patrick. ¿Cuándo crucé la frontera entre adorar a la chica preciosa e hipersensible de la que tan locamente me enamoré y sobreproteger a la mujer exigente y neurótica en que parece haberse convertido? ¿Cuándo adquirí el hábito de protegerla de cualquier cosa que le pareciera amenazadora, no porque lo necesitara en realidad, sino porque garantizaba una vida más tranquila para todos, también para mí? ¿Cuándo empecé a cansarme de Rachel, a desenamorarme de ella? No eran preguntas cómodas precisamente.

Luego vino la llegada de Bronwen, que se había inmiscuido en sus vidas hasta unos extremos tan alarmantes que Rachel ya parecía incapaz de tomar decisión alguna sin contar con ella.

«Bronwen cree» y «Bronwen dice» se habían convertido en palabras que lo sacaban de quicio. Durante la última semana, Patrick se había visto obligado a admitir hasta qué punto sus hijos mayores, sobre todo Sophie, detestaban a Bronwen y desconfiaban de ella. Y por supuesto estaba Posy, una versión en miniatura de su madre, aun cuando no se la podía tildar de nerviosa. Ya es hora que me implique mucho más en su educación, quiera lo que quiera Rachel, decidió Patrick. La quiero demasiado para permitir que se convierta en un monstruo al que todo el mundo aborrece. Y resolvió encararse con su mujer.

Pero antes de dar ese paso debía examinar otra cosa: los sentimientos que Victoria Cunningham había despertado en él, porque era consciente de que por primera vez se veía expuesto a una auténtica tentación. Si empiezo a ponerle a Rachel ultimátums en un intento por salvar nuestro matrimonio, merece que intente desterrar a Victoria de mi mente. Sin embargo, no le parecía sencillo, y una parte de él ni siquiera quería intentarlo.

Se preguntó si se marchaba de Corfú justo a tiempo para no perder el control de sus emociones, mientras aún era capaz de contemplar la posibilidad de que sus sentimientos no fueran más que una combinación de compasión hacia una joven viuda y la atracción de un hombre momentáneamente solo hacia una mujer más joven y atractiva en extremo. Pero aun así, aun así... Pese a que intentaba olvidarla, Victoria se le aparecía una y otra vez, su rostro expresivo, su maravillosa sonrisa, el profundo dolor en su mirada cuando prendió la vela en la capilla, el modo en que fruncía la nariz justo antes de echarse a reír. Risas, pensó Patrick, esa es una de las cosas que falta en nuestro matrimonio; no nos reímos. Rachel siempre había sido de lengua afilada, y en los primeros tiempos se había sentido orgulloso de su mente ágil y su inteligencia, por lo que le resultaba difícil reconocer que Rachel tenía muy poco sentido del humor y demasiado sentido del ridículo; que era totalmente incapaz de reírse de sí misma. Un descubrimiento mortífero que Patrick deseó no haber hecho.

Apenas vio a Sam y Sophie durante el vuelo de regreso. En cuanto divisaron a la familia Burnaby en el aeropuerto, avanzaron hacia ellos como alfileres arrastrados por un imán. Patrick conversó cortésmente con Johnny y Petra Burnaby mientras esperaban la salida del pequeño avión hacia Atenas, pero en cuanto llegaron al aeropuerto de Olympia declinó la invitación de ir a tomar algo al bar. La efusividad con que Petra afirmó que adoraba todos sus libros, que era una auténtica fan suya y que llevaba siglos muriéndose por conocerlo, además de sus miradas de franca admiración, le parecieron difíciles de soportar a aquellas horas de la mañana, mientras que la campechana sugerencia de su esposo de que nunca era demasiado temprano para tomar una copa cuando uno estaba de viaje le dio ganas de poner pies en polvorosa. Estudió con recelo los calcetines blancos de Johnny Burnaby, se estremeció cuando aquel perfecto desconocido lo llamó «amigo», no tenía ningunas ganas de enzarzarse en el jueguecito social de «conoces a los tal y tal», y cada minuto que pasaba se sentía más y más enfurruñado.

Aterrada al plantearse lo que su padre podía pensar de Matthew y Matthew de su padre, Sophie se debatía entre lealtades. Al haber adorado y admirado a su padre durante toda la vida, le resultaba desconcertante observarlo con ojo profundamente crítico y al mismo tiempo sentir la imperiosa necesidad de protegerlo.

Ya en Heathrow, Patrick se avergonzó de haber sido tan asocial y fue a congraciarse con los amigos de sus hijos mientras esperaban el equipaje junto a la cinta.

—La próxima vez que vayan a visitar a los Marshall, no duden en pedirles que los lleven a nuestra casa —se oyó decir incluso.

Aunque sabía que con toda probabilidad acabaría lamentando la invitación. Se dijo que era extraño que tan a menudo los amigos de los amigos nos resultaran desagradables, aunque la sonrisa agradecida que le dedicó Sophie fue recompensa suficiente para él. De repente se dio cuenta de que Sophie se estaba haciendo mayor a pasos agigantados. Ella también está enamorada, pensó, sorprendido, y se preguntó si la magia de Vrahos los habría tocado a todos.

—¿No te parece simpático Matthew, papá? —preguntó Sophie en lo que esperaba fuera un tono indiferente y casual—. Simpático de verdad, quiero decir. Es una pena que el señor Burnaby sea un plomo, y la verdad es que la madre de Matthew me da pena —añadió en voz más baja—, porque aunque ella es bastante sexy, tengo la impresión de que él es uno de esos filántropos repugnantes.

Patrick la miró con profundo afecto.

En un tiempo casi récord llegaron al coche de Patrick y tomaron la M25 en dirección a la A1 norte. Durante el trayecto los tres recuperaron la bulliciosa camaradería que había caracterizado los primeros días de las vacaciones.

—¿Te llamó mamá anoche? —preguntó Sophie de repente, justo antes de tomar el desvío de Ripon.

—Pues no —repuso Patrick, procurando no darle importancia al asunto—. Yo sí intenté localizarla, pero supongo que habría salido a pasear a los perros o algo así. Le dejé un mensaje para confirmar que estaríamos de vuelta a la hora de cenar a menos que el vuelo se retrasara. Pero lo cierto es que hemos llegado muy bien.

Miró a su hija de soslayo; se estaba mordiendo las uñas, algo que no la había visto hacer en toda la semana. Al doblar por el sendero de su casa, Patrick había tomado algunas decisiones. Cogió la bifurcación de la izquierda, que conducía a la parte trasera de la casa, y en ese momento vieron que otro coche se alejaba por el lado izquierdo. Era el VW rojo de Bronwen.

—¡Oh, no! —gimió Sophie—. ¡Qué raro, la loquera particular de mamá! Ahora sí que me siento en casa.

—Al menos se va y no viene —señaló Sam—. Espero que no dé media vuelta.

Patrick guardó silencio, pero sus buenos propósitos se tambalearon un tanto. Tocó el claxon cuando llegaron junto a la puerta trasera y miró el reloj. Eran casi las siete; esperaba llegar a tiempo para dar las buenas noches a Posy.

No había rastro de vida en la cocina. Los perros no saltaron de sus cestas bajo la gran mesa para saludarlos como solían hacer, aunque se oían ladridos procedentes de los establos, donde por lo general los dejaban para que se secaran después de mojarse y ensuciarse de barro. Sam empujó la puerta oscilante que conducía a la zona delantera de la casa, y cuando ambos cruzaron el umbral, Sophie se dio cuenta de que ansiaba compartir todas las novedades con su madre y obtener una reacción favorable.

—¡Holaaa, ya hemos llegado! —llamó.

Cuando llegaron al vestíbulo, Rachel bajaba la escalera.

—Hola, tesoros —saludó a sus hijos—. Qué alegría veros.

—¡Mamaaá! —vociferó Sophie, lanzándose escaleras arriba para ir a su encuentro.

—¡Chist! —siseó Rachel—. No grites tanto, Sophie, que molestarás a Posy.

Con ademán frío acercó la mejilla a su hija, pero Sophie retrocedió como si acabara de picarla un insecto.

—Creo que me voy derecha arriba —masculló, pasando junto a su madre con el rostro vuelto hacia la pared, resuelta a no permitir que viera las lágrimas de rabia que para su escarnio le inundaban los ojos.

—¡No! —espetó Rachel—. No, Sophie, espera, no subas —ordenó al tiempo que asía la espalda del forro polar de su hija y tiraba de ella—. Espera, por favor... Es que tengo algo que decirte. Tengo..., tengo una sorpresa para ti, pero primero quiero explicártela.

Sophie se detuvo con un titubeo y por fin se volvió. Algo en el tono de Rachel provocó a Patrick un nudo en la boca del estómago.

—¿No me saludas? —preguntó con ligereza al tiempo que rodeaba los hombros de su mujer—. Hola, cariño, ¿cómo estás? Hemos llegado pronto, ¿verdad?

Y se inclinó para besarla.

—Hola, mamá —saludó a su vez Sam, dándole un cuidadoso abrazo al que ella reaccionó con su sempiterno beso al aire.

Sam y Sophie habían aprendido de muy pequeños que a su madre no le gustaban los saludos efusivos.

—¿Qué tal va todo? —preguntó Patrick—. ¿Y cómo está Posy? ¿Os las habéis apañado bien? Debo decir que eres muy difícil de localizar —exclamó con una sonrisa, pero su mujer desvió la mirada.

—Sí, bueno..., hemos..., he estado... muy ocupada.

—¿Y cuál es esa sorpresa que le tienes preparada a Sophie? ¿Nos lo vas a decir?

—Por supuesto. Bueno... —suspiró sin ninguna prisa aparente por desvelar el misterio—. He dedicado casi toda la semana a hacer unas cuantas cosas en la casa que tenía pendientes desde hacía siglos. Espero que te guste, Sophie, porque a mí me parece que es una gran mejora —señaló antes de proseguir a toda prisa—. He hecho algunos cambios.

—¿Qué clase de cambios? —quiso saber Sophie, inquieta.

—Bueno, para empezar he redecorado tu habitación. La he preparado para que puedas estudiar cómodamente en ella ahora que tienes tantos trabajos que hacer los fines de semana y durante las vacaciones. La he convertido en un estudio como Dios manda —anunció.

—Mamá..., no habrás tirado nada... No habrás tocado mis cosas.

—Por supuesto que he tenido que tocar tus cosas. No seas tonta, cariño —replicó Rachel, a la defensiva—. No se puede redecorar sin tocar las cosas. He encontrado un papel pintado precioso. Sé que te encantará.

—En ese caso, será mejor que subamos a echar un vistazo —sugirió Patrick, lanzando a su mujer una mirada inquisitiva—. Además, quiero darle las buenas noches a Posy.

—Es que ya la he arropado —objetó Rachel.

Sophie se volvió de nuevo para seguir subiendo, pero Rachel le apoyó una mano en el brazo para retenerla.

—Espera, Sophie. No vayas a tu antigua habitación. Te he..., te he cambiado de habitación con Posy.

—¿Qué?

—Que te he cambiado de habitación. Es mucho más lógico ahora que estás menos en casa, y Posy necesita más espacio para sus juguetes, y...

Su voz se apagó. Junto a ella, Sam la miró con expresión horrorizada. Sophie siempre había dado enorme importancia a su habitación; era su refugio, el universo particular en el que podía cobijarse cuando las cosas se ponían demasiado difíciles. Siempre había pasado horas y horas en ella.

—¿Cómo has podido? —farfulló Sophie en apenas un susurro—. ¿Cómo has podido hacer una cosa así sin consultármelo?

—Esta es mi casa —replicó Rachel, de nuevo a la defensiva—, aunque por lo visto lo hayas olvidado. Además, pensé que te gustaría.

—No —terció Patrick con voz calma, pero muy firme—. No estoy nada de acuerdo, Rachel. Y no es tu casa, sino nuestra casa, y no deberías haber hecho algo así sin preguntárselo a Sophie... y a mí. Sophie, será mejor que subas a echar un vistazo antes de decir nada más. Estoy seguro de que mamá habrá hecho un trabajo excelente, sea cual sea tu primera reacción, y quizá incluso te guste más que la habitación de antes. Pero si no te gusta, podrás recuperar tu antiguo dormitorio.

—No —gritó Rachel, furiosa—. Hemos trabajado como unas locas para que todo quede perfecto. Muebles nuevos, cortinas nuevas...

—¿Quiénes? —la interrumpió Patrick—. Tenía entendido que ibas a darle a Yvonne la semana libre.

—Y así es, no vuelve hasta el lunes. Bronwen me ha ayudado muchísimo. Lo hemos escogido y hecho todo juntas. Tiene un gusto exquisito.

Se hizo un silencio sepulcral que se quebró por un alarido procedente de la planta superior.

—¡Mamaaaaaá! ¡Quiero agua!

La señorita Posy Hammond, absolutamente preciosa con su camisón blanco, estaba de pie en lo alto de la escalera, la cabeza rodeada por una mata de rizos rubios que le conferían aspecto de ángel de porcelana. En sus ojos centelleaba una chispa de emoción. Posy detectaba los dramas con el instinto de un perro policía a la caza de drogas.

—Mirad lo que habéis hecho —regañó Rachel, aunque en su fuero interno agradecía la interrupción—. Acababa de acostarla. Ahora no habrá quien la duerma.

—Mira la habitación nueva de Posy —canturreó el angelito sabueso.

Patrick levantó en volandas a su hija pequeña, la arrojó al aire y luego la abrazó con fuerza. Desprendía una deliciosa fragancia a jabón y polvos de talco, y los suaves rizos le hicieron cosquillas en el mentón cuando la pequeña sepultó el rostro en su cuello en un arranque de timidez que no engañó a nadie. Por fin lo miró por entre las pestañas escandalosamente largas.

—Papi —dijo, acariciándole el rostro—, mi papi. ¿Regalos? —añadió, esperanzada.

—Menudo bichito estás hecha —dijo Patrick en un intento de aparentar normalidad—. Puede que haya regalos, pero solo si eres una niña buena y no te portas mal. Venga, subamos a ver qué ha hecho mamá.

Estaba furioso en nombre de Sophie, que parecía a punto de vomitar. Toda la familia subió la escalera.

Sophie había ocupado el soleado dormitorio situado a la derecha de la escalera desde que tenía uso de razón. Junto a él, entre su habitación y la de sus padres, había un cuarto más pequeño, en el que Sam dormía de bebé. El muchacho había decidido hacía mucho trasladarse al tercer piso y ahora ocupaba una de las grandes habitaciones del desván, en su origen cuartos de juegos y dormitorios para el servicio, donde podía poner la música a todo volumen sin molestar a nadie. La habitación de Posy era ideal para una niña, pero era bastante más pequeña que la de Sophie, por lo que sin duda esta tenía que sentirse degradada, pero lo peor era que aquella habitación no le pertenecía, no era su nido, y que si le hubieran propuesto cambiar con su hermana pequeña, sin duda se habría negado, como ya había hecho seis meses atrás cuando su madre se lo había insinuado de pasada, algo que solo Rachel y ella sabían.

Rachel abrió la puerta del antiguo dormitorio de Posy cual mago que saca el consabido conejo de la chistera.

—Mira, cariño —canturreó en tono bullicioso—. Mira qué bonita la he dejado. Armarios empotrados, estanterías y un escritorio moderno. ¿A que te gustan las cortinas? Compré la tela en Peter Jones, y la señora Jefferson ha trabajado como una esclava para acabarlas a tiempo. Bronwen y yo las hemos colgado esta misma tarde.

Sophie paseó la mirada por la estancia y emitió un jadeo ahogado.

—Lo tenías todo planeado desde mucho antes del viaje y no me dijiste nada —acusó a su madre—. ¿Dónde están todas mis cosas?

—Bueno, tu ropa está aquí..., guardada, para variar, aunque realmente creo que deberías hacer limpieza. Estuve tentada de tirar algunas cosas, pero espero que ahora que tienes una habitación nueva y tan bonita intentes mantenerla ordenada.

—¿Cómo voy a invitar a mis amigas a dormir? No hay espacio para una segunda cama. ¿Y dónde están mis pósters, mis adornos, mis viejos libros, mis cosas? —Se encaró con su madre temblando como una hoja—. Le has dado la mitad de mis cosas a Posy, ¿verdad? Por Dios, mamá, no le habrás dado mi casa de muñecas... ¡Se la has dado! La romperá.

La casa de muñecas había pertenecido a la madre de Patrick, quien se la regaló a Sophie cuando esta cumplió los cuatro años. La casa desempeñaba un papel importante en la vida de Sophie. La había poblado con una familia imaginaria, la redecoraba constantemente y con frecuencia se refugiaba en su mundo privado. En los últimos tiempos, las labores de redecoración se habían sofisticado bastante gracias a la intervención de Maggie Marshall, que coleccionaba muebles en miniatura y cuya casa de muñecas era una auténtica obra de arte. Philip Marshall afirmaba que la casa permitía que el resto de la familia viviera tranquila, porque saciaba la pasión decoradora de Maggie, y lo cierto era que poseía una colección bastante valiosa.

—¿Por qué no tienes muñecas en tu casa? —le había preguntado Sophie en cierta ocasión.

—Porque yo vivo en ella —había respondido Maggie, observando la mirada de comprensión que iluminaba el rostro de la niña.

—No te pongas histérica, Sophie —espetó Rachel con frialdad—. No puedes jugar con muñecas a tu edad. Te estás poniendo muy tonta.

Al salir de su nueva habitación, Posy había dejado la puerta entreabierta. Sophie la abrió de par en par y encendió la luz.

—¡Lo sabía! —vociferó—. ¡Lo sabía! Se lo has dado todo. Mira, Sam, todas mis cosas.

La cama de Posy, siempre bien provista de animales de peluche, aparecía sepultada bajo la vieja y amada familia peluda de Sophie.

Sam asomó la cabeza y luego miró a su madre con estupefacción.

—Joder, mamá, ¿cómo has podido hacer una cosa así?

—No digas palabrotas, Sam, por favor —pidió Rachel con el rostro enrojecido—. Sophie es una desagradecida. He invertido mucho esfuerzo y dinero en prepararle una habitación preciosa, y ella se porta como una cría.

—No es mi habitación, es... es como una página horrible de un catálogo de muebles de oficina —gritó Sophie a su madre, desencajada por la rabia y la pena.

—¡Haz el favor de disculparte ahora mismo! Patrick, oblígala a pedirme perdón.

—¡No pienso disculparme! —aseguró Sophie—. No voy a dormir en la habitación de Posy, y no puedes obligarme.

De repente, Rachel extendió el brazo y propinó un bofetón a su hija. Por un instante, todos los integrantes de la familia se convirtieron en estatuas de sal.

—Eso ha estado fuera de lugar —murmuró Patrick a su mujer—. Por el amor Dios, parad las dos. Vamos a bajar, tomar algo y calmarnos. Sophie, no te consiento que le hables así a tu madre, te sientas como te sientas. Es evidente que mañana tendremos que hablar de este asunto y encontrar una solución. Será mejor que esta noche duermas en la habitación de invitados.

La única persona que había disfrutado con el episodio era Posy, pero presenciar espectáculos no iba con ella, y de repente se dio cuenta de que nadie le prestaba la más mínima atención, así que abrió la boca y profirió su mejor grito, en su experiencia el mejor remedio contra tan desagradable indiferencia hacia su persona.

—O te callas o te vuelves a la cama ahora mismo —ordenó su padre.

Para asombro de todos, el chillido de Posy cesó como si Patrick hubiera pulsado el código correcto para desactivar una alarma. El consiguiente silencio resultó ensordecedor.

De pronto, Sophie giró sobre sus talones, los empujó a un lado y bajó la escalera como una exhalación.

—Ve a buscarla, Sam —pidió Patrick en tono fatigado—. Nosotros bajamos enseguida.

Marido y mujer se miraron de hito en hito. Patrick vio algo inquietantemente familiar, pero Rachel vio a un desconocido.

29

¿Cómo te atreves a tomar partido por Sophie y en mi contra? —mascullló Rachel como una gata furiosa.

—¿Cómo has podido hacer semejante estupidez? —replicó Patrick igual de furioso, aunque procurando contenerse—. Sabes muy bien lo que significa para Sophie su habitación. ¿Se puede saber en qué estabas pensando? Menudo recibimiento.

Patrick dejó a su hija pequeña en el suelo y se agachó hacia ella.

—Y ahora escúchame, Posy bonita. Te he traído un regalo, y como has dejado de gritar, bajaré a buscarlo mientras mamá te acuesta. Pero a la más mínima tontería te lo quito, ¿entendido? ¿Te irás a la cama como una niña buena?

Posy asintió con entusiasmo.

—Posy muy buena hoy —aseguró, virtuosa.

—Es increíble lo que se consigue con un pequeño soborno —comentó Patrick.

Sin embargo, Rachel no estaba de humor para bromas parentales. Asió la mano de Posy como si su hija estuviera a punto de ahogarse y fulminó a su marido con la mirada.

—Muy bien —prosiguió Patrick con calma—. Volveré dentro de un momento, Posy, y espero encontrarte acostada.

Dicho aquello bajó la escalera sin volver a mirar a su mujer.

Sam y Sophie estaban en la cocina. Sam estaba esperando a que hirviera el agua para prepararle una taza de té a su hermana, que con el rostro enrojecido e hinchado por las lágrimas, estaba acurrucada en un rincón del mullido sofá colocado en el extremo más alejado de la estancia, hablando por el móvil.

—Gracias —decía en aquel instante—. Eres muy, muy amable... Sería mi salvación. Eres un sol. No, no, de verdad, no hace falta, Sam puede acompañarme. Hasta luego.

Patrick señaló a Sophie con un ademán de cabeza y miró a Sam con las cejas arqueadas.

—Maggie Marshall —informó Sam—. Sophie ha llamado a Ellie, y esta le ha pasado a su madre.

Sophie colgó y miró a su padre. Nunca había sido una belleza de porcelana como Posy y su madre, pero en los últimos tiempos, Patrick había observado complacido que estaba adquiriendo un físico muy interesante, y que su rostro huesudo y gracioso, desde siempre impactante pero no demasiado halagüeño para una niña, se estaba tornando muy atractivo, sin duda a causa de sus bonitos pómulos y de la animación que casi siempre iluminaba sus facciones, pensó Patrick. Su tío, que tenía excelente ojo, había advertido hacía mucho tiempo su potencial y no cesaba de repetir, para asombro de Rachel, que aquella niña de aspecto más bien vulgar que nunca complacía a su madre acabaría rompiendo corazones. Pero en aquel momento ofrecía de nuevo un aspecto anguloso, anodino y conmovedoramente joven.

Patrick se sentó junto a ella y le rodeó los hombros con el brazo.

—Vamos, Sophie, a ver si nos calmamos todos un poco. Creo que mamá ha cometido un terrible error, pero estoy seguro de que no pretendía fastidiarte. —La mirada que le lanzó Sophie le rompió el corazón, pero siguió hablando con firmeza—: Todos estamos cansados. Ya tendremos ocasión de hablar de todo esto mañana. ¿Qué tal si llegamos al acuerdo de no hablar más sobre quién duerme dónde esta noche y nos ceñimos al tema de Corfú?

Sophie sacudió la cabeza con vehemencia.

—No, papá, lo siento. A mamá no le interesamos un pimiento nosotros, Corfú, tu libro ni nada. Ni siquiera nos ha preguntado cómo estamos. No pienso dormir en la habitación de Posy. Me voy a casa de Ellie. Maggie me deja.

Patrick estaba a punto de replicar que no le daba permiso cuando el teléfono sonó. Sam fue a contestar.

—Ah, hola. Sí, está aquí. —Alargó el auricular a Patrick—. Es Maggie; quiere hablar contigo.

—Hola, Maggie —saludó Patrick—. Siento que te hayas visto envuelta en esta pequeña tormenta doméstica. Iba a llamarte más tarde para decirte que lo hemos pasado genial en Petradi. Iré a verte pronto; de todos modos, tenemos que hablar de lo que te debo.

—Oh, no hay prisa, aunque me encantaría saber cómo os ha ido. Y ahora dime, ¿qué es todo esto de Sophie?

—Bueno, un pequeño desacuerdo familiar. Ya sabes cómo pueden caldearse los ánimos cuando todo el mundo está cansado —repuso Patrick, reacio a criticar a Rachel en presencia de Sophie—. Dice que le has dado permiso para pasar la noche en tu casa. Es evidente que tiene muchas ganas de ir y, la verdad, sería una buena solución para esta noche. Las cosas se han puesto un poco tensas por aquí.

—Sophie siempre es bienvenida —aseguró Maggie— y puede quedarse el tiempo que quiera, ya lo sabe. Pero quería asegurarme de que estabas de acuerdo. ¿Por qué no se queda a pasar el fin de semana? A Ellie le encantaría. Todavía no hemos cenado. ¿Te apetece traerla tú y quedarte a cenar? Phil puede abrir una botella de vino corfiota para que eches de menos Petradi.

Patrick se sintió tentado de aceptar. Pasar la velada con los alegres Marshall era lo que más le apetecía en aquel momento, pero también sabía que debía hablar con Rachel. Por fin decidieron que Sam tomaría prestado el viejo coche familiar para llevar a Sophie a casa de los Marshall y se quedaría a cenar allí.

—Bueno, Sophie, ha llegado el momento de enfriar motores —anunció Patrick—. Tengo que subir a dar las buenas noches a Posy. Le he prometido que le llevaría el regalo que le compramos antes de que se duerma, pero volveré a bajar dentro de un momento. Será mejor que traslades tus cosas de mi coche al Polo.

—Claro, no podemos hacer esperar a la pequeña Posy —espetó Sophie con sarcasmo—. Pues cuando vuelvas ya no estaré, así que no hace falta que te des prisa.

—Basta ya, Sophie —ordenó Patrick—. Sientas lo que sientas, no es culpa de Posy que le hayan asignado tu habitación. Lamento mucho lo que ha pasado, pero ha pasado, y tendremos que buscar una solución. Y ahora dame un abrazo si no vas a esperarme. Lo hemos pasado muy bien toda la semana; no lo estropeemos.

Se acercó para besar a su hija, pero Sophie se apartó con brusquedad. Patrick la miró durante un largo instante antes de dar media vuelta y subir la escalera.

—Por el amor de Dios, Sophie —se exasperó Sam—, déjalo ya. No hace falta que ahora la tomes con papá. Voy a buscar el coche.

Sophie fue a buscar su mochila con un nudo en la garganta.

Al cabo de un rato, cuando Patrick y Rachel se sentaron para lo que un observador externo podría haber tomado por una cena íntima, el ambiente en la cocina estaba tan cargado de resentimiento apenas contenido que casi se podía cortar. Rachel iba de aquí para allá como una autómata, dejando bien claro que si bien realizaba las acciones necesarias para preparar la cena de su marido, en realidad se movía por control remoto y su mente no desempeñaba papel alguno en la tarea. Respondió con monosílabos a las preguntas que Patrick le hizo sobre lo que habían hecho ella y Posy durante su ausencia, y se limitó a mirar las musarañas cuando Patrick intentó hablarle de Petradi, la visita a Vrahos y su entrevista con Evanthi Doukas con miras al libro. No mencionó la relación de Evanthi con Hugh, porque se le antojaba un tema demasiado delicado para exponerlo a su indiferencia, ni tampoco sacó a colación a Victoria. Sabía por experiencia que cuando su mujer se ponía de mal humor tardaba días en cambiar de cara y sintió deseos de zarandearla para sacarla de aquel silencio victimista. En otros tiempos habría sido capaz de levantarle el ánimo con los correspondientes esfuerzos, pero en esta ocasión no tenía intención de allanarle el camino.

Mientras comía el filete de salmón cocinado en su punto, coronado por una costra de pesto y parmesano, y servido con cara de pocos amigos, anheló un plato de pasta a la carbonara incomestible acompañado de grandes dosis de carcajadas. Si Rachel esperaba que se disculpara por su sequedad, le mostrara alguna comprensión por la turbulenta reacción de Sophie ante la sorpresa que su madre le había impuesto y luego escuchara su arenga sobre el universo de las adolescentes ingratas, ya podía esperar sentada. Mientras recogían la mesa y cargaban el lavavajillas en silencio, la distancia entre ellos aumentó de un modo alarmante.

En aquel momento sonó el teléfono. Patrick supuso que sería de nuevo Maggie Marshall o tal vez la propia Sophie. A diferencia de su madre, Sophie no solía ser rencorosa, y Patrick sospechaba que debía de sentirse fatal por las palabras que había pronunciado antes de irse. Sin embargo, era Bronwen Richards.

—Vaya, hola —ronroneó con su habitual voz seductora—. Veo que el viajero ha vuelto.

—¿Quieres hablar con Rachel?

—A decir verdad, quería hablar contigo. Llamo para saber qué te ha parecido su decisión. Espero que estés complacido.

Esta mujer es un peligro público, pensó Patrick. ¿Qué derecho tiene a decidir quién duerme en qué habitación de mi casa? Menuda cara.

—Si te refieres a la reacción de Sophie al cambio de habitación —replicó en tono gélido—, pues no, no me ha parecido bien. Está muy trastornada, y la verdad es que me parece de lo más previsible. Pero no te preocupes, seguro que encontramos una solución.

—Ah, Sophie... No, me refería a tu reacción ante el nuevo proyecto de Rachel.

—¿Qué nuevo proyecto?

—¿Todavía no te lo ha contado? Eso no me lo esperaba —musitó Bronwen, provocadora—. Ha accedido a ser la secretaria de mi grupo de protesta. Me parece una decisión acertadísima. En calidad de amiga y terapeuta suya, considero que es justo lo que necesita..., una causa al margen de su casa a la que pueda dedicar su energía.

—¿De qué causa hablas? No te sigo —masculló Patrick, aferrando el auricular con tal fuerza por la rabia contenida que a punto estuvo de romperlo.

—Bueno, ya te lo contará. Rachel es muy eficiente, y esperamos organizar eventos de mucho calado.

—¿Qué clase de eventos?

—Bueno, mítines, grupos de presión, manifestaciones y cosas por el estilo.

—¿Manifestaciones contra qué?

—Contra todo lo que merezca la pena combatir —explicó Bronwen con dulzura almibarada—. Hay tantos problemas locales que no debemos perder de vista..., y Rachel comparte al cien por cien nuestra opinión. Será un activo importantísimo en nuestras filas. Ha tenido la generosidad de ofrecer vuestra casa para nuestras reuniones, así que ya nos veremos, Patrick —amenazó antes de colgar.

Patrick se volvió hacia Rachel, que se había puesto delantal y guantes de goma a guisa de armadura protectora, y estaba restregando con diligencia la superficie ya inmaculada del escurridor y secando el fregadero.

—Oh, Rachel, ¿se puede saber en qué te has metido?

—Solo porque a ti no te guste Bronwen...

—Pues no, no me gusta Bronwen —la atajó Patrick con firmeza—. Y además, no me fío de ella. Creo que es una mujer venenosa a la que le gusta crear problemas. No me haría ninguna gracia verte involucrada en sus protestas.

—No tengo por qué estar de acuerdo contigo en todo.

—Por supuesto, eso sería muy aburrido. Pero tengo la impresión de que Bronwen solo pretende suscitar polémica porque sí, y en tal caso, cualquier causa es buena.

—Eso no puedes saberlo.

—Entonces, ¿por qué no me dices contra qué quiere protestar?

—Bueno..., esto... —farfulló Rachel al tiempo que le lanzaba una mirada exasperada—. Pues... la injusticia..., los prejuicios..., la situación de los desfavorecidos..., las normas asfixiantes. Bueno, muchas cosas —dijo en voz baja—. Cualquier tema que surja.

—Ya. ¿Y puedes decirme qué es lo que defiende?

—No tengo por qué aguantar que me sometas al tercer grado. Llevas siglos diciéndome que debería buscarme un empleo a tiempo parcial... Pues bien, ya lo he hecho. Y no pienso renunciar a mi amistad con Bronwen solo porque estás celoso de ella.

—En ese caso, no hay más que hablar —espetó Patrick, nada dispuesto a picar ese anzuelo, que Rachel ya le había arrojado más de una vez—. Pero lo de Sophie es otra cosa. Sabes lo importante que es este trimestre para ella; tiene los exámenes finales en junio. Y ya se pone lo bastante nerviosa antes de los exámenes como para encima tener que vivir en medio de una guerra doméstica. Tenemos que encontrar una solución. Si estás tan decidida a dejar a Posy en su habitación, ¿por qué no proponemos a Sophie que se traslade arriba con Sam? Hay mucho espacio. Podría tener una habitación grande con vistas preciosas, una segunda cama para cuando sus amigas se queden a dormir... El viejo sofá del cuarto de juegos también le iría muy bien..., y por supuesto, tienes que devolverle la casa de muñecas. Ha sido un grave error dársela a Posy; mi madre se la regaló a Sophie.

—Posy se lo tomará muy mal.

—Ya se le pasará —replicó Patrick sin inmutarse.

—Y además, Sophie ya es demasiado mayor para jugar con muñecas.

—Tonterías... Hay que hacer algo.

—Tanto dinero tirado por la ventana..., todos esos armarios empotrados, el papel pintado... —se quejó Rachel con voz cada vez más quejumbrosa.

Patrick se encogió de hombros con ademán impaciente.

—Bueno, todo es culpa tuya. No es un problema de dinero..., por suerte para ti. Le extenderé un talón a Sophie para que pueda decorar ella misma la habitación del desván, escoger las cortinas y todo lo demás. En cuanto a esos anodinos muebles de oficina que has comprado, será mejor que tú misma utilices ese cuarto como despacho puesto que vas a estar tan ocupada organizando protestas a favor de causas estrafalarias. —Miró a su mujer con ojos entornados—. Y Sophie tiene razón en una cosa. No me digas que lo has elegido, comprado y organizado todo esta última semana, porque no me lo trago. Debías de tenerlo todo planeado antes de que nos fuéramos a Corfú. En fin, estoy harto de este asunto. Mañana hablaré con Sophie, y si la idea le parece bien, que la ponga en marcha, y luego no quiero volver a oír hablar del tema. Voy a tomar una copa y a leer el correo.

Patrick salió de la cocina y se encerró en su estudio, dejando a su esposa de nuevo en la cocina.

30

Cuando Sam regresó alrededor de las once, su madre ya se había acostado, pero su padre seguía concentrado en la correspondencia con un vaso de whisky más lleno de lo habitual.

—Hola, papá, ¿ya estás trabajando? Cómo te pasas. ¿Qué tal todo? —preguntó con expresión compasiva.

—Hola, Sam. Gracias por acompañar a Sophie; ha sido de gran ayuda. ¿Está bien?

—Sí, está bien, te manda saludos y dice que te llamará mañana por la mañana.

—Ah, bien —repuso Patrick, aliviado.

Interpretó el mensaje de Sophie como disculpa y también como afirmación de que todo iba bien. Envidiaba la increíble capacidad de los jóvenes de verse envueltos en grandes dramas y sobreponerse a ellos con inusitada facilidad. Él, por su parte, estaba hecho polvo.

—Bueno, ¿cómo están los Marshall? —inquirió.

—Muy bien. Llevaba siglos sin verlos. Había olvidado lo fantástica que es Maggie, y la verdad es que está muy guapa para su edad. Me acuerdo que nos encantaba cuando le tocaba a ella llevarnos al colegio porque era muy divertida —rememoró Sam antes de añadir como quien no quiere la cosa—: Y Ellie tampoco está nada mal. Te sorprendería ver cómo ha cambiado.

—¿Así que también está guapa para su edad?

—Es un poco joven para mí —señaló Sam con una sonrisa—, pero creo que no la perderé de vista. ¿Se ha calmado ya mamá?

Desde luego, la ha fastidiado con Sophie. Seguro que todo es culpa de esa mujer.

—Estoy de acuerdo y me entran ganas de retorcerle el pescuezo. Parece que ha metido a tu madre en no sé qué grupo de protesta estúpido que dirige. Me temo lo peor.

—Bueno, siempre podemos recurrir al sabotaje —exclamó Sam en tono alegre—. Seguro que entre los dos se nos ocurre la manera de librarnos de ella.

De repente, Patrick se sentía mucho mejor gracias a la compañía de su hijo.

—Veo que has dejado entrar a los perros —comentó Sam mientras acariciaba las orejas a los dos labradores de Patrick, Bullet y Swift, que estaban tumbados sobre la alfombra delante de la chimenea—. ¿Dónde estaban? A mamá le gusta tenerlos cerca como guardaespaldas cuando tú no estás. Supongo que Bronwen la convenció para que los encerrara en el establo.

—Supongo que sí, aunque más para cabrearme a mí que por los perros.

—Qué ridiculez. Debe de detestarte tanto como tú a ella. Seguro que le gustabas un montón y le diste calabazas —aventuró Sam sin intención..., aunque al advertir la expresión de su padre supo que había dado en el clavo sin proponérselo—. ¡Vaya! —exclamó, impresionado por aquella prueba tan sorprendente del atractivo de su progenitor—. Pobre papá. Será mejor que te andes con ojo. Bronwen es muy volátil, la clase de mujer capaz de drogarte el whisky.

—¡Gracias! —exclamó Patrick con una carcajada—. Acudiré a ti para que me protejas.

—Cuando quieras. Bueno, me voy a la cama; estoy agotado. Buenas noches, papá.

Sam apoyó un instante la mano en el hombro de su padre.

—Lo hemos pasado de miedo en Petradi —aseguró antes de irse.

Patrick lo siguió con una mirada afectuosa. Sam se las arreglará, pensó. Había atravesado épocas tempestuosas con su madre, pero su relación con ella era mucho menos complicada que la de Sophie con Rachel, y en cualquier caso, Sam tenía la suerte de poseer un carácter más sencillo que su hermana. Patrick sufría por Sophie. Pese al comentario medio en broma de Sam acerca de Bronwen, Patrick experimentó una punzada de inquietud, aunque más por Rachel que por él. ¿Qué pretendía en realidad Bronwen?

Después de sacar a los perros y luego encerrarlos en la habitación donde dormían en medio de abrigos, botas, los accesorios de equitación de Sophie, sus propios útiles de jardinería, varias raquetas de tenis y numerosos palos de golf, Patrick subió la escalera muy despacio. En el rellano titubeó un instante y por fin entró en el vestidor por la puerta del rellano. Cuando acabó de deshacer la maleta no cruzó la puerta que conducía a su dormitorio para acostarse junto a Rachel en su enorme cama, sino que pasó la noche en la cama individual del vestidor sin tan siquiera dar las buenas noches a su mujer.

Aún despierta, Rachel lo oyó subir y moverse en la habitación contigua, pero tampoco lo llamó.

El día siguiente, viernes, era uno de los dos días a la semana que la secretaria de Patrick, Tania, acudía a su casa para despachar asuntos pendientes. Era una joven alegre y competente, capaz de tomar la iniciativa en casos necesarios, pero también sabedora de que por regla general convenía consultar antes con Patrick. Se mostraba razonablemente amable con la arisca esposa de su jefe, pero no se dejaba intimidar por ella. Si a Rachel le apetecía de vez en cuando comportarse como una neurótica, era problema suyo, en opinión de Tania, y la vida era demasiado corta para bailar al son de una persona así. Siempre describía a su jefe como un hombre encantador, pero tenía una vida social demasiado ocupada para albergar sentimientos románticos hacia él. Le gustaban mucho sus libros, admiraba su talento y era concienzuda en su trabajo, pero no le habría quitado el sueño que Patrick decidiera un día prescindir de sus servicios; siempre había alternativas. La actitud amistosa y relajada de Tania era el antídoto ideal contra las tensiones familiares que estaba viviendo, de modo que Patrick disfrutó de su compañía totalmente desprovista de exigencias.

Despacharon la correspondencia y las llamadas que Patrick había recibido durante su ausencia.

—Llamó la señorita Winterton —dijo Tania—. Quería saber cómo le ha ido en Vrahos; le dije que la llamaría. Y tiene un contacto nuevo para usted, un château poco conocido en Francia que le parece interesante, pero dice que la semana que viene lo llamará para darle detalles. Eagle Press quiere hablar en algún momento con usted sobre los plazos de entrega y las posibles fotografías para la cubierta. ¿Podría escribir un artículo para la *Heritage at Risk Quarterly Review* sobre casas que merece la pena salvar? Les dije que llamaría usted al editor. ¿Qué más? Ah, sí, también llamó el señor Marston. Por lo visto, no pasa nada. Me dijo que le dijera que está bien y le contesté que sin duda lo llamaría usted cuando volviera.

—Voy a llamarlo ahora mismo. Tengo que ir a buscar a Sophie a casa de los Marshall, así que pasaré a verlo a la ida o bien a la vuelta.

—Ah, sí, la señora Marshall ha llamado hace un rato, mientras estaba usted fuera con los perros —indicó Tania—. Si van a buscar a Sophie, los invita a comer en su casa para poder hablar sobre Petradi. Pero dice que Sophie puede quedarse todo el fin de semana si a usted o a Rachel no les va bien ir a recogerla hoy.

—También la llamaré.

Decidió aceptar la invitación de Maggie. Marcó el número, y Maggie, como siempre tan hospitalaria, invitó a toda la familia. Cuantos más seamos más reiremos, señaló, pero Patrick repuso que solo iría él.

—Quiero pasar a ver a tío Hugh esta tarde. Le encantará ver a Sophie, y así tendré ocasión de hablar con ella a solas de lo que pasó anoche.

—Vale, como quieras —repuso Maggie con su habitual y maravillosa serenidad—. Sophie y Ellie aún no se han levantado, así que no sé cómo está. En fin, nos veremos cuando llegues. Saluda a Rachel de mi parte —pidió con total ecuanimidad.

Acto seguido, Patrick llamó a la señora Parkes, que lo tranquilizó respecto al estado de salud de Hugh.

—Está bien. El señor Marston aún dará mucha guerra, ya lo verá.

Patrick repuso que esperaba que tuviera razón, lo cual era cierto casi siempre, y anunció que él y Sophie pasarían por allí aquella tarde. Decidió que de camino a casa de los Marshall dejaría los carretes en el laboratorio fotográfico de Knighton al que siempre recurría; desde que la tecnología había mejorado tanto, ya no revelaba sus fotografías en casa. Luego se sentó a revisar las notas que había tomado sobre Vrahos, sin poder desterrar de su mente a la abuela y la nieta.

Antes de irse fue en busca de Rachel. Se habían comportado de un modo escrupulosa y antinaturalmente cortés durante el desayuno. Ninguno de los dos había hecho referencia a la disputa de la noche anterior... ni al hecho de haber dormido en camas separadas.

—Voy a buscar a Sophie. He decidido pasar a ver a tío Hugh, así que volveremos a última hora de la tarde —anunció sin mencionar que comería en casa de los Marshall; si Rachel suponía que él y Sophie almorzarían con el anciano, por él perfecto—. ¿Necesitas algo de Knighton?

—No, gracias, Posy y yo también vamos a salir.

Rachel no dijo adónde iban ni Patrick se lo preguntó. A todas luces, la guerra fría continuaba.

Maggie estaba cogiendo narcisos en el extremo más alejado del jardín cuando Patrick aparcó detrás de la casa. Su amiga lo saludó con la mano, y Patrick cruzó el césped para reunirse con ella.

La *Old Vicarage* era una casa victoriana de piedra gris con tejado de dos aguas, que compensaba con espacio y comodidad lo que le faltaba en distinción arquitectónica. Era una casa agradable y sencilla de habitaciones grandes y luminosas, donde se respiraba un ambiente alegre y acogedor, la clase de casa donde uno no duda en quitarse los zapatos y acurrucarse en el sofá con un libro. Una casa muy acorde a sus propietarios, se dijo Patrick. Maggie y Philip Marshall no formaban una pareja rutilante precisamente, pero resultaba difícil no sentirse a gusto en su compañía. Pese a su preciosa cabellera color caoba y su rostro gracioso, Maggie tenía demasiadas pecas, era demasiado larguirucha y desaliñada para resultar hermosa. Por su parte, Philip, hombre de alta estatura y gafas, parecía exactamente lo que era: un abogado de pueblo acostumbrado a tratar con personas de toda condición y que escuchaba las confidencias de muchas de ellas. Patrick los adoraba.

—Pareces muy ocupada —le comentó mientras la besaba en ambas mejillas.

—Cynthia y yo estamos preparando los arreglos florales para unas bodas de oro que se celebran el domingo —explicó Maggie.

Maggie y una amiga suya dirigían una empresa de jardinería, pero también recibían numerosos encargos para diseñar la decoración floral de acontecimientos sociales. Patrick la consideraba una de esas personas inusuales y afortunadas que conseguía combinar una actitud relajada con una alta eficiencia.

—No pares por mí. Sé que he llegado un poco temprano. Daré una vuelta por el jardín hasta que acabes. Está precioso.

—Ya he terminado; de todos modos no puedo hacer gran cosa hasta mañana por la mañana —aseguró ella—. Me parecía una lástima no complementar los narcisos que hemos comprado con las que tengo aquí; este año están especialmente bonitas. —Cogió dos cestas planas y las llenó de flores—. Me alegro mucho de verte, Patrick. A las cuatro de la mañana ya estaba en el mercado de la flor, así que me vendrá bien un descanso. Voy a meter las flores en agua y luego nos ocuparemos del almuerzo. Me muero de ganas de saber cómo os ha ido en Petradi. Aunque siento que te hayas encontrado una situación difícil al volver; las hijas adolescentes son auténticas bombas de relojería, ¿no te parece?

No añadió que la noche anterior había estado muy preocupada por Sophie. La muchacha había llegado con los ojos enrojecidos de tanto llorar, pero se esforzó valientemente por comportarse de forma normal. La cena transcurrió en un ambiente en apariencia alegre, con muchas bromas amables de Sam acerca de la conquista de Sophie y otras tantas de ella acerca de la pasión que Sam había mostrado por su diosa griega. Intercambiaron numerosas historias con Ellie sobre el rimbombante estilo de vida de los Burnaby, el ambiente en el Harbour Lights y las mortíferas secuelas de los cócteles de Petros, pero Maggie no dejó de observar con perspicacia que la animación de Sophie encerraba una nota forzada, algo histérica, y que en lugar de comerse el pastel de pescado que le habían servido, lo cual no era propio de ella, porque le gustaba todo, bebía demasiadas copas de vino. Tras cambiar una mirada con su esposa, Philip alejó la botella de su lado.

Cuando Sam se marchó, las dos chicas subieron a acostarse, pero al cabo de una hora, Ellie apareció en el dormitorio de sus padres para pedir a su madre que fuera a ver a Sophie.

—No sé qué hacer con ella, mamá. —Suspiró—. Está muy alterada y no consigo que deje de llorar.

Sophie sollozaba con tal fuerza que apenas podía articular palabra, pero por fin logró contar la historia del terrible regreso, la indiferencia de Rachel y la pérdida de su habitación..., además de hablar del odio que sentía hacia Bronwen, su resentimiento ante la obsesión de Rachel por Posy y el miedo que le daba el futuro en general.

—Haga lo que haga, mamá nunca está contenta. No creo que me haya querido jamás —susurró al fin.

Maggie se sentó en el borde de la cama, la abrazó y la meció como si aún fuera una niña pequeña.

—Bueno, Sophie, cariño, ya basta —intentó alentarla cuando consideró que había llorado suficiente—. Estás agotada. Llevas todo el día viajando, las vacaciones con tu padre han terminado, la semana que viene tienes que volver a la escuela... y has discutido con tu madre. Pero ya verás como todo te parece distinto por la mañana.

Le llevó una bebida caliente, le dio un analgésico y la abrazó. Cuando al cabo de media hora, incapaz de pegar ojo, fue a verla, la encontró dormida en posición fetal.

Maggie las dejó dormir hasta tarde, pero cuando por fin aparecieron a media mañana, advirtió que Sophie aún parecía fatigada y triste. Maggie tuvo que echar mano de todos sus poderes de persuasión para lograr que accediera a volver a casa con su padre para afrontar la situación.

—De acuerdo, lo haré por papá —prometió por fin—. Pero no dormiré en la habitación de Posy, ni siquiera por él.

—Estoy segura de que encontraréis alguna solución cuando se calmen los ánimos —dijo Maggie a Patrick con un optimismo que estaba lejos de sentir.

Patrick le lanzó una mirada perspicaz.

—Me parece que Sophie está bastante enfadada —comentó—. Tengo una propuesta que hacerle y espero que la acepte, porque si no estaremos en un aprieto. No quiero defraudar a Rachel, pero está desquiciada y no puedo tomar partido por ella en esto.

La conversación se vio interrumpida por la llegada de Ellie y Sophie.

Sophie corrió a abrazar a su padre.

—Lo siento, papá —le susurró al oído, y Patrick sintió una oleada de amor hacia ella.

Durante la comida, la conversación se centró en Corfú. Tal como esperaban los Hammond, Maggie y Ellie reaccionaron fascinadas al conocer el vínculo amoroso existente entre Hugh Marston y Evanthi Doukas. Si Maggie advirtió que el nombre de la nieta de Evanthi salía a colación bastante a menudo durante el relato, no lo dio a entender.

—En cierta ocasión, Phil y yo conocimos a un nieto de la señora Doukas —explicó—. Es ese periodista que tiene una columna en una revista de jardinería estadounidense muy pija y a veces también escribe para el *Spectator*. La verdad es que él también es bastante pijo. Se llama Guy no sé qué.

—Guy Winston. Yo también quiero conocerlo. ¿Qué te pareció? —preguntó Patrick.

Maggie frunció el ceño.

—Bueno, mucho glamour, muy divertido, sin duda atractivo pero un poco... inquietante. Con un toque algo diabólico. Me advirtieron que era un mujeriego de mucho cuidado —señaló con una sonrisa—. Desde luego, tiene muchísima labia; Phil me vigiló como un halcón durante todo el rato que hablé con él. Por expresarlo de alguna forma, lo pasé en grande sentada junto a él y me encantaría volver a verlo, pero creo que no me fiaría un pelo de él. ¡Qué coincidencia lo de la señora Doukas y tu tío! ¿Cuándo se lo vas a contar a Hugh?

—Esta misma tarde. He pensado que Sophie y yo podríamos pasar por su casa. Te necesito de testigo, Sophie, además de apoyo moral, porque es posible que el tío Hugh no me crea si voy solo. ¿Te parece bien?

—Oh, sí —exclamó Sophie—. ¡Genial!

Después de comer, Maggie sugirió que Sophie volviera al día siguiente para pasar el fin de semana con Ellie.

—Podrías preparar las cosas de la escuela y traerlas contigo, y el lunes os llevaré a las dos. ¿Te apetece?

Sophie asintió con vehemencia.

—¿Puedo, papá? —pidió.

—Me parece una idea excelente —asintió Patrick al tiempo que dirigía a Maggie una mirada de gratitud.

—A nosotros nos iría de maravilla, porque mañana estaré muy ocupada con lo del domingo, y así Ellie tendrá compañía. Quiere ir a Knighton a hacer unas compras de última hora para la escuela, ¿verdad, cariño? Y Phil ha prometido llevarla, así que pueden ir a buscarte... hacia las once, Sophie.

Cuando por fin subieron al coche y se despidieron de sus amigas, el ambiente se tornó tenso entre ellos.

—Papá... —empezó Sophie cuando tomaron la carretera de Knighton, volviéndose hacia su padre con una expresión entre ansiosa y desafiante—. Respecto a mi habitación...

—Antes de que digas nada, tengo una propuesta que hacerte.

A Patrick le parecía importante no iniciar un enfrentamiento del que a Sophie podía costarle retirarse, así que le expuso la idea de convertir la habitación de desván en su dormitorio.

—Podrías escoger tú misma las cortinas y lo demás, y recuperarías todas tus fotos, los adornos...

—Los que mamá no haya tirado a la basura —mascculló Sophie.

—Y dejarla muy bonita —prosiguió Patrick sin hacer caso del comentario—, con mucho espacio para que pudiera quedarse alguna amiga a dormir. Así tú y Sam tendríais el desván para vosotros solos. Yo lo pagaré todo, pero el trabajo lo tendrás que hacer tú. Si te encargas de pintar, puede que incluso os pague algo a ti y a Ellie, pero tendríais que hacerlo bien. ¿Qué te parece?

—¿Y Posy se quedaría en mi habitación?

—Bueno, las dos no las puedes tener —señaló Patrick con suavidad.

—Odio que Posy siempre se salga con la suya. Es muy injusto —se quejó Sophie mientras se tiraba de las cutículas de los pulgares.

—¿Qué me dices? O lo tomas o lo dejas, Sophie.

Patrick advirtió que su hija se debatía consigo misma.

—De acuerdo —accedió por fin, antes de añadir en voz muy queda—: Gracias, papá.

Patrick sintió un gran alivio.

—Muy bien —dijo con firmeza—, en ese caso, decidido. Y tienes que hacer las paces con mamá. La manera depende de ti y de ella, pero no tengo ningunas ganas de vivir en un ambiente de tensión constante.

Mientras pronunciaba aquellas palabras se dijo que también él tendría que aplicarse el cuento, porque todavía estaba furioso con su mujer.

—Y ahora —dijo, apoyando una mano en la de Sophie—, ¿cómo crees que debemos preparar el terreno para darle la noticia al tío Hugh?

31

Hallaron a Hugh en su estudio, a punto de echar una cabezadita posprandial, pero a todas luces se alegró de verlos y se levantó de inmediato.

—Vaya, jovencita —exclamó mientras apoyaba las manos en los hombros de Sophie y la observaba con admiración—. Estás muy guapa. El bronceado te sienta de maravilla. Me parece recordar que accediste a posar para mí. ¿Cuándo vendrás?

—Cuando quieras —repuso Sophie sin titubear—. Si realmente quieres pintarme... Vuelvo a la escuela el lunes, pero estoy en casa casi todos los fines de semana. Podría venir a caballo cualquier sábado o domingo..., pero —de repente se interrumpió con aire consternado—. ¿Qué diablos me pongo?

—¡La eterna pregunta de toda mujer! —rió Hugh—. No quiero que te pongas un vestido de baile, si es eso lo que te preocupa. Las jóvenes de hoy tenéis un aspecto de lo más estrafalario cuando os acicaláis; demasiada piel desnuda y demasiado poco glamour..., que no es lo mismo, te lo aseguro. No, te pintaré en vaqueros y camiseta o lo que sea que lleves a diario —dijo con una sonrisa—. Lo que me interesa es tu expresivo rostro...

—¡Ja! —terció Patrick—. En ese caso, espero que no elijas uno de esos días en que se enfurruña.

—Sophie nunca se enfurruña estando conmigo, ¿verdad, Sophie? —aseguró Hugh antes de soltarla y apoyarse en el respaldo del sillón—. Pero ojo, tampoco quiero que aparezcas con ese peinado de erizo que a veces te haces. ¿Y por qué no incluir al viejo Punch en el retrato? ¿Te gustaría? Podría pintarte apoyada contra uno de los manzanos del huerto y al caballo comiendo hierba y tratando por todos los medios de pillar una laminitis.

—Eso sería genial —se entusiasmó Sophie—. Te quiero, tío Hugh.

Al contemplar su rostro radiante, tan distinto del rictus de pena del día anterior, Patrick experimentó una punzada de gratitud hacia el anciano. Era justo el medicamento que Sophie necesitaba para levantar el ánimo, una combinación de admiración y sentido del humor que surtía el efecto del agua sobre una planta sedienta. Su tío siempre conseguía que la muchacha sacara lo mejor de sí misma.

—¿Quieres que les haga unas cuantas fotografías a los dos? —se ofreció—. Así podrías trabajar en el retrato no solo los fines de semana, sino también cuando Sophie esté en la escuela.

—Sí, por favor, sería estupendo —repuso Hugh con una sonrisa—. Bueno, y ahora contadme qué tal os ha ido.

—Tania dice que no sabías qué día volvíamos. Puede que Rachel olvidara darte el mensaje, pero en cualquier caso debería habértelo dicho yo mismo. Lo siento.

—Creo que fui yo quien lo olvidó; no recuerdo que me dijeras adónde ibais tampoco pero, a decir verdad, llevo siglos sin hablar con Rachel. ¿Está bien? —preguntó Hugh con una mirada escrutadora a su sobrino.

—Anda muy ocupada —contestó Patrick, deseoso de cambiar de tema—. Bueno, antes de contarte las novedades que traemos, ¿cómo estás tú de verdad?

—Nada mal, en serio. Bastante satisfecho, de hecho. Las pastillas del matasanos funcionan, y estoy a punto de acabar el encargo del príncipe Haroun. El otro día vino y parecía muy satisfecho. Más vale, porque le voy a cobrar una fortuna —exclamó Hugh con una risita maliciosa—. Estaba en casa de la pícara Rosamund Duntan. Durante un montón de años estuvieron liados de forma esporádica, a pesar de que el príncipe no le llega ni a la cadera ortopédica. Pobre Roz, de lejos aún da el pego, pero me parece que por fin se ha pasado con los liftings. Ahora tiene una sonrisa permanente en la cara y parece una especie de tigre; madre mía, su nuca debe de parece un mapa de carreteras con tantos pliegues y puntos. Podría contaros unas cuantas historias jugosas sobre ella; de joven era bellísima. Bueno, y ahora echad un vistazo a mi obra de arte. Me interesa vuestra opinión. —Se acercó cojeando al caballete, se apoyó en el bastón con una mano y con la otra retiró la sábana que cubría el gran lienzo—. Aquí lo tenéis —anunció al tiempo que retrocedía un paso—. He terminado con Moonlight Flit y su último retoño; tiene una cabeza preciosa, ¿verdad? Y en cuanto haya dado los últimos toques a las demás yeguas y a los potros, se acabó.

Patrick se situó junto a él, impresionado por la calidad de la pintura y por el hecho de que la sensación de vida y energía que siempre había caracterizado la obra de Hugh no hubiera perdido un ápice de fuerza. Emitió un silbido de admiración.

—Es una de tus mejores obras —aseguró—. ¿Cómo lo consigues?

Hugh le lanzó una mirada sarcástica.

—Ibas a añadir «a tu edad», ¿verdad? ¡Me haces sentir más viejo que Matusalén!

De repente oyeron una exclamación ahogada de Sophie, que se había alejado para contemplar las otras obras que llenaban el estudio de Hugh.

—¡Papá! —susurró—. Mira, es idéntica a Victoria. No es la primera vez que lo veo, pero antes no sabía... —Se interrumpió y miró a su padre con nerviosismo, temerosa de haber dicho algo inoportuno—. ¿Es...? —Desvió la mirada hacia Hugh Marston.

Había estado contemplando el retrato de *Muchacha sobre la roca.*

Patrick asintió con la cabeza. Sophie acababa de proporcionarle el pie perfecto para la historia que debían contar a su tío, pero también se dijo que más valía sentarlo de nuevo en el sillón.

—Ven a ver esto, Sophie —pidió—, y luego le hablaremos a tío Hugh de las vacaciones, ¿de acuerdo?

Muda de estupefacción, Sophie estudió el nuevo cuadro del anciano.

—¡Oh, tío Hugh! Es fantástico. ¡Han quedado todos tan bonitos! Y Moonlight Flit parece entusiasmada con su potrillo..., tan..., tan cariñosa. ¿Cómo consigues dar tanta expresividad a un caballo?

—Técnica y mucha práctica —repuso Hugh como sin darle importancia, aunque Patrick advirtió que estaba complacido—. Los animales son muy expresivos, aunque no siempre en el rostro. En parte se debe a la actitud, su forma de estar y de moverse..., aunque una vez pinté a dos sementales en plena pelea que tenían una expresión muy clara en la mirada. Cuando era joven, antes de la guerra, estuve en la India y recuerdo que vi un dibujo labrado en la piedra de una cueva en Mahabalipuram, cerca de Madrás. Era una vaca que miraba a su ternero recién nacido, y recuerdo que me impresionó la ternura que aquellos antiquísimos artistas habían logrado plasmar en la piedra. Decidí que quería conseguir lo mismo sobre el lienzo.

—¿No será una decepción pintarnos a mí y a Punch después de pintar a los preciosos purasangres del príncipe Haroun? —preguntó Sophie, dudosa.

—En absoluto. Puede que Punch no sea una belleza, pero al igual que su dueña, tiene personalidad... Y muy pronto, señorita Hammond, tú sí serás una belleza, siempre lo he dicho —sentenció Hugh y se echó a reír al ver la expresión incrédula de Sophie.

—Será como hacer fotos del antes y el después en una sesión de maquillaje y peluquería —terció Patrick.

—O como una mariposa emergiendo de la crisálida —añadió Hugh—. Me parece un símil más apropiado. Y ahora volvamos a la casa para que la señora Parkes pueda prepararnos el café.

Sophie cambió una mirada con su padre y sintió un gran alivio al observar que parecían haber recuperado la buena relación de la semana anterior.

Cuando Hugh se acomodó en su sillón predilecto del abigarrado salón y la señora Parkes sirvió café peligrosamente fuerte para él y Patrick, así como un vaso de Coca-Cola para Sophie, Patrick estiró las largas piernas ante la butaca que había elegido al otro lado de la chimenea y Sophie se tumbó sobre la alfombra.

—Sophie, Sam y yo hemos pasado una semana en Corfú —empezó.

Hugh Marston encendió uno de sus sempiternos puros. Si Sophie esperaba una reacción visible ante la mención de Corfú, sin duda se llevó una decepción, pero Patrick, sabedor de que su tío había ganado considerables cantidades de dinero jugando al póquer, no se extrañó cuando el anciano se limitó a arrojar la cerilla al fuego y volverse hacia él.

—Hace años que no voy a allí —comentó en tono casual—. Era una isla preciosa, pero imagino que ha cambiado un poco desde entonces. ¿Fuiste a investigar para el libro o solo de vacaciones?

—En parte de vacaciones, pero sobre todo por el libro. Saphira me consiguió un contacto para visitar una vieja casa veneciana cerca de Kryovrisi y entrevistarme con su propietaria. ¿Te suena el nombre de Vrahos?

Hugh paseó la mirada entre Patrick y Sophie.

—A juzgar por vuestras caras, creo que sabéis que sí —reconoció—. ¿Qué habéis desenterrado sobre mi pasado?

Por toda respuesta, Patrick deslizó la mano en el bolsillo interior de su chaqueta y le alargó un sobre.

—Tengo una carta para ti —dijo.

Hugh cogió el sobre y se quedó mirándolo en silencio durante largo rato, como si de ese modo esperara poder leer el contenido sin abrirlo.

—No creía que volvería a ver esta letra algún día —murmuró por fin, las mismas palabras que Evanthi había dicho a Victoria.

Sophie, que no sabía que su padre tuviera esa carta, apenas podía contener la emoción.

—¿No vas a abrirla? —estalló al fin.

—Por supuesto que sí —asintió Hugh, pero se guardó la carta en el bolsillo—. Ten por seguro que la leeré..., pero no ahora. Lo siento, Sophie, perdóname por ser un viejo aguafiestas. Al igual que Lear, me he convertido en un «anciano estúpido y entrañable», y necesito leerla a solas. —Durante unos instantes se concentró en el cigarro y por fin siguió hablando—. Así que

Evanthi Palombini sigue viva. ¿Está bien? Por favor, cuéntame todo lo que sepas.

Así pues, Patrick refirió la visita a Vrahos, su sorpresa por la reacción de la anciana criada y también de Evanthi.

—Yo también me extrañé porque al conocerla tuve la sensación de que ya la conocía, pero no empecé a atar cabos hasta que vi un retrato suyo de joven. No era un cuadro demasiado bueno, nada que ver con el tuyo, pero el rostro era inconfundible. Era tu *Muchacha sobre la roca*, que conozco de toda la vida. ¿Recuerdas aquel día de febrero cuando me mostraste el boceto original, que acababas de encontrar por casualidad? —Hugh asintió—. Por eso lo tenía fresco en la memoria, y es una coincidencia extraordinaria que conociera a la modelo tan poco tiempo después, sobre todo teniendo en cuenta que no sabía nada de Corfú antes de ir allí. Nunca me habías contado la historia.

Sophie abrió la boca para preguntar por la cajita de plata y darle más detalles de su visita a Vrahos, pero al ver la mirada de advertencia y el movimiento de cabeza de su padre se contuvo. Patrick no sabía qué parte de la historia explicaba Evanthi en su carta, por lo que decidió no mencionar de momento ni la caja de música ni el hecho de que Nafsica hubiera ocultado las cartas. Si Evanthi quería que Victoria llevara la caja cuando fuera a Inglaterra, quizá pretendiera darle una sorpresa a Hugh. Deseó tener instrucciones más precisas acerca de lo que podía revelar a su tío y concluyó que debía llamar a Victoria para pedirle que lo averiguara antes de desvelar más secretos de los necesarios.

Mientras Patrick hablaba del almuerzo con Evanthi, describía la visita guiada que le había ofrecido Victoria y expresaba su propio entusiasmo ante la perspectiva de dedicar un capítulo del libro a Vrahos, Hugh se levantó, cojeó hasta la ventana y se puso a contemplar el jardín de espaldas a Patrick y Sophie.

—Lo creáis o no, he pensado en Evanthi cada día durante los últimos sesenta años —aseguró con vehemencia, como si retara a Patrick y Sophie a no creer en sus palabras.

Al mirar por la ventana, no veía su jardín de Yorkshire, sembrado de narcisos que asomaban entre la hierba al pie de los cerezos, sino un mar de intenso color azul y una cala engastada en el paisaje rocoso. Vio de nuevo una roca de forma peculiar, como un dinosaurio agazapado, sobre el que se sentaba una muchacha de cabello oscuro, agitando las piernas desnudas y morenas en el agua, riendo a carcajadas. Vio a una joven pareja bailando al son de la música de un gramófono en el Gran Salón de una vieja casa veneciana, bajo la mirada adusta y polvorienta de los retratos de antepasados griegos, mientras los acordes de «Night and Day» y «Dancing Cheek to Cheek» resonaba contra el techo artesonado. Vio la luna llena proyectando su sendero plateado hasta la costa de Albania y oyó el canto nocturno de los grillos y las ranas, así como la llamada monótona de las lechuzas.

—Me parece recordar que la guerra se interpuso en una relación —dijo Patrick tras un largo silencio que quería romper.

—Ah, ¿sí?

La voz de Hugh parecía proceder de muy lejos mientras seguía mirando por la ventana, inmerso en un universo privado. Al cabo de otro rato, sacudió la cabeza como si quisiera despertar del sueño.

—Bueno, sí, en parte es cierto —admitió—, pero entre nosotros sucedió algo que no tuvo nada que ver con la guerra..., y por alguna razón no conseguimos enmendarlo a tiempo. Hice un último intento de arreglar las cosas después de la guerra. Fui a Corfú para buscarla, pero al llegar descubrí que estaba casada y tenía un hijo.

—¿Llegaste a verla?

—No. Le escribí una última carta... después de muchas otras a las que no había contestado. Tampoco contestó a aquella, y no podía arriesgarme a arruinarle la vida apareciendo en ella y creando problemas, así que volví a casa y me dediqué a vivir la mía. A menudo me he preguntado si hice bien o si cometí el peor error posible. Por aquel entonces existían reglas más estrictas sobre lo de romper matrimonios ajenos. No creo que hoy en día hubiera pasado lo mismo; las costumbres han cambiado, y no soy quién para decir qué está bien y qué está mal. Pero juré que nunca me casaría, y no me casé.

De repente se volvió.

—No pongas esa cara —pidió a Sophie—. Lo he pasado en

grande en muchos sentidos. ¡Pregúntaselo a tu padre! Te dirá que no me he distinguido precisamente por vivir como un monje, y mucha gente diría que he quebrantado todas las reglas del código de conducta al uso.

—Pero no las de tu propio código de honor —señaló Patrick.

—Espero que no..., no. Y ahora alegra esa cara, jovencita, y deja de llorar —espetó con brusquedad, más conmovido por las lágrimas y la expresión horrorizada de la sensible Sophie de lo que quería reconocer—. Se te va a quedar la nariz roja para siempre, y en ese caso no te pintaré. No habrá una *Muchacha al pie del manzano* junto a la *Muchacha sobre la roca*. Imagínate qué pérdida para la posteridad.

—Oh, tío Hugh —gimió Sophie mientras buscaba un pañuelo en el bolsillo de los vaqueros—. Es tan triste..., pero no es demasiado tarde para enmendar el error, al menos en parte. La señora Doukas es maravillosa. Bueno, ya no es tan hermosa —puntualizó, impulsada por un arranque de sinceridad—, pero es evidente que de joven lo fue. Y podéis volver a veros, piénsalo. Debe de querer verte, porque de lo contrario no te habría escrito.

Hugh le dirigió una mirada afligida.

—Intentar volver atrás puede ser un grave error. Quizá es mejor conservar el recuerdo. La vejez es tan insidiosa que apenas uno se da cuenta de los cambios que produce en las personas a las que ve constantemente, pero ver a alguien a quien se amó tanto hace mucho tiempo y encontrar a esa persona totalmente cambiada... podría ser desastroso. No estoy seguro de poder afrontar una cosa así..., por los dos. ¿Y si una deprimente imagen geriátrica borrara mis recuerdos anteriores? ¿Y si ella no viera más que a un viejo patético al que por si fuera poco le falta una pierna, y no hallara rastro del muchacho del que se enamoró en una aburrida cena porque él cometió la impertinencia de lanzarle una bolita de pan hace tantos años? Es un riesgo demasiado grande.

—Pues a mí me parece una actitud muy cobarde —acusó Sophie, indignada—. Piensa en lo que podrías perderte.

—Al tío Hugh lo han acusado de muchas cosas a lo largo de

su vida, pero me parece que la cobardía no se encuentra entre ellas —terció Patrick.

Sophie torció el gesto.

—Bueno, pues es lo que pienso —insistió, convencida de que no podría soportar que aquella historia tan romántica acabara de forma tan decepcionante.

—Te estás pasando un poco —le advirtió Patrick con el ceño fruncido.

—No, en absoluto, tiene derecho a decir lo que piensa —afirmó Hugh con una mirada tranquilizadora—. Puede que incluso tenga razón, y en cualquier caso, valoro su opinión, pero necesito tiempo para pensarlo y primero tengo que leer la carta. Sé que te mueres de curiosidad, Sophie, y te prometo que otro día te contaré más cosas.

—¿Me contarás la historia cuando venga a posar para ti?

—Sí —asintió el anciano—, lo haré. Te relataré toda la película e inmortalizaré tu expresión de interés..., y serás la primera persona a quien se la haya contado.

—¿Y accederás a ver a Victoria si viene?

—Por supuesto —aseguró Hugh—. Me encantaría conocer a la nieta de Evanthi.

Y Sophie tuvo que conformarse con eso, porque Patrick consideraba que su tío parecía de repente exhausto y decidió que debían dejarlo descansar.

Cuando llegaron a casa encontraron a Sam practicando golpes de golf mientras su hermana pequeña pedaleaba sin parar en el triciclo, fingiendo ser su caddy. No sabía lo que era un caddy, pero Sam le había explicado que era un trabajo muy importante que consistía en recoger todas las pelotas de golf de los agujeritos practicados en la hierba y pasearse por el campo en un coche especial llamado carro de golf. Posy adoraba a Sam y cuando estaban a solas se portaba de maravilla con él. Si se ponía demasiado exigente, Sam se limitaba a marcharse y dejar de hacerle caso, lo cual a Posy no le parecía nada divertido. También admiraba muchísimo a su hermana mayor, y tenían sus buenos ratos juntas, pero la forma más rápida de captar la atención de Sophie pasaba por hacer algo realmente provocador, y Posy era una auténtica maestra en ese campo.

Patrick dejó a Sophie delante de la casa para que se reuniera con Sam, y Posy decidió abandonar las tareas de caddy y subir al coche con su padre para acompañarlo a aparcar en la parte trasera.

—Hola, Sophie. ¿Qué tal ha ido? —preguntó Sam.

—Genial. Papá le ha dado al tío Hugh una carta de la señora Doukas, y el pobre se ha quedado con la boca abierta.

—¿Qué decía la carta?

—No lo sé —gimió Sophie, desesperada—. No ha querido abrirla en nuestra presencia. Por poco me muero de curiosidad.

—Ya me lo imagino —sonrió Sam—. ¿Habéis resuelto lo de tu habitación?

—Ah, eso. Sí..., y gracias por lo de ayer. La verdad es que papá ha tenido una idea bastante guay.

Sophie se encogió de hombros en un intento de aparentar indolencia; no se sentía preparada para hablar de la intensa reacción que había tenido la noche anterior, porque las emociones seguían a flor de piel.

—Lo siento por ti, Sam —prosiguió—. Lo más probable es que me instale arriba, en tus dominios. Papá dice que Ellie y yo podemos decorar la habitación que queda libre. Será genial.

—Dios mío —suspiró Sam—. Te pasarás mil horas encerrada en el baño y otras tantas chillando y riendo con Ellie.

Sophie le lanzó una mirada maliciosa.

—Pues anoche me pareció que Ellie te hacía bastante tilín. No disimules, que se te vio el plumero.

—Bueno, la verdad es que ha mejorado desde la última vez que la vi —admitió Sam a la defensiva—, lo cual, por otra parte, no era tan difícil. Anoche me pareció que necesitaba que se lo dijeran, nada más... Adivina quién ha venido a comer —se apresuró a cambiar de tema.

—¿El espanto de Bronwen?

—Acertaste a la primera.

—Papá flipará —observó Sophie—. ¿Qué quería esta vez?

—Mamá y ella tenían que hablar de no sé qué protesta contra las obras de mejora propuestas para el ayuntamiento.

—¿Y por qué están en contra?

—Yo qué sé..., salvo quizá el hecho de que papá forme parte del Consejo Parroquial y respalde la idea. No creo que a Bronwen le importe un comino el asunto; en mi opinión, solo quiere dar la nota.

—Pero ¿qué tiene todo eso que ver con mamá? —inquirió Sophie.

—Nada —masculló Sam, sombrío—. Nada en absoluto, pero tal como hablan, cualquiera pensaría que está a punto de estallar un incidente internacional. Mamá ya habla en jerga política. ¿Sabes lo que pienso?

—¿Qué?

—Creo que todo esto acabará por arrojar a papá a los brazos de Victoria y, desde luego, no se lo reprocharía.

Sophie miró a su hermano con expresión horrorizada.

—Recuerdo lo que dijiste en Corfú, pero no puedes hablar en serio. Papá nunca dejaría a mamá. Sé que ahora mismo le está haciendo la vida imposible, y no solo a él, pero si Bronwen desapareciera del mapa, estoy convencida de que todo volvería a ir bien entre ellos. No insinuarás que podrían llegar a separarse...

—Los padres de muchos de tus amigos se han separado —replicó Sam.

—Bueno, algunos..., pero los Marshall... y bueno..., muchos otros siguen juntos.

Sophie repasó mentalmente la lista de amigos suyos cuyos padres se habían divorciado y se alteró sobremanera.

—Papá es diferente —insistió.

—No lo es. Madura de una vez, Sophie —espetó el altivo y mundano Sam, dispuesto a enseñar a su hermana menor un par de cosas—. Te apuesto lo que quieras a que no puede resistir durante mucho más tiempo la tentación de llamar a Victoria —retó—. Ya lo verás. Le doy una semana como mucho.

En aquel momento, Patrick salió de la casa para reunirse con ellos y se preguntó por qué Sophie de repente lo miraba como si acabaran de salirle cuernos y rabo.

Más tarde, Patrick fue a dar las buenas noches a su hija pequeña. Posy estaba sentada en la antigua cama de Sophie con aspecto de querubín de Rafael.

—¿Lo has pasado bien hoy, Posy bonita? ¿Qué has hecho?

—Ayudar a mamá —repuso Posy, radiante de virtud.

—Qué bien —alabó Patrick mientras retorcía entre los dedos uno de los espesos tirabuzones de la niña—. ¿Y con qué la has ayudado? ¿Habéis cogido flores?

—No. Adivina.

—¿Has pintado..., cocinado..., ayudado a guardar cosas?

—¡Que no, papi tonto!

—Me rindo. ¿Qué has hecho?

—Arrancar anuncios —reveló Posy con ojos centelleantes.

—¿Qué anuncios?

—Eran veeeeerdes —explicó Posy, alargando la palabra con pasión—. Anuncios veeeeerdes bonitos.

—¿Y qué habéis hecho con esos anuncios verdes preciosos? —preguntó Patrick, desconcertado por la información.

—Romperlos —repuso Posy, dándose importancia— y luego tirarlos —añadió, agitando los deliciosos bracitos antes de lanzar a su padre una mirada conspiratoria—. Es un secreto —anunció—. Mami dice que es el secreto de Posy y mami.

Patrick besó a su hija en los relucientes rizos mientras el estómago se le encogía.

—Bueno, ahora a dormir —ordenó con firmeza—. ¿Quién duerme a tu lado esta noche?

En la cama de Posy apenas quedaba espacio porque siempre estaba rodeada de su colección de animales de peluche Beanie Babies. Estaba obsesionada con la disciplina, y los Beanies obtenían el privilegio de ocupar la primera fila de la parrilla según el férreo capricho de la niña. Aquella noche, los afortunados eran Spike el rinoceronte y Stretch el avestruz, mientras que Bones el perro había caído en desgracia y por tanto dormiría desterrado en el suelo. Patrick no pudo por menos de identificarse con él.

—Ponte las pilas, Bones, defiende tus derechos y muérdele los dedos de los pies —aconsejó al perro de peluche al tiempo que lo colocaba con firmeza sobre la cama—. Buenas noches, Posy, que duermas bien.

Patrick apagó la luz, encajó una zapatilla en el umbral para mantener la puerta entreabierta y bajó la escalera para enfrentarse con su mujer.

32

La escuela que correspondía a Vrahos y varios pueblos de las inmediaciones estaba situada en lo alto de la carretera principal que conducía a Corfú. Se accedía a ella por una empinada escalera que desembocaba en el parque infantil, delante de un pequeño edificio de una sola planta que albergaba todas las instalaciones del centro. Los columpios eran dos viejos neumáticos colgados de las ramas de un plátano, había un viejísimo balancín y una charranca pintada en el suelo de hormigón. En el interior había dos aulas separadas por un despacho minúsculo, y en el exterior, dos anticuadas letrinas.

No se parecía en nada a la escuela primaria de Toddingham, con sus instalaciones ultramodernas, el campo de fútbol, las pistas de baloncesto, el auditorio y la sala de informática, por no mencionar a todos los elegantes padres llevando a sus hijos al colegio en sus Subarus y Discoveries. Victoria había perdido horas de sueño inquieta ante la posibilidad de cometer un error al enviar a Jake por un período indeterminado a una pequeña escuela rural, donde no solo tendría que vérselas con niños desconocidos y un plan de estudios distinto, sino también con una lengua nueva. En un intento de tranquilizarse, se recordó la buena impresión que le había causado el director, que según Dora y Evanthi era un maestro magnífico que lograba resultados excelentes con los treinta alumnos a su cargo. Por otro lado, la carta desaprobadora que había recibido de su cuñada había acentuado considerablemente su angustia..., pero también su determinación de seguir adelante.

Meriel Hawkins le había escrito para comunicarle que el padre de Richard estaba consternado por el hecho de que Victoria tuviera la intención de enviar a Jake a una escuela EXTRANJERA. ¿Le parecía una idea sensata? ¿Realmente creía que a Richard habría estado de acuerdo? Por supuesto, proseguía en tono magnánimo, comprendía que Victoria debía de estar aún muy afligida..., como todos ellos («¡afligida!», ya pensó Victoria), pero Meriel le suplicaba que pensara en el futuro de Jake y diera prioridad a sus intereses. ¿Acaso el niño no había vivido ya suficientes experiencias traumáticas? En opinión de Meriel, ya era hora de que Jake volviera a casa; llevaba un mes entero fuera y corría el riesgo de quedar DESCONECTADO. Si Victoria no se sentía capaz de ocuparse de él por el momento ni preparada para regresar aún a Inglaterra, Meriel y Stafford estaban dispuestos a quedárselo un tiempo. Claro que no les iba demasiado bien, porque llevaban una vida muy ajetreada, pero por fortuna contaba con ayuda doméstica y además estaba dispuesta a hacer lo que fuera para que el hijo de Richard enfilara de nuevo el BUEN CAMINO.

Por supuesto, existían otras opciones, proseguía la carta. ¿Había contemplado Victoria la posibilidad de matricularlo en un internado? Meriel sabía que los internados no le gustaban, pero sin duda era una alternativa mejor que una Escuela Rural Griega. Conocía una excelente escuela privada cerca de su casa que en ocasiones admitía a alumnos menores de ocho años en atención a sus circunstancias familiares, en el caso de que sus padres estuvieran destinados en el extranjeros, por ejemplo, y a fin de cuentas, Jake pronto cumpliría los siete. ¡¡¡Merece la pena pensarlo!!! subrayaba Meriel con los signos de exclamación que siempre salpicaban sus cartas. Por lo visto, creía que si empleaba suficientes exclamaciones, sus insinuaciones se tornaban menos ofensivas.

Por el buen camino, ya, se indignó Victoria, furiosa por la insinuación de que estaba sometiendo a Jake a otra prueba perjudicial para él. ¿Y qué derecho tenía Meriel a decidir si Richard habría aprobado sus decisiones cuando había abandonado adrede a su mujer y a su hijo? Dudaba de que su familia tuviera la más remota idea de que Richard podía haberse quitado la vida.

Tal vez Meriel lo intuyera pero, a buen seguro, jamás lo reconocería.

Victoria había recibido muchas cartas pesadas de Meriel a lo largo de los años, pero como por lo general acababan siendo material de risas compartidas con Guy y Richard, a menudo le habían parecido más hilarantes que enfurecedoras. Sin embargo, ahora no tenía con quién reír, y la misiva la sacó de sus casillas de tal modo que sintió deseos de romperla y pisotear los pedazos. Estaba resuelta a mantener el contacto con su suegro, pero deseó no haberle comentado el asunto de la escuela durante su última llamada. La visión de Bill respecto a la educación se ceñía a su propio bagaje, aunque era más tolerante (por poco) que la manipuladora de su hija mayor. No le había entusiasmado la idea de Victoria, que tampoco lo esperaba de él, pero tampoco se había mostrado consternado. Sin embargo, reflexionó Victoria, con Bill Cunningham nunca se sabía. Casi siempre había adivinado sus opiniones porque apenas habían variado con el tiempo, pero apenas sabía nada de él en el plano emocional, porque conservaba el corazón encerrado a buen recaudo y prefería que los demás hicieran lo mismo.

Victoria suponía que de tal palo tal astilla, aunque nunca se lo había planteado en esos términos hasta entonces. Parecía que cada día traía consigo una nueva y desagradable revelación sobre lo poco que en realidad conocía a su esposo. ¿Cómo pudimos vivir juntos durante ocho años y seguir siendo unos desconocidos?, se preguntaba una docena de veces al día. Era como aquella vieja serie televisiva en que unos alienígenas con apariencia humana de repente se quitaban la careta para revelar unos rostros monstruosos cubiertos de escamas verdes. Era como presenciar una suerte de pesadilla, y a Victoria le habría gustado saber cuántas caretas se le caerían a Richard. ¿Descubriría algún día su auténtica identidad? ¿Había sido Richard desgraciado durante todo su matrimonio?

Victoria experimentó un gran alivio cuando Jake regresó a casa tras el primer día de escuela sin mostrar indicio alguno de haber vivido una experiencia traumática.

Con Jake en la escuela y sin responsabilidades domésticas,

ahora disponía de más tiempo..., más tiempo para llorar, más tiempo para revivir el pasado y pensar en el futuro, más tiempo para que la soledad se apoderara de ella para no dejarla respirar.

Pese al placer que le proporcionaba la compañía de su abuela, deseaba que los Hammond siguieran en Petradi. Habría sido divertido mostrarles rincones del Corfú secreto que aún existía tras la fachada turística. Le habría gustado reunirse con Sam y Sophie en el Harbour Lights para tomar una copa después de que Evanthi se acostara, o llevar a Sophie de compras a Corfú y revelarle los encantos del laberinto de callejuelas y plazoletas con sus viejas casas venecianas. Después de mostrar a Patrick el tesoro de Vrahos, le habría gustado ver su reacción en la catedral ante el efecto de la luz dorada que reflejaban las numerosas pinturas sagradas, que parecían cubrir cada centímetro de las paredes y que siempre producían a Victoria la sensación de haberse adentrado en un icono. La amistad con la familia Hammond la había hecho sentirse independiente, casi aventurera. Hasta entonces, muchos de sus amigos habían sido primero amigos de Guy y Richard, y buena parte de sus actividades habían girado en torno a ellos, pero Patrick y sus hijos no sabían nada de su marido ni de su primo, y Victoria se había sentido apreciada por derecho propio.

Sin embargo, pensar en Patrick la inquietaba sobremanera y la empujaba por senderos que se le antojaban peligrosos. Es demasiado pronto, se advertía a sí misma, preocupada por el modo en que sus pensamientos insistían en desviarse una y otra vez hacia él; no hace ni seis meses que murió Richard, y aun así no consigo quitármelo de la cabeza... Además, se censuró, está casado. Se preguntó si Guy, siempre tan crítico, aprobaría a Patrick, y esa pregunta la obligó a reconocer que Guy llevaba demasiado tiempo siendo el rasero por el que Victoria lo medía todo y a todos. Pero Richard se ha ido para siempre, y Guy pertenece a Francine, se recordó, compungida y forzada a afrontar el hecho de que su ídolo había caído del pedestal y de que ya no podía confiar en él.

Debo aprender a tomar mis propias decisiones sobre las cosas y las personas, resolvió.

No había hablado con Guy desde la visita de los Hammond, aunque sabía por Evanthi que había viajado a Estados Unidos en una de sus visitas periódicas para ver al editor de *Capability* y comentar ideas para artículos futuros. Francine lo había acompañado con la intención de ver a sus familiares y amigos en Nueva York..., y sin duda para darles la noticia del bebé, pensó Victoria con una punzada de celos. Su mente era un hervidero de sentimientos encontrados hacia Guy. No le parecía correcto que todavía no supiera nada acerca del amor perdido y reencontrado de Evanthi, pero aunque una parte de ella anhelaba contárselo, aún se sentía demasiado dolida para intentar la reconciliación.

Anthony y Toula llamaban a menudo. Victoria tenía muchas ganas de verlos, pero al mismo tiempo la aterraba la idea de su inminente viaje a Inglaterra, las incontables decisiones que sin duda debería tomar, la confrontación inevitable con la familia de Richard... Se le antojaba una situación muy amenazadora..., pero de repente pensó en la posible misión de visitar a Hugh Marston y experimentó una punzada de emoción..., también ante la perspectiva de volver a ver a Patrick. Tenía motivos para afrontar el futuro con optimismo.

Pasaba horas con Evanthi, encajando más piezas del rompecabezas de su vida; era como escuchar un apasionante serial radiofónico, se decía, y entre episodios no veía el momento de escuchar el siguiente.

—Cuéntame qué pasó después de que Hugh te llevó a comer. ¿Se puso furiosa la bisabuela Palombini? ¿Cuándo os volvisteis a ver? —preguntó un día mientras ella y Evanthi comían las deliciosas albóndigas picantes con salsa roja que Dora les había preparado acompañadas de calabacines diminutos y patatas fritas.

—Me siguió a Italia —explicó Evanthi—. Por supuesto, ya lo esperaba..., de hecho lo sabía, pero aun así ya te imaginas mi alegría cuando se presentó en Roma. Fingió que había venido a ocuparse de unos encargos y lo cierto es que no tardó en tener algunos. Y sí, mi madre montó en cólera. Se puso en contra de Hugh desde el principio, pero no porque le desagradara como persona, al menos no de entrada, sino porque estaba decidida a casarme con un griego de buena familia. ¡Y eso que ella también se había casado con un extranjero!

—¿No era feliz con tu padre? —preguntó Victoria mientras se servía un poco de ensalada.

—Oh, no tenía nada que ver con el matrimonio de mis padres. Adoraba a mi padre, pero con el tiempo me he dado cuenta de que las personas que se consideran en el derecho de romper las tradiciones a menudo aplican esas mismas normas con muchísima rigidez a los demás. Ella y Calliope Doukas habían concertado el matrimonio cuando Stavros y yo éramos bebés; mi madre estaba obsesionada con la idea. Consideraba que la unión garantizaría el futuro de esta casa, y mi madre solía conseguir lo que se proponía.

—Dices que al principio no le desagradaba Hugh como persona —señaló Victoria—. ¿Qué pasó después?

—Después sí, desde luego, porque Hugh la frustraba al negarse a dejarse intimidar por ella porque, según mi madre, me había robado el corazón, y ella sabía que no podía hacer nada al respecto. Pero no me robó el corazón —puntualizó Evanthi con los enormes ojos relucientes de vehemencia—. Yo se lo entregué. Mi madre podía ser la amiga más leal, pero también la enemiga más encarnizada e implacable. No toleraba oposición alguna y podía ser muy vengativa. En muchos sentidos poseía una personalidad muy primitiva; lo que obligó a hacer a Nafsica con las cartas era muy propio de ella. No entiendo cómo no lo sospeché en su momento, pero así es.

—Continúa. ¿Qué hizo Hugh, aparecer en tu casa y llamar a la puerta?

—Era demasiado listo para hacer algo así. Mi madre lo habría mandado echar. No, lo que hizo fue pedir ayuda a su tía, lady Georgia, mi madrina. Hugh era un hombre de lo más persuasivo y convenció a lady Georgia para que se convirtiera en nuestra hada madrina. Tenía numerosos amigos influyentes en círculos diplomáticos y consiguió que lo invitaran a actos sociales a los que también asistía mi familia, por lo que a mi madre le resultaba difícil evitar que nos viéramos. Y en ese tiempo, nos enamoramos perdidamente. Los dos estábamos idos. Cada día era tan emocionante como la noche en que nos conocimos, pero al mismo tiempo teníamos la impresión de conocernos desde siempre. Por muchas desgracias que me hayan sucedido en la vida, todo ha merecido la pena por haber experimentado aquello.

Victoria sintió una intensa punzada de pura envidia.

—*Nonna*, quizá no tuvieras suerte más tarde, pero en ese momento sí —suspiró, melancólica, antes de añadir en voz apenas audible—: A mí nunca me ha alcanzado esa clase de *coup de foudre*, de pasión. Puede que ni siquiera fuera capaz de reconocerla.

Evanthi la miró con compasión.

—Aún eres muy joven, *agapi*. No lo descartes, puede que aún te pase y, además, la edad no tiene nada que ver con el amor. Y una cosa es segura: si te sucede lo sabrás.

Victoria meneó la cabeza.

—Ya no me siento joven —aseguró con seriedad—. Es como si Richard se hubiera llevado mi juventud.

—¡No digas tonterías! —espetó Evanthi, imperiosa—. No tolero comentarios tan ridículos. No seguiré contándote mi historia si es así como te la tomas.

—Lo siento... Sigue, por favor.

Divertida y reconfortada por la severa actitud de su abuela, Victoria no quería interrumpir el torrente de recuerdos.

—¿Qué pasó luego? —instó.

—Hugh pintó algunos cuadros magníficos y empezó a darse a conocer. Cabría imaginar que mi madre cambiara de idea respecto a él, porque cuando menos se convertía en un mejor partido, pero sucedió exactamente lo contrario. Supongo que el éxito de Hugh la indujo a considerarlo una amenaza real en lugar de un simple estorbo. Pero pese a sus esfuerzos por evitarlo, conseguíamos vernos casi cada día, y le mostré Roma, mi ciudad. Hugh vio todos los tesoros maravillosos a través de mis ojos italianos, y yo los vi por primera vez a través de sus observadores ojos de artista. Fue una revelación y un privilegio. Siempre decía que debíamos aguzar la vista para mirar las cosas.

—Oh, *nonna*, eso es lo que siempre nos decías a nosotros. Guy y yo hablamos de ello el otro día y comentamos lo importante que había sido para los dos. Patrick Hammond me dijo una cosa muy parecida cuando me habló de la fotografía y de cómo elige las imágenes.

—Seguro que lo aprendió de Hugh. Hugh era la clase de persona capaz de cambiarle a uno la visión del mundo, una de esas personas tan especiales que nos ilumina con su entusiasmo en lugar de matarnos de aburrimiento. Un don infrecuente, la verdad —observó Evanthi.

—Tú también lo tienes.

En aquel momento, Victoria miró el reloj y comprobó que debía ir a buscar a Jake y Angelo, por lo que el siguiente capítulo tendría que esperar.

—¿Qué pensaba tu padre de Hugh? —inquirió mientras recogía la mesa—. ¿También lo desaprobaba?

—Hugh y mi padre se llevaban bien... las pocas veces que se veían, pero la situación política era complicada, y las relaciones de Italia eran tensas tanto con Inglaterra como con Grecia. A mi padre nunca le gustaron los fascistas, pero consideraba que Mussolini había hecho algunas cosas buenas por nuestra agricultura y la gestión del país. Cuando Italia invadió Albania, supo que se avecinaban problemas en Europa. Estaban sucediendo cosas horribles. —Evanthi se interrumpió un instante y se removió en la silla—. Tienes que irte, *agapi*. Yo subiré a descansar..., pero debo decir que empiezo a encontrarme tan bien que incluso creo que quizá me quede algo de tiempo a fin de cuentas.

Victoria la abrazó.

—No te rindas, *nonna* —pidió—. No soportaría perderte.

Acto seguido fue en busca de los niños para llevarlos a nadar un rato y comer un helado.

Mientras conducía dando tumbos por el sendero de acceso, rogó por que hallaran la forma de conservar la casa sin tener que vender el icono, y por hacer acopio de fuerza y decisión suficientes para afrontar las dificultades que sin duda le deparaba el futuro.

Una noche, alrededor de dos semanas después de que los Hammond regresaran a Inglaterra, el teléfono sonó después de la cena.

Evanthi ya se había acostado, pero Victoria seguía sentada en la terraza, contemplando las luciérnagas en la oscuridad y deseando tener a alguien con quien compartir la magia. Entró en la casa para contestar, contenta de tener algo que hacer.

—*Herete?* —dijo automáticamente en griego.

—¿Eres Victoria?

—Sí, ¿quién es?

—Hola, Victoria, soy Patrick Hammond. Espero no molestarte.

—Ah, hola. —Victoria había reconocido su voz de inmediato, pero por alguna razón había decidido no darlo a entender—. No me molestas en absoluto y me alegro mucho de oír tu voz. ¿Qué tal el viaje de vuelta? ¿Cómo estáis?

—Estamos bien. Sam ha vuelto a Newcastle, y Sophie ha empezado de nuevo la escuela, pero pasa casi todos los fines de semana en casa, lo cual es estupendo.

—Los dos son estupendos —alabó Victoria—. Me daría por satisfecha si Jake fuera como ellos de mayor. Os echamos mucho de menos desde que os fuisteis.

En el otro extremo de la línea, el corazón de Patrick dio un salto de alegría.

—Bueno, yo también..., es decir, todos nosotros te echamos de menos... y a Jake, claro. ¿Cómo está? ¿Ya ha empezado en la escuela del pueblo?

—Sí, y está muy bien —asintió ella, conmovida al ver que Patrick se acordaba—. Empezó la semana pasada, más contento que unas pascuas. Todo parece ir de maravilla.

—Debes de estar muy aliviada. Siempre da un poco de angustia cuando empiezan en una escuela nueva, y en tus circunstancias mucho más aún, imagino.

—Debo reconocer que lo pasé mal, sobre todo porque la familia de mi esposo me ha puesto de vuelta y media por considerar siquiera la posibilidad.

—Pero ¿ahora te sientes triunfante y justificada? —bromeó Patrick.

—Supongo que sí —rió ella—, aunque habrá que dejar que pase un poco más de tiempo. Cruzo todos los dedos. Y ahora cuéntame, que me muero de curiosidad. ¿Has ido a ver a tu tío para hablarle de la *nonna*?

—Pues sí, y en parte te llamo por eso..., aunque en realidad es más bien la excusa perfecta para hablar contigo y saber cómo estás.

Victoria se estremeció de alegría.

—Háblame de la reacción de tu tío ante la voz de su pasado —pidió para eludir responder al segundo motivo de Patrick, que por otro lado le encantaba—. Estoy que me muero de curiosidad.

—Le ha dicho a Sophie que ha contestado a la carta de tu abuela. ¿Sabías que Evanthi escribió una carta para que yo se la diera? A Sophie por poco le da un síncope cuando se la entregamos porque lo único que hizo fue guardársela en el bolsillo para abrirla más tarde. ¿Ha recibido tu abuela la respuesta?

—Que yo sepa no, pero aquí el correo es muy lento. No me ha comentado nada, pero no sabía que te hubiera dado una carta. Qué callado se lo tiene; eso demuestra que todo este asunto sigue siendo muy importante para ella. Después de todos los problemas que tuvieron con su correspondencia, me parece curioso que elijan el mismo medio para restablecer el contacto, ¿no crees?

Charlaron durante un rato más, y Victoria tuvo la sensación de que se comportaban con la naturalidad de quienes se conocen desde siempre.

—Tengo que colgar —anunció por fin Patrick—. No debería haber llamado tan tarde, pero quería asegurarme de encontrarte y no tener que dejar un mensaje a tu abuela o Dora. ¿Cuándo vendrás a Inglaterra? Sé que a tío Hugh le encantaría conocerte, y tengo una propuesta que hacerte.

—Tengo que ir para tratar unos asuntos —repuso ella, intrigada—. Todavía no he fijado la fecha; para serte sincera, me horroriza tanto el viaje que no paro de posponerlo, pero ahora que Jake ya se adaptado, puedo dejarlo tranquilamente con la *nonna* y Dora. A mí también me encantará conmover a tu tío. ¿Cuál es tu propuesta?

—El tío Hugh tiene que ir a Londres a finales de junio. La galería Crompton, de Brook Street, está preparando una retrospectiva de su obra, y quieren que asista a la exposición privada. Yo también tengo que ir por esas fechas para ver a mis editores, así que me he ofrecido para llevarlo a Londres. Tenemos un pisito en Warwick Square, así que me alojaré allí, pero supongo que él preferirá alojarse en su club, donde lo miman mucho. ¿Qué te parece si nos reunimos en Londres los tres? Espero poder convencerlo de que preste *Muchacha sobre la roca* para la exposición; nunca se ha exhibido porque él no quería. Así podrías ver por qué me impresionó tanto. Me ha parecido más práctico que hacerte viajar hasta Yorkshire para conocerlo. ¿Qué me dices?

—Es una idea estupenda —aseguró Victoria—. Si me das las fechas exactas comprobaré si el abogado de Richard puede darme cita esa semana y averiguaré si a mi suegro también le va bien quedar conmigo.

—¿Te alojarás en Londres? —preguntó Patrick.

—Tendré que ir a casa, a Baybury; es una de las muchas cosas que tengo que hacer, pero probablemente pasaré primero unos días en Londres. Richard y yo siempre nos alojábamos en casa de Guy cuando íbamos a Londres, era como nuestro segundo hogar, pero acaba de casarse y no creo que pueda presentarme cuando me venga en gana y sin avisar como hacía antes. Tendré que sondear a su mujer, pero no creo que haya problema.

Se preguntó cómo sería convivir con Francine y, en las circunstancias actuales, con Guy; ¿podría afrontarlo?

—Magnífico —dijo Patrick—. Ya me dirás si te van bien las fechas. Sería estupendo. Y... —Titubeó un instante—. ¿Podré invitarte a cenar alguna noche? —Pero antes de que Victoria pudiera responder, siguió hablando como si temiera su rechazo—. Dale saludos a tu abuela de mi parte y dile que sigue hechizando a tío Hugh. Volveré a llamarte pronto.

Después de colgar, Victoria se sintió como si acabaran de administrarle una inyección de energía, resolución y esperanza.

De repente se dio cuenta de que desconocía el número de teléfono y la dirección de los Hammond, así que tendría que esperar a que él la llamara de nuevo. Patrick no había mencionado a su mujer. ¿Lo acompañaría a Londres? Victoria ignoraba muchas cosas, pero no le importaba porque sabía una con total certeza: viajaría a Londres a finales de junio, les fueran bien las fechas a Peter Mason y Bill Cunningham o no.

Algunos días después de la llamada de Patrick, Guy telefoneó para anunciar que él y Francine ya habían vuelto de Estados Unidos y para preguntar por todos los moradores de Vrahos. Victoria todavía no quería hablar con él, pero cuando Dora le dijo que tenía una llamada de Inglaterra, imaginó que se trataba otra vez de Patrick y se puso al teléfono. Por primera vez en su vida experimentó una punzada de decepción al oír la voz de su primo, mientras que en el otro extremo de la línea, Guy se sobresaltó al advertir su tono gélido.

El viaje había sido maravilloso, respondió a la pregunta fría y distante de Victoria. La familia de Francine estaba encantada con la noticia de su embarazo, y el editor de *Capability* le renovaba el contrato por un año más para que escribiera sobre lo que le viniera en gana. Por añadidura, otra revista quería que escribiera una serie de artículos sobre flores de distintas cordilleras, lo cual le proporcionaría la excusa perfecta para realizar unos cuantos viajes interesantes.

—¿Qué tal estás, Vicky? ¿Y Jake? ¿Y cómo está la *nonna*? Cuéntame todas las novedades —pidió Guy, desesperado por hacer las paces con la prima a la que siempre había querido pero también dado por sobrentendida.

Pese a los sentimientos encontrados que albergaba hacia Guy, Victoria no pudo resistir la tentación de hablarle de la visita de los Hammond y el singular vínculo con el pasado de Evanthi. Guy se mostró muy interesado. Como de costumbre, lo sabía todo acerca de los cuadros de Hugh Marston, a quien afirmaba admirar muchísimo. Hablar de cualquier tema con Guy era como rebuscar en un desván fascinante, pensó Victoria; nunca se sabía lo que se podía encontrar porque su primo era un pozo lleno de los conocimientos más dispares.

—La *nonna* quiere que lo conozca —explicó Victoria—. Patrick Hammond dice que su tío tiene que ir pronto a Londres para una exposición de sus cuadros. ¿Puedo alojarme en tu casa si voy yo también? —preguntó por costumbre.

—Claro que sí, sería genial. ¿Cuándo tienes previsto venir?

—Todavía no sé las fechas exactas. ¿Estás seguro de que a Francine no le importará?

—Cariño —lo oyó gritar—, Victoria quiere saber si puede alojarse en casa cuando venga a Londres.

—Claro, dile que venga cuando quiera —oyó contestar a Francine—. Necesito montones de consejos sobre bebés. Que se quede tanto tiempo como le apetezca y que traiga a Jake, si quiere.

Qué generosa, se dijo Victoria. Es evidente que se esfuerza, así que debo pagarle con la misma moneda. Pero la perspectiva aún la asustaba.

Por su parte, Guy se preguntó de inmediato cómo sería Patrick Hammond, porque al oír la forma deliberadamente casual en que Victoria hablaba de él, supo de inmediato que entre ellos había algo, y se le activaron todas las alarmas.

33

En las semanas posteriores al regreso de Patrick, él y Rachel tuvieron una pelea monumental, dos en realidad, a consecuencia de lo cual Patrick decretó que Bronwen no podía entrar en su casa ni tener contacto alguno con Posy. Montó en cólera al enterarse que durante su ausencia, Rachel no solo había participado en una campaña para arrancar los avisos oficiales colocados delante de todas las propiedades situadas en la zona que habían solicitado permisos de obras, sino que había llevado consigo a Posy. Para empezar, todo el asunto se le antojaba absurdo, ya que en apariencia no protestaban contra ningún edificio en concreto, sino en general contra la concejalía de urbanismo del ayuntamiento, puesto que Rachel se había dedicado a arrancar avisos verdes en una zona muy amplia. Cada vez que le preguntaba contra qué protestaba en concreto, Rachel solo respondía vagamente que el grupo de protesta se oponía a la «mezquindad de la burocracia» y mascullaba algo relativo a los derechos individuales. Patrick se quedaba mirándola con total estupefacción.

—El otro día me dijiste que los derechos individuales tenían que sacrificarse por el bien común. Vivimos en una zona excepcionalmente hermosa que merece ser protegida. ¿Te gustaría que cualquiera pudiera venir y construir edificios espantosos donde le viniera en gana? —lo desafió en un momento dado.

Incapaz de contener la exasperación, Patrick alzó la voz.

—El año pasado pusiste el grito en el cielo por la ampliación que querían hacer los nuevos propietarios de Glebe House y te alegraste cuando no se lo permitieron. En cambio, por lo visto ahora estás en contra de que la gente tenga que solicitar permisos de obras. ¿Acaso has perdido el juicio, Rachel? Este grupo de protesta me parecería ridículo si no sospechara que tras él se ocultan intenciones muy desagradables. No puedo impedir que sigas poniéndote en evidencia, pero ¿cómo narices se te ocurrió llevar a Posy contigo?

—Haz el favor de no gritarme, Patrick —pidió Rachel, poniéndose en pie con actitud defensiva.

—Pues contéstame. ¿Cómo pudiste involucrar a Posy en semejante acto de vandalismo absurdo? ¿Qué clase de comportamiento le estás inculcando de cara al futuro? Es una monstruosidad.

—No seas tan pesado, Patrick.

Viniendo de Rachel, siempre tan puntillosa y escrupulosamente convencional, aquellas palabras enfurecieron aún más a Patrick.

—Muy bonito viniendo de ti —espetó, incrédulo.

—Mira —replicó Rachel—, Yvonne estaba de vacaciones, tú te habías largado a Corfú y Bronwen estaba ocupada, así que no tenía con quien dejar a Posy. ¿Qué querías que hiciera, por el amor de Dios?

—Para empezar, no pasearte por todo el condado arrancando avisos oficiales. Si no tienes nada que hacer, búscate un empleo, pero no vuelvas a llevarte a Posy a esas expediciones. Te lo advierto, Rachel, estoy más que harto de tus tonterías. Estás insoportable desde que nació Posy, y todos hemos intentado darte cancha, pero esto es distinto. No podemos seguir así, por el bien de todos.

Y acto seguido giró sobre sus talones y la dejó plantada.

Rachel se llevó un sobresalto. Había algo nuevo en la mirada de Patrick, cierta exasperación rayana en la repulsión. ¿Qué quería ella de su matrimonio en realidad? No lo sabía, así que decidió consultar a Bronwen.

Pero lo peor aún estaba por llegar.

Algunos años antes, Hugh Marston había abierto cuentas de ahorro para Sam y Sophie, y más adelante también para Posy.

Cada vez que vendía un cuadro ingresaba dinero en sus cuentas. Sam había obtenido permiso para disponer de una parte para el año sabático que se tomó antes de ir a Newcastle, y Sophie esperaba poder hacer lo mismo, aunque Patrick insistía en que debían ganar parte del dinero que querían gastar en viajes. Hacía poco, Hugh había entregado tres cheques a Patrick, y este había pedido a Tania que los ingresara en las cuentas de los niños.

A los pocos días, Tania fue a hablar con él.

—¿Qué quiere que haga con el cheque de Posy? —preguntó—. He ingresado los de Sam y Sophie, pero no me había dicho que había cancelado la cuenta de Posy.

Patrick le clavó la mirada sin entender.

—No la he cancelado. ¿De qué me estás hablando?

—Han llamado del banco para avisar de que la cuenta de Posy fue cancelada automáticamente porque habían retirado todos los fondos.

—Tiene que tratarse de un error —aseguró Patrick—. Lo verificaré esta tarde cuando vaya a Knighton.

Al volver encontró a Rachel sentada ante su escritorio en el saloncito, que siempre usaban cuando estaban solos. Le arrojó el extracto de la cuenta cancelada.

—¿Qué significa esto? Hace un mes había cinco mil setenta y cinco libras en la cuenta de Posy, y ahora no hay nada. Solo tú o yo podemos retirar fondos, y yo no he sido.

Rachel parecía desconcertada.

—Ah, eso —masculló en un intento de aparentar indolencia, pero eludiendo su mirada mientras se afanaba en ordenar los papeles de su mesa.

—Sí, eso. ¿Me lo vas a explicar?

—No sabía que cancelarían la cuenta. Menuda estupidez, presentaré una queja. De todos modos, solo es temporal. Necesitaba el dinero para algo.

—¿Que necesitabas el dinero? ¿Para qué?

—No es asunto tuyo..., y de todas formas, solo lo he tomado prestado.

—No me vengas con esas —espetó Patrick, enfurecido—.

Por supuesto que es asunto mío. No tienes ningún derecho a disponer del dinero de Posy. ¿Qué narices has hecho con él?

—Se lo he prestado a alguien.

Patrick miró a su mujer, horrorizado.

—No me digas que le has prestado el dinero de Posy a esa mujer... —estalló.

—Si te refieres a Bronwen, ¿y qué si se lo he prestado? —desafió Rachel, intentando aparentar indiferencia, aunque sin conseguirlo—. Es por una buena causa, y como ya te he dicho, Posy lo recuperará a la larga.

—¿A la larga? ¿Qué diablos significa eso? Hay una palabra muy fea para definir lo que has hecho, Rachel: desfalco. Más te vale anular el cheque que le has dado a Bronwen ahora mismo.

Patrick descolgó el auricular del teléfono y se lo alargó a Rachel.

—Vamos, coge el talonario, mira el número del cheque y llama al banco.

—No puedo —admitió Rachel—. No le extendí un cheque; le di el dinero en efectivo. Deja de machacarme, Patrick, solo es un préstamo, por el amor de Dios.

—De un dinero que no tenías ningún derecho a prestar. ¿Por qué has recurrido a los ahorros de Posy? Tienes dinero propio y luego está la cuenta conjunta.

Rachel eludió de nuevo su mirada y volvió la cabeza. En sus mejillas por lo general pálidas, casi translúcidas, aparecieron dos brillantes manchas rojas, confiriéndole aspecto de muñeca de porcelana pintada. Apretó los labios en una desagradable línea, como si los hubiera cerrado con cremallera. Una expresión que a Patrick le resultó muy reveladora.

—No es la primera vez que le prestas dinero a Bronwen, ¿verdad? —constató en tono acusatorio—. Seguramente le has prestado un montón de dinero, pero al menos era tuyo, y ahora has recurrido a la cuenta de Posy porque te has quedado sin blanca y no querías que me enterara. Oh, Rachel, ¿en qué te has metido?

—Estás haciendo una montaña de un grano de arena —replicó Rachel con frialdad.

Patrick tuvo la sensación de hallarse ante una desconocida. Estaba tan furioso con su mujer que apenas se atrevía a dirigirle la palabra.

—¿Qué te ha pasado? —preguntó por fin—. ¿Acaso nuestro matrimonio ya no significa nada para ti? Pareces dispuesta a poner en peligro todo lo que hemos construido juntos. Últimamente has dejado bien claro que yo no te importo, pero ¿tampoco te importa tu familia? ¿Tienes idea del daño que le has hecho a Sophie con lo de su dormitorio? Y ahora pareces incluso dispuesta a quitarle a Posy lo que es suyo. Antes habrías sido incapaz de hacer algo así. Bronwen parece haberte embrujado por completo, y lo encuentro intolerable. ¿Vas a pedirle que te devuelva el dinero o prefieres que lo haga yo? ¿O es que ya es imposible recuperarlo?

—Por supuesto que no, no te pongas así. Hablaré con Bronwen ya que estás tan paranoico.

Patrick se dirigió hacia la puerta.

—Te doy dos días para solucionarlo y recuperar el dinero —advirtió con infinita sequedad—. No puedo impedir que veas a Bronwen, pero no quiero volver a verla en esta casa, no quiero que se acerque a Posy y no quiero que vuelvas a hacer a la niña partícipe de tus locuras.

Se detuvo un instante en el umbral y por fin añadió con más suavidad:

—Rachel..., ¿acaso le tienes miedo? ¿Tiene alguna influencia sobre ti que yo desconozca? Si es así, dímelo ahora y te prometo que no te seguiré culpando y te ayudaré en todo lo que pueda. Pero tengo que saberlo.

Era un momento decisivo.

—No digas tonterías, Patrick —espetó Rachel por fin—. Bronwen es una de mis mejores amigas, una de las personas más importantes de mi vida. ¿Cómo voy a tenerle miedo? Como a ti no te cae bien, la culpas de todo lo que no te gusta, y además permíteme que te diga algo...

Pero Patrick no quería averiguar de qué se trataba.

—Como quieras, pero allá tú con tu conciencia —advirtió por encima del hombro al salir del saloncito.

Entró en su estudio, cerró la puerta, se sentó a su escritorio y sepultó la cabeza entre las manos.

Al cabo de un rato tomó una decisión. Aquella noche llamaría a Corfú.

Rachel se sintió tentada de llevarse a Posy a casa de Bronwen solo para fastidiar a Patrick, pero la furia de su marido la había puesto lo bastante nerviosa para disuadirla. Además, puesto que Yvonne ya había vuelto, no podía echar mano del pretexto de que no tenía con quién dejar a la niña, así que se dirigió a Old Chapel House sola pese a que, mientras Bronwen se reservaba el derecho de aparecer en casa de Rachel cuando le venía en gana, no le gustaba recibir visitas sin previo aviso.

Cuando Rachel detuvo el coche delante de la casa, Bronwen acababa de terminar una clase de autoestima con un grupo de personajes muy diversos que se marchaban en aquel momento. Todos ellos parecían tener pavor a Bronwen. Por lo visto, la formación en autoestima aún no había surtido efecto; ninguno de los alumnos parecía preparado para poner en práctica con la profesora las teorías que ella intentaba inculcarles.

—Hasta la semana que viene a la misma hora. Y por favor, traed cuaderno, bolígrafo y ropa holgada —indicó Bronwen mientras los hacía salir.

—Oh, Bronwen, no creo que pueda venir el miércoles de la semana que viene —exclamó una joven obesa ataviada con unas ceñidas bermudas floreadas que no disimulaban en absoluto sus caderas—. Mi marido quiere que lo acompañe a Londres —explicó con una mirada ansiosa—. ¿Pasa algo si me salto una clase?

Bronwen le lanzó una mirada despectiva.

—Allá tú —dijo—. Si no eres capaz de contraer un compromiso, yo no puedo hacerlo por ti.

Bermudas Floreadas parecía un conejo paralizado por los faros de un coche.

—Intentaré arreglarlo —farfulló—. Le preguntaré a mi marido —añadió, mirando a Bronwen como si esperara una reacción comprensiva que no se produjo.

Bronwen se volvió hacia Rachel con un bufido para expresar su opinión sobre los clientes en general y las mujeres sumisas en particular.

—Hola, Rachel, no te esperaba hoy.

Con su sempiterna botella de agua en la mano, Bronwen llevaba un chándal blanco y un chal de seda enrollado alrededor de la cabeza, de modo que su salvaje melena quedaba oculta. Asimismo, iba descalza. Una de las cosas que más fascinaban y al mismo tiempo inquietaban a Rachel de su amistad con Bronwen era que nunca sabía quién sería la siguiente vez que la viera. Activista lesbiana, vampiresa comehombres, monja, bailarina exótica, vegetariana estricta o carnívora rapaz. Ese día tenía aspecto de sacerdotisa suprema y guía espiritual con un toque de psicoterapeuta.

—Esa no vuelve —profetizó al tiempo que señalaba con la cabeza el trasero de Bermudas Floreadas—. Le dará miedo decirle a su marido que no le devolveré el dinero si anula el resto del curso y también decirme a mí que no va a volver —añadió con desdén antes de mirar el reloj—. Tengo un paciente dentro de nada, pero puedes quedarte diez minutos si quieres. Pareces muy alterada, Rachel. ¿Qué pasa?

—Siento presentarme de esta manera, pero tenía que verte. Tengo problemas con Patrick por lo del dinero. Sé que es absurdo y que se está comportando como un idiota, pero ha descubierto lo de la cuenta de Posy y está hecho una furia.

—¿Y? —preguntó Bronwen, enarcando una ceja.

—Pues que, sintiéndolo mucho, tengo que pedirte que me devuelvas el dinero..., al menos de momento. Ya se me ocurrirá otra solución.

—Es una pena —espetó Bronwen con brusquedad—. Creía que estabas de mi parte en esto.

—Y lo estoy, de verdad —se apresuró a asegurar Rachel—. Es que supongo que me parece que no debería haber cogido el dinero de Posy, y ya te digo que Patrick se ha puesto como una furia. ¿Tienes problemas para devolvérmelo?

Bronwen vaciló un instante y por fin se encogió de hombros.

—No creo, pero necesito algo de tiempo. Intentaré devolvértelo dentro de un par de semanas.

—Patrick ha dicho algo de dos días...

—Dos días es imposible, Rachel. Sé realista. Dile que intentaré devolvértelo dentro de una semana.

—No estarás enfadada conmigo —se inquietó Rachel.

—Oh, Bronwen, no te enfades conmigo —remedó Bronwen, imitando el tono más bien estridente y jadeante de Rachel—. Supongo que una semana le parecerá bien —añadió en tono más conciliador.

Rachel se ruborizó.

—Supongo que sí. He pensado que sería buena idea darle a Patrick la oportunidad de calmarse, así que he decidido pasar unos días en casa de mis padres. Intentaré que mi padre me preste cinco mil libras; sería lo más sencillo. Merece la pena probar y no hace falta que se entere para qué necesito el dinero; no creo que le hiciera demasiada gracia lo del grupo de protesta. Es un poco convencional, ya sabes, ex militar y todo eso.

Lanzó una risita nerviosa y dirigió una mirada conciliadora a Bronwen, que se encogió de hombros.

—Bueno, espero que puedas arreglarlo —dijo con desapego—. Nos veremos cuando vuelvas.

—Será mejor que me vaya si estás ocupada.

Rachel no tenía ganas de irse, pero sabía que Bronwen se molestaría si se quedaba.

—Por si Patrick me lo pregunta, ¿qué has hecho exactamente con el dinero, Bronwen? —preguntó—. ¿Has abierto una cuenta para el grupo? ¿Lo has ingresado ya o qué?

—¿No confías en mí? —replicó Bronwen con aire de esfinge.

—Por supuesto que sí. Es que no acababa de entender por qué es tan difícil recuperar el dinero si te lo di hace pocos días... —La voz de Rachel se apagó.

No le gustaba cuando Bronwen se enfurruñaba, algo que parecía suceder con más frecuencia en los últimos tiempos. Rachel, consentida y protegida durante toda su vida, no estaba acostumbrada a que la hicieran sentir tonta o superflua. En los albores de su amistad, Bronwen la había tratado con gran deferencia, pero ahora podía mostrarse desconcertantemente desdeñosa, aunque todavía daba la impresión de querer participar en todas las actividades de Rachel. Hacía poco había llegado incluso a insinuar que ya era hora de que Rachel evaluara su matrimonio y se preguntara si no podía hallar una relación más gratificante.

Bronwen volvió a mirar el reloj, y Rachel se dirigió al coche. Condujo hacia su casa embargada por cierta angustia. Siempre había dado por hecho el amor de Patrick. ¿Debía mostrarse más conciliadora con él? ¿O bien habían llegado a la encrucijada donde sus caminos debían separarse?

Patrick se sintió aliviado cuando Rachel fue a casa de sus padres acompañada de Posy e Yvonne. De ese modo, ambos estarían un tiempo alejados de Bronwen. Tenía intención de hacerle una visita a la amiga de su mujer para decirle unas cuantas cosas y le parecía mucho más fácil que Rachel no estuviera. Sin embargo, tenía que reconocer que no era la única razón por la que se alegró de que se marchara. Sabía que debía afrontar varias cuestiones de vital importancia, y pese al firme propósito que se había hecho en el avión de intentar salvar su matrimonio por el bien de los niños, la situación que se había encontrado al regresar no lo animaba en absoluto a desear seguir con su esposa.

Una mañana, mientras trabajaba en el libro, Tania entró para decirle que tenía una llamada de Philip Marshall.

Phil fue directo al grano.

—Maggie me dijo que querías que echara mano de mis contactos para averiguar algo sobre esa Richards de la que Rachel se había hecho tan amiga. He estado haciendo indagaciones..., y lo que he descubierto no te va a gustar.

—¡Lo sabía! —masculló Patrick—. Es una mujer espantosa y tiene a Rachel abducida. No me fío un pelo de ella. Ha conseguido que Rachel le preste una cantidad de dinero considerable, y creo que no es la primera vez.

—Bueno, pues recupéralo lo antes posible. Bronwen Richards tiene antecedentes por esa clase de maniobras. Es una estafadora. Hace unos años la condenaron por delitos parecidos, y tuvo suerte de que le suspendieran la pena. Asimismo, la policía sospecha que su escurridizo novio es narcotraficante y llevan tiempo sobre su pista. Entre tú y yo, creo que planean registrar la casa de Bronwen la próxima vez que el tipo se presente allí. Por si fuera poco, no tendría que estar ejerciendo como psicoterapeuta. Antes poseía credenciales completamente válidas, pero la expulsaron del colegio. Claro que ahora no usa su verdadero nombre. Aparta a Rachel de ella, Patrick. Bronwen Richards es una buena pieza, y no conviene que se acerque a tus hijos. Ah, y de momento no le digas nada a Rachel sobre las drogas. Si la policía tiene intención de hacer algo, no conviene que Bronwen esté sobre aviso. No pretendo insinuar que Rachel se lo diría si tú le pides que guarde silencio —añadió sin convicción—, pero ya sabes lo fácil que es irse de la lengua sin querer.

A Patrick le dio un vuelco el corazón.

—Dios mío, esto es muy grave. Hace mucho que sé que Bronwen no es trigo limpio, pero esto es mucho peor de lo que imaginaba. Se nota a la legua que es una buena pieza, pero nunca habría intuido lo de las drogas. Es muy preocupante. Al menos tengo algo a lo que agarrarme respecto al dinero. ¡Dios, qué lío! Gracias, Phil, ya te llamaré.

—¿Qué posibilidades crees que hay de que el matrimonio de Patrick y Rachel se salve? —preguntó Phil a su esposa aquella tarde al llegar a casa.

—Pocas —repuso Maggie, que estaba sentada a la mesa de la cocina, rodeada de catálogos de jardinería y papel pautado para dibujar las guirnaldas herbáceas que habían pedido los clientes—. No creo que tuvieran muchas aun cuando no hubiera nadie más, pero Ellie me ha comentado que Sophie cree que Patrick está colado por otra persona y, en tal caso, no será un mero capricho, sino algo serio. Rachel es imbécil.

—También es tremendamente egoísta y una de las personas más agobiantes que he conocido en mi vida —resopló Phil—. Nunca he entendido por qué Patrick la ha aguantado durante todos estos años. Yo habría sido incapaz.

—No sé cómo tomarme este comentario —se mofó Maggie—. ¿Insinúas que te desharías de mí sin remordimiento alguno si me pusiera demasiado pesada, pero que por suerte todavía no te exaspero lo suficiente?

—Oh, sí, a veces me exasperas —aseguró Phil con una sonrisa de oreja a oreja—, pero no le llegas a Rachel ni a la suela del zapato.

Dicho aquello besó afectuosamente a Maggie en los labios generosos, algo torcidos y siempre a punto para esbozar una sonrisa.

Al cabo de cuatro días, Rachel llamó a Patrick para anunciar que había decidido quedarse un poco más en casa de sus padres. Según dijo, se hacían mayores, y nunca se sabía cuánto tiempo más duraría su buena salud. Si Patrick pensó que la decisión guardaba menos relación con la edad de sus suegros que con el hecho de que de momento no había rastro del dinero, no lo expresó en voz alta. Charló un rato con Posy, que a todas luces estaba disfrutando muchísimo de la adulación de sus abuelos, y no hizo comentario alguno acerca de la decisión de su mujer. Le dijo que tenía que ir a Londres por trabajo, pero solo una noche, y que llamaría a Sophie para avisarle de que el miércoles por la noche no habría nadie en casa, por si se le ocurría llamar. ¿Le había dicho Rachel que estaba con los abuelos? Por supuesto, replicó Rachel, altiva..., aunque en realidad no había hablado con Sophie, sino dejado un mensaje en la escuela. El teléfono de la residencia siempre comunicaba, se quejó. Pero no el móvil que habían regalado a Sophie ahora que ya estaba a punto de acabar el bachillerato, le recordó Patrick con frialdad. Le dio pena que Rachel no hubiera hablado con su hija mayor. Por lo visto tenía intención de permitir que la disputa por la habitación quedara sin zanjar.

Patrick dejó el coche en la estación de York y tomó el primer tren a King's Cross. En un principio había pensado pasar la noche en el piso, pero al llegar a Londres se enteró de que la reunión de la mañana siguiente se había anulado, por lo que decidió regresar a casa aquella misma noche. Así tendría tiempo de visitar a Hugh.

No llegó tarde. Solo eran las nueve cuando enfiló el sendero de acceso a su casa. Había pasado un día muy satisfactorio en

Londres, reuniéndose tanto con Saphira Winterton como con los editores para hablar no solo del libro en curso, sino también de proyectos futuros. Condujo derecho hasta la parte trasera. Los perros no ladraron, porque sin duda Tania habría pasado para llevárselos a dormir a su casa, un arreglo que le resultaba de gran ayuda. Al abrir la puerta no oyó el pitido habitual de la alarma, pero la pantalla tampoco mostraba ningún mensaje siniestro que indicara la presencia de un intruso o una falsa alarma. Todo estaba en orden. Tania debía de haber olvidado activarla, y Patrick se avergonzó de su momentánea punzada de irritación, porque no era propio de ella; aunque de talante relajado en muchos sentidos, su secretaria era muy puntillosa en lo tocante a la seguridad. Resolvió comentárselo a la mañana siguiente y cruzó el vestíbulo..., pero de repente un sexto sentido dio la señal de alarma, y Patrick se detuvo en seco.

Todo estaba en su lugar, y no había puertas abiertas. El reloj del abuelo emitía como siempre su pacífico tictac, y no se oía ningún sonido extraño. Sin embargo, el mismo silencio poseía cierta cualidad que de repente lo convenció de que no estaba solo en la casa. Permaneció inmóvil en la penumbra, sin encender las luces, aguzando el oído y conteniendo el aliento. Era como si la casa entera contuviera el aliento con él. Esperó al menos un minuto antes de abrir de par en par la puerta de su estudio y encender la luz.

Bronwen Richards estaba de pie junto a su escritorio.

34

Se miraron en silencio durante unos instantes. Habría resultado difícil de determinar cuál de los dos se llevó el mayor sobresalto.

—¿Qué demonios haces aquí? —preguntó por fin Patrick.

—Hola, Patrick, he venido para darte una sorpresa —repuso Bronwen con serenidad tras recobrarse a una velocidad récord—. Qué recibimiento tan poco amable.

—No pretendía ser amable. ¿Cómo has entrado?

Bronwen lo miró con expresión provocativa y se apoyó en el escritorio en un alarde de indolencia que bien podría haberle granjeado un Oscar, pero a Patrick no se le escapó que con la mano que ocultaba tras la espalda intentaba cerrar disimuladamente un cajón del escritorio.

—Haz el favor de apartarte de mi mesa o llamo a la policía —advirtió Patrick.

En la mirada de Bronwen brilló un destello de inquietud que no tardó en dar paso a su habitual arrogancia.

—Te lo preguntaré una vez más. ¿Cómo has entrado aquí?

—Yo que tú no llamaría a la policía; creo que podrían interesarse demasiado por las recientes actividades de tu mujer —amenazó Bronwen con infinita dulzura, aunque se apartó de la mesa, dejando el cajón superior entreabierto—. No puedes acusarme de allanamiento de morada porque he utilizado la llave que Rachel me dio hace tiempo..., como en muchas otras ocasiones. Por si te interesa saberlo, también conozco el código de la alarma.

—¡Y una mierda! —estalló Patrick.

Patrick se preguntó cuántas otras veces habría entrado aquella mujer en su casa para husmear entre sus cosas, qué habría visto y qué se habría llevado.

—Supongo que es pedir demasiado que hayas venido a devolver el dinero que le estafaste a Rachel.

—Yo no la estafé. Rachel quiso prestármelo. Pero tengo entendido que quieres que te lo devuelva. Le dije que me llevaría más o menos una semana reunirlo —dijo con otra de sus miradas provocativas—. Tendrás que tener paciencia, Patrick.

—En eso te equivocas. Cambiaré el código de la alarma y mañana mismo sustituiré las cerraduras. ¿Puedes devolverme la llave, por favor?

Bronwen lanzó una carcajada burlona, a caballo entre el desafío y la invitación.

—¿Y si no me la arrebatarás por la fuerza?

—No, Bronwen, eso lo dejaría en manos de la policía.

—Pues creo que cometerías un error. Podría contarles muchas cosas que ha hecho tu mujer últimamente, y no creo que te hiciera demasiada gracia, Patrick.

—No creo que pueda hacerme gracia ninguna de tus actividades —replicó Patrick—, y por el bien de Rachel espero no tener que llamar a la policía. Pero no te equivoques. Lo haré si no me queda otro remedio y me encantaría verte detenida. Dame la llave y vete.

—¿Y si no te la doy?

Por toda respuesta, Patrick se acercó a la mesa, descolgó el auricular y empezó a marcar.

Bronwen se sacó la llave del bolsillo y se la arrojó. Cuando cayó al suelo, Patrick la pisó y sostuvo en alto el teléfono para que Bronwen oyera el sonido de llamada antes de colgarlo de nuevo.

—Has hecho bien —constató Patrick mientras se guardaba la llave—. Y no olvides que no dudaré en llamarlos, solo que la próxima vez no colgaré antes de tiempo, independientemente de Rachel. Habrá arrancado unos cuantos avisos y firmado peticiones estúpidas en relación con tus protestas de pacotilla, pero la conozco demasiado bien para creer que se haya involucrado a sabiendas en algún delito grave. Estoy convencido de que, sea lo que sea, te incriminará mucho más a ti que a ella.

Se miraron de hito en hito desde extremos opuestos de la estancia. Patrick se sintió tentado de revelarle que estaba al corriente de sus antecedentes, pero de acuerdo con la petición de Philip, no quiso ponerla sobre aviso acerca de las intenciones de la policía.

—Podríamos arreglar este asunto de una forma mucho más agradable, Patrick. Siempre lo he pensado —ronroneó Bronwen mientras caminaba despacio hacia él—. Reconozco que no esperaba verte hoy, porque Rachel me dijo que estarías en Londres, pero ya que estás aquí, sería una pena no sacar el máximo partido de la situación.

Se detuvo ante él, jugueteando seductora con un botón de su blusa, inquietantemente cerca.

—Podría hacer que lo pasaras en grande —murmuró—. Te encuentro mucho más interesante que a tu mujer..., desde el principio.

—Te doy un minuto para que te largues y no vuelvas nunca más —espetó Patrick, implacable, sosteniendo la puerta abierta.

Bronwen lo miró de arriba abajo, pero él mantuvo la cabeza gacha, resuelto a no retroceder ni a exteriorizar reacción alguna. Por fin, la mujer se encogió de hombros.

—En fin, tú te lo pierdes.

En silencio, Patrick la siguió al vestíbulo y hasta la puerta principal. La siguió con la mirada mientras ella subía a su coche rojo y se alejaba a toda velocidad.

Cuando por fin se perdieron de vista los faros traseros del vehículo, Patrick reparó en que no sabía qué buscaba Bronwen..., y si lo habría encontrado y se lo habría llevado delante de sus narices. Aún percibía en el aire la fragancia almizcleña de su perfume. Todo aquel episodio había poseído una cualidad desagradable, siniestra incluso, que lo hizo preocuparse mucho por Rachel. Quizá ya no sintiera por ella lo mismo que antes, pero aún quería protegerla, y además el encuentro con Bronwen lo hacía sentirse mancillado.

Comprobó su mesa, sobre todo el cajón que la había visto tocar, pero todo parecía en perfecto orden. De todos modos, nunca guardaba dinero allí, aunque sabía que sí había algo en la caja fuerte del sótano. Temeroso de que la llave hubiera desaparecido, abrió el cajón del centro... y ahí estaba. ¿Qué buscaba aquella mujer? Recorrió la casa entera en busca de algún indicio, pero no halló nada fuera de lugar. En el saloncito, la tapa del escritorio de Rachel aparecía bajada y todos los cajones estaban cerrados. Todo estaba como lo había dejado Rachel, que se pasaba la vida atusando cojines, alineando adornos y cerrando armarios. No obstante, cuando volviera le pediría que comprobara si faltaba algo.

La luz del contestador parpadeaba, y al pulsar el botón, Patrick oyó la voz de su mujer.

—Patrick, soy yo. Sé que estás en Londres, pero solo quería decirte que he decidido volver a casa el viernes. Posy e Yvonne se quedarán unos días más aquí y luego volverán en tren. Mi madre tiene ganas de quedarse a la niña unos días más, y llevas siglos diciendo que necesitamos pasar más tiempo a solas..., así que espero que te alegres. Buenas noches, hasta el viernes.

Pero Patrick no se alegraba. De hecho, no le apetecía nada que su esposa regresara a casa.

En la pulcra casa que sus padres habitaban cerca de Chobham, en Surrey, Rachel había topado con críticas inesperadas de una fuente que hasta entonces siempre había cedido a todos sus caprichos. Sus padres apreciaban a su yerno; de hecho, aunque quizá no lo habrían reconocido, se habían sentido bastante aliviados cuando asumió la responsabilidad de llevarse a su difícil hija, porque Rachel siempre los había tenido en vilo. Al principio se llevaron una decepción al ver que, tras casarse, su inteligente hija no mostraba deseo alguno de impulsar la carrera profesional que le habían augurado en Oxford ni de utilizar su considerable intelecto y, por otro lado, hasta entonces nunca habían creído que existiera sobre la faz de la tierra ningún hombre merecedor de su única hija, pero con el tiempo llegaron a la conclusión de que

Patrick se acercaba mucho a ese privilegio. Sin embargo, en los últimos tiempos habían advertido las tensiones existentes entre la pareja y esperaban que la obsesión de Rachel con su tercera hija se aplacara a medida que esta creciera. Al igual que Patrick, en un principio habían considerado que la nueva terapeuta, de la que tanto dependía Rachel, había hecho milagros respecto a su enfoque de la maternidad, pero la gratitud no tardó en desvanecerse cuando presenciaron cómo el péndulo emocional de su hija oscilaba de un extremo al otro. Les aterraba pensar en lo que podía ocurrir si volvía a su posición original. Admiraban la lealtad que Patrick mostraba hacia su exigente esposa, pero también se daban cuenta con inquietud que se le estaba acabando la paciencia.

También les preocupaba el efecto que la actitud eternamente insatisfecha de Rachel pudiera surtir en sus hijos mayores y consideraban que la hasta entonces encantadora Posy corría el riesgo de convertirse en un auténtico monstruo. Pese a todo, sus preocupaciones perdían fuerza ante el sempiterno miedo a presionar a Rachel, un temor arraigado en la ansiedad que les había causado su inesperado nacimiento, cuando ya no albergaban esperanzas de tener descendencia.

Tras varias conversaciones plagadas de nerviosismo, decidieron expresar por una vez sus opiniones..., a las que Rachel reaccionó con la brusquedad que esperaban, aunque en realidad les prestó más atención de la que quiso reconocer. Pese a las frecuentes sugerencias de Bronwen de que pusiera fin a su matrimonio, Rachel no estaba segura de querer separarse. Condujo hacia el norte con la convicción de que solo tendría que demostrarle cuánto lo necesitaba aún para que la recibiera de nuevo con los brazos abiertos. No sabía si deseaba estar entre sus brazos, pero desde luego exigía que Patrick los abriera para acogerla.

Durante el trayecto, Rachel decidió pasar por casa de Bronwen para comprobar su reacción ante la posible reconciliación con su marido. Si le explicaba que a Bronwen le interesaba económicamente tener a Patrick de su parte, sin duda se mostraría de acuerdo. La idea de que Bronwen desaprobara sus actos la ponía nerviosa. Asimismo, sin la influencia estabilizadora de

Patrick e Yvonne, no le resultaba fácil manejar las pasiones de su hija de dos años.

El coche rojo no estaba aparcado delante de la casa, por lo que supuso que Bronwen habría ido a visitar a algún cliente. Sin embargo, puesto que ya era más de la una, y Rachel sabía que los viernes Bronwen rara vez daba citas después de las doce, decidió esperarla. Le dejó un mensaje en el móvil, encendió la radio y escuchó las noticias. Media hora más tarde seguía sin aparecer, y se le ocurrió que tal vez Bronwen habría aparcado detrás de la casa sin que ella se diera cuenta, así que se apeó y rodeó la casa. Al pasar escudriñó el interior a través de las ventanas del salón principal.

Lo que vio, o, mejor dicho lo que no vio, le produjo un sobresalto. La estancia aparecía vacía. No se veía ni un solo mueble, ni un solo cuadro en las paredes. Rachel no daba crédito a sus ojos. Corrió de nuevo hacia la entrada principal, miró por las ventanas y llamó a la puerta con insistencia. Nada. Rodeó de nuevo la casa en busca de alguna ventana abierta, pero todas estaban cerradas. La casa parecía estar desierta. La puerta posterior estaba cerrada con llave, y Rachel tuvo que ponerse de puntillas para poder mirar por la ventana de la cocina.

Dio un respingo cuando algo suave le oprimió la pierna. Era la cabra de Bronwen. La puerta del cobertizo había quedado abierta y el animal había salido. Rachel asomó la cabeza al interior del cobertizo, pero no halló ninguna pista. No puede haberse ido, pensó, enloquecida. No puede haberse marchado sin más, sin decirme nada. El corazón le latía con violencia. Tal vez alguien había entrado a robar, pero no se veían indicios de ello. ¿Estaría bien Bronwen? ¿Podía estar tumbada en el suelo, en medio de un charco de sangre? Rachel no se sentía con fuerzas suficientes para intentar entrar en la casa por la fuerza. Se sentó delante de la puerta porque las piernas le temblaban como hojas al viento. No puedo vivir sin Bronwen, se lamentó. La necesito.

Al alzar la mirada vio ante ella a la vecina más próxima, la vieja y desdentada señora Boothroyd, que vivía en la hilera de casas situadas al final de la cuesta. Llevaba zapatillas y las medias bajadas hasta los tobillos, dejando al descubierto una sobrecogedora maraña de varices que parecían serpientes en plena copulación.

—¿Dónde está? —preguntó Rachel, esperanzada, procurando desviar la mirada de aquellas piernas y agradecida por el hecho de que hubiera aparecido alguien, aunque solo fuera la señora Boothroyd.

—Aquí no la va a encontrar —sentenció la señora Boothroyd con expresión satisfecha—. Se ha largado.

—¿Quiere decir que se ha mudado?

—Quiero decir que se ha largado.

—¿Dijo adónde iba?

—No dijo ni mu —replicó la anciana, a todas luces pasándolo de miedo—. Claro que tampoco le pregunté —bufó antes de añadir en tono virtuoso—. Yo solo me meto en mis asuntos.

—¿Cuándo se fue? —inquirió Rachel, haciendo caso omiso de aquella descarada mentira.

—El miércoles por la noche. Sé que era miércoles porque los miércoles mi Arthur juega a los dardos, y yo estaba mirando por la ventana a ver si ya venía, y la vi subiendo a ese coche asqueroso. Se largó como alma que lleva el diablo —declamó la señora Boothroyd, dando rienda suelta a su imaginación—. Y luego ese novio tan finolis que tiene, Milo o no sé qué, vino ayer por la noche con un par de tipos en una furgoneta de alquiler enorme para llevarse todos los muebles. Estuvieron casi toda la noche. Los oímos armando ruido ahí dentro, pero no nos dijeron nada —explicó la señora Boothroyd, por lo visto indignada ante tamaña falta de consideración por parte del amante de Bronwen y sus secuaces—. Mucho más tarde se pusieron a cargar la furgoneta, y mi Arthur va y mira por la ventana y me dice: «Por las barbas del profeta, Doris, no les va a caber todo ni en pintura», pero lo metieron todo. —La señora Boothroyd se detuvo para tomar aliento—. Y entonces... —añadió con suspense—, ese Milo se larga en plena madrugada. Así que se han esfumado con todos sus trastos, y no creo que les volvamos a ver el pelo. Mi Arthur siempre ha dicho que era una de esas personas que se largaría de repente sin avisar. Y lo ha hecho —terminó triunfante.

—No sabrá si le han dejado su nueva dirección a alguien...

—A mí no.

—¿Quién puede tener llave de la casa? —preguntó Rachel, reparando de pronto en que ni siquiera sabía si Bronwen era propietaria de la casa o tan solo su inquilina y, en ese caso, a quién pertenecía.

—No tengo ni idea.

Tras haber agotado el potencial de Rachel como oyente, la señora Boothroyd perdió todo interés y empezó a subir la cuesta en sus zapatillas.

Rachel estaba frenética. Sacó el móvil y marcó el número privado de su casa. Cuando saltó el contestador, colgó y marcó el del estudio de Patrick. Su marido contestó enseguida.

—Patrick, soy yo. Menos mal que estás en casa. Estoy en caso de Bronwen, y ha pasado algo espantoso.

—¿Has tenido un accidente? Cuéntamelo con calma.

—Se ha ido. Bronwen se ha ido.

—Pero ¿tú estás bien? ¿Estás herida? ¿Qué ha pasado?

—Sí... ¡No! No, claro que no estoy herida, pero tampoco estoy bien —chilló Rachel, histérica—. He sufrido un golpe terrible. La casa está totalmente vacía. La señora Boothroyd los vio marcharse. Oh, Patrick, no puedo arreglármelas sin Bronwen. ¿Qué voy a hacer ahora?

—Subir al coche y venir a casa. Hasta ahora —espetó Patrick sin el menor atisbo de compasión antes de colgar.

Patrick estaba de pie junto a su mesa cuando sonó el teléfono. Había llamado a la empresa de seguridad, cambiado el código de la alarma y sustituido las cerraduras..., sin poder evitar pensar que de nada servía cerrar la puerta del establo cuando los caballos ya se habían escapado. No esperaba precisamente impaciente la confrontación con Rachel. ¿Podría ella arrojar alguna luz sobre lo que podía andar buscando Bronwen? Repasó la escena una y otra vez, y de repente lo asaltó una idea. ¿Y si en lugar de intentar sacar algo del cajón acabara de guardar algo en él cuando Patrick la sorprendió? ¿Y si ya había utilizado la llave de la caja fuerte? Entró en su estudio para coger la llave, y fue entonces cuando Rachel lo llamó. Una vez se cercioró de que Rachel no estaba herida, su primera reacción ante la noticia no fue tanto de sorpresa como de alivio por el hecho de que Bronwen se hubiera marchado..., pero al alivio no tardó en seguir la exasperación por el tono quejumbroso de Rachel. Sabía que su mujer pretendería que la tratara como si acabara de sufrir una gran tragedia personal, pero no podía evitar comparar su debilidad, su impotencia, con la lucha que Victoria libraba para sobreponerse a una tragedia auténtica. Se guardó la llave en el bolsillo y al oír el coche de Rachel salió a su encuentro.

Reconoció su expresión en cuanto se apeó del coche; nadie era tan capaz de adoptar una expresión macilenta de víctima como Rachel cuando buscaba compasión, pero Patrick no estaba de humor para ofrecérsela.

Le dio un indiferente beso en la mejilla, y ella se apoyó en él.

—¡Estoy tan trastornada! —gimió—. Ha sido espantoso.

—Ya, ya me lo has dicho, pero será mejor que te prepares porque puede que te lleves otro susto —espetó Patrick al tiempo que la obligaba a erguirse—. Ven conmigo; tenemos que hacer una pequeña excursión al sótano.

—¿Al sótano, precisamente ahora? ¿Para qué? Necesito tumbarme un rato.

—No tardaremos mucho. Tenemos que comprobar una cosa; luego podrás tumbarte todo el tiempo que quieras.

No tenía intención de hablarle de la visita de Bronwen hasta después de haber inspeccionado el contenido de la caja fuerte, porque no confiaba en que Rachel le diera respuestas sinceras si creía que Bronwen estaba bajo sospecha. Rachel lo siguió hasta la escalera que conducía al sótano sin dejar de quejarse.

La voluminosa y anticuada caja fuerte estaba oculta tras una puerta al pie de la escalera. Patrick introdujo la llave y abrió. De inmediato se dio cuenta de que faltaba el fajo de billetes que guardaba allí para situaciones de emergencia, unas trescientas libras si no recordaba mal. En la parte delantera de la caja había varios estuches viejos de cuero que contenían joyas heredadas de la abuela de Patrick, que Rachel lucía en las grandes ocasiones. En el futuro debían pasar a manos de Sophie y Posy.

—Lo verificaremos todo juntos —anunció Patrick.

—Por el amor de Dios —bufó Rachel, pero algo en la expresión de su marido le impidió seguir discutiendo.

Los dos primeros estuches que abrieron estaban intactos; pero en el tercero no había nada.

—¿Qué había en este? —preguntó Patrick, aunque ya lo sabía.

—El broche de diamantes y esmeraldas que pertenecía a tu abuela, el que se puede separar y convertir en un colgante y dos agujas. Nunca me lo he puesto porque pesa muchísimo. Qué raro que no esté. Sé que estaba en el estuche no hace mucho porque le enseñé todas las joyas a... —Se interrumpió de repente.

—¿Se las enseñaste a quién? —instó Patrick con sequedad.

Rachel parecía inquieta.

—¿De qué va todo esto? —preguntó—. ¿Insinúas que nos han robado?

—Pues sí. ¿A quién le enseñaste las joyas, Rachel, y por qué?

—A un ladrón no, desde luego —masculló Rachel, sarcástica.

—¿Pues a quién? Dímelo.

—Pues a Bronwen, ya que te interesa tanto. —Rachel lo miraba con expresión desafiante, pero Patrick advirtió que estaba alterada—. Ella me mostró algunas de sus antigüedades celtas —prosiguió Rachel en un intento poco convincente de conservar el control—, unos brazaletes de plata, unos crucifijos y demás. A Bronwen siempre le ha interesado el diseño de joyas, y un día le mencioné que algunas de las piezas de tu familia eran muy bonitas y me ofrecí a enseñárselas.

—¿La trajiste hasta la caja fuerte?

—Puede —farfulló Rachel con un encogimiento de hombros.

—¿Sí o no?

—¡Oh, Patrick, no me agobies! No me acuerdo. Bueno..., sí, supongo que sí, ¿y qué?

—Pues que quizá te interese saber que el miércoles a las diez de la noche, cuando volví de Londres, me encontré a tu amiga en mi estudio. Creí que quería sacar algo del cajón, pero ahora comprendo que en realidad estaba devolviendo la llave de la caja fuerte... después de usarla. Es curioso que todo el dinero y el broche más valioso hayan desaparecido al mismo tiempo que Bronwen. ¿Sabías que tiene antecedentes penales?

—¡No digas estupideces! Lo estás inventando para hacerme rabiar —gritó Rachel, furiosa.

—Lo siento mucho, pero no. Lo averiguó Phil. —Patrick miró a su mujer con una mezcla de pena y exasperación—. Le pedí que indagara un poco. Voy a llamar a la policía. Debería haberlo hecho cuando la sorprendí en casa, pero no lo hice por ti.

Rachel le asió el brazo.

—¡No, Patrick, no! No los llames. Todo esto me pone enferma. ¡Tiene que haber alguna explicación razonable!

Patrick se zafó de ella con toda la suavidad que pudo y se dirigió al teléfono del estudio.

—Lo siento, Rachel, pero lo tengo decidido. Puede que ya sea demasiado tarde por culpa mía.

Rachel corrió tras él.

—No volveré a dirigirte la palabra en mi vida si llamas a la policía —amenazó, histérica—. Te..., te... dejaré, Patrick, lo digo en serio.

Rachel esperó a que se arrepintiera, a que razonara, a que la tranquilizara, pero en lugar de eso, Patrick se limitó a hacer caso omiso de ella, cogió el teléfono, marcó el número y esta vez no colgó.

Después de hablar con la policía, Patrick llamó a Philip Marshall, que se ofreció a estar presente cuando los agentes tomaran declaración a Rachel, por si se producía una situación «incómoda», como lo expresó. Patrick aceptó el ofrecimiento con gratitud. No podía evitar compadecer a su mujer, pero al mismo tiempo le entristecía comprender que su compasión estaba exenta de amor y que, por su parte, Rachel tampoco parecía sentir ya nada por él.

Philip llegó justo antes que la policía. Al principio, Rachel anunció que no tenía intención de hablar con los dos agentes de la policía local, pero Philip la convenció de que no le convenía adoptar esa actitud. Por fortuna, no les interesaban demasiado las actividades del grupo de protesta, sobre las que, para asombro de Rachel, estaban muy bien informados gracias a la chismografía del pueblo. Por lo visto, creían que Bronwen lo había formado sobre todo como medio para manipular a Rachel y los demás adeptos, y no para defender alguna causa. Sin embargo, sus otras actividades, como el robo del broche y el dinero, así como su posible relación con el narcotráfico, eran harina de otro costal.

Rachel quedó estupefacta al descubrir cuánto sabía la policía de Bronwen, pero ante las corteses aunque insistentes preguntas de los agentes se limitó a asegurar que no sabía adónde podía haber ido. Ni Patrick ni Philip daban la impresión de hallar convincente su vehemencia. De hecho, el propio Patrick tampoco estaba muy convencido, pero sí agradeció el hecho de que los agentes parecieran considerar a Rachel una mujer crédula y tonta en lugar de una cómplice, dando a entender que tenían objetivos más importantes que ella. Rachel no era en modo alguno la primera paciente a la que Bronwen había estafado, afirmaron; la mujer había cometido delitos similares con otra identidad. Ya no poseía la licencia para ejercer como terapeuta y no debería haber tratado a Rachel... ni a nadie más de la zona. Prometieron a Patrick que le informarían de cualquier novedad sobre el broche y anunciaron que quizá tendrían que volver a interrogar a Rachel.

—Avísenos si esa mujer se pone en contacto con su esposa, ¿de acuerdo, señor? —pidió el sargento al subir al coche.

Cuando la policía se marchó, Philip dijo que también él debía volver a su despacho.

—No creo que tengas que preocuparte por las repercusiones que puedan tener las actividades de Rachel —tranquilizó a Patrick mientras este lo acompañaba al coche—, pero no dudes en llamarme si surge algún problema..., e intenta meterle en la cabeza que más le vale no volver a ver a Bronwen Richards.

—Lo haré, no lo dudes. No sabes cuánto te agradezco que hayas venido, Phil. Tú y Maggie nos estáis ayudando muchísimo. Las cosas no son fáciles en casa ahora mismo, como bien sabes..., y también habéis ayudado mucho a Sophie.

—Sophie es una chica estupenda. Por cierto, Maggie pregunta si quieres venir a comer el fin de semana, cuando las chicas estén en casa. Nos toca llevarlas o irlas a buscar, así que Rachel o tú podríais llamarnos para ver quién va a buscarlas mañana...

En su fuero interno, Philip consideraba que sería una gran sorpresa si Rachel iba a buscar a las chicas.

—De acuerdo, te llamaré esta noche, cuando los ánimos se hayan calmado un poco —prometió Patrick con expresión compungida—. Hasta luego, Phil..., y gracias otra vez.

Al dirigirse a la parte trasera de la casa, encontró a Rachel cargando montones de ropa en su coche.

—¿Se puede saber qué haces? Venía a preguntarte si querías que te ayudara a sacar el equipaje y te encuentro cargando el coche.

—Te avisé de que si llamabas a la policía te dejaría, Patrick —le recordó ella en tono trágico.

—¿Y adónde vas?

—Me vuelvo a casa de mis padres, donde soy más valorada que aquí. Estoy harta... y no puedes impedírmelo.

—Te aseguro que ni se me ocurriría intentarlo —replicó Patrick—. Yo también estoy harto. ¿Has pensado en lo que quieres que les diga a Sam y Sophie? Sophie llega mañana por la mañana y querrá saber dónde estás. ¿Has olvidado que viene a pasar la semana blanca en casa o es que te importa un comino? Por la tarde irá a posar a casa de Hugh..., pero supongo que eso tampoco te interesa.

—Diles lo que quieras. Cuéntales la verdad... Diles que sin la ayuda de Bronwen ya no puedo afrontar la vida familiar —masculló.

—Deja ya de dramatizar, maldita sea. Y no creas que voy a permitir que te lleves a Posy para siempre. Por el amor de Dios, ponte las pilas, Rachel. Hablaremos de la situación dentro de unas semanas, cuando los dos hayamos tenido tiempo para calmarnos y pensar en el futuro.

Patrick giró sobre sus talones y entró en la casa. Sabía que

Rachel esperaba que se quedara en el umbral para verla marchar, pero no tenía intención de darle semejante satisfacción.

No obstante, estaba lo bastante preocupado por su bienestar para llamar a su suegra, avisarle del regreso de su hija y pedirle que lo llamara para comunicarle que había llegado bien. Compadecía a Norma y Howard Ingfield y consideraba que sería muy duro para ellos tener que enfrentarse a una crisis marca Rachel a los setenta y tantos años de edad.

Fue a la cocina para preparar café antes de volver al trabajo, y mientras esperaba se entristeció al comprobar que lo único que sentía ante la ausencia de su mujer era alivio.

35

Cuando Sophie se presentó en su estudio el sábado por la tarde, Hugh Marston advirtió al instante que algo le sucedía. Estaba apagada, muy distinta de la alegre muchacha que por lo general entraba a paso ligero y cuyas visitas siempre lo entretenían y divertían. Era demasiado viejo y astuto para preguntarle enseguida qué ocurría, así que se limitó a saludarla efusivamente y darle un abrazo excepcionalmente cálido antes de pedir a la señora Parkes que llevara a Sophie un poco de su limonada casera para refrescarse después del paseo a caballo desde Wytherton House.

Menos proclive a la discreción, la señora Parkes echó un vistazo a Sophie y le preguntó qué había estado haciendo para tener aquel aspecto tan debilucho. Luego añadió con una mueca de desaprobación que todo era por culpa de la comida basura y la cantidad de exámenes que tenían los jóvenes de hoy en día.

—Bachilleratos, selectividades y qué sé yo. ¡Qué solemne tontería! A mí nadie me ha pedido nunca ningún título, y menos mal —añadió con una risita—, porque no tengo ni uno, pero me las he apañado siempre de maravilla. Anda, bébete esto, jovencita, y cómete un trozo de pan de jengibre, ya verás cómo enseguida recuperas el color.

En opinión de la señora Parkes, eran pocas las tribulaciones que no pudieran solucionarse con una buena comida casera.

—Gracias, señora Parkes. Prepara usted la mejor limonada del mundo —aseguró Sophie.

—No la haga posar demasiado —advirtió la señora Parkes

a su jefe—, porque de lo contrario tendré que cantarle las cuarenta.

Tras pronunciar tan ominosa amenaza, la señora Parkes se retiró y los dejó a solas. A decir verdad, la asistenta consideraba que las visitas de Sophie hacían mucho bien a Hugh. Estaba pasando un verano especialmente bueno, y últimamente lo veía con más energía. De no ser por lo que ella siempre denominaba su pata de palo, incluso habría afirmado que caminaba más ligero.

—He dejado a Punch suelto en el prado, tío Hugh. ¿Te importa?

—Por supuesto que no. Debe de haber sido un paseo muy agradable. Es mi época del año favorita, con las hayas en su mejor momento. ¿Has venido por la orilla del río?

—Sí, hay una rama perfecta para que Punch la salte, y el bosque de Wytherton está lleno de campánulas en flor. Huele de maravilla. ¿Aún puedes bajar hasta allí para pescar?

—En el quad sí. No se lo digas a la señora Parkes; no le gusta que vaya al río solo. Cree que me ahogaré si pesco un pez o que volcaré el quad en la pendiente que baja hasta allí.

—¿Alguna vez has volcado? —preguntó Sophie.

A ella y a Sam siempre les había gustado montar en el destartalado quad de Hugh, cruzando los campos a toda máquina y tomando las cuestas y pendientes más imposibles a velocidades de vértigo. Puesto que ya no podía montar, afirmaba necesitar algo de emoción en su vida; nunca había permitido que la pierna ortopédica le impidiera practicar sus deportes favoritos, pero tras la operación de cadera dos años atrás había tenido que renunciar a la caza y al tiro, y conformarse con la pesca. El quad le proporcionaba una autonomía que valoraba en gran medida.

Hugh le dirigió una mirada cómplice.

—El otro día tuve un pequeño incidente —reconoció—. Me parece que subí por una cuesta bastante peligrosa. En fin, el quad volcó, y mi pierna salió despedida. Tuve que arrastrarme cuesta abajo para recuperarla, pero por suerte no había nadie en los alrededores, y conseguí enderezar el quad y volver a casa con solo unos cardenales, así que no tuve que confesárselo a mi carcelera, bendita sea.

Sophie se echó a reír.

—No le diré nada —prometió—. Y creo que será mejor que tampoco se lo cuente a papá; se preocupa mucho por ti.

—Estupendo, pues será nuestro secreto. Ahora colócate allí, y me pondré a trabajar mientras me pones al corriente de las novedades.

Hugh señaló la pequeña plataforma situada en medio del estudio. Sophie se apoyó en la silla, que hacía las veces de manzano para el boceto. Patrick le había sacado unas fotos magníficas en el huerto de su casa, y Hugh tenía colgadas varias ampliaciones en las paredes del estudio. Incluso Sophie, siempre insatisfecha con su aspecto, estaba encantada con ellas.

—Me prometiste que seguirías contándome tu historia de amor —recordó al anciano.

—Cierto, qué imprudencia. Bueno, primero cuéntame tú cómo va todo y luego me tocará a mí. ¿Qué tal la escuela? ¿Y qué vas a hacer este fin de semana, algo especial?

—La escuela va bien. Es mi última semana blanca antes de los exámenes y la voy a pasar en casa. Papá y yo iremos al cine una noche con los Marshall, y Ellie vendrá a casa... Por lo demás, me dedico a montar a Punch y repasar un poco... —De repente vaciló y se concentró en juguetear con los numerosos brazaletes finos que llevaba en la muñeca—. ¿Sabías que mamá se ha ido? —preguntó por fin en voz baja.

—¿Adónde?

—De momento solo a casa de los abuelos, pero quiero decir que se ha ido..., que ha dejado a papá.

—No —negó Hugh, atónito—, no lo sabía. ¿Estás segura, Sophie? ¿Quién te lo ha dicho?

—Papá. Fue a buscarnos a Ellie y a mí a la escuela, y después de dejar a Ellie en su casa me dijo que tenía algo importante y difícil que decirme. Me dijo que ya era lo bastante mayor para saber la verdad y que consideraba que tenía que ser sincero conmigo. Luego me dijo que mamá no estaría en casa esta semana. Llegó a casa ayer y volvió a marcharse enseguida. Y eso que sabía que yo venía a pasar la semana blanca en casa y eso... —musitó con voz temblorosa, y Hugh advirtió que pugnaba por no llorar—. Papá dice que mamá se puso como una moto porque esa espantosa Bronwen le ha robado no sé qué joyas —prosiguió a toda prisa—, pero también dice que mamá y él no se llevan bien desde hace mucho tiempo, y que van a pasar un tiempo separados, a ver qué pasa.

Sophie se detuvo para hacer acopio de valor antes de proseguir.

—Los dos necesitan un poco de espacio... Ah, y también me dijo que si se separan será todo muy civilizado y que él nunca intentará apartarnos de mamá, y bla, bla, bla —estalló con furia mientras se envolvía un pañuelo bastante mugriento alrededor del pulgar, que había empezado a sangrar por las cutículas arrancadas—. Eso es lo que dicen todos los padres, pero luego nunca es así; lo sé por algunos amigos míos de la escuela. Sé que mamá se pone difícil a veces, pero... —miró a Hugh con expresión afligida—, la quiero.

Hugh estuvo a punto de decirle que no tenía sentido seguir con el retrato en su estado; no quería que su expresión angustiada se reflejara en el cuadro. Sin embargo, tenía la sensación de que Sophie se sinceraría más si él al menos fingía seguir trabajando.

—Ha debido de ser un golpe muy duro para ti —constató con delicadeza—. ¿Cómo te sientes?

Sophie tragó saliva antes de hablar.

—Ay, tío Hugh, me siento fatal porque tengo miedo de que todo sea culpa mía —estalló.

—Tonterías —espetó Hugh—. ¿Cómo se te ha podido ocurrir semejante idea? ¡Claro que no es culpa tuya!

Sophie le habló de la noche en que volvieron de Corfú y la disputa por el cambio de habitación.

—Me puse hecha una furia —reconoció, desolada—. Estaba muy dolida y muy celosa de Posy, que es la favorita de mamá de lejos. Y estaba furiosa con mamá y con papá, a pesar de que, desde luego, no era culpa de él, y dije cosas horribles. Le dije a mamá que la odiaba, y creo que quizá eso la ha empujado a irse —aulló.

—Ni hablar —aseguró Hugh mientras dibujaba una parte del fondo.

En su opinión, Sophie parecía hallarse al borde de un precipicio, demasiado cerca. Sentía muchísimo verla sufrir, pero concluyó que un exceso de compasión no era lo que mejor le iría en ese instante.

—Escúchame, Sophie —dijo con firmeza—. Cuando una relación entre dos personas se rompe, ellos son los únicos responsables. Pueden intervenir otros factores, por supuesto, pero lo que sucede y cómo se enfrentan a la situación depende solo de ellos, y dedicar toda la energía a culparse mutuamente es un ejercicio fútil. Sé que esto es muy duro para ti, pero si tu madre pone fin a su matrimonio por una pelea con una adolescente furiosa o porque una chiflada le ha robado unas joyas, eso significa que en ese matrimonio ya pasaba algo que no tiene nada que ver con ninguno de esos dos incidentes. Y si tu padre la deja marchar, solo puede ser porque no cree que pueda salvar la relación o bien porque..., y lo siento mucho, Sophie..., porque ya no quiere salvarla. Será muy doloroso para ti, Sophie, pero tendrás que aceptarlo. —Le dedicó una sonrisa antes de agregar en tono más liviano—: No te pongas dramática, niña. Será muy triste si se separan, pero no será el fin de tu mundo y desde luego no habrá sido por tu culpa. Es mejor separarse que destruirse. Deja de machacarte y deja que se las arreglen solos.

—¿Crees que se reconciliarán? —preguntó Sophie, a su pesar apaciguada gracias a las firmes palabras del anciano.

—Yo no me haría ilusiones. Es posible, pero en ese caso no se deberá a nada que hagas o dejes de hacer tú. Yo diría que tienen más probabilidades de acabar separados que juntos. Es evidente que algo se cocía entre ellos desde hacía tiempo. Se han distanciado, y no me preguntes por qué. Por desgracia, estas cosas pasan, y eres lo bastante mayor para saberlo. Me extraña que su matrimonio haya durado tanto; no tienen suficientes cosas en común.

—Cuando tú y la abuela de Victoria os separasteis, ninguno de los dos fue responsable de ello —objetó Sophie—. Fue culpa de su madre dominante y de esa malvada criada que se puso como una moto al ver a papá.

Hugh meneó la cabeza.

—Reconozco que tuvimos mala suerte —dijo—, y en las últimas semanas me he enterado de cosas que no sabía, pero aun así creo que los dos fuimos responsables de la ruptura. Éramos jóvenes, impulsivos, fieros, orgullosos y... como acabas de decir de ti misma, estábamos dolidos. Si Evanthi y yo no hubiéramos perdido la fe el uno en el otro, no tendríamos por qué habernos separado.

—Pero robar las cartas... ¡Qué injusticia! —se indignó Sophie, preguntándose si Hugh y Evanthi habrían estado en contacto desde que Patrick le había entregado la carta a su tío.

—La vida es injusta. Pensarás que soy un viejo cínico, pero cuanto antes lo entiendas, mejor, lo cual no significa que no haya que hacer todo lo posible por intentar hacerla más justa. Es muy fácil quejarse de la injusticia, pero te diré otra cosa: los quejicas son un auténtico rollo.

Hugh la observó con la cabeza ladeada, y Sophie esbozó por fin una leve sonrisa.

—Vale, tío Hugh, intentaré no ser un rollo... ¿Crees que habríais seguido juntos de haberos casado? —preguntó de repente.

—No lo sé, Sophie —repuso Hugh, muy serio—. Es una buena pregunta que me he hecho muchas veces. Pero quiero creer que sí, aunque eso no quita que no superamos el primer obstáculo —señaló antes de dirigirle una sonrisa radiante—. Pero a mis ojos, ninguna otra mujer puede comparársele, y te aseguro que he tenido muchas ocasiones para comparar.

Sophie se sonó ruidosamente.

—Sigue con tu historia —pidió—. Háblame de la separación.

—¿Por dónde iba? —preguntó Hugh, contento de que verse obligado a cambiar de tema.

—La habías seguido a Italia y vivisteis momentos muy románticos visitando ruinas a la luz de la luna, pintando y organizando encuentros secretos para burlar a su madre. Creo que habías decidido ir a Vrahos.

—Ah, Vrahos. Ese sí que es un lugar mágico. Evanthi lo adoraba. Estaba hechizada por la isla, la finca, la historia familiar... Me alegro de que haya pasado su vida allí. Si se hubiera casado conmigo, seguramente las cosas habrían sido distintas. Su madre se habría encargado de ello, la habría desheredado o algo así. ¿Qué te pareció la casa?

—Fue como entrar en la ilustración de un cuento de hadas, envuelta en polvo y misterios, secretos, telarañas y campanas. No me habría extrañado encontrarme a la Bella Durmiente echándose una siestecita en un sofá o ver un dragón activando la alarma contra incendios. ¿Era así cuando fuiste tú?

—Bueno, sin las telarañas —exclamó el anciano con una carcajada—. Supongo que había un ejército de criados ocultos para limpiarlas. Los suelos, los muebles y todo lo demás brillaban, y toda la casa olía a cera de abeja y lavanda. Cada vez que huelo una de esas ceras limpiadoras de verdad, lo recuerdo todo como si fuera ayer. Pero entiendo lo que quieres decir; Vrahos poseía una cualidad atemporal, como si nada hubiera cambiado en muchos siglos, y dudo de que haya cambiado mucho desde mi visita.

—No lo sé —vaciló Sophie—. Creo que te parecería un poco triste si cuando la viste estaba tan bien cuidada. A mí me encantó, y en cierto sentido sigue siendo suntuosa, pero está en muy malas condiciones. No hay ningún ejército de criados, tan solo la nieta de la anciana que escondió tus cartas. Tiene que ocuparse de todo, y la casa se está viniendo abajo. Algunos de los techos parecen a punto de desplomarse, están muy deteriorados. Pero papá hizo unas fotos preciosas, así que podrás volver a verlo todo. ¿Cuándo fuiste?

Hugh lanzó un suspiro.

—Bueno, no podía quedarme en Italia indefinidamente, y la madre de Evanthi la envió a casa de unos parientes, sobre todo para alejarla de mí, así que planeamos reunirnos más adelante en Inglaterra con ayuda de mi tía. Y nos escribíamos. Nos escribíamos cada día, y así conseguimos conocernos aún mejor. Todos esos mensajes de texto, correos electrónicos y llamadas de hoy en día no tienen ni punto de comparación con unas cartas de amor como Dios manda; no son tan permanentes, tan reveladores. Entiendo que son una forma de comunicación rapidísima, pero no es lo mismo. Nosotros compartíamos nuestros pensamientos y esperanzas..., y también nuestros temores, no solo acerca de nuestro propio futuro, porque no dudábamos de que acabaríamos juntos, sino sobre todo acerca de las sombras siniestras que se cernían sobre Europa. Evanthi escribía unas cartas maravillosas, llenas de guiones, subrayados y signos de exclamación. Era como hablar con ella; aún las conservo todas.

—¿Y tú le hacías muchos dibujos como siempre has hecho con nosotros? —quiso saber Sophie.

—Por supuesto —asintió Hugh con otra sonrisa.

—¡Es horrible que no las recibiera! —se escandalizó Sophie, apenas capaz de soportarlo.

—Bueno, las primeras sí las recibió. Y con cada carta nos enamorábamos más. Conseguimos vernos algunas veces; yo volví a Roma, ella vino a casa de mi tía y también la llevé un par de veces a Yorkshire. Mi padre desaprobaba nuestra amistad. Siempre decía que el padre de Evanthi, que era diplomático, debía de ser un maldito fascista si trabajaba para Mussolini. Advertí a Evanthi que mi padre podía llegar a expresar opiniones muy claras sobre la invasión italiana de Abisinia y que tal vez no le parecería un hombre demasiado amable... pero, por supuesto, el viejo se prendó de ella a la primera. Evanthi solo tardó una velada en hechizarlo. No tuvimos que escuchar más insultos contra los simpatizantes de Mussolini... al menos en presencia de Evanthi.

—¿Y tu madre? —preguntó Sophie—. Papá dice que adoraba a su abuela. Por lo que cuenta, debía de ser una mujer increíble.

—Mi madre era un ángel —aseguró Hugh—. Ella y Evanthi se llevaban de maravilla. Siempre he pensado que te pareces a ella.

—¿Y luego qué pasó? —quiso saber Sophie, embelesada.

—Tuvimos un golpe de suerte. Enviaron al padre de Evanthi a Washington, y por supuesto su madre lo acompañó. Evanthi consiguió convencerlos de que ella debía ir a Vrahos para estar con su abuela, que siempre pasaba allí los fines de semana en verano. —Hugh lanzó una mirada divertida a Sophie por encima de las gafas de media luna—. Por supuesto, yo también fui a Corfú, y a su abuela le pareció estupendo tener a un joven amigo en las inmediaciones, y la madre tardó un tiempo en enterarse. Ven, quiero enseñarte algo.

Se acercó a un armario y tras buscar un rato sacó un viejo cuaderno de dibujo.

—Aquí está. Salgamos al jardín; hace una tarde demasiado bonita para estar dentro, y además ya he estado bastante rato de pie.

Una vez fuera se sentaron, y Hugh le mostró el cuaderno. Contenía dibujos y bocetos a acuarela de lugares, personas, plantas y animales. Melones sobre un montón de abono, un gato tumbado al sol delante de una puerta, un anciano montado en un asno y seguido a pie por su mujer, ovejas con cencerros al cuello bajo los olivos, espigados cipreses apostados como centinelas ante un cielo increíblemente azul... Sophie reconoció algunos lugares, como el campanario de la capilla de Vrahos, la enorme puerta principal con los llamadores en forma de cabeza de león y la vista desde la terraza. Había un dibujo suelto que le llamó especialmente la atención. Mostraba la casa suspendida sobre el acantilado, el yeso veneciano color rosa en marcado contraste con el más azul de los cielos. Un gato color miel, que a todas luces no tenía vértigo, estaba tumbado al sol junto a la barandilla, y Sophie tuvo la sensación de que la pintura desprendía el calor del sol.

—¿Desde dónde la pintaste? —preguntó—. ¿Desde un barco?

—Ah, un pequeño truco; licencias de artista, por así decirlo. Tendría que haberme subido a un globo aerostático para tener esta panorámica —explicó Hugh—. Desde una barca se ve la casa en esta posición, pero no de tan cerca. No, la pinté de memoria después de la guerra.

—Deberías enviárselo a la señora Doukas —sugirió Sophie.

Hugh la miró como si acabara de darle una idea brillante.

—Puede que sí —dijo.

Al volver una de las páginas, Sophie vio el dibujo de una bonita joven de rostro redondo que transportaba una cesta sobre la cabeza.

—Vaya, es Dora —exclamó—. Pero no puede ser...

—¿Dora? No recuerdo a ninguna Dora. No, es Nafsica, la que más tarde saboteó nuestro amor.

—¡Dios mío! No la reconocerías si la vieras ahora. Solo la vimos una vez, pero tiene pinta de bruja arrugada.

—Hice este dibujo hace sesenta años, no lo olvides. Por entonces era una joven muy guapa.

—¿Sabías que estaba en contra vuestra? —inquirió Sophie.

—No creo que estuviera en contra nuestra al principio. Todo aquello le parecía muy romántico, y fue nuestra mensajera durante todo aquel final de verano y principio de otoño. En temporada alta, los turistas invaden la isla, pero en septiembre y octubre Corfú es un lugar incomparable, de mañanas y tardes frescas, nunca con demasiado calor, y el mar a la temperatura ideal para bañarse. En esa época del año, la luz posee una cualidad que quita el aliento, y nunca he visto amaneceres ni puestas de sol como aquellas —suspiró Hugh con una sonrisa—. También conservo recuerdos muy queridos de noches a la luz de la luna e incluso estrellas reflejadas en el agua. Nafsica nos cubría, ocultando nuestros encuentros a la abuela de Evanthi. En Vrahos solo había un teléfono y a menudo no funcionaba, además de que estaba instalado en el vestíbulo, así que no proporcionaba ninguna intimidad. Nafsica se encargaba de recoger los mensajes cuando planeábamos encontrarnos. Evanthi confiaba ciegamente en ella. Supongo que después de que anunciáramos nuestra intención de casarnos, la *contessa* Palombini metió el miedo en el cuerpo a Nafsica, y así empezó la guerra de guerrillas. La *contessa* era una mujer muy poderosa y manipuladora. Todos los empleados tanto de Italia como de Vrahos le tenían pavor, y por supuesto, Nafsica aprobaba al hombre que la *contessa* había elegido para Evanthi, Stavros Doukas, un joven abogado con el que se había criado, como quien dice. Después de la guerra se convirtió en un profesional de mucho prestigio. De vez en cuando leía cosas sobre él en los periódicos.

—¿Llegaste a conocerlo? —preguntó Sophie con curiosidad.

—Una vez. Fue de visita cuando yo estaba allí, un tipo bastante estirado que daba la impresión de haberse tragado un palo, aunque tengo entendido que fue muy valiente en la guerra. Recuerdo que aquel otoño, en mi arrogancia, no lo consideré un rival peligroso, tan solo un simple pipiolo, pero me equivocaba.

Sophie imaginó la escena. Estaba convencida de que su tío abuelo debía de haber sido un hombre irresistible.

—Pero él no pensó lo mismo de ti —señaló.

—Puede que no, pero fue él quien rió el último... Quizá fue la única vez que se rió en su vida. No era lo que se dice la alegría de la huerta.

En medio del exuberante verdor de finales de mayo que impregnaba su jardín muy inglés, con alhelíes y narcisos perfumando el aire, y mirlos y tordos cantando en los rododendros, Hugh transportó a Sophie al calor tórrido de finales de verano en Corfú, un Corfú de otra época, sin apenas carreteras ni turistas, sin el lujo de las modernas villas de veraneo con piscina, sin hoteles de hormigón ni cervecerías. A través de sus ojos vio a dos jóvenes enamorados, gozando de la libertad de una vida rural sin sofisticación alguna. Llevaban dos meses explorando la isla, a menudo a pie, pero a veces bordeando la costa rocosa en un viejo caique, descubriendo calas ocultas, comiendo en la isleta de las golondrinas que Evanthi tanto amaba, bañándose a la luz de la luna, bailando...

—Evanthi bailaba el charlestón como nadie —le aseguró Hugh—. A mí tampoco se me daba mal antes de que me pusieran la pata de palo, pero ella era sensacional —prosiguió, divertido ante la expresión incrédula de Sophie.

Dondequiera que iban, narró, él dibujaba y pintaba, tanto por placer como para crearse una carpeta. Y en todo momento, con el optimismo y la ingenuidad propios de los jóvenes, estuvieron convencidos de que, pese a la oposición de la madre de Evanthi, permanecerían juntos el resto de sus vidas.

Por fin pintó a Evanthi... Evanthi riendo, sentada sobre la roca en forma de dragón en una caleta que se convirtió en su refugio especial.

—El mejor retrato que he pintado y pintaré en mi vida —sentenció Hugh—. Tengo muchas esperanzas depositadas en el tuyo, quizá el último que pinte antes de morir, pero no será lo mismo. Me han hecho muchas ofertas por él, pero jamás me he planteado siquiera venderlo.

Sophie sintió que las lágrimas le quemaban los ojos. No soportaba la idea de que su tío abuelo no volviera a pintar retratos.

—Por supuesto, subsistíamos a base de amor —continuó

Hugh al tiempo que volvía la página, mostrando un boceto a acuarela de un hibisco rojo ante una pared blanqueada—, y es una dieta irresistible, pero nadie puede sobrevivir así para siempre. Le pedí a Evanthi que se casara conmigo, y aceptó. Sabía que no obtendríamos la aprobación inmediata de su familia, pero quería demostrar a sus padres que iba en serio y estaba muy seguro de mí mismo. Mis obras empezaban a tener éxito; me hacían encargos, y mis cuadros comenzaban a venderse. Incluso mi padre se había resignado a la idea de que me hiciera artista, y me habían ofrecido montar una exposición monográfica en Londres para el año siguiente. Quería hablar con su padre antes de que descubrieran, como sabía que sucedería, que más o menos habíamos pasado el verano juntos en Vrahos. No es que me alojara en la casa, porque eso no lo habríamos conseguido; tenía un apartamento alquilado en Kryovrisi.

Hugh se interrumpió. Sophie tenía la sensación de que ahora hablaba más para sí mismo que para ella. Se moría de ganas de saber si habían llegado a ser amantes, pero no se atrevió a preguntarlo.

—Y entonces... —instó—. Continúa.

—Evanthi no quería que hablara con sus padres aún; sabía mejor que yo cómo reaccionaría su madre, pero yo me empeñé. Sabía que su padre pasaría unas semanas en Londres en octubre, así que tomé el ferry a Brindisi y fui a pedirle la mano de su hija. Por descontado, se negó a concedérmela, pero se mostró razonable. Me dijo que si nos aveníamos a no vernos durante al menos seis meses y entonces seguíamos queriendo casarnos, tal vez..., solo tal vez, reconsideraría la cuestión. Por supuesto, el hombre sabía que cuando Evanthi cumpliera los veintiún años, legalmente ya no necesitaría su consentimiento, pero por entonces solo tenía diecinueve. Sin embargo, se armó la gorda cuando le contó a su mujer que nos había dejado una puerta entreabierta.

—Debía de ser una bruja —masculló Sophie.

—Era una mujer hermosa con opiniones muy vehementes sobre absolutamente todo y acostumbrada a conseguir cuanto se proponía. Podía ser encantadora, pero carecía de la calidez y el sentido del humor de Evanthi, y no me fiaba de ella un pelo. Me apresuré a volver a Corfú, con la *contessa*, resuelta a apartar a su preciosa hija de mi nociva presencia, pisándome los talones. Evanthi quería que nos fugáramos, pero yo no quería que viviera con ese escándalo; las actitudes ante la mujer eran muy distintas en aquellos tiempos, no te lo puedes ni imaginar, sobre todo en Grecia. Intercambiamos un juramento solemne y mandamos confeccionar dos cajitas de plata en Corfú para simbolizar nuestro amor y nuestro compromiso... para siempre. Yo aún conservo la mía —indicó Hugh—. Está en el salón, seguro que la has visto cientos de veces, pero imagino que Evanthi ya no tiene la suya.

Sophie abrió la boca para decirle que sí la conservaba, pero la cerró al recordar que Victoria la llevaría consigo cuando fuera a Inglaterra.

—Sigue —pidió en cambio.

—Volví a Inglaterra y empezamos a escribirnos de nuevo. No olvides que todo ocurrió en medio de la amenaza de guerra entre Inglaterra y Alemania y, por supuesto, también Italia, es decir, entre mi país y el de Evanthi. Aquel período de mi juventud se ha convertido en una clase de historia para tu generación. Poco antes se produjo la crisis de Munich cuando nuestro primer ministro, Neville Chamberlain, negoció con Hitler lo que algunos consideraron un indulto brillante, y otros, una paz deshonrosa. En cualquier caso, la guerra quedó aplazada. Mi padre tenía muchos contactos en el ejército y en el mundillo del polo, y gracias a él obtuve el maravilloso encargo de pasar seis meses en la India para pintar los ponies de polo de un maharajá amigo suyo; ponis, palacios y toda clase de fauna y flora. ¡Mejor imposible! También me brindaba la oportunidad de viajar por toda la India, y me convencí de que si conseguía hacerme un nombre como artista, la madre de Evanthi acabaría por ceder. Pero por supuesto, durante mi estancia en la India tuvo lugar el problema de las cartas, y ya no queda mucho que contar. Ya sabes lo que sucedió después.

—Pero tienes que acabar de contarme la historia como Dios manda —suplicó Sophie—. No puedes dejarla así. ¿No volvisteis a veros nunca?

—Sí, una vez más, a finales de noviembre. Pasé por Vrahos de camino a la India y conseguimos pasar un último fin de semana juntos. Al principio achaqué la ausencia de cartas a los esfuerzos combinados de los servicios postales griegos e italianos, lo cual era del todo posible, te lo aseguro, e imaginaba que ella también se daría cuenta. Además, yo pasaba gran parte del tiempo de un lado a otro, siguiendo al maharajá en sus viajes. No obstante, con el tiempo empezó a inquietarme el hecho de no recibir cartas suyas. Era evidente que algunas de ellas no me llegaban, y las que sí recibía estaban llenas de reproches porque no le había escrito, pero con el optimismo típico de la juventud no dudé en ningún momento de Evanthi ni pensé en el terrible efecto que aquella situación debía de surtir en ella. En retrospectiva considero que fui muy arrogante. Nunca olvidaré el golpe que me llevé al volver a Inglaterra en verano, consciente de que habíamos logrado superar los seis meses de separación que su padre nos había exigido, y bastante satisfecho de mí mismo porque mi reputación como pintor había aumentado de forma considerable. Estaba más que preparado para un reencuentro de película con Evanthi y completamente seguro de que podríamos casarnos. Le había avisado por telegrama de mi llegada y me instalé en casa de tía Georgia con la intención de viajar a Grecia aun antes de ir a Yorkshire... Y entonces me enteré de que Evanthi se había casado con Stavros Doukas.

—¡Qué horror! ¿Qué dijo tu tía?

—Me preguntó si la noticia me había sorprendido, me dijo que siempre había creído que lo nuestro iba en serio y quiso saber qué había pasado. Por supuesto, no sabía de qué me hablaba. Cuando me lo dijo, fue como si se me viniera el mundo encima. —Hugh esbozó una sonrisa—. Y ahora, después de sesenta años, volvemos a escribirnos para encajar poco a poco las piezas que faltan en nuestro rompecabezas. La vida es muy extraña.

—Es espantoso, insoportable. Qué lástima. ¿Nunca intentaste volver a verla?

—Bueno, al poco tiempo estalló la guerra, y eso lo cambió todo. Inglaterra estaba en guerra con Italia y con Alemania, y estos dos países estaban en guerra con Grecia. Puesto que yo pertenecía al ejército territorial, enseguida me enviaron a Francia. Luego pasó lo de Dunquerque, el milagroso rescate en las playas y el regreso a Inglaterra para los afortunados como yo.

—Pero no fue entonces cuando perdiste la pierna y te concedieron la medalla, ¿verdad?

—No, eso pasó mucho más tarde, y por entonces me habían trasladado a la Real Guardia de Dragones. Me concedieron la medalla en el desierto del norte de África. Menuda sandez; no fui más valiente que cientos de otros. Para serte sincero, Sophie, cuando estalló la guerra me daba igual vivir o morir, pero es increíble lo valiosa que te parece la vida cuando corres peligro de perderla, por desgraciado que seas. De hecho, perdí la pierna y me hicieron prisionero en Italia cuando nos disponíamos a liberar Perugia..., pero esa es otra historia.

—Pero creía que estuviste prisionero en Alemania —señaló Sophie.

—Sí, más tarde. Me llevaron allí desde un campo de tránsito en Italia, pero antes, como estaba herido, me llevaron a un hospital de Bolonia. Por suerte para mí, era un hospital de primera, con un cirujano excelente. Hacía unas quince amputaciones al día, así que tenía mucha práctica —explicó con sarcasmo.

—¿Qué es lo peor que recuerdas de aquella experiencia? —preguntó Sophie con un estremecimiento.

—Los neumáticos demasiado inflados de la ambulancia —contestó Hugh de inmediato—. Los inflaban al máximo porque en teoría así tenían menos probabilidades de sufrir accidentes en aquellas espantosas carreteras, pero al mismo tiempo los vehículos daban muchos más tumbos. No es demasiado agradable cuando acaban de volarte la pierna. Había ochenta kilómetros desde el hospital de campaña, adonde me llevaron primero, hasta Bolonia.

—¿Alguna vez te preguntaste si Evanthi estaría cerca? —quiso saber la muchacha.

—Claro que sí. Pensaba en ella sin parar. ¿Estaría en Italia o en Grecia? Y sobre todo, ¿estaría a salvo? Suponía que debía de estarlo pasando mal dondequiera que estuviera, pero en mi fuero interno estaba convencido de que seguía viva; creía que si hubiera muerto, lo habría sabido. Imagino que una parte no demasiado noble de mí esperaba que algo le hubiera sucedido a Stavros Doukas, y fantaseaba que si Evanthi y yo sobrevivíamos, volveríamos a estar juntos, esta vez para siempre. Es lo que me animaba a seguir. Todas las enfermeras del hospital eran monjas. Se portaban de maravilla, cambiando vendajes y rezando sin cesar. Yo hablaba un poco de italiano, y una de ellas intentó hacer algunas averiguaciones cuando se lo pedí pero, por supuesto, las comunicaciones no funcionaban en absoluto.

—¿Sabían tus padres lo que había sido de ti?

—Durante un tiempo no supieron nada. Me dieron por «desaparecido, probablemente preso», pero más tarde tuvieron noticias mías gracias a la Cruz Roja.

—¿Y qué pasó cuando te llevaron a Alemania?

—Me enviaron a Colditz, vía Munich.

—¿A Colditz, como en esas pelis antiguas que ponen en la tele? —exclamó Sophie, impresionada.

—Bueno, más o menos.

—¿Fue horrible? ¿Te torturaron?

—No, no me torturaron ni nada por el estilo, pero... tampoco fue precisamente un paseo. Castigaban a un mes de aislamiento por insultar a un guardia, como descubrí muy a mi pesar, pero supongo que lo peor era el hambre y el frío. —Al ver que Sophie anhelaba conocer más detalles, Hugh prosiguió—. Teníamos tanta hambre que rebuscábamos en la basura de las cocinas y volvíamos a pelar las mondaduras de un vegetal repugnante llamado colinabo para hacer sopa, y recuerdo que casi todos nosotros éramos incapaces de subir más de unos cuantos peldaños sin detenernos para descansar, porque de lo contrario nos desmayábamos. —Se echó a reír—. Pero por otro lado, yo bajaba la escalera a toda velocidad, porque se me daba tan mal caminar con una sola pierna que por lo general caía rodando.

—¡Qué horror! —se escandalizó Sophie con los ojos muy abiertos—. Debías de estar muerto de hambre. ¿Cuándo volviste a tener noticias de Evanthi?

—Hacia el final de la guerra, el regimiento recibió órdenes de ir a Grecia para combatir la tentativa comunista de apoderarse del país, y un oficial amigo mío, que conocía a Evanthi y lo sabía todo, intentó averiguar algo sobre ella. Lo que supo es que seguía casada y tenía un hijo, y eso dio al traste con mis esperanzas.

Hugh paseó la mirada por el jardín, pero Sophie sabía que en realidad veía un paisaje muy distinto.

—Intenté por última vez hablar con ella —prosiguió el anciano—. Solo quería saber por qué había cambiado de idea y decirle que yo nunca había flaqueado. Cuando me desmovilizaron y en cuanto se hizo de nuevo posible viajar a Europa, fui a Grecia. Me presenté en Vrahos sin avisar, sin saber qué me encontraría, pero convencido de que tenía más posibilidades de hablar con ella si la cogía desprevenida. Fue Nafsica quien me abrió la puerta. Se horrorizó al verme, y fue ella quien me contó que Evanthi había sido arrestada al principio de la guerra y confinada en Corfú durante todo el conflicto. Sus padres habían muerto en Italia a consecuencia de un bombardeo, creo. Garabateé una nota y pedí a Nafsica que se la entregara, pero volvió diciéndome que Evanthi no quería recibirme. Ahora sé por Evanthi que Nafsica no dijo una sola palabra. Evanthi no llegó a saber que yo estaba allí ni recibió la nota. Entiendo que Nafsica se llevara un susto de muerte cuando tu padre apareció en Vrahos.

—¿Qué hiciste luego?

—Volver a casa. Quizá fue lo mejor. Egoísta de mí, quería que Evanthi supiera que había pensado en ella cada día durante la guerra y que jamás me casaría con otra, pero ¿quién sabe? Si nos hubiéramos vuelto a ver, tal vez no habríamos sido capaces de resistir la tentación. Siempre la he querido, y ¿sabes una cosa, Sophie? Pese a que se casó con otro, nunca he duda de que ella también me ha querido siempre. Qué curioso, ¿verdad? Bueno, he aquí mi relato sobre la estupidez humana. Y ahora creo que será mejor que entremos y le pidamos a la señora Parkes que nos sirva el té. Por mi parte, necesito algo más fuerte para ahuyentar todos esos fantasmas del pasado. Ayúdame a levantarme, ¿quieres? Buena chica. Estoy un poco entumecido.

Hugh se puso en pie con lentitud, y ambos caminaron en silencio hacia la casa. Sophie no sabía qué decir.

El té rompió el hechizo, y pasaron un rato hablando de cosas que no guardaban relación alguna ni con la partida de Rachel ni con la historia de amor de Hugh.

—¿Puedo preguntarte una cosa, tío Hugh? —inquirió Sophie cuando se disponía a marcharse.

—Por preguntar que no quede, aunque no te garantizo una respuesta.

—¿Cuál fue tu primera reacción cuando te hirieron y te dijeron que tendrían que amputarte la pierna?

—Pensé en que nunca podría volver a bailar con Evanthi —repuso el anciano sin dudar—, y me pareció insoportable. —De repente se echó a reír—. ¡Qué astuta eres! Menuda preguntita. También me pareció una gran injusticia, por si te interesa saberlo.

—Te quiero, tío Hugh —aseguró Sophie—. Pero seguro que no te quejaste.

—Espero que no —dijo Hugh con seriedad—. Por entonces ya había visto morir a demasiados, entre ellos muchos amigos míos. Eso hace que uno se replantee sus prioridades. Era afortunado de seguir con vida.

Hugh siguió con la vista a Sophie mientras esta cruzaba el jardín en busca del viejo poni y se preguntó qué le depararía el futuro..., qué les depararía a todos ellos.

36

Francine paseó la mirada por la habitación de invitados que daba al jardín para comprobar si había olvidado algo. Junto a la cama había una cuidadosa selección de libros, entre los que se encontraba una biografía galardonada con un premio, una novela seria, un par de thrillers apasionantes y las obras completas de Walt Whitman, además de algunas revistas para todos los gustos, desde moda hasta arte, pasando por decoración y crónicas de sociedad. Y por supuesto, el último número de *Capability*, aunque imaginaba que Victoria ya habría leído la columna más reciente de Guy. En el baño había puesto algunos clásicos de siempre, tales como *Elizabeth y su jardín alemán,* y la incomparable *Period Piece*, de Gwen Raverat. Había dejado sales de baño Jo Malone y un enorme frasco de aceite de aromaterapia de lavanda. En el dormitorio había agua mineral, un hervidor eléctrico y todos los utensilios necesarios para preparar el té. El vestidor contenía numerosas perchas acolchadas, y los cajones de la cómoda curva de caoba estaban forrados con papel de seda perfumado.

Francine acababa de redecorar aquel dormitorio y el baño correspondiente en un relajante tono azul toile de Jouy, y esperaba que ofreciera un aspecto fresco y acogedor, pero no demasiado nuevo. Era un modo de dar su toque personal a la casa que durante tanto tiempo había sido el refugio de soltero de Guy sin imponerse de un modo demasiado brusco, a fin de granjearse el aprecio de aquellos amigos de su esposo que aún la observaban con cierta suspicacia.

El hecho de que Victoria se alojara en su casa representaba un desafío para los tres, aunque Francine no sabía con certeza si Guy era consciente de ello y sospechaba que podía resultar más difícil para él de lo que pensaba. Para empezar, no aprobaba que Francine hubiera asignado aquella habitación a su prima.

—¿Por qué has escogido esta habitación? Deberías acomodarla en el dormitorio verde —había objetado—. Ella y Richard siempre dormían en el dormitorio verde, y sin duda Vicky espera dormir allí, porque la consideraban suya.

—Precisamente por eso —señaló Francine—. Me ha parecido que no le gustaría dormir en la habitación que siempre compartía con Richard..., y no pienso ponerla allí.

—Ah, bueno, si es porque te hace sentir insegura...

Guy se encogió de hombros y le lanzó una de sus miradas enigmáticas y burlonas, pero Francine se limitó a reírse de él sin hacer caso del mal humor que se adueñaba de Guy con la rapidez de una tormenta de verano y que tanto enrarecía el ambiente. Las nubes se disiparán sin que estalle la tormenta, se dijo Francine. Empezaba a dársele muy bien la previsión del tiempo, así como el hecho de no permitir que la incertidumbre en la que ahora vivía afectara en exceso sus decisiones.

Se fue a la reunión mensual de su club de lectura con actitud por completo despreocupada y no fue en busca de Guy al volver a casa. Y en efecto, más tarde él se le acercó por detrás y la rodeó con sus brazos mientras Francine se vestía para salir a cenar.

—¿Quieres acompañarme mañana a buscar a Vicky a Heathrow? —propuso.

Francine sabía que era su forma de disculparse por su mal humor. Se permitió apoyarse en él por un instante y cerró los ojos. Luego se apartó de él, se sentó ante el tocador y empezó a maquillarse con gran maestría, logrando un efecto de naturalidad absoluta que era al mismo tiempo un engaño brillante y una obra de arte.

—Si quieres... —repuso, concentrada en perfilar su ojo izquierdo—, pero creo que Victoria preferirá tenerte un rato para ella sola. A mí me pasaría.

Guy la observó mientras terminaba de maquillarse los ojos y empezaba a aplicarse colorete en los pómulos con la brocha.

—¿Y si no vamos a casa de los Heathcote? —propuso con voz sugerente, apoyándole las manos en los hombros—. Los llamo y les digo que... ha surgido un imprevisto —sugirió con una mirada maliciosa.

—Ni hablar —rehusó Francine con severidad—. Ve a tomar una ducha fría, Guy Winston. Maddie Heathcote debe de llevar siglos contando los minutos que faltan para volver a verte. Considera que eres el hombre más atractivo del mundo, y sería una crueldad negarle tu presencia. Este vestido empieza a irme muy estrecho; creo que tardaré un tiempo en volver a ponérmelo. Tendré que renovar vestuario. ¿Crees que a Victoria le gustaría ir de compras conmigo? Puede que le apetezca comprarse ropa nueva.

—Es posible —convino Guy al tiempo que apartaba las manos de sus hombros—. Pero no sé en qué situación económica está. Puede que ande un poco justa.

—Qué suerte que no pueda decirse lo mismo de ti —rió Francine—. Es uno de los atributos que me gustó de ti desde el principio. Pero quizá podríamos echarle una mano. Tienes mucho tacto cuando te lo propones; seguro que se te ocurrirá alguna idea brillante.

—De acuerdo, veré qué puedo hacer —accedió Guy.

Le gustaba jugar a Don Espléndido. Era consciente de que estaba siendo manipulado, una experiencia nueva para él, pero la destreza con que Francine combinaba burlas y halagos era tal que, para su sorpresa, le gustaba.

—Bueno, ya que me niegas una velada de lujuria doméstica —suspiró Guy—, será mejor que me prepare. Me voy a tomar esa ducha.

Victoria había decidido pasar quince días en Inglaterra. No sabía cómo decírselo a Jake, pero su única reacción fue la de preguntar si tenía que acompañarla. Se encontraba como pez en el agua en la nueva escuela, y cada mañana salía con Angelo como si llevara toda la vida en Vrahos.

—Los niños son una caja de sorpresas —comentó Victoria a Evanthi con una sonrisa apenada—. Yo que me moría de preocupación por la posibilidad de que se pusiera tristísimo y dudando de si debía irme o no... Cuánta energía desperdiciada. Le importa un comino que me vaya.

—Eso demuestra que lo haces sentir seguro pese a todos los traumas que ha vivido —la tranquilizó Evanthi—. Sabe que nunca lo abandonarías. No parece el mismo niño pálido que llegó hace cuatro meses. No te preocupes por él, *agapi*. Te sentará bien cambiar de aires, aunque sé que en parte te vas por mí. Significa mucho para mí que vayas a visitar a Hugh y luego vuelvas a contármelo todo. Jake estará bien; tiene a la buena de Dora, a Yannis, a Angelo... y lo que queda de mí. No estoy muy activa, pero siempre estoy aquí.

—¡Querida *nonna*! ¿Cómo que lo que queda de ti? Eres como un faro para los dos. Y por supuesto, me muero de ganas de conocer a Hugh.

En realidad, Victoria albergaba reservas respecto al viaje. No sabía qué esperaba Evanthi de ella. ¿Y si todo el asunto vuelve a hacerle mucho daño y esta vez es culpa mía? ¿Y si Hugh no me cae bien? ¿Cómo se lo diré? ¿Y qué esperará él de mi visita?

Ardía en deseos de ver a Anthony y Toula, pero no así a la familia de Richard, y se preguntaba cómo afrontaría los recuerdos y emociones que sin duda aflorarían cuando volviera a Manor Farm.

Ha sido mi hogar durante ocho años, se recordó. Debería querer estar allí... ¿Qué significa eso? ¿En qué clase de persona me convierte?

En Vrahos era posible, al menos de vez en cuando, alcanzar algo parecido a la normalidad, pero en Inglaterra tenía que afrontar ciertas cosas de las que no podía seguir huyendo. Tampoco podía continuar dejando pendiente los complejos sentimientos que albergaba hacia Richard y era consciente de que también temía el reencuentro con Guy. Ya no se quién soy, se angustió.

No sabía qué sentiría al alojarse en casa de Guy ahora que habían cambiado tantas cosas. La casa, que durante tantos años había considerado casi suya, se había convertido en el hogar de Francine. Se imponía afrontar algunas cuestiones delicadas, no solo respecto a los sentimientos de Victoria hacia Guy, algo que nunca había querido analizar en profundidad, sino también sobre la reacción de Francine ante la relación entre Guy, Richard y ella.

En las ruinas de Angelokastro, después de aquella comida que jamás olvidaría, cuando Guy dejó caer la bomba sobre Richard, su primo le aseguró que Francine lo sabía todo, pero Victoria no podía evitar preguntarse qué sentiría. *¿Realmente es tan ecuánime como parece o la pongo tan nerviosa como ella a mí?*

Y luego estaba Patrick. La mente de Victoria era un torbellino de emociones. Anhelaba y al mismo tiempo temía volver a verlo, y cada vez la perturbaba más darse cuenta de que sentía una poderosa atracción sexual distinta de cuanto había experimentado en su vida, una atracción para la que, teniendo en cuenta el poco tiempo transcurrido desde la muerte de Richard, no estaba preparada. ¿Y si en su actual desequilibrio emocional había malinterpretado las señales que creía haber recibido de Patrick? ¿Y qué pasaba con su matrimonio? Su siguiente encuentro no tendría lugar en territorio seguro para ella, sino en el entorno más sofisticado de Londres y sin la compañía tranquilizadora de Sam y Sophie. De repente, aquella perspectiva la inquietaba.

Patrick había vuelto a llamarla, en apariencia para ponerla al corriente de los detalles para asistir a la exhibición privada de la obra de Hugh, pero también para reiterar su propuesta de invitarla a cenar.

—Así podremos ponernos al día antes de que conozcas a Hugh —había comentado como quien no quiere la cosa.

Victoria había disfrutado charlando con él por teléfono, pero salir a cenar era otra cosa. La asustaba la posibilidad de haber perdido toda habilidad social en los últimos meses y se preguntó si sería capaz de sostener una conversación con un hombre durante una velada entera, sobre todo con un hombre al que tanto quería agradar, pero al que no conocía demasiado bien.

Es absurdo ponerse tan nerviosa, se reconvino. Ni que volvieras a tener dieciocho años. Quizá sus dudas no eran más que otro fruto del dolor por la tragedia sufrida; tal vez estuviera perdiendo el juicio. ¿Acaso C. S. Lewis no hablaba de su sorpresa al comprobar que el dolor se parecía tanto al miedo? Todo se le antojaba espantosamente complicado, y si se obsesionaba demasiado, acababa por sentirse enferma.

Decidió pasar por Londres antes de ir a Baybury. De todos modos, tenía que reunirse con Peter Mason, lo cual no le apetecía en absoluto, y en algún momento también tendría que pasar por el mal trago de ver a Meriel Hawkins.

Mientras preparaba el equipaje se dio cuenta de que su guardarropa no era nada apropiado para una semana en Londres salpicada de la clase de actos sociales a los que no asistía desde la muerte de Richard. Había abandonado Inglaterra en marzo, y ahora corría el mes de junio. Solo había llevado consigo la ropa imprescindible, prendas informales en su totalidad, porque no había previsto necesitar nada más en Vrahos. Aunque por lo general Evanthi se cambiaba para cenar, siempre se ponía algo cómodo, como por ejemplo uno de sus caftanes. Iré hecha una pena, se lamentó, sombría, mientras por su mente surcaban imágenes de Francine desfilando con modelos de alta costura. ¿Y qué me pondré para salir a cenar con Patrick?

Guy la esperaba en Heathrow. Victoria experimentó un profundo alivio al comprobar que iba solo, pero al verlo no la embargó la habitual oleada de alegría.

—Tienes mucho mejor aspecto que la última vez que te vi —constató Guy después de besarla.

Reparó en que su prima no le devolvía el beso. No me ha perdonado, pensó.

Victoria recordó las numerosas ocasiones en que Guy había ido a esperarla a la estación o al aeropuerto, y la alegría que siempre experimentaba al sentir su abrazo de bienvenida, pero en ese momento solo era consciente de que no quería que su primo la tocara. ¿Será siempre así?, se preguntó con tristeza.

—Parece que Vrahos sigue tan mágico como siempre. Vivir en Grecia te sienta bien —prosiguió él.

Victoria se encogió de hombros.

—Me siento como la ratita de campo de visita en casa de la ratita de ciudad. ¿Cómo estás, Guy? Tú tienes el mismo aspecto de siempre.

—Por el amor de Dios, ¿qué esperabas? Solo han pasado unos meses desde la última vez que nos vimos. A Francine sí que la verás algo cambiada, porque se le empieza a notar el embarazo, pero los futuros padres no tienen que cambiar también.

—Por supuesto que no, no me refería a eso. Es que ahora mismo todo me parece distinto. Puede que sea yo la que ha cambiado.

Guy lanzó una carcajada algo forzada.

—Qué va. Tú nunca cambias, por suerte —exclamó al tiempo que le lanzaba una de sus típicas ojeadas rápidas y críticas—. Aunque necesitas un corte de pelo; pareces un perrito de lanas. Vamos, iremos en ascensor al aparcamiento y llegaremos a casa en un santiamén.

¿A casa?, pensó Victoria. Ya no sé cuál es mi casa, pero la de Guy no, desde luego.

Mientras avanzaban por la M4 en el BMW descapotable de Guy, hablaron de temas inocuos, tales como la familia. Guy la puso al corriente de las novedades de Toula y Anthony, le habló de Francine y los preparativos para recibir al bebé, y ella se ciñó a Jake, Evanthi y Vrahos. Comentaron la coincidencia que era haber conocido a los Hammond y descubrir la historia de Evanthi y Hugh Marston. Victoria habló de sus citas con Patrick y el propio Hugh. Guy explicó que había recibido una carta de Patrick en la que este le preguntaba si podían quedar para hablar de Vrahos.

—De todos modos tengo muchas ganas de conocerlo —señaló Guy—. No solo por Vrahos ni, desde luego, por la antigua historia de amor de la *nonna* que tanto parece embelesarte, sino porque creo que podemos ayudarnos mucho en el futuro. Es un fotógrafo excepcional; he visto su obra y me encanta. ¿Qué tal si voy a cenar con vosotros cuando quedéis? ¿Te parece bien?

Pero lo último que quería Victoria era que Guy cenara con ellos.

—Pues la verdad es que no —replicó con cierta frialdad—. Le diré que te llame para que podáis quedar en otro momento.

Guy la miró con curiosidad y arqueó una ceja. Entre ellos se produjo un silencio algo incómodo. Maldita sea, pensó Victoria, ahora se dedicará a vigilar cada una de mis reacciones ante Patrick como un lince. Consideraba que sus sentimientos ya eran lo bastante complejos sin necesidad de tener que enfrentarse a la especulación familiar, y menos aún las conjeturas de Guy.

Cuando se acercaban por Brompton Road al desvío de The Boltons, se le formó un nudo en la boca del estómago.

Al nerviosismo por ver a Francine y la perspectiva de vivir una semana entera con el resentimiento que aún albergaba hacia Guy, se añadía ahora la preocupación de verse sometida al perspicaz escrutinio de su primo. Victoria se reconvino mentalmente, y cuando se detuvieron ante el número 40, resolvió no permitir que la curiosidad de Guy la alterara.

37

El recibimiento de Francine, mucho más cálido de lo que Victoria esperaba, constituyó una agradable sorpresa. También fue un alivio no encontrarse instalada en la habitación que siempre había compartido con Richard. Francine fue directamente al grano cuando acompañó a Victoria arriba.

—Espero haber acertado —dijo antes de abrir la puerta del dormitorio azul—. Guy se puso hecho una fiera cuando supo que te había preparado esta habitación, pero pensé que quizá no querrías dormir en la habitación de siempre. No costaría nada cambiarte allí si resulta que me he equivocado —aseguró mientras miraba a Victoria con expresión inquisitiva—. Me he cubierto las espaldas, aunque no se lo he confesado a Guy, y he preparado también las camas del dormitorio verde. Si prefieres dormir allí no tienes más que decírmelo, de verdad.

Victoria se conmovió.

—¡Oh, qué alivio! Has acertado de lleno. Qué perspicaz eres —alabó, obsequiándola con una sonrisa—. Vaya, te ha quedado preciosa —exclamó cuando entraron juntas en el dormitorio—. Antes era una habitación bastante sombría. Y qué libros tan bien escogidos; es lo que más me gusta de las habitaciones de invitados. Y has puesto *Los jóvenes visitantes* en el baño. Daisy Ashford es lo que más me apetece leer en estos momentos. Te has tomado muchas molestias.

Movida por un impulso, abrazó a Francine y se sorprendió al ver que los ojos de la mujer de su primo se llenaban de lágrimas.

—¿Te resulta difícil acoger en tu casa a los amigos y familiares de Guy? —preguntó.

—Bueno, creo que me pone un poco nerviosa —reconoció Francine—, sobre todo en tu caso, porque eres una persona muy importante para Guy —comentó con una carcajada antes de agregar—: Pero no tengo la más mínima intención de confesarle que estoy nerviosa. Me gusta hacerle dudar de mis reacciones, así que no te chives.

—Prometido. Nadie es capaz de subirte la moral como Guy cuando se lo propone..., pero por otro lado, nadie es tampoco capaz de hundirte en la miseria como él. Y te aseguro que lo sé después de pasarme la infancia entera subiendo y bajando en la montaña rusa de la aprobación de tu marido.

¡Lo había dicho! «Tu marido», y a decir verdad le había resultado fácil.

Se acercó al tocador para mirarse en el espejo.

—Guy dice que necesito un corte de pelo —comentó—. Tenía intención de dejármelo crecer un poco, pero me acaba de decir que parezco un perro de lanas. No he pisado una peluquería desde que me fui de Inglaterra. ¿Qué crees que podría hacerme? Tú siempre llevas el pelo fantástico.

Francine la observó unos instantes.

—No creo que se trate tanto de la longitud como de la forma —repuso con seriedad—. Tienes una estructura ósea tan bonita que deberías cortártelo mucho más corto por los lados, aunque no necesariamente detrás. ¿Por qué no te animas a ponerte en manos de mi querido Lennie? Me tiñe desde hace años cada vez que estoy en Inglaterra, pero también es un mago de la tijera, y nunca te hace nada con lo que no te sientas cómoda.

—Sería estupendo —asintió Victoria—. ¿Me acompañarías para darme apoyo moral?

—Claro que sí, me encantaría. De todos modos había pensado en pedirte que me ayudaras a comprar alguna ropa para tapar esta tripa. Vayámonos de compras un día. El otro día le pregunté a Guy si creía que te apetecería. Bueno, ahora te dejo tranquila para que puedas deshacer el equipaje, descansar, tomar un baño, tumbarte un rato o lo que te apetezca. Tómate todo el tiempo que quieras. Cuando bajes cenaremos en la cocina. Guy dice que esta noche cocina él en tu honor.

En cuanto Francine se fue, Victoria respiró hondo varias veces. Un problema menos, pensó aliviada. Llevarse bien con Francine resultaría fácil..., aunque aún no sabía cómo afrontar sus sentimientos hacia Guy.

Cuando bajó a la cocina, escenario de muchas de las famosas fiestas de soltero de Guy, la recibió un olor delicioso. Guy, excelente cocinero cuando se aplicaba, estaba preparando una paella, y Francine estaba acurrucada en el enorme y mullido sofá que ocupaba una pared entera, charlando con él con una copa en la mano, mientras su marido medía el azafrán y el arroz, y echaba trocitos de pollo y marisco en una enorme paellera. Ofrecían una imagen tan acogedora que Victoria se vio embargada por una oleada de desolación. Antes era yo quien charlaba con Guy mientras él cocinaba, pensó. Qué curioso que la soledad ataque con más violencia en compañía de otras personas que a solas. Al pasar los últimos cuatro meses en casa de Evanthi, centrada en Jake, había olvidado lo que se sentía al hacer de carabina en compañía de amigos casados. De nuevo se reconvino mentalmente. Tengo que acostumbrarme a estar sola, porque así serán las cosas de ahora en adelante. La acometió una punzada de culpabilidad al darse cuenta de que en los últimos tiempos, desde las sobrecogedoras revelaciones de Guy, no se había permitido apreciar los numerosos aspectos positivos de su matrimonio a causa de los sentimientos de dolor y traición que todo lo impregnaban, llenándola hasta convertirla en una especie de oca cebada. Debo recordar también los momentos felices, se advirtió, aunque ello empeore la soledad. A la porra, ordenó a su sobrealimentado dolor.

—Huele de maravilla. Me muero de hambre —declaró en tono jovial.

—Hola. Te estamos utilizando de excusa. Se supone que Francine no debe beber en su estado, pero el champán es una bebida medicinal, y sé que te encanta —comentó Guy al tiempo que le alargaba una copa—. Además, te sentará bien. Mi obra maestra puede seguir hirviendo un rato más, así que siéntate y vamos a planificar la semana. Dinos qué citas tienes, a qué amigos quieres ver y qué te apetece hacer el resto del tiempo. Queremos verte mucho, así que te lo advierto: nos pondremos muy celosos si tenemos que compartirte demasiado con otra gente, aunque por desgracia yo tengo que marcharme un par de días. Tengo entendido que vosotras dos os iréis a tirar la casa por la ventana un día de estos. La verdad es que me entran ganas de pagarlo todo yo. ¡Me siento generoso! No puedes negarte —avisó al ver que Victoria empezaba a protestar—. Celebro tres cosas muy importantes: mi paternidad, tu llegada y un fantástico contrato nuevo con *Capability*, así que puedo permitirme ser espléndido, y mi carísima mujer dice que se sentirá cohibida si no gastas tanto como ella. —Lanzó un suspiro de fingida exasperación—. La verdad es que ahora mismo no podría enfrentarme a ella en modalidad restricción de consumo, porque se pone que da miedo, así que si aceptas me harás un favor.

—Desde luego, estaré encantada de ir de compras —aseguró Victoria en un arranque de osadía—, pero aunque solo sea como venganza por tu grosero comentario sobre mi pelo, no permitiré que me pagues nada. Gracias, Guy, eres muy generoso, pero puedo arreglármelas sola. —Aquella mentira la hizo sentirse mucho mejor—. Francine puede supervisar mi cambio de imagen, y así dejaré al pelmazo de Peter Mason patidifuso con mi nuevo aspecto sofisticado.

—Qué desperdicio..., pero ¿es el único al que quieres dejar patidifuso? —preguntó Guy con aire malicioso, algo picado porque Victoria había rehusado su generosidad.

Su mujer le lanzó una mirada de advertencia.

—¿Por qué no vas a echar un vistazo a tu marmita, cariño? —sugirió—. Me parece que tienes el fuego demasiado fuerte.

—Ha hablado la que no se enteraría de nada aunque el agua se consumiera por completo, oh, ella, que jamás ha puesto los pies en la cocina —se burló Guy, pero aun así se levantó y con gesto teatral bajó el fuego.

A Victoria no se le escapó la mirada de Francine. Han estado hablando de mí, se dijo, y tenía razón al pensar que Guy empezaría a hacer conjeturas. Se preguntó qué le habría contado a

Francine, pero para su alivio, su primo dejó correr el tema, una sorpresa en sí misma, y el resto de la velada transcurrió sin demasiados momentos incómodos. En plena forma, Guy las deleitó con relatos hilarantes sobre numerosos personajes excéntricos de los tres universos en que se movía: la ópera, el periodismo y la jardinería. Victoria se dio cuenta de que intentaba restablecer su influencia sobre ella y al mismo tiempo granjearse su perdón, pero aunque no pudo evitar reír al escuchar algunas de sus licencias narrativas, aún no estaba preparada para aceptar ninguna rama de olivo. No sabía si alguna vez volvería a sentir lo mismo por Guy, y para su sorpresa comprendió que ni siquiera sabía si lo deseaba.

Las compras fueron un éxito. En primer lugar fueron a la peluquería de Lennie, el estilista de Francine, situada en Old Brompton Road. Lennie, un estrafalario personaje del East End londinense, de cabeza rapada, kilos de joyas de oro y un agudo ingenio cockney, era a todas luces un gran admirador de Francine y las saludó con entusiasmo. Estudió a Victoria desde todos los ángulos, le pasó un peine por la espesa melena oscura, empujó el cabello a un lado y a otro, y por fin anunció que sabía exactamente lo que quería hacerle.

—¿Te pones en mis manos, querida? —le preguntó.

Y en otro arranque de temeridad, Victoria asintió, encantada de volver a estar en Londres.

—Ahora mismo estoy harta de mí misma —aseguró—, así que... transfórmame.

—Estupendo. Rosa te lavará el pelo, y luego asesinaré este escalado —dijo el estilista en tono alegre—. No te vas a reconocer, pero te aseguro que te gustará el resultado.

Y estaba en lo cierto.

—Oh, gracias —exclamó, complacida en extremo con su nuevo peinado—. Eres un genio. Ahora me siento con fuerzas para volver a enfrentarme al mundo.

—De nada —repuso Lennie—. En realidad, tienes un pelo divino.

Sin embargo, Victoria vivió un momento desagradable cuando le presentaron la cuenta.

—Debo reconocer que ha sido una de las mejores ideas que se me ha ocurrido en mucho tiempo —comentó Francine cuando salían del salón—. Estás fantástica.

—Oh, Francine, gracias. Es extraordinario que un corte de pelo pueda levantar tanto la moral. ¿Adónde vamos ahora?

—Ahora... —anunció Francine— nos expondremos a la auténtica tentación..., y tengo la sana intención de sucumbir a ella. Vamos a Midas, en Fulham Road. La propietaria, Kate Morley, está casada con un amigo de mis padres. Tiene unas chaquetas bordadas preciosas, tops en unos tejidos absolutamente divinos y unos pantalones de seda que te mueres.

Sin lugar a dudas, la tentación era auténtica, una cueva de Aladino llena de color donde se volvieron locas probándose prendas exóticas de seda o terciopelo, muchas de ellas cubiertas de centelleantes bordados hechos a mano.

—Justo lo que necesito, algo para cubrir la barriga —afirmó Francine, dando vueltas en un abrigo largo de organza dorada con espectaculares bordados rojos y anaranjados.

—Me lo quedo... Y esa chaqueta Nehru negra con los puños bordados te queda de miedo. Tienes que quedártela, Victoria.

—No creo que se me presenten suficientes ocasiones para lucirla. No tengo ni idea de cómo será mi vida social a partir de ahora.

—Oh, vamos, ¿no te han invitado a una de esas elegantes exhibiciones privadas? Cómprate los pantalones de seda verde, el top a juego y la chaqueta negra; estarás impresionante. También puedes llevar la chaqueta con pantalones negros y camiseta blanca en plan más informal. La puedes llevar a cualquier parte, para salir a cenar, en plan más elegante o menos. Deja que Guy te regale al menos la chaqueta; sé que le gustaría.

—De ninguna manera —replicó Victoria, inflexible—. Me lo compraré yo si de verdad crees que me sienta bien.

Embargada aún por la temeridad, desterró de su mente toda preocupación por el saldo de su cuenta y mentalmente sacó la lengua a Peter Mason y Meriel.

Francine percibió que Victoria deseaba que la convencieran.

—No es que crea que te sienta bien, es que lo sé —afirmó antes de elegir una falda de cinturilla elástica que se adaptaría a la perfección a su vientre, así como un par de chales de seda con borlas escandalosamente caros para ambas—. Ya que no quieres que Guy te regale nada, al menos tendrás que permitírmelo a mí —insistió—. Ya sabes que no me conviene reprimirme en mi estado.

—Eres muy generosa, Francine —se conmovió Victoria, refiriéndose no solo al regalo.

—¿De qué sirve tener dinero si no lo usas para divertirte? Estoy encantada de que me hagas compañía.

Salieron de la tienda cargadas con enormes y elegantes bolsas, muy satisfechas de sí mismas, y pusieron rumbo a la sección infantil de Peter Jones, donde lo pasaron igual de bien mirando cunas, cochecitos y pijamas diminutos.

Cuando regresaron al 40 de The Boltons, Tessie, la asistenta filipina que llevaba años trabajando para Guy y que aquella mañana había dispensado un caluroso recibimiento a Victoria, anunció que la habían llamado varias personas.

—Ha llamado la otra señora Winston. Dice que tiene muchas ganas de verla y que llegarán a las ocho. También dice que debería alojarse con ella y no en su casa la semana que viene. También ha llamado la secretaria del señor Mason. La recibirá mañana tal como usted propuso y quiere invitarla a comer. Ah, y también ha llamado un tal señor Hammond. Que si puede llamarlo; he anotado el número —dijo mientras alargaba un trozo de papel a Victoria.

—No me habías dicho que venían Toula y Anthony. Cuánto me alegro.

—Era una sorpresa —anunció Francine, sacando dos Coca-Colas light del frigorífico—. Por supuesto, Toula quería estar aquí para recibirte, y nos costó horrores conseguir que retrasaran su llegada hasta esta noche. De hecho, Guy les contó una mentirijilla acerca de tu vuelo, porque queríamos tenerte en exclusiva ayer. Ya sabes que Toula siempre se convierte en el centro de atención; no habríamos podido meter baza en ningún momento. Está usted muy solicitada, señora Cunningham. ¿Patrick Hammond es el hombre que prepara el libro sobre Vrahos, el sobrino de Hugh Marston?

—Sí —asintió Victoria al tiempo que cogía la Coca-Cola, agradecida por la ausencia de Guy—. Gracias, Francine, esto es justo lo que necesitaba. Será mejor que lo llame.

—Haz todos los planes que quieras —dijo Francine—. Guy estará fuera mañana y pasado, pero yo me quedaré toda la semana, así que puedes ir y venir como te plazca. El teléfono está a tu disposición.

—Gracias, pero puedo usar el móvil.

No le apetecía demasiado llamar a Patrick delante de Francine, pero por otro lado tampoco quería dar la impresión de que tenía algo que ocultar. Así pues, marcó el número que Tessie había anotado.

—Patrick Hammond, dígame.

La voz de Patrick sonaba brusca, algo intimidatoria.

—Hola, Patrick —saludó ella, procurando adoptar el mismo tono, aunque en su fuero interno bullían sentimientos muy distintos—. Soy Victoria; tengo entendido que me has llamado.

—¡Victoria! Qué alegría —exclamó Patrick en un tono totalmente diferente, inconfundiblemente complacido—. ¿Cuándo te veré?

—¿Cuándo te va bien? —replicó ella con el pulso acelerado.

—Ya sabes que quiero invitarte a cenar, así que, ¿cuándo te va bien a ti?

—Esto..., ¿mañana es demasiado precipitado? —sugirió ella, ansiosa de verlo y convencida de que sería mucho más fácil quedar con él mientras Guy estuviera ausente, para evitar sus insinuaciones e interrogatorios.

—No, me parece estupendo. He pensado que sería interesante que nos viéramos antes de la exposición del viernes. Conozco un pequeño restaurante al que voy a menudo cuando vengo a Londres. No es muy elegante, pero la comida es excelente.

—Suena genial. Dame la dirección y dime a qué hora quieres que vaya.

—¿No prefieres que vaya a buscarte?

—Será mejor que nos encontremos allí, porque no sé desde dónde iré —explicó Victoria, pues no quería que Patrick fuera a casa de Guy y Francine.

—De acuerdo. En ese caso, ¿por qué no vienes primero aquí a tomar una copa hacia las ocho? Luego podemos ir al Merlin a pie; está a la vuelta de la esquina.

—Muy bien. Hasta mañana entonces.

En cuanto Patrick colgó, Victoria reparó en que aún no sabía si lo acompañaba su mujer. Por alguna razón no lo creía, pero necesitaba salir de dudas. En Corfú había percibido cierta reserva a la mención de Rachel que había suscitado su curiosidad, pero en realidad Patrick no le había dado ninguna pista para saber si tenía problemas en su matrimonio. ¿Asistiría Rachel Hammond a la exhibición privada de Hugh Marston? Victoria se dijo que le gustaría conocerla.

—He quedado mañana por la noche con los Hammond, si te parece bien —explicó a Francine—, pero ¿puedo pasar antes por aquí para recuperarme de la reunión con Peter Mason?

—Por supuesto. Te daré una llave y te esperaré con una taza de té y mucha comprensión, así podrás ponerme al corriente de las últimas joyas del «masonés». Después de que me hablaras de él aquel día lo conocí, y también a Clutterbuck, por supuesto, y me costó muchísimo no echarme a reír. Y ahora vamos a comer algo.

Francine podría llegar a convertirse en una auténtica amiga, pensó Victoria, sorprendida. ¿Por qué ni siquiera me caía bien cuando tan solo era una de las chicas satélite de Guy? Y de repente cayó en la cuenta de que se debía a que Richard siempre la dejaba de vuelta y media. A diferencia de Guy, Richard casi siempre hablaba bien de los demás, pero cada vez que veían a Francine, cuando se quedaban a solas la machacaba viva. Victoria suponía que era por celos. Y yo también estaba celosa de ella, se obligó a confesarse. Sin embargo, aquellos celos ya no formaban parte de su ecuación, aunque Victoria ignoraba si se debía a su enfado con Guy, a la pérdida de Richard o a la propia Francine.

El reencuentro con Toula y Anthony fue maravilloso. Como de costumbre, Toula llegó en un torbellino de brazos abiertos y chales vaporosos. Victoria estaba encantada de verlos. Le pareció que la actitud de Toula hacia Francine se había suavizado un tanto desde la última vez que se habían visto, sin duda a causa de la perspectiva de su primer nieto, aunque Victoria suponía que Anthony habría advertido a su mujer que no se entrometiera en el asunto del bebé. Para quienes la conocían bien era evidente que se estaba esforzando por racionar sus múltiples consejos sobre todos los aspectos de la maternidad, si bien Victoria no creía que fuera patente para los que no estaban acostumbrados a su forma de ser habitual. En cualquier caso, Francine parecía llevarlo bien, y en un par de ocasiones buscó la mirada de Victoria cuando Toula empezó a defender a capa y espada la canastilla que consideraba imprescindible. Por supuesto, Toula era de la opinión que las compras que Francine y Victoria habían hecho aquella mañana no eran nada prácticas, pero Francine se limitó a lanzar una carcajada sin inmutarse en absoluto.

—Tú y yo podemos ir de compras cuando queramos, Toula —señaló—. Ya sabes que siempre me apetece, pero en cambio tengo pocas ocasiones de estar con Victoria.

Toula estaba picada por el amor redescubierto de Evanthi. Siempre había admirado sobremanera a su austero padre, y la idea de que su madre se hubiera pasado toda su vida de casada suspirando por otro hombre la ofendía.

—Es lo más ridículo que he oído en mi vida, una auténtica sarta de tonterías —espetó con desdén, y Anthony miró a Victoria con disimulo—. Menuda cara reaparecer en la vida de mi madre después de todos estos años —resopló con ojos centelleantes—. Mi abuela hizo bien en enviarlo a paseo en su día; seguro que no era más que un cazafortunas. Parece un tipo muy poco digno de confianza, y si alguna vez llego a conocerlo, se lo diré a la cara. Cuando era pequeña no me llevaba bien con Nafsica, pero os aseguro que ahora la tengo en mucho mejor concepto.

Victoria, que había estado a punto de invitarlos a asistir a la exhibición privada de la obra de Hugh Marston, decidió callar.

Antes de que Anthony y Toula se fueran, Anthony llevó aparte a Victoria.

—¿Quieres que mañana te acompañe al despacho de Peter Mason? —se ofreció—. Es un auténtico plomo y además bastante mandón, pero no intentará imponerte ninguna decisión si estoy contigo.

Resultaba tentador aceptar, pero Victoria consideraba que si pretendía dirigir su vida y la de Jake con cierto grado de éxito, tenía que afrontar sola a los Peter Mason del mundo.

—Eres un sol, pero no, gracias —rehusó—. Debo aprender a arreglármerlas sola, aunque solo sea por Jake.

—Buena chica —alabó Anthony, convencido de que algo positivo le había sucedido a Victoria desde la última vez que la había visto, como si la Bella Durmiente empezara a despertar—. Pero recuerda que estoy a tu disposición si me necesitas. Pasaré el día entero en la galería, así que puedes llamarme al móvil en cualquier momento y acudiré en tu ayuda montado en brioso corcel.

Toula prometió ir a buscar a Victoria a la estación de Toddingham el lunes por la mañana para llevarla a Baybury.

—Violet ha preparado la casa para tu llegada, pero aun así haré una cama en casa, así que no hace falta que decidas ahora mismo si quieres dormir en Manor Farm o no —señaló en un inusual alarde de tacto.

Al día siguiente, al llegar a las oficinas de Mason, Whitaker & Ziegler, Victoria comprobó satisfecha que se sentía mucho menos intimidada que en su visita anterior. Apenas podía creer que solo hubieran transcurrido cuatro meses; más bien se le antojaba que había pasado una vida entera. Francine había insistido en prestarle un traje de lino de Bloomingdale's que ya no le cabía, y en combinación con el nuevo corte de pelo, Victoria se sentía a la vez elegante y eficiente. Esperaba que aquella falsa impresión transmitiera un mensaje disuasorio a Peter Mason. Cuando Guy fue a despedirse antes de salir de viaje para entrevistar a los propietarios de unos famosos jardines en la Provenza, arqueó las cejas en un ademán a caballo entre la burla y la admiración.

—¡Vaya, vaya, primita, menudo look! Parece como si estuvieras a punto de negociar una importante adquisición.

—Y así es —señaló Victoria—. La adquisición de mi propia vida.

—Vale, pero por favor, no cambies demasiado, Vicky —suplicó él—. No me gustaría perderte.

—Eso tendrías que haberlo pensado hace mucho tiempo —replicó Victoria, consciente del efecto que sus palabras surtían en él.

Francine, que había presenciado la escena, sintió una inesperada punzada de compasión por su marido. Sabía que merecía aquella actitud y que hasta entonces había ido por la vida haciendo lo que le venía en gana y sin prestar atención a los posibles efectos de su autocomplacencia pero, de repente, las consecuencias de sus actos parecían abalanzarse sobre él como bumeranes.

Peter Mason la hizo esperar los veinte minutos de rigor, transcurridos los cuales llegó disculpándose profusamente.

—Siento tanto haberte hecho esperar... El trabajo no perdona, y la vida cada vez se complica más.

Victoria lo imaginó de pie en su oficina, un hombre corpulento balanceándose sobre los talones de sus pies desconcertantemente pequeños, reloj en mano, dejando pasar la cantidad de minutos exacta en función de la importancia de cada cliente antes de aparecer cuando se le antojaba oportuno. Mientras que él se sorprendió ante su cambio de imagen, Victoria pensó algo deprimida que aparte de que parecía haber agregado otra papada a la ya prolífica colección que ondulaba hacia su cuello como una playa de dunas, Peter ofrecía el mismo aspecto de siempre, pulcro, próspero y muy satisfecho de sí mismo.

—Debo decir que estás espléndida, Victoria —alabó Peter mientras le oprimía los antebrazos como si quisiera comprobar su capacidad para levantar piedras—. Más que espléndida y mucho mejor de lo que esperaba —agregó, casi agraviado—.

¿Y cómo está el joven Jake? Supongo que lo habrás traído contigo a Inglaterra.

—A decir verdad, lo he dejado en Corfú con mi abuela. Me parecía una lástima traerlo ahora que se ha adaptado tan bien a la escuela —repuso Victoria, resuelta a sacar el tema de la educación de Jake lo antes posible.

—Hum... —masculló Peter Mason con los labios fruncidos y las comisuras curvadas hacia abajo en un rictus desaprobador—. Bill se llevará una desilusión. Tengo entendido que irás a verlo el martes que viene. Por supuesto, la educación de Jake es uno de los puntos de nuestro orden del día para hoy —señaló—. Vamos a la sala de juntas para despachar todas las cuestiones desagradables... y luego me gustaría invitarte a comer.

Durante la hora siguiente, Peter Mason le dibujó lo que a Victoria le pareció una panorámica desalentadora de su futuro. Richard había perdido dinero en la Bolsa sin que ella lo supiera. Suponía que la educación de Jake podía costearse mediante el fideicomiso familiar, siempre y cuando, por supuesto, Peter Mason y su suegro aprobaran la escuela elegida.

—Lo cual sin duda haremos —se apresuró a afirmar el abogado, mirándola por encima del borde de las gafas.

Victoria guardó silencio. No tenía sentido enzarzarse en una discusión antes de ir a Baybury.

—En cuanto a tu casa, y me refiero, por supuesto, a Manor Farm —puntualizó Peter como si Victoria no recordara dónde había vivido los últimos ocho años—, tenemos un pequeño problema. —Se quitó las gafas y las limpió a conciencia—. No creo que dispongas de ingresos suficientes, a menos que tengas recursos que desconozca, para seguir viviendo allí tal como están las cosas ahora mismo. Sin embargo, me alegra poder decir que existen un par de alternativas interesantes que se le han ocurrido a Bill, y de todos modos seguro que no querrás vivir en Manor Farm.

—¿Y por qué crees eso? —quiso saber Victoria.

—Oh, bueno, esto... —farfulló Peter, desconcertado—, por los recuerdos, por un lado, y por lo de empezar de nuevo y todo eso.

Restregó de nuevo las gafas y las sostuvo a la luz para examinarlas a fondo, como si de repente fuera a ver algo inesperado a través de ellas.

—Y por supuesto, hay que tener en cuenta las dimensiones de la casa. Es demasiado grande para ti.

—No es tan grande —objetó Victoria, resuelta a obligar a Peter a revelar sus intenciones respecto a ella y la casa.

—Para una familia no, lo reconozco. Es una casa ideal para una familia, pero creo que..., es decir, Bill cree que quizá..., dadas las..., esto..., las circunstancias... —Dejó la frase sin terminar.

—Lo que en realidad quieres decir es que Meriel quiere quedarse con Manor Farm como segunda residencia y ya lo ha arreglado todo con Bill. Siempre ha querido la casa. Se armó una buena bronca familiar cuando Bill se la cedió a Richard, pero por una vez plantó cara a su hija.

Se produjo un silencio algo tenso. A Victoria le pareció que la mención de Richard incomodaba a Peter, pero el abogado se recobró al instante.

—Me alegro de que saques a colación el tema de Meriel, porque en efecto existe la posibilidad de que se la quede —indicó en su tono más inocuo—. Bill considera que les vendría como anillo al dedo. Está bastante cerca de la circunscripción de Stafford Hawkins, Meriel podría ocuparse más de su padre, lo cual es importante para ambos, y por supuesto los Hawkins podrían permitirse comprarla. Stafford es un hombre de recursos...

En cierta ocasión, Richard le había contado que cuando Meriel se prometió con Stafford, la familia no lo consideró suficiente buen partido para ella. Eso la consoló en cierto modo cuando el clan Cunningham tampoco aprobó que ella se comprometiera con Richard, si bien por razones muy distintas. Guy había comentado en broma que los Cunningham desdeñaban a Stafford por ser un nuevo rico y a ella por ser una nueva pobre... y extranjera por añadidura. Ahora, Stafford era aún más rico y por si fuera poco, un diputado influyente, mientras que Victoria seguía siendo una decepción.

—¿Me estás diciendo que no puedo permitirme seguir viviendo en Manor Farm aunque quiera quedarme? —quiso saber.

Peter entrelazó los dedos, que a Victoria le recordaban un puñado de salchichas crudas, como si se dispusiera a rezar las oraciones vespertinas con una niña pequeña. Victoria pensó que le convenía hacerse agrandar el sello que llevaba en el meñique, porque se le clavaba en la carne.

—No a menos que dispongas de una fuente secreta de ingresos —repitió, esperando a todas luces que Victoria se echara a reír, pues tal posibilidad se le antojaba del todo descabellada—. Pero no te preocupes, querida —prosiguió en tono tranquilizador al tiempo que le guiñaba el ojo—. Por descontado, nadie te pedirá que te vayas enseguida. Te aseguro que nos encargaremos de todo lo concerniente a ti y a Jake. Como te decía, a Bill ya se le han ocurrido un par de alternativas, y las dos me parecen muy adecuadas.

—¿De qué se trata?

—Bueno, la primera consiste en habilitar un apartamento para ti y para Jake en casa de Bill. Sería muy ventajoso para todos. A fin de cuentas, dentro de poco Jake solo pasará allí las vacaciones escolares, y estoy seguro de que se le permitirá utilizar el jardín —afirmó como si Jake fuera un cachorro al que tuvieran que adiestrar; la intervención de Meriel en aquella idea era más que patente.

Peter arqueó una ceja con ademán inquisitivo, pero Victoria no estaba dispuesta a exteriorizar reacción alguna todavía.

—¿Y la segunda?

—Quizá prefieras instalarte en la casita de Manor Farm. Sé que ahora viven allí el capataz y su mujer, pero tengo entendido que eso se puede arreglar. Vivir en la casita también sería ventajoso para ti. Meriel y Stafford podrían ayudarte con Jake, y el niño viviría cerca de sus primos. Sé que los hijos de los Hawkins son algo mayores que él, pero con ellos disfrutaría de una vida familiar. No te resultará fácil criar al niño sola, y necesitarás toda la ayuda posible.

A todas luces, los Cunningham querían atarla en corto.

—¿Y la granja?

—Ah, bueno, Bill vuelve a dirigirla de momento, pero creo que Stafford Hawkins tiene algunas buenas ideas para la futura reorganización de la finca. No hace falta que te preocupes por eso.

—Comprendo. ¿Y si Jake quiere la granja algún día?

—En tal caso, estoy seguro de que Stafford sabrá asesorarte.

De repente, Victoria se dio cuenta de que no podía soportar el paternalismo de Peter ni un segundo más. Miró el reloj; ya era más de la una.

—Gracias, Peter. Me has explicado la situación con gran claridad y me has dado mucho en que pensar. Quiero que sepas que nunca se me ocurriría apartar a Jake de la familia de Richard, sobre todo de Bill, pero todavía no he decidido dónde vamos a vivir o qué voy a hacer de ahora en adelante. Has hablado de empezar de nuevo, y es muy posible que decida instalarme en Corfú, volver a mis auténticos orígenes, pero primero tengo que ir a Baybury y hacerme una idea de la situación. En cuanto haya tomado una decisión te la comunicaré. —Dicho esto se levantó y le tendió la mano para evitar que la besara—. Gracias por tu tiempo, Peter, y por darme tu visión de las cosas. Tendré muy en cuenta todo lo que me has dicho. Es muy amable de tu parte haberme invitado a comer, pero tengo una agenda muy apretada durante mi estancia, así que espero que me disculpes si en esta ocasión no acepto.

Peter dio la impresión de querer protestar, pero al final cambió de idea. Victoria pensó que, con toda probabilidad, estaba tan aliviado de verla marchar como ella de irse. Esperaba haberle dado unas cuantas cosas en que pensar y suponía que llamaría a Meriel en cuanto ella saliera del despacho.

38

El piso de Patrick se encontraba en el segundo piso de uno de los espigados edificios de estucado blanco que flanqueaban Warwick Square. El día antes de llamar a Victoria, Patrick llevó a Hugh a Londres y lo dejó en el Boodle's de St. James's Street, donde el anciano se aprestó a ir en busca de sus viejos amigos en el bar. Hugh estaba encantado ante la perspectiva tanto de pasar unos días en Londres y ver a sus numerosos amigos, como de la cena familiar íntima que se celebraría en la sección de señoras de Boodle's después de la exposición y a la que había invitado a la nieta de Evanthi por mediación de Patrick. Sin duda sería una ocasión muy interesante en más de un sentido, se dijo. No había dejado de reparar en que su nombre aparecía con cierta regularidad en la conversación de Patrick.

Pasaron un viaje agradable hablando de sus múltiples intereses comunes, desde los deportes hasta la arquitectura, desde la religión hasta la pintura, y por supuesto, la familia. Como de costumbre, Patrick lo pasó en grande escuchando las anécdotas de su tío. Las recientes revelaciones sobre su pasado reavivaron gran cantidad de recuerdos de los que Patrick no sabía nada. Por descontado, también hablaron de Vrahos, y a Patrick le resultó fascinante imaginar cuán distinta habría sido la vida de su tío y quizá también la suya si se hubiera casado con Evanthi Palombini, como se llamaba sesenta años atrás.

—¿Quieres hablar de Rachel? —preguntó el anciano en un momento dado sin que en apariencia viniera a cuento, aunque a Patrick no se le escapó el hilo de su razonamiento.

Vaciló un instante. Tenía la sensación de que no era el momento adecuado para abordar el asunto, además de que cierto sentido de la lealtad, relacionado con el hecho de que a Hugh nunca le había caído bien Rachel, lo frenaba.

—Me gustaría hablar de ella algún día —repuso por fin—, pero primero tengo que asumir algunas cosas. Supongo que ya sabes por Sophie que Rachel ha anunciado que quiere una separación de prueba. He hablado de ello con Sam y Sophie.

—¿Y cómo lo han tomado?

—La verdad es que con Sam nunca se sabe, aunque me parece que le afecta más de lo que da a entender, pero Sophie lo ha tomado muy mal.

—Como es natural —observó Hugh—. Sé que no puedo hacer gran cosa, pero ya sabes que me tienes a tu disposición aunque solo sea para desahogarte.

—Gracias, es posible que te tome la palabra.

Y acto seguido, Patrick cambió de tema.

Tenía una agenda muy apretada en Londres, con numerosas citas. En primer lugar quería ir a la galería Crompton de Brook Street, donde tendría lugar la exposición retrospectiva de la obra de Hugh. Habían transportado el retrato *Muchacha sobre la roca* en el coche, y Hugh quería que Patrick lo dejara en la galería. Se le antojaba una gran responsabilidad y consideraba que cuanto antes depositara el cuadro sano y salvo en manos de Jeremy Crompton, mejor, pero justo antes de salir con él del piso, parar un taxi y dirigirse hacia Brook Street, decidió esperar hasta el día siguiente. Quería mostrárselo a Victoria a solas y no que lo viera por primera vez en medio del barullo de la fiesta que se celebraría el viernes por la noche, obligada a abrirse paso entre la muchedumbre para poder echarle un vistazo. Además, tenía muchas ganas de presenciar su reacción y compartir el momento con ella. Ardía en deseos de verla, pero al mismo tiempo no podía contener cierto nerviosismo. Esperaba que Victoria se sintiera atraída por él, pero era consciente de que, dado el poco tiempo transcurrido desde la muerte de su esposo, bien podía hallarse aún en un estado emocional muy complejo, y no tenía intención de perturbarla, precipitarse ni aprovecharse de su vulnerabilidad.

Apoyó el cuadro contra el respaldo de una silla en el salón sin desenvolverlo y luego fue a tomar el metro hasta Leicester Square para reunirse con Saphira Winterton en su despacho de St. Martin's Lane. Saphira reaccionó entusiasmada al ver las fotografías de Vrahos. Pasaron un rato muy provechoso comentando el libro y también ideas para futuros proyectos. Varios editores habían abordado a Saphira con propuestas para posibles encargos.

El timbre del portal sonó a las ocho y cinco, y Patrick contestó de inmediato.

—¿Victoria? Sube, es en la segunda planta. Lo siento, pero no hay ascensor.

Pulsó el botón para abrir el portal y la esperó en la puerta del piso.

Una vez dentro, ambos se miraron con cierta sorpresa; ninguno de los dos veía exactamente lo que había esperado. Patrick fue el primero en recobrar el habla.

—Me alegro muchísimo de verte, Victoria —aseguró con una sonrisa que le caldeó el corazón.

Patrick parecía aún más alto de lo que Victoria recordaba e igual de guapo, aunque más pulcro, en cierto sentido, y mucho más elegante con su atuendo de ciudad, el traje oscuro de corte impecable, la camisa de aspecto caro, los mocasines negros, que con la ropa informal que lo había visto llevar en Corfú.

—Estás preciosa —afirmó él.

—¡Parece sorprenderte! —bromeó ella, rezando por que su voz no delatara la emoción que sentía.

—No, no me sorprende que estés preciosa —se apresuró a puntualizar Patrick—, porque siempre te he visto así. Es solo que... no te conocía en versión acicalada, y es fascinante. Llevas una chaqueta sensacional.

—Gracias —repuso ella, y en su fuero interno se las dio también a Francine.

Francine había insistido en que se pusiera la chaqueta nueva de seda negra con los puños bordados con los colores del arco iris.

—¿No crees que es algo demasiado elegante? No quiero parecer demasiado arreglada.

—¿Y por qué no? —exclamó Francine.

Victoria la miró con expresión perpleja.

—Bueno, es que no quiero transmitir un mensaje erróneo —se justificó sin demasiada convicción, a lo que Francine suspiró exasperada.

—Bah, inglesas, siempre tan temerosas de vestirse para complacer. No lo entiendo. No te ha pedido que salgas con él de excursión ni a un chiringuito de comida para llevar, por el amor de Dios. ¿Qué clase de mensaje quieres transmitirle, si se puede saber?

—No lo sé —admitió Victoria con sinceridad—. Y por cierto, no soy inglesa.

—Pues no te comportes como tal. No sé mucho de las mujeres griegas, pero las francesas y las italianas desde luego no padecen esta manía de ir hechas una pena. Sin duda quieres que ese hombre..., o todo el mundo, ya puestos, considere que estás guapísima y que te has tomado algunas molestias para estarlo. A mí me parece de buena educación. ¿Qué tiene de malo?

—Nada, expresado en esos términos —reconoció Victoria con una carcajada.

—Pues eso.

Francine también insistió en maquillarla. Siempre disponía de los últimos productos que le enviaban las firmas de cosmética más prestigiosas con la esperanza de que hablara sobre ellas en la revista femenina estadounidense para la que escribía reseñas en una sección titulada «De cara con Francine».

—Impresionante —exclamó Victoria al mirarse en el espejo—. No parezco maquillada, pero por otro lado estoy cambiadísima.

—¿Acaso creías que iba a dejarte hecha un loro? —sonrió Francine—. ¿Alguna vez me has visto demasiado maquillada?

—Nunca, siempre estás perfecta.

—Bueno, gracias, pero es porque me aseguro de que así sea —espetó Francine con una sonrisa algo ácida—. Yo no tengo tus facciones, pero saco el mayor partido posible a lo que sí tengo —señaló mientras contemplaba su obra de arte—. No sabes la suerte que tienes —añadió con seriedad—. Y ahora vete y pásalo bien. Ah, por cierto, mis servicios tienen un precio. Tendrás que contarme todos los detalles de la velada cuando vuelvas.

—¿Qué te apetece tomar? —le preguntó Patrick al tiempo que se dirigía hacia una mesa situada junto a la ventana—. ¿Vino o algo más fuerte? Tenemos casi de todo.

—Vino, por favor. Qué habitación tan agradable. ¿Los cuadros son de tu tío?

—En efecto —asintió Patrick mientras abría una botella de vino—. Siempre me han gustado sus dibujos a carboncillo. Son tan osados, tan directos, con tanta energía acumulada en unos pocos trazos... Me alegro de que te gusten y encuentro que quedan muy bien aquí. Volverás a verlos el viernes por la noche porque los he prestado a la galería para la exposición..., pero tengo otra cosa que quiero mostrarte.

Le alargó una copa de chablis frío y se acercó a la silla sobre la que había apoyado el cuadro.

—Cierra los ojos —pidió antes de desenvolver el cuadro y volver junto a ella—. Ya puedes mirar.

Victoria obedeció.

—¡El retrato de la *nonna*! —exclamó—. ¡Vaya! —suspiró al poco.

No hacían falta más palabras; su rostro lo decía todo, y Patrick quedó encantado ante su reacción.

—Lo trajimos a Londres el lunes, pero quería mostrártelo antes de llevarlo a la galería —explicó Patrick, paseando la mirada entre el cuadro y Victoria—. Creo que Hugh se llevará un buen susto cuando te vea —señaló—. Existen algunas diferencias claras, entre ellas que tú eres la versión de bolsillo de tu abuela, pero debes de parecerte muchísimo al recuerdo que tío Hugh tiene de ella. No solo por el color del cabello y la tez, sino también porque hay algo en tu expresión..., y por supuesto los ojos... No me extraña que se enamorara de ella —terminó en voz baja.

Victoria percibió que se ruborizaba y que el corazón le latía con tal violencia que por un instante temió que Patrick lo oyera. Se sentía en llamas, electrificada, como si le salieran chispas de los oídos, y se dijo que si rozaba a Patrick podría provocarle una descarga. Se acercó al cuadro para observarlo con más detenimiento y al cabo de unos instantes volvió a apartarse.

—Es sensacional —dictaminó por fin—. Pensar que la *nonna* no lo ha visto desde que Hugh lo pintó. Y esa roca sobre la que está sentada..., sé exactamente dónde está, es inconfundible. Cuando éramos pequeños la llamábamos la roca del dragón, ya te imaginas por qué, pero Jake dice que parece un dinosaurio. Me emociona pensar en la *nonna* y tu tío allí hace tantos años; me parece fascinante. A veces, cuando le hago demasiadas preguntas, se bloquea durante un rato, y de repente revela otro dato, de forma que tengo la sensación de andar siempre buscando pistas. Su historia es como una caza del tesoro que no acaba nunca, ¿no te parece?

—Sí —convino Patrick—. Yo también he estado encajando algunas piezas del rompecabezas. Podemos comentarlo durante la cena y ver si entre los dos conseguimos llenar algunos vacíos. Sophie ha estado posando para él, y con toda probabilidad, tío Hugh le cuenta más cosas a ella de las que jamás me contaría a mí, y te aseguro que mi hija es una auténtica mina de información —dijo con una sonrisa—. Ya te imaginas lo fascinada que está. Por cierto, te manda saludos. Espero que los veas a los dos el viernes.

—Estupendo —se alegró Victoria—. ¿Cómo están? ¿Qué tal ha quedado el retrato de Sophie? ¿Le hace justicia?

—Todavía no me han dejado verlo y estoy impaciente. Se presentará en sociedad el día de la exhibición privada, y la galería ya lo tiene, así que también lo verás. Pero es evidente que Hugh está muy complacido, y el hecho de que quisiera pintarla ha obrado milagros con la autoestima de Sophie. A Hugh siempre se le han dado muy bien los jóvenes. Y ahora quiero enseñarte otra cosa —anunció al tiempo que le alargaba un sobre tamaño folio reforzado con cartulina—. Es un regalo —murmuró.

—¿Un regalo para mí? ¿Qué es?

—Ábrelo y lo sabrás. Espero sinceramente que te guste.

Victoria sacó dos fotografías de Evanthi. Al verlas profirió una exclamación ahogada, y Patrick supo que estaba encantada. La primera era la que había tomado de Evanthi ataviada con el turbante morado y el caftán negro. Evanthi en su pose más majestuosa, sentada en el sillón de orejas junto al fuego del salón. Parecía capaz de desafiar a una horda de piratas o de sofocar un motín. En la segunda aparecía de pie junto a los ventanales que daban a la terraza, contemplando el mar. El objetivo de Patrick había captado hasta el último detalle de su rostro surcado de finas arrugas y de las cortinas antaño hermosas y ahora raídas que se alzaban tras ella. Llevaba la cabellera plateada recogida como de costumbre en un moño alto y se apoyaba sobre el bastón. Patrick había plasmado con espectacular realismo un instante del presente..., pero ante Evanthi y también detrás de ella, los detalles quedaban difuminados con infinita suavidad. La anciana ofrecía un aspecto orgulloso y noble, pero también cansado, frágil y vulnerable.

Patrick vio que los ojos de Victoria se inundaban de lágrimas. Dejó las fotografías juntas sobre la mesa y las contempló en silencio. Al rato apoyó las manos en los hombros de Patrick y alzó la mirada hacia él.

—Gracias —musitó—. Oh, Patrick, muchísimas gracias.

Patrick la rodeó con sus brazos y la apretó contra sí. De repente, los sentimientos que dormitaban entre ellos despertaron con energía, una chispa de esperanza, pero también algo mucho más fuerte. Por un momento, Victoria se abandonó a él, a su abrazo, y finalmente se obligó a apartarse, atormentada por imágenes de Richard. Además, Patrick está casado, se recordó.

Pero no pudo por menos de recordar las palabras de su abuela: «Cuando suceda, lo sabrás».

Patrick retiró los brazos de inmediato, pero antes de soltarla del todo le acarició el rostro con un dedo, ambos conscientes de la reacción instintiva de Victoria al abrazo de Patrick y de su repentina inseguridad. Victoria lo miró inquieta, temerosa de que malinterpretara la razón por la que se había apartado de él.

—No pasa nada —la tranquilizó Patrick—. Lo entiendo; ¿es demasiado pronto para ti?

—Tal vez... —admitió ella con voz temblorosa—, pero no lo sientas.

Se acercó de nuevo a la mesa donde había dejado las fotografías porque no se atrevía a permanecer demasiado cerca de él.

—Son magníficas —alabó, contenta por tener la oportunidad de recobrarse—. Oh, Patrick, has captado la esencia de la *nonna* al final de su vida de una manera tan inteligente..., como hizo Hugh con el pincel cuando eran jóvenes. Conservaré estas fotografías como oro en paño durante toda mi vida.

Patrick ansiaba decirle muchas cosas, pero la reacción de Victoria a su abrazo le había revelado todo lo que necesitaba saber de momento.

—¿Sabía que la estabas fotografiando? —preguntó Victoria, de nuevo concentrada en las imágenes en un intento de recuperar la serenidad.

—El retrato formal sí —repuso Patrick, sonriendo al rememorar la escena—. Tenía toda la intención del mundo de posar para mí, y como puedes ver por el espectacular turbante que lleva y las joyas, iba vestida para la ocasión. Sin embargo, no creo que se diera cuenta de que la fotografiaba junto a la ventana. Esa foto la hice otro día, cuando fui a explorar la casa, y mientras sacaba fotografías de toda clase de objetos en el salón, la cogí desprevenida. Creo que la primera quedaría muy bien en el libro, la señora de Vrahos hasta la médula, pero la segunda es para ti. Todavía no se las he enviado a tu abuela. De hecho, hay muchas más, y puede que algunas te gusten más que estas, pero a mi juicio, son las dos mejores.

—¿Se las mostrarás a tu tío? —inquirió Victoria antes de tomar un sorbo de vino.

—Lo he pensado, pero primero quería que las vieras tú. ¿Qué te parece? ¿Se las enseño?

—Yo diría que sí. A fin de cuentas, ya sabe que su «muchacha sobre la roca» es ahora una anciana, así que no creo que se lleve un susto, y al mismo tiempo estoy segura de que estas fotos contienen muchos detalles que le harán reconocer de inmediato a la persona a la que tanto amó.

—Me alegro de que pienses así. Aquel día en Vrahos tuve la clara sensación de que tu abuela quería que la fotografiase más por Hugh que por el libro.

En aquel momento sonó el teléfono, disipando el hechizo reinante entre ellos. Patrick contestó.

—Ah, hola, Saphira. Estaba a punto de salir —lo oyó decir Victoria—. ¿Puede esperar hasta mañana? Ah, ya entiendo. En ese caso, espera un momento, por favor. —Cubrió el auricular con la mano y miró a Victoria con expresión de disculpa—. Lo siento; hablaré desde la otra habitación y volveré lo antes posible.

—No te preocupes —repuso ella—. Aquí hay muchas cosas que ver.

Se preguntó quién sería Saphira y reparó en que sabía muy poco de la vida de Patrick. Se levantó para admirar de nuevo el retrato. El artista había captado con gran maestría la claridad de la luz corfiota, el color del mar y el paisaje pedregoso que tan bien conocía, con los espigados cipreses recortados contra el cielo. Luego recorrió la estancia para contemplar los intensos dibujos de Hugh Marston, casi todos ellos de caballos en acción, uno maravilloso de una estampida y otro de dos sementales en plena lucha. También había un par de bocetos de retratos; uno de ellos, colgado sobre la chimenea, mostraba a un apuesto muchacho ataviado con una camisa de cuello abierto, cuyo rostro le resultaba familiar. Se parecía a Sam, pero Victoria supuso que se trataba de Patrick hacia los catorce años. Sobre una cómoda colocada entre las ventanas había varias fotografías enmarcadas. No le costó reconocer a Sam y Sophie de pequeños, cubos y palas en ristre, de pie junto a un castillo de arena en la playa. En otra más reciente estaban sentados sobre una alfombra en un jardín, flanqueando a una bellísima mujer rubia con una niña pequeña sentada sobre el regazo. ¡Rachel! Incapaz de resistir a la tentación, Victoria cogió la fotografía para examinarla de cerca justo en el instante en que Patrick regresaba al salón. Victoria volvió a ruborizarse.

—Estaba curioseando entre tus fotos... —se disculpó, intentando no sonar como una niña que se siente culpable cuando la sorprenden con la mano en el tarro de las golosinas—. Estas deben de ser tu mujer y tu hija pequeña. Tu mujer es... muy hermosa.

—Sí —asintió Patrick sin dejar de observar a Victoria—. Rachel siempre ha tenido un aspecto espectacular —convino, aunque por alguna razón no sonó como un cumplido.

Victoria consideró que no lo podía dejar ahí, que había demasiadas cosas que necesitaba saber.

—¿La conoceré el viernes por la noche? —preguntó—. Has dicho que Sam y Sophie vendrán. ¿Vendrá también Rachel?

—Sam y Sophie se mueren de ganas de venir; no se lo perderían por nada del mundo. Sophie ha terminado los exámenes; ha estudiado como una loca, así que le vendrá bien divertirse. Ella y Sam vendrán en tren desde York. —Calló un instante—. Pero no, no conocerás a Rachel porque no vendrá.

Se acercó a la ventana y miró afuera, las manos hundidas en los bolsillos. Victoria esperó ansiosa a que siguiera hablando, consciente de que era muy importante para ella.

—Parece que Rachel y yo hemos llegado al final de nuestro camino juntos —prosiguió Patrick con cierta brusquedad—. De hecho, ya se veía venir, pero cuando volvimos de Corfú pasó algo en casa que ha precipitado los acontecimientos. Rachel sugirió una separación de prueba, y acepté. Yo también la necesito.

—Lo siento.

En realidad, no lo sentía en absoluto, pero no sabía qué decir. Quería preguntarle si aún amaba a su esposa, qué había desencadenado la ruptura y si había terceras personas.

Al rato, Patrick se volvió hacia ella y arqueó una ceja.

—Veo un enorme bocadillo de cómic sobre tu cabeza con un signo de interrogación más enorme todavía. —Sonrió.

—Cierto —reconoció ella—. Supongo que me creerás una entrometida por mirar tus fotos, pero no puedo evitar sentir curiosidad, y si..., y si vamos a vernos más veces, necesito saber muchas cosas. ¿Quieres hablar de ello?

—Sí —asintió Patrick—. Tengo muchas ganas de hablar contigo sobre Rachel y estoy de acuerdo en que tenemos que hablar de ella, de nuestras respectivas familias y también de tu matrimonio entre otras muchas, muchas cosas..., pero ¿sabes lo que tengo ganas de hacer ahora mismo?

Victoria negó con la cabeza.

—Salir a cenar contigo y disfrutar de tu compañía. Dejemos a un lado las preocupaciones, las dificultades, los dilemas... y en tu caso, la tragedia. ¿Te parece muy egoísta?

De repente, una poderosa oleada de felicidad embargó a Victoria, la felicidad más intensa que sentía en mucho tiempo..., años quizá.

—Me parece estupendo —aseguró, aliviada.

—Pues acábate la copa y vámonos —sonrió Patrick.

Fue una velada agradable en extremo. En las pistas de tenis de los jardines de la plaza aún jugaban cuatro personas; un mirlo cantaba y los vencejos llenaban el aire.

—Es una maravilla estar a la temperatura perfecta —suspiró Victoria mientras caminaban hacia el restaurante—. En mi opinión, es uno de los placeres físicos más intensos. Parte de la razón por la que adoro Corfú en verano es que se puede vivir descalzo como quien dice, sin preocuparse por botas de agua, chubasqueros ni el síndrome de si se va a necesitar chaqueta más tarde. En los peores momentos tras la muerte de Richard, mi abuela me recomendó que intentara utilizar las pequeñas vivencias, como ver un martín pescador, oler el primer ciclamen, fijarme en una tela de araña o sentir el calor del sol en la espalda, como peldaños para ayudarme a salir del pozo, a sobrevivir.

—Yo los llamo momentos de gratitud —comentó Patrick, diciéndose que caminar junto a Victoria era uno de ellos.

Como ya había hecho en Corfú, Victoria pensó que era maravilloso encontrar a alguien que comprendiera tan bien su punto de vista.

La comida del Merlin era tan deliciosa como Patrick había prometido, el servicio era amable, y el entorno, sencillo y cómodo. Sin embargo, estaban tan concentrados el uno en el otro que apenas repararon en ello.

Durante la cena volvieron de nuevo sobre el tema de Evanthi y Hugh.

—Lo que me asombra —señaló Patrick— es que tu abuela se casara tan pronto con tu abuelo. Debió de ser horrible para ella no obtener respuesta a sus cartas; debía de sentirse tan dolida y defraudada..., pero aun así me parece extraordinario que se casara con tu abuelo sin tan siquiera volver a ver a Hugh ni intentar averiguar qué había sucedido mientras estaba en la India. ¿Te ha contado su versión?

Antes de abandonar Vrahos, Evanthi había revelado a Victoria otro capítulo de la historia, pero le pareció que las palabras de Patrick encerraban una crítica velada que la impulsó a proteger a su abuela.

—Pues sí —replicó, a la defensiva—, y te aseguro que me pareció que tenía motivos más que sobrados.

—No lo tomes a mal —pidió Patrick, pensando en lo hermosa que estaba cuando se enojaba—. No la estoy acusando de nada. Por supuesto que debe de haber una explicación; lo que pasa es que siento mucha curiosidad. ¿Qué te contó?

—Lo siento —se disculpó Victoria, más calmada—. No era mi intención contestarte mal. Es que me he metido tanto en la historia que me parece estar viviéndola en este mismo instante. Pues bien..., cuando Hugh se fue a la India, la *nonna* descubrió que estaba embarazada. Hoy en día no sería tan aterrador..., de hecho lo más probable es que no hubiera ocurrido, pero por aquel entonces era una auténtica desgracia. Desde el principio anhelaba saber si habían llegado a ser amantes, pero tengo que reconocer que me llevé una sorpresa al saber lo del embarazo, porque una nunca piensa en su abuela en esos términos.

—Vaya, yo también me lo había preguntado —exclamó Patrick tras beber un sorbo de vino—. Pero lo cierto es que la naturaleza humana no cambia, solo cambian las actitudes acerca de lo que es socialmente aceptable y las maneras de afrontar las cosas. Continúa. ¿Qué pasó después?

—La *nonna* me contó que debió de quedarse embarazada durante el último y felicísimo fin de semana que consiguieron pasar juntos antes de que Hugh partiera rumbo a la India —narró, lanzando una mirada a Patrick antes de desviar los ojos, perturbada por la intensa atracción física existente también entre ellos—. No lo supo con certeza hasta Navidad. En el primer momento se aterrorizó, pero de repente se puso contentísima y escribió enseguida a Hugh para darle la noticia, para decirle que podían mandar a la porra a su madre y cuantos se oponían a su amor. Sin duda en aquellas circunstancias les permitirían casarse. ¿Podía regresar Hugh a Inglaterra? Estaba convencida de que también él se alegraría. Pero por supuesto, esperó y esperó su respuesta..., y volvió a escribirle y a esperar, e intentó en vano ponerse en contacto con él por telegrama y por teléfono..., cada vez más desesperada. Fue espantoso oírselo contar aun después de tantos años. Percibí su pánico, su angustia, y durante todo ese tiempo, su madre se dedicó a contarle mentiras, a decirle que lady Georgia le había contado que Hugh tenía otra novia y..., bueno, ya te lo puedes imaginar.

Patrick advirtió que Victoria estaba reviviendo la historia. Hablaba con los ojos muy abiertos por la pena y la voz tensa de emoción. Le rozó la mano para darle ánimos y le llenó la copa.

Después de tomar otro sorbo de vino, Victoria recobró la compostura y siguió contando la historia.

—En un momento dado, su madre descubrió lo del bebé —dijo—, y se armó la de San Quintín. La *nonna* se lo había confesado a Nafsica, quien sin duda se lo contó de inmediato a mi bisabuela. No tenía sentido negarlo, porque de todos modos su madre lo descubriría tarde o temprano. Le dejó muy claro a la *nonna* que consideraba a Hugh más indeseable que nunca y que en ninguna circunstancia le permitiría quedarse con el bebé. Y eso fue la gota que colmó el vaso, claro está. Si hubiera estado en contacto con él, todo habría sido distinto, porque se habría marchado para reunirse con él y conservado al bebé. Su madre le ofreció dos alternativas. La primera consistía en dar al niño en adopción en cuanto naciera y no volver a ver a Hugh jamás, y la segunda, en casarse con Stavros Doukas y hacer pasar al niño por suyo. La *nonna* me contó que si no podía tener a Hugh le daba igual con quién se casaba, pero aquel niño se convirtió en lo más preciado para ella y supo que haría lo que fuera para no renunciar a él. Por lo visto, mi abuelo le proponía matrimonio a intervalos regulares y le había asegurado que no cejaría en su empeño hasta verla ir al altar con otro hombre. Y la *nonna* acabó por acceder a casarse con él.

—Pero sin duda Stavros Doukas se sorprendería ante la idea de casarse de forma tan precipitada... —señaló Patrick—. En aquellos tiempos, los noviazgos solían ser eternos, e imagino que el hombre esperaría una boda por todo lo alto.

—No olvides que la amenaza de la guerra planeaba sobre Europa —le recordó Victoria—, pero de todos modos yo también se lo pregunté. Por lo visto, el destino intervino en todo el asunto. La anciana señora Doukas, es decir, mi otra bisabuela, había sufrido un derrame cerebral varias semanas antes. No fue muy grave y acabó por recuperarse del todo, pero por entonces no lo sabían. La mujer quería a toda costa ver a su único hijo casado con la joven a la que ella había elegido, y una boda íntima y rápida parecía la mejor solución, por si moría.

—Apuesto a que la madre de Evanthi la tenía hipnotizada —aseguró Patrick—. Parece una mujer capaz de cualquier cosa. ¡Por tus venas corre sangre implacable, Victoria Cunningham! ¿Quién lo habría dicho?

—Bueno, tendrás que aprender a no subestimarme —rió Victoria.

—¡Me andaré con ojo!

Al igual que la primera vez que la vio, se maravilló ante la vivacidad de su rostro e imaginó que Hugh debía de haber quedado tan embelesado al contemplar a Evanthi como él al contemplar a Victoria.

—¿Y tu abuelo nunca llegó a saber..., nunca sospechó siquiera... lo del bebé? —preguntó.

—No hizo falta, porque la *nonna* se lo contó todo. Le dijo

que él era un hombre honorable que llevaba años enamorado de ella, y que no se sentía capaz de engañarlo.

La llegada del segundo plato interrumpió su conversación durante unos instantes, mientras el camarero retiraba las espinas del lenguado Dover que había pedido Victoria y servía a Patrick la espaldita de cordero.

—Qué aspecto tan delicioso —se entusiasmó Victoria—. Es uno de mis platos predilectos.

—Sigue —la instó Patrick en cuanto el camarero se alejó—. Estoy muerto de curiosidad.

—No te imaginas el alivio que sentí cuando la *nonna* me contó esa parte —comentó Victoria con seriedad—, porque recurrir a la vía fácil habría sido muy impropio de ella. Es una mujer impulsiva, apasionada, testaruda y arrogante incluso, pero insincera no. Creo que casi esperaba que mi abuelo anulara el compromiso y la repudiara. Por lo visto, el hombre quedó destrozado, pero también se mostró muy generoso. Debo reconocer que mi abuelo sale muy bien parado de esta historia. Sin duda la quería con locura, porque las cosas eran muy distintas en aquellos tiempos, y el mundo todavía pertenecía a los hombres. Además, los griegos son muy orgullosos. Se avino a aceptar al niño como propio, pero insistió en que Evanthi le prometiera que no volvería a intentar ponerse en contacto con Hugh jamás. Por supuesto, a esas alturas Evanthi ya estaba convencida de que Hugh la había traicionado, pero aún así le resultó muy difícil hacer aquella promesa y más aún cumplirla, según me dijo.

—¿Recuerdas a tu abuelo?

—La verdad es que no. Tengo una imagen borrosa de una figura formidable inclinada sobre mi cochecito, pero puede que sea el recuerdo de una fotografía. En cambio, Guy sí se acuerda de él y dice que imponía mucho.

—Este no puede ser el fin de la historia. ¿Qué fue del hijo de Hugh y Evanthi?

—Eso es lo terrible. Cuando la *nonna* me lo contó apenas pude soportarlo, porque resulta que todo fue en vano; dos meses después de la boda, la *nonna* sufrió un aborto y tuvo la sensación de haberlo perdido todo. —Patrick advirtió que tenía los ojos relucientes de lágrimas—. No juzgues a la *nonna* con demasiada severidad por perder la fe en tu tío —pidió con tristeza—. Pagó un precio muy alto, y nadie puede juzgarla más duramente de lo que ella se juzgó a sí misma. Tras perder al bebé se sintió muy tentada de romper la promesa que había hecho a mi abuelo, pero no lo hizo.

—Jamás se me ocurriría juzgar a ninguno de los dos —aseguró Patrick, conmovido por la lealtad que Victoria demostraba hacia su abuela—, y estoy de acuerdo contigo en que fue muy valiente y noble al contar la verdad a tu abuelo.

Acto seguido le contó la versión de Hugh tal como se la había transmitido Sophie.

—Pero nadie puede arrebatarles lo que tuvieron —añadió— y no puedo evitar alegrarme de que ella y Hugh llegaran a ser amantes y vivieran momentos de felicidad antes de que las cosas se fueran al traste.

—Yo también me alegro —convino Victoria.

—¿Crees que le habrá contado a Hugh lo del bebé? —inquirió Patrick.

Pero Victoria lo ignoraba, y ambos decidieron que necesitaban cambiar de tema.

No hablaron de sus respectivos matrimonios ni del futuro, sino de su infancia, sus hijos, lo que amaban, lo que detestaban... Descubrieron que ambos adoraban la ópera y viajar, y que los hacían reír las mismas ridiculeces. El tiempo transcurrió con tal celeridad que quedaron asombrados al comprobar que era medianoche y el restaurante estaba a punto de cerrar.

Juntos regresaron hasta el coche de Patrick, que la llevó a casa de Guy conduciendo muy despacio. Cuando giraron a la derecha en Fulham Road para enfilar Gilston Road y entrar en The Boltons, Victoria se dijo que habían tardado demasiado poco.

—Tengo muchas ganas de que tú y Hugh os conozcáis el viernes —dijo Patrick—. Y también estoy encantado porque eso significa que volveré a verte muy pronto, Victoria.

—Yo también tengo muchas ganas de conocer a Hugh, y lo he pasado muy bien esta noche, Patrick.

Alzó el rostro, y Patrick le dio un beso de buenas noches, un beso rápido pero en modo alguno impersonal. A continuación, Victoria subió la escalinata hasta la puerta principal, introdujo la llave en la cerradura y se volvió para mirarlo.

Patrick la contemplaba desde el pie de la escalinata. Victoria le dedicó una de aquellas sonrisas repentinas y llenas de vida que tanto había llegado a anhelar.

—Hasta al viernes —se despidió al cabo de unos instantes.

Le lanzó otro beso, se volvió y desapareció en el interior de la casa.

39

A la mañana siguiente, Victoria bajó en bata después de haber dormido a pierna suelta, mejor de lo que había dormido en mucho tiempo, y encontró a Francine sentada a la mesa de la cocina, tomando una taza de té y leyendo el periódico.

—Buenos días —la saludó Francine—. No quería despertarte porque suponía que necesitabas dormir, pero me alegro de que hayas bajado, porque me muero de ganas de saber si tu atuendo tuvo éxito y tengo que irme. Acabo de hervir agua. ¿Prefieres té o café?

—Café, por favor, si no es mucha molestia.

—En absoluto, solo que me moriré de envidia mientras te lo tomas. Por lo visto, al bebé no le gusta el café, y siempre ha sido mi droga matutina. De momento tengo que conformarme con el té, que me gusta muchísimo menos.

Francine puso café en la cafetera y la encendió.

—¿Qué tal la cena? —preguntó, aunque a simple vista se apreciaba que había sido muy especial, porque Victoria parecía transformada.

—Estupenda, y la chaqueta fue objeto de admiración como está mandado. Seguro que te pitaron los oídos; te mandé un beso por obligarme a llevarla.

—¿Y el distinguido fotógrafo ha conseguido ascender en el escalafón de simple conocido a auténtico amigo?

—Sin duda —aseguró Victoria mientras se servía un cruasán y vertía un poco de miel en su plato—. Ha aprobado el examen con sobresaliente. El quid de la cuestión es... ¿lo he aprobado yo?

Francine la miró con expresión entre interrogante y burlona.

—Seguro que sí. Eres muy atractiva, Victoria, pero necesitas creer más en ti misma, y si Patrick Hammond es capaz de conseguir eso, me convertiré en su más ferviente admiradora. Anda, cuenta, ¿cuándo volverás a verlo?

—Mañana —repuso Victoria con una sonrisa radiante—. Voy a cenar con la familia después del pase privado. Será el gran encuentro con el amor perdido de la *nonna*.

—Claro. Madre mía, Toula se mosqueó un poco al escuchar la historia, ¿verdad? —exclamó Francine con los ojos abiertos de par en par—. Y Guy está muy celoso, porque considera que a él también tendrían que haberlo invitado, así que no te va a poner las cosas fáciles.

—Dios mío —suspiró Victoria con una mueca—, ya me lo imaginaba. ¿Y si pregunto si podéis venir los dos?

—Ni hablar, eso sería buscarse problemas. Yo me ocuparé de Guy.

—Francine... —murmuró Victoria mientras reducía los vestigios de su cruasán a migajas—, quiero decirte una cosa. Has sido muy buena conmigo, te estás portando de maravilla. Sabes que no hay nada..., absolutamente nada..., entre Guy y yo, ¿verdad? Es cierto que siempre lo he adorado y probablemente siempre lo adoraré, aunque ahora mismo me cuesta perdonarlo por lo de Richard. Pero no estoy enamorada de él. Supongo que durante años creí que sí, que estaba enamorada de él como una se enamora de un héroe, y de hecho es un alivio comprobar que ya no ejerce esa influencia sobre mí. Puede que por fin haya conseguido superar una pasión infantil. Me parece horrible que haya hecho falta una tragedia para conseguirlo.

Si Francine pensó que quizá guardaba tanta relación con Patrick Hammond como con la tragedia, no lo expresó en voz alta.

—Gracias por decírmelo —se limitó a responder, conmovida.

—El día que vine a verte antes de irme a Corfú y te pregunté si habías tenido una aventura con Richard —prosiguió Victoria en voz baja—, seguro que pensaste que me había vuelto del todo loca. Se me ponen los pelos de punta solo de recordarlo.

—No pensé que te habías vuelto loca, es que no sabía qué hacer ni decir. Supongo que me aterraba la posibilidad de empeorar aún más las cosas, pero me parece que, dadas las circunstancias, no podían empeorar mucho más para ti. —Se produjo un silencio hasta que Francine añadió—: Para serte sincera, me sentía algo amenazada por ti..., pero ya no.

—Pues si te sentías amenazada por mí, ¿qué sentías respecto a Guy y Richard? Debía de ser infinitamente peor, ¿no?

Francine negó con la cabeza.

—A diferencia de ti, yo lo sabía todo desde el principio, y además sabía que, por lo que respecta a Guy, aquella relación había terminado hacía mucho tiempo. Debería haber tenido la valentía de ser sincero con Richard mucho antes, pero no era fácil, y tal como se ha demostrado, tenía razón al temer el efecto que pudiera surtir en él. Quizá creas que soy una arrogante, pero siempre he estado convencida de que nuestro matrimonio puede funcionar.

—Guy me dijo en Corfú que él también lo cree —explicó Victoria—. Nunca pensé que llegaría a decir esto, pero realmente creo que te quiere y me alegro. Y está encantado con el bebé, ¿verdad? Espero sinceramente que seáis felices.

—Dejemos todos los problemas atrás y empecemos de nuevo —propuso Francine al tiempo que alargaba la mano y oprimía la de Victoria con ademán afectuoso—. No sabía cuánto echaría de menos a mis amigas de Nueva York y me encanta tenerte aquí. No te imaginas lo contento que se puso Guy cuando decidiste venir a nuestra casa a pesar de todo. Vuelve esta noche, así que, ¿por qué no vamos al cine o algo así? ¿Te apetece?

—Me encantaría; hace siglos que no voy al cine.

Victoria experimentó un gran alivio por haber sostenido aquella conversación con Francine, y la embargó una alegría que no sentía desde hacía largo tiempo. Decidieron ir cada una por su lado durante el día, y Victoria anunció que estaría de vuelta hacia la hora del té. Había quedado para comer con Romie Constable, la amiga de Baybury con quien compartía la tarea de llevar a los niños al colegio en Toddingham y que había prometido ir a Londres para verla. Victoria había esperado aquel encuentro con ilusión, pero ahora estaba tan absorta en Patrick que le resultaba difícil concentrarse en otras cosas. Desde luego, no tenía intención de contarle nada sobre Patrick. Era una buena amiga, pero también incapaz de guardar un secreto, y Victoria sabía que Romie no tardaría en hablar de su incipiente romance a todas sus amigas, de modo que al poco lo sabría todo Baybury... y por supuesto también la familia Cunningham.

La fiesta en Brook Street estaba en pleno apogeo cuando Victoria llegó. Mostró su invitación a la elegante mujer sentada a una mesa junto a la puerta, y tras tachar su nombre de una lista, la recepcionista le entregó un llamativo catálogo cuya cubierta era el rostro de su abuela. Victoria sintió el impulso de gritar y agitar el catálogo en el aire..., y también deseó que Evanthi estuviera allí para compartir aquel instante. El retrato aparecía también en las páginas interiores: «*Muchacha sobre la roca*, retrato de Evanthi Palombini, 1938».

Victoria aceptó una copa de champán y paseó la mirada entre la muchedumbre congregada en la galería, pero no reconoció a nadie. Por un momento la acometió el pánico y estuvo tentada de salir corriendo, pero entonces vio la nuca de Patrick destacando por encima de las demás en el otro extremo de la sala..., y en aquel preciso instante, él se volvió, la vio y se dirigió hacia ella de inmediato.

—Qué alegría —exclamó—. Casi creía que te había surgido algún imprevisto de última hora. Debe de haber sido un poco abrumador encontrarte con tanta gente, pero ahora que estás aquí te prometo que cuidaremos de ti. Estoy encantado de verte.

—Yo también —aseguró ella, muy contenta de haberlo encontrado—. Pero Patrick, no me habías dicho lo de la cubierta del catálogo. ¡Es sensacional!

—Tenía un montón de ellos en el piso la otra noche, pero quería darte una sorpresa, así que los escondí. He guardado unos cuantos para que se los lleves a tu abuela o se los des a otros miembros de tu familia. Y ahora ven a saludar a Hugh. Todo el mundo quiere acapararlo y le encanta, pero se muere de ganas de conocerte. Claro que ahora no tendréis ocasión de hablar de Evanthi, pero ya habrá tiempo para eso más tarde, y durante la cena te sentarás a su lado.

Patrick la condujo hasta el otro extremo de la sala.

—No hace falta que me digas quién es —rió Victoria—. Ahora entiendo por qué la pobre Nafsica se llevó un susto mayúsculo cuando te vio. Salvo por la melena blanca, os parecéis como dos gotas de agua.

—Con toda probabilidad no tardaré mucho en tener el pelo blanco, pero creo que lo llevaré un poco más corto que él —comentó Patrick.

Hugh estaba de pie junto al retrato *Muchacha sobre la roca*, conversando con un eminente crítico de arte de Washington. Al ver a Victoria alargó ambas manos hacia ella, y al hacerlo dejó caer el bastón y estuvo a punto de caerse. Por fortuna, Patrick y el crítico lo asieron justo a tiempo para impedir que se desplomara.

—¡La nieta de Evanthi! —exclamó con una sonrisa de oreja a oreja cuando por fin consiguió incorporarse y recobrar el equilibrio—. ¡Es un momento glorioso! Si se pone a mi lado, todo el mundo creerá que ha salido del cuadro. —Se volvió hacia el crítico—. ¡Mírela! ¿Ve el parecido? Es la nieta de Evanthi Palombini.

—La similitud es evidente, desde luego. Tendrá que hablarme de ello.

Percibiendo que aquello encerraba una historia, el crítico parecía interesado en extremo, pero en aquel momento se acercó otra persona a reclamar la atención de Hugh, que se vio obligado a alejarse. De repente, Victoria sintió que una mano se apoyaba en su brazo, y al girarse vio a Sophie junto a ella. Una Sophie que a primera vista estaba casi irreconocible, muy arreglada y sofisticada con unos elegantes pantalones negros y top del mismo color, pero que le dedicó una sonrisa algo insegura, como si no supiera a ciencia cierta cómo reaccionar.

—¡Sophie, qué alegría verte! —exclamó Victoria con sincero entusiasmo al tiempo que la abrazaba—. ¿Qué tal si me acompañas a dar una vuelta y me hablas de los cuadros? —propuso.

—Me parece una idea excelente —aprobó Patrick—. Sophie, cariño, ¿por qué no cuidáis tú y Sam de Victoria por mí? Será mejor que me quede en las inmediaciones de Hugh para agarrarlo cuando vuelva a perder el equilibrio. Lleva a Victoria a ver *Muchacha al pie del manzano* y preséntale a todas las personas que conozcas. Iré en vuestra busca más tarde. ¿Te parece bien, Victoria?

—Por supuesto —aseguró ella, conmovida por su preocupación—. No se me ocurre nada mejor.

Así pues, Sophie la llevó ante su propio retrato. Por el camino recogieron a Sam, que se alegró sobremanera de volver a ver a su diosa corfiota.

Victoria se detuvo ante el retrato de Sophie.

—¡Oh, Sophie! —exclamó tras contemplarlo unos instantes—. Debes de estar muy emocionada. ¡Es fantástico! Lo que más me fascina es que se parece mucho a ti tal como eres ahora, pero al mismo tiempo apunta el aspecto que tendrás dentro de unos años. ¿Disfrutaste posando?

Sophie asintió, complacida por la reacción de Victoria.

—Fue genial. El tío Hugh me habló de él y tu abuela mientras pintaba el retrato. Es una historia tan triste que apenas podía soportar escucharla. Me alegro de que te guste el cuadro, aunque apenas puedo creer que sea yo —admitió Sophie—. Papá lo ha visto por primera vez esta noche porque tío Hugh no le ha permitido verlo antes, y parece que a él también le gusta mucho. —Alzó la mirada hacia Victoria, y su rostro se ensombreció—. Ojalá mamá estuviera aquí —masculló—. No me parece bien enseñárselo a la gente sin que ella lo haya visto.

Algo incómoda, Victoria reparó en que, pese a que Patrick le había dicho que Rachel no asistiría a la fiesta, no sabía por qué ni qué había desencadenado su decisión de separarse. Avergonzada, se dio cuenta de que se ruborizaba y de que sentía deseos de afirmar que, fueran cuales fuesen las razones de la ausencia de Rachel, no guardaban relación alguna con ella.

—Ya imaginaba que no había venido... Lo siento mucho —farfulló, sin saber qué otra cosa decir—. Qué mala suerte que no haya podido venir.

Se produjo un silencio algo tenso, durante el cual Sam lanzó una mirada de advertencia a su hermana.

—Es un cuadro genial, ¿verdad? —dijo el muchacho a Victoria antes de sonreír a su hermana—. Pero la verdad es que Sophie está insoportable desde que tío Hugh lo acabó —la pinchó—. Los caballos son su punto fuerte, así que en mi opinión, Punch es lo mejor del retrato.

—Ya, eso es que estás celoso —replicó Sophie—. No le hagas ni caso, Victoria.

Con aquellas palabras pareció restablecerse el trato habitual entre ellos, pero Victoria tuvo la sensación de haber recibido una señal de advertencia.

—Vamos —instó Sam—. Si conseguimos apartar a Sophie de su propia imagen, te mostraremos los cuadros que realmente valen la pena.

A todas luces, estaban muy orgullosos de su tío abuelo y muy familiarizados con su obra. Victoria reconoció los dibujos a carboncillo que había visto en el piso de Patrick, pero también había muchos otros. Al contemplar algunas acuarelas realizadas en la India, estuvo segura de que Hugh debía de haberlas pintado durante aquel viaje fatídico que desencadenó la ruptura con Evanthi. Gran parte de las pinturas representaban animales, pero también vio una selección de bocetos sobre la guerra, algunos de los cuales la perturbaron sobremanera.

—Parecen todos muy jóvenes —señaló con tristeza mientras miraba el dibujo de un soldado herido—, pero supongo que Hugh también lo era cuando hizo estos bocetos. Su versatilidad es impresionante; algunos de esos óleos tan grandes imponen de verdad. Me encanta el del leopardo tendido en el árbol. Parece medio dormido, pero da la sensación de que en cualquier momento puede salir disparado como un rayo.

—Lo ha prestado el príncipe Haroun, un mecenas del tío Hugh. Acaba de terminar un cuadro enorme de sus yeguas y potros. Está en la sala de al lado, tienes que verlo.

Para cuando hubieron recorrido las tres salas de la galería, los asistentes empezaban a marcharse, y resultaba más cómodo admirar la exposición. Victoria lo estaba pasando en grande, completamente a gusto en compañía de los Hammond, cuando de repente una figura corpulenta se abalanzó sobre ella. Era Peter Mason.

—¡Victoria, qué placer tan inesperado! —exclamó, haciendo más hincapié en lo inesperado que en el placer, pero aun así dándole el beso que Victoria había conseguido eludir el miércoles—. No me dijiste que vendrías —añadió en un tono tan acusatorio que Victoria casi esperaba que le pidiera la invitación—. ¿Qué te trae por aquí? Supongo que no tendrás intención de comprar un cuadro, ¿eh? —comentó antes de lanzar una carcajada estentórea ante una idea tan descabellada y balancearse como un buque en plena tormenta.

—No te preocupes, nada más lejos de mi intención, solo he venido a rendir homenaje al retrato de mi abuela —explicó Victoria con dulzura al tiempo que señalaba la cubierta del catálogo—. Probablemente no sabes que Hugh Marston es un viejo amigo de la familia. Por desgracia, mi abuela no ha podido venir en persona, así que yo la represento.

Experimentó una punzada de satisfacción al comprobar que lo había desconcertado y percibió que el abogado la reevaluaba a toda prisa con miras a subirla de categoría en su archivo personal, pero aun así no dejó de pasear los ojos más bien saltones por toda la sala, como siempre hacía en todo acto social, por si acaso veía a alguien más importante que su interlocutor actual. Le recordaba a una lagartija, siempre al acecho de una presa jugosa, y cuando de repente fijó la mirada por encima de su hombro, Victoria casi esperó verlo sacar la lengua para cazar con ella a alguna celebridad.

—¡Vaya, Patrick! —exclamó con voz particularmente meliflua—. Querido amigo, cuánto me alegro de verte. Tenía ganas de charlar un poco contigo. ¡Hay que ver cuánto talento hay en esta familia! He oído cosas espléndidas sobre tu próximo libro... Saphira es una vieja amiga mía..., y debes de estar encantado con el éxito de la retrospectiva del querido Hugh. Le auguro críticas excelentes en la prensa de mañana. Por cierto, ¿conoces a Victoria Cunningham?

—Desde luego —repuso Patrick, dedicando a Victoria un guiño subrepticio—. Y de hecho vengo a buscarla porque va a cenar con nosotros, así que me temo que tendré que privarte de su compañía, Peter. —Se volvió hacia Victoria—. Creo que Hugh ya lleva suficientes horas de pie. Tal vez crea que no puede marcharse hasta que todo el mundo se haya ido, pero parece que la gente ya empieza a desfilar. Vendrá a buscarnos un coche para llevarnos a Boodle's. Sam, ¿puedes ir a ver cómo está Hugh y traerlo cuando esté listo? Hasta luego, Peter, me alegro de que hayas disfrutado de la velada —se despidió al tiempo que conducía a Victoria y Sophie hacia la puerta.

—Tenemos que quedar algún día —exclamó Peter, reacio a dejar escapar tan fácilmente a su presa—. Para comer, comentar algunas cosas... Tengo algunas ideas que proponerte. Mi secretaria te llamará.

Victoria advirtió que las antenas del abogado funcionaban a toda máquina, analizando la situación, haciendo conjeturas acerca de su relación con Hugh Marston y Patrick Hammond. No le cabía duda de que cuando llegara a Baybury el lunes, la familia Cunningham ya dispondría de un informe exhaustivo de sus actividades sociales. Por fortuna, en aquel momento Peter divisó al príncipe Haroun, que estaba a punto de irse. El príncipe estaba rodeado de su habitual séquito de asistentes y guardaespaldas, casi todos los cuales llevaban gafas de sol, como si se enfrentaran al sol del desierto en lugar de la discreta iluminación de una galería de Mayfair. Con una agilidad sorprendente para un hombre de su corpulencia, Peter intentó interceptar al príncipe antes de que llegara a la salida, pero los guardaespaldas lo detuvieron avanzando hacia él como un ejército de hormigas rojas.

—No sabía que conocías a ese viejo pomposo —observó Patrick, que había observado divertido toda la escena.

—Es mi fideicomisario —suspiró Victoria con una mueca— y el padrino de Richard. No le gusto, y creo que estoy a punto de enzarzarme en una tremenda disputa con él a causa de la educación de Jake, el lugar donde deberíamos vivir y otros asuntos importantes por el estilo. Pero puede que uno de esos asesinos a sueldo le pegue un tiro —comentó, esperanzada—. Eso resolvería mis problemas.

—Me temo que Peter nació con chaleco antibalas —señaló Patrick con una carcajada—. No permitas que te manipule; defiende tus intereses. Ah, ahí viene Hugh. Vámonos.

El coche los dejó en St. James Street, y mientras Patrick y Sam acompañaban a Hugh por la entrada principal para ahorrarle la escalera, Victoria y Sophie subieron por la escalinata de piedra del edificio del *Economist* y se dirigieron al lavabo de señoras, situada en el extremo opuesto, para retocarse un poco antes de la cena.

—Estás muy elegante, Sophie —comentó Victoria mientras se ponía un poco de Chanel n.º 19—. Llevas unos pantalones preciosos, y me encantas con el pelo recogido así.

—Papá dijo que me compraba ropa nueva si elegía algo elegante..., algo que él considerara elegante, no lo que a mí me pareciera de moda —puntualizó Sophie con una risita—. Como mamá no estaba, pedí ayuda a la madre de mi amiga Ellie, que siempre va muy guay para la edad que tiene, y nos llevó de compras a Harvey Nichols, en Leeds. Tú también estás muy guapa, Victoria.

—Me fui de compras en plan salvaje, y la verdad es que me remuerde la conciencia —reconoció Victoria, preguntándose cómo podía soportar Rachel Hammond que otra persona tuviera el placer de elegir el atuendo de su hija para un acontecimiento familiar tan importante—. La mujer de mi primo, que es estadounidense, me hace de asesora de imagen, y jamás se me habría ocurrido comprar este conjunto de no ser por ella. Me alegro de que te guste —afirmó mientras iban a reunirse con los demás.

Fue una velada magnífica. Victoria se sentó entre Hugh y Patrick, con Sam y Sophie frente a ella. Aunque era evidente que Hugh quería saber hasta el último detalle sobre Evanthi, poseía unos modales demasiado exquisitos para monopolizar a Victoria, y a esta le gustó cómo procuraba incluir a Sam y Sophie en la conversación.

—Usted y yo podríamos retirarnos después de la cena para que me hable de su abuela y me cuente cómo está de verdad —propuso el anciano con una sonrisa radiante—. Tengo tantas cosas que preguntarle que no sé ni por dónde empezar. No se imagina lo que significa para mí volver a saber de ella después de tantos años.

Así pues, durante la cena hablaron de Vrahos en general. Victoria les describió su infancia allí, y Hugh les explicó cómo era la isla cuando él la conoció. Patrick, que de vez en cuando cambiaba una mirada con Victoria, estaba encantado al comprobar lo bien que se llevaban. Comentaron el libro de Patrick, quien les habló de algunas de las otras casas que tenía intención de incluir. Hablaron de los exámenes de Sophie y de los planes de Sam de viajar a Tailandia en verano. Asimismo, lo pasaron en grande diseccionando la exposición y a las personas que habían asistido a la inauguración. Hugh conocía mil anécdotas sobre sus numerosos mecenas, algunas de ellas terriblemente indiscretas, y también charlaron de los dos retratos que tanta expectación habían causado durante toda la velada. Hugh propuso un brindis por Evanthi y Sophie, sus dos hermosas modelos.

—Mira la cara de tu hija —señaló Victoria a Patrick cuando se levantaron para tomar el café en la sala contigua—. Tu tío la hace brillar. Es un hombre muy especial. No me costaría nada enamorarme de él.

—Si haces eso tendré que matarlo.

Victoria lanzó una mirada inquieta a Sophie, pero la muchacha no parecía haberlos oído.

—Llevo la cajita de plata en el bolso —susurró—. ¿Crees que es buen momento para dársela?

—El momento ideal; esperaba que lo dijeras.

Así pues, Hugh y Victoria fueron a sentarse en uno de los sofás colocados contra la pared más alejada de la sala.

—Tengo algo que me gustaría que le diera a su abuela —anunció Hugh—. En parte fue idea de Sophie; espero que a Evanthi le guste.

Y alargó a Victoria un paquete rectangular y plano.

—La *nonna* también me pidió que le trajera algo —repuso Victoria—. Quiere recuperarla, pero pensó que le gustaría volver a verla. Me pidió que le dijera que lo ha llevado consigo a todas partes durante los últimos sesenta años. La recuerdo de toda la vida, pero hasta el día en que Patrick fue a Vrahos no conocía su historia —explicó al tiempo que dejaba un paquetito envuelto en papel de seda sobre la rodilla de Hugh.

El anciano retiró el envoltorio, y cuando vio de qué se trataba, oprimió la mano de Victoria con fuerza durante unos instantes. Luego se llevó la mano al bolsillo.

—Tengo la gemela aquí dentro —murmuró con voz ronca—. Me la he guardado en el bolsillo esta tarde en parte para que me diera suerte porque por primera vez exponía el retrato de Evanthi, y en parte porque quería enseñársela.

Hugh sostenía las dos cajitas casi idénticas y las contemplaba con fijeza. Victoria advirtió que estaba emocionado.

—Hábleme de las abejas y las golondrinas —pidió—. ¿Las golondrinas tienen algo que ver con Helidonia, el islote que se ve desde Vrahos y adonde la *nonna* nos llevaba de excursión cuando éramos pequeños? Siempre supimos que era un lugar especial para ella. A mi hijo Jake le encanta ir allí.

Recordó el intento casi trágico de atracar en la isla y el rescate a manos de Guy y Petros. Cómo han cambiado las cosas para mí desde entonces, se maravilló.

—Sí —asintió Hugh—. Fue en aquella isla donde le pedí que se casara conmigo y aceptó. Me alegro de que a usted también le guste. Le pinté un cuadro de dos golondrinas tendidas muy juntas en su nido; ella las llamaba Hugh y Evanthi. Las golondrinas se consideran portadoras de buenas noticias, ¿lo sabía?

—Por supuesto —repuso ella con una sonrisa—. Me lo enseñó la *nonna*. Esta primavera, cuando estaba hundida en el pozo más profundo, a menudo me sentaba a observar a una pareja de golondrinas que estaban reconstruyendo un viejo nido sobre la terraza de Vrahos. Ellas también se tendían muy juntas en él y canturreaban sin parar, como si nunca se les acabaran los temas de conversación. Me daban envidia porque estaban juntas y yo, en cambio, estaba sola, pero al mismo tiempo me levantaban el ánimo. Me crié con ese cuadro, siempre ha estado en la habitación de la *nonna*, pero no sabía que era suyo. Cuando era pequeña me encantaba e inventaba historias sobre él. ¿Y las abejas?

—Las abejas formaban parte integrante de la finca de Vrahos por aquel entonces. Fabricaban la mejor miel que he probado en mi vida, y había alrededor de sesenta enjambres, si no recuerdo mal. El padre de Nafsica, Sócrates, cuidaba de la granja y también de ellas. ¿Todavía tienen esas colmenas tan curiosas de color azul grisáceo y la parte superior plana?

—Desde luego, están por todo Corfú, y la miel sigue siendo deliciosa, aunque por desgracia en Vrahos ya solo quedan tres enjambres.

Ambos estaban absortos en otro mundo, a muchos kilómetros del club londinense de Hugh, los dos pensando en Evanthi.

—Continúe —rogó Victoria.

—Por lo visto siempre había habido abejas salvajes en el tejado de Vrahos, y Evanthi estaba convencida de que eran las guardianas de la casa. Sostenía que si se tiene el honor de compartir la propia casa con abejas, se las debe respetar, comunicarse con ellas y ponerlas al corriente de cualquier cambio importante en nuestra vida.

—Es propio de la *nonna* —rió Victoria—. Fue ella quien nos enseñó a hablar con las abejas... Pero le diré una cosa curiosa. Cada vez que sucede algo significativo en la familia, esas abejas se ponen a zumbar como locas, se lo aseguro. Podría contarle algunas historias fascinantes sobre ellas.

—En fin —prosiguió Hugh—, Evanthi concluyó también que eran las guardianas de nuestro amor e insistió en contarles lo nuestro —explicó con una carcajada—. Yo le tomaba el pelo, pero lo decía en serio, y por eso las incluimos en nuestras cajitas de plata. —Miró a Victoria de hito en hito pero con expresión seria—. Claro que esas abejas no hicieron su trabajo —constató.

—No diga eso —replicó Victoria, vehemente, pues algo en el tono de voz de Hugh la trastornó—. Mucha gente permanece junta durante años sin nada que los una salvo una total indiferencia. Pocas personas podrían separarse como ustedes y aun así mantener vivo su amor durante sesenta años pese a no saber nada el uno del otro. En mi opinión, las abejas hicieron un trabajo excelente. ¿Me permite ver su caja?

Hugh se la alargó.

—Son casi idénticas —señaló—, salvo que las inscripciones están invertidas.

Victoria deslizó un dedo sobre la palabra *Pantotina*.

—Y en efecto, ha sido para siempre, aunque no como ustedes esperaban. —Vaciló un instante antes de preguntar con timidez—: Sé que usted y su *nonna* están en contacto, pero ¿cree que volverán a verse algún día?

—No lo sé —repuso él, despacio—. Me lo pregunto a menudo y quiero creer que sí. Si se presenta la ocasión, espero que ambos seamos capaces de afrontar el reencuentro. Últimamente me he vuelto un poco fatalista, al estilo de «lo que tenga que ser, será». Antes quería que todo sucediera de inmediato, pero con la edad he adquirido más paciencia, lo cual es una solemne tontería, porque sé muy bien que el tiempo se me acaba.

—No diga eso —repitió Victoria—, no puedo soportarlo. Desde la muerte de Richard, mi marido, tengo la sensación de que la vida es aterradoramente incierta a mi edad, como si pendiera de un hilo muy fino. Es algo que me atormenta.

—Acaba de sufrir una terrible desgracia —observó él—, pero tiene la juventud y la fuerza de su parte, hermosa Victoria, y le queda mucha vida por delante, estoy seguro de ello, así que no malgaste el tiempo teniendo miedo de continuar. —Alargó la mano para coger el bastón—. Tengo que irme —masculló—. Hace rato que debería haberme acostado, y ha sido un día muy largo. Salude a Evanthi de mi parte. Espero que le guste mi regalo. ¿Puedo quedarme la caja por un tiempo? Dígale que se la devolveré cuando la vea, y que mientras tanto le presto la mía —dijo al tiempo que le dirigía una mirada algo traviesa—. Ya ve que todavía puedo ponerme romántico a mi edad —comentó—. Mi verdadero amor tiene mi corazón, y yo tengo esto..., etcétera, etcétera.

Se guardó en el bolsillo la cajita que Victoria le había dado y le entregó la otra. Victoria la cogió y la guardó con cuidado en su bolso, demasiado emocionada para articular palabra.

Patrick, que había presenciado la escena con un nudo en la garganta, ayudó al anciano a levantarse.

—Estoy alojado en el club —explicó Hugh—, pero no tenéis por qué marcharos aunque yo suba a acostarme. —Se volvió hacia Patrick—. ¿Te importa acompañarme hasta el otro lado, muchacho? Buenas noches, nieta de Evanthi, ha sido un placer charlar con usted. Espero volver a verla muy pronto, y dígale a su abuela que la *Muchacha sobre la roca* acaparó la atención de todo el mundo, como ella hacía siempre. Buenas noches, querida Sophie, mi otra modelo predilecta. Ha sido un orgullo tenerte aquí. Buenas noches, Sam. Ve a visitarme pronto.

Victoria le apoyó las manos en los hombros.

—La *nonna* tiene el pelo plateado como usted —murmuró mientras le daba un beso de buenas noches—, pero le diré que no creo que, salvo por ese detalle, haya cambiado usted mucho. Gracias por permitirme participar en esta velada familiar y obsequiarme con una fiesta tan especial.

—Ahora vuelvo; no te vayas todavía —le pidió Patrick mientras asía el brazo de su tío.

—Gracias por ocuparos de mí en la galería —dijo Victoria a Sam y Sophie—. No me habría perdido la oportunidad de conocer a vuestro tío Hugh por nada del mundo. Es una persona muy especial. No me extraña que mi abuela se enamorara de él.

Acto seguido, los tres guardaron silencio mientras las dos figuras altas caminaban despacio hacia el ascensor.

Cuando los Hammond regresaron a Warwick Square después de conseguir un taxi para Victoria y parar otro para ellos, la luz del contestador automático parpadeaba.

—¿Quieres que escuche los mensajes, papá? —sugirió Sophie.

Creía que tal vez habría un recado de Matthew Burnaby, a quien había enviado un mensaje de texto dos días antes para comunicarle que Sam y ella pasarían el fin de semana en Londres.

—Sí, por favor. No puede haber nada muy urgente; seguro que es Saphira —concluyó Patrick mientras se servía un poco de whisky con agua—. ¿Quieres una copa, Sam?

—¿Tienes Budweiser? —preguntó Sam.

—Creo que sí... Sí, queda una. Lo siento, tenía intención de reponer provisiones. Mañana iremos a comprar. ¿Qué os gustaría hacer el fin de semana?

Patrick sabía muy bien qué le apetecía hacer a él si resultaba que Sam y Sophie tenían planes, pero ellos eran su prioridad y no quería proponer nada hasta saber cómo querían pasar el sábado.

—Hay un mensaje de la abuela —anunció Sophie—. Que si puedes llamarla, que tiene que hablar contigo. Ha intentado llamar a casa antes y ha dejado un mensaje, pero como no le has telefoneado ha pensado que podrías estar aquí. Que la llames mañana si esta noche vuelves tarde. Dice que no es nada grave, pero parecía bastante nerviosa.

—Tu abuela siempre parece nerviosa —sentenció Patrick—. Nunca la he visto de otra manera; su vida es puro nerviosismo. Pero mamá sabe que estamos aquí porque se lo dije.

No añadió que le parecía una monstruosidad por parte de Rachel el hecho de que, pese a hallarse tan cerca de Londres, no se hubiera dignado hacer el esfuerzo de asistir a la fiesta para ver el retrato de Sophie expuesto por primera vez. Le había expresado su opinión con claridad meridiana, pero no había servido de nada.

—¿Qué querrá la abuela? —suspiró, mirando el reloj—. Es demasiado tarde para llamar; ya se habrán acostado.

—¿Vendrán mamá y Posy a Londres en algún momento del fin de semana? —inquirió Sophie, intentando aparentar indiferencia.

—No lo creo, cariño. ¿Has hablado con ella últimamente?

—Me llamó a la escuela para preguntarme por los exámenes. Le pedí expresamente que viniera esta noche, pero me dijo que no podía. No es que me importe ni nada... —aseguró Sophie al tiempo que se deshacía el moño y agitaba la cabellera con total indolencia para subrayar el alcance de su indiferencia.

A Patrick le partía el corazón verla así.

—¿Había más mensajes?

—Sí, uno de Matthew —repuso Sophie, mucho más animada—. Quiere que Sam y yo vayamos a casa de sus padres en Maidenhead mañana para pasar el día.

—¿Os apetece?

—No me parece demasiado correcto dejarte solo —señaló Sophie, y Patrick se conmovió porque era evidente que Sophie se moría de ganas de ir.

—Por mí no os preocupéis. Id y pasadlo bien. Ya encontraré formas de pasar el tiempo —aseguró.

—Apuesto algo a que adivino una de ellas —exclamó Sam.

—¿A qué te refieres? —preguntó Sophie.

—Quiere invitar a Victoria Cunningham a comer, ¿verdad, papá? —lo pinchó Sam.

Patrick vaciló un instante antes de tomar una decisión.

—Sí —asintió—. Si os vais a casa de los Burnaby, es muy posible que se lo pida, aunque no sé si podrá, pero si queréis que hagamos algo juntos, para mí vosotros sois prioritarios.

Ambos lo miraron con expresión algo... recelosa, pensó Patrick.

—Mirad —continuó, procurando con todas sus fuerzas emplear el tono adecuado, deseoso de mostrarse sincero, pero al mismo tiempo temeroso de hablar demasiado—. Me gusta mucho Victoria, creo que lo sabéis. Ella está sola, yo disfruto de su compañía, y la historia de Hugh y su abuela constituye un vínculo entre nosotros, pero os pido que no interpretéis nada más de momento. Si alguna vez hay algo más, con ella o con quien sea, os prometo que seréis los primeros en saberlo. Y vosotros dos y Posy siempre seréis mi máxima prioridad, ¿de acuerdo?

—De acuerdo —masculló Sam, incómodo y deseando no haber sacado el tema.

—¿Sophie?

—Supongo —musitó con voz tensa y encogiéndose de hombros.

—Creía que Victoria os caía bien —comentó Patrick, aunque de inmediato deseó haber callado.

Sophie asestó un puñetazo a uno de los cojines del sofá.

—Me cae bien, papá, no es eso. Solo que..., bueno..., solo que todo es muy complicado ahora mismo.

—Ya lo sé —aseguró Patrick—. Sé que esta situación es muy difícil para vosotros. Lo entiendo y lo siento muchísimo. —Intentó rodear los hombros de su hija con el brazo, pero Sophie se apartó de un salto; Patrick se levantó—. Bueno, me voy a la cama. Ha sido estupendo teneros a los dos conmigo esta noche, apoyando a tío Hugh y compartiendo su gloria. Estoy muy orgulloso de vosotros. Está en plena forma, ¿verdad? Mañana por la mañana llamaré a la abuela para averiguar qué sucede..., si es que sucede algo. Lo más probable es que haya perdido las llaves del coche.

Titubeó un instante con la esperanza de ablandar la actitud de Sophie, pero la muchacha empezó a hojear una revista con expresión ostentosamente aburrida.

—Buenas noches —se despidió Patrick.

Lo embargó la sensación de que debería haber sido capaz de coronar con una nota positiva aquella espléndida velada, pero al mismo tiempo lo aliviaba haber podido sacar a colación el tema de Victoria, y era consciente de que, si Sam no la hubiera mencionado, tal vez él habría dudado de la conveniencia de hablar de posibles encuentros futuros con ella, encuentros que, por otra parte, tenía la intención de organizar.

—Pobre papá. Déjalo que tenga una aventurilla, es evidente que lo necesita —dijo Sam, compadeciendo a su hermana pero sin saber qué decir en realidad, porque tampoco él sabía cómo reaccionar; encendió el televisor para ver los resultados deportivos—. Seguro que echa de menos a mamá.

—Pues qué forma más rara de demostrarlo —masculló Sophie con voz ahogada.

La hermosa velada, toda su sofisticación, sus elegantes pantalones negros y los cumplidos que había recibido por el retrato habían quedado reducidos a cenizas en un abrir y cerrar de ojos.

—¡Una aventurilla! ¿Por qué iba a tener una aventurilla? Es repugnante.

—Vamos, sé justa.

—No quiero ser justa —gimoteó Sophie como una niña pequeña—. Creo que no llevo el sentido de la justicia en los genes. Al fin y al cabo, mamá es la persona más injusta que conozco.

—¡Vamos, Sophie! Cambia de rollo por una vez, ¿quieres? —pidió Sam, mirándola con expresión de impotencia.

Sophie se encerró en el cubículo situado junto al dormitorio de sus padres, que compartía con Posy cuando estaban todos juntos en el piso. Al menos por una vez podría dormir en la litera de abajo. Justo antes de dormirse oyó la voz de su padre procedente del dormitorio principal. Seguro que está hablando con mamá, pensó, soñolienta. Pero de repente se incorporó en la cama y aguzó el oído. ¡No estaba hablando con su madre! No alcanzaba a distinguir las palabras, pero lo que oyó le bastó para cerciorarse de que hablaba con Victoria.

Sophie se arrojó sobre la cama, sepultó el rostro en la almohada y se cubrió la cabeza con el edredón de plumas.

40

En los últimos tiempos, el ambiente en Pinewood Lodge, la casa con tejado de dos aguas cuya parte trasera daba al parque de Chobham, donde el coronel y la señora Ingfield habían vivido los pasados treinta años, desde que el coronel se retiró del ejército, se había vuelto tan denso que se podía cortar.

El parque, con sus abedules, abetos, y las extensiones de hierba y arena que llegaban hasta su jardín, les producían la falsa sensación de vivir en el campo; nada demasiado salvaje ni amenazador, y además tan cerca de Londres... Les gustaba ver a las numerosas niñas pijas del barrio atravesando los campos de helechos montadas en sus robustos ponis, y los fines de semana, a sus elegantes padres, resueltos a disipar el estrés de una semana entera en la City, surcando el lugar montados en corceles más briosos. En el cercano Gran Parque de Windsor se disputaban partidos de polo, deporte que a Norma se le antojaba el ejercicio ideal. El campo de verdad, con sus rebaños de ganado y su tendencia a enfangarse, no era de su agrado. La casa también les iba como anillo al dedo, pues era fácil de cuidar, no demasiado grande cuando estaban solos, pero sí lo bastante espaciosa, al menos durante un espacio limitado de tiempo, para alojar a los Hammond cuando iban de visita, algo que no sucedía con demasiada frecuencia.

Los Ingfield tenían muchos amigos en la zona y por lo general llevaban una existencia muy ordenada, que Norma creía merecer después de pasarse tantos años siguiendo a la bandera a rincones inhóspitos del planeta y soportando los alojamientos militares. Norma dirigía la casa con la eficiencia de un reloj, y Howard se encargaba del jardín con toda la precisión militar de que era capaz, un auténtico mariscal de los parterres. Ningún tulipán osaba abandonar la fila que le correspondía, y el césped aparecía tan bien segado como un campo de fútbol.

Sin embargo, su sereno estilo de vida había quedado interrumpido, y todos tenían los nervios de punta. Howard se refugiaba en el club de golf siempre que tenía ocasión, pero Norma se veía obligada a renunciar a sus compromisos habituales, tales como el Club Floral Femenino, las reuniones de la Asociación de Sociedades de Bellas Artes y Artes Decorativas e incluso la crucial cita en la peluquería de los jueves a causa de las exigencias de su hija y su nieta. Ocuparse de ellas parecía haberse convertido en un trabajo a jornada completa, algo para lo que Norma ya no tenía la energía ni las ganas suficientes.

Desde que Rachel llegó de Yorkshire anunciando que tenía intención de divorciarse de Patrick por incompatibilidad, según sus vagas explicaciones, la situación se había tornado cada vez más tensa. La primera vez que Posy y ella aparecieron en casa de sus padres para una visita supuestamente breve, con la elogiable intención de verificar el bienestar de sus padres (al menos, así lo afirmaba Rachel), las acompañaba la enérgica y valiosa Yvonne. Pero la joven, que no había contado con permanecer alejada durante más de un par de semanas de Yorkshire para enterrarse en el ignoto Chobham, había regresado al norte tras alegar que echaba de menos a su novio, las salidas semanales al pub de Kirkby-Wytherton y las reuniones del Club de Jóvenes Granjeros, aunque sin añadir que también hallaba sofocante el ambiente que se respiraba en casa de los Ingfield.

En un principio, los Ingfield no habían otorgado demasiada importancia a la proclamación de su hija. Sin embargo, a medida que pasaban las semanas se puso de manifiesto que la crisis del matrimonio Hammond no era tan solo otro de los intentos de Rachel de llamar la atención, sino que bien podía ir en serio. Los Ingfield empezaron a comprender que Patrick no estaba más ansioso por recuperar a Rachel que ella por volver. Desde la partida de Yvonne, Posy deambulaba por la casa lloriqueando inconsolable, y su ejército de Beanie Babies parecía haberse multiplicado de forma indiscriminada por las habitaciones hasta entonces tan despejadas. Incluso el salón aparecía invadido por cunas y cochecitos de muñecas. Rachel, tan obsesivamente pulcra en su propia casa y tan absorta en el cuidado de su hija pequeña, daba la impresión de haber perdido todo interés en ambas tareas, que dejaba por entero en manos de su madre. Cada dos por tres iba a Londres para reunirse con amigos de la universidad a quienes llevaba años sin hacer caso alguno. En ocasiones se llevaba a Posy y a veces la dejaba en Pinewood, pero ni Norma ni Posy parecían disfrutar de su mutua compañía como Rachel esperaba. Por otro lado, se mostraba hermética con sus padres respecto a sus actividades en Londres y los amigos con quienes se veía.

—¿Crees que se ha echado algún novio? —preguntó el coronel a su esposa con cierta inquietud.

—No lo creo, querido. Me parece que solo está recuperando el contacto con sus antiguas amistades —intentó tranquilizarlo Norma.

Sin embargo, Howard no las tenía todas consigo y además consideraba que echarse novio sería preferible a las extrañas actividades que Rachel había emprendido en los últimos tiempos. Desde la aparición de Bronwen en su vida, el coronel había observado anonadado que su hija había adoptado una suerte de jerga psicodélica que lo impulsaba a refugiarse en su estudio para tomarse un gin-tonic a las horas más insospechadas del día. Cualquier cosa era mejor que toparse con Rachel en el vestíbulo, contorsionada en las posturas más estrafalarias, practicando yoga o meditando al son de la música de ballenas en plena copulación.

—No sé qué bicho le ha picado —se quejaba a su mujer—. Siempre ha sido una chica difícil, pero al menos antes era normal. No me extraña que Patrick se haya hartado. Si tengo que seguir escuchando sus opiniones sobre esa Richards durante mucho más tiempo, se me cruzarán los cables. Rachel me dijo ayer que cree que en una vida anterior las dos eran lamas, ¡por el amor de Dios!

Al escuchar aquella sandez, el coronel no había visualizado a su hija y a Bronwen Richards ataviadas con túnicas color azafrán en un templo budista, sino pastando juntas en alguna ladera andina. Por lo general hombre poco proclive a dar rienda suelta a su imaginación, el pobre hombre se había trastornado ante la repentina aparición de semejante fantasía.

—Según Rachel, esa chiflada esotérica, que si hacemos caso a Patrick es una auténtica delincuente, la ha liberado de las inhibiciones y represiones que por lo visto nosotros le causamos cuando era pequeña. Lo único que puedo decir es que me gustaría que conservara algunas.

Howard Ingfield clavó una mirada sombría en sus relucientes zapatos marrones, como si buscara alguna revelación divina en sus punteras ultrabrillantes. Aquella mañana había estado a punto de sufrir un ataque de apoplejía al ver a Rachel realizando lo que ella denominaba sus «ejercicios indios de energización» en el patio..., tras los cuales quedó tan agotada que no se sintió capaz de preparar el desayuno de Posy.

Por todo ello, cuando una noche el móvil de Rachel sonó mientras cenaban, y Rachel gritó «¡Bronwen!» con voz estridente, los Ingfield se vieron embargados por una oleada de temor. Rachel salió corriendo del comedor y no regresó hasta al cabo de casi media hora, a todas luces muy alterada.

—¡Es maravilloso! —anunció—. Bronwen está en España y quiere que vaya a visitarla.

—¿Para qué? —preguntó Norma con un nudo en la boca del estómago.

—De momento para pasar unos días allí con Posy, pero también para ver si me animo a ayudarla con un centro que ella y Milo tienen pensado inaugurar. Parece un proyecto fantástico.

—¿Un centro de qué? —inquirió Howard, descuartizando su pastel de carne y riñones.

—Bueno, terapias y eso —repuso Rachel con vaguedad—. Bronwen cree que soy la persona idónea para conseguir que tenga éxito.

—No lo dudo —refunfuñó Howard—, siempre y cuando lleves encima el talonario.

Howard no se había mostrado nada dispuesto a cooperar cuando Rachel le sugirió que prestara dinero a Bronwen.

—Me sorprende que tenga la cara dura de proponértelo —intervino Norma, indignada—. Es una suerte que no puedas ir.

—¿Cómo que no? —replicó Rachel—. Ahora que Patrick y yo vamos a separarnos, soy libre para hacer lo que me plazca. Bronwen lleva siglos diciéndome que he sido esclava del estilo de vida de Patrick durante demasiado tiempo. Últimamente se me han ocurrido otras cosas a que poder dedicarme, pero esto suena interesante, la clase de proyecto que realmente podría apasionarme, un auténtico desafío. Además, necesito que Bronwen me aconseje sobre mi futuro.

—¿Acaso has perdido el juicio, Rachel? —exclamó Norma sin dar crédito a lo que oía—. Las vacaciones escolares están a punto de empezar. Sé que Sam se va de viaje, pero ¿qué hay de Sophie? Y además, no creo que a Patrick le hiciera demasiada gracia que te llevaras a Posy a casa de la mujer que te robó las joyas. Creía que la policía te había pedido que les avisaras si Bronwen Richards se ponía en contacto contigo. Este asunto es muy serio.

—Bah, eso... —masculló Rachel con ademán desdeñoso—. Bronwen dice que todo ese rollo de las joyas no fue más que un malentendido absurdo y que Patrick no le dio ocasión de explicarse. Dice que solo las tomó prestadas como aval para un préstamo..., para salir adelante por un tiempo. Por lo visto me lo había dicho, pero sin duda se me olvidó. Lo recuperaré todo cuando amortice el préstamo. Ahora que ya se le ha pasado el susto por la actitud de Patrick, a Bronwen le parece que todo el asunto es bastante gracioso.

—Si te tragas eso, te tragarás cualquier cosa —estalló su padre, convencido de que aquella mujer era capaz de hacer creer a su hija cualquier barbaridad—. Para ser una mujer inteligente, la verdad es que que a veces te comportas de una forma muy estúpida, Rachel —la reconvino.

—Si pretendes seguir adelante con la separación, tendrás que hacer las cosas bien, Rachel, cariño —terció su madre con nerviosismo—. A tu padre y a mí nos encanta teneros a Posy y a ti en casa, por descontado, pero nos hacemos mayores y no podemos seguir así indefinidamente, por el bien de todos. Tendrás que llegar a un acuerdo más definitivo con Patrick.

Exactamente lo mismo que Patrick había señalado a su mujer por teléfono unos días antes.

El rostro de Rachel adoptó la expresión testaruda que sus padres conocían tan bien.

—Bueno, pues Patrick tendrá que ocuparse de Posy para variar si no quiere que me la lleve a España —dijo, olvidando oportunamente que durante los últimos dos años había hecho todo lo posible por excluir a su marido de la vida de su hija pequeña—. Estoy segura de que a Yvonne no le importará volver a Wytherton; lo que no quiere es venir al sur.

—¿Y qué hay de los sentimientos de Posy? Está muy apegada a ti.

—Posy se está haciendo mayor y tendrá que adaptarse, como todos los demás, al cambio —espetó Rachel, altiva.

Lo cierto era que sin el apoyo de Patrick e Yvonne, ocuparse de Posy no le resultaba tan fácil como había esperado. La encantadora niñita se estaba convirtiendo en una personita obstinada cuyos deseos no siempre coincidían con los de su madre.

Sus padres se quedaron mirándola, anonadados.

—Desde luego, no puedes dejarla con nosotros —sentenció Howard con firmeza—. Sería demasiado para tu madre.

Consideraba que había llegado el momento, aunque fuera tarde, de plantar cara a su hija. Empezaba a pensar que su yerno era un santo varón por haberla aguantado tanto tiempo.

—¡Por el amor de Dios, solo estaré fuera una o dos semanas! Cualquier diría que estoy a punto de desaparecer del mapa.

—Como Bronwen Richards —señaló su padre, inflexible—. Bueno, no acudas a mí en busca de ayuda si esa embaucadora te mete en líos. Yo me lavo las manos; dicen que las cárceles españolas son muy incómodas.

Dicho aquello, el coronel salió de la estancia a grandes zancadas, consciente de que nunca sería capaz de cumplir su amenaza, pero aun así contento de haberla pronunciado.

—¿Por qué no lo consultas con la almohada, cariño? —sugirió Norma sin poder evitar recurrir al viejo hábito de intentar no alterar a Rachel, pero resuelta a llamar a su yerno para ponerlo sobre aviso de la alocada idea de su mujer—. Puede que las cosas te parezcan distintas mañana por la mañana. Nunca es buena idea tomar decisiones impulsivas —añadió, aunque ella nunca lo había intentando siquiera.

A las nueve y media del sábado, Sophie apareció con rostro soñoliento en la cocina del piso de Warwick Square y encontró a su padre sentado a la mesa de la cocina, tomando café y leyendo *The Times*. Solo la perspectiva de ver a Matthew Burnaby habría podido inducirla a levantarse tan temprano. Por él había puesto el despertador y tenía intención de despertar a Sam a tiempo para tomar el tren de media mañana a Maidenhead.

—¿Cómo está mi niña? —saludó Patrick en tono alegre—. ¿Has dormido bien después de la estupenda fiesta de anoche?

Sophie emitió un gruñido y le lanzó una mirada huraña por entre el flequillo, exudando reproche en cada gesto. Patrick la miró con expresión inquisitiva y luego volvió a concentrarse en el periódico. Sabía lo que molestaba a su hija y lo lamentaba mucho por ella, pero no estaba dispuesto a jugar a las adivinanzas.

—Bueno, ¿llamaste a la abuela noche? —inquirió por fin Sophie, exasperada por la ausencia de reacción de su padre.

—No, como ya te dije, era demasiado tarde. Lo he intentado esta mañana a primera hora, pero el teléfono comunicaba, así que estaba a punto de volver a llamar.

—Vaya, qué raro, porque juraría que te oí llamar anoche —indicó Sophie en tono acusatorio—. De hecho —añadió, desafiante—, lo sé porque te oí.

—No, no me oíste llamar a la abuela —replicó Patrick—, sino a Victoria, como creo que sabes muy bien.

—¿Y cómo diablos iba a saberlo?

—En parte porque te dije que la llamaría, y probablemente también, como acabas de decirme, porque oíste la conversación.

Se produjo un silencio tenso entre ellos. Sophie miró a su padre con expresión retadora y se topó con una mirada que no veía a menudo pero que reconoció al instante. Fue la primera en desviar la cabeza.

—Escúchame, cariño. Sé que todo esto es muy duro para ti... —empezó Patrick, resuelto a no dejarse enzarzar en una discusión con su hija y a hablarle de la situación que atravesaba con su madre.

Pero en aquel momento sonó el teléfono, y se apresuró a contestar.

—¿Diga? Ah, hola, Norma. Tengo entendido que intentaste localizarme ayer, pero no oí el mensaje hasta muy tarde.

Sophie agradeció la interrupción, pues le brindaba la ocasión de recobrarse; tampoco ella deseaba pelearse con su padre en realidad.

—¿Que quiere hacer qué? —oyó exclamar a Patrick—. Tiene que ser una broma. ¡Es la tontería más grande que he oído en mi vida!

Sophie se moría de curiosidad.

—Ya... No..., claro que no podéis —prosiguió Patrick al rato—. Sí, sí, lo entiendo perfectamente. ¿Puedo hablar con ella? ¿Está en casa? Ah..., ¿y cuándo volverá? —Sophie oyó la voz nerviosa de su abuela—. Claro, por supuesto —dijo su padre por fin—. ¿Estás segura de que estará ahí el domingo si voy a veros? Os llamaré en cuanto me haya organizado. No, claro que has hecho bien en contármelo. Me parece estupendo quedarme a comer, Norma. ¿Qué tal si vamos los tres? Ya te diré algo. Bueno, entonces hasta pronto.

—¿Qué ha pasado, papá?

—¡Otra vez esa maldita Bronwen! —gritó Patrick, más furioso de lo que Sophie lo había visto nunca—. Y yo que creía que por fin nos habíamos librado de ella. Tu madre quiere ir a España para ver a Bronwen Richards, eso es lo que pasa.

—¡No! ¿Qué vas a hacer?

—Ir a Chobman el domingo e intentar aclarar las cosas con mamá. Quería ir hoy, pero la abuela dice que mamá no está y que ellos se llevan a Posy a comer a casa de unos amigos. No pienso permitir que tu madre se lleve a Posy cerca de esa mujer. Antes llamo a la policía.

—¿Crees que mamá irá aun sin Posy? —preguntó Sophie.

—Esperemos que no, pero por lo visto le dijo a tu abuela que ya era hora de que yo me ocupara de Posy, y que Posy tendría que acostumbrarse —mascculló Patrick.

—Oh, papá, es muy feo por su parte decir algo así. Siempre te has portado genial con Posy. Menos mal que Yvonne está allí.

—No está —negó Patrick con expresión sombría—. Por lo visto ha vuelto a Yorkshire, pero mamá no me lo dijo.

—¡Qué horror! Los abuelos no pueden cuidar de Posy; a la pobre le dan mucho miedo. A Sam y a mí también nos daban miedo cuando éramos pequeños; a la abuela nunca le hacía gracia nada, y el abuelo siempre parecía enfadado. La pobre Posy debe de estar hecha polvo.

Patrick rodeó con los brazos los hombros de su hija mayor.

—Eres muy generosa con tu hermana, Sophie. Sé que a veces la encuentras muy pesada... En fin, pasaré casi toda la semana que viene en Londres, porque los de Heritage at Risk me han pedido que fotografíe un par de fincas en el sur. Mamá y yo tenemos que hacer planes para las vacaciones de verano urgentemente, y creo que sería bueno que Sam y tú me acompañarais a Chobham. Sé que queréis ir a casa de los Marshall el domingo por la noche, pero podríais tomar un tren a York a última hora. Creo que en los próximos meses, todo este asunto te afectará a ti más que a nadie, Sophie, así que considero que deberías participar en las decisiones relativas a las vacaciones. ¿Qué te parece?

—Claro que iré, papá, pero... ¿cómo puede mamá querer ver de nuevo a Bronwen?

Sophie tenía muchas cosas en que pensar.

—No tengo ni idea —confesó Patrick, desesperado—. Será mejor que despiertes a Sam si queréis ir a casa de los Burnaby a las once, y también que le cuentes las novedades acaecidas en la crisis de la familia Hammond.

—Tienes razón.

Sophie se levantó y cogió la tostada que estaba comiendo. No se atrevía a preguntar si Victoria había aceptado la invitación de su padre de salir a comer, pero Patrick se apiadó de ella mientras la acompañaba a la puerta.

—Por si te interesa —dijo—, Victoria ha aceptado comer conmigo. Habría anulado la cita si mamá estuviera en Chobham, pero dadas las circunstancias me gustaría dejarla en pie. Tenía pensado ir al Hind's Head en Bray o algún otro sitio por ahí cerca. ¿Quieres que os vaya a buscar a casa de los Burnaby después de comer? Nos vendría de camino.

Sophie se volvió y abrazó a su padre.

—Gracias, papá, pero creo que después de comer sería un poco demasiado pronto. Depende de cómo vaya todo, ya sabes...

—Sí, lo sé —asintió Patrick—. Haremos una cosa. Dejaré el móvil encendido por una vez, y si queréis que os vaya a buscar me llamáis. En caso contrario, Sam y tú podéis volver solos, pero avisadme si lo estáis pasando tan bien que decidís quedaros a cenar en casa de los Burnaby, ¿de acuerdo?

—Guay —aseguró Sophie antes de añadir—: Siento haberme puesto tan tonta. Es que todo es tan complicado ahora mismo..., pero realmente eres el mejor padre del mundo.

—Hmmm —masculló Patrick sin poder contener la risa—. A veces...

41

Patrick fue a buscar a Victoria poco después de las once. Guy acudió a abrir la puerta, y ambos hombres se miraron con interés y una suspicacia velada que no escapó a ninguno de los dos.

A la hora del desayuno, que tomaron en la cocina aún en bata, Victoria había referido a Guy y Francine su encuentro con Hugh, la fiesta en la galería Crompton y, sobre todo, todos los detalles acerca del retrato de Evanthi. Les mostró la portada del catálogo y advirtió que Guy estaba impresionado.

—Tenéis que ir a verlo —instó—. Me parece que la exposición dura un mes, y también os gustarían mucho los demás cuadros, pero no podéis perderos ver el retrato de la *nonna*. También hay uno precioso de Sophie Hammond, la hija de Patrick; resulta interesante comparar el estilo de Hugh cuando era joven y el de ahora.

Guy ya conocía y admiraba la obra de Hugh, aunque no conocía al artista en persona. Él y Francine prometieron ir a la exposición la semana siguiente. Victoria disfrutó contándoles todos los pormenores de la velada, y ellos constituían un público agradecido y lleno de curiosidad por la opinión que le merecía Hugh.

—¿Al verlo entendiste qué vio tu abuela en él? —quiso saber Francine—. Debió de ser una persona muy importante para ella si lo ha llevado tantos años en el corazón.

—Sin duda alguna —exclamó Victoria con total candidez—. Me pareció un hombre irresistible. No me habría costado nada enamorarme de él.

Guy le lanzó una mirada penetrante.

—Dijiste que tanto la *nonna* como Nafsica afirmaron que Patrick Hammond era el vivo retrato de su tío, así que quizá podrías llegar a enamorarte del sobrino con tanta facilidad como del tío —sugirió medio en broma, medio en serio.

—Desde luego.

Con aquella afirmación, Victoria esperaba disipar cualquier sospecha que Guy pudiera albergar respecto a la posibilidad de que eso ya hubiera ocurrido, pero cuando al cabo de un rato anunció que había quedado para almorzar con los Hammond, sin especificar que estaría a solas con Patrick, Guy la miró con expresión escrutadora. Victoria dio gracias por el hecho de que él y Francine ya se hubieran acostado la noche anterior cuando ella llegó y no supieran que le había sonado el móvil cuando estaba a punto de acostarse. Lo cierto era que se había llevado una sorpresa.

—Solo quería comprobar que habías llegado bien —había dicho Patrick—. No te imaginas cuánto me ha gustado que nos acompañaras esta noche y también ver a Hugh disfrutar tanto de tu compañía. Victoria..., no pretendo agobiarte, pero ¿no estarás libre mañana por casualidad? Sam y Sophie han decidido inesperadamente ir a casa de unos amigos, el famoso Matthew por el que Sophie se coló en Corfú, así que dispongo del día entero para hacer lo que más me apetezca, y lo que más me apetece es volver a verte.

Victoria titubeó un instante, y en el otro extremo de la línea, Patrick contuvo el aliento.

—Me parece una idea estupenda —dijo por fin ella en tono complacido.

—Magnífico. Por un momento terrible he creído que me dirías que no. ¿Te paso a buscar a media mañana y vamos a comer a algún sitio?

—Guy y Francine han organizado una cena para que vea a varios de mis amigos, pero estoy segura de que no tienen planes hasta entonces. Me encantaría volver a verte y comer contigo.

—Y a mí —afirmó él—. Buenas noches, que duermas bien.

Después de colgar, Victoria permaneció despierta durante

largo rato, preguntándose qué le ocurría y adónde podía conducirla aquella historia. Se le antojaba que había transcurrido demasiado poco tiempo desde la muerte de Richard para experimentar las emociones de que era consciente, pero al mismo tiempo la embargaba una sensación de paz, casi de inexorabilidad, que no daba cabida a la culpabilidad. ¿Qué había dicho Hugh anoche acerca del destino? Lo que tenga que ser, será. Victoria sintió que el pulso se le aceleraba.

—Usted debe de ser Patrick Hammond —saludó Guy, sosteniendo abierta la puerta—. Nos hemos escrito. Sé que quiere hablar conmigo sobre Vrahos y tengo una sugerencia que hacerle, así que tenemos que quedar usted y yo un día de estos. He oído hablar mucho del retrato de mi abuela, y mi mujer y yo tenemos intención de ir a verlo la semana que viene. La historia de mi abuela y su tío es extraordinaria, y le aseguro que el relato de Victoria no le ha hecho perder un ápice de emoción. Pase, por favor. Avisaré a Victoria; creo que ella y Francine han salido al jardín.

Retrocedió un paso para que Patrick pudiera entrar en el vestíbulo. Su ojo de fotógrafo asimiló de inmediato todos los detalles. Mobiliario continental, escultura moderna, suelo de mármol blanco y negro, paredes color verde oscuro, molduras blancas... Muy elegante y espectacular. Asimismo vio una colección interesante de dibujos dispuestos de forma muy inteligente, observó con aprobación.

—¿Es un Ayrton? —preguntó mientras contemplaba un dibujo de Ícaro acercándose en exceso al sol.

—Sí. Es uno de los primeros dibujos que compré —explicó Guy antes de agregar con una mueca irónica—: Victoria siempre dice que me representa a mí —comentó mientras encendía un cigarrillo—. Creo que ya es hora de añadir un Marston a mi colección. Conozco sus óleos, pero Vicky me decía esta mañana que le encantan algunos de los dibujos que ha prestado usted para la exposición. Tengo muchas ganas de verlos.

—Bueno, a mí me gustan, aunque mi opinión es sesgada, por

supuesto. El valor de las obras de Hugh ha aumentado muchísimo en los últimos tiempos, aunque el valor de mercado no me parece un criterio válido para comprar arte. Por cierto, me gustan mucho los artículos que escribe en *Capability* sobre toda clase de temas. Casi nunca me los pierdo.

Bajo aquella fachada de exquisita cortesía, los dos hombres se evaluaban con detenimiento. A ojos de Francine y Victoria, que aparecieron en aquel instante, parecían dos perros caminando uno alrededor del otro con cautela, no necesariamente hostiles, pero sí husmeándose con suspicacia.

Francine observó de inmediato la reacción entre Victoria y Patrick, no porque exteriorizaran emoción alguna, si bien se saludaron con un beso en la mejilla, sino porque entre ellos fluía una electricidad inconfundible. Francine nunca había visto a Victoria brillar de aquel modo, como si en su interior se hubiera encendido una lámpara. Miró de soslayo a su esposo, convencida de que también él debía de haber reparado en ello y temerosa de su posible respuesta.

—Hola, Patrick, soy Francine Winston —saludó, tendiéndole la mano—. Me alegro de conocerlo. Le ofrecería un café, pero sé que quiere secuestrar a Victoria e imagino que tendrán ganas de ponerse en marcha ya. ¿Qué tal si se queda a tomar una copa esta tarde cuando la acompañe, si le va bien? Bueno, que se diviertan.

Desde lo alto de la escalinata, y ella y Guy los siguieron con la mirada mientras se marchaban. A continuación, Guy rodeó a su esposa con el brazo cuando entraron de nuevo en la casa.

—Ha sido muy hábil al despacharlos tan deprisa, señora Winston —observó Guy, mirándola con expresión sardónica—. Tenías miedo de que me portara mal con Patrick, ¿verdad?

—Pues sí —reconoció ella—, pero no lo has hecho. Y estoy impresionada, cariño, porque tengo la sensación de que esto es realmente importante para Victoria y supongo que tú también lo habrás notado. Sé que no te resultará fácil, pero tendrás que dejar volar a tu primita... y tienes muchas más probabilidades de conservarla si lo haces, te lo garantizo.

—Tomo nota de tu infinita sabiduría —gorjeó con ligereza y

la expresión medio burlona que Francine conocía tan bien; pero de repente se puso serio—. Y por cierto, mensaje recibido, así que no creas que no sé lo que te estás callando —prosiguió—. Ya he hecho suficientes estragos y no debo seguir destrozando la vida de Vicky. Tienes mucha razón, Francine. No puedo retroceder en el tiempo, y es demasiado tarde para el pobre Richard, pero sé lo que le he hecho a Vicky y que todavía no me ha perdonado; me lo ha dejado muy claro en varias ocasiones.

—Se me acaba de ocurrir una idea genial. ¿Qué te parece si vamos a la galería Crompton esta misma mañana? —propuso Francine, satisfecha con la reacción de su esposo—. Así podrás decirle a tu abuela lo que piensas la próxima vez que la llames. A mí me encantaría ir.

—En efecto, es una idea genial. Vamos —asintió Guy.

Patrick llevó a Victoria al Hind's Head, donde se sentaron al aire libre para tomar Pimm's y disfrutar de su mutua compañía. Si bien la comida era deliciosa, Victoria estaba tan embelesada que no se habría dado cuenta aunque le hubieran servido papel secante. No podía creer que la hubiera asustado la posibilidad de no tener temas de conversación con Patrick. No solo podía hablar con él con la naturalidad de quienes se conocen desde hace años, sino que además entre ellos bullía una emoción que daba alas a cuanto se decían.

Sophie llamó mientras comían para anunciar que los Burnaby los habían invitado a pasar el día entero con ellos, y que el padre de Matthew se había ofrecido a llevarlos a Londres en coche después de cenar. ¿Le parecía bien?, preguntó Sophie, algo ansiosa. Patrick asintió con entusiasmo y desconectó el móvil con una profunda sensación de alivio.

—¿Y si alquilamos una barca y damos un paseo por el río? —sugirió Patrick en cuanto acabaron el café, deseoso de alejarse de los demás comensales para evitar posibles interrupciones.

A Victoria le pareció una idea excelente. Remar perezosamente por el Támesis, sin nada más aventurero que unas cuantas esclusas que sortear, se le antojaba la ocupación idónea para una tarde estival inglesa. Por supuesto hablaron de la noche anterior y de los cuadros de Hugh.

—Causaste sensación —aseguró Patrick—. He hablado por teléfono con Hugh antes de ir a buscarte, y te manda saludos.

Rieron a carcajadas al recordar los intentos de Peter Mason de cazar al menudo príncipe Haroun, y Victoria le habló de la inquietud que le habían ocasionado las sugerencias del abogado acerca de su futuro, así como la perspectiva de regresar a Manor Farm la semana siguiente.

—Son asuntos que he podido rehuir durante mi estancia en Vrahos —señaló—, pero sé que debo enfrentarme a mis demonios y espero ser capaz de exorcizar algunos de ellos.

—¿Has pensado dónde quieres vivir? —inquirió Patrick.

—Sé lo que me gustaría hacer, pero es complicado. La gente no para de decirme que es una tontería tomar decisiones tan poco tiempo después de la muerte de Richard, pero luego me presionan como locos para que haga lo que todo el mundo cree que debo hacer. Y soy consciente de que, decida lo que decida, debe ser bueno para Jake.

—¿Y qué es lo que te gustaría hacer?

—Me gustaría que nos instaláramos en Vrahos durante los próximos dos o tres años. Jake adora la escuela; cada noche, cuando llamo, me cuenta entusiasmado todo lo que ha hecho, y está aprendiendo el griego muy deprisa. Aún no ha cumplido los siete años, así que me queda mucho tiempo para recapacitar si las cosas no funcionan. Podríamos hacer compañía a la *nonna*, lo cual significaría mucho para ella y para mí. Tengo que enfrentarme a la posibilidad de perder Vrahos cuando ella falte, pero al menos aprenderé todo lo que hay que saber y podré ayudarla a administrar la finca... o lo que queda de ella. De todos modos, parece que no podría vivir en mi casa de Baybury aunque quisiera. Richard y yo no éramos propietarios de nada; todo pertenece a un fideicomiso familiar.

—Pues me parece un proyecto muy razonable. Sin duda puedes hacerlo sin verte obligada a tomar decisiones drásticas hasta dentro de un tiempo.

—Supongo que también me gustaría disponer de algún rinconcito en Inglaterra, pero no creo que pueda permitírmelo y, además, siempre puedo alojarme en casa de los padres de Guy. Sí, tienes razón, no hace falta que queme mis navíos aún. Puede que me haya estado devanando los sesos para nada.

—A veces hace falta un observador externo para ver las cosas —comentó Patrick con delicadeza—. Tómate las cosas como vengan. Espera a ver cómo te sientes la semana que viene... y no permitas que nadie te presione.

De nuevo la asombró su bondad y su preocupación, pero ¿qué sentía Patrick por ella? Victoria creía saberlo, pero no confiaba en su intuición y la aterraba la posibilidad de cometer otro error en su vida y volver a caer herida de muerte. Con gran delicadeza, le preguntó por Rachel, y al poco Patrick reconoció cosas que nunca se había atrevido a admitir, ni siquiera en su fuero interno. Victoria escuchaba casi sin hablar, tan solo formulando alguna que otra pregunta para animarlo a seguir hablando, y al rato se forjó una idea clara acerca de un matrimonio que había empezado a desmoronarse largo tiempo atrás. Patrick le habló de Bronwen, de su temor de que Rachel cometiera alguna tontería y resultara perjudicada.

—Lo que más me duele —comentó— es algo que he averiguado esta mañana, y es que tiene intención de ir a España en pos de esa mujer y está dispuesta a llevarse a Posy. Por suerte su madre me ha llamado para ponerme sobre aviso. Tengo que afrontar el hecho de que Rachel solo piensa en sí misma.

—¿Crees posible que lleguéis a reconciliaros por el bien de Posy? —preguntó Victoria.

—No —sentenció Patrick con firmeza—. Ya no. Al volver de Corfú tomé la decisión de hacer un último intento de salvar nuestro matrimonio, aunque no es lo que deseaba en realidad por..., bueno, por distintas razones. —Miró a Victoria, quien desvió la vista—. Pero Rachel no quiso, y cuando anunció que quería separarse, tengo que reconocer que me sentí aliviado. Sorprendido y triste, desde luego, pero también muy aliviado. Y lo que he sabido esta mañana es la gota que colma el vaso. Siempre ayudaré a Rachel si puedo y haré lo posible por llevarme bien con ella por los chicos, pero volver a vivir juntos... ni hablar.

Es posible que ella cambie de idea, porque es lo que suele hacer, pero para mí es demasiado tarde, de eso estoy seguro.

—¿Y cómo lo tomarán Sam y Sophie?

—A Sam le afectará, pero lo superará. Tiene casi veinte años y es muy feliz en Newcastle. Siempre ha sido muy sociable y tiene muchísimos amigos. Es muy extravertido, y tiene problemas con Rachel desde el día que nació. Sophie es harina de otro costal, porque bajo esa fachada tan bulliciosa y risueña, es una persona mucho más insegura. A menudo siente un gran resentimiento hacia Rachel, pero no le resultará fácil aceptar la separación. Siempre ha tenido celos de Posy, y con razón, y no sé cómo reaccionará ahora que tendré que ocuparme mucho más de la pequeña. Aunque supongo que Posy tendrá que vivir la mayor parte del tiempo con su madre..., y te aseguro que no me hace ninguna gracia la perspectiva —señaló, y a Victoria le pareció muy afligido.

—Esta mañana me he llevado una sorpresa —prosiguió Patrick—, porque la primera reacción de Sophie ha sido compadecer a su hermana pequeña, lo cual me ha parecido muy generoso dadas las circunstancias.

Le contó la disputa en torno al cambio de habitación que había estallado al regresar de Corfú. Victoria se indignó.

—¿Cómo te las arreglarás con Posy cuando esté contigo? —inquirió.

—No lo sé. Hasta ahora contábamos con la ayuda de una encantadora chica del pueblo, pero es evidente que no le gustaba estar en casa de mis suegros, porque ha vuelto a casa. Sin embargo, puede que vuelva, eso espero. Solo deseo que Rachel y yo seamos capaces de manejar todo este asunto de forma civilizada. Por suerte, nuestro abogado es también un gran amigo, el dueño de Petradi, y mañana sugeriré a Rachel que hablemos con él y le pidamos consejo. Pero no creo que sea fácil.

Victoria pensó que era una forma muy delicada de expresar lo que se avecinaba, pero no quería detenerse en el tema por el momento.

Hacía mucho calor, así que decidieron dirigirse hacia la orilla y atracar a la sombra de un sauce. En la barca había unos cojines, y Patrick llevaba una manta, de modo que se tumbaron en la ribera para contemplar las embarcaciones y alguno que otro cisne planeando sobre la superficie verdosa del Támesis.

—Háblame de Richard —pidió Patrick—. ¿Qué ocurrió?

De forma algo entrecortada al principio, Victoria le habló de su matrimonio. Empezó por la infancia compartida y los vínculos forjados entre tres niños. Continuó con el apoyo que había encontrado en Richard y la influencia que Guy ejercía sobre ambos. Luego habló de su matrimonio como la consecuencia lógica de sus vivencias, así como el hecho de que siguieran haciendo cosas los tres juntos. Patrick imaginó un matrimonio basado en la amistad y sintió un gran alivio al concluir que no había existido pasión entre ellos. Victoria le refirió la reacción inesperadamente violenta de Richard ante la boda de Guy y el terrible hallazgo de Jeff. Richard muerto cerca del bosque tras la explosión de su escopeta; la sospecha cada vez más intensa de que su marido se había quitado la vida; el día, entre las ruinas de Angelokastro, en que Guy confirmó dicha sospecha y los motivos que lo habían llevado hasta un desenlace tan drástico; sus propios sentimientos de dolor y rabia, la sensación de que también su vida estaba en ruinas, no solo el futuro, sino también el pasado. A veces hablaba en voz tan baja, apenas un susurro, que Patrick tenía que aguzar el oído para entenderla. Se quedó horrorizado al escuchar tanto lo que Victoria narraba de forma explícita como lo que detectó entre líneas.

—Me sentía como si mi matrimonio entero no solo hubiera acabado, sino además hubiera quedado... mancillado. Como si siempre hubiera sido una farsa y yo no hubiera sabido verlo —murmuró—. Y me sentía tan traicionada... por ambos. Pero últimamente he llegado a la conclusión de que también fue culpa mía, que yo estafé a Richard tanto como él a mí. Me casé con él por las razones equivocadas, y una parte de mí siempre lo supo. No es algo que me enorgullezca precisamente. He estado furiosa con él, pero a diferencia de Guy, Richard era un hombre bueno en el fondo, una persona cariñosa incluso, y debía de ser extremadamente infeliz para hacer lo que hizo, aun cuando jamás pueda llegar a entender cómo pudo hacerle algo así a Jake.

Necesito saber que he llorado su muerte como es debido, creo que se lo debo, pero ¿cómo se puede llorar a alguien que no es quien uno creía que era?

Victoria se estremeció y entrelazó las manos con fuerza en un intento de detener su temblor.

—No te compliques tanto —aconsejó Patrick—. Llora por la persona que creías que era, el hombre amable, protector, tu amigo de la infancia, alguien que te quería mucho de la única forma que podía quererte, el padre de Jake, tu compañero. Esa es la persona a la que has perdido; llora esa pérdida, sabe Dios que es suficiente. El otro Richard estaba fuera de tu alcance y de tu control.

—Sí —convino ella al cabo de unos instantes—. Supongo que tienes razón. Gracias, tus palabras son de gran ayuda.

—¿Y qué me dices de Guy?

Patrick alzó la mirada hacia el cielo, concentrándose en contemplar una nube que iba cambiando de forma y ansioso por saber qué sentía Victoria por su primo.

—Ah..., Guy. Es complicado..., o al menos lo era hasta hace poco, pero la verdad es que últimamente ha pasado algo sorprendente. Me aterrorizaba la perspectiva de ir a su casa, de verlo en compañía de su esposa, de morirme de celos, sobre todo porque va a ser padre dentro de poco y yo siempre he anhelado tener otro hijo. Pero no ha sido así. Siempre querré a Guy como primo mío que es, pero por alguna razón que no alcanzo a comprender me siento liberada de él. Todavía me da náuseas imaginármelo con Richard y sigo furiosa con él, pero ya no estoy a su merced. Para serte sincera, una parte de mí se regocija en la sensación de que por primera vez en mi vida sea él quien intenta hacer las paces conmigo en lugar de ser yo la que espera en ascuas a que su sol vuelva a caldearme. Desde que tengo uso de razón he vivido en función de su barómetro. ¿Que está enfadado? Hay que procurar apaciguarlo. ¿Que está en plan veleta? Hay que andar con pies de plomo. ¿Que está de buen humor? Hay que disfrutarlo mientras dure. Y ahora, de repente, ya no tiene importancia. Es como superar una adicción a las drogas.

—Parece un verdadero gilipollas —sentenció Patrick con franqueza.

—En realidad no lo es —se apresuró a responder Victoria—. Puede llegar a comportarse así, pero tiene muchas cosas buenas, te lo aseguro.

—Tendré que fiarme de tu palabra —dijo Patrick, diciéndose que para ser una persona que acababa de superar su adicción a las drogas, Victoria se mostraba muy protectora con su primo—. Desde luego, es un periodista de gran talento. ¿Crees que conseguirá hacer feliz a Francine?

Victoria lo miró con expresión sorprendida.

—Qué horror, ni siquiera me lo había planteado —reconoció—. Desde luego, es muy capaz de hacer daño a cuantos lo aman, pero Francine siempre me ha parecido una persona capaz de cuidarse sola. Es muy posible que Guy haya dado con la horma de su zapato. De hecho, creo que Francine me ha ayudado a liberarme de su influjo.

—Me ha causado muy buena impresión —comentó Patrick, esperando en su fuero interno haber contribuido también a debilitar el vínculo entre Victoria y su primo—. Es muy hermosa y parece muy simpática. Me ha parecido que quiere ayudarte.

—Desde luego, se está portando muy bien conmigo. ¿Así que te parece atractiva? —preguntó como quien no quiere la cosa mientras arrancaba una brizna de hierba y se la enrollaba al dedo.

—Oh, sí —asintió él—. Tengo la sensación de que es una gran mujer, aunque solo la he visto un momento y en realidad no es mi tipo. —Patrick se incorporó, escudriñó el rostro de Victoria y se asombró al comprobar que en su rostro se pintaba una expresión insegura—. Pero no puede compararse contigo, Victoria —aseguró en voz baja—. Eso lo sabes, ¿verdad?

—No, no lo sé —replicó Victoria como una niña desamparada—. Todo el mundo cree que soy una persona muy segura de mí misma, pero no es cierto. Desde que me casé, siempre creí que la falta de pasión de Richard era culpa mía, que debía de faltarme algo para que se mostrara tan... frío. ¿Te imaginas lo que eso ha significado para mí? —exclamó, trastornada—. Me ha arrebatado toda la autoestima —se indignó—. Como mujer, quiero decir.

—¡Eso es absurdo! Precisamente tú. Después de todas esas revelaciones sobre Richard, ahora que sabes que las mujeres no lo atraían sexualmente, no puedes creer que su actitud era culpa tuya.

Victoria guardó silencio, pero Patrick advirtió que estaba al borde del llanto.

—Creo que no eres sincera contigo misma —insistió—. A estas alturas tienes que haberte dado cuenta de lo que siento por ti. Me he enamorado de ti, Victoria. No era mi intención, no quería que pasara, pero no puedo creer que no lo hayas notado. Eres la mujer más hermosa y deseable que he conocido en mi vida, y empezaba a tener alguna esperanza de que tú también sintieras algo por mí.

—Y así es —musitó ella—. Te lo aseguro. Yo tampoco quería, pero no puedo evitarlo. ¿Crees que es desleal por mi parte sentirme así... tan poco tiempo después de la muerte de Richard?

Por toda respuesta, Patrick la atrajo hacia sí y la besó. Esta vez, Victoria no se apartó de él y se sintió como si de repente hubiera dado rienda suelta a todas las pasiones acumuladas durante tanto tiempo.

Al cabo de unos minutos, cuando Patrick se apartó un poco para poder mirarla a los ojos e interpretar su expresión, Victoria se echó a reír. Patrick la miró con expresión interrogante.

—Después de tantos años envidiando a los demás y preguntándome qué se sentiría y si me enteraría si llegaba a pasarme..., ¿sabes lo que eres? —preguntó.

—No —negó Patrick.

—Eres mi relámpago —declaró Victoria en tono triunfal—. Y por fin me has alcanzado, tal como siempre me ha dicho mi abuela. Lo sentí la primera vez que te vi, pero no me atreví a reconocerlo. ¿Qué se siente al ser un relámpago?

—No se me ocurre nada mejor —dijo Patrick, embelesado.

—¿Y quieres que te diga otra cosa?

—Adelante.

—¿Nos oíste a tu tío y a mí hablar de las abejas salvajes de

Vrahos, de que según la leyenda zumban cada vez que le ocurre algo importante a un miembro de la familia?

—Sí..., de ahí las abejas en las cajitas de plata.

—¡Exacto! Pues bien, mientras hablaba con él recordé algo extraordinario —explicó, mirándolo con aquellos enormes ojos oscuros llenos de alegría—. Las abejas zumbaron el primer día que fuiste a Vrahos, el día que nos conocimos —añadió, jubilosa—. ¿Qué te parece?

—Pues que el asunto queda zanjado. Si las abejas nos aprueban, nosotros no tenemos derecho a poner en tela de juicio su decisión.

42

Patrick aceptó la invitación a tomar una copa cuando el sábado por la tarde acompañó a Victoria a casa de Guy y Francine con cierta reserva, pero Victoria estaba tan ansiosa de que accediera a quedarse un rato que no tuvo valor para decepcionarla. Enamorada con locura, como nunca antes en su vida, Victoria no solo anhelaba tenerlo a su lado un poco más, sino también que Guy y Francine lo conocieran mejor. No obstante, su alegría pronto se trocó en inquietud al comprobar que Guy había sufrido uno de sus bruscos cambios de humor. Se mostraba provocador en extremo y no cesaba de pedir opinión a Patrick sobre diversos temas para acto seguido discrepar de él. El barómetro de Guy marcaba sin duda enfado.

—Dios mío, ¿qué mosca le ha picado ahora? —preguntó Victoria a Francine después de que Patrick, que no tenía intención de someterse a los jueguecitos verbales de Guy y además no soportaba la angustia que se pintaba en el rostro de Victoria, pidiera ver el jardín.

—Le ha salido el monstruo que lleva dentro, supongo —repuso Francine con un leve encogimiento de hombros y una punzada de celos al observar la posesividad que Guy mostraba hacia su prima—. Ha estado de muy buen humor todo el día, pero en cuanto te ha visto entrar con cara de felicidad, supongo que no ha podido soportarlo. ¡Hombres! Son todos tan posesivos, y además Guy está acostumbrado a ver un cartel de «Prohibido pisar el césped» en tu jardín. Pero por el amor de Dios, Victoria, no te pongas nerviosa. Tu amigo no parece de los que se dejan amilanar a la primera de cambio, y ya son mayorcitos. Que se las apañen —declaró con una sonrisa—. No hace falta que te pregunte si lo has pasado bien.

—Lo he pasado de maravilla, Francine, no te imaginas cuánto.

—Anda, cuenta, soy toda oídos.

Por suerte no sabían que, durante la visita por el jardín, el famoso monstruo que Guy llevaba dentro lo había impulsado a adoptar su actitud más formidable.

—Espero que entienda que mi prima es una persona muy especial y que últimamente lo ha pasado muy mal. Es muy vulnerable, y no me gustaría que volvieran a hacerle daño. Querría asegurarme de que sus intenciones respecto a ella son honorables.

Patrick observó a su anfitrión unos instantes y enarcó una ceja.

—Mucho más honorables que las suyas respecto al marido de Victoria, creo yo —replicó sin inmutarse, aunque con un matiz de advertencia inconfundible.

Guy abrió los ojos de par en par como si acabaran de apuñalarlo y por fin levantó los brazos como si se rindiera.

—*Touché* —se limitó a decir.

—Solo quería dejar las cosas claras —comentó Patrick antes de mirar el reloj—. Sé que tienen invitados a cenar, y yo debo irme. Gracias por la copa.

Cuando volvieron a entrar en la casa, hablando de la historia de Vrahos y por lo visto haciendo planes para verse en el futuro, Francine y Victoria comprobaron con alivio que el estado de ánimo de Guy había mejorado un tanto y que los dos hombres parecían entenderse mucho mejor que un rato antes.

Patrick llamó a Victoria el domingo tras acompañar a Sam y Sophie a la estación para que tomaran el tren a York. Victoria acababa de llamar a Jake como hacía cada noche cuando le sonó el móvil. Oír la voz de Patrick la llenaba de felicidad. Era como si toda su vida se hubiera transformado, como si le hubieran administrado una transfusión de energía y optimismo.

—¿Cómo ha ido con Rachel? —inquirió después de que Patrick le preguntara cómo había pasado el día.

—Bueno —repuso Patrick—, no ha sido el día más fácil de mi vida precisamente, pero podría haber sido mucho peor. Hemos solucionado algunos asuntos y me ha encantado ver a Posy. Nos ha dispensado un recibimiento de lo más efusivo. Creo que sobre todo Sophie se ha emocionado al ver lo contenta que se ponía la pesada de su hermanita al verla.

—¿Y qué pasa con lo de España?

—Rachel sigue insistiendo en ir —refunfuñó Patrick—. No puede... o más bien no quiere entender que esa mujer es una buena pieza. A pesar de lo que sucedió, parece que Bronwen sigue ejerciendo mucha influencia sobre ella. Rachel puede llegar a ser muy testaruda, pero al menos ha accedido a dejar a Posy conmigo si se va. Y me parece que nos hemos repartido las vacaciones de verano de una forma bastante civilizada. Utilizaremos alternativamente el piso de Londres y Wytherton House, y Sophie podrá pasar algún tiempo con su madre y conmigo, lo cual es importante. Los padres de Rachel se están mostrando muy dispuestos a cooperar.

—Me alegro mucho —aseguró Victoria, aliviada ante la perspectiva de que Rachel desapareciera de la ecuación durante un tiempo.

—Victoria, tengo una propuesta que hacerte —anunció Patrick—. ¿Cuánto tiempo tienes pensado pasar en Baybury antes de volver a Vrahos?

—Bueno, depende de lo que me encuentre cuando llegue y de los asuntos que tenga que resolver. Tengo que ocuparme de la ropa y demás enseres de Richard, lo cual no me hace ni pizca de gracia, y no sé cuánto tiempo me llevará. Además, tengo que ver a varias personas, entre ellas al padre de Richard. No me gustaría pasar más de otra semana separada de Jake, pero de momento no he fijado la fecha; depende en parte de los vuelos y demás. ¿Por qué me lo preguntas?

—Me han pedido que escriba un artículo para la *Heritage at Risk Quarterly Review* sobre casas que merece la pena salvar..., fincas sin demasiado renombre, pero cuyos propietarios querrían abrirlas al público si con ello pudieran obtener subvenciones para reformas y mantenimiento. Tendría que ir a hacer algunas fotografías, tal vez visitar los jardines, hablar con algunas personas para familiarizarme con los lugares y cosas por el estilo. He hecho reportajes similares en alguna que otra ocasión.

—Suena interesante —comentó Victoria, preguntándose en qué consistía la propuesta.

—Sí, suele serlo —convino él—, pero por suerte no tengo que tomar ninguna decisión ni dar recomendaciones específicas, tan solo presentar una fotografía a los miembros de Heritage at Risk. Me han pedido que visite dos fincas en particular mientras esté en el sur. Las dos se encuentran bastante cerca de Londres, así que podría visitarlas desde aquí, pero he pensado que... —Dejó la frase sin terminar.

—¿Sí? —lo instó ella, conteniendo el aliento.

—¿Y si me acompañas? —sugirió Patrick—. Sería fantástico pasar más tiempo juntos y a solas, sin nuestras familias ni nadie más. Podríamos alojarnos en algún hotel bonito por una noche. No me malinterpretes..., no pretendo presionarte para que hagas nada que no quieras o para lo que no te sientas preparada... —Se interrumpió un instante antes de continuar—. Pero es que no soporto la idea de no volver a verte antes de que te vayas a Corfú. ¿Qué me dices?

—Oh, Patrick —exclamó Victoria, emocionada—. Me encantaría.

—Estupendo.

Victoria repasó mentalmente sus planes.

—Toula y Anthony esperan que pase la noche de mañana en su casa, pero necesito estar a solas en Manor Farm en algún momento, así que tenía intención de ir allí el martes. Necesito enfrentarme a ciertos fantasmas y ocuparme de las cosas de Richard. ¿Podríamos quedar hacia finales de semana?

—Cuando a ti te vaya bien —repuso Patrick, complacido en extremo por su reacción—. Me gustaría poder ayudarte, pero entiendo que es algo que debes hacer por ti sola —observó, consciente de que siempre había sido demasiado protector con Rachel y resuelto a no cometer el mismo error.

—Sí —asintió ella, leyéndole el pensamiento sin querer—. Debo arreglármelas sola o seré incapaz de seguir adelante.

—Veré si Tania, mi secretaria, puede concertar las dos visitas para el jueves o el viernes, y luego buscaré un buen hotel. No te imaginas cuánto significa para mí que me acompañes. No te llamaré mientras estés en casa de tus tíos, pero ¿hablamos el martes por la noche?

—Perfecto —repuso Victoria, pensando que las siguientes cuarenta y ocho horas se le antojarían eternas—. Hasta el martes por la noche, entonces. Tengo que colgar, porque de lo contrario Guy y Francine creerán que me ha pasado algo. Buenas noches y gracias por... todo.

—Buenas noches, querida Victoria.

El lunes por la mañana, Toula fue a esperar a Victoria en la estación de Toddingham. Tras abrazarla con fuerza, Toula la llevó a Durnford House a comer, tomando las curvas a velocidad de vértigo y adelantando camiones con una seguridad en sí misma del todo infundada.

A Victoria le resultaba extraño estar de vuelta, casi como si los últimos seis meses no hubieran existido. Haciendo gala de la telepatía que algunos perros poseen cuando llegaban sus dueños, Teal aguardaba junto a la puerta principal.

—¡Es extraordinario! —exclamó Toula—. A mí nunca sale a recibirme.

El viejo perro enloqueció de alegría al ver a Victoria.

—Dicen que los perros no tienen noción del tiempo —señaló Victoria cuando el animal se calmó un poco—, pero se equivocan. Está mucho más entusiasmado que cuando solo pasa unos días sin verme. Pobrecito, está muy mayor. ¿Crees que nos ha echado de menos?

—Oh, sí. No es que se haya lamentado, pero os echa muchísimo de menos —aseguró Toula—. Por suerte se lleva muy bien con los nuestros, pero me parece que el reuma se las hace pasar moradas. A veces las patas traseras se niegan a sostenerlo. Pasa mucho tiempo sentado junto a la ventana del despacho de Anthony, vigilando el camino de entrada, y Anthony está convencido de que espera que uno de vosotros llegue a casa.

—Y ahora llega la persona equivocada —suspiró Victoria con tristeza—. Seguro que preferiría ver a Jake..., y aún más a Richard, por supuesto. Yo siempre he sido la última en su lista de prioridades, una persona digna de confianza, eso sí, estupenda para darle de comer, salir de paseo cuando no hay caza y secarlo después de ir al estanque, pero no puedo competir con Richard.

—Pues cualquiera lo diría al ver cómo se comporta ahora. ¡Está extasiado! —afirmó Toula—. Como la santa Teresa de Bernini al saludar al ángel.

—Madre mía —rió Victoria, divertida ante el símil típicamente descabellado de Toula—. ¿Crees que santa Teresa babeó, jadeó y lamió las rodillas del ángel? Tengo la falda empapada. Me encantaría llevármelo a Vrahos para que estuviera con Jake, pero no sé si es buena idea.

—Me alegro tanto de verte, cariño... —dijo Toula—. ¿Así que ya has tomado la decisión de instalarte en Vrahos?

—Desde luego, me quedaré hasta el final del verano. Luego, a menos que esta semana surja algo que me haga cambiar de idea, creo que me gustaría pasar allí algún tiempo más. Pero no sería justo tomar ninguna decisión hasta haber hablado con Bill; se lo debo. ¿Crees que es una idea alocada, Toula?

—Anthony está convencido de que es lo mejor para ti, aunque yo no estoy tan segura.

—Valoro mucho la opinión de Anthony... y la tuya también, por supuesto —se apresuró a añadir.

Si bien albergaba profundas reservas respecto a Hugh Marston, Toula se moría de curiosidad por conocer todos los detalles acerca de él y su encuentro con Victoria. Guy, por lo general tan crítico, había llamado a sus padres y descrito el retrato de Evanthi con gran entusiasmo.

—Os he traído un catálogo de la exposición —anunció Victoria al tiempo que se agachaba para rebuscar en su bolsa de lona—. Toma.

—Hum, supongo que tendremos que ir a verlo —masculló

Toula a regañadientes, impresionada a su pesar—. Pero desde luego, no quiero conocer al artista. ¿Qué tal la cena del sábado con Guy y Francine?

—Muy agradable; vi a muchos viejos amigos y lo pasé en grande. Realmente se han tomado muchísimas molestias por mí.

Victoria se preguntó si Guy habría hablado a sus padres del día que había pasado con Patrick y si los tambores de la familia ya se habrían puesto en marcha. A juzgar por la expresión de Toula, así era.

Pese a que apenas había transcurrido una semana desde que se habían visto en Londres, Toula advirtió de inmediato que se había realizado un cambio en Victoria. Parecía renovada, más feliz, se dijo Toula, de lo que la había visto en mucho tiempo, y de hecho le interesaba saber más cosas acerca del sobrino de Hugh Marston que acerca del artista. Tal como suponía Victoria, Guy había sacado el tema.

—Parece que la historia se repite —había señalado a su madre.

A instancias de Anthony, a quien había transmitido la interesante conjetura de su hijo, Toula había conseguido no preguntar a su sobrina por Patrick Hammond nada más verla. Esperaba que Victoria lo mencionara por sí misma..., si bien Toula estaba resuelta a averiguar más cosas a despecho de que lo que opinara Anthony.

Después de comer sacaron a los perros. Los Jack Russell de Toula y Anthony corrían como alma que lleva el diablo, mientras Teal los seguía rezagado y cojeando.

—¿Por qué no te parece buena idea que me quede a vivir en Vrahos? —quiso saber Victoria—. ¿Es por Jake y su educación?

—No, por el amor de Dios... Creo que sería estupendo para Jake. No hagas ni caso de las teorías de los Cunningham acerca de la educación de los niños —bufó Toula con desdén, pese a que su hijo no podría haber ido a una escuela privada más convencional—. A los Cunningham les gustaría que todos los niños ingresaran en la academia militar a los seis años. Meriel le ha estado lavando el cerebro a Bill sobre la necesidad de que Jake crezca en lo que ella denomina un ambiente estructurado..., sea lo que sea eso. La verdad es que sus hijos no son precisamente buenos exponentes de su teoría. Están terriblemente consentidos; ya se lo insinué el otro día, y Anthony se enfadó mucho conmigo.

Victoria se echó a reír, buena conocedora de las «insinuaciones» de su tía.

—No, eres tú quien me preocupa —prosiguió Toula—. Ahora mismo eres feliz en Vrahos porque es un refugio, pero ¿qué pasará cuando muera la *nonna*? Es posible que hayas desperdiciado varios años de tu vida por ella para luego descubrir que no queda suficiente para seguir viviendo allí... Y además me preocupa que no conozcas a nadie si te encierras en Vrahos —concluyó con una mirada penetrante.

Por supuesto, Toula se refería a un futuro marido adecuado para ella, sabía Victoria.

—No quiero vivir en Vrahos con miras a heredar la casa —puntualizó Victoria, haciendo caso omiso de la invitación implícita de su tía a que le hablara de Patrick—. Sé que la casa está muy deteriorada y que no hay dinero —señaló—, pero lo importante es que la *nonna* no se vea obligada a afrontar cambios a estas alturas de su vida. Sin embargo, lo cierto es que mis motivos también son egoístas. Quiero tanto a la *nonna* y Vrahos que deseo sacar el mayor partido al tiempo que nos queda. Pero hablaré de ello con tío Anthony, y te prometo que también pensaré en lo que me acabas de decir.

Anthony llegó de Londres bastante temprano. Tenían mucho de que hablar, de modo que cuando Victoria se acostó en la pequeña habitación de Durnford House que antaño fuera suya, su mente era un torbellino tal de preguntas que estaba convencida de que no conseguiría pegar ojo durante horas, pero en realidad se durmió a los pocos minutos de apagar la luz y no despertó hasta que Anthony, aún en bata, le llevó una taza de té antes de vestirse y salir para Londres.

Más tarde, Toula llevó a Victoria a Manor Farm y la dejó allí a regañadientes.

—Anthony vino el otro día para probar tu coche —anunció—, así que al menos sabemos que funciona. Si cambias de idea, puedes volver a casa en cualquier momento. Me parece una tontería que te quedes aquí, pero Anthony dice que debo respetar tus deseos y dejarte hacer las cosas a tu manera. ¡Es una locura!

Toula levantó los brazos en un gesto de incomprensión por las opiniones descabelladas de los maridos y las reacciones imprevisibles de las sobrinas antes de abrazar a Victoria con fuerza.

—Gracias, querida Toula, los dos sois auténticos soles —aseguró la joven, devolviéndole el abrazo—. Tengo que hacer esto, pero os llamaré esta noche y te prometo que volveré si no me siento capaz de afrontarlo.

Esperó hasta que el coche de su tía se perdió de vista, respiró hondo, introdujo la llave en la cerradura y abrió la puerta de la casa.

Victoria dejó la maleta en el porche para entrarla más tarde y abrió la puerta interior que daba al vestíbulo. Todo seguía igual, pero Victoria se vio embargada por una sensación de irrealidad, como si estuviera mirando una película. Casi esperaba ver fantasmas de ella misma, Richard y Jake flotar ante sus ojos y representar los papeles cotidianos que antes le resultaban tan familiares. Teal, al que se había llevado para que le hiciera compañía, recorrió el vestíbulo olisqueándolo todo y gimiendo con los pelos del lomo erizados.

—Solo estamos tú y to, Teal —dijo Victoria, y su voz resonó en el silencio.

Se alegraba de no haber sucumbido a la tentación de traer consigo a Jake, pues le parecía que la situación lo habría inquietado mucho.

Se obligó a abrir de par en par todas las puertas y entrar en cada una de las habitaciones. Cuando llegaron al trastero, Teal fue derecho al rincón donde siempre había estado su cama, pero Anthony se la había llevado a Durnford House, creyendo que ayudaría al viejo perro a adaptarse a su nuevo entorno. Teal se tumbó en el suelo desnudo, algo perplejo, meneando el muñón de rabo que tenía, a la expectativa de que Victoria restableciera la normalidad. Al cabo de un rato se incorporó con dificultad sobre las temblorosas patas traseras y la siguió a la habitación de juegos. La estancia aparecía sobrecogedoramente limpia y ordenada, sin piezas de Lego desparramadas por el suelo, ni libros abiertos, ni dibujos a medio terminar. A todas luces, Violet lo mantenía todo inmaculado. Antes de llegar, Victoria se había preguntado si al entrar en la casa se sentiría a sus anchas, pero lo cierto era que tenía la sensación de ser una intrusa.

Retrocedió hasta el vestíbulo, aliviada por el hecho de que Anthony hubiera hecho desviar la correspondencia a Durnford House, ya que ello había evitado que la recibiera una auténtica montaña de correo comercial y cartas en sobres marrones. El salón y el comedor le trajeron recuerdos de la última vez que había recibido invitados, tras el funeral de Richard. Cuando por fin hizo acopio de valor para subir a su dormitorio, Teal reconoció la derrota y se desplomó al pie de la escalera, consciente de que no conseguiría llegar a la planta superior.

—¿Qué sucedió ese día, Teal? —preguntó Victoria al tiempo que se sentaba en el primer peldaño y acariciaba las orejas del viejo perro—. Fuiste el único testigo. ¿Qué sabes tú que todos los demás ignoramos?

Recordó que, cuando empezó a albergar la sospecha de que Richard podía haberse suicidado, pensó con convicción que en tal caso habría dejado una nota. Siempre le había apasionado escribir notas cariñosas, quizá, concluyó Victoria, porque le resultaba más fácil expresar su amor de ese modo que mediante demostraciones físicas. Había registrado su escritorio y luego el despacho entero en busca de una nota. Más tarde, frenética por la desesperación, había puesto toda la casa patas arriba en busca de un último mensaje de su marido, pero todo fue en vano.

Victoria se levantó, pero Teal permaneció tumbado, mirándola con expresión compungida, y pese a sus nuevas esperanzas, la joven no pudo evitar que las lágrimas le rodaran por las mejillas.

Sobre el tocador vio un jarroncito con rosas que sin duda le había dejado Violet. Puesto que advertía que un letargo mortífero amenazaba con adueñarse de ella e imaginaba a Evanthi advirtiéndole que no debía sucumbir al pecado de la pereza, Victoria decidió ir a ver a Violet de inmediato.

Cuando llegó a la casita de los Burrows, situada junto a la entrada posterior de Manor Farm, vio que Violet había salido en su busca. Las dos mujeres se abrazaron en silencio y se miraron durante un largo instante.

—Cuánto me alegro de verte —suspiró Victoria.

—He puesto agua a hervir. ¿Tomarás una taza de té? Y he preparado unos pastelillos expresamente para ti.

Violet siempre expresaba su afecto a través de la repostería a cualquier hora del día. Ambas mujeres tenían muchas novedades que contarse, pero en lugar de hablar de ello pasaron a comentar el futuro. Violet fue la primera en abordar el tema.

—No sé cómo decirte esto después de todos los años que hemos pasado contigo y con Richard —empezó por fin, tras instar a Victoria a tomar otro pastelillo—, y me da vergüenza recibirte con semejante noticia..., teniendo en cuenta que acabas de llegar a casa y todo lo que has pasado en los últimos tiempos, pero Jeff dice que no puedo retrasarlo. —Respiró hondo antes de proseguir—. Estamos pensando en cambiar de aires —farfulló.

—Oh, Violet —exclamó Victoria—. Gracias por decírmelo. Eres la más valiente de las dos, porque yo también estoy pensando en hacer algunos cambios, y estaba intentando reunir el valor suficiente para sacar el tema. Acabas de darme una lección de valentía. Háblame primero de vuestras ideas, y luego te contaré las mías.

—Es por esa Meriel... o señora Haaawkins, como pretende que la llame ahora —espetó Violet, arrastrando el nombre como si tensara un arco—. Jeff y yo siempre hemos estado a gusto trabajando para ti y para Richard, pero tengo entendido que el marido de Meriel quiere hacerse cargo de la granja, y está lleno de humos y teorías, como casi todos los políticos. Jeff ha sido granjero toda su vida y no aguantaría que un tipo como Stafford Hawkins le diera órdenes cada mañana antes de irse al Parlamento. El viejo señor Cunningham no está mal; nunca ha sido la alegría de la huerta, pero al menos es lo que es y nunca ha pretendido ser otra cosa.

A Victoria le pareció una descripción muy certera de su suegro.

—Y yo no podría trabajar para esa Meriel —prosiguió Violet—. Lo cierto es que a Jeff le han ofrecido un trabajo en la otra punta de Toddingham, y tenemos intención de aceptarlo.

—Debes hacer lo mejor para vosotros y vuestra familia, y te entiendo perfectamente, porque yo tampoco aguanto a los Hawkins. June Cunningham me cae bien, pero Meriel siempre me ha cargado. El señor Mason me dijo que quiere trasladarse a Manor Farm, así que he pensado instalarme en Corfú.

Era un gran alivio poder hablar del asunto con franqueza. Violet le explicó indignada que Meriel había ido a verla varios fines de semana para pedirle las llaves de la casa.

—Siempre venía con la excusa de que tenía que recoger unos papeles o alguna otra cosa para su padre —bufó—, pero llevaba una cinta métrica, y no nací ayer. Lo que ha estado haciendo es tomar medidas, pero la calé enseguida. Quería quedarse las llaves, pero no se lo permití. «Devuélvamelas antes de irse si no le importa, señora Haaaawkins», le decía. «Victoria me las dejó a mí, y no puedo permitir que se las quede otra persona.» Te aseguro que no le hacía ni pizca de gracia —añadió con satisfacción—. Menos mal que estará en Londres hasta el viernes por la noche.

—Qué alivio. Mañana he quedado para comer con el padre de Richard, pero supongo que tarde o temprano tendré que enfrentarme a Meriel.

Las dos mujeres acordaron que a la mañana siguiente Violet acudiría para ayudar a Victoria en la desagradable tarea de clasificar la ropa de Richard.

Victoria regresó a la casa despacio, seguida por el renqueante Teal. El jardín ofrecía un aspecto sorprendentemente cuidado, con el arriate, la niña de los ojos de Richard, rebosante de color, el césped segado y sin apenas malas hierbas. La conmovió que hubiera estado tan bien cuidado durante su ausencia, y se recordó que debía preguntar a Jeff quién era el responsable. ¿Hago bien en contemplar la posibilidad de abandonar todo esto?, se preguntó. Pero a renglón seguido recordó las palabras de Peter Mason. Con toda probabilidad, no podría quedarse de todos modos, pero ¿debía ofrecer cierta resistencia por el bien de Jake, aunque nunca hubiera considerado Manor Farm su hogar en la misma medida que Vrahos? Mientras sopesaba aquellas cuestiones, entró de nuevo en la casa, dejando a Teal en el porche.

Alertada más por un sexto sentido que por un ruido inusual, Victoria supo de inmediato que había alguien más en la casa. Se detuvo en seco y aguzó el oído antes de cruzar la puerta oscilante que conducía a la parte posterior. No vio a nadie, pero la puerta trasera estaba abierta, y había un Vauxhall azul aparcado en el jardín. Sobre la mesa de la cocina vio un bolso. Fuera quien fuese la intrusa, a todas luces no consideraba necesario ocultar su presencia. Al poco oyó pasos en el piso superior. Con mucho sigilo, Victoria subió la escalera de servicio y recorrió el pasillo. Desde su dormitorio le llegó una especie de susurro, y la puerta estaba entreabierta. La abrió de un empujón y se encontró cara a cara con un par de piernas muy robustas.

—Hola, Meriel —saludó.

Aquella noche, cuando Patrick la llamó, Victoria le contó que había estado a punto de cometer el asesinato perfecto, porque Meriel Hawkins se había llevado tal susto que se cayó de la escalera de mano a la que estaba subida para pegar muestras de papel pintado encima de la cama de Victoria.

—Por suerte para ella, cayó sobre la cama, así que no se hizo ni un rasguño, pero nunca había visto a nadie tan nervioso en toda mi vida —aseguró—. ¡Qué caradura!

—Pero te divertiste un rato, ¿a que sí? —concluyó Patrick, muerto de risa.

—La verdad es que sí —reconoció ella—. ¡Ha sido tan gracioso! Y lo que es más, ahora tengo la sartén por el mango. Imagínate, ha tenido incluso la cara dura de sugerirme que no le contara a mi suegro que la había visto en la casa para que no se alterara. Viene desde Londres a pegar sus puñeteras muestras de papel y ni siquiera se digna pasar a visitar a Bill. Es una mujer insufrible.

—¿Se lo contarás?

—Lo más probable es que no —admitió Victoria—. Es un poco estirado, pero me da muchísima pena, y es el único miembro de la familia de Richard al que le tengo auténtico cariño. Pero lo gracioso es que Meriel cree que puedo llegar a contárselo, y te aseguro que pienso tenerla sobre ascuas.

—¿Te enfrentarás a ella por la casa?

—No lo creo. La quiere con todas sus fuerzas, y yo no. He decidido que si lo hago sería por puro despecho. Aquí ya no me queda nada. Pero ahora Meriel ya no está en posición de decidir dónde tenemos que vivir Jake y yo, ni de darme lecciones sobre la mejor forma de educarlo. La verdad, casi le estoy agradecida. Sorprenderla en mi dormitorio me brinda la ocasión perfecta para empezar una nueva vida.

—Me alegro mucho —aseguró Patrick, aliviado—. En fin, hagamos planes. Tania ha conseguido concertar las dos visitas para finales de semana, una el jueves por la tarde y otra el viernes. Por otra parte, he reservado provisionalmente una habitación para el jueves en el Old Priory de Hettington, que está más o menos a medio camino entre las dos fincas. Es un sitio muy tranquilo y se come muy bien. Estaríamos de fábula. ¿Te parece bien?

—Perfecto —asintió Victoria, ansiosa por pasar más tiempo a solas con él, pasara lo que pasara.

—¿Quieres que vaya a buscarte?

—Creo que será mejor que nos encontremos allí.

—Imaginaba que dirías eso. Te enviaré las indicaciones para llegar. ¿Has podido enfrentarte a tus fantasmas?

—Creo que sí..., al menos me alegro de haber venido. En cuanto Meriel se ha ido, he cruzado el bosque hasta el sitio del accidente. Es la primera vez que lo consigo, y me he pasado horas ahí sentada, pensando en Richard.

—Eso requiere mucho valor —alabó Patrick, diciéndose que bajo aquella apariencia delicada anidaba una gran fuerza—. ¿Te ha servido?

—Creo que me ha ayudado a encontrar cierta paz interior. Estoy muy triste y desearía saber lo que realmente ocurrió. He dicho en voz alta algunas cosas que necesitaba soltar... Es curioso lo que ayuda hacer eso. Por suerte, no había nadie cerca.

—Me gustaría estar cerca de ti en estos momentos —musitó Patrick.

—Y a mí que estuvieras.

43

El miércoles por la mañana, con la ayuda de Violet, Victoria consiguió empezar a clasificar las pertenencias de Richard, reservando los objetos más personales y valiosos para Jake, decidiendo qué cosas regalaría a familiares y amigos íntimos, y distribuyendo la ropa entre la familia y diversas entidades benéficas. Los muebles podían esperar hasta la siguiente visita, cuando supiera con certeza qué haría en el futuro. Sin el respaldo amable aunque práctico de Violet, Victoria sabía que se habría pasado las horas sentada entre montañas de ropa, atormentada por la indecisión, pero aun con la alegre compañía de Violet, aquella tarea le resultaba desagradable en extremo, por lo que se alegró de tener la excusa de haber quedado con su suegro para almorzar.

—Eres un sol —aseguró a Violet mientras la abrazaba—. Gracias a ti hemos adelantado mucho más de lo que creía.

—Volveré esta tarde para guardar en bolsas las cosas que irán a parar a la tienda de segunda mano —anunció la eficiente Violet—. Anda, ve a ver al viejo.

El golpe de la muerte de su hijo había envejecido considerablemente a Bill Cunningham desde la primavera anterior, pero a Victoria le pareció que, a su manera siempre contenida, el anciano se alegraba de verla. Llevaba consigo las fotografías más recientes de Jake para mostrárselas.

—No se parece en nada a Richard —constató Bill en un momento dado—. Claro que nunca se ha parecido a él.

Victoria no sabía cuál era la respuesta apropiada a semejante comentario.

—Quizá no a primera vista —contestó por fin, compadecida de su suegro—, sobre todo porque ha heredado mi cabello oscuro, y Richard era tan rubio, y además Jake está muy bronceado ahora mismo por el sol de Corfú, lo cual acentúa la diferencia. Sin embargo, sí que se parece a él en algunos sentidos. A menudo veo en Jake algo que me recuerda a Richard, alguna que otra expresión, su forma de caminar con las manos entrelazadas en la espalda..., algo que tú también haces, Bill, su destreza con el balón, su pasión por los juegos, su forma de organizar las cosas... Ha heredado la meticulosidad de Richard, porque de mí no, desde luego. Si de mayor es un hombre tan bondadoso como Richard, me daré por satisfecha.

Pero no pudo evitar pensar con una punzada de dolor que con aquella consideración, aquella cortesía que formaba parte integrante de Richard, su marido había sido capaz de cometer una acción tan absolutamente desconsiderada que sus consecuencias se dejarían sentir durante muchos años.

Bill contempló el paisaje por la ventana.

—No quieres seguir viviendo aquí después de lo que pasó, ¿verdad, Victoria? —inquirió de repente—. Quieres llevarte al niño al extranjero.

—Creo que sí..., al menos de momento —asintió ella, respirando hondo para afrontar la situación con entereza antes de apoyarle una mano en el brazo—. Pero no es definitivo. Quiero que sepas que no tengo intención de perder el contacto contigo, y no solo por Richard y Jake, sino también por mí. Siempre serás bienvenido en nuestra casa, dondequiera que vivamos, y traeré a Jake a verte. Dentro de poco tendré que volver a Inglaterra y te prometo que Jake me acompañará. Al igual que tú, no quiero que pierda sus raíces inglesas, y no tomaré ninguna decisión crucial sobre su futuro sin consultártelo primero a ti..., no a Peter Mason, a Meriel ni a Stafford.

—Lo comprendo y no te culpo —repuso él, y Victoria pensó que, en efecto, lo comprendía a la perfección—. Me parece que June tiene intención de venirse a vivir conmigo, y como te habrá contado Peter, es muy posible que Meriel y Stafford se queden con Manor Farm..., siempre y cuando tú no quieras vivir allí. Ni que decir tiene que seguirá siendo tuya todo el tiempo que desees.

Era un cuadro muy distinto del que le había pintado Peter Mason, y Victoria no pudo evitar sentirse conmovida. Se dijo que la lúgubre June, con sus dobladillos descosidos y sus jerséis deformados, al menos cuidaría de su padre.

Se despidió de él con profunda tristeza. Mientras se alejaba en coche lo vio por el retrovisor, de pie en la escalinata de la casa, un anciano solitario, altivo y reprimido cuyo mundo había quedado hecho añicos.

De camino a Manor Farm pasó por casa de Toula para animarse un poco con una taza de té y una tanda de chismes. Toula era un auténtico pozo de información local, y el hecho de que su versión de los hechos fuera por lo general imprecisa y estuviera cargada de prejuicios no le restaba encanto alguno.

—Bueno, ¿qué hay de nuevo en el pueblo? —preguntó Victoria.

—No te lo vas a creer —exclamó Toula—. Meriel Hawkins ha anunciado en la Sociedad Femenina de Toddenham que ha asistido a un curso y que puede enseñarnos artes maritales a todas.

—¿Quieres decir que Meriel pretende daros clases de educación sexual?

A la mente de Victoria acudió una estrafalaria imagen de su cuñada y la mandona señora Banham entrelazadas en una complicada postura del Kamasutra.

Toula lanzó un bufido desdeñoso.

—No digas tonterías, Victoria. No tiene nada que ver con el sexo. Es un sistema de ejercicios basado en los movimientos de los guerreros chinos o algo por el estilo. Anthony dice que tengo que adelgazar, pero no me veo reptando por la sala parroquial blandiendo uno de esos sables chinos. Antes me pongo a dieta. Habrás oído hablar de ello, creo que se llama taichi.

Victoria estalló en carcajadas.

—Creo que querías decir artes marciales, no maritales.

—Eso es lo que he dicho.

—Ay, Toula, me acabas de alegrar el día —aseguró Victoria,

sintiéndose infinitamente mejor—. Y si decides asistir al curso, hazle una llave a Meriel de mi parte.

Victoria regresó a Manor Farm pasadas las cinco, y Violet estaba a punto de irse.

—Voy a prepararle el té a Jeff —anunció—, pero mañana por la mañana volveré, y creo que podremos dejarlo todo listo en un par de horas. Ah, por cierto, ha llamado Guy. Le he dicho que te esperaba hacia las cinco y le he preguntado si quería que lo llamaras, pero parece que ha surgido algo que tiene que comentar contigo, así que viene para acá. Llegará sobre las seis.

—Vaya —exclamó Victoria—, qué extraño. Me fui de su casa el lunes, y sé que se van a Italia mañana a primera hora. ¿Te ha dicho de qué se trata?

Violet negó con la cabeza.

—No, solo que no hacía falta que lo llamaras porque ya habría salido. Bueno, hasta mañana.

Victoria no imaginaba qué podía haber impulsado a Guy a tomar la M4 para ir a Manor Farm con tanta urgencia. Intentó convencerse de que si hubiera sucedido algo en Vrahos, sin duda lo habría sabido por Toula o Anthony, y si guardaba relación con Francine, a buen seguro Guy no se apartaría de su lado. La cabeza le bullía de preguntas inquietantes.

Horas antes, en Londres, Guy se había sentado a la mesa de la cocina para abrir la correspondencia antes de hacer las maletas para el viaje que realizaría a Verona al día siguiente. Francine había salido un momento a comprar pilas para su ventilador de bolsillo, que esperaba la ayudara a sobrevivir si la ola de calor que asolaba el continente resultaba excesiva. Por primera vez en su vida la molestaban las temperaturas altas y temía que la muchedumbre agolpada en la Arena y el calor sofocante le provocaran un desmayo durante alguna de las óperas. Guy le había aconsejado que se quedara tranquila en casa, pero Francine ardía en deseos de asistir a las tres representaciones al aire libre sobre las que Guy debía escribir sendas reseñas, a fin de poder comentarlas con él. Asimismo, puesto que Guy viajaba tanto por motivos profesionales, Francine tenía intención de acompañarlo siempre que le fuera posible, y creía que el viaje a Verona podía ser su última oportunidad antes de que naciera el bebé.

La semana anterior, Victoria le había preguntado de repente si confiaba en Guy. Francine se había limitado a hacer una mueca cómica y echarse a reír.

—Claro que no —repuso—, por eso tengo intención de ponérselo muy difícil para que no me sea infiel.

Nada en el grueso sobre blanco tamaño A5, llegado por correo certificado, había alarmado a Guy. Pero al abrirlo y leer la breve carta que acompañaba los dos sobres que a su vez contenía, la sangre se le heló en las venas.

Seguía sentado a la mesa, inmóvil, cuando regresó Francine. Su mujer se sobresaltó al verlo en aquel estado.

—Creía que habías ido de compras —farfulló Guy—. No has tardado nada.

—Solo he ido a la tienda de la esquina. ¿Se puede saber qué te pasa? Tienes un aspecto espantoso. —De repente abrió los ojos como platos—. ¡Guy! ¿No es la letra de Richard? —preguntó con la mirada clavada en los dos sobres cerrados y con las señas escritas a mano.

Guy asintió.

—Lee esto —le pidió al tiempo que le alargaba la carta mecanografiada y de aspecto oficial—. Es de un bufete de abogados de Reading del que nunca había oído hablar.

Dicho lo cual se levantó y empezó a deambular por la cocina, cogiendo cosas y volviéndolas a dejar, haciendo tintinear las monedas que llevaba en el bolsillo...

—«Apreciado señor Winston —leyó Francine en voz alta—. Nuestro difunto cliente, Richard W. Cunningham, de Manor Farm, Baybury, Berkshire, nos solicitó que, en caso de fallecimiento, le remitiéramos estas dos cartas seis meses después de su defunción. Asimismo solicitó que, si después de leer la carta dirigida a usted, lo considerara apropiado, entregara usted la segunda carta en mano a la señora Victoria Cunningham.» Dios mío, así que Richard sí dejó cartas de despedida a fin de cuentas —exclamó Francine, mirando los dos sobres.

Uno de ellos iba dirigido a: Guy Winston Esq, 40 The Boltons, Londres SW7, mientras que en el otro solo ponía «Para Vicky». En ambos casos era la caligrafía pulcra y redondeada de Richard.

—¿No vas a abrir la tuya? —preguntó Francine.

—Supongo que sí —repuso él sin hacer gesto alguno.

—¿Quieres que te deje a solas mientras la lees?

—No, quédate, por favor.

Guy apoyó la mano sobre la de su mujer por un instante, luego cogió el sobre dirigido a él y lo abrió con cuidado, como si creyera que contenía un artefacto explosivo. Del interior sacó una sola hoja de papel con el membrete de Manor Farm. Tras leer la misiva se la alargó a Francine; parecía hallarse en estado de shock.

> Guy, si has recibido esta carta, significa que llevo muerto seis meses. No puedo continuar, y tú sabes por qué mejor que nadie. He tardado mucho tiempo en aceptarlo, pero me has dejado las cosas muy claras, y no hay nada más que hablar en ese sentido. Entre los dos nos las hemos arreglado para destrozarle la vida a Victoria, y nada de todo esto es culpa suya. Por su bien y por el de Jake, espero poder hacer que mi muerte parezca un accidente y que Victoria nunca llegue a saber la verdad, en cuyo caso quiero que destruyas la carta que le he escrito. Pero si averigua o intuye lo ocurrido, te ruego que se la entregues. En cualquier caso, ella y Jake estarán mejor sin mí. Les he fallado demasiado. Por favor, haz cuanto esté en tu mano por ellos. Nos lo debes a todos.
>
> RICHARD

Guy miró a Francine.

—Sé que solo confirma lo que ya sabíamos... —balbuceó por fin, como si le estuvieran arrancando las palabras por la fuerza—, pero verlo escrito de su puño y letra..., es tan triste..., la confirmación de lo que pasó..., de su desesperación..., del desperdicio...

Su voz se apagó, y Francine advirtió que pugnaba por recobrar la compostura.

—... de mi propia contribución —continuó Guy más deprisa—, mi traición a Vicky. Sé que debería haber puesto fin a nuestra relación hace muchos años, en Cambridge. ¡Dios mío! Ha sido tan fuerte ver su letra que por un momento casi he creído que... —Dejó la frase sin terminar y siguió hablando—. ¿Qué diablos voy a hacer? Precisamente ahora que Vicky empieza a superarlo, voy a hundirla otra vez.

Francine le devolvió la carta y lo abrazó.

—Pues a mí me parece que podría ayudarla. Richard debió de pensar que su carta sería un consuelo para ella. Además, no tienes alternativa, cariño.

Se dijo que la carta de Richard a Guy no contenía ni un ápice de consuelo para su marido, pero quizá este no lo esperaba ni se consideraba merecedor de él.

—Cariño —insistió con un leve zarandeo—, tienes que hablar de ello. Has aparcado el tema durante mucho tiempo, pero ahora no te queda más remedio que afrontarlo. Tienes que darle la carta, pero también hacer las otras cosas que te pide Richard, asegurarte de que el futuro de Victoria y Jake sea lo más fácil posible dadas las circunstancias. Puede que eso también te ayude a ti.

Guy le tomó el rostro entre las manos.

—Eres tan buena conmigo, Francine —musitó—. Siempre ves las cosas tan claras. No creas que no sé lo repugnante que puedo llegar a ser. Tienes razón, como de costumbre. Tengo una cita para comer, pero creo que esta tarde debo ir a Baybury para ver a Vicky antes de salir de viaje. ¿Quieres acompañarme?

Francine sacudió la cabeza con firmeza.

—Me parece más conveniente que os veáis a solas.

—Seguramente tienes razón. Intentaré no volver tarde, pero no me esperes levantada.

Mientras conducía por la M4 a última hora de la tarde, Guy se sentía como si llevara una bomba de relojería en el coche. ¿Qué efecto surtiría la carta en Victoria? ¿Y qué decía?

Victoria estaba arriba cuando Guy detuvo el coche delante de la puerta principal de Manor Farm. En cuanto oyó sus habituales cuatro toques de claxon, tres cortos y uno largo, bajó la escalera corriendo, casi enferma de aprensión. ¿Qué podía haber instado precisamente a Guy, nada propenso a los gestos quijotescos, a viajar desde Londres para hablar con ella en persona en lugar de llamarla por teléfono?

—¿Qué ha pasado? —preguntó en cuanto Guy se apeó del coche—. ¿Se trata de Jake? ¿La *nonna*? ¿Francine?

—Tranquila, Vicky —repuso él—. No tiene nada que ver con ninguno de ellos. Es que ha surgido algo inesperado que tengo que enseñarte. ¿Adónde vamos?

—Al jardín.

Victoria atravesó la casa y luego las puertas vidrieras del salón. Había dejado una botella de vino y dos copas sobre la vieja mesa blanca del jardín, y sirvió un poco para los dos.

—¿Y bien? —dijo con más autodominio del que sentía—. Cuéntame.

Guy le habló del sobre que había recibido aquella mañana de forma inesperada y le mostró la carta del abogado. Cuando le entregó la carta dirigida a ella, Victoria palideció, y las manos le temblaban mientras abría el sobre y sacaba dos hojas escritas con la caligrafía de Richard.

Guy apenas osaba mirarla, y por unos instantes reinó entre ellos el más completo silencio. No era una carta muy larga; de hecho, Victoria tardó apenas un par de minutos en leerla, pero a Guy se le antojó una eternidad. Esperaba que su prima se la dejara leer cuando terminara, pero lo que hizo fue doblarla con mucho cuidado y meterla en el sobre con ademanes deliberados antes de guardarse el sobre en el bolsillo. Las lágrimas le rodaban por las mejillas, y no alcanzaba a articular palabra.

—Pensar que estaba tan desesperado y al mismo tiempo podía pensar con tanta claridad, planearlo todo con tanta precisión... Y yo sin enterarme de nada, sin intuir siquiera que podía llegar a hacer algo así —farfulló cuando por fin se recobró un poco.

—Ya lo sé, ya lo sé, no hace falta que me lo digas. Yo sí lo sabía, pero no le creí.

—Oh, Guy, ¿cómo pudo hacerlo?

Guy se obligó a mirarla a los ojos.

—No lo sé, pero estoy convencido de que tú no podrías haberlo evitado, Vicky. Yo quizá sí, pero tú no. Tendré que aprender a vivir con ello. Tú no. La cuestión es si podrás perdonarnos por todo el daño que te hemos causado.

—Eso espero. Creo que sí —susurró ella—. Desde luego, lo deseo con todas mis fuerzas... Como habrás intuido —prosiguió en tono algo vacilante—, en las últimas semanas me ha pasado algo inesperado. Creo que he encontrado a alguien, a una persona muy especial. Ha sucedido de improviso y parece demasiado pronto, pero me ha alcanzado el rayo, como la *nonna* siempre decía, y..., oh, Guy, no te imaginas lo feliz que soy ni lo mucho que me asusta al mismo tiempo, porque si algo sale mal esta vez, creo que no podré soportarlo.

—Nada va a salir mal —aseguró él—. Mereces más que nadie ser feliz.

—No merezco nada, pero merecer por lo visto nunca tiene nada que ver con el bien y el mal. Sin embargo, he perdido la fe en que las cosas me salgan bien. Además, no olvides lo que les pasó a la *nonna* y a Hugh. ¡Todos esos malentendidos fatídicos!

Miró a su primo con una expresión tan angustiada que Guy sintió como si sus ojos lo azotaran físicamente.

—No debes pensar así —instó—. Patrick me cayó muy bien, Vicky, y a Francine también. Por supuesto que intuimos que hay algo entre vosotros; es imposible no darse cuenta de que estáis locamente enamorados. ¿Cuándo volverás a verlo?

—Mañana. Tiene que fotografiar algunas casas y queríamos pasar algún tiempo juntos para hablar de todo antes de que vuelva a Vrahos. Pero ahora no sé qué hacer.

—Pues disfrutar. No permitas que esto dé al traste con tus planes —instó Guy con vehemencia, pensando en la petición de Richard y las instrucciones de Francine—. Piensa en lo que significaría para la *nonna* que Patrick y tú acabarais juntos, una especie de compensación por todo lo que ella no pudo vivir. No dejes que nada te lo estropee. ¿Has hablado de Patrick con mamá y papá?

—Todavía no..., aunque tengo la sensación de que tú sí —señaló Victoria—, porque Toula parecía a punto de explotar de curiosidad. No quería decir nada a nadie de momento para no tentar a la suerte, pero he decidido que debo hablar con ellos antes de volver a Vrahos, porque no quiero que se ofendan ni que se sientan excluidos.

—¿Vas a dejarme leer la carta de Richard? —inquirió Guy a su pesar, pero sin poder contenerse, pues ardía en deseos de saber qué había escrito Richard.

Victoria le lanzó una mirada enigmática. Pensó en su capacidad, que tantas veces había experimentado en el pasado, de mostrarse cruel a capricho y a renglón seguido pasar a la bondad más magnánima; su talento para ayudar de forma generosa y desinteresada cuando le venía en gana, y su tendencia destructiva a causar problemas cuando le apetecía. Asimismo, recordó la respuesta realista e inequívoca de Francine a la pregunta sobre si confiaba en Guy.

—No —negó por fin—, me parece que no. Es una carta muy personal... Tú tampoco me has dejado leer la tuya —anunció para suavizar el rechazo—, y la verdad es que no quiero saber qué dice. Creo que es mejor para los dos.

Guy estuvo a punto de preguntarle si tenía intención de mostrársela a Patrick, pero se contuvo a tiempo, y eso le permitió conservar cierta medida de dignidad. Reconocía con tristeza que su relación con la prima a la que quería, pero cuya adoración siempre había dado por sobrentendida, podía estar remendada, pero nunca volvería a ser igual. Guy había caído en desgracia.

—Tengo que volver a casa pronto —anunció, mirando el reloj—, pero no me hace gracia dejarte aquí. ¿Por qué no pasas la noche en Durnford House? Mamá y papá estarían encantados.

Pero Victoria replicó con firmeza que estaría bien.

—Si cambio de idea los llamaré, y de todos modos iré a su casa el viernes por la noche, porque el sábado vuelvo a Corfú.

Lo cierto era que quería estar sola para leer una y otra vez la carta de Richard, meditar sobre su contenido y pensar en el futuro.

—Gracias por venir, Guy —dijo Victoria cuando su primo le

dio un beso de despedida—. Debe de haberte resultado muy difícil y te lo agradezco. Son momentos duros para los dos, pero al menos ahora sabemos la verdad. Saluda a Francine de mi parte; le tengo mucho cariño, de verdad. Nos veremos cuando vayáis a Corfú.

—Nos veremos allí —convino él—. Y Vicky..., buena suerte mañana. Prométeme que irás.

—Te lo prometo —dijo ella.

Permaneció en lo alto de la escalinata y siguió con la mirada el coche antes de entrar de nuevo en la casa, agradecida por la compañía del fiel Teal, que no hacía preguntas ni le exigía complejas reacciones emocionales.

Patrick llegó al Old Priory alrededor de las seis y se alegró de que Victoria aún no estuviera allí.

Había reservado dos habitaciones adyacentes, y aunque esperaba que no las necesitaran, tampoco quería presionar en modo alguno a Victoria. Ambas habitaciones tenían vistas al jardín, un jardín que Patrick había fotografiado en cierta ocasión para el folleto promocional del hotel. Los arcos ruinosos del antiguo claustro del priorato formaban la estructura perfecta para las trepadoras y los rosales, y asimismo había un jardín formal de rosas enmarcado por un conjunto de setos de tejo pulcramente podados, con asientos dispuestos a intervalos regulares. Entre los lechos de rosas, las estatuas de ninfas y pastores se entregaban a un coqueteo asexual. Había un lago con cisnes de carne y hueso que admiraban su reflejo en la serena superficie verdosa. El parque circundante daba a un capricho arquitectónico palatino, construido después de que el priorato dejara de ser una institución religiosa, un lugar que invitaba a la exploración y prometía agradables paseos. El conjunto resultaba apropiadamente romántico.

Patrick se sirvió una copa del mueble bar y fue a sentarse al pie de un inmenso cedro que se alzaba junto a la casa, desde donde podía divisar los coches que se acercaran por el sendero de acceso, para pensar en Victoria a sus anchas. Sabía que estaba muy enamorado, y creía y esperaba que ella sintiera lo mismo, pero se preguntaba si Victoria era del todo consciente de las dificultades a las que se enfrentaban si iniciaban una vida juntos. Con cierto sarcasmo se dijo que la edad de Victoria se aproximaba más a la de sus hijos que a la suya, y no imaginaba a Rachel tomándose demasiadas molestias para cooperar con las disposiciones familiares, a pesar de ser ella quien había pedido la separación.

El domingo anterior, su suegro había insinuado que creía posible que Rachel tuviera un amante, si bien se había apresurado a quitarle hierro al asunto. No sería la primera vez que Rachel abandonaba lo que podría denominarse el camino recto. Varios años antes, Patrick había quedado destrozado al descubrir que su mujer tenía una aventura con un antiguo novio de sus tiempos universitarios. El romance no había ido más allá porque resultó que el amante de Rachel estaba tan solo mariposeando entre un matrimonio y el siguiente, y no tenía intención alguna de permitir que la relación prosperara. Rachel se había sentido dolida y humillada, Patrick se había sentido dolido y furioso, pero en última instancia, los Hammond habían logrado remendar su matrimonio. Los Marshall los habían ayudado mucho durante la crisis, y Maggie había puesto mucho de su parte para lograr la reconciliación. Qué ironía, se dijo Patrick, atento a la llegada de Victoria, que en tiempos se hubiera escandalizado tanto por la infidelidad de Rachel y que ahora en cambio la perspectiva de que su mujer encontrara a otro le pareciera tan deseable. De no ser por su intención de irse a España, quizá se habría tomado más en serio las sospechas de Howard Ingfield, pero a decir verdad, Patrick consideraba a Rachel muy capaz de tomarle el pelo a su padre.

El crujido de neumáticos sobre la grava rastrillada a la perfección lo sacó de su ensimismamiento, y con una oleada de alegría vio a Victoria apearse de su coche. Llevaba una camiseta blanca y una falda corta de hilo rojo que realzaba de maravilla sus piernas bronceadas. La saludó con entusiasmo y se acercó a ella para estrecharla entre sus brazos. Pero cuando la apartó un poco para deleitarse en el placer de volver a verla, se sobresaltó al comprobar que parecía exhausta y desgraciada, muy distinta de la mujer de la que se había despedido menos de una semana antes.

—Victoria, ¿qué ocurre? —inquirió mientras escudriñaba su rostro—. Me alegro muchísimo de verte, pero ¿no habrás cambiado de idea sobre lo de venir aquí conmigo?

—Oh, no —aseguró ella, pero Patrick advirtió que estaba temblando.

—Pero algo ha pasado.

—Sí —asintió Victoria antes de añadir a toda prisa—. He recibido una carta de Richard. No quería decírtelo aún, pero estoy destrozada.

—¿Una carta de Richard? ¿Después de tanto tiempo?

—Sí. De hecho, la recibió Guy, que me la llevó anoche. Se la envió un bufete de abogados. Ha sido un golpe tremendo tanto para Guy como para mí.

—Ven —instó Patrick—. Vamos a registrarte y después me lo cuentas todo. Iba a sugerirte que tomáramos una copa en la terraza, pero allí no podremos estar a solas. Subamos directamente.

No parecía el momento apropiado para distribuir las habitaciones. Después de que el conserje subiera su maleta y se marchara, Victoria, con la sensación de que las piernas ya no la sostenían, se sentó en el borde de la enorme cama con dosel. Patrick comprendió que estaba consternada.

—Cuéntamelo todo —pidió.

Por toda respuesta, Victoria abrió su bolso y sacó la carta de Richard.

—Léela, por favor.

—¿Estás segura? —quiso saber Patrick.

—Muy segura.

Patrick cogió la carta que Victoria le alargaba y se acercó a la ventana.

> Querida Vicky:
>
> Quiero que sepas que nada de todo esto es culpa tuya. No podrías haber hecho ni dicho nada para impedir que hiciera lo que tengo intención de hacer y que Dios mediante conseguiré.

De nada le sirvo a nadie en mi estado actual, y estoy convencido de que Jake y tú estaréis mejor sin mí.

No puedo, definitivamente no puedo seguir viviendo una mentira. Se trata de una mentira que yo mismo he construido, y si fuera una persona mejor y más fuerte, tal vez podría hacer las cosas de otro modo, pero no es así. Queridísima Vicky, te aseguro que lo he intentado. No me avergüenzo de lo que soy, tan solo de mi incapacidad para reconocerlo y de haberte engañado e intentado refugiarme detrás de ti. Te quiero mucho, pero no del modo que mereces. Me consta que a menudo te has sentido desgraciada y frustrada en nuestra relación sin saber por qué. Para mí solo ha existido una persona en toda mi vida, y no puedo enfrentarme al hecho de que me haya rechazado y elegido a otra. De todas formas, Guy nunca ha sentido lo mismo por mí, y por fin he aceptado que nunca lo sentirá. Tienes todo el derecho del mundo a enfurecerte conmigo, tanto por Jake como por ti misma, pero aun así te pido que me perdones. Siendo como eres, una persona generosa y buena, creo que algún día podrás. Si recibes esta carta significa que sabes lo que he hecho y por qué. No puedo dejarte una carta en el momento de mi muerte, porque no quiero que una nota afecte el dictamen del forense. Es mejor para Jake que todos crean que mi muerte ha sido un accidente.

Puedes considerarme un cobarde por recurrir a la vía fácil, pero no me compadezcas. He tenido una vida maravillosa, y me has dado un hijo al que adoro. Ni tú ni yo podemos arrepentirnos jamás de ello. Confío ciegamente en que educarás a Jake como consideres más conveniente.

Tal vez encuentres a alguien especial, a una persona que pueda llegar a ser mejor marido que yo, un marido como es debido. En tal caso, tienes mi bendición.

Adiós, Vicky, y gracias por todo lo que me has dado. Te ruego que intentes volver a ser feliz. Que Dios te bendiga siempre.

RICHARD

Patrick fue a sentarse junto a Victoria, la abrazó y la meció con suavidad, como si consolara a una niña pequeña. Victoria se apoyó en él y lloró, liberando los últimos meses de dolor y pena en un torrente de lágrimas.

—Lo siento mucho —balbuceó entre sollozos—. Es maravilloso que estés aquí, pero menudo recibimiento, ¿eh?

—Victoria, cariño —musitó él al cabo de unos instantes, cuando las lágrimas empezaron a amainar—. Debe de haber sido un golpe terrible, pero en cierto sentido esta carta sin duda también es un alivio. Por muy mal que lo hayas pasado, ahora todo ha terminado. Puedes dejar de sentir dolor por él y te has enfrentado a todo lo que tenías que enfrentarte. Además, su carta te libera. Tienes su bendición..., tenemos su bendición. ¿No te parece extraordinario recibir este mensaje precisamente ahora? Ahora sabes que te quería. Es una buena carta, una carta redentora.

—¿Redentora? —repitió ella, los ojos casi negros enormes por la pena—. Por mucho que diga que nos quería a Jake y a mí, es evidente que ninguno de los dos podía compararse con Guy. ¿Cómo puedo vivir con el conocimiento de haber significado tan poco?

—Richard no podía evitarlo —señaló Patrick, ansioso por ofrecerle algún consuelo—. Vivía consumido por una obsesión y una carga terrible que ya no podía soportar más. ¿No lo entiendes? Y te ha hecho un regalo de despedida maravilloso; te ha puesto en libertad para que disfrutes de nuestro amor. Te quiero, Victoria, te quiero mucho. Te amo en todos los sentidos en que un hombre puede amar a una mujer.

Le tomó el rostro entre las manos y empezó a besarla, al principio con infinita delicadeza; luego, al advertir que ella le correspondía, con pasión creciente.

—No es momento para seguir hablando —murmuró Patrick—. Déjame que te lo demuestre, Victoria. Déjame que te demuestre lo que puede significar.

44

El viernes por la tarde, Victoria se dirigió a Durnford House en un estado muy distinto del día anterior, al llegar al Old Priory. Se sentía tan pletórica de energía que llegó a pensar que el coche se contagiaría de ella y podría funcionar sin necesidad de gasolina, y al adelantar a otros vehículos casi imaginaba que estaba a punto de despegar y sobrevolarlos.

—No sabía que podía ser así —había susurrado a Patrick mientras yacía entre sus brazos tras hacer el amor por primera vez—. Es una auténtica revelación.

De repente se echó a reír.

—¿Una revelación graciosa? —le preguntó él con las cejas enarcadas, encantado con su reacción.

—Es que estaba pensando que sin duda has asistido a las clases de artes maritales de mi cuñada —explicó Victoria y le refirió el último lapsus lingüístico de Toula.

Antes de cenar salieron a pasear por los jardines cogidos de la mano. Los vencejos planeaban sobre el césped, una paloma gorjeaba, y un tordo trasnochador emitía sus últimos cantos antes de acostarse. Victoria se dijo que no podría volver a oír aquella combinación de sonidos sin recordar aquel lugar y aquella noche. Más tarde hicieron de nuevo el amor.

Tras desayunar con parsimonia, Victoria acompañó a Patrick a la casa que debía fotografiar esa mañana. Resultó ser una monstruosidad victoriana con una mezcla tan estrafalaria de estilos que no estaba exenta de cierto atractivo perverso, como una mujer horrenda cuya hada madrina la hubiera condenado a la fealdad ya en la cuna, pero se hubiera arrepentido en el último momento, otorgándole una personalidad encantadora. Parecía más un castillo de Disney que una casa de campo de Cotswold, y Patrick lo pasó en grande fotografiando, captando los detalles de torreones y minaretes, galerías y gárgolas a fin de transmitir más tarde toda su excentricidad. El propietario, que la había adquirido poco tiempo atrás junto con todo su contenido y estaba enamorado del singular edificio, era un millonario soltero que había amasado su fortuna vendiendo accesorios de baño y deseaba compartir los encantos de su nuevo hogar con el público. Atípicamente, no requería ayuda económica de Heritage at Risk, sino más bien un certificado conforme la casa merecía ser abierta al público, y quedó muy complacido cuando Patrick le aseguró que, en su opinión, la gente disfrutaría visitándola.

Hacía años que Victoria no lo pasaba tan bien; Patrick era divertido e interesante en extremo.

Más tarde, el propietario los invitó a comer en un inmenso comedor formal saturado de armaduras de aspecto sospechoso y diversos ejemplares disecados y apolillados que habrían provocado náuseas a cualquier ecologista. Sin embargo, el menú, a diferencia de la decoración, fue ligero y delicioso, y su anfitrión, sencillo e interesante. Lo único que había cambiado en toda la casa, declaró orgulloso, era la fontanería. Después de comer ofreció discretamente a Victoria la posibilidad de «ir a refrescarse» antes de marcharse. Victoria aceptó con prontitud, aunque no tanto por necesidad fisiológica como por el deseo de curiosear por la casa.

—Has tardado mucho en volver. Empezaba a pensar que te había pasado algo.

—Estaba jugando con todos los artilugios —explicó ella sin poder contener la risa—. Era como estar metida en una ostra. Todo es nacarado y reluciente, con delfines que escupen agua cuando pulsas el botón correcto; el único problema es que hay que ser un genio para averiguar cómo se vacía el lavabo. Y cuando tiras de la cadena suena el himno británico; da la impresión de que debes mantenerte firme hasta que acaba.

Tras pasar por el Old Priory se separaron, ya que Patrick

debía regresar a Yorkshire, mientras que Victoria pasaría la noche en Durnford House. A ambos les habría resultado muy dura la despedida de no ser porque la noche anterior, mientras yacían juntos en la cama, hablando de sus esperanzas para el futuro, Patrick le había anunciado que quizá pasaría unos días con los Marshall, Sophie y Posy en Corfú al cabo de dos semanas, cuando Rachel se fuera a España.

—Así podré tomar fotografías de la isla en pleno verano y quizá algunas de la arquitectura veneciana en Corfú para situar Vrahos en su contexto —explicó.

—¿Vas a hablar de lo nuestro..., de mí con tus hijos? —preguntó Victoria con cierta aprensión, consciente de que ansiaba ser aceptada por la familia de Patrick.

—Bueno, todavía no se lo voy a contar a Posy, es demasiado pequeña, pero creo que debo ser franco con Sam y Sophie, ¿no te parece? Ponerlos en antecedentes, explicarles lo que sentimos el uno por el otro..., aunque a decir verdad, me parece que ya lo intuyen. A fin de cuentas, también los afectará a ellos en el futuro.

—Supongo que sí —admitió ella sin demasiada convicción—, aunque te confieso que me asusta bastante. Cuando los conocí en abril nos llevamos de maravilla, y los aprecio mucho a los dos, pero aunque estuvieron encantadores conmigo en la exposición, tuve la sensación de que Sophie me trataba con cierta reserva, y me preocupa cómo reaccionará si cree que constituyo una amenaza para su madre.

—No puedes esperar convertirte de inmediato en su mejor amiga —sentenció Patrick con sinceridad—. Llevará tiempo, pero ocultárselo solo la haría sentirse excluida y dolida. Es posible que a Sam también le cueste un poco adaptarse —añadió con una sonrisa—. La verdad es que se coló por ti como un loco en abril —reveló antes de añadir, ya serio—: No te preocupes, amor mío. Lo nuestro es maravilloso, no lo estropeemos con conjeturas sobre factores que ahora mismo no podemos controlar. Afrontaremos los problemas a medida que se presenten. —La besó con ternura—. Pero tendrás que decidir cómo planteárselo a Jake. Es posible que no le haga gracia compartirte —indicó.

Pero el beso los había distraído de las cuestiones familiares y dejaron correr el tema para explorar otros aspectos más apasionantes del amor.

Al llegar al hotel se despidieron, sabiendo que no tardarían en volver a estar juntos.

—Nos veremos en Vrahos, cariño. Estoy impaciente por hablar con Hugh, porque sé que estará encantado. Dale un beso de mi parte a tu especialísima abuela. Te llamaré esta noche. ¿Estás bien?

—Conduciré todo el camino envuelta en una nube color rosa —aseguró ella con una carcajada.

Cuando llegó a Durnford House poco después de las cuatro, Victoria encontró a Toula y Anthony tomando el té en la cocina. Después de demorar con tanta firmeza toda mención a Patrick, no veía el momento de hablarles de su relación y de sus esperanzas de cara al futuro. Ni siquiera le importó que no se sorprendieran.

—¡Por fin nos lo has contado! —exclamó Toula al tiempo que la abrazaba, extasiada, en un remolino de chales y brazos agitándose como aspas de molino—. ¡Oh, *agapi mou*! Me alegro mucho por ti. Tendremos que conocer a tu galán, porque supongo —añadió con cierto resentimiento— que la *nonna* se atribuirá todo el mérito por haberos presentado, y no quiero que me lo describa hasta que me haya podido formar una opinión por mí misma.

Anthony guiñó el ojo a Victoria y fue a buscar una botella de champán a la bodega para tomar una copa antes de cenar. No creía haber visto nunca a su sobrina tan feliz ni tan hermosa.

Más tarde la acompañó a Manor Farm para cerrar la casa, despedirse de Violet y devolverle las llaves. También salieron a dar un último paseo con los tres perros. Victoria había decidido no trasplantar a Teal a Vrahos, y si bien detestaba la idea de separarse del viejo perro y se sentía como una traidora, sabía que lo mejor era dejarlo en casa de los Winston, donde se sentía a gusto y todos lo querían. En la jerarquía de Vrahos sin duda quedaría subordinado a Rocky y Tomasina, lo cual le parecía una crueldad. Victoria y Anthony se detuvieron junto a una verja para que Teal tuviera ocasión de alcanzar a los dos terriers. Era un atardecer precioso, inundado por una aterciopelada luz estival y con el cielo surcado por nubes livianas como plumas. La campiña inglesa ofrecía un aspecto tan sereno como un cuadro de Constable, y a Victoria le costaba creer que seis meses antes se hubiera producido allí un acto tan violento como fue la muerte de Richard.

Aquel mismo día, Anthony había ido a la galería Crompton para ver la exposición de Hugh, si bien conocía su obra desde hacía muchos años, y estaba profundamente impresionado.

—El retrato de Evanthi es imponente —afirmó—. Qué extraña coincidencia la de su romance y ahora el tuyo. Es fascinante cuando los hilos de un tapiz se tejen para formar dibujos tan increíbles. Hace que uno se pregunte cuál será el diseño global.

—Sin embargo, no imagino cuál es el siguiente paso para Hugh y la *nonna*, si es que hay alguno —comentó Victoria, cogiéndose del brazo de su tío—. Sabemos que están en contacto, pero los dos son extremadamente discretos al respecto. ¿Crees que debería organizar un encuentro sorpresa?

—Yo esperaría a ver qué pasa —replicó Anthony con perspicacia—. Las mujeres siempre estáis dispuestas a hacer de celestinas, pero considero que los dos son muy capaces de apañárselas si quieren.

—Pues la última vez la fastidiaron bien fastidiada —objetó Victoria.

—Razón de más para no precipitarse ahora —indicó él—. Concéntrate en tu propia vida, Victoria. No sabes lo feliz que me ha hecho tu noticia, pero no desperdicies las oportunidades ahora que se te presentan.

—No pienso hacerlo —aseguró Victoria—. Para mí lo ideal sería que Patrick y yo pudiéramos dividir el tiempo entre Inglaterra y Vrahos, pero aún no hemos llegado a esa fase. No podría renunciar a Vrahos... Tío Anthony, ¿puedo preguntarte una cosa?

—Lo vas a hacer de todos modos. Pero sí, claro que sí.

—¿Qué te pareció el dictamen del forense respecto a la muerte de Richard?

—Pues que era correcto, el único dictamen posible, dadas las pruebas.

—¿Y nunca se te ha ocurrido pensar que Richard pudo quitarse la vida?

Anthony se volvió hacia ella.

—Bueno, lo cierto es que sí se me pasó por la cabeza. Richard era un tirador experto y muy prudente, así que me sorprendió mucho lo ocurrido. Pero los accidentes siempre sorprenden, y cualquiera puede sufrir uno en cualquier momento. ¿Qué intentas decirme, Vicky?

Victoria le dio una versión abreviada de la carta de Richard, hablando con franqueza del hecho de que Guy había estado al corriente desde siempre de la homosexualidad de su marido y reconociendo el golpe que había representado para ella enterarse, pero sin mencionar la relación existente entre Richard y Guy, aunque cabía la posibilidad de que Anthony sospechara más de lo que decía. Pese a la felicidad que la embargaba, aún se le quebraba la voz al hablar del asunto.

—Es hora de dejar atrás el pasado —sentenció Anthony—. No te beneficia en nada obsesionarte con esta tragedia. Date la oportunidad de disfrutar de tu nueva relación, y cuando estés lista, sigue adelante. Y sobre todo, no te sientas culpable por ser feliz. Y ahora será mejor que cerremos la casa y vayamos en busca de Violet, porque de lo contrario Toula creerá que nos ha pasado algo.

Anthony y Toula tenían intención de ir a Vrahos en septiembre, de modo que la despedida no resultó tan difícil. En su fuero interno, Anthony decidió que había llegado el momento de intervenir en el asunto de Vrahos y sostener una conversación con su suegra acerca del futuro de la casa y la finca con respecto a Victoria para hacerse una idea de la situación. Siempre se había llevado de maravilla con Evanthi y sabía que la anciana confiaba en él, pero su relación con Toula era más compleja, y hasta entonces Anthony siempre había intentado no inmiscuirse demasiado.

Cuando Victoria llegó a Vrahos, Jake le dispensó un recibimiento de lo más efusivo. Tenía tantas cosas que contarle acerca de su vida cotidiana que las palabras se le atragantaban, y tuvo que parar y hacer un par de volteretas para desahogarse antes de continuar.

Victoria tenía la sensación de haber estado ausente mucho más de dos semanas, pero era maravilloso estar de vuelta y comprobar que Jake tenía un aspecto tan magnífico; llevaba semanas sin sufrir un solo ataque de asma. Evanthi también parecía más recuperada, como si hubiera comprado un poco más de tiempo de vida. Dora le comunicó que su abuela y Evanthi se habían reconciliado, pero que si bien Evanthi le había asegurado una y otra vez que la perdonaba, Nafsica era reacia a renunciar por completo al victimismo y de vez en cuando se entregaba a ruidosos accesos de autorreproche que empezaban a resultar muy cargantes para todos. Dora le explicó con una sonrisa que Kyria se estaba cansando de los lloriqueos de Nafsica y más de una vez la ponía en vereda. Victoria concluyó que ambas ancianas volvían a comportarse con entera normalidad.

Evanthi ardía en deseos de conocer todos lo pormenores del encuentro entre Victoria y Hugh. Mientras su nieta se lo contaba todo con pelos y señales, no pudo por menos que observar divertida y muy complacida que a Victoria le resultaba imposible no desviar el relato continuamente hacia Patrick. Tal como Toula había vaticinado, Evanthi se atribuía todo el mérito como celestina en aquel romance.

Cuando Victoria le entregó la cajita de plata, Evanthi la sostuvo durante largo rato y por fin la dejó sobre la mesita situada junto a su sillón en el saloncito, lugar que siempre había ocupado su gemela, pero no cesaba de alargar la mano para tocarla como si quisiera asegurarse de que no se había esfumado o quizá, pensó Victoria, porque de ese modo se sentía más cerca de Hugh.

—Abre tu regalo, *nonna* —la instó Victoria, ansiosa por ver qué contenía el paquete plano que le había dado Hugh.

Evanthi le dedicó una sonrisa divertida y abrió el paquete con parsimonia enloquecedora, alisando capa tras capa de papel de seda hasta que por fin, de entre una última capa de envoltorio de burbujas, sacó la pequeña acuarela de Vrahos, ahora colocada en un marco hermosísimo, que tanto había embelesado a Sophie. Evanthi la contempló encantada.

—Oh, mira..., hay algo en el dorso —señaló Victoria.

Evanthi dio la vuelta al cuadro y vio tres estrofas escritas en la letra puntiaguda e inclinada de Hugh.

Una acuarela hace girar una llave oxidada.

Casa rosada, postigos azules,
cielo más azul aún, gatos callejeros;
buganvillas cabeceando muro abajo;
geranios firmes
en sus tiestos de barro.
Y oh, ahí estás de nuevo,
... todavía ahí, conmigo.

El martín pescador roba
plumas a las olas,
un banco de delfines
surca nuestra cala.

Las cigarras desgranan
ritmos al sol
e infatigables agitan sus maracas
hasta el anochecer.

En las largas noches estrelladas
las lechuzas emiten su canto
y los secretos susurran
entre las hojas de los olivos; y luego
cuando un sendero de plata
surca el mar bañado por la luna
... te siento ahí de nuevo,
todavía ahí, conmigo.

Abuela y nieta se miraron con lágrimas en los ojos.

—Oh, *nonna*, debe de quererte mucho todavía —susurró Victoria.

¿Nos sucederá lo mismo a Patrick y a mí?, se preguntó. ¿Seguiremos tan enamorados cuando seamos ancianos?

La temporada veraniega estaba en pleno apogeo. Enormes cubas de agua subían y bajaban por las cerradas curvas de las carreteras principales de la isla para satisfacer las necesidades de la fontanería moderna y las imprescindibles piscinas, y en las horas centrales del día hacía demasiado calor para contemplar todo viaje que no fuera estrictamente necesario en la vieja cafetera de Vrahos; la tasa de accidentes que sufrían conductores inexpertos de ciclomotores, en ocasiones graves a causa de la escasa ropa que los protegía, había aumentado de forma inaceptable. El mar se hallaba a una temperatura idónea para bañarse y constituía un auténtico paraíso para surfistas, esquiadores y navegantes aficionados. Las numerosas tiendecitas hacían su agosto, al igual que las tabernas. Las playas de los principales complejos turísticos aparecían abarrotadas de cuerpos embadurnados con loción, muslo contra muslo al sol de mediodía pese a las advertencias en contra de la exposición excesiva al sol. Sin embargo, aún era posible huir de los inconvenientes del siglo XXI y refugiarse en las colinas, o bien alquilar una barca y encontrar calas desiertas donde comer y bañarse en paz..., salvo por las sempiternas avispas, que aparecían como por arte de magia en cuanto olían un refresco.

Jake y Angelo instalaban un sinfín de trampas en la terraza y rivalizaban encarnizadamente acerca de los méritos de la Coca-Cola y la Fanta, la miel o la mermelada como cebo para atraer a las terroristas listadas hacia la muerte. La lista de bajas era sobrecogedora, y ambos llevaban la cuenta en sus respectivos marcadores.

Una corriente continua de amigos y conocidos de Evanthi, procedentes de distintos países, llegó a la isla para alojarse bien en Vrahos o bien en villas alquiladas. Como de costumbre, Evanthi contrató a una cocinera para los meses de julio y agosto a fin de aliviar un poco la carga de Dora, que habría preferido seguir teniendo la cocina para ella sola, pero que por otro lado disfrutaba saboteando los esfuerzos de su rival. El plato fuerte de aquella temporada era una australiana algo casquivana cuyo objetivo principal en el tiempo libre era escabullirse para ir al Harbour Lights e intentar seducir a Petros..., una meta nada difícil de alcanzar. Puesto que la mujer de Petros era amiga de Dora, la guerra de guerrillas estaba servida. Jake y Angelo asumieron con entusiasmo el papel de agentes dobles, cambiando de bando con una rapidez espeluznante.

Guy y Francine llegaron desde Verona tras su semana operística. Por regla general, Guy evitaba visitar la isla en pleno verano, pero ese año parecía más sensato ir antes puesto que el bebé nacería en octubre. Victoria sabía que Francine albergaba ciertas reservas ante su primera visita a Vrahos, pero en contra de lo esperado, Evanthi y ella congeniaron de inmediato. Se admiraban por su fuerza tácita, su realismo y su sentido del humor. Ambas estaban emocionadas ante la perspectiva del bebé y unidas por sus sentimientos hacia el hombre inteligente, escurridizo y poco fiable al que las dos adoraban. Guy hacía gala de su mejor comportamiento y se mostraba encantador, adulando a Nafsica (que en su presencia se olvidaba de todos sus males), coqueteando con Dora y llevando a Jake a larguísimas excursiones en barca. Mostró a su mujer los rincones de la isla que más le gustaban de pequeño y era muy solícito con ella en todo momento.

Pese a que contaba los días hasta la llegada de Patrick, Victoria no podía evitar estar aliviada por el hecho de que en aquella ocasión él y Guy no coincidieran en Vrahos.

Sin que su prima lo supiera, Guy comentó el tema de la venta del icono con Evanthi durante una de sus largas conversaciones nocturnas antes de acostarse.

Por descontado, habían hablado de la relación de Victoria con Patrick y, por primera vez, Guy había escuchado de labios de su abuela el relato de su vieja historia de amor.

—Espero que el sobrino de Hugh y Victoria sean capaces de

cerrar el círculo del arco iris que rompimos hace tantos años —dijo—. Sería la respuesta a mis plegarias.

—Si quieres que Victoria llegue a vivir en Vrahos con Patrick, *nonna*, tendrás que posibilitárselo —señaló Guy, aprovechando la mención a Patrick para sacar a colación el tema tabú por excelencia—. Cuando éramos pequeños siempre nos decías que no servía de nada pedir un milagro si no estábamos dispuestos a contribuir a hacerlo posible. Creo que debes afrontar la cuestión económica y vender el icono.

—Eso es lo que tu padre no para de repetirme —espetó Evanthi, mirando a Guy con su expresión más intimidatoria.

—¿Y? —replicó Guy, nada dispuesto a dejarse intimidar.

—Pues que estoy casi decidida a contemplar al menos la posibilidad de hacerlo..., por el bien de Victoria y Patrick..., pero...

—¿Casi, pero no? Podrías encargar una buena copia del icono si no soportas la idea de no volver a verlo.

—¿Una copia? —se escandalizó Evanthi, tal como había previsto su nieto—. Si decido separarme de él, lo haré por amor —declaró con grandeza—. Y en ese caso no querré ninguna copia —añadió como si aquella palabra fuera el peor de los insultos.

—En ese caso, será mejor que conserves el original ya que es tan importante para ti. Papá siempre ha dicho que no creía que pudieras llegar a desprenderte de él..., ni siquiera por Vicky ni por Vrahos.

Una declaración estratégica, si bien no del todo veraz. Guy se levantó.

—Buenas noches, querida *nonna*. Me alegro mucho de estar aquí y de que te guste Francine. No sabes cuánto significa para mí. Tengo que ir a ver si se encuentra bien.

Dicho aquello besó a su abuela y salió sin darle ocasión a seguir discutiendo, satisfecho por el modo en que había preparado el terreno para su padre.

—Acabo de dar un golpe maestro —explicó a Francine, que estaba leyendo en la cama—. Estarás muy orgullosa de mí.

—Tu increíble modestia es una de tus mejores cualidades —repuso su mujer, mirándolo por encima del libro.

Fiel a su promesa, al llegar a casa Patrick intentó hablar con sus hijos acerca de lo que sentía por Victoria.

Sam y Sophie escuchaban algo incómodos.

—Entonces, ¿no hay ninguna posibilidad de que mamá y tú os reconciliéis? —inquirió Sophie con un hilo de voz.

—Creo que no —repuso Patrick—. Los dos hemos rebasado ese punto, y tu madre lo desea tan poco como yo. Pero eso ya lo sabíais, porque el domingo hablamos del divorcio en casa de la abuela. De momento no cambiará nada en casa, solo que mamá y yo estaremos aquí juntos pocas veces. Sin embargo, intentaremos seguir haciendo juntos las cosas que os conciernen a vosotros, como reuniones de padres en la escuela y cosas por el estilo. Lo pasarás bien con mamá en Londres la semana que viene, Sophie, y cuando se vaya a España, Posy estará con nosotros. Maggie y Phil nos han invitado a Petradi. Os apetece ir, ¿verdad?

—¿Victoria también estará?

—Bueno, no en Petradi, pero en Vrahos sí, por supuesto; vive allí. De todos modos, tengo que volver allí para acabar el libro.

—¡Qué oportuno! —espetó Sophie con profundo sarcasmo—. ¡Y qué genial para nosotros!

Acto seguido salió de la estancia hecha una furia, odiándose a sí misma por su actitud, pero incapaz de contener las lágrimas absurdas e infantiles que afloraban a sus ojos. Cruzó el jardín, sacó a Punch del establo y salió a montar para ventilar su rabia.

—No lo dice en serio, papá —masculló Sam, incómodo y debatiéndose entre la lealtad hacia su hermana y el afecto hacia su padre—. No seas muy duro con ella.

—Gracias, Sam, lo intentaré —prometió Patrick, consciente de la vergüenza que sentían los jóvenes ante la idea del sexo en relación con sus padres—. Sé que esto es muy difícil para los dos. Supongo que te irá bien estar de viaje.

Sam pasaría dos meses en Tailandia y Vietnam con un grupo de amigos de la universidad, de modo que Patrick había aceptado encantado la invitación de los Marshall para él, Sophie y

Posy. Sabía que Sophie echaría mucho de menos a Sam y creía que la ayudaría contar con la bulliciosa compañía de Ellie. Además, le constaba que su hija adoraba a toda la familia Marshall. Yvonne, que había aceptado un empleo temporal para agosto, había prometido volver a casa de los Hammond en otoño para ayudar a organizar las cosas con el menor trastorno posible para Posy..., con la condición, había añadido con expresión pavorosa y una sonrisa desarmante, de que no la obligaran a pasar demasiado tiempo en Chobham.

Tanto Patrick como Sophie habían recurrido a Maggie para exponer sus respectivas versiones de la misma historia. Puesto que Philip no era solo su abogado, sino también su amigo desde el colegio, Patrick sabía que podía confiarse a ambos. Si bien Rachel se había comportado muy mal durante la anterior crisis del matrimonio Hammond, en aquella ocasión Maggie se había mostrado comprensiva con ella, pero ahora tomaba partido por Patrick de forma inequívoca.

Por descontado, Sophie también se desahogaba con Ellie, que devoraba entusiasmada los dramas de la familia Hammond y esperaba con impaciencia cada nuevo capítulo. En comparación, la vida de sus padres se le antojaba espantosamente aburrida.

—¡Pobre Sophie! Su madre acaba de irse y su padre ya tiene a otra —anunció en tono trágico a su madre.

—No le haces ningún favor a Sophie si la animas a sentirse más agraviada de lo que ya está —advirtió Maggie—. El matrimonio de sus padres lleva años haciendo aguas, y por muy triste que sea la ruptura en muchos sentidos, Sophie tendrá que aceptar a Victoria. Personalmente me alegro mucho de que Patrick haya encontrado a alguien y espero que lo pase bien para variar.

—¿Crees que se casarán? —inquirió Ellie.

—Es demasiado pronto para hablar de eso —replicó su madre con firmeza, resuelta a no dejarse engatusar—. Patrick y Rachel acaban de iniciar los trámites de divorcio, así que ahora mismo ni siquiera es libre. Pueden pasar muchas cosas hasta entonces. Y ahora, Ellie, haz el favor de animar a Sophie a que se porte de forma civilizada con Victoria Cunningham cuando estemos en Corfú, aunque no le caiga bien, porque de lo contrario todo el mundo lo pasará fatal, incluso ella.

—Sí que le cae bien —exclamó Ellie—. De hecho, le gusta muchísimo, y dice que Victoria siempre ha sido un sol con ella, pero que todo sería mucho más fácil si la odiara.

Maggie emitió un gruñido.

—Bueno, pues dile que se domine —espetó—. Tiene suerte de que la novia de su padre le caiga bien y de que Victoria se porte tan bien con ella. No siempre es así, te lo aseguro.

Pero pese a lo que le había dicho a Ellie, Maggie sabía por Patrick que, por lo que a él respectaba, tenía muy claro lo que quería, y era que Philip y Maggie conocieran a Victoria.

—Te dije que si Patrick se enamoraba de alguien sería muy en serio —comentó Maggie a Philip mientras yacían en la cama un domingo por la mañana—. Está preocupado porque Victoria es mucho más joven que él, pero está loco por ella.

—No me parece que la diferencia de edad tenga que ser un problema —repuso Philip—. Me preocupa más la posibilidad de que, después de la tragedia que ha sufrido, esta historia no sea más que una tabla de salvación para Victoria, y Patrick salga escaldado.

—Me sorprendería mucho que Victoria no estuviera tan enamorada como él —dijo Maggie—. Ha encontrado a uno de los hombres más atractivos que conozco.

—¡Vaya, muchas gracias! —exclamó Patrick con una sonrisa—. Eres única subiéndole la moral a uno.

—Bueno, he dicho «uno de los hombres más atractivos»..., mejorando lo presente, por supuesto —se justificó Maggie mientras se acurrucaba contra su marido con una carcajada—. Guarda los periódicos dominicales, Phil. Tienes todo el día para leerlos, pero yo tendré que ir a echar un vistazo al jardín dentro de un rato.

Los Marshall fueron a Petradi una semana antes que los Hammond, y Philip fue a buscarlos al aeropuerto. Victoria ardía en deseos de ir, pero ella y Patrick habían decidido llevar su relación con toda la discreción posible y, por el bien de Sophie, aplazar un poco su encuentro. Patrick había prometido ir a Vrahos a la mañana siguiente para hacer planes.

Sin embargo, pese a las advertencias de Patrick, Victoria no había podido por menos de fantasear sobre el futuro. Se imaginaba entablando relación con la hija pequeña de Patrick, y la perspectiva de que Posy y Jake congeniaran le parecía maravillosa. No obstante, sus fantasías resultaron ser poco realistas, y mientras que el reencuentro entre Patrick y Victoria, que ambos habían aguardado con ansia, fue todo lo apasionado que cabía esperar, la relación entre sus hijos pequeños no empezó con buen pie.

Nada acostumbrados a competir con otros niños, Jake y Posy no se llevaron una buena impresión mutua y desde el principio se comportaron de forma insufrible en presencia del otro. Decepcionado por la ausencia de Sam, Jake consideraba a Posy, que ni siquiera había cumplido los tres años, un pésimo sucedáneo de su héroe, y no se esforzaba por disimular sus sentimientos. No quería que una criatura de tres años, y mucho menos una niña, lo siguiera a todas partes, acaparando la atención, y habría preferido mil veces quedarse tranquilamente en Vrahos con Angelo que salir de excursión con los nuevos amigos de su madre. El intrincado parloteo de Posy lo sacaba de quicio, pero se vengaba fingiendo que no entendía una sola palabra de lo que decía y hablándole en griego. Posy recurría a todos los trucos de su repertorio, incluyendo el chillido modelo sirena, para atraer su atención. Pero una mañana, tras sufrir una vez más su indiferencia, pisoteó adrede el manuscrito de la última novela de Jake, que el niño había escrito a la sombra de uno de los olivos de Petradi.

—El cuento del niño no está —anunció, satisfecha, mientras hundía la obra maestra ilustrada en la tierra polvorienta con la puntera de su diminuta zapatilla de lona.

—Hoy te quedas sin baño, Posy —la castigó Patrick mientras la llevaba entre gritos y patadas a su habitación, donde permanecería hasta que se disculpara.

A continuación bajó de nuevo a sentarse en una silla de la terraza para concentrarse en el crucigrama de *The Times*, sin inmutarse por los escalofriantes gritos procedentes de la planta superior.

Una vez quitado el polvo y remendada una página rota con cinta adhesiva, la novela resultó estar en mejores condiciones de lo que parecía, pero por lo que a Jake concernía, había estallado la guerra.

Aunque para su sorpresa sentía el impulso de defender a la hermana pequeña que tan a menudo la provocaba, Sophie no pudo evitar compadecer a Victoria. Ansiosa por que Patrick quisiera a Jake, Victoria estaba furiosa con su hijo por ponerse todo lo tonto que puede ponerse un niño de seis años, y lo que era aún peor, sabía que ella no manejaba la situación como es debido, mientras que Patrick, acostumbrado a las aguas turbulentas de la vida familiar, parecía tomárselo todo con una ecuanimidad enloquecedora.

—No te pongas tan nerviosa, cariño —le aconsejó Patrick cuando por fin consiguieron salir de paseo a solas, después de que Posy presentara una pragmática disculpa a Jake, que este aceptó enfurruñado—. Cuanto más caso les hagas, peor se portarán.

El día después de aquel altercado, los moradores de Petradi fueron a comer a Vrahos y, para satisfacción de Victoria, los Marshall se enamoraron de la casa a primera vista, y Evanthi se prendó de ellos, sobre todo de Philip, cuyos conocimientos sobre la historia de la isla constituían un salvoconducto inmediato a sus ojos. Evanthi presidió la mesa con aire de anfitriona majestuosa, y Victoria estallaba de orgullo por su hogar, su abuela y sus nuevos amigos. Patrick llevaba consigo las fotografías de Vrahos, así como también el texto que había redactado, para mostrárselo todo a Evanthi. Sophie y Ellie se comportaron con naturalidad y encanto y, por una vez, Posy hizo gala de sus mejores modales. A petición de Jake, Angelo había obtenido permiso para comer con ellos, todo el mundo parecía animado y contento, y Victoria empezó a relajarse y pasarlo bien.

Victoria había esperado con nerviosismo el momento de conocer a los Marshall, de los que tanto había oído hablar, pero desde el principio se mostraron amabilísimos con ella, y Victoria tuvo la impresión de que Maggie podía convertirse en una aliada. Después de comer, Dora sirvió el café, envió a Angelo con su padre y acompañó a Evanthi a su dormitorio para la siesta mientras los demás salían a la terraza, elogiando las vistas y comentando los planes para la tarde.

Ver a Jake y Posy sentados juntos en un extremo de la terraza indujo a Victoria a pensar que su relación empezaba a mejorar, pero no tardó en llevarse una decepción cuando Posy estalló en sollozos desconsolados. Resuelto a tomar represalias, Jake había decidido hacer un uso perverso de su talento narrativo e inventar una historia espeluznante sobre los Beanie Babies de Posy, en el que el avestruz, Stretch, era devorado por Scoop, el pelícano, mientras que el entrañable Spike se había vuelto malvado, embrujando a Bones, y por fin toda la familia de peluche era abducida por los alienígenas. Posy no tenía ni la más remota idea de lo que era un alienígena, pero con los sobrecogedores detalles que le dio Jake, no le cupo la menor duda de que un destino de pesadilla esperaba a sus muñecos.

Victoria corrió hacia Jake y lo castigó a su habitación.

—Deja de intentar que se lleven bien, Victoria —instó Patrick cuando las aguas volvieron a su cauce—. No puedes esperar que tengan muchas cosas en común a su edad, y cuanto más te enfades, más empeorarán las cosas. Tendrán que aprender a portarse de forma civilizada, pero por el momento da igual si son amigos o no.

—A mí no me da igual —objetó Victoria con cierta sequedad.

Con aire compasivo, los Marshall observaron los nubarrones de tormenta que amenazaban aquel amor en ciernes.

Cuando por fin decidieron recoger la barca en Kryovrisi y bordear la costa hasta Hagia Sophia para hacer esquí acuático y windsurf, Victoria rechazó la sugerencia de Patrick de que perdonara a Jake y ambos los acompañaran.

—Venid con nosotros, por favor —insistió con una sonrisa mientras todos los demás recogían sus enseres—. No será lo mismo sin vosotros.

Pero Victoria se mantuvo en sus trece. Sentía un nudo en la garganta que le impedía aceptar, y se despidió de ellos con una sonrisa forzada antes de seguirlos con la mirada hasta que se perdieron de vista, convencida de que había perdido puntos a los ojos de Patrick.

Al poco subió despacio la escalera y recorrió el pasillo hasta el dormitorio de Jake. El niño yacía en su cama con un libro y no alzó la mirada cuando entró su madre. Victoria se sentó al pie de la cama; por los ojos de Jake sabía que el pequeño había dejado de leer, pero seguía volviendo las páginas con indiferencia deliberada. Victoria esperó un rato.

—¿Se han ido? —preguntó por fin Jake.

—Sí.

—Bien —espetó Jake.

Victoria lanzó un suspiro.

—Cariño, Posy es mucho más pequeña que tú, y la has asustado mucho. Y no me digas que lo has hecho sin querer porque sé que no es cierto. Ya eres mayor, casi tienes siete años... ¿Por qué tienes que portarte tan mal con ella?

—Ya lo sabes, y Posy es horrible. ¿Por qué tenemos que estar con ellos todo el tiempo?

—Porque son amigos míos y solo pasarán aquí unos días. Sé que lo que Posy hizo con tu novela estuvo muy mal, pero su papá se enfadó mucho con ella y no la dejó bañarse en todo el día, y además Posy te pidió perdón. Los Hammond te gustaron mucho cuando vinieron en abril; me parece recordar que entonces no querías separarte de ellos ni un momento.

—Estaba Sam en vez de Posy. Ahora es diferente. Posy lo estropea todo.

—Bueno, ya sé que es un poco pesada —reconoció Victoria antes de añadir con escasa sensatez—: pero es que echa de menos a su mamá, así que tienes que ser más amable con ella.

Jake arrojó el libro al otro extremo de la habitación con tal violencia que varias páginas salieron despedidas cuando se estrelló contra la pared.

—Y yo echo de menos a papá —gritó—, no como tú.

Sepultó el rostro en la almohada y rompió a llorar.

Victoria intentó abrazarlo, pero el niño se zafó de ella.

—Pero ¿qué dices, Jake? —musitó, exhausta—. Yo también echo de menos a papá.

—No es verdad, no es verdad —chilló Jake—. Angelo dice que te casarás con el señor Hammond.

—Angelo no sabe lo que dice —replicó Victoria, furiosa—. No tiene ni idea de nada.

—Oyó que Dora se lo decía a Yannis.

—Pues Dora tampoco tiene ni idea de nada. No tiene derecho a decir algo así, y te aseguro que me va a oír.

—Entonces, ¿no te vas a casar con el señor Hammond?

Victoria sintió que el mundo desaparecía bajo sus pies.

—Escucha, cariño —suspiró—. Es posible que algún día vuelva a casarme. No puedo prometerte lo contrario porque muchas veces las personas vuelven a casarse, y nadie sabe lo que pasará en el futuro. Nosotros no sabíamos que papá moriría; fue horrible..., es horrible, pero no podemos hacer que vuelva. Te prometo que si algún día decido volver a casarme, primero te lo diré. Y de todos modos, eso no cambiaría las cosas entre tú y yo. ¿De acuerdo?

Jake la miraba con expresión desafiante.

—¿Te ha pedido el señor Hammond que te cases con él?

—No —repuso Victoria, aliviada al poder responder al menos a aquella pregunta con sinceridad—, y de todos modos no estoy preparada para eso..., pero te lo advierto, Jake, si sigues portándote tan mal habrá problemas, porque no pienso tolerarlo.

Jake le lanzó una mirada inquisitiva y concluyó que no era el momento de tentar a la suerte.

—Perdona —mascculló.

—De acuerdo —dijo Victoria, sentándose junto a él para darle el abrazo que antes había rechazado—. Pero no vuelvas a hacerlo. Y ahora olvidémoslo y vamos a bañarnos tú y yo solos.

Pero mientras bajaban a la cala, Victoria sintió que la visita de Patrick, que había aguardado con tanta ansia, se estaba convirtiendo en una fuente de angustia.

45

Aquella noche, Sophie y Ellie se sentaron junto a la piscina de Petradi para pintarse las uñas de los pies en un llamativo tono morado y repasar los acontecimientos del día.

Después de la sesión de esquí acuático, que había sido un éxito rotundo, habían pasado por un cibercafé de Kryovrisi para consultar el correo electrónico. Sophie había recibido uno de Sam desde Tailandia. Le decía que lo estaba pasando en grande, que todo el mundo estaba allí y que acababan de visitar el santuario de los elefantes en Chang Mai. «Tú y Ellie os volveríais locas con los pequeños», escribía Sam antes de añadir: «Saluda de mi parte a Ellie y dile que la llevaré de copas cuando vuelva. ¿Qué tal el romance de papá? Cuidado con los Afroditas de Petros en el Harbour Lights y no hagas nada que yo no haría». Puesto que Sophie también había recibido un mensaje de texto lleno de corazones y besos de Matthew Burnaby, que estaba en Escocia pescando con su padre, las dos estaban revitalizadas por la certeza de que las dos personas que ocupaban casi todos sus pensamientos no las habían olvidado, a pesar de los atractivos de elefantes y salmones.

—En cuanto al romance..., pobre papá —dijo Sophie, que se sentía generosa gracias al mensaje de su amado—. Tengo la impresión de que las cosas no les van demasiado bien. Jake y Posy se están portando como auténticos monstruos, lo cual parece afectar bastante a Victoria. Está estresadísima, ¿te has fijado? Papá se ha quedado hecho polvo cuando se ha negado a ir a

Hagia Sophia. Le he oído proponérselo, pero Victoria ha dicho que no con una actitud muy fría y distante.

—Tal vez necesiten escabullirse y pasar un rato a solas —sugirió Ellie, agitando los pies en el aire para acelerar el proceso de secado del esmalte—. Es decir, a menos que quieras sabotear su relación, como decías antes.

Sophie meditó unos instantes.

—Lo he pensado —reconoció—, pero no podría hacerle algo así a papá. Victoria casi se pone a llorar cuando papá la regañó un poco por alterarse tanto con el comportamiento de Jake y Posy... Fingió que se le había metido algo en el ojo, pero estoy segura de que intentaba aguantarse las lágrimas. Y yo que hasta ese momento la había odiado por el simple hecho de estar ahí, de repente sentí mucha lástima por ella. Es evidente que quiere que nos llevemos bien y que todo sea perfecto..., y no es así. ¿Qué piensa tu madre de ella?

—A mamá le cae muy bien y considera que hacen muy buena pareja, pero también cree que Victoria tendrá que curtirse un poco para capear el temporal. Lo pasó fatal con lo de su marido, la pobre, pero eso es diferente. Mamá dice que siempre son las cosas pequeñas las que causan problemas. ¿Y si les echamos una mano? ¿Te parecería desleal hacia tu madre?

—No lo sé —exclamó Sophie mientras se concentraba en aplicar la segunda capa de esmalte—. Estoy hecha un lío y no paro de cambiar de opinión. En un momento dado estoy furiosa con mamá por meternos a todos en este lío, y al siguiente no soporto la idea de que ella y papá se hayan separado. Una parte de la semana que pasé con mamá en Londres estuvo bien; fuimos de compras, se portó de maravilla y me regaló una falda divina de la muerte, pero luego empezó a criticarme otra vez, y no la aguanto cuando se pone así. Me gusta Victoria, y siempre ha sido encantadora conmigo, pero me cuesta estar con ella y papá. Intentan incluirme, pero están tan absortos el uno en el otro que es como si fueran por la vida unidos por un hilo invisible, y cuando uno se mueve tira del otro. Están pendientes el uno del otro en todo momento, y me siento excluida. ¿Crees que soy horrible?

—Nooo —repuso sin demasiada convicción la pragmática Ellie, nada proclive a albergar sentimientos tan complejos—. Horrible no..., pero te lo tomas todo muy a pecho. Posy y tú os parecéis bastante en ciertos aspectos.

Sophie la miró horrorizada.

—Por cierto —prosiguió Ellie—, ¿qué te decía Matthew en el mensaje?

La conversación derivó hacia temas más inocuos, y al poco las dos adolescentes volvían a partirse de risa. Cuando Maggie salió al jardín para sugerirles con cautela que podrían ofrecerse a llevar algún día a Posy a una de las playas arenosas de la costa oeste de la isla para eximir a Patrick de sus deberes paternos, se llevó una sorpresa agradable al comprobar que tanto Ellie como Sophie accedían gustosas.

—¿Crees que debemos llevarnos también a Jake? —preguntó Sophie, más que lista para un alarde de victimismo.

—¡Ni hablar! —exclamó Maggie con una carcajada—. Estoy de acuerdo con Patrick en que no tiene sentido obligar a los dos niños a que congenien más de lo estrictamente necesario. ¡No queremos un derramamiento de sangre! De todos modos, estoy segura de que Jake preferirá pasar el día con su amiguito griego, y no lo culpo. Hablaré con Patrick, a ver qué le parece la idea. Creo que la cazará al vuelo. Nos llevaremos cubos y palas para Posy, y será divertido enseñarte el otro lado de la isla, Sophie. Me parece muy generoso por tu parte hacer esto.

Sophie estaba radiante.

Más tarde tuvieron un motivo de celebración. Las dos chicas llamaron a la escuela para averiguar los resultados de sus exámenes finales. La exclamación de Sophie hizo que todos acudieran corriendo.

—¡Papá, no te lo vas a poder creer! ¡He sacado un sobresaliente y tres notables! —anunció al tiempo que se arrojaba a sus brazos.

—Sophie, cariño, estoy muy orgulloso de ti.

Como era de esperar, Ellie había obtenido tres sobresalientes y un notable, pero a causa de la dislexia de Sophie, sus calificaciones eran mucho mejor de lo previsto.

Evanthi ya se había acostado cuando Patrick llamó a Victoria aquella noche. Victoria experimentó tal alivio al oír su voz que sintió deseos de hacer una voltereta para expresar sus sentimientos. Se alegró mucho al conocer las calificaciones de las chicas, le pidió que las felicitara de su parte, y al enterarse de la propuesta de Maggie y el ofrecimiento de Sophie y Ellie se conmovió.

—Oh, Patrick, sería maravilloso. Qué amable por su parte.

—¿Así que ya no estás enfadada conmigo? —le tomó el pelo Patrick.

—No —repuso ella—. Te aseguro que se me ha pasado y siento haberme puesto tan tensa..., pero la verdad es que sería estupendo poder pasar unas horas a solas.

—Eso mismo pienso yo —convino Patrick, encantado por su reacción—. Nos alejaremos de nuestros horribles hijos. ¿Adónde quieres ir? ¿Salimos en barca?

—Buena idea —asintió ella—. Podríamos ir a Helidonia, la isla especial de Hugh y la *nonna*, y te enseñaré la roca del retrato. Llevaré la comida.

—Genial.

—¿Qué te parece si a a cambio sugiero una salida de chicas a Corfú para mañana? —propuso Victoria—. Podría mostrar a Sophie y Ellie las mejores tiendas, que a veces son difíciles de encontrar entre todos esos chiringuitos para turistas, y si Maggie no ha estado, podría llevarla a la preciosa biblioteca de la Sociedad de Lectura del Liston; la *nonna* podría concertar la visita. Podríamos llevarnos a Posy y comer allí. Así tú y Phil podríais pasar un agradable día sin mujeres... ni conflictos.

—Me parece una idea estupenda —aseguró Patrick—. No por mí, claro está, porque nunca me canso de estar contigo, como muy bien sabes, pero Sophie y Ellie se mueren de ganas de ir de compras. Espera un momento, voy a consultarlo.

Volvió a ponerse al cabo de un instante para decirle que la propuesta había tenido una acogida excelente, y que él y Philip encargarían a Victoria y Maggie la compra de regalos para las chicas como premio por sus notas.

—Buenas noches, querida Victoria..., te quiero —musitó.

—Buenas noches, Patrick, yo también te quiero.

Era una noche de luna nueva, y en el cielo brillaba una única estrella. Victoria pidió un deseo para los dos.

La expedición a la ciudad fue un éxito rotundo. Sin la amenaza de un rival, Posy se portó como un ángel, y todas disfrutaron en mutua compañía. Philip y Patrick fueron a jugar al golf en el Club Corfú, y cuando se reencontraron para cenar, en la casa se respiraba un ambiente mucho más relajado.

A la mañana siguiente, mientras amarraba la barca en el embarcadero de Vrahos después de recogerla en Kryovrisi, Patrick divisó a Victoria bajando por el escarpado y pedregoso sendero que partía de la casa, cargada con todo lo necesario para una excursión. La observó desde el embarcadero, una figura esbelta ataviada con bermudas deshilachadas color rosa y una camisa azul desteñida, y con cierta inquietud se dijo que a aquella distancia no parecía mucho mayor que Sophie. Cuando Victoria llegó al pie del sendero, Patrick abrió los brazos, y ella dejó caer cuanto llevaba y se arrojó en ellos, un gesto que, paradójicamente, se le antojaba el más natural y el más excitante del mundo al mismo tiempo. Al cabo de unos instantes, Patrick deslizó las manos por sus brazos desnudos y bronceados para contemplarla con detenimiento, aliviado al comprobar que ya no parecía una adolescente, sino una mujer, la mujer a la que amaba.

—Será mejor que subamos a la barca y nos pongamos en marcha —sugirió al fin con una sonrisa.

—Y luego tenemos todo el día para nosotros solos —le recordó Victoria con una carcajada.

—Sí —convino Patrick—, eso mismo estaba pensando yo.

La visita a la isla fue muy distinta de la última vez que Victoria había estado en ella pocos meses antes, hundida en el dolor y la desesperación. El cielo y el mar bien podrían haber pertenecido a otro universo, y yo también me he convertido en una persona distinta, pensó Victoria.

—¿Crees que a otros enamorados de la soledad puede habérseles ocurrido venir a la isla hoy?

—Es improbable. Helidonia pertenece a Vrahos, así que los lugareños casi nunca vienen, y a la mayoría de los turistas les parece demasiado inaccesible. Solo hay un lugar para atracar, y hay que conocerlo; es un poco complicado —señaló antes de referirle el episodio que había estado a punto de acabar en catástrofe—. Fui una idiota —se recriminó—. Por suerte, Guy y Petros adivinaron dónde estaba y fueron a rescatarme.

—Vaya, qué afortunados —comentó Patrick con una mueca—. ¡Los envidio!

—Tú también me has rescatado, aunque de otra forma, de muchísimas cosas —afirmó Victoria con seriedad—. Nunca sabrás lo que significa para mí.

Pasaron un día idílico. Se bañaron, tomaron el sol y exploraron el islote. Hicieron una hoguera y asaron pez espada ensartado en ramas de romero, como hicieran Hugh y Evanthi. Tomaron el vino blanco seco que Victoria llevaba en la cesta y dieron cuenta de las enormes olivas negras, que según Patrick eran idénticas a los ojos de Victoria.

—Qué comparación tan poco romántica —se quejó ella antes de arrojarle diestramente un hueso de oliva con el índice y el pulgar.

Victoria le mostró la roca en forma de dragón, y él la fotografió sentada sobre ella, con los pies en el agua, la misma postura en que Hugh había pintado a Evanthi sesenta años atrás.

—La historia se repite —comentó Patrick—. Pero ahora es mi muchacha sobre la roca. Cuando volvamos a Inglaterra le mostraremos la fotografía a Hugh y la compararemos con el retrato.

Se zambulleron desnudos desde las rocas en el agua cristalina color ala de martín pescador y vieron un banco de pequeños peces voladores plateados surcar la superficie mientras nadaban.

Más tarde, la historia se repitió de nuevo cuando hicieron el amor con tanto gozo y abandono como aquellos otros dos amantes del pasado.

—No permitiremos que nada se interponga entre nosotros como les sucedió a Hugh y Evanthi, ¿verdad? —preguntó Victoria, acurrucada entre sus brazos—. Ni siquiera nuestros amados e insoportables hijos.

Por toda respuesta, Patrick empezó a besarla de nuevo.

Como de costumbre, a mediodía se levantó un fuerte viento que amainó con una suerte de suspiro por la tarde. Cuando abandonaron la isla ya solo soplaba una suave brisa que apenas agitaba el mar y el cabello de Victoria, que sentada en la proa permanecía sumida en un trance de felicidad.

—¿Tienes tiempo para subir a ver un momento a la *nonna*? —inquirió Victoria cuando llegaron a Vrahos—. Le encantaría verte.

—Por supuesto —asintió él—. Maggie me ha dicho que no sabía a qué hora volverían y, de todos modos, Sophie ha prometido acostar a Posy si llegan antes que nosotros, aunque sí me gustaría llegar a tiempo para arroparla.

Evanthi estaba leyendo en la terraza. Una sola mirada a Victoria le bastó para comprender cómo lo había pasado aquel día, y se vio embargada por la sensación de mirar una bola de cristal que, en lugar de ver el futuro, le permitiera retroceder en el tiempo. Extendió ambas manos, y cada uno de ellos le cogió una. Victoria se inclinó para besarla.

—¿Dónde está Jake? —preguntó.

—Dora y Yannis se los han llevado a los dos a casa de los padres de Yannis. Ya sabes que le encanta ir allí. Dora me ha pedido que te diga que quizá volverán tarde y que ya se encargará ella de acostarlos si tú no estás.

—En ese caso, ¿puedo raptar a Victoria y llevármela a cenar? —pidió Patrick.

—Creo que puedo prestártela un rato más —accedió Evanthi con una sonrisa.

Patrick dirigió una mirada inquisitiva a Victoria, aunque ya sabía de antemano que accedería.

—Primero tengo que pasar por Petradi —señaló—, pero de

todos modos teníamos previsto cenar en Kryovrisi esta noche porque hemos prometido a Ellie y Sophie que después pueden ir a bailar. Si no te importa acompañarme ahora, Victoria, te traeré de vuelta después de cenar. Lefka, la señora que cuida Petradi, se quedará con Posy, y sé que a Phil y Maggie les encantará que cenes con nosotros.

Mientras Victoria iba a ducharse y cambiarse de ropa, Patrick se sentó a charlar con Evanthi.

—¿Crees que a Hugh le resultaría muy difícil venir a Vrahos? —preguntó la anciana de repente—. Nunca habla de su salud ni de su movilidad, y cada vez que le pregunto por sus achaques, me sale con evasivas.

Era el primer indicio que tenían de que Hugh y Evanthi debían de haber hablado por teléfono.

—Estoy seguro de que se las apañaría con un poco de ayuda —repuso Patrick, fingiendo no reparar en aquel notición, pero ansioso por compartirlo con Victoria—. Si consiguiera que accediera a utilizar una silla de ruedas en el aeropuerto, el resto del viaje debería ir como una seda. ¿Quiere que lo traiga a principios de octubre?

—Bueno, sondéalo —pidió Evanthi—. La primera vez que me propuso que nos viéramos, me asusté, pero creo que ahora me siento capaz de afrontarlo. Me gustaría mucho verlo antes de morir, aunque... —se apresuró a añadir— no tengo intención de irme al otro barrio de momento. —Apoyó una mano en el brazo de Patrick—. Quiero que sepas que me haces muy feliz —musitó—. Nunca había visto así a Victoria; es lo que siempre he deseado para ella.

—Poder pasar la velada juntos es como un premio extraordinario —comentó Victoria mientras se dirigían a Petradi—. Oh, Patrick, es horrible que solo te queden dos días en Corfú. El tiempo ha pasado muy deprisa. Nunca había sido tan feliz. Creo que este ha sido el mejor día de mi vida.

—Lo mismo digo —convino él, emocionado.

Ascendieron por el agreste sendero que conducía a la casa,

levantando nubes de polvo tras ellos. Un anciano con pantalones holgados y largos bigotes en el rostro de cáscara de nuez caminaba entre los olivos guiando a cinco ovejas con sendos cordeles, mientras sus corderitos de aspecto robusto brincaban junto a ellas. Parecía una maniobra complicada en extremo, como el ensayo fallido de un intrincado baile popular para la fiesta mayor del pueblo.

—Me encantan las ovejas de aquí —comentó Victoria—. Con esas patas tan largas resultan mucho más elegantes que sus parientes inglesas, y parece que lleven los ojos resaltados con lápiz, como Elizabeth Taylor en *Cleopatra*. Esta es la auténtica Corfú, no la de los bloques de hormigón y las playas abarrotadas. Me alegro mucho de que tú también ames la magia de la isla. ¿No te parece todo megaprecioso a la luz del anochecer? —dijo con un suspiro de felicidad.

—Megaprecioso —repitió Patrick con una carcajada al tiempo que la estrechaba entre sus brazos—. Las ovejas también..., pero sobre todo tú.

Experimentaron un profundo alivio teñido de culpabilidad al comprobar que el coche de los Marshall no estaba.

—Estupendo, un ratito más para estar a solas. Nos sentaremos fuera a tomar una copa y aprovechar la soledad mientras dure.

La casa estaba a oscuras, pues al ir a limpiar Lefka había cerrado todos los postigos para proteger el interior del sol abrasador de mediodía, de modo que Patrick y Victoria tuvieron que atravesar a tientas el espacioso salón, riendo y aferrándose el uno al otro cuando chocaban contra algún mueble. Cuando por fin salieron de nuevo a la luz del atardecer, parpadearon para acostumbrar la vista.

Tardaron un instante en advertir que había alguien en una de las tumbonas.

—Hola, Patrick —dijo Rachel Hammond—. He vuelto.

46

Por un instante, Patrick y Victoria se quedaron paralizados, como si se hubieran transformado en estatuas. Aún cogidos de la mano, parecían haber echado raíces, pero Patrick percibió que Victoria se estremecía como si la hubieran atacado. Él fue el primero en recobrarse.

—¿Se puede saber qué haces aquí? —espetó.

Rachel balanceó las elegantes piernas sobre el borde de la tumbona, se levantó con ademán lánguido y avanzó hacia su marido.

—Menudo recibimiento, cariño —ronroneó—. ¿No vas a presentarnos?

Miró a Victoria de arriba abajo, como si fuera una alga que el mar hubiera arrastrado hasta la playa y de la que convenía librarse lo antes posible.

—Soy la esposa de Patrick —explicó innecesariamente—. Creo que no nos conocemos.

El golpe de verla fue absoluto. Por un terrible instante, Victoria creyó que vomitaría. Le temblaban las piernas, y pese a que la tarde era cálida, sintió un escalofrío, pero el orgullo le permitió mantener cierta compostura. Patrick no le soltó la mano.

—Déjate de jueguecitos, Rachel —ordenó con sequedad—. Es Victoria Cunningham, como creo que sabes muy bien. Haz el favor de explicarme qué haces aquí.

—He venido a veros —repuso ella—. Decidí no quedarme en España a fin de cuentas...; creía que te alegrarías. Fuiste tú quien me suplicó que no fuera. ¿No vas a darme un beso de bienvenida? ¿O acaso te da vergüenza verte sorprendido a tu edad haciendo manitas como un colegial?

Victoria retiró la mano como si la de Patrick ardiera y caminó hasta el muro bajo de la terraza, que daba a los olivos que se extendían hasta el mar... y a Helidonia, el islote de las golondrinas. No soportaba la idea de que Rachel advirtiera las enfurecidas lágrimas que habían aflorado a sus ojos. Había visto fotografías de Rachel en el piso de Warwick Square, de modo que sabía que era guapa, pero en persona era mucho más hermosa y alta de lo que había imaginado, y poseía la clase de elegancia sofisticada que se debe más al cabello y al maquillaje que a la ropa, y por encima de todo guarda relación con el tiempo y el esfuerzo que se invierte en ella. Rachel Hammond siempre estaba impecable.

En aquel momento oyeron el coche de los Marshall llegar a la parte trasera de la casa, el golpe de las portezuelas al cerrarse y voces alegres. Al cabo de un instante, el grupo dobló la esquina de la terraza, encabezado por Posy. Al ver a Rachel, la niña profirió un chillido de alegría.

—¡Mami, mami, mami!

Se abalanzó sobre su madre, que abrió los brazos para recibirla y se agachó para estrecharla entre ellos. Victoria se volvió. Por encima de los rizos dorados de Posy, de tono idéntico a la cabellera de su madre, las miradas de las dos mujeres se encontraron, y en la de Rachel brillaba un destello triunfal.

—¡Dios mío, qué sorpresa! —exclamó Philip, que cargado con todos los utensilios necesarios para un picnic expresó el sentir de todos.

Maggie y Ellie estaban estupefactas, pero tras la primera sorpresa, Sophie reaccionó.

—Mamá —musitó con un tono entre horrorizado y maravillado antes de correr hacia su madre.

Rachel inclinó la cabeza sin soltar a Posy y ofreció la mejilla a su hija mayor.

—Como ves, he seguido tu consejo —señaló con su voz más bien aguda y sonora—. Me dijiste que sería bueno que viniera, y por lo visto tenías razón.

El rostro de Sophie se puso blanco como la nieve cuando todas las miradas se volvieron hacia ella. La muchacha profirió un grito ahogado, giró sobre sus talones y entró corriendo en la casa. Al poco oyeron cerrarse de golpe la puerta del dormitorio que compartía con Ellie.

—Ve con ella, Ellie —pidió Maggie a su hija—, y no te muevas de su lado. Yo subiré dentro de un rato.

Conociendo el talento manipulador de Rachel, no creía que Sophie hubiera hecho exactamente lo que afirmaba pero, a todas luces, la tormenta se cernía sobre Petradi.

—Bueno, hola, Rachel —la saludó, una ceja enarcada con expresión inquisitiva—. Qué inesperada visita. Podrías haber llamado para decirnos que venías. Es un poco violento, la verdad, porque me temo que no nos queda sitio en la casa. Fíjate que Posy duerme en el cuarto de la plancha, en la cuna de viaje...

—Oh, no te preocupes —repuso Rachel sin darle importancia antes de avanzar hacia ella y besar el aire junto a su mejilla—. Reservé una habitación en el Corfu Palace por si no estabais o algo así, pero de todas formas no necesito ninguna habitación, porque dormiré con Patrick.

—Ni en sueños —espetó Patrick con aspecto de querer borrar a golpes la expresión satisfecha de su mujer—. Permíteme recordarte —continuó en voz baja, pero amenazadora— que fuiste tú quien me dejó, Rachel. Me has pedido el divorcio, y yo te he dicho que sí. No vamos a volver atrás.

De repente reparó en su hija pequeña, que con el pulgar en la boca y pese a no entender del todo lo que estaba sucediendo, parecía fascinada por la escena.

—No es el momento ni el lugar adecuado para hablar de esto —sentenció—. Tendremos esta conversación más tarde.

—Creo que debo volver a Vrahos —intervino Victoria, que hasta entonces había guardado silencio—, pero no he traído el coche. ¿Podría acompañarme alguien?

—No te vayas —pidió Patrick, rodeándola con el brazo—. No es necesario.

—Prefiero irme. Por favor.

—De acuerdo —accedió él a regañadientes.

Lo afectaba profundamente la expresión consternada de Victoria, pero al mismo tiempo estaba convencido de que si Rachel montaba una de sus famosas escenas, más le valía no presenciarla.

—Por supuesto, si es lo que quieres, te acompañaré a Vrahos.

—No, por favor —musitó Victoria al tiempo que se apartaba de él—. Será mejor que te quedes aquí y resuelvas el asunto, pero querría irme a casa ahora.

Patrick quiso protestar, pero en aquel momento intervino Philip.

—Yo te acompaño, Victoria —se ofreció.

Se sacó las llaves del coche del bolsillo y echó a andar hacia la parte posterior de la casa. Victoria le dirigió una mirada de gratitud y lo siguió con la cabeza alta, sin mirar siquiera a Rachel. A Philip le pareció una actitud de gran dignidad.

—Dios mío, lo siento muchísimo —se disculpó Patrick, que los acompañó hasta el coche.

—No es culpa tuya —repuso ella, apenas capaz de dominar la voz.

—Iré a verte más tarde —prometió él.

—No, Patrick.

Victoria lo miró con expresión perturbada, tan distinta, se dijo Patrick, de la mirada que se pintaba en sus ojos apenas unos minutos antes.

—Esta noche no. Ven mañana por la mañana si puedes. Y será mejor que no me llames tampoco esta noche, porque hay un teléfono junto a la cama de la *nonna* y ya sabes que el móvil no tiene cobertura en Vrahos.

Patrick la estrechó entre sus brazos.

—Todo esto no es más que una farsa —aseguró—, el típico golpe de efecto de Rachel, pero todo saldrá bien. Buenas noches, amor mío. No olvides que te quiero.

—Buenas noches —susurró Victoria—. Y Patrick...

—¿Qué?

—Trata bien a Sophie.

Philip sintió una profunda lástima por Victoria mientras avanzaban por el polvoriento sendero a la luz del crepúsculo.

—Tiene que haber sido espantoso para ti, Victoria —dijo—, pero como bien dice Patrick, Rachel siempre ha sido propensa a dramatizar. No lo tomes demasiado a pecho, y además creo que has hecho muy bien en dejar que se las apañen solos. Que Patrick se encargue de ella.

—Creía que todo había terminado entre ellos. No sabía que Rachel aún lo quería.

—No creo que lo quiera —puntualizó Philip—. Supongo que las cosas no salieron como esperaba cuando fue a ver a esa repulsiva mujer en España, así que decidió dar media vuelta y regresar. Pero Rachel no es de las que se quedan en casa solas, sin público, y aunque no creo que quiera reconciliarse con Patrick, lo más probable es que tampoco esté dispuesta a permitir que lo tenga otra mujer. Rachel está acostumbrada a salirse con la suya.

—¿Y Sophie? Con lo bien que lo pasamos ayer... Fue estupendo pasar el día con Maggie y las chicas. Sophie y Ellie estuvieron encantadoras. Entiendo lo que debe de sentir hacia mí, y Patrick me advirtió que no me precipitara ni esperara demasiado, pero pensaba que la situación empezaba a mejorar.

—Ah... —suspiró Philip mientras tomaba con cuidado una curva muy cerrada—. Pobre Sophie. Es complicado. Sé por Ellie que le gustas, Victoria, así que no te sientas dolida ni lo tomes como algo personal, pero como es natural, aún no se ha hecho a la idea de la separación de sus padres. Soy abogado de familia y veo estas cosas cada dos por tres. Los hijos, sobre todo adolescentes, tan llenos de hormonas y emociones volátiles, a menudo recurren a lo que sea para evitar la separación, aun cuando las peleas de sus padres les hagan la vida imposible. Rachel siempre le ha dado a Sophie una de cal y otra de arena..., bueno, más arena que cal, a decir verdad, y a Maggie siempre la ha puesto furiosa ser testigo de ello, pero cuando le da cal, Sophie no puede resistirse a ella y se esfuerza todavía más por complacerla. Sabe Dios lo que le diría Rachel a Sophie cuando estuvieron juntas en Londres. Mira, Victoria, Patrick es mi mejor amigo y lo conozco muy bien. Maggie y yo sabemos que te adora, y los dos creemos que estáis hechos el uno para el otro. No te hundas, no tires la toalla.

—Lo intentaré —prometió ella, conmovida y algo más tranquila—. Gracias, Phil.

Profesaba un gran afecto a Phil Marshall. Era un hombre bueno, con un sentido del humor no exento de ironía, el contrapunto perfecto para su mujer igualmente buena pero más expansiva. Aquel era el discurso más largo que lo había oído pronunciar hasta entonces.

Philip la dejó en Vrahos y la siguió con la mirada mientras cruzaba el patio y subía la escalinata hasta la pesada puerta de roble con llamadores en forma de cabeza de león. Se dijo que la vieja casa, con sus paredes de pintura rosa desconchada, tan encantadora y romántica a la luz del sol, parecía inmensa y formidable al caer la noche. Ante ella, Victoria se le antojaba una figura diminuta. La vio sacar la voluminosa llave del bolso e introducirla en la cerradura antes de volverse para saludarlo con la mano. Philip le devolvió el saludo y esperó hasta que Victoria entró en la casa antes de regresar para enfrentarse a la situación que se había desencadenado en Petradi.

Fue Dora quien contestó al teléfono cuando Patrick llamó a Vrahos a primera hora de la mañana siguiente. Dejó el mensaje de que llegaría a Vrahos hacia mediodía y esperaba llevar a Victoria a comer a alguna parte.

Consideraba que necesitaban estar a solas, sin temor a interrupción alguna, pero primero debía llevar a Rachel y Posy al Corfu Palace, donde pasarían el día antes de volver juntas a Londres.

La noche anterior, cansada y sobreexcitada tras pasar un largo día construyendo castillos en la arenosa playa de Agios Georgios, en la costa oeste de la isla, engullendo helados, esquivando avispas y brincando entre las olas con Sophie y Ellie, por no mencionar la emoción de ver a su madre, Posy se había puesto completamente histérica cuando Rachel anunció que, puesto que no era bienvenida en Petradi, se iba al hotel. Posy se aferró a su madre entre gritos y sollozos, al principio para sacar el mayor partido posible de la situación, pero más tarde demasiado fatigada y tensa para parar. Patrick se ofreció a dormir en el sofá del salón y ceder su dormitorio a Rachel, que aceptó con aire magnánimo. Al ir en busca de sábanas limpias para Rachel, Maggie se dijo enfadada que, como había presenciado tantas veces, la mujer de Patrick había vuelto a salirse con la suya porque todos los demás carecían del valor necesario para alterar aún más a sus hijos.

Después de dejar a su mujer y a su hija en el hotel, Patrick pasó por Petradi antes de ir a Vrahos. Quería hablar con Sophie antes de ver a Victoria. Philip y Maggie habían ido al supermercado de Kryovrisi, y las dos chicas estaban junto a la piscina. En cuanto vio la expresión de Patrick, Ellie entró en la casa con el pretexto de que había terminado el libro que estaba leyendo e iba en busca de otro.

Patrick se sentó junto a su hija. Ella lo miró entre asustada y desafiante, esperando su furia, pero Patrick guardó silencio durante unos instantes.

—Cuéntame tu versión, Sophie —pidió por fin en voz muy baja—. ¿Sabías que mamá se presentaría aquí de esta forma?

—¡No! Te lo juro, tienes que creerme.

—Claro que te creo —aseguró él—. Pero ¿realmente le sugeriste que viniera a ver «qué tramaba» yo, como lo expresó anoche?

—¡No! Sí..., bueno, más o menos —farfulló Sophie, abriendo y cerrando las manos—. Supongo que en parte sí, pero no esperaba que apareciera así, te lo juro.

Patrick aguardó. Sophie parecía totalmente absorta en el avance de una araña diminuta por el resbaladizo brazo de plástico de la tumbona. Parecía muy angustiada.

—Después de que hablaras conmigo y con Sam y nos contaras lo que sentías por Victoria, se lo conté a mamá cuando estuvimos juntas en Londres —susurró al fin, abrumada por el hecho de que, estuviera con el progenitor que estuviera, se sentía como una traidora hacia el otro—. Al principio no lo creyó y me acusó de haberlo inventado, así que supongo que le dije algo así como «Bueno, pues, ¿por qué no lo compruebas por ti misma si no me crees?». Oh, papá, lo siento mucho.

—No es culpa tuya. Yo sí que siento que te hayas visto metida en este lío.

—¿Puedo preguntarte una cosa?

—Claro.

—No es que no me guste Victoria, pero... ¿hay alguna posibilidad de que mamá y tú os reconciliéis? —preguntó, desesperada.

—Oh, Sophie, cariño, no.

—¿Por Victoria?

—Bueno, en parte por Victoria, claro está. Te mentiría si fingiera que no es así, porque la quiero mucho, pero también por muchas otras razones. Hace mucho tiempo que mamá y yo no somos felices juntos, ya lo sabes. Y mamá me dejó antes de que Victoria y yo estuviéramos juntos.

—Pero no antes de que la conocieras —puntualizó Sophie—. Mamá quiere volver contigo; me lo dijo anoche.

—No creo que eso sea cierto, Sophie —suspiró Patrick.

¿Cómo explicarle a su hija la completa falta de interés de Rachel en los últimos tres años, agravada, sin duda, aunque no causada por Bronwen Richards; su propio hastío ante los cambios de humor, las obsesiones y el egocentrismo absoluto de Rachel; la aventura que su mujer había tenido años atrás?

—Al menos podrías intentarlo —mascullo Sophie—. Si mamá está dispuesta a volver a intentarlo, tú también podrías hacerlo.

Patrick la compadeció. Admiraba su valentía al exponerle sus opiniones, pero al mismo tiempo sabía que no podía ayudarla.

—Lo siento, Sophie —dijo al tiempo que se levantaba—, pero no puedo hacerlo. Gracias por tu franqueza, pero ya es demasiado tarde para una reconciliación. Eso nunca cambiará lo que siento por ti, Sam y Posy, te lo prometo. Ahora voy a Vrahos a ver a Victoria... No renunciaré a ella.

Sophie se quedó junto a la piscina, la mirada clavada en las áridas montañas de Albania, escuchando el motor del coche de Patrick al alejarse. Puesto que por lo demás reinaba el más completo silencio, quebrado tan solo por la suave brisa que acariciaba los olivos, el susurro de las cigarras, el rebuzno ocasional de algún burro y el graznido de algún cuervo, el rugido del motor tardó una eternidad en disiparse, alejando a su padre de la vida familiar tal como Sophie la había conocido hasta entonces. Por fin se acurrucó en la tumbona y lloró.

47

Fue Dora quien le abrió la puerta cuando llegó a Vrahos.

—Mi marido ha llevado a Kyria al banco en Kryovrisi —anunció—. Se han llevado a Jake, y Victoria ha ido al mirador con Rocky. Me ha pedido que lo enviara para allá cuando llegara.

Patrick recorrió el sendero y vio a Victoria sentada sobre un canto rodado, contemplando el mar y con el corpulento perro apoyado en ella. Cuando Patrick la llamó, Victoria se volvió y se puso en pie, pero no corrió a su encuentro, sino que caminó hacia él tan despacio que cada paso que daba parecía costarle un gran esfuerzo. Patrick le tomó ambas manos y escudriñó su rostro con preocupación. Parecía tan trastornada que se preguntó si habría sobrevenido alguna otra desgracia.

—¿Qué ocurre, amor mío? —preguntó con ternura, pletórico de amor hacia aquella mujer embrujadora y vulnerable a quien había entregado su corazón—. Dímelo. ¿Ha sucedido algo más?

Por toda respuesta, Victoria sacudió la cabeza con ademán desesperado y apoyó la frente contra el pecho de Patrick sin decir palabra. Al rato se separó de él todavía en silencio, pero alzó la mirada con una expresión tan atormentada que a Patrick se le partió el corazón.

—No me mires así. Todo irá bien, cariño —le aseguró—. No te angusties. Le he dejado las cosas muy claras a Rachel... y también a Sophie. Lamento muchísimo que tuvieras que vivir esa espantosa escena anoche. Fue una monstruosidad por parte de Rachel comportarse de aquella forma, pero todo se arreglará, te lo prometo.

—No, Patrick..., se acabó —murmuró Victoria con un hilo de voz—. Lo he estado pensando mucho y no puedo seguir contigo.

—Pero ¿qué dices? —exclamó él, horrorizado—. Entiendo que estés alterada, tienes motivos sobrados, pero es absurdo que digas eso.

—No —insistió ella, apenada—. Es cierto y tienes que aceptarlo.

—Cariño, estás exagerando —señaló Patrick, convencido de que la tensión era excesiva para ella—. Lo que pasó anoche no nos afecta en absoluto; de hecho, es posible que incluso ponga todas las cartas sobre la mesa, lo cual sería bueno. Solo fue Rachel montando uno de sus famosos numeritos. Es la persona más teatrera que conozco.

Le tomó el rostro entre las manos en un intento de arrancarle una sonrisa, pero Victoria no reaccionó al contacto, y Patrick tuvo la espeluznante sensación de que apenas si lo oía. Deslizó las manos por sus brazos para cogerle las suyas, pero Victoria se zafó de él y se apartó, como si quisiera erigir una valla electrificada entre ellos.

—Mira, cariño —insistió—, le he explicado claramente a Rachel la situación, y esta misma noche vuelve a Londres. Se ha empeñado en llevarse a Posy a pesar de que Sophie y yo regresamos mañana. Muy típico de Rachel.

Le dedicó una sonrisa, pugnando por quitar hierro al asunto, pero no obtuvo reacción alguna de Victoria y se asustó al advertir su silencio y su rostro blanco como el papel.

—Acabo de llevarlas a las dos a Corfú. Habría venido antes, pero primero quería hablar con Sophie. He seguido tu consejo y no me he enfadado con ella —explicó, desesperado por obtener alguna respuesta—. Sophie está trastornada y se siente muy culpable, porque cree que es culpa suya que Rachel se presentara de improviso, lo cual es cierto en parte. Sophie me da mucha lástima, pero lo superará, y le he dejado bien claro que no existe ni la más mínima posibilidad de que su madre y yo nos reconciliemos.

Se preguntó si Victoria estaría dolida porque no había ido a verla a ella primero, pero no la creía capaz de una actitud tan mezquina.

—¿Te ha dado Dora mi mensaje? —preguntó.

—Sí, sí, no es eso.

—Entonces, ¿qué? Hay algo más, ¿verdad? —cejó, intentando interpretar su expresión—. Tiene que haber algo más, pero sea lo que sea, podemos hablar de ello. No hay nada que no podamos resolver juntos.

Estaba furioso con Rachel y consciente de un cambio en Victoria que no alcanzaba a discernir.

—Lo que tenemos es maravilloso, Victoria —exclamó con vehemencia—. Yo lo sé y tú lo sabes. Nos queremos, por el amor de Dios.

Victoria lo miró con una expresión tan inescrutable que casi se antojaba desprovista de toda emoción.

—Pero no lo suficiente —dijo, y cada palabra era como una gota de agua helada—. Y no puedo hacerlo, Patrick.

—¿No lo suficiente? ¿Cómo puedes decir eso? ¿Qué es lo que no puedes hacer?

—No puedo romper tu matrimonio.

—¡Por el amor de Dios! Mi matrimonio está roto desde hace mucho tiempo. Sabes muy bien que no lo has roto tú.

—Rachel cree que sí.

—¡Tonterías! Sabe muy bien que no es por ti. Deja de imaginarte cosas —le ordenó con impaciencia—. No puedes saber lo que piensa..., porque en la mitad de los casos no lo sabe ni ella.

—He hablado con ella —dijo Victoria.

Patrick quedó anonadado.

—¿Que has hablado con Rachel?

Victoria asintió.

—Me ha llamado después de que la dejaste en el hotel, y por fin me he dado cuenta de que lo nuestro tiene que acabar, Patrick.

—No digas sandeces. ¿Qué te ha dicho? ¿Cómo se atreve a llamarte? Cuéntame exactamente lo que te ha dicho.

—No —negó Victoria, irguiendo la barbilla con una expresión que Patrick nunca le había visto, pero que le recordó sobremanera a su abuela—. No quiero hablar de ello. Se acabó, Patrick.

Victoria hizo acopio de valor para decir lo que sabía que acabaría por disuadirlo. Sentía la necesidad imperiosa de despedirse de él antes de ablandarse, pues la separación era crucial por el bien de todos.

—No lo aguanto más —musitó con un encogimiento de hombros—. Lo siento, pero ya he sufrido demasiado. Creía que te quería, de verdad lo creía, pero evidentemente no lo bastante para sobrellevar todas estas complicaciones. Quiero que te vayas. No quiero volver a verte.

Patrick se quedó mirándola, horrorizado.

—No te creo. No puede ser cierto, no después de lo que hemos vivido estos últimos meses, no después del día que pasamos ayer. No puedes borrarlo sin más.

Victoria le devolvió la mirada en silencio mientras rememoraba la conversación con Rachel.

Estaba cruzando el vestíbulo de Vrahos cuando sonó el teléfono y descolgó de manera automática.

—*Herete?*

—¿Victoria Cunningham?

Victoria reconoció la voz de inmediato y percibió que se le secaba la boca.

—Sí, soy yo —asintió, procurando no perder la calma.

Al revivir el horror del momento, Victoria se sintió entumecida de dolor, pero la intensidad de su angustia la hizo sacar fuerzas de flaqueza.

—No me pidas más explicaciones —dijo—, porque no quiero hablar de ello. Vete, por favor.

—¡Por todos los santos, no puedes hablar en serio! Lo nuestro es especial, lo sabes —gritó Patrick, ahora furioso—. No tengo ni idea de qué puede haberte dicho Rachel para ponerte así, pero te aseguro que no son más que sandeces. Me sorprende que estés dispuesta a tirarlo todo por la borda por un simple capricho. Quiero saber qué te ha dicho.

Victoria, que estaba a punto de desmoronarse, reaccionó al oír la palabra capricho.

—¡No! —espetó—. No importa qué me ha dicho. Nunca lo entenderías y si de verdad me quisieras, no me someterías a este interrogatorio. No aguanto más esta situación. Tienes que aceptar que lo nuestro no ha sido más que un idilio de vacaciones y que se ha acabado. Ya no te quiero. ¡Vete!

Sin decir nada más, Patrick giró sobre sus talones y emprendió el camino de vuelta a la casa.

Si hubiera mirado por encima del hombro, habría visto una expresión de anhelo absoluto en el rostro de Victoria, pero ni siquiera volvió la cabeza.

Mientras lo seguía con la mirada enturbiada por las lágrimas, Victoria se sintió embargada por la sensación de que se le había concedido un vislumbre de la felicidad para luego serle arrebatado de nuevo. Percibiendo una tensión que no alcanzaba a comprender, el perro alzó el hocico hacia el cielo y aulló, provocando un eco que reverberó sobre el mar y contra las rocas.

Más tarde, cuando Evanthi descansaba, fatigada por la excursión a Kryovrisi, llamaron a la puerta de su dormitorio. La noche anterior, Victoria le había contado con profunda pena la escena acaecida en Petradi al término de lo que a todas luces había sido un día idílico para ella y Patrick, los dos amantes por cuyo futuro tanto se preocupaba Evanthi. Al enterarse de que Victoria esperaba la visita de Patrick, había concluido que lo mejor sería que ella y Jake no estuvieran en la casa cuando llegara. Esperaba con todas sus fuerzas que Victoria, que no había aparecido a la hora de comer, hubiera ido a verla para contarle que Patrick había dejado las cosas claras a su mujer, que por lo visto era una mujer espantosa, y que las aguas habían vuelto a su cauce. A instancias de Dora, Yannis había llevado a los niños a dar un paseo en barca.

Cuando Victoria asomó la cabeza, Evanthi sostenía el icono entre las manos. Los paneles estaban abiertos, ocultando los arcángeles de la cara exterior, pero dejando al descubierto a san Nicolás y san Gregorio, que flanqueaban a la Virgen María y el Niño Jesús.

—*Agapi!* —exclamó—. ¡Cuéntame qué ha pasado!

Pero un solo vistazo al rostro de Victoria bastó para que el corazón le diera un vuelco.

Su nieta se sentó en el borde del gran lecho.

—¿Estabas rezando, *nonna*? —inquirió, señalando el icono.

—Solo estaba charlando un poco con los santos; tenía un par de cosas que comentarles —repuso Evanthi como si hablara de los albañiles.

—Ah, los llamados taumaturgos.

—Exacto —convino Evanthi.

—Ojalá pudieran obrar algún milagro para mí —suspiró Victoria.

En su rostro se pintaba un rictus de derrota que, pese a las desgracias que había sufrido en el pasado, a su abuela le pareció inquietantemente distinto. La anciana le alargó el icono.

—Ponlos a prueba —sugirió con suavidad.

—¿Quieres que rece al santo con la esperanza de que resuelva todos mis problemas y llene mi media de golosinas por Navidad? —espetó Victoria, llena de amargura.

—No es así como pienso en el icono ni lo uso, como sabes muy bien, Victoria —le recordó Evanthi con severidad, aunque apenas capaz de soportar el dolor que se reflejaba en el rostro de su nieta.

—Lo siento, ya lo sé. Ayúdame, *nonna* —suplicó en un susurro—. Ayúdame. ¿Cómo te las arreglaste? Lo he perdido todo y ya ni siquiera puedo rezar, porque también he perdido la fe.

—Pues no lo intentes —recomendó Evanthi con firmeza—. A veces es mejor dejar que otros recen por ti. Estoy de acuerdo en que no hay que hacer una lista de deseos, pero siempre puedes pedir ayuda. El icono no es Dios, tan solo una herramienta, una herramienta que venero, que me va bien, pero una herramienta a fin de cuentas.

—Pero significa mucho para ti, ¿verdad? —preguntó Victoria mientras reseguía con el dedo las túnicas a cuadros blancos y negros de los obispos santos.

—Lo he venerado toda mi vida, pero no hay nada imprescindible; es un instrumento sin el cual podría apañármelas en caso necesario, supongo... —explicó Evanthi, reacia a acribillar a Victoria a preguntas y deseosa a concederle tiempo para que dijera lo que necesitaba decir—. Supongo que lo utilizo como los zahoríes utilizan sus varas o como algunas personas obtienen información mediante sus péndulos, una forma de buscar conocimientos o una sabiduría que anida en mi interior en todo momento, pero a la que me resulta difícil acceder.

—Siempre haces que rezar parezca muy fácil —observó Victoria.

—¿Fácil? —exclamó Evanthi con desdén—. No seas ingenua, Victoria; por supuesto que no es fácil. Pero sí puede ser sencillo..., si permites que lo sea.

Observó a su amada nieta y se dijo que tenía el mismo aspecto que cuando era pequeña, ahí sentada en el borde de la cama, ansiosa por hallar consuelo, pero encerrada en sí misma, incapaz de expresar el dolor en todos sus matices.

—Háblame de Patrick, *agapi* —la instó—. No puedo ayudarte si no me lo cuentas.

—Querida *nonna*, me ayudas por el simple hecho de estar aquí. Pero no puedes cambiar lo sucedido. La mujer de Patrick ha vuelto y quiere reconciliarse con él. Fin de la historia.

—Pero él no quiere reconciliarse con ella, ¿verdad?

—No, es lo último que deseábamos. Está furioso con ella... y ahora también conmigo.

—¿Y?

Victoria clavó la mirada en el icono, pero sin verlo. Estaba de nuevo en el vestíbulo, contestando al teléfono y oyendo la voz insultante de Rachel.

—*Nonna*, si te cuento lo que me ha dicho Rachel, ¿me juras que no se lo dirás a Patrick? —murmuró por fin.

—Te lo juro —aseguró Evanthi, pero ya entonces tuvo la sensación de que lamentaría haber hecho aquella promesa.

Después de que Patrick las dejara en el hotel, Rachel se había sentado al frescor del aire acondicionado y el mármol del Corfu Palace, tan bien situado para acceder a la ciudad y al aeropuerto, tan espacioso y apaciguador para las almas magulladas, y empezó a considerar sus opciones mientras tomaba un granizado de limón.

¿Podía Patrick ir en serio con la joven de cabello oscuro que lo había acompañado a Petradi? Si bien era imposible no fijarse en sus preciosos ojos, a la impecable Rachel le pareció casi desaliñada, sin un ápice de maquillaje, el cabello aún húmedo por el mar o la ducha, y ataviada con ropa muy informal. A buen seguro no era una rival digna de Rachel si esta se proponía hacerle la competencia. Pero pese a su seguridad en sus propios encantos y las palabras desdeñosas que había dicho a Sophie en Londres, al ver a Patrick y Victoria juntos no le cupo duda de que su marido no solo podía llegar a tener una relación seria con aquella joven, sino que a todas luces ya la tenía..., y Rachel sabía muy bien cuán comprometido, afectuoso y leal podía llegar a ser Patrick.

¿Había perdido el derecho a su lealtad? La noche anterior se habían dicho palabras muy amargas cuando Patrick le expuso la situación con claridad meridiana. Rachel no sabía si quería volver con él a Yorkshire, porque lo cierto era que nunca le había gustado vivir en el campo, pero la relación de Patrick con otra mujer constituía un golpe a su orgullo que la llenaba de resentimiento.

Lo había pasado fatal en España, aunque en Petradi nadie, y menos aún Patrick, parecía interesado en su bienestar.

No podía seguir negando que se había equivocado de medio a medio con Bronwen, pero teniendo en cuenta la sensibilidad que siempre, al menos en su opinión, la había hecho merecedora de afecto y protección especiales, Rachel consideraba natural haber cometido semejante error, olvidando oportunamente las numerosas advertencias de su marido en torno al asunto.

El viaje no había sido en absoluto como había esperado. El centro de terapia resultó ser un destartalado piso de alquiler en una barriada ruinosa. En cuanto Rachel firmó un documento en el que declaraba que las joyas «prestadas», que por cierto ya habían vendido, eran un regalo para ellos, Bronwen y Milo empezaron a hacer caso omiso de ella. La fantasía de Rachel, en la que se veía como copropietaria y recepcionista de una elegante clínica para miembros de la alta sociedad española, se esfumó como por arte de magia. De hecho, el centro parecía carecer de paciente alguno, por no hablar de clientes ricos e interesantes. Rachel había esperado también continuar con su propia terapia, pues en los últimos tres años se había vuelto adicta a los consejos de Bronwen, pero la mujer había perdido todo interés por ella y no se molestaba en disimularlo. En cuanto a Milo, cuyas borracheras Rachel no había presenciado en Inglaterra, le resultaba aterrador.

Absorta en aquellas cavilaciones, Rachel dejó a Posy al cuidado de una solícita camarera, que recibió una generosa propina por ello, y fue a llamar por teléfono.

Experimentó una oleada de triunfo al escuchar la voz de la propia Victoria.

—Solo llamaba para advertirte que dejes en paz a mi marido —espetó sin más preámbulo.

—Me temo que es demasiado tarde —replicó Victoria con el corazón tan desbocado que casi estaba convencida de que Rachel tenía que oír sus latidos—. Usted lo dejó..., y yo lo quiero.

—Pues te recomiendo —avisó Rachel con voz fría y cortante como un fragmento de hielo— que lo pienses muy bien antes de robarme a mi marido y destrozar la vida de mis hijos, porque si lo haces, tendrás que arrostrar las consecuencias y cargarlas sobre tu conciencia. —Se detuvo un instante antes de continuar—. ¿Podrás hacerlo?

Victoria abrió la boca para responder pero, de repente, el significado de las palabras de Rachel la azotó con la fuerza de un huracán. En ellas se ocultaba una amenaza velada, sobrecogedora, la terrible insinuación de que lo que le había sucedido a Richard podía repetirse. Emitió un gemido ahogado, dejó caer el teléfono y se quedó de pie en el vestíbulo, petrificada por el horror.

—¿Y bien? —la desafió Rachel desde la cabina del Corfu Palace, esperando una respuesta, cualquier respuesta, pero sin obtener ninguna.

—¿Sigues ahí? —preguntó por fin, pero el silencio continuó.

Finalmente, Rachel se vio obligada a colgar, sintiéndose estafada por no haber tenido ocasión de montar la gran escena.

—¿Y Patrick cree que Rachel amenaza en serio con suicidarse? —quiso saber Evanthi cuando Victoria terminó de referirle la conversación.

—No se lo he contado —admitió Victoria, compungida—. Intentaría convencerme de que Rachel es una exagerada y le gusta dramatizar. Sabía que la decisión estaba en mis manos y que no podía correr el riesgo, ni por él, ni por mí, ni por nadie.

—*O Panagia mou!* Pero puede que tenga razón —exclamó Evanthi, reconociendo con el corazón encogido y una sobrecogedora sensación de *dejà vu* la expresión obstinada que se dibujaba en el rostro de Victoria.

—Es posible pero, por otro lado, nunca había creído a Richard capaz de hacer lo que hizo —señaló Victoria sin dar su brazo a torcer—. Hace un año, si alguien me hubiera insinuado algo así, lo habría negado rotundamente, y mira lo que pasó. Ni siquiera Guy, a quien Richard amenazó en persona, le creyó, y cometió el mayor error de su vida. Por nada del mundo querría cargar con ese peso en la conciencia..., por alto que sea el precio que haya que pagar.

Miró a su abuela con una actitud tan resuelta que todos los argumentos de Evanthi murieron antes de ver la luz.

—Ninguna persona que no lo haya pasado puede imaginar lo que es vivir con el conocimiento de que alguien a quien amabas, con quien estabas casada y tenías un hijo, se vio impelido a cometer un acto tan desesperado —prosiguió Victoria con vehemencia—. Nadie puede devolver la vida a Richard para Jake, pero no quiero correr el riesgo de que les suceda lo mismo a los hijos de Patrick. No puedo. Tienes que entenderlo, *nonna*.

Evanthi lo entendía a la perfección.

—Así que le he dicho a Patrick que no quiero volver a verlo, que no lo amo lo suficiente para hacer frente a las complicaciones —explicó Victoria al tiempo que se levantaba—. Tal vez sea mi castigo por atreverme a pensar que podía volver a ser feliz tan poco tiempo después de la muerte de Richard. Ahora los he perdido a los dos. —Devolvió el icono a Evanthi—. Sé lo que tío Anthony quiere que hagas con el icono y tengo la sensación de que Guy también ha intentado convencerte. No les hagas ni caso, *nonna*. No soportaría que te separaras de él por mí, y envidio tu fe. Me educaste para que yo también tuviera una fe inquebrantable, pero no puedo recurrir a ella, porque también la he perdido.

—Bueno, es muy fácil tener fe cuando las cosas te van bien, pero es de una arrogancia monstruosa creer que Dios solo existe mientras obtengas lo que deseas.

La angustia por sus seres queridos siempre ponía arisca a Evanthi, pero aquella era la abuela a la que Victoria conocía y amaba, con quien se sentía a salvo, y sus palabras severas obraron como un bálsamo para sus heridas.

En otras circunstancias habría aguardado con impaciencia el momento de compartir aquel alarde de evanthismo con Guy, pero ahora solo anhelaba compartirlo todo con Patrick, y la idea de no volver a verlo jamás le resultaba insoportable.

Evanthi le tendió los brazos, y Victoria se dejó caer en la cama y sepultó la cabeza en el hombro de su abuela, el cuerpo entero sacudido por los sollozos.

—No desesperes —musitó Evanthi, acariciándole el cabello oscuro como tantas veces había hecho cuando era niña, aunque ahora también ella estaba trastornada—. Y no te preocupes por tu fe, *chrysso mou*. Tengo suficiente para las dos.

48

Todos los moradores de Petradi advirtieron que Patrick estaba desolado al volver de Vrahos. En pocas palabras y con una altivez inaccesible que rechazaba cualquier pregunta o expresión compasiva, anunció que Victoria había roto con él, y acto seguido salió para ascender al Pantokrator a paso de vértigo.

Permaneció ausente el resto del día y reapareció justo a tiempo para hacer el equipaje.

Asimismo, todos entendían que la decisión de Victoria sin duda se debía a la aparición de Rachel pero, aun así, la noticia los dejó atónitos.

Muy preocupados por Patrick, pero conscientes de que era el último día de Sophie en la isla, Philip y Maggie llevaron a las chicas a dar un paseo en barca el resto de la tarde, pero nadie logró disfrutar de la excursión.

Sophie estaba atormentada.

—Me siento tan culpable... —repetía una y otra vez a Maggie—. Es verdad que no quería que mamá y papá se separaran, pero papá dice que de todas formas no van a volver juntos y ahora encima ya no tiene a Victoria. —Y como un mantra gemía una y otra vez—: Está destrozado, y es culpa mía.

Por fin, Maggie sintió la necesidad de atajar aquella letanía.

—Basta, Sophie. No eres responsable de las decisiones ajenas; nadie lo es. Este asunto solamente les atañe a ellos tres. Por supuesto que te afecta, pero son ellos quienes deben resolverlo. Puede que la decisión de Victoria implique cosas que no sabemos y, en cualquier caso, no es culpa tuya. Tu padre te lo ha dicho esta mañana, y sé que lo decía en serio.

Tal vez era positivo que el avión de Patrick y Sophie saliera a primera hora de la mañana siguiente, ya que así todos se ahorrarían una despedida eterna. Los Marshall se quedarían otra semana en la isla, pero los acontecimientos les impedían disfrutar del resto de las vacaciones.

Rachel y Patrick empezaron a dividirse el tiempo entre Yorkshire y Londres. Por regla general se evitaban, pero en las ocasiones en que se veían obligados a convivir bajo el mismo techo llevaban vidas completamente separadas en un ambiente de cortesía gélida.

Patrick comunicó a Rachel que Victoria había roto con él, sin darle la satisfacción de explicarle las razones, pero con una mirada de desprecio absoluto mucho más efectiva que cualquier discurso. Incluso Rachel no tuvo más remedio que admitir que no tenía sentido intentar ganárselo de nuevo, quisiera ella o no. En un momento dado jugueteó con la idea de ingerir la cantidad justa de tranquilizantes para darle un susto, como castigo por su falta de interés pero, como Patrick sin duda habría augurado, de saber cómo Victoria había interpretado la conversación telefónica con Rachel, la idea de equivocarse con la dosis le impidió plantearse en serio la tentativa.

Durante las últimas semanas de las vacaciones escolares, Sophie disfrutó de una atención inusual por parte de su madre. Rachel hacía inusitados esfuerzos por tratar a su hija como una amiga y, aunque Sophie había desconfiado al principio, empezaba a creer que podían entablar una relación más amistosa, si bien quizá no el compañerismo jovial que unía a Ellie y Maggie, cuando la luna de miel tocó a su fin a causa de una discusión estúpida en torno a la ropa, y la insatisfacción que Sophie siempre había provocado en su madre resurgió con fuerza renovada. El brusco cambio surtió un efecto devastador en Sophie, y sin la presencia de Patrick para apaciguar los ánimos, se sentía profundamente desgraciada.

Experimentó un gran alivio cuando empezó el curso, y por primera vez en su vida no veía el momento de marcharse al colegio.

A finales de septiembre, Sam regresó en plena forma y con miles de historias acerca de sus viajes, pero se encontró con aquella tensión. Pensó que su madre y su hermana pequeña parecían las mismas, se horrorizó al comprobar que Sophie estaba tensa y huraña la mayoría del tiempo, pero lo que más lo trastornó fue ver a su padre, a quien siempre había considerado imperturbable.

Sophie puso a su hermano al corriente de la situación familiar, hallando un gran consuelo en la oportunidad de desahogarse con él.

Sam, que para su sorpresa apenas había podido dejar de pensar en Ellie durante su ausencia, fue a casa de los Marshall a la primera ocasión y escuchó la versión de Ellie, que por supuesto difería en cierta medida de la de Sophie.

—Victoria y tu padre eran tan felices juntos que me encantaba estar con ellos —le contó Ellie, abrazada a Sam en el sofá cuando Maggie y Philip ya se habían acostado—, pero a la pobre Sophie le costaba mucho aceptarlo. Nunca he visto a nadie tan destrozado como tu padre después de que Victoria cortó con él. El día anterior habíamos ido de compras solo las chicas para celebrar los resultados de los exámenes, y Sophie dijo por primera vez que veía la posibilidad de aceptar a Victoria con el tiempo. Sé que lo que voy a decir es horrible, pero espero que tus padres se separen definitivamente. Es imposible que vuelvan a ser felices después de esto. Mamá dice que tu padre está hundido, pero también cree que tu madre se largará sin ningún reparo en cuanto le vuelva a dar la vena.

—¿Y tu padre qué cree que deben hacer mis padres? —preguntó Sam.

—Papá cree que deberían divorciarse aunque Victoria y Patrick hayan cortado, para que todo sea legal y no haya problemas. Ya conoces a papá; no en vano es abogado.

—¿Cómo te sentirías tú si tus padres se separaran? —inquirió Sam, que no sabía a ciencia cierta cómo se sentía él.

Ellie se irguió con una expresión de horror absoluto en el rostro.

—¡Eso no lo digas ni en broma! ¡Me moriría! —exclamó antes de acurrucarse de nuevo junto a Sam, encantada porque, desde su regreso, su relación parecía haber subido varios peldaños—. Pero por otro lado no puedo ni imaginarlo —prosiguió—. Lo que pasa es que, a diferencia de tus padres, mamá y papá sí lo pasan bien juntos. Se hacen reír, hacen cosas juntos. ¿Cómo crees que está tu padre?

—Fatal —afirmó Sam—. Nunca lo había visto así; por lo general es tan agradable y se interesa tanto por lo que hacemos..., pero ahora ni Sophie ni yo conseguimos acceder a él. Es como si no estuviera. Me pregunta por el viaje y dice cosas como «Ah, qué bien, cuéntame más cosas», pero en realidad ni siquiera me escucha.

Para alivio de todos, Rachel, hasta entonces la menos gregaria de las mujeres, anunció que se iba a Oxford para asistir a un encuentro de antiguos alumnos de Trinity.

—Estos encuentros no se organizan a menudo, y hace siglos que nuestra promoción no se reúne —dijo para explicar a Sophie y Sam por qué no podía pasar con ellos un fin de semana en que ambos estarían en casa, y después de decirle a Patrick que quería ocupar la casa de Wytherton—. Irán un par de amigos a los que tengo muchas ganas de ver. A la vuelta pasaré una o dos noches en casa de los abuelos y probablemente otra en Londres. Necesito cambiar de aires.

Ni Sam ni Sophie se atrevieron a preguntar si el viaje a España contaba como cambio de aires pero, en cualquier caso, el ambiente se relajó de forma palpable en cuanto se fue.

Por suerte, Yvonne había vuelto, de lo cual se alegraban todos, pero sobre todo Posy. Era una Yvonne renovada, más capaz de plantar cara a la temperamental madre de la niña a la que cuidaba y, tras negociar nuevas condiciones con Patrick, más segura de sí misma cuando Rachel le venía con sus exigencias imposibles.

Un sábado, Sophie fue a caballo hasta casa de Hugh. Tomaron juntos el té y tostaron panecillos con la antiquísima pinza de latón que pendía de un cordel delante de la chimenea del salón.

La señora Parkes no estaba, pero Hugh recordó que había comprado castañas en el mercado de Knighton como guarnición de las perdices que comerían el domingo, así que decidieron asarlas también, sosteniendo una de las relucientes sartenes de la señora Parkes sobre las brasas. La operación fracasó estrepitosamente, porque habían olvidado perforar las cáscaras, de modo que las castañas empezaron a salir despedidas por la estancia como bombas incendiarias, añadiendo unos cuantos agujeros más a la alfombra ya chamuscada y ennegreciendo la sartén hasta límites insospechados. Por fortuna, ni Sophie ni Hugh resultaron heridos, y ambos estallaron en carcajadas incontenibles mientras Sophie brincaba por el salón en un intento de esquivar las castañas voladoras y al mismo tiempo dar manotazos a la tapicería humeante, mientras Hugh trataba de retirar la sartén del fuego a bastonazos.

—¡Igual que en la guerra! Debo decir que se te da bien el fuego cruzado, Sophie —alabó mientras se enjugaba las lágrimas provocadas tanto por la risa como por el humo con uno de los llamativos pañuelos de seda que siempre asomaban a su bolsillo—. No sé qué habría hecho sin ti.

—De entrada, no asar las castañas —señaló Sophie.

Tras aquel episodio tan emocionante, Sophie se sintió mejor de lo que se había sentido en varias semanas. Si bien Hugh ya estaba al corriente de la ruptura entre Patrick y Victoria, escuchó con atención el relato de Sophie sobre los acontecimientos acaecidos en Corfú, en particular la llegada inesperada de su madre a Petradi, de la que se sentía tan culpable y que en su opinión había puesto fin al sueño romántico que su padre albergaba respecto a Victoria. Experimentó un gran alivio al poder hablar con alguien que la comprendía tan bien.

—Lo que necesita tu madre es un trabajo que le interese de verdad —declaró Hugh, agrandando uno de los agujeros de la alfombra al restregarlo con la punta del bastón—. Siempre lo he dicho. Tiene un cerebro privilegiado, pero no lo usa desde que se casó con tu padre. Rachel siempre ha sido prisionera de una visión de sí misma que no guarda relación alguna con la realidad. Siempre se ha visto a sí misma como una esposa y madre anticuada y dependiente, sabe Dios por qué, ya que no se le da bien la vida doméstica ni le gustan las tareas relacionadas con ella. Habría sido una madre mucho mejor para Sam y para ti si os hubiera visto menos, a menos que las circunstancias la hubieran obligado a ponerse las pilas y hacer más cosas por vosotros. Le gusta fingir que es una flor delicada —bufó con desdén—, pero siempre he pensado que es más dura que una suela de zapato.

Sonrió al ver la expresión asombrada de Sophie y continuó.

—Creo que habría sido una estupenda esposa de pionero en el salvaje Oeste, ya sabes, de esas con el rifle apoyado contra una cadera y un bebé en la otra, disparando de vez en cuando contra algún indio para saciar su instinto asesino.

—¿Mamá? —exclamó Sophie, atónita.

Se había criado en la doctrina de que su madre era un ser sensible en extremo, por lo que aquella evaluación novedosa de la madre a quien toda la familia había tratado siempre como si fuera de cristal la dejaba estupefacta.

—¡Dios mío! Así que crees que papá y ella deben separarse aunque papá y Victoria no estén juntos...

—Pues sí —asintió Hugh—. De lo contrario se destruirán el uno al otro. Tú tampoco pareces muy feliz ahora mismo, Sophie. ¿Qué ha sido de mi radiante *Muchacha al pie del manzano*?

—Desaparecida en combate —suspiró Sophie, compungida—. Hablé a mamá de Victoria, y por eso se presentó en Petradi... No sé por qué Victoria lo tomó tan a pecho; al fin y al cabo, ya sabía que papá estaba casado. Ellie dice que cree que sus padres saben más de lo que dicen, pero que no sueltan prenda. ¿Tú sabes algo, tío Hugh? —preguntó por si su padre había hablado con él.

Pero si era así, Hugh no estaba dispuesto a compartir la información con ella.

—No creo que su ruptura tenga nada que ver contigo —le dijo—. Si tu madre no sabía ya lo de Victoria, y apuesto lo que sea a que sí lo sabía, de todos modos no habría tardado en enterarse, y el resultado final habría sido el mismo. Rachel es una mujer insatisfecha que necesita concentrar sus facultades en algo que no sea su familia. Con toda probabilidad habría sido más feliz casada con un hombre al que ella hubiera intentado complacer, en lugar de uno que siempre intentaba complacerla a ella, como tu padre hacía cuando se casaron. Siempre he pensado que no la trataba de la forma adecuada, y es sorprendente, porque por lo general se le da muy bien la gente, pero Rachel no. Podría no haber pasado nada, pero tu madre se volvió codiciosa, así que nada de lo que hacía tu padre le bastaba. Anhelar la aprobación ajena es un peligro insidioso y puede acarrear consecuencias muy perjudiciales. Quizá a Rachel le habría ido mejor con ese cabrón que la defraudó hace unos años.

—¿Qué cabrón? —inquirió Sophie.

—Ay, Dios, no debería haber dicho nada.

Hugh tenía la sensación de que a Sophie se le estaba cayendo tal venda de los ojos que pronto cubriría el suelo entero. La observó durante unos instantes, y por fin concluyó que tal vez fuera bueno que lo supiera.

—Querida niña, ya casi eres una mujer, así que ¿por qué no conocer otra versión de la historia? —sugirió—. Tu madre tuvo una aventura hace algunos años, pero tu padre la perdonó, así que ya ves, hay de todo en la viña del Señor. No juzgues a ninguno de los dos. Pero lo cierto es que soy un viejo sentimental y me prendé de Victoria Cunningham, y no solo porque es la nieta de Evanthi Palombini. Hacía años que no veía a tu padre tan feliz.

Guardaron silencio durante un rato, mientras Sophie digería la información y ponderaba las inesperadas complejidades de la vida adulta.

—¿Qué quieres hacer tú con tu vida, Sophie? —le preguntó Hugh por fin.

—Sé lo que me gustaría hacer..., pero no si sé seré capaz —repuso ella con cautela.

—¿De qué se trata?

—Bueno, lo he pasado muy mal por la dislexia, pero aun así he sacado notas mucho mejores de lo que todo el mundo esperaba, así que primero me gustaría ir a la universidad para hacer la carrera de magisterio y luego ayudar a niños con el mismo problema..., si es que me aceptan, claro.

—Estupendo, hazlo —la animó Hugh antes de añadir—: Concéntrate en tu propia vida, Sophie. Tus padres tienen que apañárselas solos.

—Eso es lo que me dice todo el mundo, pero ¿qué me dices de ti, tío Hugh? —replicó Sophie con aire malicioso.

Albergaba la esperanza de poder dar la vuelta a la tortilla y ofrecer algunos consejos al anciano sobre su futuro. Nadie sabía lo más mínimo acerca de la situación entre él y Evanthi, y todo el mundo se moría de curiosidad. Había sido uno de los temas de conversación predilectos en Petradi.

Hugh la miró por encima del borde de las gafas con un destello jovial en la mirada.

—Evanthi y yo estamos en contacto, si es lo que te interesa saber —explicó tan solo, aunque Sophie pensó que parecía muy satisfecho de sí mismo.

Más tarde volvió a su casa con muchas cosas en que pensar.

El fin de semana siguiente, cuando Rachel volvió del encuentro de antiguos alumnos, Sam y Sophie se prepararon para encontrársela más intratable que nunca, pero para su alivio estaba emocionada, casi eufórica. Se había reencontrado con un antiguo amigo, ahora biógrafo de renombre, y cabía la posibilidad de que le ofrecieran un empleo como investigadora editorial. Toda ella bullía de entusiasmo.

—Menuda novedad —comentó Sophie a Sam en tono sombrío—. Es lo mismo de siempre, solo hay que sustituir el nombre de Bronwen por el de Antiguo Amigo de la Universidad, el último en una larga estirpe de gurús.

En Vrahos, Victoria vivía en una suerte de limbo, entumecida y sobreviviendo a duras penas día tras día. Intentó enfrascarse en la administración de la finca, donde cada vez se ponía más de manifiesto que los ingresos de la granja no bastaban ni de lejos para cubrir las necesidades de la casa, y que todos los aperos agrícolas eran terriblemente obsoletos.

Con frecuencia pensaba en Richard y releía su carta con una mezcla de tristeza y gratitud, deseando que alguna parte de él, una especie de conciencia superviviente, supiera lo que aquel mensaje había significado para ella. Ya no la atormentaba la amargura, aunque la sensación de que Richard le había dado permiso para estar con Patrick se le antojaba de una ironía sobrecogedora. Sin embargo, la carta también la había ayudado a hablar con Jake de su padre y, al menos así lo esperaba, grabar en la memoria de su hijo algunos recuerdos felices que recuperar cuando fuera mayor.

Pero aunque recordaba a menudo a su marido, Patrick casi nunca abandonaba sus pensamientos, y Victoria era muy consciente de que el dolor de la pérdida de Richard no podía compararse con la desesperación absoluta que había provocado en ella la pérdida muy distinta de Patrick. Se sentía como si le hubieran amputado una extremidad. En ocasiones, el dolor era tan intenso que apenas podía soportarlo. Una noche, en el saloncito, cuando estaba a punto de echar otro leño al fuego, su mirada tropezó con la acuarela de Hugh, que Evanthi había apoyado contra la pared sobre la cómoda que había junto a su butaca, muy cerca de la cajita de plata. Sin pensar, Victoria cogió el cuadro, le dio la vuelta y releyó el poema escrito al dorso, consumida por el anhelo de que no lo hubiera escrito Hugh para Evanthi, sino Patrick para ella.

Un día, poco después de la partida de los Hammond, Victoria vio a Maggie en Kryovrisi. Presa del pánico, huyó por una callejuela, sintiéndose incapaz de encararse con ella, pero sin acobardarse, Maggie la siguió y la abrazó. Las dos mujeres permanecieron un instante aferradas la una a la otra.

—No me digas nada amable, por favor —suplicó Victoria con los ojos inundados de lágrimas, temerosa de desmoronarse por completo si Maggie se mostraba demasiado compasiva—. Creo que no podría soportarlo. Solo dime si Patrick está bien.

—Claro que no está bien, Victoria. ¿Cómo quieres que esté bien? —repuso Maggie con tristeza—. No puedo imaginarme que tú estés bien tampoco —añadió—. Patrick quedó destrozado por tu decisión, pero no pienso echarte ningún discurso. Solo quiero decirte dos cosas, y luego me iré. Una es que Phil y yo lo lamentamos más de lo que podemos expresar con palabras, y que si él o yo podemos hacer algo, cualquier cosa, para ayudarte, no dudes en llamarnos; te enviaré nuestro número de teléfono y nuestra dirección. Y la otra es que... no renuncies a Patrick. Hasta pronto, Victoria, no desaparezcas del mapa, por favor.

Y dicho aquello, Maggie se alejó.

Patrick la había llamado en cuanto llegó a Inglaterra, muy arrepentido por su furiosa partida y resuelto a aclarar las cosas con Victoria y averiguar qué la había impulsado en realidad a cambiar de opinión. Sin embargo, Victoria se negó a hablar con él y pidió a Dora que le dijera que no podía ponerse. Temía que al escuchar su voz fuera incapaz de mantenerse firme..., aunque no tardó en lamentar su rigidez y ansiar que volviera a llamar.

Pero Patrick no la llamó, sino que le envió una única carta para decirle que siempre la amaría. «Quizá me consideres arrogante, pero no puedo creer que ya no me quieras —escribía—, y estoy convencido de que podría haberte hecho feliz. Quiero que sepas que mis sentimientos hacia ti no cambiarán jamás.» También decía que el libro sobre Vrahos saldría publicado antes de Navidad y que, por descontado, tanto ella como Evanthi recibirían ejemplares de regalo. Junto con la fotografía que le había hecho en Helidonia, aquel libro se convertiría en su posesión más preciada. Había empezado a trabajar en el nuevo libro y pasaría casi todo el mes de octubre en Italia, Hungría y España en viaje de investigación. Firmaba la carta «*Pantotina*, Patrick».

Si bien en un sentido le decía lo que más necesitaba saber, en otro no le decía absolutamente nada. No hablaba de cómo estaba, de lo que estaba sucediendo en su matrimonio, ni tan siquiera de sus hijos. Era una misiva breve. Victoria lloró tanto al leerla que dio gracias al radiante sol que le proporcionó la excusa perfecta para llevar gafas oscuras durante el resto del día. A lo largo de las semanas siguientes la releyó una y otra vez, buscando en vano significados ocultos tras las palabras. La leyó tantas veces que al final la hoja de papel se rasgó por el doblez. Victoria redactó mentalmente cientos de respuestas, pero no llegó a escribirlas.

Jake volvió contento a la escuela y cada vez estaba más fuerte y robusto, aunque en ocasiones aún sufría pesadillas y a veces, por lo general de noche, todavía lloraba inconsolable por su padre. Eran aquellos episodios los que daban a Victoria la fuerza necesaria para no sucumbir a la tentación de llamar a Patrick, como ansiaba hacer tan a menudo.

Fieles a su promesa, Anthony y Toula, que se habían horrorizado al saber la noticia, fueron a Vrahos a finales de septiembre. Cada uno de ellos intentó hablar por separado con ella sobre Patrick, pero ninguno de los dos consiguió absolutamente nada.

—Se ha cerrado en bando —se quejó Toula a su marido.

—En banda —la corrigió Anthony sin pensar—. Dale tiempo, cariño.

—¿Tiempo? —resopló Toula, exasperada—. ¡El tiempo no sirve para nada!

En esa ocasión, Evanthi escuchó los consejos de Anthony acerca del futuro de Victoria y de Vrahos, y aunque no accedió explícitamente a vender el icono, para sorpresa de su yerno, al final de su estancia se lo dio para que se lo mostrara a un amigo suyo de Atenas, reconocido experto en iconos bizantinos que estaba muy interesado en Andreas Ritzos y la Escuela Cretense. Evanthi le comentó con sequedad que la presión combinada que él y Guy ejercían sobre ella empezaba a agobiarla y que solo les seguía la corriente para que se callaran de una vez. Puesto que ceder para hacer callar a alguien no era nada propio de su obstinada suegra, Anthony quedó satisfecho con su reacción y la tomó, si no como una luz verde, sí como una luz ámbar para la posible venta de la pieza.

—Tengo más o menos claro lo que podría sacarse del icono en una subasta —indicó a Evanthi—, pero Kristos puede hacer una tasación mucho más precisa que yo y puede que incluso conozca a un comprador. Si al final te planteas en serio venderlo, quizá consideres un comprador particular más adecuado que sacar el icono al mercado sin más.

Evanthi no hizo comentario alguno, pero Anthony pensó que la idea no le parecía mal.

A finales de septiembre, cuando la temporada turística tocó a su fin, la isla recuperó su ritmo de vida ancestral. Montañas de redes empezaron a aparecer por todas partes para ser extendidas bajo los olivos, pues a diferencia del resto de Grecia, en Corfú las olivas no se recolectan de los árboles, sino que se dejan madurar hasta que caen por sí solas.

Las ornamentadas jardineras de barro de la terraza de Vrahos eran una explosión de color con los hibiscos, el jazmín azul, los geranios, las cannas y las preciosas guindillas que, según Jake, tenían aspecto de luces de árbol de Navidad.

Octubre era por lo general uno de los meses favoritos de Victoria. Las masas de turistas ya se habían ido; el mar, caldeado por el sol estival, se hallaba a la temperatura ideal para bañarse, pero las mañanas y las noches eran agradablemente frescas. Era un mes de amaneceres y atardeceres espectaculares, en el que los pliegues color lila y rosa de las montañas albanesas se fundían con las nubes, de forma que a veces resultaba difícil distinguir la tierra del cielo, y durante el día brillaba en todo momento la luz cristalina de principios de otoño.

Por todas partes florecían pequeños ciclámenes de color rosa y morado, y los radiantes cólquicos amarillos parecían manchas de sol sobre la tierra caliente. Victoria intentaba saborear aquellos placeres sencillos, pero anhelaba tanto compartirlos con una persona en particular que el pesar de su ausencia se convirtió en un dolor sordo que nunca la abandonaba.

Un día, ella y Jake subieron en coche hasta la aldea abandonada de Perithia, un paraje de casas venecianas en ruinas y un romántico aire de misterio. La carretera se tornó aún más escarpada cuando tomaron las cerradísimas curvas para contemplar los acantilados y el espectacular panorama que se extendía a sus pies.

—¿Eso son lápidas? —preguntó Jake, fascinado por las extraordinarias tablas blancas de roca natural que se alzaban a su alrededor como dientes desiguales.

Jake estaba en plena forma, charlando alegremente con ella e interesado en cuanto Victoria le contaba sobre la isla. Debería haber sido un día inolvidable, pero una parte de Victoria no cesaba de pensar en Patrick y de imaginar su reacción ante todo lo que le estaba mostrando a Jake. Cuando de repente pasaron junto a un pequeño oasis de tierra cultivada en medio del terreno rocoso, una parcela cubierta de viñedos y colmenas cuadradas de color azul como las que Hugh había mencionado en Londres, el recuerdo de Hugh y Evanthi la asaltó con tal violencia que, al pensar en el hecho de que ella y Patrick, pese a sus buenos propósitos, no habían conseguido evitar la pérdida de un amor especial, volvió a sumirse en la depresión.

—No me estás escuchando, mamá —se quejó Jake.

Victoria se dio cuenta de que le estaba negando la atención que el niño merecía.

—Lo siento, cariño —se disculpó—. Es que estaba pensando en problemas aburridos de mayores, pero intentaré olvidarlos.

E hizo un esfuerzo sobrehumano por concentrarse en su hijo y desterrar de su mente al pasajero invisible que la acompañaba en el coche.

Aquel octubre acaecieron dos sucesos de gran importancia para la familia. Francine dio a luz a un niño muerto, y una violenta tempestad asoló Corfú.

49

Fue Toula quien llamó a Vrahos para darles la noticia de la muerte del bebé. Más tarde, Victoria telefoneó a Guy al hospital.

Por lo visto, Francine se había puesto de parto diez días antes de lo previsto.

—No encontraban el latido del bebé —le contó Guy con voz quebrada—. Francine lo pasó muy mal..., y el bebé también, pero para cuando lo sacaron ya era demasiado tarde.

Victoria nunca lo había oído tan destrozado. Todos sus resentimientos se esfumaron como por arte de magia.

—¿Quieres que vaya enseguida? —preguntó—. ¿Le gustaría a Francine que fuera? Haré lo que sea..., o nada.

—Ven, pero no enseguida —pidió Guy—. Creo que a los dos nos vendría muy bien que vinieras, pero aún no. Estoy muy preocupado por Francine. Se está portando con una valentía increíble, pero está deshecha. Los dos lo estamos. Creo que necesitamos estar a solas para digerirlo, y Francine quiere abrazar al pequeño mientras podamos. En el hospital se están portando de maravilla, pero tendremos que separarnos de él tarde o temprano. Oh, Vicky, es tan bonito, pero tan pequeño..., tan inmóvil. Y no podemos darle nada ni hacer nada por él. Prometimos a la *nonna* que si era niño lo llamaríamos Constantine en memoria de tu padre, pero... —por un instante, la voz de Guy se apagó—, pero hemos pensado que, dadas las circunstancias, será mejor que guardemos el nombre para... otra ocasión. Hemos decidido llamarlo Stavros, como el abuelo Doukas —anunció antes de añadir con voz ronca—: Francine iba a pedirte que fueras su madrina... Supongo que no querrás asistir al funeral, ¿verdad?

—Claro que iré —aseguró Victoria, profundamente conmovida—. Siempre me sentiré como su madrina. Y por favor, dile a Francine que es un honor para mí. No me entrometeré..., solo quiero estar allí con vosotros. La *nonna* y yo os mandamos todo nuestro amor. Está trastornada.

—Dile que la llamaré pronto. Creo que hoy no podría soportarlo.

—Lo comprenderá —lo tranquilizó Victoria—. Siempre lo comprende todo.

El bebé de Guy y Francine fue enterrado en el cementerio de Durnford, y al funeral tan solo asistieron sus padres, sus abuelos paternos y Victoria. Guy llevó a hombros el ataúd, sobrecogedoramente pequeño, y lo colocó en la tumba. Era un día otoñal de viento fuerte, sol de veranillo de San Martín y un cielo casi corfiota de tan azul. Las hayas escupían sus hojas, supuestas portadoras de buena suerte, pero nadie se sentía con ánimos de coger ninguna. Las escasas golondrinas rezagadas, que habían demorado peligrosamente su migración otoñal, practicaban sus acrobacias aéreas a fin de fortalecer las alas con miras al largo vuelo que les esperaba. Tal vez se detuvieran a descansar en Helidonia de camino a África, se dijo Victoria. Sin embargo, el recuerdo de Helidonia trajo automáticamente consigo la imagen de Patrick, y ya tenía bastante dolor que afrontar por aquel día, así que intentó desterrarlo de su mente.

Antes de salir de Corfú había cortado algunas ramas de olivo y arrancado varios ciclámenes silvestres sin detenerse a pensar siquiera en la prohibición británica de importar plantas. Horas antes, ella, Guy y Francine habían plantado los ciclámenes alrededor de la pequeña tumba y flanqueado el lugar con las ramitas plateadas.

—Menos mal que no te han parado en la aduana —comentó Anthony.

Victoria se alegró de que no se le hubiera ocurrido siquiera la idea de que estaba quebrantando la ley, porque sabía que lo habría hecho de todos modos.

Guy y Francine permanecieron muy juntos durante el breve y sencillo funeral, y a su término, Anthony, Toula y Victoria, por acuerdo tácito, se alejaron con discreción para permitirles que se despidieran a solas de su hijito.

Más tarde, Anthony llevó a Victoria a Heathrow, desde donde volaría a Atenas. Victoria se aferró durante un instante al hombre que siempre había sido una presencia reconfortante en su vida y por cuyas mejillas ahora rodaban lágrimas de dolor.

La tormenta se produjo la noche después del regreso de Victoria. El viento, que había arreciado de forma constante durante todo el día, zarandeando con violencia los olivos y agitando el mar como si de una caldera gigantesca se tratara, entró en una nueva fase, como si de pronto hubiera cobrado la fuerza de un gigante enloquecido resuelto a devastarlo todo. Los isleños estaban acostumbrados a las tormentas otoñales, pero aquello era distinto. A lo largo de toda la costa, el vendaval arrancaba los toldos de las tabernas, levantaba en volandas tumbonas de playa y mesas para estrellarlas a cincuenta metros de su posición original. Las pasarelas de madera se desgarraban como si estuvieran hechas de cerillas, numerosas embarcaciones quedaron destrozadas, y casi todos los cables eléctricos sucumbieron a la tormenta. Los ladrillos caían a las calles como si los edificios de los que procedían acabaran de volar por los aires; tubos de chimenea rodaban por las carreteras entre un estruendo ensordecedor. Era imposible hacerse oír sin gritar y casi parecía imposible incluso pensar. Cuando por fin llegó la lluvia, el agua empezó a caer como un muro.

Nadie podía hacer frente al temporal. En un momento dado, Yannis intentó salir para rescatar los muebles de la terraza, pero el viento lo empujó por los aires. Consiguió entrar de nuevo en la casa a gatas, pero se llevó un susto de muerte y varias magulladuras. No había nada que hacer salvo meterse en la cama a la luz de una vela y acurrucarse en la penumbra. Dora guardaba provisiones suficientes de velas para los frecuentes cortes de electricidad, además de varias lámparas de gas, pero había tanta corriente de aire en la vieja casa que las velas se apagaban o bien se convertían en un auténtico peligro de incendio, y puesto que no sabían cuánto tiempo tardaría en restablecerse el suministro eléctrico, decidieron economizar el gas lo más posible. Victoria y Jake se acurrucaron juntos en el gran sofá al pie de la cama de Evanthi.

A primera hora de la mañana, lo peor había pasado, pero la devastación exterior y, lo que era más alarmante, interior no tardó en ponerse de manifiesto. Al alba, Victoria bajó con la intención de prepararse una taza de té, olvidando que no había forma de calentar el agua, y de camino a la cocina asomó la cabeza al Gran Salón. Aun a la luz mortecina del amanecer, el panorama que se ofrecía a sus ojos resultaba aterrador. Una parte del famoso techo artesonado se había derrumbado, y los escombros se acumulaban en el centro de la estancia, sepultando una mesa del siglo XVIII sobre la que siempre se exhibían unos valiosos libros encuadernados en pergamino que pertenecían a la familia de Evanthi. El agua resbalaba por la pared exterior, empapando los cuadros colgados entre las ventanas, así como los muebles situados debajo. Era demasiado pronto para contabilizar los daños, pero Victoria supo de inmediato que la situación no era buena. Miró en derredor con la boca abierta de par en par.

Su primer impulso fue volver corriendo arriba para darle la noticia a Evanthi, pero la anciana no había conciliado el sueño hasta que la tormenta empezó a amainar, y Victoria se contuvo al pensar en el efecto que podía surtir en ella. ¿Significaba aquello el fin de Vrahos? Abrió una de las puertas vidrieras que daba a la terraza y tras arrebujarse en la bata, salió descalza. El viento había amainado, pero sobre el mar aún se cernían nubarrones amenazadores, tiñendo el agua del color de las uvas negras, el famoso «mar oscuro como el vino» de Homero, pensó Victoria. Al este despuntaba el alba, y el gran disco llameante del sol asomaba entre las montañas, convirtiendo cuanto tocaba en fuego. Con el aliento contenido, Victoria lo contempló hasta que en un espacio de tiempo que se le antojó extremadamente breve, el sol se desprendió del horizonte como si se dispusiera a conquistar los últimos vestigios de la tormenta. Presa de una fiera determinación, Victoria se prometió a sí misma no dejarse vencer por la devastación y el deterioro, no dejarse vencer por nada.

Puede que las cosas tengan que cambiar, se dijo, pero no podemos permitir que nuestra amada casa, nuestro hogar, se venga abajo. Tiene que haber alguna solución.

Entró de nuevo en la casa y descubrió que Dora había encendido el fuego en la antigua cocina económica para hervir agua. Por su parte, Yannis llevaba horas levantado e inspeccionando los daños en el exterior de la casa, pero Victoria suponía que lo más costoso sería reparar la devastación causada por el agua que había entrado por las ventanas y los postigos destrozados. Los tres se sentaron en la cocina a tomar café y celebrar un consejo de guerra. Más tarde, Yannis fue al pueblo en busca de ayuda, y Victoria subió a ver a Evanthi.

Evanthi se tomó la noticia con su habitual presencia de ánimo, y de hecho el desafío pareció conferirle energías renovadas, pero a Victoria no se le escapó que a su abuela le costaba un esfuerzo ingente poner al mal tiempo tan buena cara. Sabía que Evanthi no solo estaba apenada por la pérdida del hijo de su amado Guy, sino también muy afectada por el hecho de que ella se hubiera separado de Patrick. Si bien Evanthi había entendido la reacción inicial de Victoria ante la llamada de Rachel, a medida que transcurrían las semanas empezó a señalar sin ambages que, en su opinión, Victoria se estaba mostrando innecesariamente destructiva en lo tocante a su felicidad futura, una actitud que a Victoria le resultaba difícil de soportar.

—Dadas las circunstancias, menos mal que le pedí a Anthony que estudiara las posibilidades de vender el icono —comentó en ese momento como si la idea hubiera partido de ella y haciendo caso omiso de la vehemencia con que se había opuesto a la venta durante tantos años—. Es posible que acabe siendo la salvación de Vrahos, y además si no se lo hubiera dado a Anthony, quizá habría resultado dañado.

—Puede que san Nicolás haya hecho uno de sus milagros —replicó Victoria con cierta sequedad.

—Es muy posible. Como recordarás, te aconsejé que tú también acudieras a él, *chrysso mou*. Siempre conviene estar abierto a nuevas perspectivas —dijo Evanthi con su cara más inocente.

Con la ayuda de una empresa constructora del pueblo y muchos voluntarios bien dispuestos, la casa no tardó en quedar provisionalmente acondicionada..., con toda probabilidad, mejor acondicionada de lo que había estado en muchos años, según Yannis. Fundas de plástico y tablones de madera protegían las zonas más perjudicadas, y los voluntarios retiraron los escombros. A la semana siguiente, Anthony viajó desde Inglaterra para evaluar los daños ocasionados a los objetos de valor y dar su opinión acerca de las posibilidades de restauración. Tenía tantos contactos en el mundo del arte que sin lugar a dudas consultaría a los mejores expertos.

A nadie le extrañó descubrir que el seguro había caducado años atrás.

—Ya sé que tú y Guy siempre me decíais que tenía que ocuparme de ello —reconoció Evanthi con dolorosa franqueza cuando se quedó a solas con su yerno—, pero era tanto dinero el que había que pagar cada año..., y además sabía que si te decía que no lo había pagado, te ofrecerías a costearlo tú, lo cual no podría haber aceptado de ninguna manera. Me temo que contaba con poder arreglármelas sin que sobreviniera ninguna desgracia. Ahora me arrepiento de no haberte hecho caso. ¡Pobre Victoria! Menuda herencia de problemas voy a dejarle. Soy una vieja estúpida y arrogante.

Anthony miró a su suegra, por lo general tan imperiosa y formidable, con profundo afecto.

—El tema de los seguros para obras de arte y casas antiguas siempre es complicado —declaró con suavidad—. Muchas personas deciden no hacer nada y a menudo tienen razón. No te culpes; eso trastornaría a Victoria más que ninguna otra cosa. Y no todo son malas noticias; de hecho, tengo una buena para ti.

Le he mostrado tu icono a Kristos, tal como te prometí. —Se detuvo un instante para escudriñar su rostro—. Y Kristos lo ha tasado en doscientas cincuenta mil libras..., quizá incluso más si saliera a subasta y hubiera más de un comprador interesado.

Evanthi miró por la ventana, y Anthony advirtió que se debatía consigo misma.

—¿Dices que Kristos tal vez conozca a un comprador particular? —preguntó por fin.

—Sí —asintió Anthony—, a eso iba. De hecho, parece que hay un posible comprador, una persona que conoce bien la obra de Andreas Ritzos y tal vez quiera incorporar el icono a su colección privada. Le dije a Kristos que creía posible que lo consideraras.

—¿Qué me aconsejas, Anthony? —inquirió Evanthi—. Es muy posible que el día de mañana, Victoria no pueda asumir los gastos de la casa, pero parece que le gustaría vivir aquí, y por supuesto es lo que más deseo en el mundo, sobre todo ahora que necesita rehacer su vida. No me gustaría que tuviera que empezarla con semejante carga. He meditado mucho y estoy lista para desprenderme del icono si es lo mejor para ella y para Jake. Preferiría que fuera a parar a manos de una persona que sepa apreciarlo, pero si consideras más conveniente sacarlo a subasta por el bien de Victoria, estoy dispuesta.

—Creo que deberías aceptar esta oferta —recomendó Anthony con firmeza, muy aliviado por su reacción, pero sabedor al mismo tiempo del esfuerzo que representaba para ella—. El comprador está dispuesto a pagar el precio total, tal vez incluso un poco más. Quizá podrías sacar algo más en subasta, pero lo dudo, y desde luego podrías acabar sacando menos. Hay otras cosas que, en mi opinión, Victoria y tú podríais hacer para mejorar la situación económica a largo plazo, pero disponer de una suma importante de inmediato para frenar el deterioro de la finca sería un buen comienzo. La ventaja de una adquisición particular reside en que podrías disponer del dinero en poco tiempo, mientras que si el icono se vende en subasta, habría que esperar a que surgiera una venta importante, y el proceso se alargaría mucho más. Pero a largo plazo, estoy convencido de que la clave para conservar la casa y conseguir que la finca vuelva a ser viable pasa por diversificar y pensar en nuevos modos de explotarla. El turismo es la opción más evidente, y considero que sería bueno para Victoria tener un proyecto al que dedicar sus energías, pero todo eso lo dejaremos para más adelante. Mientras tanto, doscientas cincuenta mil libras serán un excelente punto de partida para salvar la casa. ¿Quieres que lo organice todo?

—Sí —asintió Evanthi—. Sí, por favor, querido Anthony, organízalo todo. No se lo consultes a Victoria, porque podría sentirse obligada a oponerse por mí. Hazlo sin más.

A continuación hablaron de otras cosas, tales como Guy, Francine y su futuro.

—He llegado a querer mucho a Francine —aseguró Anthony—. Siempre me ha caído bien, aunque no podía decirse lo mismo de Toula al principio. —Esbozó una sonrisa triste—. Toula no habría acogido con los brazos abiertos a ninguna nuera, pero creo que a la larga tiene más posibilidades de llevarse bien con una que sea capaz de plantarle cara, como Francine. Superarán esto juntos. Por lo visto no hay razón para que no puedan intentar tener otro hijo, aunque por supuesto Francine ya tiene treinta y ocho años, de modo que la naturaleza no se lo pondrá demasiado fácil. Guy es un muchacho complicado y siempre lo será, pero Francine parece muy capaz de manejarlo, y debo reconocer que Guy ha llevado esta desgracia de maravilla. Solo espero que no la defraude en el futuro.

—No lo creo —señaló Evanthi—, aunque con Guy nunca se sabe. En realidad, creo que este dolor compartido los unirá más. Y puede que llorar al bebé haya permitido a Guy llorar a Richard..., lo cual en mi opinión le hacía mucha falta.

—Es interesante que digas eso —comentó Anthony, diciéndose que pocas cosas escapaban a la sagacidad de Evanthi—, porque eso mismo piensa Toula. ¿Cómo crees que está Victoria?

—Ay, me preocupa muchísimo. Estos últimos días ha sido un auténtico pilar de fuerza, pero me consta que sigue siendo muy desgraciada. Me entristece tanto que la relación entre ella y Patrick Hammond se rompiera, no solo porque la historia se repite, sino también porque están hechos el uno para el otro. No soporte ver a Victoria pasar por lo mismo que yo sufrí hace tantos años, y además de un modo innecesario. Podría matar a la mujer de Patrick por haberse presentado aquí de aquella manera. ¿Sabes lo que Victoria creía que Rachel amenazaba con hacer?

—Sí, me lo contaste. ¿Crees que era consciente de que ese era el talón de Aquiles de Victoria? —inquirió—. Aunque no podía saber lo de Richard. Lo de su muerte sí, claro, pero me refiero a lo del suicidio.

—Oh, no, creo que solo pretendía crear problemas en general, pero la idea se ha grabado a hierro candente en la mente de Victoria, y está completamente paranoica; es imposible razonar con ella. Me muero de ganas de escribir a Patrick, pero Victoria me hizo prometer que no se lo diría y ahora ya ni siquiera habla del tema conmigo. A ti también te gusta Patrick, ¿verdad, Anthony?

—Solo lo conozco profesionalmente pero, desde luego, de entrada ya me cae lo bastante bien para creer que es una lástima que rompieran. Nunca había visto a Victoria tan radiante, tan feliz, y me duele verla así ahora, sobre todo después de lo que pasó con Richard. Al menos está aquí contigo. Debemos rezar por que cambie su suerte —concluyó con seriedad.

—O por que recupere la cordura —puntualizó Evanthi.

Al día siguiente, Anthony regresó a Inglaterra tras prometer que llamaría en cuanto tuviera noticias acerca del icono.

Victoria se volcó en la evaluación de los daños ocasionados por la tormenta y los asuntos relacionados con la casa y la granja. Cada día se preguntaba qué llevaría el correo, esperando y al mismo temiendo la llegada de un sobre con la dirección escrita en la inconfundible letra de Patrick, anhelando algún mensaje, cualquier mensaje de él, pero al mismo tiempo temerosa de que si el cartero le traía una carta suya, se viera incapaz de mantenerse firme, pese a que seguía convencida de que había hecho lo correcto. Sabía que, con toda probabilidad, Patrick estaba en el extranjero, pero a medida que los días se convertían en semanas, intentó resignarse al hecho de que su dolorosa despedida había sido definitiva. Sin embargo, el deseo no menguaba, y Victoria se preguntaba si menguaría alguna vez.

Guy y Francine decidieron pasar una temporada en Estados Unidos. Francine se había recuperado bien físicamente, pero estaba muy deprimida, y Guy tenía la impresión de que le sentaría bien pasar un tiempo en terreno conocido y ver a sus viejos amigos. Estaban contemplando la posibilidad de alquilar la casa de Londres y vivir un año en Nueva York, pues a Guy le resultaría tan fácil trabajar allí como en Inglaterra, pero prometieron que, en cualquier caso, pasarían las Navidades en Vrahos con ellos, Anthony y Toula y Bill Cunningham, que para sorpresa y deleite de Victoria, había aceptado la invitación que le había enviado a instancias de Evanthi.

A mediados de noviembre, Anthony llamó a Vrahos y habló con Victoria.

—Tengo una noticia importante para ti —anunció.

—Dime —repuso ella casi sin aliento.

Anthony llamaba para decirles que el icono había sido vendido y que pronto recibirían un talón por correo.

—¡Es..., es maravilloso! —exclamó Victoria mientras el pulso se le normalizaba.

Anthony le explicó que el comprador estaba encantado con su adquisición y quería que Kyria Doukas supiera que lo conservaría como oro en paño y no tenía intención alguna de revenderlo, una posibilidad que ni siquiera se le había ocurrido a Evanthi. También había comentado a Anthony que, en su siguiente visita a Atenas, le gustaría ir a Corfú y consideraría un gran privilegio que Evanthi lo recibiera para contarle la historia del icono y las leyendas relacionadas con él. Estaba pensando en escribir un libro sobre iconos bizantinos y su uso como instrumento de contemplación.

A Victoria no le entusiasmó la idea.

—Oh, tío Anthony, se lo preguntaré, por supuesto, pero ¿no crees que eso podría trastornarla? Sé que echa mucho de menos el icono, aunque nunca lo mencione. Y no sé si yo podría soportarlo tampoco. Me consta que solo lo vendió por amor a mí.

Sin embargo, cuando comentó con mucha delicadeza la sugerencia del comprador a su abuela, la reacción de Evanthi fue mucho más favorable de lo que había esperado.

—Lo pensaré —dijo—. Creo que me convendría saber qué clase de persona es el nuevo propietario del icono, y también me gustaría cerciorarme de que sabe tanto como yo sobre él. Quiero saber si tiene intención de usarlo personalmente como instrumento de plegaria.

A Victoria se le encogió el estómago. Auguraba que el encuentro sería de lo más incómodo si Evanthi desaprobaba las opiniones del nuevo propietario, lamentaba haberle vendido el icono e intentaba recuperarlo.

—Acaba de pagar una cantidad considerable de dinero por él. ¿No crees que sería un poco impertinente someterlo a un interrogatorio sobre sus creencias?

—En absoluto. Si pretende escribir un libro sobre la contemplación religiosa, sin duda querrá conocer mis opiniones sobre el tema —replicó Evanthi.

Con cierto sarcasmo, Victoria se dijo que si el comprador se aventuraba a pisar Vrahos, sin duda tendría que escuchar también sus opiniones sobre muchos otros temas, quisiera o no.

Una mañana de principios de diciembre en que Victoria había salido, se presentó en Vrahos un visitante inesperado. Victoria había ido al pueblo con Jake para hacer algunas compras navideñas. Repusieron fuerzas almorzando en un restaurante y regresaron a Vrahos a primera hora de la tarde. Victoria se llevó una sorpresa nada agradable al ver un coche aparcado delante del patio. No lo reconoció, pero al comprobar que tenía matrícula griega, supuso que se trataría de algún anciano amigo de Evanthi que había acudido a hacerle una visita prenavideña.

—Uy —suspiró—. No me apetece nada charlar con ningún amigo de la *nonna*. Siempre me miran con expresión interrogante y astuta, y no soporto cuando me interrogan sobre mi vida.

—¿Tenemos que entrar a verlos? —preguntó Jake.

—Tú no, desde luego. Ve a jugar con Angelo. Intentaré escabullirme sin que me vean.

Por el camino asomó la cabeza a la cocina.

—¿Quién está con la *nonna*? —preguntó a Dora.

—El coleccionista que le compró la pintura sagrada.

—¿Qué? —exclamó Victoria, indignada—. ¿Quieres decir que se ha presentado sin pedir permiso? ¡Qué caradura! ¿Por qué lo has dejado pasar?

—Llamó, pero usted no estaba. Por supuesto, pregunté a Kyria, y me dijo que lo recibiría. —Dora extendió los brazos—. ¿Qué quería que hiciera? Pensaba que usted estaría de vuelta antes de que llegara. Kyria quiere que suba a conocerlo.

—Lo siento, Dora, por supuesto que no es culpa tuya. Es solo que podría haber tenido la decencia de avisarnos con un poco de antelación. Desde el principio me he opuesto a que viniera, pero supongo que no me queda más remedio que subir y mostrarme amable con él. Espero que *nonna* no se altere ni se canse demasiado. Intentaré hacer que se vaya pronto.

No se molestó en arreglarse un poco antes de entrar en el saloncito, que por fortuna no había resultado dañado por la tormenta. Estaba cansada, tensa y sin ningunas ganas de charlar con desconocidos.

Pero el hombre sentado junto a Evanthi en el sofá no era un desconocido.

Era Hugh Marston.

Victoria se quedó paralizada en el umbral con la boca abierta de par en par. Su asombro era tan palpable que casi parecía pender sobre ella como un bocadillo sobre la cabeza de un personaje de cómic.

Hugh y Evanthi alzaron la vista y luego se miraron, a todas luces encantados por su estupefacción. Hugh intentó levantarse del sofá para saludarla, pero Evanthi lo retuvo apoyándole una mano en el brazo.

—Bueno, *chrysso mou* —saludó Evanthi a Victoria con los ojos centellantes—, ya ves que tenemos un visitante inesperado. Hice prometer a Dora que no te diría quién era.

—¡Hugh, cuánto me alegro de verlo! —exclamó Victoria al tiempo que se acercaba para besarlo, encantada por su abuela—. Creía que era el coleccionista que ha comprado el Ritzos —explicó— y venía dispuesta a portarme fatal para desembarazarme de usted lo antes posible.

Pero entonces vio lo que Evanthi tenía sobre el regazo y alternó la mirada entre ambos, comprendiéndolo todo de repente.

—¡Era usted! —gritó—. ¡Usted era el comprador! ¡Oh, Hugh!

—Lo soy —rió Hugh, extremadamente satisfecho de sí mismo—. He traído un regalo para tu abuela, y nunca había comprado nada que me proporcionara tanto placer. Siempre estaré agradecido a tu tío Anthony por avisarme de que salía a la venta..., pero por lo visto también tengo que darle las gracias a su hijo Guy.

—¿Guy?

—Sí —asintió Hugh mientras le escudriñaba el rostro—. Guy Winston sugirió a su padre que llamara a Patrick, le hablara de la terrible tormenta que sufristeis y le mencionara de pasada que, como consecuencia de ella, tu abuela estaba contemplando la posibilidad de vender el icono de Vrahos.

A la mención de Patrick, Victoria se puso blanca como el papel.

—Por lo visto, Patrick y tu tío tramaron la idea de sondearme como posible comprador. Por supuesto, cacé la oportunidad al vuelo... —La miró con expresión algo maliciosa antes de proseguir—: Siempre había querido tener un Ritzos y siempre me ha interesado el uso de los iconos como instrumentos de oración.

—¿Te das cuenta de lo que significa, *agapi*? —intervino Evanthi—. Ahora que el icono ha regresado a Vrahos, significa que, según la leyenda, la familia no tendrá que irse. Seguramente, la tormenta fue una advertencia. ¡Piénsalo!

Pero Victoria no escuchaba a su abuela, sino que tenía la mirada clavada en Hugh y se retorcía las manos con ademán angustiado.

—¿Cómo... cómo está Patrick? —logró articular por fin.

Por toda respuesta, Hugh se levantó muy despacio. Evanthi le alargó el bastón, el anciano cojeó hasta la ventana, la abrió y salió al balcón.

—Ven aquí —la instó, tendiéndole la mano.

Victoria obedeció con el pulso tan acelerado que tuvo la sensación de que de un momento a otro haría temblar los cimientos de la casa con más fuerza que la que podía provocar una tormenta.

—¿Por qué no se lo preguntas tú misma? —sugirió Hugh.

Victoria bajó la mirada y vio una figura alta apoyada contra el muro bajo que delimitaba la terraza del piso inferior.

Retrocedió de un salto como si acabara de tocar una valla electrificada.

—¡Dios mío! ¿Qué hago?

—Espero que dejar de ser tan tonta y obstinada —espetó Evanthi.

Hugh miró a su amor perdido con expresión jovial, pero al poco se volvió hacia Victoria.

—Si de verdad no amas a Patrick —musitó con infinita dulzura—, quédate aquí; yo bajaré a decirle que no quieres verlo, y se irá derecho al aeropuerto. Pero si todavía lo quieres, te sugiero que bajes e intentes arreglar las cosas.

Victoria no esperó más; salió del saloncito como una exhalación y bajó la escalera de piedra a tal velocidad que más tarde no logró recordar cómo había llegado abajo. Cruzó a la carrera el Gran Salón, con sus muebles apilados, las fundas protectoras de plástico y el olor a humedad. Al llegar a las vidrieras entreabiertas se detuvo.

Patrick se había vuelto y la observó salir a la terraza, pero no fue a su encuentro. Se quedaron mirando en silencio.

—¿Por qué has venido? —farfulló por fin Victoria con voz temblorosa.

—¿De verdad creías que desistiría tan fácilmente? —replicó él—. He venido a hacerte unas cuantas preguntas, querida Victoria. Si de verdad no me quieres, te prometo que me iré y no volveré a molestarte nunca más..., pero tendrás que convencerme, y esta vez exijo una explicación como es debido.

—¿Qué hay de... de Rachel...? —apenas se atrevió a preguntar—. ¿Ha cambiado algo?

—La verdad es que no —repuso él, mirándola con actitud desafiante—. Te dije desde el principio que todo había terminado entre Rachel y yo. Seguimos adelante con el divorcio, como ya habíamos decidido, pero a partir de ahora tendrá que montarse su propia vida. No puedo responsabilizarme de sus decisiones... ni tú tampoco.

Victoria se preguntó si estaría al corriente de la conversación telefónica.

Patrick avanzó despacio hacia ella.

—Pero no he venido hasta aquí para hablar de Rachel, sino de nosotros, amor mío —murmuró—. He venido porque te quiero, porque no puedo vivir sin ti... y porque todavía me atrevo a esperar que tú sientas lo mismo. Estos últimos meses han sido un infierno. ¿Me marcho o lo intentamos de nuevo? La decisión es tuya. ¿Qué me dices?

Abrió los brazos, y Victoria se arrojó en ellos. Tras permanecer abrazados durante largo rato, Victoria alzó la mirada hacia él y con voz entrecortada le habló de la conversación telefónica con Rachel y del terror a que se repitiera la tragedia de Richard.

—Me temía algo así por algo que dijo tu tío cuando nos reunimos para planear el encuentro entre Hugh y Evanthi —comentó Patrick—, pero me alegro mucho de que me lo hayas contado tú. Podría haberte asegurado que Rachel jamás habría hecho una cosa así, pero no me habrías creído en aquel momento.

—¿Cómo pude cometer la estupidez de no contártelo? —exclamó Victoria—. Pensar que he estado a punto de perderte. He llegado a la conclusión de que no tenía derecho a imponerte aquella decisión sin darte al menos una explicación. Pero tenía mucho miedo, Patrick.

—Fue una decisión valiente y altruista —la tranquilizó Patrick, mirándola con profundo amor—, pero los dos nos equivocamos. Sabía que Rachel tenía que haber hecho algo, pero cuando me dijiste que lo nuestro no había sido más que una aventura de vacaciones, me sentí tan dolido que permití que el orgullo me dominara. Y cuando te negaste a hablar conmigo y no contestaste a mi carta, reconozco que empecé a dudar y a temer que hubieras hablado en serio al decir que no me amabas lo suficiente. Debemos jurarnos no permitir jamás que los malentendidos se interpongan entre nosotros. En lo sucesivo tomaremos las decisiones juntos.

Caminaron abrazados hasta el límite de la terraza. El sol invernal y el cielo despejado pintaban el mar de color martín pescador; era un día inigualable.

—La vida será complicada para los dos —aseguró Patrick—, pero pase lo que pase, lo afrontaremos todo juntos, cariño. Tendremos muchos problemas que resolver, sin olvidar las batallas que nos tocará librar con nuestros queridos y enloquecedores hijos. El futuro nos brinda muchas opciones, pero para mí estar separados no es una de ellas.

Victoria restregó la mejilla contra su manga.

—Para mí tampoco —musitó—. ¿Y Hugh y la *nonna*? —preguntó después de que Patrick volviera a besarla—. Es increíble que Hugh haya comprado el icono. Tuviste una idea genial. —De repente se echó a reír—. Pero no creas que la *nonna* os atribuirá el mérito a ti, tío Anthony ni Guy por la recuperación del icono o el hecho de que volvamos a estar juntos. Te garantizo que toda la gloria se la llevarán san Nicolás y san Gregorio. Hablando de Hugh y la *nonna*, ¿crees que debemos subir a verlos?

—Ni hablar —replicó Patrick con otra carcajada—. Han esperado más de sesenta años para volver a verse. No querrán que los estorbemos durante un buen rato; seguro que tienen muchas cosas íntimas que decirse... y nosotros también, amor mío, nosotros también.

Y juntos contemplaron el mar.

Agradecimientos

Muchos amigos han sido sumamente generosos con su tiempo, ayuda y experiencia, y guardo un profundo agradecimiento hacia ellos. Desde luego, los errores que pueda cometer son culpa mía, no de ellos.

Quiero dar particularmente las gracias a Angela Papageorgiu, George Harewood, Dick Temple, de la Temple Gallery, Robin Sheepshanks, Mrs. Lascari, al obispo Michael Mann, Sheila Robertson, Patricia Cookson, Rosie Campbell, Karol Franham, Pamela Nicholson, David Noble y Christopher Sykes.

Estoy muy agradecida a las islas e isleños de Corfú y Paxos, por los muchos años de vacaciones familiares que me han proporcionado a lo largo de mi vida. Me he tomado varias libertades con la geografía de Corfú: la isla tiene muchas y muy hermosas mansiones venecianas, pero Vrahos, la de esta narración, es imaginaria, así como la localidad de Kryovrisi, Hagia Sophia, la villa Petradi y la islita de Helladonia.

Tengo una deuda especial con mis pacientes hermanas y cuñada por ofrecerme valiosos ánimos y críticas; también con mi hermano y cuñados por impulsarme con más llamadas telefónicas de lo habitual.

Por último, pero no en último lugar, quiero dar las gracias a mi maravillosa agente Sarah Molly, de A. M. Heat & Co., y a mis excelentes editoras Kete Elton y Georgina Hawtrey-Woore, de Century, por su paciencia y por haber confiado en mí.